RB

DAGMAR RUESS

Jahrgang 1961, lebt mit ihrer Familie in der Nähe von Kassel. Ihre Berufung ist es, Menschen neue Wege aufzuzeigen, wie sie zu sich selbst finden, Frieden mit ihrer Vergangenheit schließen und glücklich werden können. Schon seit vielen Jahren begeistert sie sich für verschiedene Arten von psychologischer Aufarbeitung wie Reinkarnationstherapie, Tanztherapie und Meditation. Sie entwickelte eigene Konzepte, die sie in ihrer Arbeit als Sport- und Tanztherapeutin erfolgreich anwandte.
Das vorliegende Buch ist der erste Band einer auf vier Bände angelegten Romanfolge.

Ebooks der Autorin finden Sie unter www.einssein.tv

SEELEN BALLADE

Band 1

Auf der Suche nach Liebe

RB

ISBN: 978-3-942581-65-3
Druck: CPI books GmbH, Ulm
Lektorat: Daniela Weise, München
Umschlag: reinert & partner, München

2. Auflage 2014

Für meinen Sohn Philipp Torben.
Danke, dass du zu mir gekommen bist.
Ich liebe dich von ganzem Herzen.

Arbeite, als ob du kein Geld bräuchtest.
Tanze, als ob dir niemand zusehen würde.
Singe, als ob dir niemand zuhören würde.
Liebe, als ob dich niemand verletzt hätte.
Lebe, als wäre hier auf Erden das Paradies!

Irisches Sprichwort

Teil 1

Das Baby schrie schon seit einigen Minuten ununterbrochen. Sein Gesichtchen war rot angelaufen und der winzige Mund stand weit offen. Das Zäpfchen hinten im Rachen vibrierte bei jedem Schrei und aus den Augen liefen Tränen. Die kleinen Arme und Beine bewegten sich rhythmisch dazu in der Luft, als könnte es dadurch seinen Protest noch bekräftigen.

Das Mädchen hörte das Baby von Anfang an. Sie sprang von der Schaukel und ging ins Haus die Treppe zum Kinderzimmer hoch. Sie schaute in die Wiege zu der schreienden Schwester hinab und überlegte, was sie tun sollte, damit das Baby endlich aufhörte zu schreien. Die Mutter durfte nicht aufstehen müssen. Sie sollte unten unbedingt weiter ruhen. Seitdem das Baby vor ein paar Wochen mit der Mutter aus dem Krankenhaus gekommen war, war alles aus den Fugen geraten. Mama und Papa fanden kaum noch Zeit für das Mädchen, und stets schien die neugeborene Schwester wichtiger zu sein. Wenn das Baby satt und zufrieden in der Wiege lag, dann erledigte die Mutter Hausarbeiten oder saß müde auf dem Sofa.

Das Mädchen nahm ein Kissen vom Schaukelstuhl und legte es auf das Gesicht des Babys. Damit wurden die Babyschreie gedämpft und die Mutter konnte unten weiter ihre Ruhe genießen. Zufrieden mit sich und der Idee hopste das Mädchen wieder nach draußen in den Garten und setzte sich auf die Schaukel. Mit den Beinen holte sie Schwung und die Schaukel setzte sich in Bewegung. Das Mädchen freute sich, die Mutter würde bestimmt stolz auf sie sein. Vielleicht verbrachte sie hinterher auch ein bisschen Zeit mit ihr und sie würden zusammen einen Kuchen backen. Heute war endlich mal wieder ein schöner Tag.

Das Baby hatte aufgehört zu schreien.

Der Tiger war geboren.

Kapitel 1

Mittwoch im CARPE DIEM.

Sybille Winter, eine leicht mollige, mittelgroße Endfünfzigern mit blonden kurzen Haaren, ging durch den Schankraum und näherte sich der Gruppe von Freundinnen. Johanna, Annabelle, Bea und Leonie saßen an ihrem Stammtisch und warteten schon. Sybille, von allen Billi genannt, betreute sie seit über zwanzig Jahren einmal in der Woche therapeutisch, wie auch heute.

Billi: „So, ihr Lieben, da wären wir wieder. Ich freue mich, euch alle gesund und munter zu sehen. Bei diesem kalten Winter darf man froh sein, wenn man mit einem Schnupfen davonkommt. Ich kann den Schnee nicht mehr sehen. Es wird Zeit, dass es endlich wärmer und heller wird. Okay, dann lasst uns anfangen. Bea, meine Liebe, wenn ich mich recht erinnere, machst du heute den Anfang. Wie geht es dir?"

Bea: „Mir geht es soweit ganz gut. Bei mir gab es wieder das übliche Theofil-versetzt-Bea-Geplänkel."

Die Freundinnen stöhnten leise und wussten genau, was jetzt kam. Bea und ihre unendliche Geschichte mit Männern und Theofil im Besonderen. Doch wie sehr die immer gleiche Story auch anfing und aufhörte, sie respektierten sich und gaben einander, wie so oft schon, Kraft und Sicherheit. So hörten sie auch diesmal Bea geduldig zu und ließen sie ausreden.

Bea fuhr fort: „Am Donnerstag letzter Woche verabredeten Theofil und ich uns für die Oper. Wir wollten uns Nabucco von Verdi anschauen. Ich besorgte rechtzeitig Karten und für später bestellte ich einen Tisch beim Italiener. Meinen Dienst im Krankenhaus legte ich extra so, dass ich pünktlich

Feierabend machen konnte. Ich erteilte vorab Anweisungen, was im Falle eines Falles zu tun sei, einem Kollegen bürdete ich meinen Bereitschaftsdienst auf und organisierte alles so, dass nichts im Wege stehen konnte. Außerdem gab es ausnahmsweise keine Akutfälle auf meiner Station.

Es war von mir alles bestens geplant. Ich hetzte ins Friseurstudio zu Gino, er sollte mir meine Haarspitzen schneiden und mir eine Hochsteckfrisur zaubern. Anschließend ging ich in einen Dessousladen, um Theofil mit einem neuen neckischen Spitzendessous zu überraschen. Doch als ich mich in der Umkleidekabine in dem erbarmungslosen Spiegel erblickte, bekam ich einen Schreck. Ich kam mir vor, als wäre ich achtzig Jahre alt. Da half auch das zauberhafte Spitzenteil, das mir die Verkäuferin regelrecht aufdrängte, nichts mehr. Selbst das sündhafteste und teuerste Ding hätte da nichts mehr rausreißen können. Ich war mit Orangenhaut schier übersät und obendrein sah ich dick aus. Panisch und gefrustet flüchtete ich aus der Umkleide und ließ das mit der neuen Unterwäsche lieber sein.

Ich verstehe das nicht! Warum statten Menschen, die in der Bekleidungsbranche arbeiten, ihre Kabinen mit schlechten Spiegeln und grellem Licht aus? Es wäre doch viel strategischer und verkaufsträchtiger, wenn man schlank machende Spiegel aufstellen würde mit gedämpftem Licht, das die Figur umschmeichelt! Gerade in einem solchen Geschäft hätte ich mehr Seelendiskretion erwartet. Der Schock hielt bei mir noch eine ganze Weile an.

Aber weiter zum Thema! Ich war schon den ganzen Tag aufgeregt und hoffte, dass nichts dazwischen kam und dass uns bloß nicht in irgendeiner Weise von Tanja, Theos Frau, der Abend vermiest würde. Um 19 Uhr wollte Theofil mich vor meiner Wohnung abholen. Als er aber fünfzehn Minuten später noch immer nicht kam, wurde ich unruhig und ahnte Schreckliches. Um halb acht meldete er sich und sagte ab. Tanja habe fürchterliche Migräne und sei völlig verzweifelt. So ein Biest, immer wieder schafft sie es, uns die Abende zu verderben!

Da stand ich nun in meinem Abendkleid und mit Ballfrisur auf der Straße und hätte schreien können. Ich fühlte Wut in mir aufsteigen, konnte sie allerdings an niemandem auslassen. Also ging ich wieder in meine Wohnung, zog mich um, warf die Karten in den Müll und fuhr ins Krankenhaus.
Der Erste, der mir über den Weg lief, war der Kollege, der meinen Bereitschaftsdienst übernommen hatte. Er kam aus der Ambulanz und ahnte nichts von meiner schlechten Laune, denn er lächelte mir freundlich zu und sagte: ‚Hallo, Frau Doktor Ligermann, ich dachte, Sie lassen sich heute Abend vom Gefangenenchor gefangen halten?'

Er lachte noch über seinen Witz, als ich ihm entgegnete, dass er sich besser um die Patienten kümmern solle, anstatt irgendwelche unqualifizierten Äußerungen von sich zu geben. Es tat mir hinterher leid, aber ich war zu verletzt und zu sehr mit mir selber beschäftigt, um mich bei ihm zu entschuldigen. Ich musste mich ablenken und sah überall nach dem Rechten.

Als es auf der Station nichts mehr für mich zu tun gab, ging ich in mein Büro, um die OP-Pläne für die nächste Woche zu schreiben. Während ich meine Tastatur malträtierte, musste ich immer wieder an Tanja denken. Sie fühlt intuitiv, dass etwas nicht stimmt, denn dauernd wird sie krank und boykottiert damit unbewusst unsere Pläne. Ich war so verdammt sauer, dass ich mich nur schwer konzentrieren konnte. Meine schlechte Laune ließ sich nicht bezähmen und mein Zorn wuchs.

Gegen 21 Uhr bekam ich von Theo eine SMS. Er schrieb, dass er mich liebe und ich ihm sehr wichtig sei. Außerdem wünschte er, mit mir das Wochenende zu verbringen. Ich jubelte und konnte es kaum glauben. Tanja habe sich für ein Seminar angemeldet und sei von Samstagmorgen bis einschließlich Sonntagabend fort. Von der Minute an ging es mir sofort besser. Ich schrieb ihm zurück, dass alles gut sei. Danach schwoll mein Zorn ab. Theo wollte gleich morgens zu mir zum Frühstück kommen, nachdem er Tanja um 9 Uhr zum Bahnhof gebrachte hätte.

Doch als hätte der Teufel wieder seine Hand im Spiel, verschlief Tanja und verpasste ihren Zug. Sie musste einen späteren nehmen, und unser Wochenende fing leider erst um 14 Uhr an. Es war trotz der vorausgegangenen Hürden wunderschön. Wir kochten, redeten, hörten Musik und lasen uns gegenseitig Balladen und Gedichte vor. Es erstaunt mich jedes Mal, wie gut wir uns verstehen! Ihr denkt wahrscheinlich, wir verbringen unsere Zeit nur im Bett. Doch keineswegs! Theo und ich reden manchmal die ganze Nacht lang, weil ich die Einzige bin, die ihn versteht. Tanja ist schwierig und egoistisch. Mal ist sie nett und dann wieder abweisend und er weiß gar nicht, wieso und warum. Bei mir kann er sich richtig fallen lassen. Tanja dagegen kommandiert ihn nur rum. Er muss ihr ständig zur Verfügung stehen. Ich erwarte nur, dass er bei mir ist, und sonst nichts. Selbst wenn er unser Rendezvous absagt, empfinde ich noch Verständnis für ihn und lasse meine Wut an anderen aus. Nie kann ich ihm böse sein. Ich wünschte, wir hätten jedes Wochenende für uns oder könnten zusammen in Urlaub fahren!

Vielleicht fährt Tanja in zwei Wochen zu ihren Eltern. Dann haben wir wieder Zeit für uns. Sie möchte sich ein neues Auto kaufen und braucht Geld. Tanja war als Kind oft krank, und sie können ihr bis heute nichts abschlagen. Von mir aus sollen sie ihr kaufen, was auch immer sie benötigt, Hauptsache, sie fährt, und ich kann mit Theo zusammen sein. Außerdem möchte er endlich mit ihr reden, um ihr zu sagen, dass es aus ist zwischen ihnen. Das hat er mir hoch und heilig versprochen. Bitte drückt mir die Daumen, dass nichts dazwischenkommt.

In vierzehn Tagen habe ich ein freies Wochenende, und nächste Woche halte ich auf einem Kongress einen Vortrag. Mein Vater wäre bestimmt stolz auf mich, wenn er noch lebte. Gestern besuchte ich meine Mutter im Pflegeheim. Sie zwinkerte einmal mit den Augen, und es hatte den Anschein, als hätte sie mich kurzfristig erkannt. Es geht ihr so weit ganz gut. Sie sieht zumindest glücklich aus. Nach diesem Besuch ging es mir nicht so mies wie sonst. Mein schlechtes Gewissen, dass ich sie abschiebe und fremden Menschen überlasse, kommt eben immer wieder hoch. Obwohl mir mein Verstand sagt, dass es nicht anders geht. Die Schwestern in dem Pflegeheim sind sehr kompetent und liebevoll. Ich weiß sie dort gut aufgehoben, und dennoch mahnt mich mein Gewissen ständig aufs Neue.

Schaut mich nicht so an! Auch dieses Thema haben wir schon zur Genüge analysiert. Sagt nichts dazu! Es ist schon gut! Ich komme klar damit, aber manchmal kann ich nicht anders."

Bei dem Gedanken an ihre Mutter sah Bea traurig und schuldbewusst aus. Nach einer kurzen Pause meinte sie lächelnd: „Die Aussicht, mit Theo das Wochenende verbringen zu können, verleiht mir Flügel, weil ich mich so sehr darauf freue. Solche Momente geben mir Kraft."

Billi: „Meine liebe Bea, wie lange kommst du mit Annabelle, Johanna und Leonie nun schon jeden Mittwoch zur Gruppentherapie ins CARPE DIEM? Es müssen an die zwanzig Jahre sein! Wenn nicht sogar noch länger. Seit dieser Zeit hast du immer Pech mit deinen Männern. Nicht nur, dass sie alle verheiratet sind, sie tragen auch eine Menge Probleme mit sich herum. Und du ziehst diese Männer an wie Honig die Bienen.

Bea, wach endlich auf! Warum bist du nicht allein in die Oper gegangen? Hättest du dich mit einer von uns verabredet, und es wäre etwas dazwischengekommen, wärst du ohne mit der Wimper zu zucken allein gegangen. Überlege mal, warum du diesem Mann eine solche Macht gibst? Es kann nicht sein, dass du ihm die Verantwortung über deine Gefühle beziehungsweise deine Launen gibst. Und bei verheirateten Männern kommt immer etwas dazwischen. Frag dich, ob du wirklich Theofil von morgens bis abends, Tag für Tag und Jahr für Jahr um dich herum ertragen könntest? Ob du auch bereit wärst, seine Macken zu akzeptieren? Ich bezweifle das! Zum Thema Mutter und Pflegeheim sage ich jetzt nichts! Wir haben das ausführlich besprochen, und ich dachte, es sei endgültig geklärt!"

Annabelle: „Billi hat recht, es ist alles dazu gesagt, und deshalb schweige ich auch darüber! Weiter zum Thema Theofil. Du könntest diesen Mann gar nicht ertragen. Mensch, Bea, wach endlich auf! Du weißt doch gar nicht, wie er wirklich ist. Du kennst seine Sonntagsseite, obwohl ich bezweifle, dass er überhaupt eine hat. Du möchtest nur die schönen Zeiten, aber das funktioniert nicht in einer Partnerschaft. Ich bin mir sicher, du würdest ihn gar nicht wollen, wenn du ihn richtig kennen würdest. Denk mal darüber nach, du machst es dir zu einfach! Der verlässt seine Tanja nie im Leben! Darauf würde ich alles wetten, was ich habe. Außerdem kann ich diese Theofil-Geschichten nicht mehr hören. Es ist immer wieder das Gleiche. Jede von uns weiß das, nur du willst es nicht wahrhaben. Du drehst dich im Kreis. Billi hat recht! Wach endlich auf!

Zum Schluss gebe ich euch allen noch einen Rat, wenn ihr in Zukunft Dessous kaufen solltet! Meine alte WG-Freundin Sandra brachte mir schon vor über zwanzig Jahren bei, dass man Slip und BH niemals in einer Umkleidekabine anprobiert. Jeder weiß doch, dass die Spiegel spinnen und negativ verzerren und dass die Verantwortlichen dafür Sadisten sind. Dessous kauft man nach Augenmaß, und wenn die Dinger zu Hause nicht passen, dann verbrennt man sie im Ofen! So, das noch zu diesem Thema!" Annabelle verschränkte ihre Arme vor der Brust und lehnte sich zurück.

Johanna: „Vielen Dank, Annabelle, das hättest du uns schon viel früher sagen können, da wäre mir manch tragischer Moment erspart geblieben. Aber zurück zu Bea und Theo. Warum hast du ihm nicht die Meinung gesagt? Er sollte wissen und merken, dass du nicht permanent die verständnisvolle Geliebte bist, sondern auch Frust schieben kannst, und das mit Recht. Mach ihm doch so richtig die Hölle heiß! Wenn du das niemals tust, wird er dich das nächste Mal wieder versetzen und verletzten. Außerdem habe ich das Gefühl, so wie seine Frau ihn zu Hause hin und her schiebt, so macht er das mit dir auch. Lass dich nicht so behandeln, Bea!

Wegen deines schlechten Gewissens, was deine Mutter betrifft, sage ich nur eins: Hör endlich auf damit. Je eher, desto besser. Eines Tages wird sie sterben, und was ist dann? Wirst du dir dann noch mehr Schuldgefühle einreden? Lass endlich los!“

Leonie: „Bea, ich kann es nicht verstehen, dass du so mit dir umspringen lässt. Anscheinend hat Theo dir noch nicht genug wehgetan! Es tut mir in der Seele weh, dass du dich so behandeln lässt. Dieser Mann ist es nicht wert. Kapier das endlich! Wegen deiner Schuldgefühle, die deine Mutter betreffen, haben wir schon unendlich viele Diskussionen geführt. Martere dich doch nicht ständig. Sie lebt in ihrer eigenen Welt und ist glücklich. Lass sie dort und versuch nicht ständig, sie zurückzuholen. Es war ihre Entscheidung!“

Bea: „Ihr habt alle recht mit euren Antworten und Ratschlägen. Aber im Moment habe ich das Gefühl, dass ich ohne Theo nicht leben möchte. Ich liebe ihn mehr, als ihr euch vorstellen könnt. Ich weiß selber nicht, warum das so ist und wieso ich immer noch diese Schuldgefühle gegenüber meiner Mutter verspüre. Irgendwann werde ich es wissen. Ich hoffe, dass es dann nicht zu spät für mich ist!“

Billi: „Bea, das wird schon! Aber das mit Theofil ist keine Liebe, das ist eine Tortour, und die tut dir auf Dauer nicht gut. Früher oder später wirst du das selber merken. Ich weiß nicht, warum du immer wieder den gleichen Fehler machst. Du erinnerst mich an ein Kind, das Angst vorm Feuer hat und dennoch nicht vorsichtig ist. Pass auf, dass du dich nicht irgendwann verbrennst. Du bist eine selbstbewusste Frau, eine gute Ärztin, verantwortungsbewusst und gut aussehend. Berlin ist voll von unverheirateten, intelligenten und normalen Männern. Dein Unterbewusstsein will dir anscheinend etwas mitteilen, du ziehst genau die Sorte von Männern an, die einen ständig mit den eigenen Schwächen konfrontieren. Irgendwann solltest du aus deinen Fehlgriffen lernen. Aber wahrscheinlich musst du noch mal auf die Nase fallen, bis du was kapierst. Eigentlich wünsche ich das keinem, dennoch ... vielleicht würde es dir helfen. Ich glaube, dass du deinen

Vater immer noch nicht losgelassen hast. Bea, niemandem ist damit geholfen, am wenigsten dir."

Billi lächelte Bea liebevoll an und streichelte ihr mütterlich über die rechte Hand. Danach schaute sie jede der vier Freundinnen der Reihe nach an und fuhr fort: „So, ich glaube, Leonie, du bist an der Reihe. Wie geht es dir? Wie war deine Woche?"

Leonie: „Meine letzte Woche war wie alle Wochen in den vergangenen Jahren. Jeden Tag ewig das Gleiche. Ich gehe von einer Kulturausstellung auf die nächste, sehe mir Theateraufführungen an und mindestens einmal in der Woche bin ich auf irgendwelchen Empfängen und Vernissagen. Immer dieselben Leute mit ihren langweiligen Gesichtern. Ich kann diese überdrehten, selbstverliebten Menschen, die sich mit ‚Schätzchen' anreden und anschließend übereinander herziehen, nicht mehr sehen. Dieses Küsschengetue geht mir auf die Nerven! Ich sehe nur gestylte oder geliftete Gesichter und magere Körper in teuren Designerkleidern, und aus den Mündern kommt nur dummes Gerede. Mir geht das momentan so gegen den Strich.

Jeden Tag verhungern Menschen auf dieser Welt und sterben Kinder an Unterernährung! Sie haben nichts anzuziehen und wissen nicht, ob sie den nächsten Tag überleben werden. Und hier stecken sie sich den Finger in den Hals, damit sie nicht zunehmen, spritzen sich Botox in die Falten oder lassen sich die Lippen aufplustern. Mich kotzt das so an! Diese oberflächlichen Leute kann ich nicht mehr ertragen. In mir will was raus, und ich weiß nicht, was es ist. Ich komme mir vor, als wäre ich in einem Käfig und kann nicht nach draußen. Ich möchte schreien und mit dem Fuß aufstampfen.

Sicher, ich bin ungerecht. Ich habe alles, was ich mir wünschen kann. Eine tolle Penthouse-Wohnung, einen glutäugigen Italiener zum Mann, der als Choreograph am Staatstheater mit vielen Leuten zusammenkommt und mich auf viele Partys schleppt. Wir brauchen uns um Geld keine Sorgen zu machen. Livio verdient nicht nur gut, er kommt auch noch aus einer reichen Familie, und mit meinem Gehalt könnte ich sogar eine Familie ernähren. Aber dennoch ist da diese Traurigkeit.

Das Einzige, was mir wirklich wichtig ist, seid ihr, unsere Treffen jeden Mittwoch, eure normalen, lieben und ehrlichen Gesichter. Wisst ihr noch, als wir uns vor zwanzig Jahren hier im CARPE DIEM das erste Mal trafen? Mein Gott, was ist seither alles passiert! Ich vermisse manchmal die unbeschwerte Zeit, als wir hier alle in unserer Studentenzeit jobbten. Ich habe kaum Geld verdient und besaß nur das Nötigste, aber irgendwie war ich glücklicher. Annabelle kam als Einzige aus einem normalen und intakten Elternhaus und brauchte nicht zu arbeiten. Sie kam zum Essen her und dennoch, so verschieden wir auch waren und noch immer sind, wir sind eine Einheit, und dafür bin ich dankbar. Wir machten uns nie etwas aus Konventionen. Ihr habt mich wie einen normalen Menschen betrachtet und nicht wie das arme Mädchen aus dem Kinderheim.

Ihr seid meine Familie! Das CARPE DIEM mit Billi ist meine Heimat. Hier kann ich mich fallen lassen und brauche niemandem etwas vorzumachen. Bei euch darf ich so sein, wie ich bin. Hier brauche ich nicht über Picassos oder Gojas zu reden. Oder mir über die Interpretation des aktuellen Theaterstücks eines angesagten Regisseurs Gedanken zu machen.

Vielleicht hätten Livio und ich Kinder kriegen sollen? Dann wäre das Leben für mich möglicherweise sinnvoller. Aber ich wollte auch nie eigene Kinder. Meine Angst, dass ich die Verantwortung für ein Kind nicht tragen könnte, war zu groß. Manchmal sitze ich zu Hause und rufe: Leben, bitte gib mir Zeichen!

Neulich radelte ich zu Annabelle und ihrem Mann Ole, weil ich es zu Hause am Schreibtisch nicht mehr aushielt. Nur um was Normales zu sehen oder zu spüren. Das Holzhaus, die Mädchen, die Katzen und Hunde. Dieses Tohuwabohu, dieses liebenswerte Chaos und diese Ruhe und Gelassenheit, mit der Ole den Tag ausrichtet und für die Familie da ist. Wir kochten zusammen und aßen dann mit den Mädchen alles auf. Es war wunderschön! Anschließend machte Ole den Kamin an und wir schauten ins Feuer und sprachen über Gott und die Welt.

Annabelle, ich beneide dich. Du hast eine richtige Familie. Ich hatte und habe sie nicht! Als ich danach nach Hause fuhr, fühlte ich mich noch einsamer als sonst. Ich habe das Gefühl, etwas verpasst zu haben, und weiß nicht, was. Kann ich es nachholen oder ist es zu spät oder werde ich jetzt verrückt? Komme ich in die Wechseljahre? Oder habe ich nur eine Scheißkrise?"

Billi: „Du steckst wahrscheinlich wirklich in einer Krise! Das wundert mich nicht. Zuerst deine Kindheit im Waisenhaus und nun die Welt der Reichen. Das steckt man nicht so einfach weg. Du wurdest als Baby vor einem Krankenhaus ausgesetzt. Hätte man dir nicht ein Medaillon des heiligen Leonhard, nach dem man dich benannte, dazugelegt, dann besäßest du überhaupt nichts von deinen Eltern. Du fühltest dich als Kind nicht angenommen, trotz liebevoller Betreuung. Leonie, du musst deinen Weg finden und dir bewusst machen, wer du bist! Du kannst dir da nur selber helfen! Nimm dir eine Auszeit! Du brauchst Ruhe. Dieses hektische Leben von einem Termin zum nächsten würde mich auch verrückt machen! Du brauchst Zeit zum Nachdenken. Irgendwie habe ich den Eindruck, dass du damit verdrängst und kompensierst. Du machst dir den Stress selber, und deswegen zwingst du dir so viele Projekte, Partys und Ausstellungen auf. Weißt du überhaupt noch, was du willst?"

Annabelle: „Billi hat recht. Bei deinem Leben wird einem schwindlig nur vom Zuhören, Leonie. Du solltest einen Gang zurückschalten! Da will etwas hochkommen, was du jahrelang verdrängt hast. Lass es raus, dann weißt du, auf welche Fragen du Antworten suchst. Ole erzählte mir, dass du bei uns warst. Er fand den Tag auch sehr schön. Mach das doch öfter, Ole und die Kinder würden sich freuen! Wenn es dir hilft, ich habe nichts dagegen!"

Bea: „Sei froh, dass du gesund bist und keine finanziellen Sorgen hast! Stell dich nicht so an und reiß dich am Riemen!

Sieh das Gute in deinem Leben, und das ist eine Menge! Als ich fünfzehn war, starb von einer Minute zur nächsten mein Vater. Meine Mutter war damit total überfordert. Ich musste mich nicht nur um mich und meine Schwester kümmern, sondern auch noch um meine Mutter.

Oder sieh Johanna an. Ihre Eltern ließen sich scheiden, als sie noch klein war. Ihr Stiefvater war ein Tyrann und ihre Mutter eine unzufriedene Nörglerin. Sie musste nicht nur den Haushalt führen und ihre zwei kleinen Schwestern aufziehen, sondern sie wurde auch noch zwischen ihrem Vater und ihrer Mutter nach der Scheidung hin und her geschoben.

Annabelle hatte im Gegensatz dazu ein behütetes Elternhaus. Aber dennoch machte auch sie einiges durch. Sie arbeitet als Juristin mit ihrem Vater in einer Kanzlei und übernimmt sehr viel Verantwortung für ihren Job und auch für ihre Familie. Sie sorgt für das finanzielle Wohl, während Ole die Mädchen großzieht, aber dennoch bleibt für sie noch genug zu tun. Wir haben alle unser Päckchen zu tragen. Du hast nicht allein Schlimmes erlebt."

Johanna: „Sei nicht so hart zu ihr, Bea. Wir sollten unsere Leben nicht gegeneinander aufwiegen. Wir hatten es alle nicht leicht und tragen immer noch schwer daran. Aber manchmal wird es einfach zu schwer.

Leonie kann anscheinend ihre Last nicht mehr schleppen. Ich fühle mit dir, meine liebe Leonie, es macht mich traurig, dich so zu erleben. Wenn ich dir helfen kann, ich bin immer für dich da! Nimm dir doch ein wenig Zeit und Ruhe und erhole dich. Lass uns zusammen joggen! Das hilft mir auch immer. Wir brauchen auch gar nicht zu reden. Komm einfach, wenn dir danach ist!"

Leonie: „Ich komme mir selber etwas undankbar und selbstgefällig vor. Ich weiß, ich bin vom Leben finanziell bevorzugt. Aber das ist nicht alles. Da muss es doch noch mehr geben, dass ich wieder einen neuen Sinn finde! Danke, dass ihr mich versteht! Sicher komme ich auf eure Angebote zurück, aber momentan weiß ich selber nicht, wer ich bin und was mir guttut. Gebt mir ein wenig Zeit und macht euch keine Sorgen."

Billi: „Na gut! Aber wenn es dir schlechter geht, dann melde dich bitte! So, Johanna, du bist die Nächste!"

Johanna: „Bei mir war wieder das übliche ‚Schwiegermutter-hackt-auf-Johanna-herum'. Mark war letzte Woche ein paar Tage weg, und da meint sie immer noch nach zwanzig Ehejahren, ich würde es ohne sie nicht schaffen. Am Freitag stand sie unangemeldet vor der Tür. Ich wollte eigentlich gerade zum Joggen, da schloss sie, ohne vorher zu klingeln, einfach die Haustür auf. Leider blieb mir keine Zeit mehr zu entkommen. Früher gelang es mir bei solchen Gelegenheiten, durch den Keller zu fliehen. Aber diesmal hatte ich keine Chance, und ich war ihr ausgeliefert:

‚Du willst doch nicht bei diesem Wetter laufen?! Hast du nichts im Haushalt zu tun?' Meine Schwiegermutter verschoss sofort ihr Pulver auf mich. Ich wurde auf der Stelle die kleine Johanna, die in Duckstellung ging. Sie schafft es immer wieder, mich fertigzumachen. Und dann kam sie richtig in Fahrt: ‚Ich sehe nur bei dir nach dem Rechten, ob du auch nicht im Chaos untergehst. Aber ich konstatiere, dass deine Zugehfrau dich vor dem Übelsten bewahrt. Meinst du, du schaffst es vielleicht, mir eine Tasse Kaffee zu kochen? Oder muss ich das selber tun?'

Oh, Mann! Ich schaffte es wieder nicht, nein zu sagen. Während ich in der Küche den Kaffee kochte, dachte ich an eure Worte: „Richte dich vor ihr auf und sag ihr deine Meinung!" Ich atmete tief durch und machte mich groß, aber mir fielen keine Worte ein, womit ich sie hätte in die Knie zwingen können. Also bewaffnete ich mich mit der Kaffeetasse und ging zu ihr. Sie trinkt ihren Kaffee nur schwarz und stark. Wie sie das in ihrem Alter verträgt, ist mir schleierhaft. Mit eiserner Miene nahm sie die Tasse entgegen und trank Schlückchen für Schlückchen, dabei sah sie mich an wie eine Spinne. ‚Nun, Kaffee kochen hast du nach zwanzig Jahren endlich gelernt. Was kannst du eigentlich noch? Mir fällt nichts ein, so sehr ich mir das Hirn auch zermartere. Was sagst du dazu? Ach, ich vergaß, eine eigene Meinung besitzt du ja auch nicht. Nun, bei der primitiven Konversation gehe ich lieber. Außerdem habe ich einen Termin bei meiner Kosmetikerin. Du solltest auch mal hingehen, nicht dass es bei dir etwas helfen würde, aber du könntest ein bisschen Entspannung gebrauchen! Du bist so nervös in letzter Zeit. Gut denn, ich denke das reicht für heute. Ich versprach meinem Sohn, öfter nach dir und meinen Enkelsöhnen zu sehen. Du bist ja immer so phlegmatisch und kriegst die Dinge nicht auf die Reihe! Richte meinem Sohn aus, er möchte mich sofort anrufen, wenn er aus London zurück ist! Im Übrigen könnten Jakob und Justus öfter bei mir vorbeischauen. Sie lassen sich in letzter Zeit kaum noch blicken. Und sag jetzt nicht, das liegt am Abiturstress. Diese Entschuldigung lasse ich nicht gelten. Schließlich wollen sie mich beerben, und da verlange ich ein wenig Respekt! Mach den Mund wieder zu, es zieht, meine Liebe!'

Sie drehte sich um und entschwand durch die Tür, durch die sie vor einer halben Stunde dreisterweise hereingekommen war. Mein Puls stieg mindestens auf zweihundert und der Hals fühlte sich wie zugeschnürt an. Da stand ich nun mit meiner nicht herausgelassenen Wut und hätte am liebsten irgendwas kaputtgeschlagen. Ich fühlte wieder diese Machtlosigkeit und Ungerechtigkeit. Ich versuchte, meine Tränen herunterzuschlucken. Wegen dieser gemeinen Frau wollte ich eigentlich nicht mehr weinen, und so lenkte ich mich ab und joggte los.

Als ich durch die Haustür kam, fuhr sie mit ihrem Auto gerade um die Ecke. Weg war sie, das Biest. Wieder kriegte sie es hin, mich fertigzumachen. Ich lasse stets alles über mich ergehen. So kann das doch nicht weitergehen! Woher nimmt sie nur diese Gemeinheiten. Lernte man das früher auf der Schule für höhere Töchter oder liest sie heimlich Bücher, in denen steht, wie man seine Schwiegertochter fertigmacht? Ich weiß, sie schlägt immer wieder in die gleiche Kerbe wie meine Mutter. Nach all den Jahren könnte ich doch endlich mal etwas dagegen tun. Warum bin ich immer noch so hilflos?“

Johanna schüttelte langsam den Kopf und sah aus, als dächte sie über ihre eigene Frage nach, auf die sie keine Antwort fand. Sie richtete sich auf und sprach weiter: „Nach dem Joggen fühlte ich mich schon besser. Ich schaffte die zehn Kilometer in nur 52 Minuten! Wenigstens verleiht mir die Wut Flügel. Ach, im Übrigen bekamen wir einen neuen Nachbarn: einen alleinstehenden Mann so in unserem Alter. Er bewohnt das Haus neben uns. Mehr weiß ich noch nicht über ihn. Er kommt wohl aus Bayern, denn er fährt ein Auto mit einem Münchener Kennzeichen. Ich bin froh, dass das Haus nicht mehr leer steht. Es erschien mir manchmal etwas unheimlich.“

Billi: „Du weißt genau, warum deine Schwiegermutter dich so behandeln kann! Sie macht das nur mit Leuten, die das zulassen. Ich bin mir sicher, dass sie dich im Grunde ihres Herzens bewundert, aber das würde sie sich selber nie eingestehen, geschweige denn dir jemals sagen. Sie braucht dich, da sie eigentlich eine einsame alte Frau ist. Aber du solltest ihr nicht als Ventil dienen und endlich aus dieser Opferrolle herauskommen. Lass das nicht zu, Johanna, du bist eine tolle und starke Frau und nicht mehr das kleine Kind, das für alles die Schuld hatte.“

Bea: „Der würde ich die Meinung sagen. Die spräche nur ein einziges Mal so zu mir und danach wäre sie mundtot! Ach, und Hausverbot bekäme sie noch obendrein. Die hat vor dir nicht einen Funken Respekt!“

Annabelle: „Ja, genauso wenig Respekt wie Theofil vor dir! Aber Bea hat Recht, ich hätte mir das auch nur einmal angehört und danach wären die Fronten geklärt. Den Hausschlüssel nimmst du ihr besser ab! Wo gibt es denn so was? Johanna, die Frau hat dich schon vor deiner Ehe mit Mark fertiggemacht, als du dir während deines Landwirtschaftsstudiums bei Billi im CARPE DIEM und bei Marks Vater in der Agentur etwas dazuverdientest. Du kannst doch nicht immer unter ihr leiden wollen? Sie wird sich nicht ändern, aber du kannst ihr Paroli bieten. Schlag sie mit ihren eigenen Waffen. Verdiene dir Respekt!"

Leonie: „Johanna, du darfst dich von dieser Frau nicht so behandeln lassen. Du bist ein so wertvoller Mensch! Diese Frau ist so klein innerlich, dass sie dich braucht, um vor sich selber zu bestehen. Wir wissen das alle. Nur du scheinst es immer noch nicht glauben zu wollen. Denk mal darüber nach, wie armselig sie ist und wie einsam und verlassen sie sich vorkommen muss ohne Freunde. Und um die Gunst ihrer Enkel bettelt sie auch. Die braucht dich, für ihre eigene Unzulänglichkeit und um nicht an ihren Aggressionen zu ersticken. Sie benutzt dich als Sündenbock und verteufelt dich! Steh ihr nicht länger dafür zur Verfügung!"

Johanna: „Danke, ihr Lieben, ihr sagt mir nichts Neues. Ich will mich ja in diesem Punkt ändern, aber sie überrumpelt mich stets aufs Neue. Jede Situation hat für mich etwas völlig anderes, so dass ich mich nicht vorbereiten kann. Aber genau wie Bea hänge ich in meinem System fest und komme nicht weiter."

Billi: „Manche Dinge brauchen ihre Zeit. Dein Problem sind die anderen, die dir Probleme bereiten. Du solltest nicht länger als Projektion zur Verfügung stehen. Sie schauen bei dir in einen Spiegel und ertragen den Anblick nicht. Du bist zu gut für diese Welt. Ja fast schon eine Heilige! Anstatt Anerkennung und Wertschätzung bekommst du Neid zu spüren. Wenn es nicht so makaber wäre, dann könntest du es als Kompliment ansehen. Schütze dich vor dieser Frau, lass dich von ihr nicht verunsichern und lerne, bei dir zu bleiben.

So, und nun Annabelle. Du bildest heute Abend das Schlusslicht."

Annabelle: „Ich habe euch doch erzählt, dass mir mein Vater zu Weihnachten ein Jahresabonnement für dieses neue Fitness-Studio geschenkt hat. Welches sich genau gegenüber unserer Kanzlei befindet. Einmal über die Straße, und ich bin da. Ich war etwas konsterniert ob dieser Anspielung auf meine Figur, und außerdem habe ich es nicht so mit dem Sport. Wie ihr wisst, war ich im Sportunterricht keine

Leuchte. Nun, seit Wochen mag Ole keinen Sex mehr, und aus Frust stehe ich jede Nacht auf und futtere den Kühlschrank leer. Was wiederum dazu führte, dass ich zwei Kilo mehr mit mir herumschleppe. Ich bin von mir selber angewidert, wenn ich mich nackt im Spiegel sehe, und ich habe den Spiegel extra so beleuchtet und gestellt, dass man darin schlanker aussieht.

Nach Silvester fing ich mit einer Fastenkur an und nach drei Tagen konnte ich nicht mehr. Ich brach schreiend zusammen und fuhr zu McDonalds, um mich vollzustopfen. Ich muss zugeben, als Frustschmaus sind die Burger nicht übel, allerdings futterte ich mir allein mit diesem Mahl alles wieder drauf, was ich in den drei Tagen abgehungert hatte. Danach fühlte ich mich noch schlechter und fetter als vorher. Dieses Gefühl nimmt mir jegliche Power. Ich möchte nun endlich etwas ändern in diesem Jahr. Ich will von diesen unsäglichen 90 Kilo endlich runter! Also ging ich mit Papas Jahresabonnement über die Straße und ließ mir dort einen Termin geben. Ich dachte immer, da läuft die Klientel von Leonies Kunstwelt herum. Weit gefehlt, denn die haben sogar einen Kurs nur für Mollige, und dort dürfen keine Dünnen rein. Ich liebe diesen Kurs jetzt schon. Die machten mir richtig Mut, und gleich am nächsten Tag bekam ich schon einen Termin zum Check-up bei Karl um 13 Uhr. Papa hat mir nicht nur ein Jahresabo geschenkt, sondern für mich auch einen Personal Trainer für ein halbes Jahr gebucht. Besagten Karl, den ich dann kennenlernen sollte.

Also ich am nächsten Tag um 13 Uhr hin. Ich schaffte es sogar, bis dahin nichts zu essen, denn man wird gewogen und ich wollte nicht gleich einen schlechten Eindruck machen. Karl empfing mich an der Theke und stellte sich vor. Ich sag euch, der sieht wahnsinnig gut aus. Total knackig und jung, so um die Dreißig, groß und muskulös und dazu blond und blauäugig. Ein Mann, wie aus dem Magazin, braun gebrannt, blendend weiße Zähne, und wer weiß, was der noch so alles zu bieten hat! Ich konnte mein Glück gar nicht fassen und verzieh Papa im Stillen.

Gott sei Dank schneide ich aus meinen Klamotten die Größen heraus. Stellt euch vor, wie peinlich das wäre, wenn der mitbekäme, dass ich Kleidergröße 46 trage! Karl ging mit mir in einen ruhigen, abgeschiedenen Raum, um mit dem Check-up zu beginnen. Dann kam der Schock des Jahrhunderts. Das war mir vielleicht unangenehm. Die Waage dort wiegt zwei Kilo mehr als bei uns und mein Fettgehalt ist so hoch, dass ich es vor Bea lieber nicht aussprechen möchte. Ich musste fast die gleichen Fragen beantworten wie bei meinem Gynäkologen. Nun gut, ich habe es überlebt. Er erstellte eigens für mich einen Fitnessplan und erklärte mir, dass es effektiver sei, an den einzelnen Geräten viele Wiederholungen bei geringem Widerstand zu machen. Nach vierzehn Tagen würde ich schon die ersten Erfolge verbuchen können, aber nur, wenn ich mich an seinen Trainingsplan hielte. Der da wäre, drei bis vier Mal in der Woche zu trainieren und davon zwei Mal in der Woche an den Kursen für Mollige teilzunehmen. Ganz schön hart, aber wenn ich in der Mittagszeit jeden Tag trainiere, habe ich ganz schnell Erfolg. Meine Haut bleibt straff und ich baue Muskeln auf, die wiederum meine Knochen entlasten.

Dieser Karl ist echt ein Knüller. Er nennt mich Bella. Ist das nicht süß? So nannte mich noch keiner. Ich war seit Montag jeden Tag da und habe mit Karl trainiert. Danach dusche und pflege ich mich, und anschließend trinke ich eine Molke, die bis zum Nachmittag vorhält. Für abends muss ich mir noch etwas einfallen lassen, denn da ist mein Hunger am größten. Ich bat Ole, meine Diät-Rezepte wieder herauszusuchen. Dieses Mal bin ich sehr optimistisch, dass ich bis zum Ende des Jahres 20 Kilo schaffen werde. Karl sagt, lieber langsam abnehmen als zu schnell. Na ja, ihr wisst schon, der bekannte Jo-Jo-Effekt!

Wow, ich hätte nie gedacht, dass ich so ein Fitness-Studio mal von innen sehen würde. Ich und Sport! Stellt euch vor, ich hatte in der Schule Alpträume vor dem Barren! Einmal mussten wir uns eine Bodenkür ausdenken, und mir war vor Angst so schlecht, dass ich mich übergeben musste. Nun befinde ich mich im geilsten Studio von ganz Berlin! Die Kurse dort finden in einem Gymnastiksaal statt mit riesengroßen Spiegeln an den Wänden. Jede Stunde beginnt ein anderer Kurs und ich freue mich schon auf die erste Aerobic-Stunde für Mollige. Morgen Mittag geht es los! Heute in der Pause habe ich mir sogenannte Jazzpants und extra Aerobic-Schuhe gekauft. Papa freut sich, dass ich motiviert bin, und ich, ehrlich gesagt, freue mich jeden Tag auf Karl. Drückt mir die Daumen, dass ich es dieses Mal schaffe.

In der Kanzlei läuft es prima. Ich versuche den Ex-Männern meiner Klientinnen eins auszuwischen und Papa ist zufrieden und stolz. Meine Mutter und Ole waren am Freitag mit den Mädchen im Hallenschwimmbad. Jetzt sind alle vier erkältet. Franziska hat Husten, Charlotte hat Mittelohrentzündung, Sophie hat Magen- und Darmgrippe und Pauline hat alles zusammen. Hoffentlich haben wir bald Frühling. Mir geht dieses Wetter aufs Gemüt."

Billi: „Das hört sich ja gut an. Wenn dieser Karl es schafft, dich zu motivieren, dass du abnimmst und dich in deiner Haut wieder wohlfühlst, mag ich ihn auch! Aber du solltest das alles nur für dich selber machen und nicht, weil du meinst, so wie du aussiehst, gefällst du niemandem. Lass dir Zeit und lerne endlich, dich in deinem eigenen Körper wohlzufühlen, dich so zu akzeptieren und zu lieben, wie du bist! Es ist gut, wenn du sagst, ich will abnehmen. Letztendlich ist es ja auch gesünder, aber mach es um Gottes willen für dich und nicht für irgendjemand anderen."

Bea: „Hoffentlich bleibst du bei der Stange, würde mich freuen, denn wenn du so weiter isst, wirst du nicht alt werden. Dein Cholesterin ist viel zu hoch. Mit deinen Blutfetten kann man Pommes frittieren. Also halt durch! Coco Chanel sagte mal über den Genuss von Schokolade: ‚Eine Minute im Mund, eine Stunde im Magen und jahrelang auf den Hüften.' Vielleicht schreibst du dir das hinter die Ohren!"

Leonie: „Ich wünsche dir viel Glück – und denk dran: Wir lieben dich so, wie du bist."

Johanna: „Ich finde es gut, dass du dich für das Fitness-Studio entschieden hast. Für mich gibt es nichts Besseres als Sport. Es hilft mir, mich ausgeglichener zu fühlen. Dadurch bekam ich ein ganz neues Körpergefühl. Das wünsche ich dir auch! Der Erfolg wird sich bald zeigen."

Annabelle: „Danke, Mädels, momentan bin ich willig und ihr werdet noch staunen, wie bei mir die Pfunde purzeln. Aber jetzt noch ein Glas Rotwein: Prost ihr Süßen! Auf uns!"

Billi: „Und wie lautet unser gemeinsamer Schlusssatz?"

Alle: „Eine für alle! Alle für eine!"

Nach der „Gruppentherapie" ging Billi wieder zu ihren anderen Gästen. Sie löste ihre Aushilfe ab, die ihr den Rücken freihielt, wenn sie ihre Therapiegespräche abhielt, und überließ die Freundinnen sich selbst. Sie sprachen noch über dies und das und machten Termine für gemeinsame Unternehmungen und Geburtstage. Aber da sie alle früh aufstehen mussten, verabschiedeten sie sich bald. Sie umarmten sich und versprachen Kontakt miteinander zu halten. Die Männer gingen morgen, am Donnerstag, ihrem wöchentlichen Sauna-Abend nach, und sie, die Frauen, würden sich spätestens in einer Woche, am nächsten Mittwoch, wiedersehen. Alle nahmen auch von Billi Abschied, die mit ihrer Standardaufforderung „Passt auf euch auf!" die Mädels in die kalte Nacht hinausschickte.

Annabelle ging mit wehendem Mantel und hartem Tritt wie immer voran, öffnete die schwere dunkle Eichentür und sah in den Himmel. Es war abnehmender Mond, und der Rest von ihm versuchte einen Blick durch die Wolkendecke zu erhaschen, was ihm auch ab und zu gelang. Hintereinander kamen sie nach draußen und gingen zu ihren Autos. Der Schnee war durch den Temperatursturz und den Regen aufgetaut und dieses Schmuddelwetter sollte noch einige Tage anhalten. Eingemummelt in ihre Schals und Mäntel stiegen sie laut „Tschüss!" rufend in ihre Autos und verschwanden jede für sich in die Nacht.

Mark hatte Johanna vor einem Jahr einen neuen Flitzer

mit Sitzheizung gekauft, über die sich Johanna im Winter und gerade in solchen Nächten freute. Sie war sozusagen die größte Frostbeule von ganz Berlin und ihre Füße kamen im Winter selten auf warme Temperaturen. Es war mittlerweile 23 Uhr und sie schaltete, während sie rückwärts aus dem Parkplatz fuhr, den CD-Player ein. Ihre Lieblings-CD von Seal spielte gerade „Kiss from a rose“ und sie dachte über ihre Freundinnen nach. Leonies momentane Krise und Beas Theofil, von dem sie sich so abhängig machte, und Annabelle, die meinte, ihr ganzes Lebensglück hinge von 20 Kilo weniger Gewicht ab. Jede von ihnen schien die Defizite aus der Kindheit und die daraus entwickelten Muster nicht ablegen zu können. Sie drohten sie alle einzuholen.

Die Freundschaft hielt schon so lange, und bis auf ein paar spitze Bemerkungen zwischen Annabelle und Bea hielten sie zusammen wie Pech und Schwefel. Nicht zuletzt war es auch Billi zu verdanken, dass sie immer noch so gut befreundet waren. Wer weiß, was aus ihnen allen geworden wäre, gäbe es nicht das CARPE DIEM mit Billi und ihre wertvollen therapeutischen Ratschläge.

Wenngleich Johanna ihre Freundinnen liebte, sehnte sie sich schon seit sie ein Kind war nach einer ganz tiefen Freundschaft, einer Freundin, die ihr zur Seite stand. Sie hatte ständig das Gefühl, dass irgendetwas in ihrem Leben fehlte. Johanna schüttelte den Kopf, als könnte sie die Gedanken damit vertreiben. Gleichzeitig bekam sie ein schlechtes Gewissen und schalt sich undankbar. Mit Annabelle, Bea und Leonie standen ihr tolle Freundinnen zur Seite und sie konnte sich auf sie verlassen. Und trotzdem, die Sehnsucht nach einer Art Symbiose blieb! Sehnsucht war für Johanna ein bedeutendes Thema. Sie sehnte sich nicht nur nach einer Freundin, sondern auch nach der großen Liebe. Seit sie denken konnte, wartete sie auf die bedingungslose Liebe, eine Liebe, die über den Tod hinausging. Trotz ihrer zwanzigjährigen Ehe mit Mark war diese Sehnsucht stets präsent. Da konnte sie nichts machen.

Langsam bog sie in die Einfahrt und hielt vor der Garage.

Mit einem Knopfdruck auf dem elektrischen Türöffner schob sich das Garagentor langsam nach oben und sie konnte ihr Auto parken. Langsam schloss sich das Tor wieder und das Licht ging automatisch an. Von der Garage ging eine Tür ab, durch die man in den Kellerflur kam, um dann die Treppe hoch in die Wohnung zu gelangen. Oben im Wohnzimmer saß Mark noch vor dem Fernseher und schaute sich eine politische Sendung an.

Johanna zog ihren Mantel aus und hängte ihn in den Garderobenschrank. Anschließend setzte sie sich zu Mark aufs Sofa. Mark hatte sich eine Flasche von seinem Rotwein aus dem Weinkeller geholt und sie schon fast leer getrunken. Johanna nahm sein Glas und trank einen Schluck. Der Wein rann langsam durch ihre Kehle in den Bauch und hinterließ eine wohltuende Wärme. Sie behielt das Glas in der Hand und kuschelte sich mit angezogenen Beinen an Mark.

„Ich sehe, du hast mich wohl vermisst?“ Mark schaute sie von der Seite an und wartete anscheinend auf eine positive Antwort.

„Ich bin müde und durchgefroren, ich möchte nur in Ruhe den Wein austrinken und dann ins Bett fallen. Deine Mutter hat wieder ihr übliches Spiel mit mir getrieben, und ich soll dir ausrichten, dass du dich sofort bei ihr melden möchtest.“

Mark sagte leicht angenervt: „Ja, ja, ich hab sie schon angerufen.“

„Ach, du hast dich schon bei ihr zurückgemeldet? Ist ja klasse.“ Manchmal verspürte sie den Wunsch, einfach wegzulaufen. Weg auf eine einsame Insel, wo kein Winter und keine Schwiegermutter Zutritt hatten.

„Gibt es was Neues in der Schule? Läuft alles mit den Jungs?“, fragte Mark. Er konnte zwar egoistisch sein und Machoallüren an den Tag legen, aber als Vater war er immer auf eine enge Zusammenarbeit mit Johanna bedacht. Sie erzählte ihm alles, was es an Neuigkeiten gab, und stand vom Sofa auf. Mark stellte den Fernseher aus und sie gingen gemeinsam nach oben. Im Badezimmer putzte sich Johanna die Zähne und cremte sich mit einer Nachtcreme das Gesicht ein. Dabei hörte sie, wie Mark sich hinlegte, und als sie nach kurzer Zeit ins Bett stieg, schlief er schon. Wie machen Männer das bloß? Frauen brauchen oft Stunden, um einzuschlafen. Johanna kuschelte sich ganz eng unter ihre Daunendecke, einen Augenblick dachte sie noch an die Freundinnen und war im nächsten Moment ebenfalls eingeschlafen. Wahrscheinlich lag es am Rotwein.

Im Traum sah sie sich im Garten stehen und schaute an sich herunter. Dabei bemerkte sie, dass ihre Bauchdecke dabei war, sich von ihrem Körper abzulösen. Erschrocken lief sie auf die Straße, um Hilfe zu holen. Panik erfasste sie und sie schrie laut um Hilfe. Eine Frau, die aussah wie Rita Mackes, ihre Nachbarin, kam zu ihr, nahm die Bauchdecke in ihre Hand und hielt sie dabei wie einen Putzlappen. Sie führte Johanna zu einem Arzt, der sich die Sache gelassen ansah. Sein Patient, ein Obdachloser, schaute sie an und forderte sein Recht auf Vorbehandlung ein. Der Arzt wandte sich ihm zu und ließ Johanna und Rita mit der Bauchdecke in der Hand stehen.

Nach einer Weile kam er zu ihnen zurück und führte Johanna zu einer Liege. Sie legte sich hin und wartete angstvoll. Sie hatte Angst, dass etwas Schlimmes mit ihr passieren würde. Der Arzt holte aus ihrem Bauch allerlei vergammeltes Zeug heraus. Eine alte vertrocknete Porree-Stange und zwei faule, weiche Tomaten. Er verhielt sich dabei so normal, als würde er täglich mit solchen Dingen konfrontiert werden. Danach krabbelten kleine Krebse über ihren Bauch und anscheinend war auch das nichts Unnormales. Denn anschließend legte der Arzt ihre Bauchdecke wieder dahin, wo sie hingehörte, und alles war wieder gut.

Schweißgebadet wachte Johanna auf. „Meine Güte, wenn ich das Billi erzähle, weist die mich in die Geschlossene ein.“

Die Mutter war auf dem Sofa eingeschlafen und vom Schreien des Babys wach geworden. Sie rappelte sich vom Sofa hoch, um nach dem Baby zu schauen. Als sie das Zimmer betrat, hielt sie erschrocken inne. Sie sah das große Kissen auf dem Baby liegen, und einen Augenblick lang konnte sie sich vor Angst nicht rühren. Doch dann bewegte das Baby die Beine und die Mutter hörte es unter dem Kissen keuchen. Panisch entfernte sie das Kissen vom Gesicht des Babys und nahm es auf den Arm.

Das Baby hatte ganz feuchte Haare und sein Gesicht war rot und nass von den Tränen. Es schluchzte unaufhörlich und ließ sich nur langsam beruhigen. Die Mutter ging mit ihm in die Küche, um das Fläschchen aus dem Wärmebehälter zu holen. Sie setzte sich mit dem Baby in das angrenzende Wohnzimmer und fütterte es mit der Babymilch. Stillen konnte sie nicht, ihre Brüste gaben zu wenig Milch. Das Baby lag im Arm der Mutter und saugte gierig an dem Nuckel. Immer wieder durchzuckten Schluchzer seinen kleinen Körper. Die großen blauen Augen waren auf die Mutter gerichtet und sahen sie fragend an.

Die Mutter blickte aus dem Fenster und beobachtete das Mädchen auf der Schaukel, wie es fröhlich die Schwünge zählte. Was sollte nur werden? Sie war mit ihrer neuen Situation überfordert und seit Wochen konnte sie nicht mehr schlafen. Der Vater kam immer erst spät abends nach Hause und nachts brauchte er seinen Schlaf, weil er morgens früh aufstehen musste. Auf seine Hilfe konnte sie nicht zählen. Aber sie wollte diese Tat nicht ungesühnt lassen! Das Mädchen war schon groß und musste Verständnis haben und Rücksicht nehmen. Sie würde es bestrafen und heute Abend ohne Abendbrot ins Bett stecken. Der Vater sollte dem Mädchen mit dem Stock eins draufgeben.

Das Mädchen war eine Strafe für die Mutter. Was hatte sie nur getan, dass sie so mit ihr bestraft wurde?!

Kapitel 2

Am nächsten Morgen stand Johanna um 6.30 Uhr auf und zog sich ihren Hausanzug an. Sie dachte über ihren Traum nach und versuchte ihn zu analysieren. So etwas hatte sie noch nie geträumt, auch wenn sie schon als Kind in ihren Träumen furchtbare Schreckensbilder erlebt hatte. Meistens sah sie sich in Flammen aufgehen und um sie herum standen verzerrte Gesichter, die schrien und sich an ihrem Tod ergötzten.

Mit Billi versuchte sie der Sache näherzukommen, doch konnten sie bis heute nicht erkennen, woher diese Alpträume kamen. Dieser Traum heute Nacht war freilich etwas völlig anderes. Johanna bekam eine Gänsehaut, wenn sie daran zurückdachte. Um sich abzulenken, weckte sie die Jungs und bereitete danach das Frühstück unten in der Küche vor.

Justus und Jakob, die Zwillinge, waren groß und blond wie Mark und fuhren jeden Morgen mit ihren Mountainbikes zum Gymnasium, das ungefähr drei Kilometer vom Haus entfernt lag. Im Frühsommer würden sie, so Gott will und mit ein bisschen Fleiß, ihr Abitur in der Tasche haben und danach beide ihren Wehrersatzdienst im Ausland absolvieren: Justus in der Nähe von London in einer anthroposophischen Einrichtung für behinderte Kinder und Jakob in einem Obdachlosenheim in Irland. Zum ersten Mal sollten sie sich für ein Jahr trennen.

Im Februar feierten sie erst mal ihren 19. Geburtstag, und da wollten sie auf die Pauke hauen, bevor es mit dem Abi-Stress losging. Freundlicherweise lag der Tag ihrer Geburt dieses Jahr günstig an einem Freitag, und der sollte bei Billi im Hinterzimmer gefeiert werden. Mark wollte extra einen DJ engagieren, damit Billi nicht auf die Idee kam, ihre alte

Siebzigerjahre-Musik herauszuholen, was sie zu gern ausnutzte, wenn sie bei sich feierte.

Von oben machte sich der allmorgendliche Krach bemerkbar. Bassdrums und Musikfetzen dröhnten nach unten und die Lampe im Esszimmer wackelte gefährlich. Die Jungs liebten Hardrock und das am liebsten laut. Mark freute sich, wenn sie die Toten Hosen spielten, denn er mochte diese Musik genauso und ging des Öfteren mit ihnen auf ein Konzert. Deswegen hatten sie mit ihm ein Arrangement vereinbart: Wenn schon laute Musik am Morgen, dann die Toten Hosen.

Justus spielte leidenschaftlich Gitarre, er war der Kreativere der beiden. Sein neustes selbst komponiertes Werk hatte er für seine Freundin Wiebke geschrieben. Es handelte von seinen Stinkefüßen und dass der Winter daran schuld war. Justus spielte am Wochenende seine Komposition Mark und Johanna vor, und beide fanden das Werk gut gelungen. Vielleicht würde aus Justus mal ein berühmter Sänger und Songwriter.

Es war Viertel vor sieben und die Brötchen im Ofen hatten ihre goldbraune Farbe erreicht. Inzwischen presste Johanna den Orangensaft aus und stellte noch Marmelade und Nutella auf den Tisch. Butter, Käse und Wurst waren schon gedeckt und der Kaffee verbreitete sein Aroma in der Küche. Die Musik endete abrupt und stattdessen hörte sie Gepolter auf der Treppe, dann lautstarkes gegenseitiges Necken vor der Küchentür. Endlich standen die Zwillinge in der Küche.

„Hallo Mami, wir haben nicht viel Zeit, schmierst du uns heute das Pausenbrot, aber nicht so viel, wir kommen nach der Vierten wieder und haben dann zwei Freistunden. Herrn Fröhlich hat es erwischt, er liegt mit Fieber flach. Grippe. Gott sei Dank, die Mathe-Klausur wird auf nächste Woche verschoben“, sagte Jakob mit vollem Mund.

Man konnte nur wenige Worte verstehen, aber den Rest reimte sie sich zusammen. Darin hatte sie jahrelang Übung. Justus vollendete das „fröhliche Geplänkel“, indem er noch hinzufügte, dass eigentlich Herrn Fröhlichs Frau die Vertretung machen sollte, aber die habe sich angesteckt und jetzt könnten sie sich gegenseitig pflegen. In Windeseile stopften sie sich je zwei Brötchen in den Mund, packten ihre Pausenbrote in die Rucksäcke und zogen im Flur die Anoraks an, um schließlich ihren morgendlichen Radweg zur Schule zu nehmen. Küsschen, und weg waren sie. Jetzt war Ruhe! Aber nicht lange.

Marks Absätze klapperten, als er telefonierend die Holztreppe herunterkam. Er setzte sich an den mit Krümeln verzierten Küchentisch. Johanna schenkte ihm heißen Kaffee ein, legte ihm ein warmes Brötchen auf den Teller, welches sie schon fürsorglich in zwei gleiche Hälften geschnitten hatte. Dazu frisch gepresster Orangensaft und die Zeitung.

Johanna fragte: „Kommst du heute zum Essen?“

„Nein, wir haben ein Meeting im Büro. Ein interessanter Auftrag für einen neuen Sportschuh. Die Firma sitzt in Amerika in San Francisco, und diesen Deal kann und will ich mir nicht entgehen lassen. Wir müssen harte Geschütze auffahren, denn die Konkurrenz ist groß. Der frühe Vogel pickt den Wurm! Deswegen müssen wir dranbleiben. Könntest du meine Saunatasche für die Männerrunde packen? Unter diesen Umständen schaffe ich es selbst vorher nicht.“

Wie jeden Donnerstag trafen sich die Männer in der Sauna. Bergers besaßen zwar eine Sauna, aber es hatte sich so ergeben, dass die Männer sich regelmäßig donnerstags um 18 Uhr in der großen Dschungel-Saunalandschaft trafen. Sie taten das seit Jahren, und anscheinend war es jedem von ihnen wichtig, sich diesen Abend freizuhalten. So eigenartig es auch war, trotz ihrer unterschiedlichen Lebensweisen, verstanden sie sich gut. Ein völlig ungleiches Team, und dennoch hielten sie seit Jahren ihre Freundschaft aufrecht. Mark, der Werbemanager mit eigener Firma. Livio, der Tänzer und Choreograph mit italienischem Temperament, leicht cholerischen Ausfällen und gelegentlichen Amouren, wie Johanna von Mark wusste. Ole, der ewige Student, Hausmann, Hobbykoch und Softy. Zusammen aber hatten sie ein gemeinsames Hobby, nämlich Fußball, und sie waren dazu noch Fans derselben Fußballmannschaft: von Bayern-München. Wann immer es ging, sahen sie sich die Spiele live an. Bei einer WM schlug Livios Herz allerdings immer für Italien, was ihm auch keiner übelnahm.

Heute war also wieder Saunatag und Johanna sollte, wie jeden Donnerstag, die Sachen herrichten, weil der Göttergatte es leider nie vorher schaffte. In all den Jahren konnte sie sich nicht erinnern, wann er es denn je geschafft hätte ...

Mark las inzwischen die Zeitung, und Johanna löffelte ihren Frischkornbrei, den sie sich, wie jeden Morgen, vorher eingeweicht hatte. Das Rezept bekam sie von Ole, der seine Familie morgens damit versorgte. Nur Annabelle verschmähte diese, wie sie sagte, Breichenkost. Mit einem Schuss Sahne und frischem Obst und etwas Honig zum Süßen ergab es eine sättigende Mahlzeit, die bis zum Mittag vorhielt. Aber auch Johanna konnte ihre Familie dafür nicht begeistern. Sie solidarisierten sich mit Annabelle.

Nachdem Mark die Zeitung gelesen und sein Frühstück genossen hatte, versuchte er ein wenig Konversation mit seiner Frau zu machen, indem er sie nach deren Tagesablauf fragte: „Was hast du heute noch so vor?"

„Ich räume die Wohnung auf, gehe joggen und bereite für die Jungs das Mittagessen vor. Danach mache ich die Küche und fahre zu Ole, er wollte mir ein paar Party-Rezepte für die Geburtstagsfeier unserer Jungs geben. Ich weiß noch nicht, wie lange es dauert. Auf jeden Fall bin ich zurück, wenn du zum Zwischenstopp nach Hause kommst, um die Saunatasche zu holen."

„Na, das hört sich ja sehr aufregend an. Hauptsache, du bist da, wenn ich nach Hause komme."

Johanna entgegnete: „Wenn ich arbeiten würde, dann wäre ich nie da! Du kannst dich wirklich nicht über zu wenig Aufmerksamkeit beklagen. Wenn die Jungs im Ausland sind, wird mir die Decke auf den Kopf fallen und ich kriege vor lauter Langeweile Depressionen. Ich habe mir überlegt, vielleicht mein Studium zu beenden. Was hältst du davon?"

„Gar nichts, Johanna! Ich möchte nicht in ein leeres Haus

kommen, weil meine Frau eventuell mit ihren Kommilitonen lernen muss oder gar feiert. Ich finde, du bist zu alt für ein Studium. Sei doch froh, dass du es dir leisten kannst, zu Hause zu bleiben. Andere würden dich beneiden."

„Mark, du kannst doch nicht im Ernst verlangen, dass ich zu Hause bleiben soll, nur damit du nicht in ein leeres Haus kommst. Ich möchte doch hier nicht versauern! Ich habe jetzt keine Lust zu streiten, aber das Thema ist für mich noch nicht erledigt."

„Für mich schon. Ich erwarte von meiner Frau, dass sie für mich da ist, wenn ich nach Hause komme. Dafür biete ich dir alles, was du willst. Du hast es doch nicht nötig, arbeiten zu gehen. Du hast den Garten und den Haushalt, deinen Sport und deine Freundinnen."

„Ich weiß noch nicht genau, was ich machen werde, aber du wirst dich mit dem Gedanken anfreunden müssen, dass ich etwas ändere", sagte Johanna entschieden. Dieses Mal konnte sie nicht klein beigeben. Sie wollte eigenständig und unabhängig werden, sich selbst beweisen, dass sie auf eigenen Füßen stehen konnte, und nicht so ein selbstgefälliges Leben führen wie ihre Schwiegermutter.

Mark stand auf und zog sich den Mantel an: „Du solltest nichts übereilen und in Ruhe darüber nachdenken, lass uns ein anderes Mal darüber reden." Kuss, und fort war er durch die Kellertür in Richtung Garage. Im Haus hinterließ er eine frustrierte Ehefrau. Doch schon ein paar Minuten später tanzte Johanna nach lauter Musik, die aus dem Radio kam – „Männer sind Schweine" von den Ärzten – durch die Küche, und sie war mit den Ärzten einer Meinung!

Heute schien das Wetter etwas besser zu sein und Johanna freute sich aufs Laufen. Sie machte gerade die Küche sauber, als es an der Tür klingelte. Auf dem Weg zur Tür räumte sie noch schnell ein paar Sachen weg und öffnete. Die Nachbarin stand vor ihr, „Frau Rita Mackes, alles, was sie sagt, ist Kackes", wie die Jungs zu sagen pflegten. Und Recht hatten sie.

Johanna versuchte, ihr gleich den Wind aus den Segeln zu

nehmen: „Ich hab leider nicht viel Zeit, Rita. Ich muss gleich weg. Was ist denn?"

„Hast du schon gesehen?", fiel Rita mit der Tür ins Haus. „Der neue Nachbar, zu deiner rechten Seite, die andere bin ja ich ..." Sie kicherte und sprach direkt weiter: „Der Arme erlebte ein schweres Schicksal und erholt sich sozusagen hier erst mal! Seine Frau starb vor zwei Jahren an Krebs und er verkaufte seine Firma. Er will aussteigen und in Neuseeland neu anfangen. Als Schafzüchter, glaube ich. Hab ich alles von Frau Plock erfahren. Frau Weber, seine Mutter und ich, wir haben dieselbe mobile Fußpflegerin, besagte Frau Plock."

Ohne Johanna zu Wort kommen zu lassen, fuhr sie fort: „Also, unser neuer Nachbar leitete eine Firma mit seiner Frau in München, ein Architekturbüro! Lief sehr gut, aber nachdem sie tot war, hatte er keine Lust mehr weiterzumachen. Letztes Jahr verkaufte er alles für einen guten Preis und bewohnt jetzt dieses Haus für ein halbes Jahr. Es gehörte seinem Großvater, der momentan in einem Pflegeheim lebt. Er wollte aus München raus. Es war zu schwer für ihn. Seine Geschäfte wickelt er gerade in aller Ruhe hier von Deutschland aus ab, um dann für immer nach Neuseeland zu gehen. Er kam nach Berlin, weil seine Wurzeln hier sind und er mit seinen Eltern die restliche Zeit in Ruhe genießen möchte, bevor er letztendlich auf und davon geht und das Land verlässt. Was sagst du?"

Johanna verstand nur Bahnhof. Allerdings war das bei Rita Mackes nichts Neues. Sie trank schon morgens Alkohol. Sie war ziemlich oft allein, denn ihr Mann machte bei der Bundeswehr Karriere.

Johanna wäre nicht Johanna, wenn sie nicht höflich geantwortet hätte: „Das ist ja eine traurige Geschichte. Ich sah gestern den Umzugswagen. Schade, dass das Haus dann wieder leer steht. Ich war so froh, dass hier endlich jemand einzog. Sei mir nicht böse, aber ich muss mich sputen. Danke für deine Informationen. Wir sehen uns! Bis dann, Rita, tschüss." Johanna schloss schnell die Tür, bevor Rita noch mehr Sensationen einfielen. Das waren ja Neuigkeiten. So ein armer Mann. Was für ein Schicksal! Solche Geschichten trafen ihre Tränendrüsen, nichts wie weg und joggen.

Fünf Minuten später war sie angezogen: lange dunkelblaue Laufhose, rosafarbenes Fleece-Shirt und ein dicker schwarzer Schal. Wie gut, dass sie ihre alten Skipullover nicht in den Altkleidersack geworfen hatte, denn zum Joggen unter dem Fleece-Pulli eigneten sie sich noch gut. Vorsichtig öffnete sie die Haustür und schaute, ob Rita Mackes nicht noch in der Nähe war. Billi wäre stolz auf sie, wenn sie mitbekommen hätte, wie Johanna sich die Mackes vom Hals geschafft hatte. Da stand Billi, für Johanna vor ihrem inneren Auge sichtbar, auch schon an der Ecke mit dem Daumen-hoch-Zeichen. Eine imaginäre Billi, die immer in Krisensituationen bei den Freundinnen in Erscheinung trat. Die Luft war rein, also lief sie locker los.

Am Anfang war sie langsam, um dann nach etwa zwei Kilometern richtig loszulegen. Es war schön draußen. Die Sonne schien etwas und die Kälte schien erträglich. Von dem bevorstehenden Kälteeinbruch war noch nichts zu spüren. Johanna liebte es, bei Wind und Wetter zu joggen. Echte Jogger kennen kein schlechtes Wetter, sondern nur schlechte Kleidung! Die Luft roch leicht nach Schnee. Einzelne Pfützen waren zugefroren und an den Straßenseiten lag schmutziger Schneematsch.

Bis zum Park brauchte sie ungefähr eine Viertelstunde. Dort lief sie je nach Lust und Laune hoch und runter oder kreuz und quer. Unterwegs kamen ihr viele Jogger entgegen, zu zweit oder auch allein, und Hundehalter, die ihren Liebling Gassi führten. Johanna hätte auch gern einen Hund gehabt, aber Mark litt unter einer Hundehaarallergie, also war das Thema erledigt.

Während des Joggens dachte sie viel nach, suchte Antworten auf Fragen und bekam sie meistens auch. Einer der wertvollen therapeutischen Tipps von Billi lautete: „Frag dich selbst und du wirst die Antwort in dir finden!“ Und sie fragte sich so einiges! Warum hasste ihre Schwiegermutter sie so? Was hatte sie ihr getan? Wer war sie und was machte sie zu dem Menschen, der sie war? Ihre Enkelsöhne mochten sie nicht besonders. Das lag vielleicht daran, dass sie sich noch nie wirklich um Justus und Jakob bemüht hatte.

Ihr Standardsatz lautete: „Ich bin keine Oma für das Grobe! Windeln wechseln sind mir ein Gräuel und vom Gebrabbel und Gesabbere bekomme ich Kopfweh. Ich kann besser was mit größeren Kindern anfangen. Zum Beispiel mit ihnen in die Oper oder ins Theater gehen! Als Mark klein war, leisteten wir uns ein Kindermädchen, das sich den lieben langen Tag mit ihm herumärgern konnte. Für mich gab es damals wichtigere Aufgaben. Mein Mann und ich bauten eine Firma auf und das machte uns zu dem, was wir, und auch du, heute sind! Du brauchtest dich ja nur ins fertige Nest zu setzen. Außerdem hattest du großes Glück, dass mein Sohn dich geheiratet hat. Durch deine Heirat hast du dich gesellschaftlich um einiges verbessert. Ja, du hast es ganz geschickt angefangen und dich von ihm schwängern lassen!"

Die Ehe ihrer Schwiegereltern war nicht glücklich. Das wusste sie von Mark. Und als ihr Schwiegervater starb, machte die Schwiegermutter nicht unbedingt einen traurigen Eindruck. Johannas Schwiegervater hatte einen schweren Schlaganfall erlitten, und als man ihn auf der Intensivstation betreute, war die Schwiegermutter immer nur kurz da, um mit dem Arzt zu sprechen, aber niemals kam sie an sein Bett. Mark und Johanna wechselten sich jeden Tag ab. Falls er erwachen sollte, wollten sie nicht, dass er das Gefühl hatte, allein zu sein. Die Ärzte machten ihnen keine großen Hoffnungen. Wenn er jemals aus dem Koma erwachen sollte, würde er ein Pflegefall sein. Seine Frau war davon nicht angetan und hatte schon einen Platz im Pflegeheim organisiert. Als Marks Vater nach vier Wochen starb, ohne wieder aufgewacht zu sein, spielte die Schwiegermutter im Bekanntenkreis und bei Geschäftsfreunden plötzlich die trauernde Witwe. Nach der Beerdigung fuhr sie zur Kur nach Bad Sooden-Allendorf, um sich zu erholen. Seit 20 Jahren kam sie jedes Jahr wegen der gesunden Luft und des guten

Klimas dorthin: Bad Sooden-Allendorf, die Perle im Werra-Meißner-Kreis, war ihr Fluchtdomizil!

Mark und Johanna erledigten die nötigen notariellen Formalitäten und kümmerten sich um alles andere. Nach sechs Wochen Kur-Urlaub kam sie auf eine Stippvisite nach Hause. Sie bepackte ihre Koffer mit neuer Kleidung und fuhr für weitere vier Wochen nach Alderney, der in ihren Augen schönsten Kanal-Insel. Aus dem Stegreif musste Mark allein verantwortlich die Firma übernehmen. Die Agentur war damals noch nicht so groß und auch nicht auf den Weltmarkt ausgerichtet. Mark kannte seine Mutter gut genug, um nicht enttäuscht zu sein, weil seine Mutter wie stets die Flucht ergriff und niemals Hilfe anbot. „Das hat sie schon immer gemacht. Wenn es stressig oder brenzlig wurde, haute sie ab und ließ mich und Vater sitzen. Sie war einfach weg und niemand von uns wusste, wann sie zurückkommt."

„Wieso hat dein Vater nichts dagegen getan?", wunderte sich Johanna.

„Er kümmerte sich um die Firma und baute sie auf. Ich glaube, er war froh, wenn sie weg war. Ich wurde früh selbstständig und machte mein eigenes Ding. Meine Mutter war manchmal da und im nächsten Moment wieder ganz weit weg. Ich wusste nie, wen ich da vor mir hatte."

Mehr bekam sie aus Mark nicht heraus. Die Schwiegermutter, die zwar immer erzählte, sie hätte die Firma mit aufgebaut, bemühte sich nie sonderlich um die Geschäfte. Im Gegenteil! Die Mitarbeiter waren froh, wenn sie die Frau Chefin nicht von vorne sehen mussten. Sie war viel zu sehr damit beschäftigt, ihre Friseur- und Kosmetiktermine einzuhalten.

Johannas Gedanken gingen noch weiter zurück – zu der Zeit, als ihre Schwiegermutter noch eine junge Frau war. Nach eigenem Bekunden verlebte sie die glücklichste Kindheit, die je ein Mensch hatte. Grete, so hieß sie, wuchs in Potsdam auf. Ihre Eltern führten ein Geschäft und es ging ihnen recht gut. Grete war das Ältere von zwei Kindern. Ihr Bruder Franz kam vier Jahre nach ihr auf die Welt. Gretes

Kindheit verlief, wie sie selbst berichtete, sehr liebevoll und friedlich. Sie zeigte bei jeder Gelegenheit Johanna und den Jungs Fotos aus ihrer Kindheit und Jugendzeit. „Schau mal, war ich nicht eine gut aussehende junge Frau? Was war ich doch für eine aparte Schönheit“, pflegte sie dann zu sagen. In ihren Erzählungen lebte sie in einer glücklichen und unbeschwerten Kindheit, in der der Bruder fast nie vorkam. In den Geschichten lag sie auf dem Sofa und rauchte Machorka oder sie spielte den ganzen Tag Klavier, während das Personal in der Küche das Familiensilber putzte.

Als der Krieg ausbrach, wurden der Vater und der Bruder eingezogen. Kurz darauf fiel der Bruder bereits im Feld und die Mutter kam bei einem Bombenangriff ums Leben. Gretes Vater überlebte den Krieg, wurde aber als Kriegsverbrecher von den Amerikanern standrechtlich erschossen. Bereits während des Krieges arbeitete Grete als Fernschreiberin bei einem General in Lodz, das damals von den Deutschen besetzt war.

Trotz der Tragödien war es eigenartig, dass der Krieg in ihren Erzählungen so gar keine schlimme Rolle spielte. Bruder, Vater, Mutter und ihr Verlobter fanden den Tod, aber die Zeit war immer wunderschön: „Es gab keine Judenverfolgung! Und überhaupt, das alles wird heute noch zu sehr aufgebauscht.“ O-Ton Grete. Als dann „der Russe“ vor den Toren stand, war Grete ganz allein.

Sie schloss sich einem Flüchtlingstreck an und verließ schweren Herzens ihre geliebte Heimat. Auf der Flucht lernte sie Marks Vater kennen, der ein Dienstverpflichteter war. Er träumte davon, die Firma seines Vaters nach dem Krieg wieder aufzubauen. Nach der Kapitulation schlugen sie sich über drei Jahre in Berlin durch. Während dieser Zeit ernährte er Grete und sich mehr schlecht als recht vom Schwarzhandel und von Gelegenheitsjobs. Dank seiner guten Sprachkenntnisse gelang es ihm, Kontakt zu den Amerikanern zu knüpfen. Justus-Jakob, der Name von Marks Vater, bekam durch diese Kontakte kleine Jobs beim amerikanischen Sender AFN und nutzte die Gelegenheit für den Wiederaufbau der väterlichen Firma. Nach der Berlin-Blockade gelang ihm der Durchbruch und im Laufe der Jahre konnte er die Firma etablieren.

Niemand durfte die Ausführungen Gretes anzweifeln. Und dennoch kam es zwischen ihr und ihrem Mann zu ständigen Streitereien, weil Gretes Kindheit mit den Jahren immer besser, schöner und reicher wurde. Die Ursache dafür war reine Spekulation. Waren es die nicht verarbeiteten Kriegserlebnisse oder war sie als Kind nicht geliebt worden? War es die Eifersucht auf den kleinen Bruder?

Sie lebte mit allen in ständiger Konkurrenz, ganz besonders mit Johanna. Manchmal wallte ein alter Zorn in Johanna hoch und sie wusste nicht, woher diese Gefühle kamen. Ihre Angst vor der Schwiegermutter war groß und diese Angst ließ sie selbst im Schlaf nicht los. In ihren Träumen spielte Grete eine große Rolle. Sie sah zwar immer anders aus, doch wusste Johanna genau, dass es Grete war, die ihr da im Traum erschien. Stets hatte sie Macht und wünschte Johanna den Tod.

Vor Johanna lief schon seit geraumer Zeit ein Jogger im gleichen Tempo und Rhythmus wie sie. Er war ungefähr 1,90 Meter groß und hatte eine sehr sportliche Figur. Seine schwarzen kurzen Haare waren nass, die gestreifte Laufhose mit passendem Fleece war mit Dreck bespritzt. Aber wahrscheinlich sah Johanna von hinten genauso aus. Setzte er sein rechtes Bein auf, tat sie es ebenfalls und so weiter. Immer im gleichen Tempo. Sie heftete sich unbewusst an seine Fersen und blieb im selben Abstand hinter ihm.

Johanna war schon fast eine Stunde unterwegs und es fing mittlerweile an zu regnen. Sie wollte nur noch nach Hause und unter die Dusche. Ihre Klamotten waren durchnässt. Die Feuchtigkeit setzte ihr zu. Ihre Beine, besonders die Oberschenkel, waren eiskalt. Der Mann bog in ihre Straße ein und hielt ein paar Meter vor ihrem Haus an einer Straßenlaterne an, um ein paar Dehnübungen zu machen.

„Hallo, Sie scheinen mein neuer Nachbar zu sein“,

sprudelte sie los. „Ich wohne neben Ihnen und mein Name ist Johanna Berger.“

„Ach, Sie sind das. Ich habe schon von Ihnen gehört. Sie joggen jeden Tag bei Wind und Wetter und scheinen nichts Besseres zu tun zu haben. Sie sehen, selbst in einer Großstadt bleibt nichts verborgen. Ich habe die Buschtrommeln gehört. Sie sind schon zu mir durchgedrungen. Mein Name ist Philipp Weber. Ich wohne seit drei Tagen neben Ihnen“, antwortete er in einem Schwall, holte Luft und redete weiter: „Eigentlich wollte ich mich nächste Woche offiziell bei Ihnen vorstellen, aber das kann ich mir jetzt wohl sparen. Ich werde ein halbes Jahr neben Ihnen wohnen und dann nach Neuseeland übersiedeln. So werden wir uns vielleicht öfter beim Joggen begegnen, denn ich laufe auch jeden Tag. Leider habe ich momentan vor lauter Langeweile auch nichts anderes zu tun und ich brauche es außerdem als Ausgleich. Wir beide scheinen unter der gleichen Langeweile zu leiden!“

Er schaute sie erneut lächelnd an und wartete auf eine Erwiderung. Aber da sein intensiver Blick Johanna irgendwie beunruhigte und ihre Beine langsam zu Eis erstarrt waren, verabschiedete sie sich schnell und sagte nur: „Nett, Sie kennengelernt zu haben. Dann wünsche ich Ihnen für die Zeit, in der Sie hier wohnen, alles Gute und vielleicht sieht man sich ja öfter.“

Johanna ging langsam die Auffahrt hoch zur Haustür. Sie drehte sich noch einmal um und sah, wie er ihr nachschaute. Dann entschwand auch er und hinterließ doch tatsächlich ein gutes Gefühl bei Johanna. So was aber auch!

Jetzt schnell duschen! Ab ins Warme! Am besten gleich ins Badezimmer in die Wanne, damit der ganze Körper aufgewärmt wurde. Vor zwei Jahren hatten sie alles neu renovieren lassen und die dunkelblauen Fliesen mit dem blauen Waschbecken, der Dusche und der Wanne entfernt. Jetzt leuchtete das Badezimmer in warmen Farben im mediterranen Stil.

Johanna drehte den Wasserhahn auf, damit die Wanne voll laufen konnte. Derweil ging sie ins Schlafzimmer zurück und zog die verschwitzten Klamotten aus. Dann schaltete sie das Radio auf dem Nachttisch ein, um sich ein bisschen berieseln zu lassen. Die Nachrichten liefen und der Sprecher informierte die Zuhörer, dass eine Kältewelle über Deutschland hereinbrach. Auf 15 Grad minus sollte das Thermometer fallen, was Johanna noch mehr frösteln ließ, so dass sie schon vorab in die Wanne stieg. Zuerst die Füße, sie waren mittlerweile eisig, dann tauchte sie vorsichtig den ganzen Körper ein. Das heiße Wasser tat weh wie tausend kleine Nadelstiche, bis sich nach und nach eine wohlige Wärme ausbreitete. Sie streckte sich lang aus und ließ sich vom Wasser umhüllen. Die kalten Oberschenkel kribbelten nun angenehm. Das war das Highlight des Tages: Wunderbar!

Nach dem Baden trocknete sie sich ab, cremte sich den Körper ein und zog ihre Lieblingsjeans an. Dazu einen dunkelblauen Rollkragenpullover und schwarze Schuhe. Angezogen lief sie im Galopp die Treppe hinunter in die Küche und bereitete das Essen für die Zwillinge vor. Etwas Unkompliziertes! Spaghetti und einen Salat. Das ging schnell und die Jungs liebten Nudeln.

Um zwölf kamen die beiden zur Tür herein mit lautem Gejohle. „Wir sind da!“, schallte es schon aus dem Flur zu Johanna in die Küche.

„Hallo!“, antwortete sie. „Essen ist fertig. Ihr könnt euch sofort hinsetzen.“ Während sie ihr Mahl einnahmen, erzählten die Jungs Insidergeschichten aus der Schule und wen sie noch zu ihrer Geburtstagsparty einzuladen gedachten. Jakob hatte momentan keine Freundin, wohl aber ein Mädchen zum Anhimmeln. Sie wollte er auch zur Party einladen. Würde sie kommen oder nicht? Das war die Frage. Justus dagegen hatte seine Wiebke schon über ein Jahr.

Äußerlich sahen sich die Zwillinge ähnlich, selbst die Großmutter schaffte es nicht, sie auseinanderzuhalten. Im Charakter unterschieden sie sich allerdings sehr: Justus war der Kreative, der Mutige und Starke. Jakob dagegen war eher etwas sensibler, abwartender, ruhiger, ausdauernder. Beide waren sie auf ihre Art sehr liebenswert. Sie verstanden sich gut und gingen freundschaftlich miteinander um. Sicher hatten sie auch dann und wann Zoff miteinander, aber das renkte sich spätestens am nächsten Tag wieder ein.

Johanna war immer für sie da und hatte auf vieles verzichtet. Ihre Söhne waren ihr das Wichtigste auf der Welt. Für sie war es selbstverständlich, dass die Mutter da war, wenn sie aus der Schule heimkamen, und dass Johanna als Ansprechpartnerin für Hausaufgaben zur Verfügung stand. Mittlerweile brauchten sie Johanna nur noch zur moralischen Unterstützung. Sie hatte nie das Gefühl, irgendetwas verpasst zu haben! Sie war eher froh, dass es den Jungs so gut ging und es ihnen bisher an nichts zu fehlen schien. Sie waren gesund und glücklich, sehr selbstständig, verantwortungsbewusst und selbstbewusst.

Nach dem Essen zogen Justus und Jakob sich in ihre Zimmer zurück und Johanna räumte die Küche auf. Sie stellte das Geschirr in die Spülmaschine, von den Jungs nur „Spülemühle“ genannt, und wusch die Töpfe ab. Von oben ertönte wieder das bekannte Geräusch aus den Boxen. Es war jetzt halb zwei und um zwei wollte sie bei Ole sein wegen der Rezepte für Club-Sandwiches und andere Partyhappen. Sie zog deshalb ihren Mantel an und ging durch die Garage zum Auto.

Familie Brentano-Schulze wohnte eine halbe Stunde Autofahrt von Bergers entfernt. Um ihr Holzhaus rankte sich Efeu, und der Vorgarten war überwuchert mit breiten und wuchtigen Koniferen. Die große Tanne vor dem Haus hatte noch ihre Weihnachtsbeleuchtung, und überall verstreut lag Kinderspielzeug in Neonfarben, ungesundes Plastikzeugs, Geschenke von Papa Brentano.

Johanna parkte ihr Auto vor dem Haus. Auf dem Weg zur Haustür räumte sie ein Bobbycar und ein Kinderfahrrad zur Seite. Eine Katze, wahrscheinlich war es Molly, nutzte die Gunst der Stunde, um gestreichelt zu werden, denn sie schlich um Johannas Beine herum. Während Molly und Johanna darauf warteten, hereingelassen zu werden, streichelte Johanna die Katze, was diese mit einem genießerischen

Schnurren goutierte. Aus dem Inneren des Hauses drangen Hundegebell und Kindergeschrei nach draußen und man hörte Ole rufen: „Einen Moment noch, Johanna! Ich putze Pauline gerade den Po ab. Wir sind gleich so weit." Kurz darauf hörte man die Klospülung, und ein paar Sekunden später öffnete Ole die Tür.

„Hallo, meine Liebe, komm herein und lass dich anschauen. Gut siehst du aus! Ich wasche mir noch schnell meine Hände. Moment! Ich umarme dich gleich! Zieh deinen Mantel aus und komm in die warme Stube. Im Kamin brennen Holzscheite und außerdem habe ich uns einen grünen Tee gekocht."

Ole verschwand im Bad, während Johanna sich den Mantel und die Schuhe auszog. Dann ging sie ins Wohnzimmer. Die Sonne schien durch die Fenster und durchflutete auf eine heimelige Art das ganze Zimmer. Millionen von Staubkörnchen tanzten auf ihren Strahlen. Das Feuer im Kamin knisterte, davor lagen Fidel und Castro, die beiden schwarzbraunen Berner Sennenhunde. Castro hob schläfrig seinen Kopf und blinzelte aus müden Augen. Er akzeptierte Johanna und legte sich wieder gemütlich hin. Fidel dagegen stand schwerfällig auf und trottete zu ihr, um sich seine Streicheleinheiten abzuholen. Anscheinend wollte auch er die Gunst der Stunde nutzen, genau wie Molly vorhin. All das verbreitete eine wunderbar behagliche und romantische Atmosphäre. Der Fußboden bestand aus hellen Holzdielen, die nicht nur dunkle Astlöcher hatten, sondern auch etliche Schrammen und Kerben von den Kindern und den Hunden.

Hier wurde richtig gelebt, das war nicht zu übersehen, und nicht nur gewohnt. Überall lagen Spielsachen herum, bunte Federmäppchen, Stifte, Hausaufgabenhefte und Schulbücher bedeckten den Esszimmertisch. Neben der Couch stand ein großer Korb mit Wolle und Stricknadeln, Oles Entspannungsbeschäftigung. Er strickte, falls die Zeit es zuließ, in seiner Freizeit Socken.

Ole kam mit großen Teebechern und der Teekanne, stellte diese auf ein kleines Tischchen vor dem Kamin, umarmte

Johanna und hockte sich auf eines der dicken Sitzkissen, die auf dem Fußboden lagen. Seine langen Beine kreuzte er nach Schneidersitzart übereinander und machte es sich bequem. Er trug eine ausgewaschene Jeanshose und einen selbstgestrickten Pullover in Naturfarben. Die langen Haare hatte er wie immer hinten zusammengebunden, und anstatt Schuhen trug er dicke Wollstrümpfe, wahrscheinlich von eigener Hand gefertigt. Johanna machte es ihm nach. Es war herrlich warm und kuschelig. Der Tee war eine Spezialmischung von Ole und duftete verführerisch. Dem Krach nach zu urteilen, tobte in der oberen Etage eine ganze Horde von wilden Kindern und hatte mächtig viel Spaß.

„Endlich mal in Ruhe sitzen. Das ist herrlich! Ich liebe meine Kinder sehr, aber manchmal sind sie eine Plage. Vor allem mittags, wenn mein Adrenalinspiegel sinkt, und abends, wenn sie nicht ins Bett wollen und ich am liebsten ins Koma fallen möchte. Dazwischen sind sie anstrengend, laut, quengelig, undiszipliniert, nervig und chaotisch."

Sie lachten und Johanna gab ihm recht: „Ich finde es bewundernswert, wie du das mit Haus, Kindern und Studium auf die Reihe bekommst. Niemand in meinem Bekanntenkreis würde diesen Spagat hinkriegen. Dann schreibst du so ganz nebenbei auch noch ein Kochbuch. Ich finde das großartig! Apropos, wie kommst du voran?"

„Die Rezepte stehen schon, bis auf ein paar Kleinigkeiten. Jetzt müssen die Fotos gemacht werden! Denn ein kulinarisches Rezeptbuch lebt von seinen Bildern. Das kennst du bestimmt auch von dir selber: Wenn du ein Kochbuch kaufen willst, blätterst du erst mal darin herum und lässt dich von den lecker angemachten Speisen auf Designertellern inspirieren. Den Fotografen habe ich schon an der Hand. Es fehlt die Zeit. Das ist mit den Kindern schon schwer hinzubekommen! Der Fotograf hat viele Termine. Die Speisen müssen vorbereitet sein. Es geht um 20 oder mehr Gerichte, nicht nur um eine Speise! Das wird nicht einfach. Sondern so schwierig, dass ich es erst mal auf Eis legen werde. Bis dahin kann ich meine Rezepte noch vervollkommnen!

Ich habe dir im Übrigen die Party-Rezepte in den Computer getippt und dir gemailt. Wenn jetzt die Musik stimmt und die Getränke okay sind, dann wird das die Party des Jahrhunderts."

Johanna lachte und pflichtete ihm bei: „Danke, dass du mir die Rezepte geschickt hast. Die Idee ist genial. Warum bin ich nicht darauf gekommen?"

„Dann hättest du mich bestimmt nicht besucht, und ich könnte jetzt nicht mit dir hier sitzen und Tee vor dem Kamin trinken. Alles hat seinen Sinn im Leben."

„Der Satz könnte von Billi sein", entgegnete Johanna. „Außerdem bekommst du ja öfter Damenbesuch. Leonie erzählte gestern, dass sie bei dir und den Kindern war, und ihr habt auch vor dem Kamin gesessen und etwas getrunken. Jetzt weiß ich es. Du bist in Wirklichkeit ein Charmeur und lockst die Frauen reihenweise in dein abgeschiedenes Holzhaus, setzt dich mit ihnen vor den Kamin und entlockst ihnen so manches Seelengeheimnis."

„Ja, ich bin ein ganz Schlimmer. Fidel und Castro könnten so manches erzählen von mir und meinen Opfern. Aber Spaß beiseite, ich mache mir Sorgen um Leonie. Sie ist in einer depressiven Phase. Sie stellt ihr bisheriges Leben in Frage und alles nervt sie an. Sie sollte sich eine Zeit lang Urlaub nehmen und über sich nachdenken und schauen, was ihr wirklich wichtig ist! Die beiden ambivalenten Welten, ihre Kindheit im Waisenhaus und diese Schickimicki-Gesellschaft in der Kulturszene. Das kann man nicht so einfach wegstecken. Sie weiß ja nicht einmal, wo ihre Wurzeln liegen. Sie lebte in ihrer Kindheit immer am emotionalen Limit und konnte sich nicht mit ihren Eltern identifizieren. Das sollte sie auf jeden Fall nachholen. Ist alles nicht so einfach."

„Jetzt spricht aus dir der Psychologe."

Ole fuhr unbeirrt fort: „Leonie weiß, was sie tut. Sie sucht sich intuitiv die richtigen Leute aus. Dafür hat sie ein Gespür, und wenn sie Hilfe braucht, ist sie überall bei uns im Freundeskreis gut aufgehoben."

Johanna beendete das Thema, indem sie auf Annabelle zu

sprechen kam: „Annabelle erzählte gestern, dass sie in einem Fitness-Studio ihre Pfunde abtrainieren möchte und dass es ihr bisher viel Spaß macht!“

„Ich weiß nicht. Sie sollte sich nicht so unter Druck setzen. Mir machen ihre Pfunde nichts aus. Ich liebe sie, ob mit 90 oder 70 Kilo! Annabelle ist Annabelle und für mich die Frau, mit der ich mein Leben teilen möchte. Eigentlich läuft es super zwischen ihr und mir. Ihr Vater ist megaeifersüchtig, aber das liegt nicht an mir. Jeder potenzielle Schwiegersohn hätte seine Kämpfe mit ihm zu fechten! Ich kann es verkraften, aber ihm nimmt es eine Menge Power. Aber ein toller Opa ist er. Das muss ich sagen.

Mit meiner Schwiegermutter komme ich wunderbar klar. Sie hilft mir oft bei den Kindern. Nur Annabelle steht ständig unter Erfolgsdruck, um bei ihrem Vater einen guten Eindruck zu machen. Sie hat unbewusst das Gefühl, nicht genug geliebt zu werden von ihm, weil sie keine Modelfigur hat oder auch kein Junge geworden ist. Das kompensiert sie durch Leistung in der Kanzlei. Es ist ihr Leben. Sie muss damit klarkommen, aber letztendlich sollte es ihr selber deutlich werden, wenn ich das sage, bringt es herzlich wenig. Du kennst mein Motto: Leben und leben lassen.“

„Ole, du bist klasse! Annabelle ist sicher auch glücklich mit dir, und sie weiß, was sie an dir hat. Du hältst ihr schließlich den Rücken frei! So kann sie Beruf und Kinder unter einen Hut bringen. Und bei dir habe ich ehrlich gesagt auch nicht den Eindruck, dass du mit deinem Leben unzufrieden bist.“

„Nein, ich finde es gut, so wie es ist. Sicher gibt es immer Dinge, die man im Nachhinein anders machen würde, aber so geht es vielen Menschen, oder?“ Er wechselte das Thema: „Ich freue mich heute Abend auf unsere Männerrunde. Ich bringe Honig mit. Das macht die Haut schön zart.“

„Na, das ist ja was für Mark. Da bin ich aber gespannt, ob du ihn mit deinem Honig überzeugen kannst! Dass Livio sich auf so etwas einlässt, kann ich mir gut vorstellen, aber nicht Mark! Der wird sagen: ‚Das ist was für Weicheier!‘“

Sie lachten beide laut los und Ole meinte: „Ich glaube, du täuschst dich, auch er möchte schön sein. Da unterscheidet er sich nicht von anderen Männern. Wir Männer schmieren uns heimlich Faltencreme auf die Tränensäcke und feilen und polieren uns die Fingernägel! Und wer weiß, was wir sonst noch alles anstellen, um den Frauen zu gefallen. Der Mann an sich ist eitel und sensibel. Wir brauchen viel Bestätigung vom weiblichen Geschlecht." Ole lachte und schob sich dabei eine widerspenstige Strähne hinters Ohr.

„Verrat nicht so viel über die Männer, Ole! Sonst platzt noch meine Seifenblase, denn als kleines Mädchen habe ich mir immer gewünscht, dass irgendwann mein Ritter kommt und mich fortbringt und meine Seele rettet."

„Hast du den Eindruck, deine Seele müsste gerettet werden?", fragte er verwundert. „Ich sag dir jetzt etwas, was das kleine Mädchen vielleicht enttäuschen wird: Deine Seele kannst nur du selbst retten!"

„Ich weiß!", sagte sie und schaute ins Feuer, „aber diese Vorstellung vom edlen Ritter, der mich über alles liebt, der kommt und mich vor Tod und Teufel rettet, hat mir so manches Mal geholfen, durchzuhalten und weiterzugehen. Reden wir nicht mehr davon. Es tut mir nicht gut, zurückzuschauen. Jedenfalls im Moment nicht. Meine Söhne sind ab dem Sommer für ein Jahr im Ausland. Da wird es ruhig werden. Ja, im Sommer hab ich meinen Garten, da könnte ich mich festgraben sozusagen. Aber was ist danach? Meinst du, ich sollte mir was suchen?"

„Das kommt auf dich an. Was willst du?", fragte Ole.

„Ich weiß nicht recht. Ich habe ja nie mein Landwirtschaftsstudium beendet. Vielleicht kann ich da irgendwie weitermachen? Aber wenn ich bedenke, dass ich damals Träume hatte, die heute nicht mehr zu realisieren sind ... Was soll ich da mit einem Landwirtschaftsdiplom? Ich brauche es nicht wirklich."

„Lass doch erst mal alles auf dich zukommen! Im Sommer sieht die Welt schon wieder anders aus und du schaust bis dahin, was du wirklich willst."

Johanna lachte und sagte: „Wieder so ein Billi-Satz. Ihr habt viel gemeinsam! So schön es hier ist, aber ich muss noch ein paar Dinge erledigen, Ole! Es war nett mit dir. Grüß die Kinder von mir! Ich will jetzt nicht hochgehen und sie dir aufmischen. Sie spielen gerade so schön."

„Ja, aber es ist verdächtig leise. Das ist kein gutes Zeichen! Ich pirsch mich gleich mal ran, in Indianermanier, und schaue nach. Vielleicht kann ich noch eine Katastrophe verhindern! Schön, dass du da warst, und lass dich mal wieder bei mir blicken!"

„Ja, das werde ich ganz bestimmt, vielen Dank für den leckeren Tee. Bis bald Ole."

Die Sonne hatte sich verflüchtigt und die Temperatur schien gefallen zu sein. Johanna schlug den Kragen hoch und band sich ihren dicken selbstgestrickten Schal um. Derweil schlich sich Ole um die Ecke und schaute nach seinen Töchtern.

Johanna wendete das Auto und fuhr mit rasantem Tempo an: Jetzt schnell ins Einkaufscenter und ab nach Hause. Es war mittlerweile 16.30 Uhr und es wurde langsam dunkel, so dass sie das Licht einschalten musste. Auf der nassen Straße spiegelte sich das Scheinwerferlicht wieder und die Bäume bestanden nur noch aus dunklen Schatten. Ihre knorrigen Äste ragten bedrohlich in den Himmel und sahen manchmal etwas unheimlich aus. Das Einkaufscenter lag auf der Strecke und Johanna überlegte, ob sie nicht schon den Wochenendeinkauf erledigen sollte. Während sie noch nachdachte, drang das unverkennbare Klingelgeräusch ihres Handys durch ihre Handtasche, die auf dem Beifahrersitz lag. Sie kramte mit der rechten Hand in der Tasche und holte das Handy heraus. Ole schrieb ihr eine SMS und teilte ihr mit, dass seine Töchter heimlich den gesamten Kleiderschrank ausgeräumt hatten, um Modenschau zu spielen. Den Laufsteg improvisierten sie aus Matratzen, die sie aus allen Betten geholt hatten. „Ich hasse meine Kinder und werde sie bei nächster Gelegenheit zum Verkauf bei eBay anbieten", war sein Schlusssatz. Johanna lachte! Wer's glaubt!

Gut gelaunt wandelte Johanna mit ihrem Einkaufswagen durch die Gänge des Einkaufscenters von einer Abteilung zur nächsten und suchte sich die benötigten Artikel heraus, bis sie alles hatte. Als sie an der Kasse endlich an der Reihe war, kam eine aufgeregte ältere Frau von hinten und schubste sie beiseite. „Entschuldigung, ich habe nur wenig Zeit, können sie mich vorlassen?" Automatisch machte Johanna Platz und ließ die Frau vor. Gleichzeitig ärgerte sie sich über sich selbst, weil sie sich wieder mal überrumpelt fühlte. Johanna ließ ständig Menschen an der Kasse vor, weil sie weniger im Korb hatten. Das schlechte Gewissen, dass andere wegen ihr so lange warten mussten, marterte sie, so dass sie nicht anders konnte, als sie vorzulassen. Johanna erinnerte sich allerdings nicht daran, dass umgekehrt ihr mal jemand den Vortritt gelassen hätte.

Endlich kam sie an die Reihe, bezahlte, ging zum Parkplatz, lud die Sachen in den Kofferraum und setzte sich ans Steuer. Sie schaltete die Musik ein und genoss die Ruhe. Im Auto sang Seal, allein für Johanna! Sie ließ sich von ihm in eine andere Welt entführen. Eine Welt voller Romantik. In dieser Welt erschien ganz plötzlich auch der neue Nachbar Philipp Weber, der ihr heute Mittag so tief in die Augen geblickt hatte. Sie wunderte sich über sich selbst. Was war denn mit ihr los? Das Gesicht von Johanna lächelte sie im Rückspiegel an und sah sehr zufrieden aus.

Das Mädchen lag im Bett und verstand die Welt nicht mehr. Sie wollte der Mutter doch nur helfen und nun wurde sie bestraft, weil sie ein Kissen auf das Baby gelegt hatte. Das Baby hätte ersticken können, sagten die Eltern. Das Baby machte doch nur Ärger, seit die Mutter vor fünf Wochen aus dem Krankenhaus gekommen war. Keiner hatte mehr Zeit und alle mussten sich nach dem Baby richten. Bevor das Neugeborene ins Haus kam, war alles ganz anders gewesen.

Das Mädchen weinte still vor sich hin. Der Vater schickte sie ohne Abendbrot zu Bett. Vielleicht sollte sie einfach weglaufen, dann würden Mama und Papa schon merken, was sie getan hatten, und wären womöglich wieder lieb zu ihr. Oder vielleicht sollte sie einfach nichts mehr essen, dann würde sie krank werden und Mama und Papa machten sich dann Sorgen um sie. Dann hätten sie sie vielleicht lieber als das Baby.

Irgendwie war früher alles viel besser gewesen und das Mädchen wünschte sich die Zeit vor dem Baby zurück. Bald gab es für das Mädchen nur noch die Zeit vor dem Baby und die Zeit nach dem Baby. Die Zeit davor war schön und das Mädchen hatte die Eltern für sich allein, und die Zeit danach war nicht schön, denn die Eltern hatten nur noch Augen für das Baby. Das Leben war so ungerecht! Das Baby war doof. Sie hasste die kleine Schwester. Mit diesen Gedanken schlief das Mädchen ein.

Der Tiger scharrte mit seinen Pranken im Sand und machte sich bereit!

Kapitel 3

Das Radio spielte ein Lied von Melanie C: „The first day of my life“. Johanna räkelte sich noch im Bett und drehte sich auf die andere Seite. Das Lied von Mel C machte sie langsam munter. Dabei war es überhaupt kein Power-Lied. Doch es ließ Johanna wach werden und gute Laune bekommen.

Johanna freute sich irgendwie auf den Tag. Sie hatte gut geschlafen und fühlte sich stark. Langsam streckte sie die Beine aus dem Bett, angelte mit ihren Füßen nach den Puschen und zog sich noch im Sitzen den Morgenmantel über. Es war kalt im Schlafzimmer. Mark liebte es so. Was sollte man da machen? Johanna huschte ins Badezimmer, zog den neuen Hausanzug an, putzte sich die Zähne und kämmte die Haare durch. Derweil drehte Mark sich noch einmal um und kuschelte sich unter die Decke. Laut hörte man im Flur die Radios der Jungs. Also brauchte sie sich um den Weckruf nicht mehr zu kümmern. Sie ging die Treppe hinab in die Küche und begann mit dem morgendlichen Ritual, das Frühstück zu bereiten. Die Bässe dröhnten von oben und man hörte die Türen aufgehen und wieder zuknallen. Unten breitete sich langsam der Kaffeeduft aus und die Brötchen im Ofen wurden goldbraun.

Johanna ging zur Tür, um die Zeitung zu holen und um ihre Nase in den Wind zu stecken. Es war merklich kälter geworden und in der Nacht hatte es auch wieder geschneit. Hoffentlich konnte sie joggen gehen. Denn wenn der Schnee zu matschig war, bekam sie nasse Füße. Sie nahm die Zeitung aus dem Briefkasten und wanderte zurück in die Küche. Nicht lange danach kamen Justus und Jakob die Treppe heruntergestürmt und hauten sich wie jeden Morgen in Windeseile ihre zwei Brötchen rein. Danach liefen sie unter lautem Gejohle in die Garage zu den Fahrrädern, und ab ging es in die Schule.

Fünf Minuten später erschien der Göttergatte in der Küche und setzte sich an den gedeckten Tisch. Er begrüßte Johanna mit einem Kuss, wie jeden Morgen, und griff zur Kaffeetasse, um sich mit Koffein zu stärken. Danach der Griff zum Orangensaft, um sich mit Vitaminen aufzupeppen.

„Wie war es denn gestern in der Sauna?“ fragte Johanna, um das Gespräch in Gang zu bringen.

„Hm, wie immer“, kam die Antwort mit gleichzeitigem Blick in die Zeitung.

„Wie, wie immer? War es gut oder nicht? Worüber habt ihr gesprochen? Nun erzähl schon!“

„Wie? Worüber haben wir gesprochen? Worüber man so spricht. Nichts Besonderes. Ole besorgt uns Karten für ein Spiel. Wir sehen uns ein Live-Spiel an.“ Während er sprach, blickte Mark weiter in die Zeitung, als könnte er gleichzeitig lesen und mit Johanna sprechen, was an ein Wunder grenzen würde, denn so etwas können eigentlich nur Frauen.

Johanna setzte sich ihm gegenüber und löffelte ihren Frischkornbrei, trank dazu aus der Jumbo-Tasse Milchkaffee und versuchte Blickkontakt mit ihm aufzunehmen. Doch anscheinend war die Zeitung interessanter als Johanna.

„Was haben denn Ole und Livio so gesagt?“, versuchte sie einen Neuanfang.

„Was sollen sie denn gesagt haben?“

„Ich weiß es nicht. Du warst doch gestern Abend mit ihnen zusammen. Das musst doch du wissen!“

Nun blickte ihr Mann endlich zu ihr auf, über den Rand der Zeitung, und fragte rundheraus: „Was willst du denn wissen?“

„Na, ich weiß nicht, ihr müsst euch doch über irgendwas unterhalten haben?“

„Hab ich dir doch schon gesagt. Ole besorgt Karten. Jetzt lass mich in Ruhe meine Zeitung lesen! Ich komme sonst den ganzen Tag nicht dazu.“ Er nickte Johanna kurz zu und beschäftigte sich wieder mit der Zeitung.

Sie gab auf und widmete sich intensiv dem Brei und dachte bei sich: Versteh einer die Männer! Sie hocken den ganzen Abend zusammen und unterhalten sich nur über Fußball. Nachdem sie ihren Milchkaffee geschlürft hatte, schien auch der Göttergatte von seiner Zeitung genug zu haben und zeigte ihr demonstrativ die erhobene Tasse. Nach zwanzig Jahren Ehe mit Mark verstand Johanna diese nonverbale Aufforderung, tat aber so, als hätte sie es nicht registriert. Mark zog die Augenbrauen hoch, schaute Johanna noch intensiver an und nickte in Richtung seiner erhobenen Tasse. Diese Geste sollte überdeutlich demonstrieren: Ich will Kaffee! Resigniert seufzte Johanna und gab der Aufforderung schließlich nach.

„Danke! Komm mal her, mein Liebling! Brauchst du ein bisschen Zuwendung? Ja, ich glaube, du brauchst ein wenig Aufmerksamkeit!“, sagte Mark zu Johanna. Dabei klopfte er sich lächelnd auf seine Oberschenkel. „Jetzt komm doch mal her.“

Johanna stand langsam auf, ging zu Mark und gab ihm einen Kuss: „Hat dich der Vitamintrank munter gemacht? Vielleicht sollte ich das nächste Mal nicht so viele Vitamine in den Entsafter geben“, sagte sie grinsend. Mark legte seine Hände um ihre Taille und setzte sie auf seinen Schoß. Mit seinen Händen wanderte er von oben nach unten über ihren nackten Rücken und küsste sie innig. Eigentlich hatte Johanna heute Morgen keine Lust auf Sex, aber sie wusste nur allzu gut, dass sie bei Mark keine Chance auf Rückzug hatte. Also machte sie mit, in der stillen Hoffnung, dass es schnell gehen würde, Augen zu und durch.

Er stand auf, schob sie rückwärts in Richtung Spülmaschine und hob Johanna hoch, damit sie auf ihr Platz hatte. Danach zog er ihr die Hose aus und öffnete seine. Eben hatte sie noch auf der Arbeitsplatte die Brötchen aufgeschnitten und nun pikten die Krümel unangenehm ihren Allerwertesten. Wer nie sein Brot im Bette aß, weiß nicht, wie Krümel piken. Durch Marks ruckartige Bewegungen taten ihr außerdem noch die Sitzhöcker weh und das Steißbein schmerzte.

Während Mark sich verausgabte, versuchte Johanna auf

der Spülmaschine das Gleichgewicht zu halten und dachte darüber nach, was sie heute Mittag kochen sollte. Apropos Kochen für die Kinder, was wäre, wenn die plötzlich in der Küche stünden und ihre Eltern in einer solchen Situation überraschten? Die hätten doch einen Schock fürs Leben! Johanna versuchte dieses Intermezzo zu beschleunigen, damit Mark schneller zum Orgasmus kam, und bewegte ihr Becken rhythmisch mit, was durch den harten Untergrund nicht so einfach war und eine ziemliche Körperbeherrschung erforderte. Früher war sie eine ausgezeichnete Turnerin gewesen und auch heute noch konnte sie ein Rad schlagen und Spagat machen. Aber das hier erforderte schon akrobatische Fähigkeiten und Antischmerz-Gene.

Wie lange dauert das denn noch? Oh je, hoffentlich war er durch die vielen Saunagänge nicht geschwächt und brauchte heute besonders lange! Sie versuchte, sich soweit es ging mit den Händen besser abzustützen. Aber aus Versehen rutschte ihr linker Arm nach hinten. Dabei stieß sie mit dem Kopf an die Wand und kam mit dem Unterkörper nach vorne, so dass Mark noch tiefer in sie hineinglitt, was ihn unheimlich zu stimulieren schien, Johanna aber auch noch an selbiger Stelle zusätzlich Schmerzen bereitete. Er stöhnte: „Du bist ja heute besonders wild. Bist du so weit? Ich komme gleich."

„Ja, ja, ich komme jetzt." Sie hätte beinahe noch hinzugefügt, dass er sich beeilen solle, hielt sich aber noch rechtzeitig zurück, und im selben Moment kam Mark mit lautem Stöhnen. Johanna überlegte, was für einen Anblick sie wohl boten: Sie beide in der Küche: Mark mit heruntergelassenen Hosen und sie auf der Spülmaschine mit gespreizten Beinen. Eines war jedenfalls sicher, heute Abend musste sie bestimmt nicht mehr ran!

Er zog sich die Hose wieder hoch, schloss den Reißverschluss, machte die Gürtelschnalle zu und sah aus, als wäre nichts passiert. Nur Johanna stand derangiert auf, und während sie ins Bad ging, dachte sie: Wahrscheinlich habe ich spätestens übermorgen den Hintern voller Blutergüsse! Die Szene spukte Johanna noch im Kopf herum. Er wusste eben nicht, was sie gern hatte. So ein Quickie mal eben zum Frühstück war es jedenfalls nicht. Außerdem wollte sie lieber weich liegen und keine Angst haben müssen, dass sie das Gleichgewicht verlor. Sie wollte erobert werden. Sie brauchte eine entspannte Atmosphäre, romantische Stimmung mit Kerzen. Und sie wollte, wie jede Frau, Zärtlichkeit und nicht einfach die Beine breit machen müssen.

So konnte das nicht weitergehen! Sie musste mit Mark sprechen. Annabelle würde sich glücklich schätzen, wenn Ole sie am Morgen auf dem Frühstückstisch flachlegen würde. Johanna hörte Billis imaginäre Stimme: „Warum sagst du ihm nicht, was du willst? Vertrau auf deine innere Stärke! Du hast sie. Nutze sie, verdammt noch mal!"

Als Johanna von der Toilette kam, stand Mark schon geschniegelt und gestriegelt im Flur und wartete auf sie. „Wo bleibst du denn? Ich muss los und wollte dir vorher noch sagen, dass meine Mutter mich gestern im Büro angerufen hat. Sie hat sich selbst für heute Abend zum Essen bei uns eingeladen. Ich hatte keine Lust, mich mit ihr anzulegen, also sagte ich zu. Richte dich auf heute Abend ein! Ich komme auch pünktlich, denn du weißt ja, sie verträgt zu spätes Essen nicht. Es liegt ihr dann nachts zu schwer im Magen. Sie wünscht sich deine Lachs-Lasagne und dazu einen Salat und einen trockenen Weißwein. Also bitte sieh zu, dass du es bis halb sechs schaffst, sonst zickt sie wieder rum und ich hab den Ärger am Hals." Nach einer Pause, in der Johanna durchatmen musste, fügte er hinzu: „Ich will meine Ruhe und erst recht vor meiner Mutter."

Johanna war nicht begeistert: „Ich bin doch kein Restaurant, wo man auf Bestellung das serviert bekommt, was man ordert! Es ist schon schlimm genug, dass sie sich selbst einlädt, aber dann auch noch bestimmen, was es zu Essen gibt, ist dreist. Warum besprichst du das nicht erst mit mir, bevor du ihr zusagst? Wir müssen reden, Mark. Du interessierst dich gar nicht mehr für mich und meine Bedürfnisse. Dieser Quickie eben in der Küche hat mir gezeigt, dass es so mit uns nicht mehr weitergehen kann."

Wie immer ging Mark nicht auf die eigentliche Problematik ein, sondern wich wieder aus: „Du weißt doch, wie meine Mutter ist. Du kannst sie nicht mehr ändern und das Beste ist, wir machen, was sie sagt, dann haben wir auch wieder einige Zeit Ruhe vor ihr. Außerdem fährt sie nächste Woche auf ihre Winterreise und ist dann für ein paar Wochen nicht da. Da kannst du doch einmal einen kleinen Abend überstehen! Das kann doch nicht so schwer sein, Johanna! Was diesen Quickie, wie du es nennst, anbelangt: Ich hatte nicht den Eindruck, eine unwillige Frau zu verführen! Jetzt sei friedlich und gib mir einen Kuss! Wir reden ein anderes Mal. Ich bin spät dran." Mark küsste eine stumme Johanna, die innerlich vor Wut schäumte, zum Abschied und ließ sie stehen.

„Was stehst du da herum und tust nichts? Angriff, Johanna!", schrie Billi sich die Seele aus dem Hals. „Ach, Billi," antwortete Johanna in Gedanken, „diesen Abend werde ich wohl noch überstehen! Und wenn Grete nächste Woche tatsächlich wegfährt, dann habe ich ein Vierteljahr Ruhe vor ihr." Mit einem Lächeln schwang sie, nach der Musik von Seal, den Besen und zog sich anschließend für ihren täglichen Lauf um.

Es war zehn Uhr, und im Moment schneite es nicht. Ein kalter Wind fegte durch die Straßen und ließ noch mehr Schnee erahnen. Johanna hatte sich einen dicken Schal umgebunden, der nicht nur den Hals schützte, sondern dazu ihr halbes Gesicht verdeckte. Locker lief sie los und ließ auch diesmal ihren Gedanken freien Lauf: Verfluchte Grete, immer muss es nach ihrem Kopf gehen. So geht man doch nicht mit Menschen um! Warum tut sie das? Was sind das für Menschen, die so mit ihren Mitmenschen umgehen?

Johanna erinnerte sich an eine Begebenheit in ihrer Kindheit. Sie war ungefähr zwölf Jahre alt und ihre Mutter war gerade schwanger mit ihrer zweiten Halbschwester Barbara. Die Mutter war mit Johannas Stiefvater beim Arzt und Johanna sollte während ihrer Abwesenheit die Wohnung aufräumen und sich um die andere Halbschwester kümmern, die zwei Jahre alt war. Da ihre Mutter oft sehr wütend auf

Johanna war und es diesmal keinen Ärger geben sollte, wollte sich Johanna richtig Mühe geben, denn sie hatte vor, mit ihren Schulfreundinnen ins Kino zu gehen. Sie wollten sich „Quo vadis“ anschauen. Der Geschichtslehrer empfahl diesen Film der Klasse, weil sie das Thema Kaiser Nero und die Christenverfolgung derzeit im Unterricht behandelten.

Sandra saß friedlich in ihrem Laufställchen und spielte mit sich und ihren Zehen. Johanna räumte die ganze Wohnung auf und gab sich besondere Mühe. Sie wollte so gerne ins Kino und vielleicht bekam sie heute mal von der Mutter ein Lob! Denn meistens nörgelte sie nur an Johanna herum. Als die kleine Sandra Johanna sah, lächelte sie von ihrem Laufställchen aus die große Schwester an. Johanna liebte sie und freute sich auch auf das neue Baby.

Als die Eltern nach Hause kamen, saß Johanna mit Sandra in ihrem Zimmer und las ihr gerade aus Sandras Lieblingsbuch vor. Die Mutter ging ins Badezimmer, kam schimpfend wieder heraus und schrie sie an: „Johanna, du hast die Wäsche nicht aufgehängt! Ich habe dir doch gesagt, dass du unbedingt daran denken sollst. Was bist du doch für ein unzuverlässiges Mädchen!“

Der Stiefvater war durch die Schimpftirade der Mutter aus dem Wohnzimmer gelockt worden, gab Johanna rechts und links eine Ohrfeige und schrie sie an: „Warum machst du nicht, was deine Mutter dir aufträgt? Bist du zu doof oder zu faul oder beides? Geh auf dein Zimmer. Das Kino kannst du dir abschminken und du bekommst eine ganze Woche Hausarrest. Und jeden Nachmittag gehst du mit Sandra spazieren, damit deine Mutter sich hinlegen kann. Ich werde mich noch mehr bemühen müssen, dass aus dir ein anständiges und fleißiges Mädchen wird.“

Der Stiefvater schaute Johanna mit seinen eiskalten, blauen Augen hasserfüllt an. Aus seinem dürren Hals ragte der Adamsapfel heraus und bewegte sich auf und ab. Sie hatte große Angst vor dem Stiefvater und wollte ihn nicht noch mehr verärgern. Jedes Mal, wenn er mit ihr schimpfte und sie dabei so ansah, blieben ihr die Worte, die sie ihm gern entgegengeschrien hätte, im Hals stecken. Ihre Angst lähmte sie und daher konnte sie sich nicht gegen ihn zur Wehr setzen.

Aus dem Wohnzimmer ertönte das Echo der Mutter. „Bei der sind Hopfen und Malz verloren. Andere Mütter können stolz auf ihre Töchter sein, aber ich habe wie immer Pech. Am besten sie geht zu ihrem Vater. Soll der sich doch mit ihr herumärgern. Jetzt geh mir aus den Augen und nimm deine Schwester mit und wage es nicht, vor dem Abendbrot herauszukommen!"

In ihrem Zimmer weinte Johanna ganz leise, damit sie keiner hörte. Denn sonst hätte sie sicherlich noch mal eine Ohrfeige bekommen. Ihre Mutter machte sie für die Fehler ihres Vaters verantwortlich und der Stiefvater ließ seine Wut über die Zahlungsunfähigkeit ihres Vaters an Johanna aus. Dabei konnte sie doch nichts dafür. Immer war sie schuld. Egal, was passierte, sie hatte die Schuld. Die Großeltern väterlicherseits versuchten, sie zu sich zu holen. Sie hielten nicht viel von ihrer Mutter und ihrem neuen Mann. Aber sie blieben mit ihren Bemühungen erfolglos, die Mutter brauchte sie als Druckmittel für den Vater, als Sündenbock und als Kindermädchen und Putzfrau.

Damals nahm Johanna schon widerstandslos alles hin, ohne sich zu verteidigen oder gar anzugreifen. Denn das war für sie besser, als sich zur Wehr zu setzen. Kampf oder Angriff wäre für Johanna verhängnisvoll gewesen. Also verdiente sie sich ihre Ruhe, indem sie alles tat, was man von ihr verlangte. Eigentlich hatte sich seit damals nicht viel verändert. Johanna putzte heute noch wie damals täglich die gesamte Wohnung. Es war wie ein Fluch, dabei hasste sie Hausarbeit. Doch ihr Verantwortungsbewusstsein ließ ihr keine andere Wahl. Sie wollte unbedingt eine gute Mutter und Ehefrau sein und ihren Söhnen das geben, was sie gerne als Kind bekommen hätte. Sie erzog ihre Zwillinge so, wie sie gern erzogen worden wäre. Dazu gehörte nun mal in ihren Augen die Pflicht, zu Hause zu sein und alles perfekt für die Familie herzurichten. Damals wurde sie dazu von der Mutter und dem Stiefvater gezwungen, heute zwang sie sich selbst dazu, wobei Mark ihr schon subtil zu verstehen gab, dass er sich die Situation so wünschte, wie sie war. Ihre Schwiegermutter verhielt sich ähnlich wie ihre Mutter und sorgte ebenso dafür, dass Johanna „klein“ blieb und nicht „groß“ wurde. Johanna musste lernen, sich zu befreien. Wenn ihre Jungs im Sommer aus dem Haus gingen, dann würde sie versuchen an sich zu denken. Wenn nicht dann, wann sonst?! Das war ihre letzte Chance!

Inzwischen meldete sich ihre Mutter bei ihr, wenn sie unbedingt Geld brauchte. So machte sie es sicherlich auch bei Barbara und Sandra. Die Mutter stand auf dem Standpunkt, die Kinder sind für mich da und die müssen schauen, dass es mir gut geht. Liebe oder mütterliche Zärtlichkeit konnte sie nicht geben. Dass eine Mutter auch für ihre Kinder da sein sollte, auf diesen Gedanken kam sie nicht!

Schon als kleines Kind hatte sich Johanna ausgemalt, wie es wäre, wenn ihre wahren Eltern plötzlich vor der Tür stehen würden. Weil sie herausgefunden hatten, dass Johanna versehentlich im Krankenhaus vertauscht worden war. Sie würden sie mit sich nehmen und ihr die Liebe geben, die sie so dringend brauchte. Dann wäre alles gut und sie würde gerettet sein! Die Sehnsucht nach der großen Liebe, nach jemandem, der kompromisslos zu ihr stand, der fähig war, sie so zu sehen, wie sie wirklich war, blieb bis heute und lastete schwer auf ihrer Seele.

Ihre Freundinnen liebten sie, doch vermisste Johanna etwas, was sie nicht richtig in Worte fassen konnte. Letztendlich war es vielleicht das, was sie sich selber nicht geben konnte: Fähig sein an sich zu glauben! Zu sich selbst stehen! Nicht an sich zweifeln! Ein gesundes Selbstbewusstsein erlangen!

Es hatte zu schneien begonnen, und durch ihre Erinnerungen aufgewühlt, wurde sie immer schneller und merkte gar nicht, dass sie zum Schluss regelrecht rannte. Ihre Wut gab ihr anscheinend Power und wollte raus. Langsam beruhigte sie sich wieder und drosselte das Tempo. Eine Gruppe von

Joggern kam ihr entgegen und automatisch ging Johanna an die Seite und wartete, bis die Gruppe vorbeigelaufen war. Das tat Johanna stets. Wenn ihr zwei Menschen auf dem Bürgersteig entgegenkamen, machte sie automatisch Platz und ging auf der Straße weiter. Wieso machte eigentlich immer sie Platz und nie die anderen? Woher kam diese Unterwürfigkeit?

„Hallo, Frau Nachbarin!“, rief eine Stimme hinter ihr. „Sie rennen ja, als wäre der Teufel persönlich hinter Ihnen her! Ich habe schon ein paar Mal gerufen, aber Sie hörten mich nicht. Störe ich Sie oder wollen wir den Heimweg gemeinsam laufen?“

„Nein, Sie stören gar nicht. Entschuldigen Sie, aber ich war so sehr in Gedanken, dass ich nichts mitbekommen habe“, antwortete Johanna laut, sah ihm ins Gesicht und dachte: Mann, sieht der gut aus! Johanna wurde ganz mulmig im Bauch. Verlegen schaute sie in eine andere Richtung.

Philipp merkte davon nichts und sprach weiter: „Das ist, glaube ich, mein Glückstag, denn ich hatte gehofft, Sie zu treffen. Wie geht es Ihnen? Ganz schön kalt geworden, was?“

„Ja, finde ich auch. Wir sollten tunlichst weiterlaufen, damit wir nicht zu Eis erstarren.“ Johanna und Philipp legten los und liefen locker nebeneinander her.

„Was macht Ihre Wohnung? Stehen die Möbel schon und sind alle Kisten ausgepackt? Oder packen Sie erst gar nicht aus und lassen die Kisten, so wie sie sind, bis Sie nach Neuseeland übersiedeln?“

„Nein. Nein, da kennen Sie mich aber schlecht. My home is my castle. Ich muss mich wohlfühlen und brauche dazu ein gewisses Ambiente. Die Möbel stehen alle an ihrem Platz. In meinen Kisten sind Bücher und CDs. Einige werde ich auspacken und sicher auch einige im Keller verpackt lassen, bis ich letztendlich wieder wegziehe. Da haben Sie schon recht. In den anderen Kisten sind meine Kleider, Wäsche und was man sonst noch so braucht, die habe ich natürlich geleert. Ich kann ja nicht nackt herumlaufen. Selbst in Berlin würde ich damit Aufsehen erregen." Der neue Nachbar zwinkerte ihr zu und setzte zu einer Frage an: „Haben Sie Lust, am Montag nach dem Joggen bei mir einen Tee zu trinken? Ich bin leidenschaftlicher Teetrinker und würde mich freuen, wenn Sie Zeit hätten."

Johanna war kurz irritiert, fing sich aber schnell und antwortete: „Das kommt etwas plötzlich, aber warum nicht? Ich jogge immer so gegen zehn Uhr. Mal eher, mal später, je nachdem."

„Ja, das ist auch meine Zeit!", entgegnete Philipp Weber.

„Ich würde mich wirklich sehr freuen, Sie etwas näher kennenzulernen", sagte Johanna und erschrak gleichzeitig über ihren eigenen Satz: Ach, du meine Güte, was erzählte sie da eigentlich? Sie war wohl nicht ganz bei Sinnen! Sie drängte sich ihm ja geradezu auf. Johanna, jetzt hast du es versaut! Selber schuld!

Der Nachbar schien es nicht bemerkt zu haben. Souverän meisterte er die Situation: „Wir sind jetzt Nachbarn und ich muss mich mit dem Kennenlernen auch etwas beeilen, denn wie Sie wissen, bin ich nicht allzu lange hier. Also habe ich eine gute Entschuldigung, dass ich Sie so schnell einlade." Er lächelte jungenhaft und seine blauen Augen strahlten dabei so unschuldig.

Was für ein netter Mann!, dachte Johanna. Billi, die sie stets in Gedanken begleitete, hob drohend den Zeigefinger: „Mach bloß keine dummen Sachen, Johanna!"

Johanna führte das Gespräch fort: „Ich habe gehört, Sie wollen Schafe in Neuseeland züchten. Das ist aber eine Knochenarbeit, wenn man davon leben muss."

Philipp zog erstaunt die Augenbrauen hoch und sah sie an: „Ich will Schafe züchten? Wer hat Ihnen denn diesen Floh ins Ohr gesetzt? Ich habe in München meine Firma verkauft und von diesem Geld könnte ich für den Rest meines Lebens leben! Zwar kann ich keine großen Sprünge machen, aber es reicht. Nein, ich möchte Wein anbauen. Ich habe mir im Norden der Südinsel einen kleinen Weinberg gekauft, aber nur so zum Hausgebrauch, als Hobby. Leben könnte ich davon bestimmt nicht. Ich werde mich in der Nähe von Nelson im Norden niederlassen. Das liegt auf der unteren Insel, der Südinsel und dort möchte ich auf einer kleinen Farm leben. Im Winter kann man Weihnachten am Strand feiern, denn in Neuseeland ist alles anders: Kälte im tiefen Süden, Hitze im hohen Norden und Ostereier im Herbst. Selbst das Wasser im Waschbecken fließt nicht wie gewöhnlich im Uhrzeigersinn ab, wie auf der Nordhalbkugel, sondern in entgegengesetzter Richtung. Statt der Nordlichter schimmern die Südlichter in klaren Winternächten am Himmel über Stewart Island. Anders als hier ist es im Sommer zwar viele Wochen trocken und warm, die milden und feuchten Winter machen eine teure Zentralheizung überflüssig und der Wind lässt Dunst und trübe Nebeltage gar nicht erst entstehen. Im Gegenteil, es gibt im Winter zahlreiche Sonnentage, also für den Weinanbau ideal." Er lächelte ein charmantes Lächeln nach dem anderen und sah sie fragend an.

„Da hat mich Rita Mackes falsch informiert. Sie sagte mir, Sie würden Schafe züchten. Aber Frau Mackes erzählt auch viel, wenn der Tag lang ist."

Philipp grinste und entgegnete: „Ja, das habe ich schon bemerkt. Man wird sie, wenn sie einmal in Fahrt kommt, so schnell nicht wieder los. Ich konnte mich nur durch 'Milch auf dem Herd' aus der prekären Lage ziehen."

Johanna musste lachen. Viel zu schnell erreichten sie ihre gemeinsame Straße und blieben vor seinem Haus stehen. Philipp dehnte sich und Johanna tat es ihm gleich. Keiner von beiden sprach, aber er sah sie die ganze Zeit intensiv an. Johanna fühlte sich dadurch leicht irritiert. Er bemerkte ihre Unsicherheit und durchbrach die Stille: „Ich finde es wirklich schön, dass wir Nachbarn sind und ich bin auch schon gespannt auf Montag, denn ich möchte alles über Sie wissen. Wie bereits erwähnt, habe ich ja für meine Neugier ein Alibi, denn im Spätsommer bin ich bereits ein Aussteiger und versuche mich als Weinbauer. Da dürfen Sie mir meine Aufdringlichkeit nicht übel nehmen." Er zwinkerte mit einem Auge und lächelte schon wieder so charmant.

Wie kann ein Mensch nur so toll aussehen, wenn er lacht, und dazu noch so sympathisch sein? Johanna, was ist nur los mit dir? Eben hast du es noch mit deinem Mann in der Küche auf der Spülmaschine getrieben und eine Stunde später flirtest du mit einem fast fremden Mann auf der Straße? Diese Gedanken schreckten sie allerdings nicht von ihrer nächsten Frage ab: „Ich habe außerdem von Frau Mackes gehört, dass sie vor zwei Jahren ihre Frau verloren haben. Das tut mir sehr leid. Flüchten Sie deshalb nach Neuseeland?"

Er blieb völlig unerschrocken und antwortete auf Johannas Frage sehr männlich: „In diesem Fall hat Frau Mackes nicht übertrieben. Ja, das stimmt. Meine Frau ist vor zwei Jahren gestorben, aber sie war sehr lange krank, so dass der Tod letztendlich eine Erlösung für sie war. Wir verlebten eine schöne gemeinsame Zeit und wir konnten sehr intensiv voneinander Abschied nehmen. Ich bin dem Schicksal dafür sehr dankbar. Aber mit Neuseeland hat das nichts zu tun. Meine Frau und ich hatten diesen gemeinsamen Traum, aber ich weiß nicht, ob wir es jemals verwirklicht hätten.

Wenn ich nicht einen so guten Preis für meine Firma bekommen hätte, wäre ich sicherlich in München geblieben. Ich bin ein Bauchmensch und bei diesem Angebot habe ich intuitiv gehandelt und ohne zu überlegen verkauft. Meine Freunde und auch meine Eltern nennen es Panik, aber das stimmt nicht, ich habe genug gearbeitet und möchte jetzt nur noch leben. Das Leben ist zu schön und zu kurz und ich will es genießen. Man sollte eigentlich so oft es geht auf sein Herz hören, und das tat ich. Vielleicht ist es irgendwann zu spät!

Durch die Krankheit meiner Frau, ist mir vieles bewusst geworden. Sie hatte so viele Träume, doch immer kam der Verstand zuerst. Durch den Tod meiner Frau lernte ich einiges, etwa dass man jeden Tag so genießen sollte, als wenn es der letzte wäre. 'Carpe diem' sozusagen! Das ist nicht nur ein Spruch, den man sich an den Kühlschrank heften sollte, sondern man muss ihn verinnerlichen und leben. In Neuseeland habe ich alles, was ich brauche: Ein Dach über dem Kopf, einen kleinen Weinberg, ein Auto und einen kleinen

Hund, den ich mir noch zulegen werde. Alles Weitere wird sich zeigen, aber ich bin optimistisch."

Schon wieder sah Philipp Johanna dabei so direkt in die Augen, dass sie nicht wusste, wo sie hinschauen sollte. Er schien jedoch ihre Verlegenheit zu bemerken, denn er lächelte aufmunternd und sagte zu ihr: „Keine Angst, liebe Johanna, ich will Sie nicht verführen, aber Sie sind das netteste und hübscheste Wesen, das mir seit langem begegnet ist. Ich freue mich auf Montag. Wenn Sie loslaufen, klingeln Sie kurz bei mir. Ich komme dann raus. Ein schönes Wochenende, und laufen Sie mir nicht weg." Dabei hielt er Johanna demonstrativ seine Hand zum Abschiedsgruß hin. Sie legte ihre Hand in seine und wurde dabei ganz rot im Gesicht. Schnell drehte sie sich um und flüchtete geradezu ins Haus.

Was war denn das? Sie war doch kein Teenager mehr. Eine Frau in ihrem Alter verliebt sich doch nicht Hals über Kopf in einen fremden Mann? Noch dazu in einen, der in einem halben Jahr in Neuseeland sein würde. „Komm, Johanna, jetzt reiß dich mal zusammen!", sagte sie laut zu sich, um sich zu beruhigen.

Als sie in der Badewanne lag und über Philipp Weber nachdachte, wurde ihr ganz mulmig. Aber auch wenn er eventuell ein Casanova war, dann war er eben einer, aber ein netter! Ihr ging es plötzlich sehr gut und sie freute sich schon auf das nächste Mal. Hoffentlich kam nichts dazwischen!

So, jetzt schnell abtrocknen und anziehen, dann für die Schwiegermutter-Lachs-Lasagne einkaufen und den Tisch für heute Abend decken und schmücken. Nicht dass das viel Arbeit wäre, aber Grete brauchte nur irgendeine Laus über die Leber gelaufen zu sein, und schon würde sie diese Laus in Johannas Pelz setzen. Am besten, sie holte das gute Familiensilber heraus und polierte es noch einmal! Ihre Schwiegermutter konnte solche Kleinigkeiten zum Anlass eines Streits werden lassen! Das wollte sie doch lieber verhindern. Billi schaute bei diesen Gedanken böse um die Ecke: „Ja, Johanna, du funktionierst wunderbar. Mach der Schwiegermutter nur alles recht! Dann hast du wenigstens deine Ruhe und kannst das arme Opfer sein." Johanna wollte solche Worte nicht hören und versuchte, Billi zu ignorieren. Dieses Mal würde sie sich nicht von Grete unterkriegen lassen, sondern zurückschlagen!

Bis um fünf Uhr hatte sie alles fertig. Die Jungs warnte sie per SMS vor, dass ihre Großmutter heute Abend zum Essen kam. Mark sollte seine Mutter exakt um Viertel nach fünf von zu Hause abholen, denn sie schätzte, nein erwartete Pünktlichkeit. Sie sah sich als Königin und drängte andere, besonders Johanna, in die Rolle der Dienerin.

Nach einer halben Stunde erschien Madame in eine Duftwolke gehüllt und im nagelneuen Kostüm, als würde sie in einem teuren Restaurant dinieren. Johanna hatte Justus gebeten, die Kerzen anzuzünden, und Jakob half beim Servieren des Salates. Grete fixierte Johanna wie ein lästiges Insekt, während die Jungs sie mit einem Küsschen rechts und links begrüßten. Johanna hatte sich heute ein kurzes schwarzes, enges Rollkragenkleid angezogen. Heute wollte sie provozieren und Grete zum Kampf herausfordern, denn Grete hasste es, wenn Johanna figurbetonte Kleidung anhatte. Zum Mini trug sie schwarze Seidenstrümpfe und kniehohe schwarze Stiefel.

Mark bekam große Augen, als Johanna in dem Outfit die Treppe herunterkam, und die Jungs machten ihr Komplimente: „Mensch, Mama, du siehst vielleicht geil aus." Aber der Blick von Johannas Schwiegermutter sprach Bände und sie wartete auch gleich, als die Männer kurz den Raum verließen, mit einer Unverschämtheit auf: „Du brauchst dich nicht so provokant in deinem engen Kleid mit deinem flachen Bauch vor mir zu produzieren! Das beeindruckt mich in keinster Weise, denn du wirst auch mal einen dicken Bauch bekommen. Du wirst schon sehen! So ein kurzes Kleid kannst du überhaupt nicht tragen. Du bist doch jetzt eine alte Frau von fast fünfzig Jahren, Johanna! Da kleidet man sich angemessen. Außerdem, mit deinen dicken Beinen kannst du erst recht ein solch kurzes Etwas nicht anziehen! Die schönsten Beine habe immer noch ich! Also geh nach oben und zieh was anderes an, damit ich mich nicht aufregen muss und mir beim Essen schlecht wird."

Darauf hatte Johanna nur gewartet, da sie ja die Beschimpfungen von Grete kannte. Die Komplimente von Philipp Weber heute morgen gaben ihr etwas Selbstbewusstsein, und daher entgegnete sie mutig: „Liebe Schwiegermutter, du wirst dich an diesen Anblick gewöhnen müssen, weil ich nicht gedenke, mich umzuziehen. Du weißt doch, man ist immer so alt, wie man sich fühlt! Und ich fühle mich jung und begehrenswert. Für mich ist das Thema erledigt und ich verbitte mir in Zukunft deine Unverschämtheiten in meinem Haus. Als Gastgeberin weiß ich aber, wie man sich benimmt. Nun nimm bitte Platz. Das Essen ist fertig." Billi schrie: „Hurra!" und klatschte in die Hände.

„Was glaubst du eigentlich, wer du bist, was du hast und wo du herkommst, um so mit mir zu reden?! Hätte mein Sohn dich nicht genommen, würdest du heute noch in der Gosse sitzen!", ereiferte sie sich.

Aber Johanna ließ sich nicht provozieren und blieb ruhig: „Ach, weißt du, andere Mütter haben auch schöne Söhne, und darunter hätte sich schon irgendeiner gefunden. Da bin ich mir sicher! Im Übrigen bin ich es gewohnt, dass sich meine Gäste anständig in meinem Haus benehmen. Wenn nicht, dann dürfen sie gehen! Also benimm dich und lass mich mit deinen Launen zufrieden. Ich lass mir das nicht mehr von dir gefallen. Ich bin doch nicht doof."

Grete schoss sofort ihr Gift zurück: „Du bist so doof, wie du aussiehst", sagte sie, denn Grete war nie und niemals auf den Mund gefallen. So schnell gab sie sich nicht geschlagen.

„Was ist denn hier los?", Mark kam in diesem Moment zur Tür herein und bemerkte sofort die schlechte Stimmung.

Aber Grete war noch nicht fertig: „Als ich eine junge Frau war, konnte ich mir nicht mal eben ein neues Kleid kaufen. Ich musste deinen Vater in der Firma unterstützen. Außerdem finde ich es anzüglich." Ihre Stimme wurde bei dem letzten Wort spitz und hoch.

Mark schaltete sich ein und wandte sich an seine Mutter: „Ich finde das Kleid doch ganz okay! Ich weiß nicht, was du hast! Jetzt vertragt euch wieder. Ich möchte essen. Es duftet nämlich hervorragend.“ Mark hatte sich mal wieder geschickt aus der Affäre gezogen, wie immer! Grete fühlte sich in dem Match als Gewinnerin, setzte sich und griff nach der Serviette. Dabei schaute sie die Zwillinge an und wechselte ohne ein weiteres Wort das Thema: „Wann gibt es Zeugnisse? Ihr wisst, für jede Eins gibt es fünf Euro und für jede Zwei gibt es zwei Euro. Bei einer Vier werden fünf Euro wieder abgezogen.“

„Oma, wir bekommen keine Noten mehr, sondern Punkte. Außerdem sind wir aus dem Alter raus, wo wir für gute Zensuren Geld kriegen!“ Justus schaute sie freundlich an und schenkte ihr Weißwein ins Glas.

„Ja, Oma, Noten gibt es schon seit der Elf nicht mehr. Aber das haben wir dir auch schon hundertmal gesagt“, schaltete sich Jakob in das Gespräch ein.

Grete konnte natürlich nicht klein beigeben: „Habt ihr nicht, und jetzt werdet nicht frech, so alt und tüdelig bin ich noch nicht. In eurem Alter durfte ich meine Großeltern nur mit Sie anreden. Bei uns zu Hause herrschte ein anderer Ton! Da sprachen bei Tisch nur die Erwachsenen.“

Jakob klärte die Großmutter auf: „Aber Oma, wir sind erwachsen. Justus und ich werden schon bald neunzehn. Von unseren Aussiedlerfreunden wissen wir, dass teilweise heute noch die Eltern ihre Eltern mit Sie anreden. Kamen deine Großeltern nicht auch aus Russland?“

Grete sah Johanna an und tupfte sich den Mund mit der Serviette ab. „Das ist alles deine Erziehung, Johanna! Kein Respekt vor dem Alter. So hätten wir früher nicht mit den Eltern oder Großeltern reden dürfen. Wie kannst du die Söhne meines Sohnes mit Russen verkehren lassen? Aber da du selber aus der Gosse stammst, muss ich mich ja nicht wundern. Ich weiß nicht, was aus dieser Welt noch werden wird, wenn die Jugend verroht und verdorben ist. Aber ich werde euch noch Respekt beibringen! Ich kann euch schließlich enterben. Also benehmt euch anständig und erweist mir Achtung!“

Grete ereiferte sich und lenkte das Gespräch wie so oft auf ihr Lieblingsthema, die Politik. „In der Politik ist es auch nicht besser. Hast du mal gesehen, was für Menschen sie zu Ministern machen, Mark? Lauter Schwule und Ausländer!" Dabei verdrehte sie die Augen und schaute nach oben. „Die haben keinen Anstand. Wie wollen die da Weltpolitik machen? Professor Doktor Menning ist übrigens der gleichen Ansicht wie ich. Alles läuft den Bach runter. So was hätte Hitler nie geduldet, wird Zeit, dass mal wieder einer hier Ordnung schafft und alles vom Dreck säubert."

Justus unterbrach ihren Redefluss abrupt: „Oma, was redest du da für einen Stuss! Sind Schwule etwa keine Menschen? Außerdem machen deine sogenannten Schwulen ebenso gute Politik wie auch die Heteros. Dein Hitler war auch schwul! Nur war er zu feige, es sich einzugestehen! Deswegen hat er ja auch so viel 'säubern' müssen, um mit deinen Worten zu sprechen. Wenn ein Politiker in der heutigen Zeit so einen Unsinn reden würde wie du, dann müsste er zurücktreten."

Grete schaute pikiert und brachte nur noch heraus: „Was erlaubst du dir? Wer oder was sind eigentlich Heteros? Ist das eine neue Sekte?" Sie regte sich mächtig auf.

Justus sprach mit Oberlehrerstimme: „Oma, Heteros sind Menschen, die nicht auf Gleichgeschlechtliche stehen."

Justus lachte, aber Grete wollte nicht verstehen. „Ich sage es ja, Sodom und Gomorrha. Das nimmt noch mal ein schlimmes Ende. Professor Doktor Menning sagt das auch."

„Wer ist denn das schon wieder?" Mark sah seine Mutter fragend an, nahm sich ein Stück Baguette und biss herzhaft hinein.

„Das ist mein neuer Hausarzt. Doktor Roth hatte keine Ahnung. Der hat mich nicht verstanden und zum Schluss hat er mir nur noch billige Kassen-Medikamente verschrieben. Frau Doktor Hornig, meine Gynäkologin, hat mir den Professor empfohlen. Und ich muss sagen, er ist wirklich sehr nett und nimmt sich Zeit für mich. Nächste Woche macht er bei mir die Abschlussuntersuchung."

„Was für eine Abschlussuntersuchung?“, fragte Mark mit halbvollem Mund.

„Na, wegen meines Hautkrebses. Ob der gut verheilt ist!“

„Wie? Du hattest Hautkrebs?“ Mark fiel fast das letzte Stück Baguette aus der Hand.

„Da kannst du mal sehen, wie schlecht du dich um mich kümmerst. Professor Doktor Menning hat mir meinen Hautkrebs wegoperiert und das hat er hervorragend gemacht. Hier, man sieht nichts mehr.“ Sie zeigte zur Demonstration ihre linke Hand, und alle konnten nur ein kleines Fleckchen erkennen.

„Da hattest du eine kleine Warze und keinen Hautkrebs!“, konstatierte Mark und musste sich das Lachen verkneifen.

„Professor Doktor Menning hat gesagt“, dabei zog sie die Worte lang und extra laut betont auseinander, „das schneiden wir mal besser weg. Das könnte sonst böse Folgen haben!“ Sie machte eine Kunstpause: „Mark, ich bin deine Mutter. Du kannst mir schon glauben, was ich dir sage. Der Herr Professor meint auch, du musst dich mehr um mich kümmern! Er findet, ich sei einsam.“ Ihre Stimme wurde hysterisch und quoll bald über vor Selbstmitleid: „Aber ich werde hier nicht respektiert und niemand besucht mich!“ Sie bekam ihre Fassung schnell zurück und fuhr fort: „Bei Frau Kleinert kommen die Kinder jedes Wochenende!“ Das Wörtchen „jedes“ betonte sie so, dass es schon wieder lächerlich klang, und sie schloss mit: „Ihr seht also, es geht auch anders!“ Sie verschränkte demonstrativ die Arme vor der Brust und schaute Mark herausfordernd an.

Der fing an, sich zu rechtfertigen: „Du weißt doch, wie viel ich zu tun habe, und die Jungs stecken mitten im Abitur.“

Sie ließ ihn nicht ausreden und unterbrach seine Rechtfertigungen: „Abitur, Abitur! Das machen andere mit links! Das werden deine Söhne wohl auch noch hinkriegen. Und du stell dich nicht so an, du wirst ja wohl mal am Tag eine Minute für mich übrig haben. Nie rufst du mich an. Immer muss ich bei dir anrufen!“

Mark verschluckte sich fast bei ihren Worten, sagte aber nichts, weil er wusste, es hätte nur weiteren Ärger bedeutet.

Seine Mutter redete sich in Rage: „Dir geht es richtig gut, Johanna! Du hast dich in ein gemachtes Nest setzen können und großes Glück gehabt, dass du in eine solche Familie gekommen bist wie die unsrige! Dein Schwiegervater und ich verkehrten in den besten Kreisen. Akademiker und reiche Fabrikanten. Um uns hat man sich gesellschaftlich gerissen. Wenn ich jemandem das Du anbot, dann war das für denjenigen eine Auszeichnung! Hört ihr, eine Auszeichnung! Aber es geht mir nach wie vor gut und ich kann mir alles leisten! Ohne Fleiß kein Preis!"

Johanna konnte es nicht mehr hören und entgegnete: „Da kannst du ja sehr froh und dankbar sein, dass es dir so gut geht und an nichts mangelt." Johanna musste sich zusammenreißen. Ihr wurde immer übel, wenn Grete ihr übersteigertes Selbstwertgefühl demonstrierte. Mark rollte genervt mit den Augen und hielt Johanna zumindest geistig die Stange, doch seine Mutter war noch nicht fertig: „Meine Liebe, ich bin auch sehr froh und dankbar, dass dein Schwiegervater immer auf mich bei Transaktionen und Geschäftsdingen hörte. Und wenn ich nicht ein so gutes Händchen in Gelddingen bewiesen hätte, wären wir nicht dort, wo wir heute sind." Gretes Betonung lag auf dem Ich, was Mark nun nicht mehr schlucken konnte.

Er entgegnete: „Seit ich die Firma leite, hast du dich nicht einmal blicken lassen!" Er holte weiter aus: „Und auch als Vater noch lebte, kamst du selten in die Firma."

Grete konterte: „Vor deiner Geburt war ich jeden Tag in der Firma und führte mit deinem Vater die Geschäfte. Ich verbitte mir diesen Ton, mein Sohn! Ich bin schließlich deine Mutter und nicht deine Frau. Mit der kannst du so reden. Du vergisst, wen du vor dir hast, Mark!"

Johanna stand auf und trug die zusammengestellten Salatteller in die Küche, um sich von diesen unsäglichen, selbstgefälligen Reden Ihrer Schwiegermutter zu befreien und die Lachs-Lasagne zu holen. Denn wenn Grete von früher redete, was sie gerne tat, lebte sie in einer anderen Realität, und da nützte es gar nichts, wenn man ihr ins Wort fiel. Sie blieb hartnäckig bei ihrer Meinung, war uneinsichtig und auch bösartig. Sie blieb stets starr und bissig.

Die Lachs-Lasagne war gut gelungen und die Jungs machten ihrer Mutter Komplimente. Grete aß mit eisiger Miene, legte nach drei Bissen die Gabel nachdrücklich neben den Teller und begann Däumchen zu drehen:

„Bist du schon satt, Oma?“, fragte Jakob.

„Ich bin doch keiner von deinen Ausländerfreunden. Mit denen, kannst du so reden! Das heißt: Bist du schon gesättigt, Omi, und nicht satt!“ Und in Johannas Richtung verschoss sie weitere bösartige Spitzen: „Und du hast die Lasagne auch schon besser gemacht, Johanna! Aber hier läuft wohl in letzter Zeit einiges schief. Du kaufst dir anscheinend eher lauter neue Kleider, als dich anständig um den Haushalt zu kümmern. Offensichtlich hast du viel Zeit!“ Sie unterbrach sich selbst: „Ferner ist mir die Diskussion auf den Magen geschlagen. Ich benötige ein Glas Wasser für meine Magentabletten. Wenn ich mich immer so ernähren müsste, würde ich ganz bestimmt nicht alt werden! Du kochst viel zu fett.“

„Uns schmeckt es, Omi!“, gab Justus zur Antwort und zog das Wort Omi richtig lang. Daber grinste er rüber zu Jakob. Grete hatte beschlossen, dass Johanna abermals die Böse sein sollte, denn sie kam mit der sehr wohl gelungenen Lasagne nicht klar. Sie duldete es nicht, dass Johanna, egal durch was, im Mittelpunkt stand. Aber es machte Johanna an diesem Tag nichts aus. Grete konnte sie heute nicht verletzen, und das schien sie zu ärgern. Johanna war gespannt, welche Geschütze sie noch auffahren würde.

Als das Mahl beendet war, saßen sie noch eine Weile bei Tisch und die Jungs erzählten von der Schule und ihren bevorstehenden Klausuren. Grete saß wie eine eisige Gouvernante am Tisch, wackelte leicht mit dem Kopf und sprach kein Wort mehr. Mark versuchte einige Male, sie in die Konversation mit einzubeziehen, aber sie gab ihm nur knappe zickige Antworten. Die Jungs wollten sich an diesem Abend noch mit Freunden treffen und verabschiedeten sich. Grete fand plötzlich ihre Sprache wieder und biss erneut um sich: „So etwas hätte es früher bei uns auch nicht gegeben. Niemand verlässt den Tisch, bevor nicht das Familienoberhaupt sein Einverständnis gibt. Hier hält wohl schon seit einiger Zeit der gesellschaftliche Verfall seinen Einzug!“ Sie echauffierte sich: „Ich sehe wirklich schwarz. Unsere Familie fällt auseinander und niemand tut etwas dagegen. Mark, das kannst du nicht dulden!“

„Mutter, die Jungs sind erwachsen. Sie gehen bald ihre eigenen Wege, und nach dem Abitur sind sie erst mal für ein Jahr im Ausland und danach studieren sie. Sie waren die längste Zeit Kinder. Nun tu doch nicht so, als wäre bei uns früher zu Hause das spanische Hofzeremoniell üblich gewesen. Man könnte ja meinen, du kommst aus adeligen Kreisen“, konterte er.

„Ich finde, sie hätten wenigstens fragen können, ob sie aufstehen dürfen! Aber ich will mich nicht in eure Erziehung einmischen. Das ist euer Leben, und ihr müsst es ja wissen“, murmelte sie, und zu Johanna gewandt sagte sie wieder im Befehlston: „Johanna, wenn hier schon alles aufbricht, dann könntest du dich in der Küche nützlich machen und mir einen Espresso kochen. Ich muss mit Mark etwas Geschäftliches besprechen.“

Johanna war froh, entlassen zu sein, und antwortete zynisch: „Lasst euch nur Zeit! Ich räume derweil die Spülmaschine ein und bringe dann den Espresso.“ Und zu ihrem Mann gewandt, sprach sie extra nett, um ihn zu unterstützen: „Mark, mein Liebling, möchtest du auch einen Espresso?“ Mark nickte nur. Er sah schon wieder genervt aus, denn er wünschte wahrscheinlich, dass seine Mutter sich auflösen würde. Johanna entschwand mit dem Tablett in Richtung Küche und schaltete die Espressomaschine ein. Früher hätte sie ein solcher Abend zur Verzweiflung gebracht, doch heute machten ihr die Gemeinheiten nichts aus. Die Schwiegermutter war zu bedauern, sie hatte keine Freunde und ihr Sohn wollte seine Ruhe vor ihr haben. Justus und Jakob war sie egal. Sie ließen sich von ihr nicht erpressen, was Johanna sehr gut fand.

In diesem Moment kamen die Jungs in die Küche: „Soll sie sich doch ihr ganzes Geld in den Allerwertesten stecken oder der Kirche vermachen. Uns kann sie nicht kaufen! Außerdem so böse, wie die zu dir ist, wird sie sicher hundert Jahre alt. Böse Menschen werden meistens alt, weil sie ihre Aggressionen nicht in sich hineinfressen, sondern immer gegen andere verschießen."

Johanna war erstaunt, was ihre Zwillinge bereits alles wussten. Sie verstanden sie und standen zu ihr. Da hatte sie wohl doch alles richtig gemacht in ihrer Erziehung, dachte sie gerade, als die Jungs sagten: „Mama, du bist okay! Wir sind total stolz auf dich. Du bist richtig cool drauf! Wie du heute der Feldherrin Paroli geboten hast! Stark." Sie lachten über das Wort Feldherrin und fragten sie: „Wir fahren heute noch in die Disco. Dürfen wir dein Auto haben?" Johanna brauchte nicht zu überlegen: „Klar, nehmt euch den Schlüssel, aber macht keinen Unsinn und fahrt vorsichtig! Auch wenn ich cool bin, darf ich mir doch Sorgen um euch machen." Sie küssten Johanna auf die Wangen, der eine rechts, der andere links, und entschwanden. Und sie blieb zurück mit der Arbeit.

Die Jungs waren schon klasse, dachte Johanna, sie würden ihr fehlen, wenn sie im Sommer für ein Jahr ins Ausland gingen. Aber die Welt hörte deswegen nicht auf, sich zu drehen, und ihre Schwiegermutter wartete schließlich auf den Espresso. Die Maschine war inzwischen heiß gelaufen und bereit, einen schwarzen, starken Türkentrank zu brauen. Danach ging Johanna mit einem Tablett zurück ins Esszimmer. Die Stimmung dort war etwas besser. Sie bediente Mutter und Sohn, wie es sich für eine liebe Schwiegertochter gehörte, und wartete auf neue Anweisungen. Da keine kamen, setzte sie sich wieder brav dazu.

Johanna ließ in Gedanken den heutigen Abend Revue passieren und stellte dabei fest, dass die Beleidigungen sie nicht so tief trafen wie sonst. Es war, als hätte ihr jemand seine Hände um ihr Herz gelegt, um es zu schützen. Johanna hörte die Beleidigungen, aber sie gingen in das eine Ohr rein und beim anderen wieder hinaus. Die Schwiegermutter war nur eine bemitleidenswerte Frau und Johanna sah plötzlich viel klarer. Sie erkannte, dass Grete unter großen Komplexen litt und Johanna ihr unbewusst die Defizite zeigte. Wenn sie innehielte und sich mit ihren Gefühlen auseinandersetzen würde, könnte sie ihren Mangel erkennen. Aber sicherlich würde sie in diesem Leben nichts mehr lernen. Sie litt unter ihrer Einsamkeit, und doch stieß sie jeden weg, sie sehnte sich nach Liebe, und doch grenzte sie die Menschen aus, die ihr Liebe gaben, denn sie konnte nur annehmen, wenn sie forderte. Aus dieser Herrscherrolle kam sie nicht heraus. Aber die Krone, die sie sich selber aufgesetzt hatte, wog viel zu schwer.

Johannas Gedanken wurden von der Stimme der Schwiegermutter unterbrochen: „Mark, du kannst mich jetzt nach Hause bringen. Ich muss morgen früh aufstehen. Ich habe um elf meine Bridgerunde, und da möchte ich ausgeschlafen sein. Johanna, bitte bringe mir meinen Mantel. Auch wenn dir die Lasagne heute nicht gelungen ist, danke ich dir dennoch für das Abendessen. Bevor ich in mein Winterdomizil fahre, erwarte ich noch einmal eine Einladung, und da gib dir mehr Mühe."

Johanna konnte es nicht fassen, dass sie noch einmal kommen wollte. Ihr blieben die Worte im Hals stecken. Grete hielt Johanna unmissverständlich ihre Wange hin. Johanna hauchte einen Kuss darauf und dachte im Geheimen dabei: Danke für deine Beleidigungen! Sie haben mich heute eigenartigerweise nicht verletzt. Gib dir das nächste Mal mehr Mühe.

Mark hakte sie unter und ging mit ihr zur Haustür. Er hatte seinen Wagen draußen vor dem Haus geparkt, weil Grete es unzumutbar fand, durch den Keller in die Garage zu gehen.

Johanna sah den beiden nach, wie sie den Weg zum Auto entlanggingen. Etwas berührte sie bei dem Anblick eigenartig. Mark tat ihr plötzlich auch leid. Sicher hatte er sich ein Leben lang nach der Liebe seiner Mutter gesehnt. Grete konnte nicht lieben. Sie liebte wahrscheinlich noch nicht einmal sich selbst. Johanna musste an einen Liedtext von der Gruppe „Echt" denken: „Denn du trägst keine Liebe in dir, nicht für mich und für irgendwen! Denn du trägst keine Liebe in dir ...!" Mark öffnete seiner Mutter die Autotür, warf sie zu, ging anschließend um seinen Wagen herum und stieg ein. Johanna sah den beiden noch nach, als sie schon längst im Nebel verschwunden waren.

Hätte Mark eine andere Frau, müsste die wahrscheinlich unter Grete genauso leiden. Die Frage war nur, ob sie sich das gefallen lassen würde. Eine Bea oder Annabelle hätten sie schon längst zum Schweigen gebracht, mit welcher Taktik auch immer. Heute zumindest hatte Grete mit ihren Frechheiten bei Johanna zum ersten Mal nicht das erreichen können, was sie sonst bei ihr auslöste. Vielleicht war sie auf einem guten Weg. Nach zwanzig Jahren wurde es ja auch langsam Zeit.

Es war überhaupt nicht kalt. Johanna blieb noch etwas in der Tür stehen und blickte verstohlen zum Nachbarhaus hinüber. Dort brannte ein schummriges Licht. Eigenartig, dachte sie, heute Morgen noch war sie die alte Johanna gewesen und heute Abend fühlte sie sich von einer inneren Stärke getragen. Diese Stärke gab ihr Kraft und nahm ihr gleichzeitig den Zorn und die Wut.

Philipp Weber – was hatte er mit ihr gemacht? Oder machte Johanna sich das alles selber? Versunken in ihre Gedanken schloss sie die Haustür und räumte das restliche Geschirr vom Tisch, stellte es in die Spülmaschine und ließ sie spülen. Danach kramte sie in ihrer Handtasche nach dem Handy und sah auf dem Display, dass sie drei Kurzmitteilungen erhalten hatte. Eine war von Annabelle. Sie simste: „Hurra, ich wog heute Morgen 85 Kilo, habe mich mit einem neuen Lippenstift belohnt. Karl ist große Klasse. Er motiviert mich, weiterzumachen. Ich glaube, diesmal schaffe ich es! Kuss Annabelle."

Die nächste Mitteilung kam von Bea: „Hasse Theo! Er

hat sich die ganze Woche nicht gemeldet. Wenn er sich am Wochenende nicht rührt, mache ich Schluss! Ich bin doch keine Maschine, die man anschließt, wenn man sie braucht, und sonst in die Ecke stellt! Wünsche dir was, Gruß Bea." Arme Bea, was fand sie nur an diesem Theofil? Die dritte SMS kam von Leonie: „Hallo Johanna, können wir uns am Montagnachmittag treffen? Muss dringend mit dir sprechen. Melde dich! Bis dahin ein schönes Wochenende, Kuss von Leonie." Johanna schrieb zurück: „Komm doch Montag zu mir. Ich freue mich! Bis dahin, alles Liebe!"

Die Freundinnen wussten, dass sie sich auf Johanna verlassen konnten – und Johanna konnte sich meistens auch auf sie verlassen. Die Freundinnen waren ihre Familie. Sie alle liebten sich, so wie sie waren. Das war ein sehr schönes Gefühl, und dennoch wusste Johanna manchmal nicht, woran sie war, weil sie immer diejenige war, die half und nicht nein sagen konnte. Sie fragte sich: Wurde sie um ihrer selbst willen geliebt oder nur, weil sie so unkompliziert war? Sie bekam als Kind nie Anerkennung, im Gegenteil, oft war sie froh, wenn man sie nicht beschimpfte, sondern einfach nur in Ruhe ließ. Aus dieser Angst heraus verleugnete sie später ihre eigenen Bedürfnisse und machte immer das, was die Menschen von ihr verlangten. Sie fühlte sich weniger wert als ihre Freundinnen, und das machte es für Johanna oft so kompliziert. Sie sehnte sich nach Sicherheit, Anerkennung und Liebe in ihren Beziehungen, weil sie kein Selbstbewusstsein hatte. Gab es vielleicht irgendwo auf der Welt einen Menschen, der sie kompromisslos liebte und annehmen konnte?

In der Nacht von Sonntag auf Montag schlief Johanna vor Aufregung fast die ganze Nacht nicht. Als um halb sieben der Radiowecker anging, fühlte sie sich wie gerädert. Als sie im Radio „Drive" von R.E.M. spielten, wurde sie so langsam wach. Der Countdown fing an: Wie immer bereitete sie das Frühstück, versorgte die Zwillinge und den Gatten, der heute irgendwie gar keinen Zeitdruck verspürte. Johanna schaute ständig auf die Uhr und ihre Nervosität stieg von Minute zu

Minute. Als Mark endlich durch die Garage entschwunden war, schwang sie den Staubsauger und rannte die Treppe rauf und runter, bis sie alles erledigt hatte. Die Aufregung steigerte sich ins Unermessliche! Ein paar Mal musste sie sich zur Ruhe zwingen und sie versuchte, ihre Atmung zu regulieren. Ab und zu sah sie in den Spiegel. Warum schaue ich ausgerechnet heute so alt aus? Hätte ich doch nur gut schlafen können! Meine Haare liegen auch nicht und das Lieblings-Fleece-Shirt ist in der Wäsche!

Johanna brauchte heute morgen keine Schwiegermutter, sie schaffte es selbst, sich runterzumachen. Viertel vor zehn. Johanna zog ihre Joggingsachen an. Warum machte sie so einen Aufstand? Sie wollte doch gar nichts von ihm! Oder doch? Also los! Attacke! Einmal tief Luft geholt und Tür auf. Eisige Kälte schlug ihr entgegen. Schnee lag auf den Wegen, der jedoch durch die Kälte nicht so matschig wie sonst war, sondern angenehm zum Laufen. Nur hier und da musste man aufpassen, dass man nicht ausrutschte. Johanna ging zum Nachbarhaus. Noch während sie die Auffahrt entlangging, dachte sie: Ob er wohl hinter der Gardine lauert? Oh je, wahrscheinlich hatte er es sich anders überlegt und machte gar nicht auf. Sollte sie besser zurückgehen?

Vor der Treppe blieb sie stehen und wollte schon umkehren, als die Tür aufging und ein lächelnder Philipp sagte: „Hallo! Ich habe schon auf Sie gewartet. Wollen wir gleich los? Es soll heute noch mehr schneien. Ich würde sagen, wir beeilen uns lieber." Er schloss die Haustür und kam die Treppe hinunter. Da stand er auch schon vor ihr und grinste sie an. Sie stammelte irgendwas von: „Ja, besser ist es, denn im Radio haben sie auch Schnee angekündigt." Sie gingen Seite an Seite in Richtung Bürgersteig und Philipp hielt ihr das Vorgartentor auf. Er grinste wie ein Honigkuchenpferd und sah Johanna fortwährend an. Johanna verschlug es mal wieder kurzfristig die Sprache und sie überließ ihm die Konversationsführung.

„Na denn! Auf geht's!", kommandierte Philipp und begann in einen leichten Trab zu fallen. Sie tat es ihm nach, glich sich seinem Tempo und Rhythmus an und schaute auf den Boden. Aber Philipp schien überhaupt keine Berührungsängste zu haben und plapperte drauflos: „Am Wochenende habe ich die restlichen Kisten ausgepackt und meine CDs geordnet. Mein Bücherregal ist schon eingeräumt und ich habe überall Lampen aufgehängt. Das ganze Wochenende war ausgefüllt mit Aufräumarbeiten. Und meine Mutter konnte ich nur mit aller Kraft davon abhalten, meine Wohnung zu putzen. Seit ich hier wohne, meint sie, ich sei wieder ein kleines Kind und nicht fähig, auf eigenen Beinen zu stehen. Sind alle Mütter so? Sie haben doch auch Kinder, wenn ich richtig hinter der Gardine spioniert habe."

Also doch!, dachte Johanna und lachte. Sie pflichtete ihm bei: „Solange die Kinder im Haus wohnen, sind und bleiben sie immer die Kinder! Deswegen ist es gut, dass sie sich bald von zu Hause abnabeln und ihre eigenen Wege gehen. Wenn sie Hilfe brauchen, melden sie sich schon noch früh genug. Wir haben Zwillinge, die im Sommer ihr Abitur machen und dann für ein Jahr ins Ausland gehen werden. Jeder von den beiden wird seine eigenen Erfahrungen machen und die Trennung voneinander wird ihnen sicher auch guttun. Die beiden sind in Ordnung, sie heißen Justus und Jakob, nach meinem Schwiegervater. Er war ein wunderbarer Mensch und ich vermisse ihn sehr. Er starb, als die Jungs noch sehr klein waren. So viel ist seitdem passiert. Die Zeit ist irgendwie weggeflogen und man kann sie sich nicht mehr zurückholen."

„Möchten sie das denn gerne?", fragte Philipp unvermittelt.

„Manchmal schon! Einfach um gewisse Dinge anders und besser machen zu können", entgegnete Johanna.

Philipp erwiderte spontan: „Das geht leider nicht. Sie müssen zu den Dingen stehen und aus den Fehlern lernen. Das wäre zu einfach, wenn wir Geschehnisse aus der Vergangenheit verbessern könnten. Ja, unsere Sichtweise von damals ist heute eine andere und wir mussten älter und weiser werden, um unsere Fehler zu erkennen. Kennen Sie den Film 'Die Zeitmaschine'?" Johanna verneinte. „Da reiste jemand mit einer Zeitmaschine in die Vergangenheit, um den Tod seiner Geliebten rechtzeitig verhindern zu können. Aber immer, wenn er es versuchte, passierte ein neues Unglück. Letztendlich konnte er ihren Tod nie rückgängig machen. Manches soll einfach so sein! Gewisse Dinge passieren uns doch auch immer wieder, weil wir aus den Fehlern endlich etwas lernen sollen. Schicksal ist, was wir daraus machen!", lächelte er sie an. „Aber warum wollen Sie eigentlich die Vergangenheit zurückholen?"

Johanna legte die Stirn in Falten: „Ach, manchmal denke ich, ich könnte es vielleicht noch besser machen. Meinen Kindern eine noch bessere und zärtlichere Mutter sein. Die Zeit ist so schnell vergangen und plötzlich waren sie groß. Wie oft war ich genervt, weil sie ihr Zimmer nicht aufräumten oder weil sie sich stritten oder sonstwas. Es ist doch so egal, ob ihr Zimmer in Ordnung ist oder nicht. Davon geht die Welt nicht unter. Wichtig ist, dass sie wissen, sie werden geliebt, mit allen Fehlern, Ecken und Kanten." Johanna schaute ihn beim Laufen von der Seite an: „Oder was meinen Sie?"

„Ja, da haben Sie recht, aber aus Ihrer damaligen Sicht haben Sie das anders gesehen. Ich bin mir sicher, dass Sie eine tolle Mutter waren und noch sind! Ihre Söhne wissen und fühlen das. Außerdem ist es nie zu spät, um sich zu ändern oder neu anzufangen."

Johanna überlegte kurz: „Würden Sie die Zeit mit Ihrer Frau nicht auch gern noch einmal erleben, um einige Sachen ändern oder verbessern zu können?"

„Warum?", entgegnete Philipp, „meine Frau machte auch ihre Fehler. Nicht nur ich. Dazu gehören immer zwei. Unsere Zeit war bis auf einiges ganz gut. Sicher gab es Situationen, die man hätte vermeiden können, aber sie sind geschehen und ich kann sie nicht mehr ändern. C'est la vie! Ich kann eben nur daraus lernen. Sonst wären es ja keine Fehler! Unsere Zeit ist vorbei und nun stehe ich vor einem neuen Anfang. Ich laufe hier in der Gegenwart mit Ihnen, einer wunderschönen netten Frau! Meine Zukunft ist ein erfüllter

Traum von mir und ich lasse alles auf mich zukommen. Ich lernte in der Vergangenheit viel und werde hoffentlich auch in der Zukunft noch sehr viel lernen und auch Fehler machen. So ist das eben!"

Johanna hatte seinen Worten gelauscht und sagte: „Sie sind ein bemerkenswerter Mensch. Es tut gut, mit Ihnen zu reden. Mir kommt es so vor, als würden Sie das Leben mit einer großen Gelassenheit und einer sagenhaften Leichtigkeit angehen. Sind Sie schon immer so gewesen?"

„Vielleicht ja! Ich hatte großes Glück, meine Eltern zogen mich mit viel Liebe groß und ich durfte mich entfalten. Die Devise meines Vaters lautete: Probiere so viele Wege wie möglich aus. Nur dann weißt du, welcher der Richtige für dich ist. Aber verliere nie dein Ziel aus den Augen. Meine Eltern führten eine glückliche Ehe, müssen Sie wissen. Sie behandelten meine Schwester und mich immer gleich. Keiner von uns hatte je das Gefühl, zu kurz zu kommen."

Johannas Gedanken eilten voraus: „Was sagen denn Ihre Eltern zu Ihrem Weggang?"

„Meine Eltern reisen viel. Früher mit uns Kindern und später alleine. Sie würden mir niemals in mein Leben hineinreden. Das möchte ich auch gar nicht. Wenn ich ständig daran denken müsste, was würden meine Eltern wohl zu dem und dem sagen, dann wäre ich innerlich kein freier Mensch. Wahrscheinlich wäre ich dann auch nicht ich selbst, sondern immer nur der Sohn meiner Eltern. Ich bin ich und meine Eltern sind meine Eltern." Philipp sah ihr dabei so intensiv in die Augen, dass sie verschämt nach unten schaute. Er war sehr offen und frei heraus, vielleicht einer von den Menschen, die mit einem gesunden Selbstbewusstsein gesegnet sind. Bestimmt konnte er mit einer Niederlage genauso souverän umgehen wie mit Erfolg. Er strahlte eine Stärke und Gelassenheit aus, die ihr imponierten.

Sicher führte er Johanna durch den Park, hielt sein Tempo und seinen Rhythmus. Er fragte: „Es fängt heftiger an zu schneien. Möchten Sie heimwärts laufen oder wollen wir noch eine Runde drehen?"

„Nein, lassen Sie uns nach Hause laufen. Ich bin nicht so gut drauf heute. Ich habe schlecht geschlafen. Ich hoffe, dass macht Ihnen nichts aus?“ Johanna wunderte sich über sich selbst. Normalerweise machte sie immer das, was andere wollten. Er schien allerdings auch nicht die Sorte Mensch zu sein, die sie sonst traf.

„Dann trinken Sie aber noch eine Tasse Tee mit mir. Ich mache tollen Tee. Keine Ausrede! Sie kommen mit.“

Johanna konnte ihm das nicht abschlagen. Eine Viertelstunde später saßen sie bei ihm in der Wohnung. Sie zogen die Sportschuhe aus und er führte Johanna in sein Reich. Im Wohnzimmer flackerte noch ein kleines Feuer im Kamin. Philipp legte zwei Holzscheite auf, und im Nu wurde es kuschelig warm. „Sie können es sich auf dem Sofa bequem machen. Ich bringe nur schnell das Wasser zum Kochen. Dann kann der Tee in Ruhe ziehen. Bin gleich wieder da.“

Johanna setzte sich auf das Sofa und legte die Füße hoch. Während Philipp in der Küche das Wasser aufsetzte, sah sie sich um. Es war sehr gemütlich. Er hatte moderne Möbel mit antiken Stücken gemixt. Auf dem Tisch stand ein Schachbrett mit afrikanischen Figuren. Anscheinend spielte Philipp gegen sich selbst, denn auf beiden Seiten waren die Schachfiguren verschoben und einige standen neben dem Brett. Ihr Blick wanderte weiter durch das Zimmer und blieb am Bücherregal haften, das voll von Büchern war. Philipp musste ein eifriger Leser sein. Sie sah einige Bildbände von Neuseeland und Australien. Hatte er eventuell in Erwägung gezogen, nach Australien zu gehen? Auf seinem Schreibtisch lagen Architekturzeichnungen, wahrscheinlich Grundrisse von seinem Haus in Neuseeland. In dem Zimmer fanden sich immer wieder Holzfiguren im afrikanischen Stil. Aber dennoch ließ der gesamte Einrichtungsstil auf einen männlichen Bewohner schließen. Philipp kam mit einem Tablett aus der Küche und stellte es auf den Tisch. Er setzte sich Johanna gegenüber und schaute ihr wieder sehr intensiv in die Augen. Diesmal blickte sie nicht nach unten, sondern versuchte standzuhalten. Sie dachte sich: Wenn er das kann,

kann ich das auch. Vielleicht war das nur ein Tick von ihm oder eine Angewohnheit. Möglicherweise blickte er auch nur gerne anderen Menschen tief in die Augen. Wahrscheinlich dachte er sich nichts Großartiges dabei.

Philipp beschäftigte sich, während sie überlegte, mit dem Tee und schenkte ihr ein. Die Teetassen waren aus hauchdünnem Porzellan und hatten die für Teetassen typische weite Öffnung nach oben. Philipp zündete mit einem Streichholz das Teelicht des Stövchens an und sah sie weiter an. Sie fühlte sich erneut unbehaglich. Um seinem Blick doch noch ausweichen zu können, nahm sie einen Schluck aus der Tasse. Der Tee schmeckte köstlich und die Wärme breitete sich sofort in ihrem ganzen Körper aus.

Philipp erklärte ihr: „Der Tee ist eine afrikanische Mischung und besonders im Winter trinke ich ihn gerne. Ich bin oft in Afrika gewesen und habe Land und Leute kennengelernt und einige Gebräuche übernommen. In meinem Beruf ist es gut, wenn man sich so viele Baustile wie möglich ansehen kann. Jedes Land hat da seine Stärken und Eigenarten. Aber ich bin dennoch ein Landschaftsmensch. Ich schaue gern in die Weite. Ich liebe Seen und Berge, Strände und Wälder. Ich mag Stille und Idylle, aber auch Großstadtleben mit der gewohnten und eigenen Hektik. Ich mag Sonne und ich mag Wind, ich liebe den Schnee und ein Gewitter im Sommer. Und vor allem den intensiven Geruch danach, einem Gemisch aus nassen Pflastersteinen und Gras, feuchter Erde und moderigem Holz. Ja!“

Er machte eine kurze Pause und fuhr fort: „Ich bin gern allein und ich genieße es auch, wenn ich mich unter Menschen bzw. unter guten Freunden aufhalte. Eine gute Konversation oder Diskussion ist mir lieber als Streit und Kontroverse. Diesen beiden gehe ich lieber aus dem Weg, aber ich flüchte nicht vor ihnen. Ich liebe gutes Essen und ich gehe gern ins Kino. Dabei knuspere ich gerne Popcorn. Ich liebe das Theater oder manchmal besuche ich auch ein Konzert, egal ob klassisch oder rockig. Da rocke ich mich dann manchmal nach Leibeskräften aus. Allerdings muss die Musik nach meinem Geschmack sein. Ich lese viel und spiele leidenschaftlich gerne Schach. Fehlt mir der Partner, kein Problem: Dann spiele ich halt auf beiden Seiten. Das Schöne daran ist, ich gewinne immer. Okay verlieren tue ich auch! Aber da ich Optimist bin, gewinne ich mehr, als ich verliere. Ich sehe lieber das Positive als das Negative. Meine Lieblingssportarten sind Joggen, Rennradfahren, Schwimmen, Skifahren und Wandern. Ich mag Hunde, Katzen und auch andere Kuscheltiere. Ach so, ich bin ein Frühaufsteher und ich liebe Rühreier mit Speck zum Frühstück."

Er hatte seine Selbstbeschreibung beendet und lachte auffordernd wieder dieses Lächeln, als wartete er auf ein Statement von Johanna.

„Das ist ja eine Menge. Ich weiß gar nicht, ob ich mir das alles merken kann. Vieles davon mag ich auch, aber mir fiel auf, dass Sie nur von Dingen sprachen, die Sie mögen. Was mögen Sie denn eigentlich nicht? Denn das sagt meiner Meinung nach mehr über einen Menschen aus."

„Jetzt habe ich wohl endlich Ihr Interesse geweckt. Ich dachte schon, Sie würden nie Feuer fangen. Also, was mag ich nicht? Dicke Bohnen mit Speck. Süße warme Speisen wie Pfannkuchen oder Milchreis und Grießbrei. Mir sind Egoisten ein Gräuel, Menschen, die anderen Probleme bereiten oder ihnen das Leben schwer machen, ohne selbst zu reflektieren. Lügen, Langweiler und Falco, den mochte ich noch nie. Laute Hardrock-Musik und Karneval. Diese aufgesetzte Fröhlichkeit ist mir nicht geheuer. Möchten Sie sonst noch was wissen? Fragen Sie ruhig!"

Johanna wusste nicht, ob er es ernst meinte, aber sie fasste sich ein Herz: „Ich möchte nicht indiskret sein. Haben Sie eigentlich Kinder?"

„Nein, leider nicht. Die Krankheit meiner Frau hat sich fast zehn Jahre hingezogen, da wäre ein Kind zu kurz gekommen. Meine Frau hat drei Chemotherapien hinter sich bringen müssen. Da denkt man an alles Mögliche, nur nicht an Familienplanung. Für meine Frau war der Gedanke, sie könnte sterben und ein Kind zurücklassen, unerträglich. Ich hätte sehr gerne Kinder gehabt, aber ich habe den Wunsch meiner Frau respektiert. Manchmal war sie richtig wütend auf ihren Körper, weil er ihr nicht gehorchte und sie, wie sie sagte, im Stich ließ. Ich denke, sie verspürte zum Schluss keine Lust mehr zu kämpfen. Ein Kind hätte sie eventuell angespornt. Wer weiß das schon?"

Johanna wartete einen Moment und fragte dann: „Vermissen Sie sie sehr?"

Er schaute sie an und sagte: „Unsere Ehe hatte ihre Höhen und Tiefen, wie jede andere auch. Klar, man neigt dazu, Tote zu verherrlichen und die Probleme zu verdrängen. Aber ich werde auf keinen Fall die Toten über die Lebenden stellen. Ich habe anderthalb Jahre eine Psychotherapie gemacht. Da arbeitete und löste ich vieles auf. Es war nicht einfach. Aber heute bin ich frei und weiß, dass unsere Ehe eine ganz normale war. Wir haben durch die Krankheit meiner Frau einiges verdrängt und auch verpasst. Unsere Probleme haben wir unter dem Deckmäntelchen ihrer Krankheit abgetan. Was letztendlich bei mir zu einem inneren Stau führte. Nach dem Tod meiner Frau bekam ich einen Zusammenbruch, nicht nur, weil sie tot war, sondern weil sich einfach zu vieles in mir angesammelt hatte. Ich hatte jahrelang nur gegeben und dabei mein eigenes Leben völlig in den Hintergrund gedrängt. Durch die Therapie ist mir das klar geworden.

Sie wollten wissen, ob ich sie vermisse? Ja, das tue ich. Aber das Leben geht weiter und sie hätte nicht gewollt, dass ich nur noch Trübsal blase. Ich bin soweit, ein neues Leben anzufangen, und ich freue mich darauf. Das Vergangene ist gewesen und die Zukunft liegt vor mir."

Johanna war seinen Ausführungen gefolgt und antwortete: „Ich hoffe, dass ich Sie nicht zu unverschämt ausgefragt habe."

„Nein, nein, ganz im Gegenteil! Die meisten meiner Freunde brachen, aus Angst mich zu verletzten, den Kontakt ab. Anfangs konnte ich es überhaupt nicht begreifen. Aber während der Therapie verstand ich ihre Motive. Nach einem Jahr ungefähr versuchten sie, mich zu verkuppeln. Frei nach dem Motto, das Leben geht schließlich weiter. Durch einen glücklichen Zufall bekam ich ein Superangebot für meine Firma, und hier bin ich nun, auf dem Weg in ein ganz neues Leben. Aber jetzt erzählen Sie doch einmal etwas über sich. Sie machen mich sehr neugierig. Sind Sie glücklich?"

Johanna schluckte: „Sie sind aber auch ganz schön direkt! Bin ich glücklich? Ehrlich gesagt, ich könnte Ihnen viele Gründe nennen, die Ihre Frage positiv beantworten. Aber eigentlich kann ich es nicht genau sagen. Meine Kinder machen mich glücklich, mein Leben ist gut und ich bin gesund, brauche mir keine Sorgen zu machen, ob ich mir dieses oder jenes leisten kann. Ich kann mir mein Leben einteilen und ich brauche niemandem Rechenschaft abzulegen, was ich getan habe oder tun werde. Mir geht es gut und eigentlich habe ich keine Probleme. Wenn nicht da so viele andere wären, die mir Probleme bereiten. Menschen, die mit ihren Minderwertigkeitskomplexen meinen, mir den Kampf ansagen zu müssen. Früher waren das meine Mutter und mein Stiefvater und später dann meine Schwiegermutter und einige sogenannte Freundinnen."

Johanna verzog bei den letzten Worten leicht das Gesicht, aber sehr selbstbewusst redete sie weiter: „Ich möchte nicht mehr auf die falschen Menschen zugehen und mir Anerkennung holen! Das gibt man sich selber, wie Ehre und Stolz. Soweit bin ich schon gekommen, aber es ist nicht immer so einfach, das alles zu durchschauen. Es muss sich etwas ändern! Das weiß ich. Aber ich glaube, ich bin auf dem besten Weg dahin. Billi, meine Freundin und Therapeutin, hat mir einen guten Tipp gegeben. Sie meint, es wäre für mich ideal, wenn ich mit einem Fallschirm aus einem Flugzeug springen würde. Oben im Flugzeug alles hinter sich lassen und runterspringen – das erfordert sehr viel Mut. Vielleicht klappt es ja irgendwann! Auf jeden Fall möchte ich es gerne versuchen."

Philipp wurde plötzlich ganz aufgeregt: „Das ist ja großartig. Ich bin als Student sehr oft gesprungen, und durch die Krankheitsgeschichte meiner Frau, musste ich es aufgegeben. Ich hatte vor, mich im Frühjahr für einen Fallschirmkurs anzumelden. Meine Therapeutin riet mir dazu, mir einiges von früher zurückzuholen. Und ich habe mir das ganz fest vorgenommen. Wenn Sie wollen, können wir zusammen hingehen und ich gebe Ihnen ein wenig Unterricht. Das wäre toll!"

Johanna war überrascht: „Das wäre sicher schön, ich freue mich wirklich, dass wir uns kennengelernt haben und so offen miteinander reden können. Und als Frau nehme ich mir jetzt die Freiheit, Ihnen hier mit der Teetasse das Du anzubieten. Ich heiße Johanna!" Sie erhob ihre Teetasse und hielt sie ihm über den Tisch entgegen. Er nahm seine und stieß mit ihr an.

„Aber ich bestehe auf einem Kuss. Das fordere ich als Mann ein." Philipp stand auf und kam um den Tisch herum auf Johannas Seite, nahm sie bei den Händen und zog sie ganz sanft nach oben. Da standen sie sich plötzlich Aug' in Aug' gegenüber. Johannas Knie wurden weich und im Bauch spürte sie ein Kribbeln. Kurzzeitig wurde ihr schwarz vor Augen: „Hilfe, ich falle gleich um!"

Er nahm ihr Gesicht in seine Hände und küsste sie auf die Wange. Schade!, dachte Johanna, mittig wäre schöner gewesen! Er lächelte sein typisches Lächeln und es schien, als habe er jahrelange Übung im Bruderschaftsküssen.

„Ja, ich glaube, ich muss jetzt gehen. Ich hab noch einiges zu erledigen!", sagte Johanna ein wenig zu schnell. „Es war sehr nett mit dir und vielen Dank für den Tee und die Unterhaltung."

Philipp stand immer noch nah bei ihr: „Sehr gerne, ich freue mich schon auf ein nächstes Mal. Wenn du möchtest, können wir öfter miteinander joggen gehen. Dabei erzähle ich dir dann das Wesentliche über Fallschirmspringen. Deine Therapeutin hat recht. Man ist ein anderer Mensch, wenn man unten ankommt. Nichts kann einen mehr ängstigen und man hat den Eindruck, alles im Leben zu schaffen." Philipp begleitete sie zur Haustür und ging mit ihr noch den Gehweg bis zu seinem Gartentor.

Doch, oh Graus, da war Rita Mackes. Johanna sagte

schnell: „Das wäre wunderbar. Ich freue mich auch." Rita hatte sie aber bereits gesehen, mit einem Sektglas in der Hand und leicht torkelnd kam sie auf Philipp und Johanna zu: „Johanna, ich habe schon ein paar Mal bei dir geklingelt. Da bist du ja. Wir sind endlich Oberst geworden! Wie nett, Herr Weber, dass ich Sie sehe." Und ohne Unterbrechung fuhr sie fort: „Alles, was Rang und Namen bei der Bundeswehr hat, kommt heute Abend zu uns. Ich möchte dich, Mark und auch Sie, Herr Weber, zu einem Sektumtrunk einladen. Kurt hat Mark persönlich im Büro angerufen, er weiß schon Bescheid und hat zugesagt. Aber die Kleiderordnung muss streng eingehalten werden – auch für Zivilisten gilt: Anzug und Krawatte."

„Ich glaube, ich bringe dich erst mal besser nach Hause", sagte Johanna. „Du solltest dich dringend noch vorher hinlegen, damit du heute Abend fit bist. Komm, Rita! Mach's gut, Philipp."

Philipp hob die Hand und grinste. Johanna henkelte Rita ein und führte sie zu ihrer Haustür. „Was hast du denn mit dem? Meine Güte, den würde ich garantiert nicht von der Bettkante schubsen! Aber unsereiner hat ja schließlich Haltung zu bewahren. Kurt lässt mich immer so viel alleine! Aber jetzt haben wir es endlich geschafft, der Schritt zum General ist nicht mehr weit. Endlich! Johanna, ich freue mich ja so. Mein Vater hat schon immer gestichelt." Rita hielt kurz inne: „Johanna, was ist mit dir? Du bist ja so schweigsam. Freust du dich nicht, dass wir nun endlich Oberst geworden sind?"

„Doch doch, Rita, ich freue mich für euch. Aber ich glaube, es ist jetzt besser, du trinkst nicht mehr und legst dich hin." Johanna schwirrten andere Gedanken im Kopf herum, aber sie ging mit Rita zu deren Haus, schloss auf und führte sie ins Wohnzimmer zum Sofa. „So, leg dich jetzt hin und versuch zu schlafen und trink bis heute Abend nichts mehr! Versprich mir das! Kurt wird nur wieder sauer. Und du willst doch heute bei all den vielen Leuten einen guten Eindruck machen, oder?! Denk an Kurt. Er wird dich heute Abend brauchen. Du gehörst an seine Seite. Da darfst du jetzt nicht schlappmachen!"

Rita fügte sich in ihr Schicksal: „Ja, Johanna, du hast recht. Du bist so lieb. Ich wollte ja nur einen kleinen Schluck auf Kurts Beförderung trinken", lallte sie noch vor sich hin, bevor sie sich von Johanna hinlegen ließ, die sie mit einer Decke zudeckte. Weinerlich schloss sie die Augen und schnarchte schon, während Johanna sich aus dem Haus schlich.

Philipp wartete vor seinem Haus und grinste sie an: „Was war denn das für ein Auftritt?"

„Ach, Rita ist viel allein. Sie haben keine Kinder und Kurt ist im Karrierezwang. Er soll unbedingt General werden. Sie ist einsam und deswegen trinkt sie manchmal zu viel. Sie tut mir leid, auch wenn sie überheblich ist. Sie definiert sich über ihren Mann. Wenn er befördert wird, wird sie es auch. Ja, das Leben schreibt die eigenartigsten Geschichten. Aber ich muss jetzt los, meine Freundin kommt gleich zu Besuch. Mach's gut Philipp, bis später."

Als auch Johanna im Haus verschwunden war, hüpfte sie glücklich nach oben, ließ das Badewasser ein, zog sich aus und legte sich in die Wanne. Sie geriet ins Schwärmen: Johanna, was ist nur mit dir geschehen? Ich glaube, du hast dich unsterblich in ihn verliebt. Gibt es denn so was?! Im Bauch kribbelt es und die Knie sind weich wie Butter. Die Gefühle schlagen Purzelbaum, und das in meinem Alter!

Johanna ließ ihren Gedanken freien Lauf: Seit dem letzten Therapie-Treff bei Billi war so viel passiert. Ein einziger Mensch kann doch nicht so viel bewirken? Das gibt es doch nicht. Billis Stimme hallte in ihrem Kopf: „Na klar! Was mit dir geschehen ist, bist du und machst es selbst!" Johanna schaute an sich herunter, wie sie so dalag, ausgestreckt in der Wanne. Sie fühlte sich wunderschön und gut. Aber dieser Philipp konnte sich an jedem Finger zehn Frauen aussuchen, noch dazu jüngere und schönere. Warum wollte er ausgerechnet sie? Wollte er das denn überhaupt? Wahrscheinlich bildete sie sich das alles nur ein. Johanna, jetzt komm mal runter von deinem Podest und bleib auf dem Boden der Tatsachen! Du bist seit zwanzig Jahren verheiratet, hast zwei Kinder, ein Haus mit riesigem Garten, und du wirst in fünf Jahren fünfzig. Was denkst du dir eigentlich? Dieser Mann ist im Sommer auf und davon in Neuseeland und du bleibst hier. Meinst du etwa, der hat nur auf dich gewartet? So, und nun Schluss mit dieser Teenie-Romantik!

Billi schaute eigenartig zu Johanna rüber!

Leonie hatte sich noch einmal gemeldet und ihr gesimst. Der Termin stand! Es war jetzt kurz vor eins. Die Jungs kamen erst um fünf. Also blieb noch genug Zeit, um einen Salat zu machen und sich anzuziehen.

Annabelle hatte eine SMS an alle geschickt. Sie schrieb: „Meine Airbags an den Innenseiten der Knie sind schon erheblich kleiner geworden." Airbags an den Innenseiten der Knie? Johanna grinste. Annabelle war einfach klasse!

Johanna versuchte, sich zu konzentrieren, aber es gelang ihr nicht. Immer wieder spukte ihr dieser Philipp im Kopf herum. Sie hatte lauter Fragen, die sie ganz kirre machten: Was ist für Philipp wichtig? Findet er, dass ich gut aussehe? Gefalle ich ihm? Er nannte mich eine wunderschöne, nette Frau. Meinte er das ernst? Oder war das nur eine Höflichkeitsfloskel? Fand er meinen Po knackig? Wahrscheinlich steht er auf Frauen wie Bea und Nicole Kidman mit blonden langen Haaren und ganz langen Beinen! Hm, wie sah wohl seine Frau aus? Nirgendwo stand ein Bild von ihr! Sicherlich war sie wesentlich hübscher, als ich es bin! Oder war sie vielleicht der gleiche Typ? Noch schlimmer! Dann ist er auf der Suche nach einem Ebenbild und projiziert!

Johanna hätte noch viel mehr finden können, aber ihre Ratio sagte: Schluss jetzt mit den Spekulationen und Träumereien! Johanna, jetzt hör endlich auf, an Philipp zu denken! Hör auf!

Um sich abzulenken, holte Johanna zwei Teller aus dem Schrank und bereitete den Salat zu. Jetzt müsste Leonie gleich kommen. Sie war im Gegensatz zu Annabelle extrem pünktlich. Im Esszimmer zündete Johanna die Kerzen an und legte Messer und Gabeln auf die Servietten. In der Küche liefen jetzt die Halb-Zwei-Nachrichten. Es sollte noch kälter werden und noch mehr schneien.

Pünktlich wie die Feuerwehr läutete es. Johanna ging zur Tür und öffnete. Leonie stand vor ihr und umarmte sie. Sie sah gut aus, vielleicht etwas durcheinander, aber besser und nicht mehr so traurig wie letzten Mittwoch.

„Komm rein und zieh deine Jacke aus." Leonie und Johanna gingen in Richtung Wohnzimmer und Leonie war erstaunt, dass ihre Freundin etwas zu essen gemacht hatte: „Du solltest dir keine Arbeit machen. Ich wollte doch nur mit dir reden. Aber ehrlich, ich freue mich und habe auch den ganzen Tag noch nichts gegessen." Leonie setzte sich.

Johanna holte die heißen Baguettes aus dem Ofen und sagte: „So, jetzt erzähl erst mal, ich bin schon ganz neugierig."

Leonie sammelte sich und sagte: „Ich weiß gar nicht, wo ich anfangen soll. Vielleicht bilde ich mir das alles auch nur ein oder ich werde jetzt völlig verrückt. Am besten beginne ich von vorne. Aber sag mir, wenn ich dich langweile! Also, ich recherchiere ja ausnahmsweise nicht in der Theater- und Kunst-Szene, sondern schreibe über ein ganz anderes Thema. Die Schauspielerin Anja Herzig will eine Spende in ein Berliner Waisenhaus fließen lassen und ein Kind adoptieren. Am Donnerstag trafen wir uns zu einem lockeren Erstgespräch. Sie wollte mir einige Dinge über ihr Vorhaben erklären, damit ich die Hintergründe besser verstehe. Ist zwar unüblich, aber mir war es egal. Also machten wir ein Date in ihrem Hotelzimmer aus. Mir ging es sehr schlecht. Ich schlief die ganze Nacht nicht und mein Kopf schien zu platzen.

Sie war auf den ersten Blick sehr nett und offen. Die ganze Zeit sah sie mich sehr sonderbar an, und ich wusste nicht, wo ich hinschauen sollte. Nicht, dass es mir unangenehm war, aber ihr Blick war so durchdringend. Wir saßen uns gegenüber und sie fing an zu erzählen. Ihre Stimme hörte sich sehr gut an und ich mochte sie vom ersten Augenblick an."

Leonie unterbrach sich: „Kennst du sie? Ich meine, weißt du, wie sie aussieht?“

„Ja, in etwa“, antwortete Johanna. „Ist sie nicht groß und dunkelhaarig? Hat sie sich nicht vor ein paar Jahren geoutet?“ Johanna schaute Leonie fragend an. Die machte eine nickende Kopfbewegung und fuhr fort:
„Du weißt, dass sie lesbisch ist! Ich wusste davon nichts. Aber egal! Sie erzählte, dass sie vor ein paar Jahren einen Film drehte, in dem sie eine Leiterin in einem Waisenhaus spielen musste. Wochenlang versuchte sie sich mit der neuen Rolle zu identifizieren. Nach dem Dreh wurde ihr klar, dass sie etwas in ihrem Leben ändern musste. Sie half, wo sie nur konnte, um Waisenhäuser zu unterstützen. Denn den meisten fehlte es an vielem. Ich kann da ja ein Lied von singen. Die Kinder oder Jugendlichen könnten viel besser gefördert werden, wenn mehr Geld zur Verfügung stünde, vom Personal ganz zu schweigen. Ich erzählte ihr, dass ich selber in einem Waisenhaus aufwuchs und Glück hatte. Sie wusste davon und aus diesem Grund war sie auf mich zugekommen.

Der eigentliche Sinn der Einladung war: Sie möchte ein Kind adoptieren, aber da sie in keiner festen Beziehung steht, machte man ihr Schwierigkeiten. Wie viele alleinerziehende Mütter gibt es?! Aber eine alleinstehende Frau darf erst ein Kind annehmen, wenn sie einen festen Partner hat. Sie wollte durch die Presse Aufmerksamkeit erregen.

Während sie erzählte, merkte ich immer mehr, wie mich dieses Thema interessierte. Weißt du, Johanna, ich bin zwar dort groß geworden, habe mich aber nie damit auseinandergesetzt. Leider konnte ich mich nicht sonderlich konzentrieren. Meine Kopfschmerzen machten mir zu schaffen und ich musste oft nachfragen. Sie sah mich verwundert an und sagte: ‘Ihnen geht es nicht gut. Ich merke das schon die ganze Zeit! Vielleicht kann ich Ihnen helfen? Entspannen Sie sich und legen Sie Ihren Kopf gegen meinen Bauch.’ Sie stand auf und stellte sich hinter mich. Mit den Fingerspitzen massierte sie ganz sanft kreisend meine Schläfen und führte verschiedene Druckmassagen an meinem Kopf aus. Dabei sprach sie kein Wort und schaute auf mich herunter. Ein paar Mal öffnete ich die Augen, um mich zu orientieren. Und während dieser Zeit betete ich, dass sie nicht aufhören möge. Johanna, es war so ein wunderbares Gefühl, ihre Hände, diese Stimme und dann der Blick! Sie schien meine Gedanken lesen zu können, denn sie sagte: ‘Entspann dich, ich höre nicht auf. Erst wenn du es möchtest.’“

Johanna schaute gebannt zu Leonie. Interessiert hörte sie weiter zu, denn sie ahnte, was Leonie ihr mitteilen wollte.

Leonie erzählte weiter: „Sie sprach zu mir wie zu einem Kind, ganz sanft und leise. So muss eine liebevolle Mutter zu ihrer Tochter sprechen. Ich hätte ewig so dasitzen können und mich von Anja massieren lassen. Nach einer Weile hörte sie auf und streichelte meine Wangen und mein Haar. Dabei kam sie mit ihrem Gesicht ganz nah an meinen Mund, und ihre Lippen berührten meine Haut. Dabei dachte ich, bitte mach weiter! Hör nicht auf! Es war so schön, dass ich es kaum ertragen konnte und mir die Tränen an meinen Wangen herunterliefen. Anja küsste sie ganz sanft weg und tröstete mich. Sie nahm mich in ihre Arme und führte mich zum Sofa. Dort setzten wir uns nebeneinander und sie schaukelte und streichelte mich wie ein kleines Kind. Meine Gefühle brachen aus mir heraus, und ich weiß auch nicht mehr, wie es geschah, aber wir haben uns innig geküsst. Ihr Körper war ganz nah an meinem, und das war wunderbar.

In diesem Moment hätte sie sonst was mit mir machen können. Ja, eigentlich habe ich mir gewünscht, dass sie mich auszieht und am ganzen Körper liebkost. Aber Anja ist eine erfahrene Frau, und sanft fragte sie mich, ob ich schon mal mit einer Frau geschlafen hätte? ‘Nein!’, antwortete ich. ‘Es ist überhaupt das erste Mal, dass mich eine Frau so berührt und küsst.’ Anja sagte: ‘Mir ist gleich aufgefallen, dass mit dir etwas nicht stimmt. Hast du dir nie gewünscht, Zärtlichkeiten mit einer Frau auszutauschen?’ Ich sagte, dass ich immer Sehnsucht nach solchen Zärtlichkeiten gehabt hätte. Und in diesem Moment wusste ich, was mit mir los ist.“

Mit großen Augen sah Leonie Johanna an: „Sag mir bitte,

dass ich nicht verrückt bin. Ich habe plötzlich eine Antwort auf all die Fragen in meinem Leben bekommen, auf die ich sonst keine Antworten wusste. Wir verabredeten uns für morgen wieder. Sie wollte, dass ich mich mit mir auseinandersetze und wieder zur Ruhe komme, denn ich war sehr aufgewühlt. Johanna, ich halte es kaum aus bis dahin! Ich habe solche Sehnsucht nach ihren Berührungen, dass ich schreien könnte."

Johanna wurde nun einiges klar: „Liebes, du bist nicht verrückt. Mir erscheint es logisch, dass du eine depressive Phase hattest. Du hast gespürt, dass dir irgendwas fehlt. Sei froh, dass du ihr begegnet bist, denn jetzt weißt du, wie es weitergeht. Am besten trefft ihr euch und tauscht eure Gefühle aus. Sie kann dir sicher helfen – und sprich mit Billi. Alleine! Sie wird dir das sicher psychologisch erklären können." Johanna seufzte kurz auf: „Mich wundert gar nichts mehr. Denn auch ich scheine mich in meinen neuen Nachbarn verliebt zu haben, Leonie. Er macht mir offensichtliche Avancen." Johanna erzählte ihr nun alles bis ins letzte Detail.

Nun war es Leonie, die an der Reihe war zu lauschen, und sie war nicht weniger erstaunt: „Nein, das gibt es doch gar nicht. Der Kerl scheint es wirklich auf dich abgesehen zu haben! Vielleicht ist er auch nur ein Charmeur! Keine Ahnung. Aber genieße es trotzdem. Es macht dich stark momentan. Und weißt du was? Ich gönne es dir von Herzen. Mark hätte besser zu dir stehen sollen in all den Jahren. Jetzt rächst du dich und das tut dir ganz gut. Mach dir keine Gedanken und lass alles auf dich zukommen. Außerdem hielten wir dich alle für eine Heilige. Deswegen muss Grete dich auch so kleinmachen. Du zeigst ihr, dass du besser bist als sie, und deswegen fühlt sie sich schlecht und lässt ihre Aggressionen an dir raus. Aber glaub mir, am Ende siegt immer das Gute.

Ich danke dir für deine Freundschaft. Ich weiß noch nicht, ob ich es schaffe, am Mittwoch in der Gruppe darüber zu sprechen, aber nächste Woche mach ich es bestimmt. Da werde ich schon wissen, wie es weitergeht. Kennst mich ja, ich hoffe, dass ich nicht auf der Suche nach einer Mutter bin und mich deswegen so auf diese weiblichen Berührungen einlassen konnte."

„Wenn du es nicht ausprobierst, wirst du es nicht erfahren, Leonie. Hinterher ist man ja immer schlauer."

„Ich danke dir, meine liebe Johanna", sagte Leonie. „Vielleicht weiß ich morgen mehr." Leonie stand auf und ging mit Johanna Arm in Arm in den Flur. Sie zog ihre Jacke an. Danach umarmten sie sich innig. Sie wünschten sich gegenseitig viel Glück und verabschiedeten sich. Leonie verschwand durch die Tür und lief zu ihrem Auto. Johanna winkte ihr noch nach und dann war sie verschwunden. Nachdenklich ging Johanna zurück ins Haus.

Was für eine Woche! Annabelle hatte abgenommen und offensichtlich war sie scharf auf diesen Karl. Es würde Johanna überhaupt nicht mehr wundern, wenn sie mit ihm etwas anfangen würde. Leonie hatte sich in eine Frau verliebt und sie, Johanna, ließ sich von ihrem Nachbarn total umhauen. Fehlte nur noch Bea.

Johanna kramte nach ihrem Handy und wählte ihre Nummer.

„Hallo Johanna!" Beas Stimme klang müde und sie schimpfte gleich resigniert los: „Theofil hat sich immer noch nicht gemeldet. Ich hätte nie gedacht, dass er dazu fähig ist. Wir hatten ein so schönes Wochenende und jetzt meldet er sich überhaupt nicht mehr. Das hat er noch nie gemacht."

Johanna fragte mitfühlend: „Hast du versucht, ihn zu erreichen, Bea?"

„Ja, ich habe ihm vier SMS geschrieben und eine E-Mail. Aber er meldet sich nicht! Er könnte doch wenigstens schreiben, dass er keine Zeit hat und sich später meldet. Aber überhaupt kein Lebenszeichen von sich zu geben?! Ich bekomme nichts von ihm! Keine einzige Info.

Eben war ich so verzweifelt, dass ich ihn im Büro angerufen habe. Ich dachte schon, er sei im Krankenhaus oder liegt irgendwo tot in einer Ecke. Aber du hättest mal hören sollen, wie zickig er war: ‘Bitte lass mich in Ruhe! Ich habe keine Zeit und melde mich, wenn ich es für richtig halte! Tanja ist ziemlich krank und ich kann sie jetzt nicht allein lassen. Das Wochenende war ein Fehler. Sie hat gemerkt, dass ich weg war und mir die Hölle heißgemacht. Nur mit Mühe und Not konnte ich ihr erklären, dass ihre Vermutungen bezüglich einer Liaison nicht gerechtfertigt sind. Jetzt mach du mir nicht auch noch Schwierigkeiten, ich habe schon genug Ärger am Hals. Wenn mein Schwiegervater die Gelder zurückfordert, die ich in alle möglichen Transaktionen gesteckt habe, komme ich aus dem Schlamassel nicht mehr heraus!' Ganz schön arm, was?! Da habe ich mich vergessen und ihn angeschrien: 'Du verkaufst dich für Geld! Was wolltest du denn eigentlich von mir? Du bist auf mich zugekommen und nicht umgekehrt und jetzt denkst du, du könntest dich so einfach aus meinem Leben schleichen?'

Johanna, du glaubst nicht, was er mir antwortete: 'Mach mir keine Schwierigkeiten, sonst wirst du mich kennenlernen! Du hast dich doch mir an den Hals geworfen und mich genötigt, meine Frau zu verlassen. Durch dich ist sie in letzter Zeit ständig krank, weil sie spürt, dass was nicht in Ordnung ist. Aber ich weiß, dass ich zu ihr gehöre, und daran wirst auch du nichts ändern können.' Danach legte er einfach auf. Ich bin so wütend. Dieser Typ hat mich die ganze Zeit hingehalten.

Weißt du, Johanna, ich bin jetzt wenigstens nicht mehr so verzweifelt. Ich habe nicht mehr diese Hoffnung in mir. Ihr hattet Recht, ich habe was Besseres verdient, einen solchen Schlappschwanz kann ich an jeder Ecke kriegen."

„Klar kannst du das", antwortete Johanna. „Lass deine Wut nur heraus. Er wird mit seiner Tanja nicht glücklich werden. Sie wird ihn weiter schikanieren. Und glaub mir, Bea, sie hätte ihn nie gehen lassen. Mir scheint, als würde zwischen den beiden ein ständiger Machtkampf herrschen. Er wird nicht von ihr loskommen! Aber es gehören immer zwei dazu, Bea. Versuch dich abzulenken! Wie geht es dir denn sonst?"

„Danke, alles gut, ich habe meine Wut noch nicht an meinen Kollegen rausgelassen! Sie können ja auch nichts dafür, dass ihre Chefin eine dumme Pute ist. Eigentlich geht es mir ganz gut. Soll ich dir was sagen? Ich bin froh, dass ich ihn angerufen habe und dass es jetzt vorbei ist. Vielleicht komme ich bis Mittwoch noch einen Schritt weiter.

Ich muss aufhören, Johanna! Hier ist nämlich der Teufel los. Danke für deinen Anruf! Wir sehen uns übermorgen. Ciao, meine liebe Johanna!“

„Ja, mach es gut, Bea! Und lass dich nicht unterkriegen! Du, wenn dir die Decke auf den Kopf fällt, komm vorbei!“

Heute war wirklich ein ereignisreicher Tag. Jetzt hatte auch noch Bea mit Theofil Schluss gemacht beziehungsweise er mit ihr. Sie würde es besser überstehen, als ihr vielleicht bewusst war. Auf den kommenden Mittwoch war Johanna gespannt.

Die Jungs mussten jeden Moment nach Hause kommen. Johanna machte also den restlichen Salat an, holte zwei Tiefkühlpizzen aus dem Gefrierfach und schob sie in den Ofen. Das Telefon klingelte und am anderen Ende war Grete. Johanna hätte es sich denken können. Wenn ihre Schwiegermutter anrief, erkannte sie das schon am Klingelton. Sie holte tief Luft: „Ja, Grete, was ist denn?“

Sie redete sofort drauflos: „Der Arzt war gerade bei mir. Ich hatte einen kleinen Herzinfarkt. Sag Mark, er möchte umgehend zu mir nach Hause kommen, damit ich mit ihm die Erbschaftsangelegenheiten besprechen kann. Mir geht es sehr schlecht und der Arzt wollte mich auch ins Krankenhaus einweisen. Aber wenn ich sterbe, dann möchte ich lieber zu Hause sterben. Jetzt bin ich krank und keiner kümmert sich um mich.“

Johanna fragte: „Welcher Arzt war denn bei dir?“

„Ja, Professor Menning, mein neuer Hausarzt“, sagte Grete ganz entrüstet.

Johanna insistierte: „Du hast doch gesagt, er sei Hautarzt, aber bei einem Herzinfarkt solltest du einen Internisten oder Kardiologen konsultieren. Ich rufe jetzt das Krankenhaus an, damit du eine vernünftige Untersuchung bekommst.“

„Schikaniere mich bitte nicht, Johanna! Ich darf mich

nicht echauffieren. Professor Menning ist Internist und behandelt auch Hautkrankheiten. Ich möchte, dass Mark umgehend bei mir erscheint und sich um mich kümmert. Das wirst du wohl noch hinkriegen. Ich würde es selbst erledigen, aber für irgendwas musst schließlich auch du gut sein. Sag Mark, ich erwarte ihn umgehend!" Bumm! Aufgelegt!

Johanna atmete tief durch und ließ sich über die Auskunft mit der Praxis von Professor Menning verbinden. Der Service wurde ihr nach kurzer Zeit erfüllt und sie hörte eine freundliche Stimme am anderen Ende: „Praxis Professor Menning. Sie sprechen mit Anke Sievers. Was kann ich für Sie tun?"

„Mein Name ist Johanna Berger. Ich möchte bitte mit dem Herrn Professor Menning über meine Schwiegermutter, Frau Grete Berger, sprechen."

„Einen Moment, Frau Berger, ich werde sehen, ob der Professor Zeit für Sie hat." Schon ertönte Musik in der Leitung.

Nach einer Weile hörte sie die Stimme von Professor Menning: „Menning, Frau Berger – was kann ich für Sie tun?"

Johanna trug ihre Sorgen vor: „Herr Professor, ich mache mir Gedanken um meine Schwiegermutter, Frau Berger. Sie ist seit Kurzem Patientin bei Ihnen. Sie hat mir gesagt, sie habe einen kleinen Herzinfarkt gehabt! Ist das korrekt?"

„Ihre Schwiegermutter war eben noch bei uns und ist kerngesund!", antwortete der Professor. Lachend fügte er hinzu: „Keine Spur eines Infarktes! Ja, letzte Woche war sie auch hier. Da habe ich ihr eine kleine Warze entfernt. Nichts Dramatisches! Und heute habe ich mir die Stelle noch mal angesehen. Alles prima verheilt. Sie hat leichte Herzrhythmusstörungen. Aber das ist in ihrem Alter normal. Kein Grund zur Sorge, Frau Berger! Sie scheint mir ein recht schwieriger Mensch zu sein. Denn wenn sie hier erscheint, mischt sie gern alles auf! Aber ich habe auch noch andere Patienten, die wirklich schwer krank sind. Machen Sie sich keine Sorgen, es geht ihr ausgezeichnet."

Da Johanna ihn schon an der Strippe hatte, fragte sie ihn

noch: „Was glauben Sie, Herr Professor, warum erzählt sie so was? Und sie möchte mit meinem Mann das Testament durchsprechen!"

Der Professor nahm sich noch Zeit: „Ihre Schwiegermutter ist wahrscheinlich ein sehr einsamer Mensch, nicht zuletzt durch ihre schwierige Art. Sie liebt sich in der Opferrolle und erfindet Krankheiten, um Aufmerksamkeit zu bekommen. Lassen Sie sich nicht das Leben von ihr schwer machen! Sie können mich jederzeit anrufen, Frau Berger, falls sie wieder irgendeine Krankheit erfindet. Man weiß ja nie. Irgendwann wird auch ein Hypochonder mal ernsthaft krank. Ihre Schwiegermutter braucht Abwechslung. Das wirkt manchmal Wunder. Vielleicht fällt Ihnen was ein. Ich wünsche Ihnen einen schönen Abend, Frau Berger."

„Ja, Ihnen auch!", antwortete Johanna erleichtert und sagte noch: „Vielen Dank, Herr Professor!", und beendete das Gespräch.

Nachdenklich legte sie den Hörer auf die Gabel. Wie einsam muss sich ein Mensch fühlen, wenn er solche Krankheiten erfindet? Diese Tatsache war eigentlich nichts Neues, aber bisher waren die Krankheiten immer recht harmlos gewesen. Hatte sich irgendwas verändert? Johanna überlegte weiter, wie man Grete etwas mehr Gesellschaft geben konnte. Sie erinnerte sich, dass es an der Uni Senioren-Kurse gab. Diese Kurse waren ausschließlich und im Besonderen „für ältere Semester" konzipiert. Das könnte doch was für Grete sein!

Sie suchte sich die Telefonnummer der Universität heraus und ließ sich mit dem Sekretariat verbinden. Die Dame im Büro informierte Johanna über die diversen Senioren-Kurse und gab ihr die Daten durch. Nach einer Weile nahm Johannas Idee Form an und sie freute sich über ihren Einfall. Endlich mal eine richtig gute Idee!

Johanna atmete tief durch und rief bei ihrer Schwiegermutter an. Nach zweimaligem Läuten meldete sie sich: „Frau Berger, guten Tag!"

Johanna holte Luft und begann: „Grete, ich bin es, Johanna! Leider kann ich Mark nicht erreichen. Er ist nicht im

Büro und sein Handy ist ausgeschaltet. Wollen wir morgen früh zusammen in die Stadt gehen? Ich habe eine Überraschung für dich."

Ihre Schwiegermutter sprach von oben herab zu ihr: „Johanna, ich bin längst aus dem Alter heraus, dass man mich überraschen kann! Was willst du also von mir?"

Johanna antwortete geduldig: „Ich habe in der Zeitung über Kurse an der Uni gelesen, Kurse nur für Senioren. Wir könnten zusammen zur Uni fahren und du kannst dich einmal umsehen und als Gasthörerin an einem teilnehmen. Der Literatur-Kurs geht von März bis Juli und du erfährst eine Menge über bekannte Dichter. Der jetzige Kurs läuft noch bis Ende Februar und dann beginnt der Neue. Wie wäre das, Grete?"

„Johanna, ich kann mir gar nicht vorstellen, dass du dir das alleine ausgedacht hast! Ja, ich würde mich gerne weiterentwickeln. Ich brauche Gleichgesinnte um mich herum. Die meisten Menschen in meinem Alter sind geistig unterentwickelt oder leiden schon an Demenz. Die Universität wäre genau das richtige Ambiente für mich. Da wäre ich unter meinesgleichen. Danke! Also, Johanna, holst du mich ab?" Sie sprach zu ihrer Schwiegertochter, als wäre es ihre Idee gewesen, und behandelte sie wie Personal.

Aber Johanna blieb höflich: „Aber sicher hole ich dich ab. Ich bin so gegen halb zehn vor deiner Tür. Hoffentlich geht es deinem Herz wieder besser? Erhole dich noch gut! Ich muss mich jetzt sputen. Bis morgen dann! Tschüss, Grete." Solange sie ihre Schwiegermutter kannte, hatte sie noch nie in der Form Danke zu Johanna gesagt. Vielleicht konnte das ein Anfang sein.

Es war jetzt kurz vor sechs und Johanna musste sich noch umziehen, schminken und eine Flasche Wein für Kurt Mackes einpacken.

Mark kam gerade zur Tür herein, als sie sich schon auf den Weg machen wollte. Er sagte zu Johanna: „Warte auf mich! Ich dusche nur schnell und ziehe mich um. Was wird denn erwartet?"

„Anzug und Krawatte“, antwortete Johanna. „Beeile dich bitte! Du weißt, Mackes stehen auf Pünktlichkeit!“

„Ja, ja, ich weiß!“, erwiderte Mark. „Fünf Minuten vor der Zeit ist des Soldaten Pünktlichkeit!“

Als Johanna und Mark in Mackes’ Wohnzimmer eintrafen, warteten dort schon eine Menge hochdekorierter Bundeswehr-Gäste, die sich im Smalltalk befanden und in kleinen Grüppchen zusammenstanden. Einige schauten kurz auf. Die meisten ließen sich nicht stören und unterhielten sich weiter. Kurt kam auf Mark und Johanna zu, um sie zu begrüßen. Sie beglückwünschten ihn zu seiner Beförderung. Er schien unendlich erleichtert zu sein, denn er war gelöster als sonst und hatte wohl auch schon ein Gläschen zu viel getrunken.

Mark und Johanna gesellten sich mit ihm in die Runde, von der er sich kurz vorher gelöst hatte, und begrüßten die anderen Gäste. Sie waren die einzigen Zivilisten. Die Männer trugen allesamt Uniform. Ritas Eltern waren auch da und ihr Bruder, den Johanna von mehreren Besuchen kannte. Sie grüßte sie und erblickte dabei auch Philipp, der sich angeregt mit einer Dame unterhielt. Irgendwie machte sie das wütend. Sie trank ihr Sektglas in einem Zug leer und holte sich gleich ein neues. Zwei junge Männer in weißen Jacken und schwarzen Hosen gingen durch die Reihen und tauschten immer wieder volle Sektgläser gegen leere. Auf dem Wohnzimmertisch waren Silbertabletts mit kleinen Häppchen angerichtet. Die Dame, die sich mit Philipp unterhielt, sah interessant aus und Johanna stellte sie sofort auf einen Sockel, so dass diese unter der Decke schwebte und Johanna ganz klein und unscheinbar wurde. Billi sprach ein Machtwort: „Johanna, höre jetzt auf mit diesen Spielchen und mach dich nicht klein! Lerne die Dame erst mal kennen, und außerdem sind alle Menschen gleich! Niemand ist mehr wert als der andere. Also schnapp dir Mark und dann ran.“

Johanna atmete tief durch, schnappte sich Mark und ging mit ihm auf die beiden zu. „Mark, darf ich dir unseren neuen Nachbarn Philipp Weber vorstellen?“

Mark war Menschen gegenüber immer sehr aufgeschlossen und verbindlich. Er hielt Philipp dynamisch seine Hand hin, die dieser sofort mit seiner umschloss. Die beiden Männer lächelten sich an und begannen sofort eine Unterhaltung.

„Sie sind hier sozusagen nur auf der Durchreise?“, begann Mark die Konversation.

„Ja, das stimmt. Ich habe beschlossen, Deutschland den Rücken zu zukehren.“

„Gefällt es Ihnen denn nicht in Deutschland?“, mischte sich die Dame ein.

Johanna fand diesen Satz ziemlich zickig, aber Philipp, der Charmeur, blieb cool und lächelte sie an: „Nein, mit Deutschland hat das nichts zu tun. Mir gefällt es hier. Aber ich brauche zum jetzigen Zeitpunkt eine neue Herausforderung, und Neuseeland bietet eine ganze Menge davon.“ Philipp sah in seinem dunkelgrauen Anzug sehr gut aus. Er fiel unter all den Männern auf und das schien er auch zu wissen.

Die Dame hatte es anscheinend auf einen Kampf abgesehen und konterte: „Deutschland hat auch eine Menge zu bieten. Ich weiß gar nicht, was die meisten Menschen dazu bewegt auszuwandern? Für mich sieht das immer nach Flucht aus. Also heraus mit der Sprache! Wovor flüchten Sie? Sind Sie vielleicht ein entflohener Sträfling?“

„Soll ich Ihnen eine ehrliche Antwort geben?“, sagte Philipp zu der kampflustigen Dame. Philipp lächelte so charmant wie noch nie. „Ich habe nicht vor zu flüchten. Erstens habe ich keine Feinde, zweitens auch keine Gläubiger, die hinter mir her sind, drittens werde ich auch nicht von der Polizei gesucht und viertens bin ich niemandem Rechenschaft schuldig.“

Die Dame schien nicht im Mindesten beleidigt und antwortete: „Gut pariert! Die Antwort hätte von mir sein können.“

Philipp hielt der Dame ein frisches Sektglas hin und hatte anscheinend völlig vergessen, dass Johanna neben ihm stand.

Mark versuchte, die Unterhaltung wieder auf seine Seite

zu bringen. Er fragte Philipp: „Wo werden Sie denn in Neuseeland sesshaft, wenn man fragen darf?"

Philipp schwärmte gern von Neuseeland und hielt sich mit der Antwort nicht zurück. Die beiden Männer unterhielten sich daraufhin sehr angeregt und die Dame hörte interessiert zu. Johanna beobachtete derweil die Gäste. Es waren mehr Männer anwesend als Damen.

Rita flatterte von einem zum anderen und kam wankend auf ihre Gruppe zu. „Sonja, meine Liebe, hast du dich schon mit meinem neuen Nachbarn angefreundet? Ihr müsst nämlich wissen, sie ist die neue Lebensgefährtin meines Bruders. Er hat seine zweite Frau verlassen und lebt seit einem Jahr mit Doktor Sonja Feldmann zusammen. Sonja ist Oberfeldärztin im Bundeswehrkrankenhaus. Martin, mein Bruder, hat sie bei einem Check-up kennengelernt", kicherte sie und redete weiter, ob es jemanden interessierte oder nicht: „Die Ehe mit seiner zweiten Frau hielt nur ein halbes Jahr. Meine Eltern und ich konnten die Frau eh nicht leiden! Sie passte nicht zu meinem Bruder. Aber jetzt hat er ja Sonja. Und Martin ist ein ganz anderer geworden, viel aufgeschlossener und glücklicher."

„Das war aber auch ein hartes Stück Arbeit", entgegnete Sonja.

Rita ließ sich in ihrem Redefluss nicht unterbrechen und sprach weiter mit etwas schwerer Zunge: „Ach, dass wir endlich befördert worden sind, ist ein Segen! Der General wurde schon ganz ungehalten und hat ständig gestichelt. Das hat uns ganz schön auf der Seele gelegen. Immer wieder waren andere vor Kurt dran. Wir hatten die Hoffnung schon aufgegeben. Aber jetzt hat das Warten ein Ende. Martin muss sich ganz schön anstrengen, um nun mithalten zu können. Seine nächste Versetzung hat er allerdings schon in Aussicht." Und zu Sonja gewandt sagte sie zwinkernd: „Ihr werdet wohl oder übel heiraten müssen, denn Martin hat schließlich gesellschaftliche Verpflichtungen, und du weißt, was das bedeutet! Ich finde, darauf sollten wir alle trinken. Ordonnanz, wir hätten gerne noch mehr Sekt."

Darauf kam der angesprochene Soldat, der zum Dienst als Kellner abkommandiert war, flugs mit einem Tablett anmarschiert und goss mit einer Sektflasche beflissen-zackig nach. Anscheinend hatte Rita sich schon wieder einen angezwitschert und auch nicht vor, so schnell Schluss zu machen. Martin, Ritas Bruder, gesellte sich zu ihnen, stieß mit an und fragte: „Worauf wird denn getrunken?"
Seine Schwester antwortete direkt: „Auf deine und Sonjas Hochzeit! Ein Mann, ein Wort, wie der General immer zu sagen pflegt. Du solltest ihr einen Antrag machen!"

Martin schaute etwas irritiert drein, aber als Soldat lässt man sich nicht so leicht aus der Fassung bringen, und so überspielte er es gekonnt. Dann flüsterte er Rita zu: „Du solltest etwas kürzertreten, liebes Schwesterlein, und vielleicht einen starken Kaffee trinken!" Er packte Rita am Arm und zog sie sanft mit sich fort in die Küche. Sonja schien das Ganze noch lockerer zu nehmen und fragte Johanna, in welcher Beziehung sie denn zur Bundeswehr stünden.

Johanna wunderte sich nicht weiter über die Frage und antwortete frei heraus: „Wir haben überhaupt nichts mit der Bundeswehr am Hut. Wir sind die Nachbarn von Kurt und Rita und völlig unvoreingenommen."

„Was machen Sie denn in Ihrem zivilen Leben?", fragte Sonja interessiert.

Eigentlich war diese Sonja doch ganz nett!, dachte Johanna jetzt und begann sich zu entspannen. Nun holte sie sie innerlich langsam von dem hohen Sockel herunter. Mark und Philipp unterhielten sich angeregt und offensichtlich fanden sie sich sehr sympathisch. Ihre Unterhaltung war mittlerweile im Bereich der Werbebranche angekommen und die beiden merkten gar nicht, was um sie herum geschah.

Johanna griff nach ihrem Sektglas und trank einen Schluck, bevor sie antwortete: „Ich bin Hausfrau und Mutter. Mein Mann ist beruflich viel unterwegs, und ich wollte für die Kinder da sein. Ich jogge jeden Tag und einmal im Jahr laufe ich den Berliner Marathon. Hört sich für Sie vielleicht langweilig an, aber mich hat es bis jetzt ausgefüllt."

Sonja fiel ihr ins Wort: „Ich finde das überhaupt nicht langweilig. Meine Mutter war immer für uns Kinder da, und dafür bin ich ihr heute noch dankbar. Wenn ich einmal Kinder habe, möchte ich auch zu Hause für sie da sein. Ich bin da nämlich sehr altmodisch. Allerdings dürfte ich nicht mehr lange damit warten, denn meine biologische Uhr tickt gewaltig und manchmal auch ganz laut. Themawechsel! Sie laufen! Das finde ich interessant. Ich treibe auch Sport und war sogar mal in der Olympia-Mannschaft. Ich bin Schwimmerin. Ich habe leider nie eine Medaille gewonnen. Aber ich liebe Wettkämpfe. Jetzt freue ich mich aufs Skifahren, denn bald beginnen für uns die Winterferien. Vierzehn Tage im Schnee, das wird ein Genuss! Ich habe im Vorfeld extra schon ganz viele Nachtschichten übernommen, damit ich so lange weg kann.

Aber ich melde mich jetzt ab. Ich möchte mich um Rita kümmern und schauen, wie es ihr geht. Viel Spaß noch, war nett, mit Ihnen zu sprechen. Eigentlich bin ich nicht so schwatzhaft, aber Sie wirken so vertrauensvoll und da habe ich total drauflos geplappert. Ich hoffe, ich habe Sie nicht erschreckt!“

Johanna fand es nun fast schade, dass sie ging: „Nein, kein Problem! Ich habe mich auch gefreut und gern zugehört. Wenn Sie Hilfe in Sachen Rita brauchen, dann rufen Sie mich.“ Sonja entschwand und Johanna stand mit den Männern wieder alleine im Kreis. Sie unterhielten sich gerade über Marks neuen Auftrag, die Werbekampagne für einen Sportschuh. Sie wusste, dass Mark sehr hart für diesen Auftrag gearbeitet hatte. Philipp beobachtete sie sehr offensiv und Johanna hoffte, dass Mark nichts davon mitbekam – er tauschte gerade bei einem vorbeikommenden Kellner zwei leere Sektgläser gegen zwei volle aus.

Philipp brach das Schweigen: „Entschuldige bitte, Johanna, dass ich dich so aufdringlich anschaue, aber bisher kenne ich dich nur in Sportklamotten, und heute Abend siehst du so elegant aus.“

Mark schaute etwas irritiert und sagte zu Philipp: „Johanna joggt jeden Morgen, und wenn mal was dazwischenkommt, ist sie nicht zu genießen. Ich persönlich treibe auch gerne Sport, aber mehr sporadisch, eben nach dem Lustprinzip. Du, Johanna", er wandte sich an seine Frau, „da ich den Auftrag für den Sportschuh bekommen habe, könntest du den Damenlaufschuh vielleicht mal ausprobieren und testen! Was sagst du?" Mark sah sie auffordernd an.

„Ja, klar! Kein Problem. Philipp joggt auch. Vielleicht könnte er den Männerschuh ausprobieren! Ich probiere gern für dich den Schuh aus. Mir kommt das gerade gut gelegen, denn ich bräuchte eh wieder ein paar neue Sportschuhe, manchmal spüre ich meine Knie, weil langsam die Dämpfung nachlässt."

Philipp schaltete sich ein: „Ich opfere mich auch gerne. Ich habe schon viele Marken ausprobiert und bin jedes Mal gut klargekommen. Und sagt mal, kennt ihr außer den Gastgebern noch mehr von den Gästen?" Philipp schaute sich interessiert um – nun hatte er Mark einfach geduzt.

Was soll's!, dachte Mark, er kennt ja Johanna. Und antwortete laut: „Wir waren letztes Jahr zu Ritas vierzigstem Geburtstag hier und da waren ihre Eltern da und auch ihr Bruder Martin. Das halbe Verteidigungsministerium wurde eingeladen. Rita kennt außerhalb der Bundeswehr kaum Menschen. Ihr Leben spielt sich in diesem Kreis ab. Sie zog allerdings auch schon oft um. Mackes wohnen erst seit zwei Jahren neben uns. Vorher waren sie im Ausland und in ganz Deutschland zu Hause."

Das Gemurmel im Wohnzimmer wurde durch eine laute, kräftige Stimme unterbrochen. Der General, Ritas Vater, brachte einen Toast auf seinen Schwiegersohn aus. Er stand mitten im Raum und knallte die Hacken zusammen. Auch nach der Pensionierung trat der General in Uniform auf. Er hatte seine rechte Hand wie Napoleon auf der Brust und sah sehr patriotisch aus. Mit der anderen Hand hielt er das Sektglas hoch.

Seine Stimme hätte auch in einem größeren Saal kein Mikrofon gebraucht, denn trotz seines Alters war sie kräftig und durchdringend: „Verehrte Damen, meine Herren, lieber Kurt, als Ältester und als dein Schwiegervater nehme ich mir die Freiheit heraus, einen Toast auf dich auszubringen. Meine Herren, meine Damen, erheben Sie mit mir das Glas, um auf meinen Schwiegersohn zu trinken! Lieber Kurt, mögest du deiner Verantwortung als Oberst gerecht werden. Ich wünsche dir dazu viel Glück und Gottes Segen. Lassen Sie uns den ersten Schluck auf den Bundespräsidenten trinken und ein dreifaches 'Hipp Hipp, Hurra!' auf meinen Schwiegersohn, Oberst Mackes!" Er betonte das Wort Oberst besonders. Die Soldaten stellten sich in Positur, knallten die Hacken zusammen und schmetterten laut „'Hipp Hipp, Hurra! 'Hipp Hipp, Hurra! 'Hipp Hipp, Hurra!"

Beinah wäre Johanna vor Schreck das Glas aus der Hand gefallen. Doch vorerst musste sie sich zusammennehmen, denn jetzt kam auch noch Kurt und sprach im gleichlauten Ton zurück: „Herr General, verehrte Damen, meine Herren, ich danke Ihnen für die Glückwünsche. Es wird meine Pflicht sein, dieser Ehre als Soldat gerecht zu werden, so wahr mir Gott helfe! Ich möchte auf eine positive Zukunft trinken, auf unsere Damen und auf meine Frau, die viel auf mich verzichten musste und die mir immer den Rücken zu Hause freigehalten hat."

Das war Ritas Stunde, auf die sie jahrelang gewartet hatte. Alle Entsagung und Depressionen waren vergessen. Was zählte, war das Hier und Jetzt. Rita strahlte und alle Augen waren für eine Sekunde auf sie gerichtet. Die Eltern blickten stolz auf ihre Tochter und Kurt legte ihr gönnerhaft den Arm um die Schultern. Dann widmeten sich die meisten schon wieder ihrer Unterhaltung. Der offizielle Teil war vorbei und man durfte sich verabschieden.

Philipp schaute Bergers amüsiert an. Für sie war es auch Premiere. „That's Bundeswehr life und live!", ertönte es hinter Johannas Rücken. Sonja war unbemerkt hinter sie getreten und brachte ihnen noch mehr Informationen: „Rita fühlt sich wie im siebten Himmel! Sie hat ihre Anerkennung und der General ist zufrieden. Wenigstens heute!"

Johanna nickte: „Sie macht einen guten Eindruck. Wie haben Sie das geschafft?"

Sonja entgegnete zwinkernd: „Ein starker Kaffee wirkt manchmal Wunder! Rita kann das, wenn sie will! Ich habe ihr zugeredet und sie ist vernünftig genug, um sich zusammenzunehmen. Der offizielle Teil ist ja nun vorbei und ihre Anspannung lässt langsam nach. Sie hat Angst, Fehler zu machen. Ist gar nicht so einfach, wenn der General mit Argusaugen schaut."

Philipp unterbrach sie: „Warum nennen Sie ihn immer General?"

Sonja erklärte: „Er heißt schon ewig so, auch als er noch kein General war."

„Ah ja! Verstehe." Sie lachten alle und stießen noch mal auf Kurt an, der sich zu ihnen stellte. Er erkundigte sich nach Philipps Zukunftsplänen und wie es ihm hier in Berlin bisher gefallen habe.

Doch nach ein paar Minuten wurde die Unterhaltung vom General unterbrochen. Wie eine Bombe platzte er in die Gruppe und riss die Aufmerksamkeit an sich: „Kurt, du wolltest doch den Adjutanten vom Verteidigungsminister einladen? Hat er abgesagt oder was ist los? Ich hätte ein paar Fragen!"

Kurts Lachen verschwand aus seinem Gesicht, als er antwortete: „Er hat kurzfristig abgesagt, leider! Aber du weißt ja, wir waren zusammen auf der Uni in Hamburg. Seither mailen wir uns regelmäßig. Wenn du seine E-Mail-Adresse möchtest, dann gebe ich sie dir. Kein Problem!"

Der General sprach fordernd weiter: „Gib sie mir doch gleich! Ich begleite dich direkt in dein Büro. Ich hätte auch noch ein paar vertrauliche Sachen mit dir zu besprechen." Er drehte sich um und ging in Richtung Büro voraus. Kurt entschuldigte sich bei den Gästen und folgte ihm.

„Sehen Sie, das war eine typische Situation. Der General meint, alles dreht sich um ihn", sagte Sonja leise. Und etwas lauter: „Entschuldigen Sie mich nun auch. Ich möchte mich ebenfalls verabschieden. Es war sehr nett, Sie alle kennengelernt zu haben." Sonja schaute Johanna an, lächelte und ging zu Martin, der gerade bei seiner Mutter stand und sich bereits verabschiedet hatte. Sonja sprach kurz mit Rita. Währenddessen holte Martin ihr den Mantel. Legte ihn ihr schließlich um, lächelte auch zu ihnen herüber und nickte einen Abschiedsgruß. Arm in Arm gingen sie hinaus.

Es war wie ein Startschuss zum Aufbruch, denn auch Philipp stellte sein Glas auf ein Tablett und sagte: „Es ist auch für mich Zeit. Ich habe noch ein paar E-Mails zu erledigen. Der offizielle Teil ist vorbei. Da kann ich wohl auch gehen, ohne einen schlechten Eindruck zu hinterlassen. Wollen wir morgen wieder zusammen joggen, Johanna?" Er nahm Johannas Hand und drückte sie leicht.

Sie erwiderte den Händedruck: „Ja, von mir aus gern. Um zehn?"

„Sehr gerne!", antwortete Philipp und hielt Mark die Hand zum Abschiedsgruß hin mit den Worten: „Wir werden uns sicher auch noch öfter begegnen."

Mark antwortete: „Das werden wir!", und dabei fiel ihm etwas ein: „Johanna, wir können Philipp doch auch zur Party einladen. Da kommt doch außer den Teenies eh nur die ganze Billi-Mischpoke. Da bin ich als Mann nicht ganz allein." Er zwinkerte und fuhr fort: „Das ist etwas ungezwungener als dieser Empfang hier."

Johanna erklärte Philipp: „Ja, in ein paar Wochen haben die Jungs Geburtstag und feiern eine Party im CARPE DIEM. Wenn du magst? Aber wir sehen uns bis dahin bestimmt öfter zum Joggen. Wir müssen Mark doch auch Feedback geben wegen der Sportschuhe."

Philipp sagte: „Ja, klar! Wirklich gern. Danke für die Einladung, aber ich muss jetzt gehen!" Er hob die Hand zum Gruß, lächelte Johanna an: „Bis morgen! Gute Nacht!", drehte sich um und ging zur Tür.

„Ich möchte auch gehen!", sagte Johanna zu Mark gewandt. Er nickte und trank sein Glas aus: „Mir reicht es auch!"

Die frische Luft draußen tat gut. Johanna sog sie beim Atmen ganz tief ein. Der viele Zigarettenrauch hatte sich nicht nur auf die Kleidung gelegt, sondern auch auf ihre Lungen. Mark und Johanna gingen den Vorgartenweg schweigend nebeneinander her. Mark legte den Arm um ihre Taille und sagte: „Philipp ist, glaube ich, ein netter Kerl. Seine Ansichten gefallen mir. Aber so einfach aussteigen und gar nichts mehr machen? Das wäre nichts für mich.

Ich werde in der nächsten Zeit ziemlich wenig zu Hause sein, Johanna. Durch den Werbeauftrag für die Sportfirma werde ich öfter nach Amerika fliegen müssen. Das kann sein, dass ich für ein paar Wochen weg bin. Ich brauche Einblicke in die Produktion. Ich muss mir die verschiedenen Materialien anschauen und mich schlaumachen. Wenn ich mich für einen Sportschuh entscheide, dann muss ich wissen, was ihn von den anderen unterscheidet: Wie ist das Material aufgebaut? Ist er leichter als andere? Wieso und weshalb? Ist seine Sohle stärker gedämpft und deswegen besser für Knie und Bandscheiben?“

Er dachte gerade laut und war total in seiner Arbeit drin: „Johanna, ich fahre noch mal in die Firma. Ich sitze an einem Projekt, an dem ich momentan nicht weiterkomme. Ich brauche Ruhe, weil ich mich dann besser konzentrieren kann. Also warte nicht auf mich! Es kann spät werden!“ Daraufhin öffnete Mark die Tür seines Jaguar und stieg ein. Das Auto sprang sofort an, und er entschwand in der Dunkelheit. Johanna sah ihm nach und ihr war es, als würden seine Rücklichter am Auto sie mit glühenden Augen ansehen. Sie ging die Auffahrt hoch und hatte den Schlüssel schon ins Schloss gesteckt, als ihr einfiel, dass sie ja morgen gar nicht mit Philipp joggen gehen konnte. Sie hatte sich doch mit ihrer Schwiegermutter Grete verabredet. Ach, du meine Güte, wie bekam sie das am besten wieder hin? Sollte sie ihn anrufen oder noch eben schnell bei ihm vorbeischauen?

Johanna entschied sich für Letzteres. Mutig huschte sie zu Philipp hinüber und drückte ihren Zeigefinger auf die Klingel. Kurz darauf hörte sie, wie Philipp sich räusperte. Er öffnete die Tür und schaute sie überrascht an.

Sie sagte direkt: „Philipp, ich kann morgen leider nicht

mit dir joggen, denn ich habe eine Verabredung um halb zehn. Ich hatte es total vergessen. Ich würde lieber joggen, aber meine Schwiegermutter braucht, glaube ich, meine Hilfe."

„Johanna, deswegen brauchst du doch nicht so hilflos dreinblicken. Ich bin dir nicht böse. Ich habe deinen Mann wegfahren sehen. Möchtest du noch reinkommen und mit mir einen Tee trinken?" Philipp trat beiseite und machte mit seinem rechten Arm eine einladende Geste. Wie von selbst gingen ihre Beine ins Haus. Johanna hatte keine andere Wahl, und außerdem – was war schon dabei, eine Tasse Tee war doch unverfänglich! Wenn er jetzt gesagt hätte: „Komm auf ein Glas Wein herein!", hätte sie selbstverständlich sofort abgelehnt. Sie folgte ihm ins Wohnzimmer. Leise Musik ertönte aus dem CD-Player. Es war irgendeine CD von Enya, sehr romantisch und melancholisch.

Und da kam es: „Wir können aber auch ein Glas Rotwein trinken. Ich habe Neuseeländischen Wein. Möchtest du probieren?"

„Oh ja, sehr gerne!", antwortete sie. „Verräterin"!, hörte sie Billi in ihr rechtes Ohr flüstern. Aber Johanna ignorierte sie, setzte sich unaufgefordert auf das Sofa und schaute ganz unschuldig drein. Was ist denn schon dabei, ein Glas Wein mit dem Nachbarn zu trinken?! Sie war viel zu vernünftig, um mit ihm etwas anzufangen. Sie hätte nur gerne gewusst, ob er wollte, wenn er könnte. Das reichte ihr. Alles andere würde nur schreckliche Probleme geben.

Philipp kam kurz darauf mit zwei Gläsern und einer Flasche zurück. Während er sie öffnete, fragte er: „Kennst du die Familie Mackes eigentlich sehr gut?"

„An Jahren nicht, aber ich glaube, ich habe durch die Freundin von Ritas Bruder einiges über die Familiengeschichte erfahren. Der Vater von Rita ist sehr dominant, was er durch mangelnde Stärke auszugleichen versucht. Er hat es geschafft, dass die ganze Familie nach seiner Pfeife tanzt. Rita hält diesen Stress nicht aus. Vielleicht wäre ein anderes Leben, außerhalb der Bundeswehr, besser für sie. Aber jeder sucht sich das aus, was er kennt, auch wenn er es noch so sehr hasst. Lieber das vertraute Unglück als das unvertraute Glück! Sie ist da gut drin, habe ich den Eindruck!"

„Ja, ich konnte die Dominanz und Präsenz des Vaters körperlich spüren. Er nahm den ganzen Raum ein. Eigenartig, dass solche Menschen auch noch Karriere machen. Aber was soll's? Lass uns lieber anstoßen und froh sein, dass wir nicht so sind." Er hielt sein Glas hoch und lächelte und Johanna sank das Herz in die Hose. Sie stießen an. Johanna trank schnell einen Schluck, damit Philipp ihre Unsicherheit nicht sah.

Er ergriff das Wort: „Johanna, du bist eine starke Frau. Dein Mann kann stolz sein auf dich. Ich glaube, du hast dein Leben ganz gut im Griff. Soweit ich das beurteilen kann."

Johanna freute sich über sein Kompliment und erwiderte: „Ja, ich beklage mich auch nicht. Wenn ich so manch andere Geschichten höre, dann glaube ich, ich habe es bisher ganz gut hingekriegt, bis auf einige Patzer, aber darüber haben wir auch schon letztes Mal geredet. Ich freue mich, wenn du unsere Freunde kennenlernst. Sie sind alle sehr verschieden: Da ist Annabelle, die Schöne, die beruflich sehr engagiert ist und sich für unterdrückte Frauen einsetzt. Sie ist Anwältin und verteidigt nur Frauen. Das macht sie sehr erfolgreich und sie hat sich in Berlin auch schon einen Namen gemacht. Aber ihr Privatleben ist manchmal total chaotisch. Ihr Mann erzieht die vier Töchter und sie verdient das Geld. Leonie ist Journalistin und ihr Mann ist Tänzer und Choreograph am Theater und Italiener und sehr italienisch!", wobei sie das „Sehr" absolut betonte und ihn anlachte. Sie erzählte weiter: „Die beiden reisen sehr viel. Sie werden dir gefallen. Sie sind ständig in anderen Ländern unterwegs und sie kennen eine Menge verrückter Leute! Bea ist Chirurgin und lebt allein. Sie ist auch sehr erfolgreich, aber bisher fand sie noch nicht den richtigen Mann, obwohl sie sich sehr nach einer ganz normalen Familie sehnt. Aber alle haben ihr Päckchen zu tragen, und manchmal ist es besonders schwer. Vielleicht messen wir unser Glück zu sehr am vermeintlichen Glück der anderen und gehen manchmal den falschen Weg, weil wir nicht anders können."

„Ja, das liegt wahrscheinlich daran, dass viele als Kinder sich zu oft ein Beispiel an anderen nehmen mussten, wenn sie die Erwartungen der Eltern nicht erfüllen konnten. Da stellt man schnell mal jemanden, den man eigentlich gar nicht so gut kennt, auf einen Sockel. Es ist doch so: Siehst du eine glückliche Familie in Eintracht, denkst du sofort, die sind glücklicher als ich. Die führen ein tolles Familienleben. Dabei streiten sie sich zu Hause wie die Kesselflicker. Oder fährt einer ein tolles Auto, denkst du sofort, der ist erfolgreich, dabei ist er vielleicht Hartz-4-Empfänger und hat sich das Auto nur geliehen oder fährt es auf Probe. Die berühmten Schauspieler, die Reichen und Schönen, die führen auch nur ein ganz normales Leben mit allen Schwierigkeiten. Nur weil die auf Fotos lächeln, sind die nicht glücklicher. Manche Menschen können mehr tragen als andere und manche bekommen vielleicht mehr als andere. Deswegen werden die auch nicht satter als die, die nicht so viel kriegen. Ich habe das Gefühl, dass du mehr tragen kannst als andere." Philipp schaute sie herausfordernd an.

Johanna fühlte sich ein wenig genötigt, zu antworten: „Ja, das kann schon sein. Zumindest lasse ich mich niemals hängen. Ich habe keine Angst, den Problemen auf den Grund zu gehen. Nur manchmal lasse ich die Dinge zu nah an mich heran. Aber es gibt noch so viel zu begreifen und zu lernen. Ich glaube, ich muss jetzt in mein Bett, sonst fange ich an zu philosophieren. Das wäre nicht gut!" Johanna stand vom Sofa auf und Philipp begleitete sie zur Haustür. Während sie sich umarmten, wünschten sie sich gegenseitig eine gute Nacht. Johanna stieg die Treppe vorsichtig hinunter, denn es hatte mächtig angezogen und die Steine sahen im Mondlicht glitschig aus. Sie sah noch mal zurück. Er stand in der Tür und schaute ihr nach. Er lächelte und sah dabei verdammt gut aus.

Sonderbar, dieser Mann, dachte Johanna. So wie sie Philipp einschätzte, würde der niemals etwas mit einer verheirateten Frau anfangen. Eigentlich kannte sie ihn schon recht gut. Sicher, er machte einen tollen Eindruck, aber wie war der so im Alltag oder im Bett? Johanna! Würde die Wahrheit sie enttäuschen, würde sie wollen, dass er sie anmacht, oder wollte sie tatsächlich nur wissen, ob man könnte, wenn man wollte? Genügte ihr das? Oder brauchte sie nur mal ein bisschen Bestätigung? Alle Frauen brauchen das. Da war sie sich sicher. Außerdem würde sie Mark niemals verlassen! Oder vielleicht doch? Betrügt mich Mark eigentlich? Sie wusste, dass Livio nichts anbrennen ließ, aber bei Mark war sie sich relativ sicher, dass er sie niemals betrügen würde.

Als Johanna ins Bett ging, war es schon spät. Sie las noch ein bisschen in ihrem Buch und merkte bald, dass ihr immer mehr die Augen zufielen. Die Lampe neben ihr auf dem Nachttisch hatte ein Bändchen zum An- und Ausmachen. Sie zog daran, woraufhin nur noch der Mond zum Fenster hereinschien. Ach, Johanna, du machst dir wieder so viele Gedanken! Lass doch mal los und genieße das Leben! Freue dich über einen netten Nachbarn, mit dem man intensive Gespräche führen kann, und schlaf dich erst mal richtig aus. Morgen ist wieder ein neuer Tag. Ein neuer Tag ist immer wieder ein neuer Anfang.

Mit dem Gedanken schlief sie ein.

Kapitel 4

Als das Radio um halb sieben trällerte, war Johanna, trotz der wenigen Stunden, ausgeschlafen und fühlte sich richtig gut. So gut, als hätte sie acht Stunden geschlafen. Wie gewohnt machte sie ihre Arbeit, deckte den Frühstückstisch und kochte Kaffee. Als die Jungs auf dem Weg in die Schule waren, kam Mark, blass und mit dunklen Augenringen, herunter. Es schien, als hätte er mehr Schlaf gebrauchen können. In diesem Moment tat er ihr leid, denn sie fühlte sich etwas schuldig, weil sie so viel an Philipp denken musste.

Als Mark gegangen war, machte sie den Haushalt und zog sich an. Währenddessen hörte sie Musik, schwelgte und tanzte im Rhythmus dazu. Der penetrante Klingelton des Telefons holte sie in die Realität zurück. Es war Grete. Wer sollte es auch sonst sein? Sie begann mit ihrem üblichen Vortrag: „Johanna, komm nicht zu spät. Du weißt, ich hasse Unpünktlichkeit. Meine Migräne macht mich verrückt, ich musste deswegen schon zwei Tabletten einnehmen. Komm wenigstens pünktlich. Ich warte!“ Johanna wusste, was mit ihr los war: Sie hatte Angst! Angst essen Seele auf!, wie Billi zu sagen pflegte.

Johanna nahm ihre Handtasche und ging durch den Keller in die Garage zum Auto. Sie fuhr aus der Garage auf die Straße und versuchte sich auf den Verkehr zu konzentrieren. Nach einer Weile hielt sie vor der Haustür ihrer Schwiegermutter. Pünktlich! Johanna stieg aus und Grete machte ihr schon die Tür auf, bevor sie überhaupt klingeln konnte. Sie sprach sofort los: „Guten Morgen, meine Liebe. Lass uns gleich losfahren! Ich habe heute noch viel vor. Meine Garderobe muss erneuert werden und zum Friseur möchte ich auch gehen. Schließlich kann ich nicht wie eine

Schießbudenfigur in der Universität herumlaufen, wenn ich demnächst nur noch mit Akademikern verkehre. Also hurtig, lass uns fahren." Sie zog die Tür hinter sich zu, und bevor Johanna etwas sagen konnte, war sie schon vor ihr am Auto und setzte sich auf den Beifahrersitz.

Ziemlich emsig für jemanden, der gestern noch einen Herzinfarkt gehabt haben will!, dachte Johanna leicht frustriert. Grete wartete, bis Johanna ihre Autotür zumachte, und schnallte sich an. Johanna stieg auf ihrer Seite ein, startete den Wagen und sie fuhren los in Richtung Universität. Johanna versuchte es gelassen zu nehmen, dennoch konnte sie es sich nicht verkneifen zu sagen: „Jetzt mach nicht so einen Stress, Grete! Wir sind ja nicht angemeldet und müssen deswegen auch nicht pünktlich sein. Du weißt, in der Ruhe liegt die Kraft." Grete war schon wieder übertrieben aufgeregt und entgegnete: „Ich weiß gar nicht, wieso du so ruhig sein kannst. Mein Leben verändert sich drastisch, und da soll ich mich nicht aufregen?!" Johanna schnitt ihr das Wort ab, um Weiteres zu vermeiden und in Ruhe fahren zu können: „Wir werden es sehen! Jetzt fahren wir erst mal hin."

Johanna kutschierte sie sicher durch den Verkehr, und nach einer Weile hielten sie auf dem Unigelände. Sie parkten das Auto in der Nähe des Gebäudes und stiegen aus. Als sie eines der Gebäude betraten, fühlte Johanna sich wieder wie die junge Studentin von damals. Ihre Schwiegermutter ging erhaben neben ihr her, als würde sie jeden Tag hierherkommen. Gemeinsam betraten sie das Sekretariat und informierten sich über Senioren-Kurse. Eine freundliche Dame im mittleren Alter hielt ihnen die Formulare und Listen der verschiedenen Kurse entgegen. Grete trat dominant auf wie immer und sagte, sie werde auf jeden Fall mehr als einen Kurs belegen.

Die Sekretärin beriet sie freundlich und sagte: „Sicher können Sie mehrere Kurse belegen, aber die Informationen und Vorträge sind nicht zu unterschätzen. Vielleicht lesen Sie sich zunächst in aller Ruhe die Broschüren durch und entscheiden später!“ Grete antwortete wieder mal nach ihrer bekannten Art: „Später kann ich schon tot sein, meine Liebe, und außerdem überlassen Sie das getrost meiner Intelligenz, was ich auswähle und was ich mir zumute!“ Grete nahm die Info-Zettel ruppig an sich und setzte sich auf einen Stuhl, um sie zu lesen. Johanna blickte die Sekretärin entschuldigend an. Johanna schaute sich um, im Inneren des Gebäudes hatte sich zwar eine ganze Menge getan, aber im Gesamtbild war dies immer noch die Uni von früher.

Grete setzte ihre Lesebrille auf und ließ sich nicht stören. Johanna stand leicht gebeugt neben ihr und las von der Seite mit. Das hörte sich alles sehr interessant an, und vielleicht war dies genau das Richtige für Grete. Sie entschied sich für einen Literatur-Kurs, einen Kurs über deutsche Dichter und einen Kunst-Kurs, Vorträge über Maler und ihre Zeit, also Kunstgeschichte. Grete erhob zuerst die Stimme: „Ich werde meine Reise absagen, um den Vorträgen beiwohnen zu können! Ich hoffe, meine Liebe, es wird sich lohnen“, sagte sie zu Johanna, und dann zu der Sekretärin gerichtet: „Sie werden von mir hören. Vielen Dank und auf Wiedersehen!“ Johanna huschte hinter ihr her, als wäre Grete ihre Gouvernante.

„Komm meine Liebe. Du bist heute aber nicht so gut drauf, wie ich merke. Ich will jetzt in die Stadt und mir neue Kleidung kaufen. Hurtig, hurtig! Ich muss heute Mittag wieder zu Hause sein. Ich habe schließlich noch andere Termine! Nicht so wie du, deren einziges Highlight das Joggen ist.“ Johanna verdrehte die Augen, ohne dass Grete es sehen konnte, und fügte sich in ihr Schicksal. Also fuhren sie und Schwiegermutter in die Innenstadt zu den besten Ausstattern von ganz Berlin. Dort saß Johanna derweil auf einem Designer-Sofa und wartete, Kaffee trinkend, bis sich die gnädige Frau in die verschiedensten Gewänder gehüllt hatte und nach Beifall heischend aus der Kabine trat. Die Damen, die sie in Schach hielt, warteten auch und brachen jedes Mal in Entzücken aus, wenn Madame Berger sich für den Laufsteg bereitmachte. Als sich Grete bei einer Hose unentschlossen zeigte, bot eine der Verkäuferinnen ihr an, eine Schneiderin zu holen. Grete schwärmte für jene Hose, aber sie war zu weit und eine kleinere Größe gab es nicht. Also kam die Schneiderin und steckte die Hose ab. Sie verwendete viel Zeit darauf, weil Grete immer wieder etwas zu bemängeln hatte. Als das Ergebnis zufriedenstellend war, und auch noch Bluse und Jacke telefonisch aus anderen Zweigstellen angefordert worden waren, entschied sie sich zuletzt doch für etwas ganz anderes. Johanna sank tiefer in ihren Sessel und wollte sich am liebsten in Luft auflösen. So eine Dreistigkeit brachte auch nur Grete zustande.

Die Damen machten nette Miene zu diesem Spiel. Sie waren schwierige Kundinnen gewöhnt. Grete wollte sich noch in anderen Boutiquen umschauen und Johanna lief die ganze Zeit wie ein Packesel mit den Einkaufstüten hinter ihr her. „Meine Liebe, du bist so unsicher, du solltest lockerer werden! Aber immerhin hattest du mit der Uni eine tolle Idee, was selten genug der Fall ist. Daher möchte ich dich zum Essen einladen. Lass uns zu Giovanni gehen!"

Also fuhren sie noch zu Giovanni, dem Lieblingsitaliener von Signora Berger. Dort wurde sie immer mit äußerster Höflichkeit behandelt. Sie betraten das Lokal und Giovanni buckelte und dienerte so sehr, dass er sich selber hätte in die Knie beißen können. Johanna amüsierte sich heimlich darüber, während die Signora es genoss und sich mit hoch erhobenem Kopf zu einem Tisch geleiten ließ.

Als sie saß, erklärte sie: „Giovanni ich habe mit meiner Schwiegertochter, etwas zu feiern! Ich studiere wieder! Ich habe mich heute Morgen an der Universität eingeschrieben. Literatur und Kunst. Was sagen Sie? Und das in meinem Alter!"

Giovanni schien entzückt: „Oh, Signora, wie wundervoll! Sie sind eine kluge Frau. Das habe ich schon immer gewusst. Eine Frau wie Sie sollte ihre Intelligenz nicht brachliegen lassen."

Das war das, was Grete hören wollte: „Sie sagen es! Bitte bringen Sie uns einen Prosecco und die Fischkarte."

Johanna hatte eigentlich gar keinen Hunger und so entschied sie sich für einen kleinen italienischen Salat. Ihre Schwiegermutter bekam eine Fischplatte mit Gemüse. Während des Essens versuchte Johanna, etwas über sie zu erfahren, und fragte sie über ihre Kindheit aus.

Grete erzählte bereitwillig, denn sie fühlte sich geschmeichelt. „Das war eine schöne Zeit damals! Ach, was hat meine Mutter mich geliebt! Ich vermisse sie so sehr. Ja, und mein Vater trug meine Mutter auf Händen. Ach, hätte mein Mann mich doch auch nur so geliebt wie mein Vater meine Mutter!

Zu mir war mein Vater sehr streng. Streng und gerecht! Ich bekam oft Schläge von ihm, als ich noch sehr klein war. Aber das hat mich stark und hart gemacht! Heute hat die Jugend überhaupt keinen Respekt mehr vor den Erwachsenen. Eure Generation ist zu lasch. Wir waren damals die Vorzeige-Generation. Ich war eine deutsche Schönheit. Man wollte mich für Propaganda-Fotos als Modell haben, aber meine Mutter hatte es verboten. Warum? Das weiß ich nicht mehr. Ja, und später wurde mein Vater nach Berlin abkommandiert und meine Mutter führte das Geschäft ganz allein sowie den Haushalt. Sie war eine tolle und selbstständige Frau. Ja, der Krieg riss unsere Familie auseinander. Mein Bruder musste an die Front, und als meine Mutter von seinem Tod erfuhr, brach sie zusammen. Durch den tiefen Schmerz, den der Verlust meines Bruders bei ihr verursachte, lief sie, verzweifelt und verwirrt, bei einem Bombenangriff auf die Straße und wurde von Haustrümmern erschlagen und begraben."

Grete machte wieder ihr leises: „Ach, herrje!" Sie schaute aus dem Fenster und sprach weiter: „Ich konnte sie nicht retten. Ich war im Luftschutzkeller und blieb allein zurück. Für mich brach eine harte Zeit an wie für viele andere auch. Es verschlug mich nach Berlin. Ich konnte da bei meiner Cousine wohnen. Mein Vater wurde, wie ich später erfuhr, als Kriegsverbrecher in Berlin von den Amerikanern erschossen.

Nach dem Krieg blieb ich bei meiner Cousine und ich versuchte mich durchzuschlagen. Als ich eines Abends in den Trümmern nach brauchbaren Sachen suchte, sah mich Jakob. Ich rutschte aus und wäre beinahe in einen Kellerschacht gefallen, hätte Jakob mich nicht davor bewahrt. Er kümmerte sich fortan um mich und kurz darauf verliebten wir uns ineinander und heirateten bald darauf. Jakobs Firma war damals noch im Aufbau und er hatte viel Arbeit. Das Geld war knapp, daher wohnten wir in Berlin zuerst in einer kleinen Wohnung. Ich musste die Wäsche mit der Hand waschen. Du hättest das alles nicht geschafft! Als wir dann später in ein größeres Haus zogen, ging es uns finanziell besser. Ich konnte mir eine Zugehfrau leisten und wir bekamen eine richtige Waschmaschine. Ja, meine Liebe, da schaust du, was? Du brauchst dich nicht zu beklagen. Ich musste viel mehr leisten als du. Später unterstützte ich meinen Mann. Wir hatten viele gesellschaftliche Verpflichtungen.

Jakob arbeitete in der Firma. Er war für seine Angestellten wie ein Vater oder Freund. Er duzte sich mit seinen Angestellten und zeigte sich stets großzügig. Mir war das ja schon immer suspekt! Ich hätte das nie durchgehen lassen. Es hat ihm dann ja auch niemand gedankt, dass er sich so für sie aufgeopfert hat. Ich finde, man muss Privates und Berufliches trennen. Erst recht, wenn man Chef ist."

Johanna konnte diese Selbstbeweihräucherung jetzt nicht mehr hören und unterbrach sie: „Stopp, Grete! Beantworte mir doch mal die Frage: Weißt du, warum dein Vater erschossen wurde?"

Grete zögerte kurz mit der Antwort: „Nein, nicht genau, aber ich weiß, dass man ihn einen Judenmörder schimpfte."

Johanna konnte es kaum fassen und platzte heraus: „Mein Gott, dein Vater hatte mit der Ermordung von Juden zu tun? Das ist ja furchtbar."

Grete zischte: „Nicht so laut!" und herrschte sie an: „Du hast doch keine Ahnung, was damals gelaufen ist. Wir wussten doch selber nichts. Außerdem wird das heute immer noch so aufgebauscht. Also sprich nicht so von den Dingen, von denen du keine Ahnung hast. Mein Vater war ein anständiger Mensch, er hat nur Befehle ausgeführt."

Johanna war entsetzt: „Wie bitte, dein Vater war anscheinend an der Ermordung der Juden beteiligt und du nimmst ihn noch in Schutz? Ich weiß, er war dein Vater, aber du solltest dich der Realität endlich mal stellen und dir nicht immer alles schönreden! Du bist von ihm geschlagen worden. Kein Kind der Welt braucht Schläge und niemand wird von Schlägen groß und stark. Kinder brauchen Liebe und Aufmerksamkeit. Dein Vater war kein guter Mensch."

Johanna konnte nicht mehr an sich halten. Sie wollte Grete nicht verstehen, die nach so vielen Jahren immer noch an ihre vermeintlich ach so schöne und friedliche Kindheit zurückdachte. Nachdem Johanna sich ein wenig beruhigt hatte, fragte sie weiter: „Mark erzählte mir, du warst schon mal verlobt?"

Der vermutete aufbrausende Sturm blieb aus. Grete fasste es als Interesse an ihrer Person auf und gab zu Johannas Überraschung bereitwillig Antwort: „Ja, ich war verlobt, wir wollten heiraten. Er wollte Diplomat werden. Das wäre das richtige Leben für mich gewesen! Leider ist er gefallen. Wir wären in der ganzen Welt zu Hause gewesen".

Johanna fragte: „Wie alt war er denn, als er starb?"

Ihre Schwiegermutter sagte darauf: „Er war noch sehr jung, erst siebzehn. Er fiel als Soldat an der Front."

„Da kannst du doch nicht wissen, ob er wirklich Diplomat geworden wäre. Vielleicht wärst du mit ihm gar nicht zusammengeblieben!" Das hätte Johanna besser nicht gesagt. Nun kam der Sturm doch noch, und Grete tobte los: „Was weißt du schon! Du hast doch keine Ahnung, wie es damals war. Was ich alles geleistet habe! Trotzdem, ich hatte eine schöne Jugend!" Grete geriet wieder ins Schwärmen: „Du kannst es mir schon glauben. Meine Jugend war schön! Ich war beim BDM, dem Bund deutscher Mädel. Da hatte ich eine eigene Gruppe. Alle hörten auf mich und sahen zu mir auf. Denn ich war sehr sportlich und unglaublich hübsch. Ich war groß, blond und blauäugig."

Johanna hätte kotzen können. Warum verherrlichte Grete diese Zeit so? Johanna wusste, dass viele Menschen ihre

Kriegserlebnisse nicht verarbeitet hatten und unter posttraumatischen Belastungsstörungen litten. Viele kamen nach dem Krieg nach Hause und lebten ihr Leben einfach weiter, ohne die Gräuel des Krieges zu reflektieren. Litt Grete womöglich unter ihren traumatischen Erlebnissen? Und sah sie nur das Gute und Schöne aus ihrer Kindheit, weil sie alles andere nicht ertragen konnte?

Giovanni unterbrach die Unterhaltung und fragte, ob die Damen zufrieden seien, doch Grete war schweigsam geworden und verlangte nach der Rechnung. Als sie aufbrachen, half Giovanni ihr in den Mantel und buckelte wieder bis zum Knie.

Der Wind war eisig und Schneetreiben verhinderte auf der Heimfahrt eine weite Sicht. Auf der Erde lag schon eine dichte weiße Schicht. Johanna versuchte, die weitere Konversation auf harmloser Ebene zu halten. Es funktionierte, und als sie vor der Villa hielten, war Grete richtig aufgeregt, weil sie ihre neuen Sachen mit ihrem Sortiment aus dem Kleiderschrank kombinieren wollte. Johanna half ihr, die Tüten zur Tür zu tragen, und verabschiedete sich. Sie setzte sich in ihr Auto und fuhr heim.

Irgendetwas war kaputtgegangen. Die Angst war kaputtgegangen! Johanna hatte vor Grete immer Furcht gehabt, vor ihrer Frechheit und ihrer Arroganz. Grete gab ihr das Gefühl, nicht gut genug zu sein. Dabei war sie es, die Probleme hatte. Johanna spiegelte ihr etwas, was sie nicht ertragen konnte, und sie wurde von ihr heruntergemacht und klein gehalten, damit etwas Verdrängtes nicht hochkommen konnte. Grete erschuf sich ständig eine Scheinwelt. Irgendetwas stimmte da nicht! Ein Kind, das angeblich geliebt wurde, wie sie es immer von sich behauptete, musste nicht ständig so um Aufmerksamkeit heischen, wie Grete das tat. Sie hatte Mark keine Liebe zu geben vermocht und verlangte nun von ihrer Schwiegertochter, dass sie diesen Fehler bei ihrem Sohn wiedergutmachte.

Johanna war schon immer für die Fehler der anderen der Sündenbock. Sie wollte nicht länger zur Verfügung zu stehen. Grete hatte ihre eigene Geschichte! Sie zeigte anderen Menschen die Zähne, weil sie sich dadurch schützen konnte. Wer wusste schon, was sie in ihrer Kindheit erlebt hatte?! Ihre Schwiegermutter lebte in einer Illusion und in einer beschönigten Vergangenheit. Eigentlich brauchte sie professionelle Hilfe.

Johanna nahm sich vor, ihr mehr Grenzen zu setzen. Und sie wollte diese Frau nicht mehr in ihrem Haus haben. Wenn Jakob und Justus im Ausland waren, dann würde sie nicht mehr das fürsorgliche Hausmütterchen spielen, sondern ihren eigenen Weg gehen und über den wollte sie sich in der nächsten Zeit Gedanken machen. So klar wie heute war sie sich noch nie über das Verhältnis zu ihrer Schwiegermutter gewesen, und noch nie hatte sie sich so deutlich abgegrenzt. Ein kleiner Anfang mit weitreichenden Folgen!

Johanna hatte in der letzten Woche viel über sich gelernt. Dieser Philipp musste wohl deswegen in ihrem Leben auftauchen, damit sie das kapieren konnte.

Stolz trug das Mädchen die neue Schultüte und den roten Schulranzen. Die Mutter hatte die kleine Schwester an der Hand, denn heute war der erste Schultag des Mädchens. Es freute sich schon seit Langem darauf. Die anderen Kinder, die großen Schüler auf dem Schulhof, spielten zusammen in Gruppen oder zu zweit. Sie hatten Springseile und Gummitwist mitgebracht. Die Jungs liefen um die Wette oder rangelten sich im Spaß. Einige Mädchen saßen auf einer Mauer und aßen ihr Pausenbrot. Die neuen Schülerinnen und Schüler erkannte man an ihren Schultüten und daran, dass sie ihre Eltern und zum Teil auch ihre Großeltern mitgebracht hatten.

Der Vater des Mädchens konnte nicht mitkommen. Er arbeitete immer viel und nahm selten an gemeinsamen Veranstaltungen teil. Aber heute nahm es das Mädchen nicht so wichtig, denn sie freute sich auf ihren ersten Schultag. Etwas, was ganz allein ihr gehörte! Die Schwester war noch zu klein für die Schule, und das war gut so. Sonst ging es immer um die Schwester, und das Mädchen musste sich um sich selber kümmern. Sie lernte, ihre Schwester zu ignorieren, und lebte in ihren Träumen mit ihren Eltern allein in Frieden und Harmonie. Vor allem in Harmonie, denn Mama und Papa gerieten immer öfter aneinander Sie stritten sich sogar sehr häufig, aber das war ja nur wegen der kleinen Schwester, weil die Mutter durch sie so viel Arbeit hatte und deswegen überfordert war.

Heute war IHR Tag und da gab es nichts dran zu rütteln. Die anderen Erstklässler stellten sich mit ihren Begleitern zu einer Gruppe zusammen und warteten auf die neue Lehrerin. Das Mädchen hatte extra für diesen Tag neue Kleider bekommen und ging auf die Gruppe ihrer neuen Mitschüler zu. Eigentlich hatte sie Probleme, auf andere zuzugehen, aber heute traute sie sich. Sie wollte fleißig sein, damit Mama und Papa stolz auf sie sein konnten. Sie wollte viel lernen, damit sie in der Klasse die Beste war. Dann würden Mama und Papa sie bestimmt lieben und die kleine Schwester vergessen. Papa hätte dann vielleicht mehr Zeit für sie.

Nach einer Weile kam die Lehrerin aus dem Schulgebäude und begrüßte die neuen Schulkinder. Das Mädchen beobachtete die Lehrerin genau und wartete ab, was passierte. Die Lehrerin stellte sich als Fräulein Sabine Honig vor und lächelte die Kinder freundlich an. Sie schaute auf eines der Mädchen und bewunderte dessen Schultüte. „Du hast aber eine schöne Tüte! Rot ist auch meine Lieblingsfarbe! Und du hast ja so ein schönes Pferd darauf gebastelt. Ich liebe auch Pferde." Das andere Mädchen freute sich über das Kompliment und sagte: „Ich habe die Schultüte mit meinem Opa selber gemacht, und das Pferd auf der Schultüte ist mein Pony Sunny. Es steht bei meinem Opa auf der Weide und ich darf jeden Tag darauf reiten. Mein Opa hat mir schon ganz viel beigebracht." – „Das ist ja wunderbar! Da haben wir beide ja schon etwas gemeinsam. Ich reite nämlich auch schon seit meiner Kindheit und mein Pferd heißt ‚Seestar' und das ist Englisch und heißt Seestern. Und wie heißt du?" – „Ich heiße MONIKA."

Das Mädchen schaute grimmig zu Monika und der Lehrerin. Sie konnte nicht verstehen, dass die Lehrerin die Schultüte von Monika schöner fand als ihre. Wieso sagte sie dann so was? Im Inneren des Mädchens rührte sich der Tiger. Er war erwacht und lauerte im Hinterhalt. Der schöne Tag hatte einen Riss bekommen.

Die Eltern wurden nach Hause entlassen und die Lehrerin, Fräulein Honig, ging mit ihren neuen Schülern in den Klassenraum. Dort durften sie sich alle hinsetzen, wo immer sie wollten. Da das Mädchen niemanden kannte, setzte es sich allein vorne in die erste Reihe. Da konnte sie nah bei der Lehrerin sein und alles gut mitbekommen. Monika hatte anscheinend in der Gruppe schon eine Freundin. Sie setzten sich hinter das Mädchen. Ein Junge fragte schüchtern, ob er sich neben das Mädchen setzen dürfe, aber das Mädchen verneinte. Sie wollte lieber allein vorne sitzen. Sie hatte schon im Kindergarten die Erfahrung gemacht, dass es besser war, alleine zu bleiben. Diese Monika würde sie allerdings im Auge behalten.

Der Tiger schaute böse und war auf der Hut.

Zu Hause erzählte sie ihrer Mutter, dass sie sich ganz weit vorne einen Platz ausgesucht hatte und dass sie schon viele große und kleine A-Buchstaben schreiben konnte. Die Lehrerin habe sie gelobt, und ob sie nicht auch ein Pony bekommen könnte. Die Mutter schaute das Mädchen verdutzt an: „Ein Pony?" Wie kam sie nur wieder auf eine solche Idee? Dieses Kind machte auch immer Ärger! Es überforderte sie ständig und ließ sich nicht erziehen! Der Vater kam immer seltener nach Hause. Wahrscheinlich würde er sie sowieso bald verlassen! Sie wusste, dass er schon lange mit dem Gedanken spielte, denn er hatte eine Freundin, seine Arbeitskollegin. Sein schlechtes Gewissen hielt ihn noch davon ab, aber wer wusste, wie lange noch? Heute Abend würde sie sich eine Flasche Wein gönnen. Danach schlief sie besonders gut.

Teil 2

Kapitel 5

Mittwoch, 20 Uhr, im CARPE DIEM.

Die Freundinnen saßen um den großen runden Stammtisch zusammen und hielten sich an den Händen. Ein Gefühl der Zusammengehörigkeit erfüllte sie, und das Wissen, dass jede für jede da war, was auch immer die Zukunft bringen würde! Billi näherte sich mit einem Glas Tee in der Hand, nahm am Tisch Platz und sprach in die Runde: „So. Da wären wir wieder. Ich freue mich, euch zu sehen, und bin gespannt, was es Neues gibt. Wer möchte den Anfang machen?"

Bea: „Ich habe euch etwas mitzuteilen und möchte es gleich tun. Ich war nicht ehrlich zu euch, was Theofil betraf. Es ist immer noch nicht einfach für mich, darüber zu sprechen, und ich tat es bisher aus Angst nicht, weil ich befürchtete, ihr könntet mich auslachen oder für bescheuert halten. Theo und ich hatten noch nie Sex miteinander! So, jetzt ist es raus. Er ist, glaube ich, impotent!"

„Na, Prosit!", rutschte es Annabelle raus, und sie hob ihr stilles Mineralwasser hoch und hielt es in die Runde: „Da brat mir doch einer einen Storch!"

Für einen Augenblick war Totenstille und keiner sagte was. Alle waren geschockt und schauten Bea an, die unsicher und wie ein Häufchen Elend auf ihrem Stuhl hin und her rutschte. Stumm stand Leonie auf, setzte sich zu Bea auf ihren Stuhl und legte den Arm um sie.

Bea: „Irgendwie dachte ich, das wird schon werden. Vielleicht bin ich ja die Auserkorene, die Einzige, die es schafft, die Theofil heilen kann. Ich dachte, mit meiner Liebe zu ihm kriegen wir das gemeinsam hin und alles wird gut. Er sagte, das liege nur an Tanja. Sie macht ihn ständig runter und mit ihrem ewigen ‚Ich hasse dich, verlass mich nicht' hat sie ihn ganz krank gemacht. Er sagte, ihre ständigen Wutausbrüche, manchmal aus heiterem Himmel, haben noch dazu beigetragen, dass er sich nicht mehr richtig als Mann begehrt fühlte. Ich sag euch, sie hat ihn gar nicht wie einen Mann behandelt! Er hat alles zu Hause gemacht, gekocht, eingekauft, Wäsche gewaschen, nur um es ihr recht zu machen. Wenn er bei mir war, dann ließ er seine Wut auf Tanja ab. Ich verstand nie, warum er sie nicht verlassen konnte. Er hätte es so viel besser bei mir!"

Sie schaute nun alle an und forschte in den Augen, ob sie ihr verzeihen konnten: „Nun ja, es ist endgültig vorbei und ich fühle mich befreit! Ich hoffe nur, dass er mich nicht zurückholen kann. Ich brauche eure Hilfe! Ich schäme mich so."

Billi: „Liebe Bea, du musst nur loslassen und schämen brauchst du dich schon gar nicht! Du bist nicht die erste Frau, der das passiert. Der wird schon bald eine neue Ersatzfrau finden, die er für seine Potenzheilung missbrauchen kann. Solche Männer finden immer eine! Und wenn es nicht klappt, dann ist die Frau wieder schuld. Das Verhalten seiner Ehefrau Tanja, dieses Heranziehen und Wieder-Wegschubsen, das hat er mit dir auch gemacht, sozusagen an dich weitergegeben. Damit brauchte er sich mit dem Problem nicht zu beschäftigen, sondern hat es verschoben. Er ist von seiner Frau abhängig. Und das noch viel schlimmer, als du von ihm. Dieses ‚Ich liebe dich, ich hasse dich', dieses Locken und dann Abgrenzen kann Menschen abhängig machen und es ist schwer, da herauszukommen. Manche schaffen das sehr lange nicht.

Du bist da in eine Co-Abhängigkeit geraten, Bea. Bisher hatte ich nur von dem Gegenteil einer Co-Abhängigkeit gehört, nämlich wenn zu viel Sex im Spiel war. Aber na ja, es gibt wohl nichts, was es nicht gibt. Er wusste genau, wie er dich zu locken hatte! Er lernte es jahrelang von seiner Frau, und, wer weiß, vielleicht gab es in seiner Familie ähnliche Verhaltensweisen. Die beiden passen gut zueinander und könnten mit einer Paartherapie einiges auflösen. Aber das ist nicht unser Problem, wichtig ist, dass du dich schützt und jetzt ganz ehrlich zu dir bist. Arbeite diese Geschichte auf und mach dir bewusst, warum du immer an Männer gerätst, die beziehungsunfähig sind. Du solltest eine Therapie machen, Bea. Ich meine es ernst. Lass dir helfen! Ich kann dir eine Adresse geben von einer guten Therapeutin, wenn du das wirklich willst."

Bea: „Ich möchte in Ruhe darüber nachdenken. Ich sage dir dann Bescheid. Es ist nicht so, dass ich meine Anteile nicht erkenne, aber ich fasse es noch immer nicht, dass ich mich so lange von ihm habe verunsichern lassen. Täglich stehe ich im Operationssaal und rette Menschenleben und mir selber kann ich nicht helfen."

Leonie: „Sei nicht so hart mit dir! Billi sagte doch, das kann jedem passieren, und nun ist es dir passiert. Du bist jetzt reifer. Sieh diese Geschichte als Chance! Du hast was gelernt. Man lernt bekanntlich am besten, wenn man so richtig auf die Nase gefallen ist." Leonie lächelte Bea von der Seite an und streichelte ihr dabei über den Rücken.

Annabelle: „Ich kann es immer noch nicht fassen. Wahrscheinlich holt er sich ständig Anerkennung von verschiedenen Frauen. Womöglich ist er süchtig danach und ständig auf der Suche! Eine Klientin von mir hatte mal so ein Exemplar von Ehemann. Ständig schrieb er am Computer E-Mails und bezirzte die Frauen mit seinem angeblichen Charme. Er gockelte vor den Freundinnen seiner Frau herum und ließ sich bewundern. Dabei machte er einen auf ‚Hey Baby, ich versteh dich total gut', um Zugang zu den Frauen zu finden. Ein Frauenversteher par excellence! Er arbeitete in einer Bank und lockte Kolleginnen sowie auch Kundinnen mit seinen SMS und E-Mails an. Dieser Typ versprach seinen Opfern ständig Verabredungen, ohne sie wirklich einzuhalten. Versteht ihr? Wenn die Frauen ihm zusagten, dann sagte er ab. Er wollte nur wissen, ob er könnte, wenn er wollte. Und mit dieser Masche hielt er die Frauen bei der Stange. Der kaufte sich dafür extra ein Handy und dort waren nur Namen von

Frauen eingespeichert. Stellt euch vor, er hat sich sogar an die beste Freundin seiner Frau rangemacht. Er war so eine Art Dr.-Jekyll/Mr.-Hyde-Typ. Als Dr. Jekyll war er schüchtern und als Mr. Hyde konnte er seine perverse Art herauslassen. Wenn er sich hinter dem Computer oder Handy verstecken konnte, dann war er mutiger. In der Bank war er bekannt dafür, dass er hauptsächlich Kundinnen hatte. Aber das störte niemanden, denn seine Geschäfte liefen super. Im Bett meiner Klientin allerdings lief schon lange nichts mehr. Wahrscheinlich war er auch impotent!

Aber ich kann euch sagen, dem haben wir mächtig die Hosen heruntergezogen. Er hatte ein Händchen für Geldanlagen. Jetzt ist er nicht nur seine Frau los, sondern auch sein Geld und die Handynummern. Sieh zu, Bea, dass Theofil aus deinem Leben verschwindet, und pass beim nächsten Mal besser auf." Annabelle schüttelte den Kopf und hielt sich dabei an ihrem Glas fest.

Johanna: „Warum lassen wir so etwas zu? Sind wir schon so weit, dass wir auf ein paar Komplimente gleich so abfahren? Haben wir das nötig? Mein neuer Nachbar ist auch so ein Charmeur! Der schaut mir ein bisschen tiefer in die Augen und sagt harmlose nette Dinge, und ich dreh sofort ab. Und ich sag euch noch was, würde mein Mann mir Komplimente machen, ich würde es wahrscheinlich gar nicht richtig annehmen können oder im nächsten Moment wieder vergessen. Aber wenn ein anderer kommt, da interpretiere ich gleich noch mehr hinein, als wirklich gemeint ist. Wie doof ist das?!"

Leonie: „Ich hatte mal ein Interview mit einem Künstler, seine Bilder waren wirklich gut. Ich sag euch, sehr talentiert, eine echte Wucht, und Frauen hatte er wie Sand am Meer. Er legte sie reihenweise flach. Nicht etwa, weil er so nett, schön, jung und charmant war, sondern weil er seine Gespielinnen so schlecht behandelte. Er ließ seine Aggressionen an ihnen aus, und nach kurzer Zeit, wenn er genug von ihnen hatte, servierte er sie ab. Die Mädels waren verrückt nach ihm, trotz seines schlechten Rufs in Bezug auf Frauen." Leonie drückte Bea an sich. „Du siehst, meine Süße, es könnte alle treffen."

Bea: „Ich danke euch für euer Verständnis und ich verspreche euch, dass ich erst mal von Männern die Hände lasse und mich um mich selbst kümmern werde. In diesem Sinne: Prost, meine Lieben, auf uns und unsere Freundschaft!"

Billi: „Wunderbar, du kriegst das schon hin, und wenn du Hilfe brauchst, wir sind für dich da und im Notfall gebe ich dir eine Adresse für eine Psychotherapie. Wir alle haben noch viel zu lernen. Jede von uns hat Defizite, und irgendwann gewöhnten wir uns Strategien an, um unser Leben gut leben zu können. Dabei ist es egal, wem wir begegnen. Bei manchen kommen wir an unsere Grenzen und manche bringen uns weiter im Leben. Mein Professor und Mentor vertrat die Meinung, dass es egal sei, mit wem wir eine Beziehung eingingen, wir würden doch immer wieder mit unseren Problemen aus der Kindheit konfrontiert. Haben wir zu viel Schokolade gegessen, dann versuchen wir immer, einen Weg zu finden, um sie zu bekommen. Dabei spielt es keine Rolle, ob wir sie lieben oder hassen. Das Leben bietet uns viele Gelegenheiten, um zu lernen. Wer möchte weitermachen?"

Annabelle: „Ich!", und sie fing an zu erzählen: „Mir ging es schon lange nicht mehr so gut wie in der letzten Woche. Und das ohne Schokolade!" Sie zwinkerte zu Billi hinüber und sprach weiter: „Ich habe mittlerweile abgenommen und mache Sport. Warum ich das so lange aufgeschoben habe, kann ich ehrlich nicht nachvollziehen, denn alles ist wunderbar. Genau das Richtige für mich. Karl hat mir einen Trainingsplan gemacht und an den halte ich mich strikt. Ich gehe mittags hin und laufe auf dem Laufband ungefähr 15 Minuten und danach mache ich meine Übungen an den Geräten, für Arme, Rücken, Beine und Po. Jede 'Höllenmaschine' hat ihre eigene Funktion und sorgt für gezielten Muskelaufbau, aber das wisst ihr sicher. Ich mache noch viele Wiederholungen mit wenig Gewichten, weil ich erst mal Fett abbauen möchte. Das mache ich vier Wochen und dann bekomme ich einen neuen Trainingsplan. Karl geht zwei Mal in der Woche mit mir Walken und wir machen zwischendurch noch Kräftigungsübungen. So ein Personal Trainer ist eine tolle Sache."

Sie machte an der Stelle eine kleine Pause, bevor sie weitersprach: „Ich habe auch schon eine Stunde *Spinning* für Einsteiger hinter mir. Und am besten gefiel mir Salsa-Aerobic. Diese lateinamerikanische Musik ist genau das Richtige für mich. Ihr wisst doch, wie gerne ich tanze. Der Fettverbrennungsgehalt ist enorm. Ich bin da nicht zu bremsen. Ich glaube, in meinem früheren Leben war ich eine Flamenco-Tänzerin. Irgendwie liegt mir das im Blut. Meine Ernährung konnte ich umstellen, und kein Nervenzusammenbruch bis jetzt! Vielleicht habe ich einen Weg ohne Schokolade gefunden."

Annabelle grinste erneut Billi an: „Ich sag euch, das Leben ist schön – und dann dieser Karl. Ihr glaubt es wahrscheinlich nicht, aber der flirtet mit mir. Bella hier und Bella da! Das ist schon toll! Wenn ich zehn Kilo abgenommen habe, lade ich euch zur Salsa-Party ein. Prost!" Sie erhob ihr Glas und trank mit den anderen.

Billi: „Das freut mich für dich, aber bitte mach es für dich und nur für dich und nicht für Karl, Ole oder sonst wen! Und pass bitte auf, dieser Karl ist vielleicht ein Schokohase. Schokolade hat viele Gesichter! Und wer weiß, welche Nebenwirkungen da auf dich zukommen. Also dosiere sie richtig." Billi beendete ihre Tipps an Annabelle und schaute in die Runde zu Johanna und Leoni. „Was ist mit euch zwei, wollt ihr noch was sagen?"

Johanna: „Bei mir ging die Woche schnell herum, denn ich habe mich mit dem neuen Nachbarn angefreundet und wir joggten zwei Mal zusammen. Er ist ja nur für ein halbes Jahr hier und wandert dann aus, allerdings gleich ans andere Ende der Welt, nach Neuseeland." Johanna erzählte allen über ihre Erfahrungen mit ihrer Schwiegermutter und die gewonnenen Erkenntnisse, und über Philipp, der nicht unerheblich daran beteiligt war. Zum Ende hin sagte sie: „Ich finde ihn nett und charmant, aber ehrlich gesagt, nach diesen

Informationen heute Abend, kann ich das auch nicht mehr mit Bestimmtheit sagen. Er kam mir zwar authentisch vor, aber vielleicht trägt er ja heimlich die Kleider seiner verstorbenen Frau." Johanna lachte laut und die Mädels stimmten fröhlich mit ein und nickten beifällig.

Annabelle: „Oder er nuckelt nachts am Daumen und ist auf der Suche nach einer neuen Mami!"

Billi: „Kinder, Kinder, jetzt reißt euch mal zusammen. Es gibt auch normale Männer." Billi versuchte, die Runde wieder auf den Boden der Tatsachen zurückzubringen.

Johanna: „Ich habe mich gut und stark gefühlt und konnte durch dieses Gefühl mit meiner Schwiegermutter viel besser umgehen. Ihre Beleidigungen prallten zwar nicht an mir ab, es war eher so, als hätte ich eine Tür gefunden, die ich schließen konnte, so dass ihre Gemeinheiten draußen bleiben mussten. Ich erlangte eine neue Sichtweise. Ich habe plötzlich keine Angst mehr, sondern empfinde momentan nur noch Mitleid. Das zum Thema Schwiegermutter! Sonst war die Woche schön. Es tut gut, Bestätigung zu bekommen, und dann auch noch von einem gut aussehenden Mann! Aber natürlich bin ich nicht so naiv zu glauben, dass dieser Mann was von mir will. Ich meine, schön wäre es. Aber Hallo! Ich bin doch kein Teenager, der sich Poster an die Wand hängt und davon träumt, einmal sein Idol zu treffen."

Billi: „Wunderbar! Ich glaube, du bist auf dem richtigen Weg. Versuche jetzt nur noch, dieses neue Wertgefühl selbst zu produzieren, sonst bist du immer auf andere angewiesen und denen gibst du dann Macht. Wenn Menschen Macht über einen haben, dann haben sie das schnell raus. Sie können dich dann nicht nur groß machen, sondern auch ganz klein. Davor musst du dich schützen. Mach dich nicht von dem Wohlwollen bestimmter Personen abhängig! Es ist egal, was andere über dich denken. Bleib bei dir!

Was das Flirten anbelangt, ich finde da nichts Schlimmes dran. Niemand gehört niemandem. Und so ein bisschen träumen tut gut! Verfall nicht in eine Sehnsucht, aber ich glaube, du bist viel zu vernünftig, als dass du dich auf ein Abenteuer einlassen würdest, und wenn, bin ich die Letzte, die über dich urteilt. Dein Problem sind nicht die Männer, sondern die Frauen. Du hast nie Anerkennung von deiner Mutter bekommen. Dabei hättest du sie so verdient!"

Annabelle: „Prost!"

Billi: „Leonie, du bist noch dran. Geht es dir etwas besser?"

Leonie: „Ja, mir geht es erheblich besser, aber irgendwie bin ich schrecklich verunsichert, weil auch bei mir ein Mensch für einen Stimmungsumschwung gesorgt hat. Bei mir ist es allerdings kein Mann, sondern eine Frau."

Annabelle: „Ich ahne Schreckliches!"

Leonie: „Ja, ihr habt richtig gehört. Ich glaube, ich habe mich in die Schauspielerin Anja Herzig verliebt. Sie kam auf mich zu wegen einer Waisenhaus-Reportage. Sie möchte gern ein Kind adoptieren, aber da sie Single ist, hat sie so gut wie keine Chance. Sie las einen Bericht über aidskranke Kinder in Afrika von mir, dem auch eine Kurz-Vita über mich beigefügt war. Während des Interviews sind wir uns dann nähergekommen. Erspart mir jetzt die Details, es ging mir ziemlich schlecht an diesem Tag. Kennt ihr das Gefühl in einem Brunnen zu sitzen und anstatt nach oben zu blicken, blickt ihr nur gegen die Wand? Ohne Perspektive und ohne Licht! Ihr seid gefangen im eigenen Körper. Nur meinem starken Willen ist es zu verdanken, dass ich nicht aufgegeben habe. Wäre Anja nicht sehr offensiv auf mich zugekommen und hätte mir einen Weg aus dem Brunnen gezeigt, ich säße noch da unten und sähe weiter gegen die Wand. Diese selbst auferlegte Gefangenschaft, dieses konventionelle Leben mit einem eher unkonventionellen Livio, ich konnte so nicht mehr weitermachen. Warum ich nichts sagte?

Ich dachte, ihr haltet mich für undankbar. Wo ich doch alles habe, einen intelligenten, gut aussehenden glutäugigen Italiener zum Ehemann, einen tollen Job und viel Geld. Ein Leben, wovon so mancher träumen könnte. Klar wusste ich immer, dass Livio mich ab und zu betrügt. Wer einen Mann wie Livio heiratet, der geht dieses Risiko ein. Ich bin eine moderne Frau und stehe auf dem Standpunkt wie Billi. Niemand gehört niemandem. Aber irgendwie fehlte mir so viel. Vielleicht liegt es daran, dass ich nie eine Mutter hatte. Ich habe mich so sehr nach meinen Eltern, nach meiner Mutter gesehnt, dass ich die liebevollen Menschen um mich herum nicht wahrnahm. Ich glaube, ich machte mir all die Jahre etwas vor. Livio war immer so eine Art Vaterersatz für mich. Vielleicht ist Anja ein Mutterersatz? Ich weiß es nicht! Aber wenn ich den Weg nicht gehe, dann werde ich es nie herausfinden." Leonie atmete laut aus.

Alle warteten gespannt ab, wie es weiterging. Keine von ihnen sagte ein Wort. Leonie schaute in die Runde und sprach nach kurzer Pause weiter: „Gestern trafen wir uns erneut, da brach dann alles Zurückgehaltene aus mir heraus: Alle Sehnsüchte und unterdrückten Gefühle kamen hoch. Ich komme mir vor wie eine Blume, die ihre Knospe jahrelang verschlossen hielt, damit bloß keiner hineinsehen kann, ja noch nicht einmal ich selbst! Nun bricht alles auf! Im Eiltempo entfalten sich die Blütenblätter. Ich schaue in den Spiegel und sehe eine Blume."

Sie atmete erneut tief durch und sprach weiter: „Bevor ich heute Abend zu euch kam, sprach ich zwei Stunden mit Livio. Er war noch nicht einmal überrascht. Im Gegenteil! Es lief alles sehr freundschaftlich zwischen uns ab. Er ist halt ein verrückter Künstler und um ihn herum gibt es viele Homosexuelle. Deshalb ist ihm das nicht fremd und er konnte mich verstehen! Dieses verrückte, unkonventionelle Leben suchte sich Livio vor langer Zeit aus. Er entspricht nicht der Norm eines Ehemannes. Männer wie Livio müssen frei sein und auch er muss sich noch weiter entfalten. Er braucht die Bewunderung der jungen Tänzerinnen. Ich konnte ihm das nur kurze Zeit geben. Ich glaube, der Gedanke, wieder frei zu sein, ist ihm nicht unangenehm. Auch er suchte sich nicht unbedingt die Vaterersatzrolle aus. In Kürze wird alles Erforderliche geregelt sein, und danach, tja, '*Après nous le déluge*! – nach uns die Sintflut!', wie die Marquise de Pompadour zu sagen pflegte." Leonie lächelte.

Annabelle: „Schock! Du hast alles gesagt und ich habe verstanden! Sehr einleuchtend und ich kann nur sagen: Leonie, viel Glück und alles Gute! Hoffentlich hast du dir jetzt nicht eine Partnerin als Muttterersatz ausgesucht!" Leonie nickte Annabelle zu und lächelte nun gequält.

Johanna: „Ich wünsche dir auch viel Glück und ich hoffe für dich, dass du deinen Weg gefunden hast. Du gehst doch hoffentlich nicht fort?"

Leonie: „Das werden wir noch alles besprechen, aber ich denke, Berlin ist meine Metropole und wird weiterhin meine Heimat bleiben. All das, mein Job und meine Freunde, das ist meine Familie. Das ist der Blütenstängel, mein Fundament, auf dem eine Pflanze wächst. Nur so konnte aus der Zwiebel eine Blume werden, die jetzt erst anfängt zu erblühen."

Billi: „Gut gesagt, es gibt nichts, was ich hinzufügen könnte." Billi war wohl zum ersten Mal sprachlos. Sie nickte Leonie zu und ihre Kopfbewegung erinnerte ein bisschen an einen Wackeldackel, wobei sie wahrscheinlich nach Worten suchte.

Bea legte ihren Oberkörper mit weit nach vorne gestreckten Armen über den Tisch, schaute die anderen an und hatte an diesem Abend die absolute Erkenntnis: „Wir sind schon ein verrückter Haufen!"

Billi orderte Sekt für alle und sagte, als jede ihr Sektglas in der Hand hielt: „Ich möchte heute Abend auch noch was zum Besten geben." Alle Augen waren auf sie gerichtet, und erwartungsvolle Stille würdigte ihren Spracheinsatz: „Wie ihr wisst, habe ich des Öfteren Seminare hier im Saal und immer wieder lockere Gruppen in der Woche am Stammtisch. Diese Gruppen ergaben sich irgendwie, so wie eure, und wurden somit zu einem festen Bestandteil im CARPE DIEM. Die Problematiken und die daraus resultierenden Gespräche kamen immer wieder auf ein Thema zurück, nämlich Sex!

Annabelle: „Du willst ein Bordell aus dem CARPE DIEM machen?"

Billi: „Keine schlechte Idee, aber vorher hatte ich noch

eine andere. Ich möchte ein Buch darüber schreiben, sozusagen einen Ratgeber. Was haltet ihr davon?"

Bea: „Billi, du willst ein Buch über Sex schreiben? Da kannst du genauso gut den Vögeln das Fliegen beibringen. Wir kennen dich seit über 20 Jahren, und seitdem haben wir noch nie ein männliches Wesen an deiner Seite gesehen, außer Freud, deinen 'gedackelten Pudelpinscher' oder Möchtegernhund, geschweige denn eine Frau! Also was verstehst du von Sex in der Partnerschaft?"

Billi: „Ich muss nicht fliegen können, wenn ich über das Abstürzen schreiben möchte. Glaubt mir, ich bin sehr hoch geflogen und so abgestürzt, dass ich mir die Flügel brach. Meine Erkenntnisse kommen aus meinen persönlichen Erfahrungen und durch viele tränenreiche Erzählungen. Ich gewann viele Eindrücke dadurch und könnte ganze Bücher füllen. Meiner Meinung nach, kann man am Sexualverhalten die Problematik einer Ehe beziehungsweise Partnerschaft beurteilen. Wenn ich mich einmal als Voyeur betätigen würde und Einblicke in die Schlafzimmer einzelner Pärchen hätte, könnte ich euch eine Menge über die Probleme innerhalb der Beziehungen sagen.

Was mich am meisten verblüffte, ist das ständige Abgrenzen einiger Frauen im normalen Leben, aber beim Sex ließen sie sich ständig missbrauchen und schlecht behandeln. Sie haben häufig wechselnden Geschlechtsverkehr und lassen alles mit sich machen. Würden sie sich dort besser abgrenzen, hätten sie woanders nicht so sehr das Bedürfnis sich abzukapseln. Aber da sie dort ständig Grenzen überschreiten lassen, müssen sie sich auf anderen Ebenen abgrenzen. Das könnte eine Erklärung sein.

Viele Menschen verfallen in eine Sexsucht, benutzen Sex als Ventil, damit sie sich nicht weiterentwickeln müssen. Oder sie benutzen Sex, um Macht auszuüben. Viele meiner Klienten hatten oft Sex, täglich und mehr, warum konnten sie dennoch nicht zusammenleben? Warum ging die Beziehung trotzdem kaputt? Oder anders herum: Warum wollen viele Frauen keinen Sex? Es gibt so viele individuelle Gründe und jedes Verhalten hat noch Schubladen und lässt andere Facetten erkennen. Wenn sich beide Partner einig sind und gleiche Bedürfnisse haben und sich gegenseitig respektieren, ist es okay! Oder wenn die Beziehung am Anfang steht, da gibt es natürlich viel zu entdecken. Dabei ist Sex nur ein Teil einer Beziehung, aber nicht *der* Teil! Reden, Vertrauen, Zuneigung, Liebe sind das Fundament einer Beziehung. Mein Buch soll anhand von Fallbeispielen verschiedene Muster aufzeichnen, die ich dann therapeutisch beantworte, und der Leser kann sich anhand der Fälle sein eigenes Problem ableiten und versuchen, sein Verhalten zu ändern. Ich möchte nicht Oswald Kolle revolutionieren, sondern Paaren helfen. Was haltet ihr davon?“

Johanna: „Ja, das hört sich gut an und außerdem ist das immer noch ein Tabuthema seit Menschengedenken. Ohne Sex würde die Menschheit aussterben, aber immer noch weiß man-frau zu wenig auf diesem Gebiet! Viele wissen vielleicht gar nicht, dass sie Probleme haben, und denken, so wie es bei ihnen abläuft, ist es normal, und wundern sich, warum sie latent unglücklich sind.“

Bea: „Ja, das eine hat aber mit dem anderen nichts zu tun. Hier geht es um das Thema: Sage mir, wie dein Sex ist, und ich sage dir, wer du bist und wie deine Ehe funktioniert. Wenn ich bedenke, wie naiv und unreflektiert ich in Sachen Theofil war, dann bin ich die Erste, die dein Buch kauft, Billi.“

Leonie: „Ich finde es auch gut! Außerdem sagst du uns oft genug: Tut, was ihr nicht lassen könnt! Wenn du was zu sagen hast, dann tu’s und hinterlass der Welt deinen Abdruck. Ich schreibe gern einen Artikel darüber, so dass viele aufmerksam werden.“

Annabelle: „Ich meine auch, schaden kann es letztendlich nicht. Entweder es schlägt ein oder nicht. Du weißt ja, wo du einen Rechtsbeistand findest.“

Johanna: „Mark kann eine Werbekampagne starten, wenn es so weit ist.“

Bea: „Falls du in deinem Buch irgendwelche Stellungen verhöhnen solltest, kann ich dich mit medizinischen Weisheiten unterstützen. Zum Beispiel: Unterlassen Sie tunlichst diese Stellung, die geht auf die Bandscheibe, oder bei dieser Stellung könnte es zu Sehnenzerrungen kommen!"

Billi: „Vielen Dank, ihr Lieben, und dir, Bea. Ich komme auf dein Angebot bei Gelegenheit zurück. Eure Meinung war mir wichtig! Außerdem mache ich derzeit eine Ausbildung in Hypnose. Aber das erzähle ich euch ein anderes Mal! So, es ist schon spät geworden und ich muss morgen wieder früh raus, wie ihr auch. Bitte haltet mich auf dem Laufenden, und wenn ihr alle Hilfe braucht, meldet euch zwischendurch, denn für Telepathie bin ich zu unsensibel. Also lasst es euch gut gehen und haltet die Ohren steif! Apropos 'gedackelter Pudelpinscher': Ich muss noch mit Freud Gassi gehen. Wie heißt unser Schlusssatz, Mädels?"

Alle: „Eine für alle und alle für eine!"

Laut verabschiedeten sie sich, zogen von den Mänteln die Kragen hoch und verdeckten mit den Schals die Gesichter. Draußen war es mindestens zehn Grad minus. „Wir hören voneinander per SMS. Das ist klar!", rief Annabelle noch in die Aufbruchsstimmung! „Na klar!", kam es wie aus einem Munde. „Und Telefon gibt es auch, wenn etwas ist!", sagte Johanna noch zum Schluss. „Tschüss, sonst bis nächste Woche!"

Ein großes Verabschiedungsgemurmel folgte und jede ging zu ihrem Auto, stieg ein und fuhr davon, nun ihren eigenen Gedanken nachhängend: Annabelle dachte an ihr morgiges Wiegeergebnis und vielleicht auch an Karl. Johanna dachte an die anderen, was die wohl denken könnten, und ein ganz klein wenig auch an Nachbar Philipp. Bea dachte daran, wie sehr sie sich wünschte, dass Theofil sich melden würde, aber ihr Verstand schimpfte und verbot jegliche Kontaktaufnahme. Sie hoffte, ihr Verstand könnte ihr Herz überzeugen, oder war es umgekehrt? Leonie dachte an ihre Zukunft und den neuen Weg, der sich vor ihren Füßen auftat. Sie fragte sich: War sie stark und mutig genug, ihn zu gehen?

Jede ließ den Abend und die Informationen noch einmal

Revue passieren und brachte ihre Gedanken in Ordnung. So verschieden die individuellen emotionalen Empfindungen darüber auch waren, so hatten sie doch gemeinsam die Hoffnung, dass alles gut werden würde.

Das Mädchen lief keuchend über die Aschenbahn und biss dabei die Zähne aufeinander – ein schneller, kurzer Spurt bis zum Holzabtritt. Sie stieß sich mit dem rechten Bein ab und flog weit über die Sandfläche. Die Beine hatte sie nach vorne gestreckt und mit den Armen ruderte sie in der Luft, als könnte sie ihren Flug damit noch beschleunigen. Sie hatte so sehr dafür geübt, um heute hier bei den Bundesjugendspielen die Beste sein zu können. Sie landete mit den Füßen im Sand und reckte ihren Oberkörper nach vorne, damit sie mit den Händen vor den Füßen aufkam und sich abstützen konnte. Sie stand auf, um sich ihr Ergebnis anzuschauen. Zwei Helfer hielten das Messband. Einer kniete sich zur Abtrittlinie und hielt den Anfang des Bandes auf die Linie, wo das Mädchen abgesprungen war und der andere Helfer ging mit dem Bandende zu den Abdrücken ihrer Schuhe. Der Weitsprung maß genau 4,60 Meter. Die beste Leistung an diesem Tag!

Aber die Konkurrenz hatte noch einen Sprung frei und machte sich schon warm. Das Mädchen blieb abwartend auf der Höhe der Helfer stehen, die mit einem Rechen den Sand wieder glatt strichen. Sie wollte Marias Sprung nicht verpassen. Der Tiger stellte sich in Positur und fletschte die Zähne. Das Mädchen wartete gespannt und verkrampft, bis Maria im Sand gelandet war. Maria setzte an und lief über die Bahn. Sie sprang mit ihrem rechten Bein auf den Holzabtritt und flog hoch über die Sandfläche, landete und warf sich gleich nach vorne, um nicht mit dem Po hinter ihren Fußabdrücken aufzukommen. Die Helfer maßen die Weite: 4,40 Meter. Maria reckte die Arme in die Höhe und sprang vor Freude in die Luft. Die Helfer gratulierten ihr für das gute Ergebnis und strichen den Sand wieder glatt für den nächsten Sprung. Der Tiger entspannte sich.

Dem Mädchen war Maria ein Dorn im Auge und sie betrachtete sie nicht als Freundin, sondern als Konkurrentin. In Englisch hatte Maria die Nase vorn. Das lag daran, dass Maria zweisprachig erzogen wurde, denn ihre Mutter war Irin. In den anderen Fächern waren sie mehr oder weni-

ger gleich. Aber das Mädchen wollte Klassenbeste sein. Sie wollte, dass ihr Vater stolz auf sie war. Heute musste das Mädchen besser sein! Sie hatte hart dafür gearbeitet. Vor ihnen lagen noch der 75-Meter-Lauf und das Kugelstoßen. Die erste Prüfung hatte sie gewonnen und bekam 25 Punkte. Maria bekam 23 Punkte. Sie musste sich mehr anstrengen, denn im Kugelstoßen war sie nicht gut.

Jede ging mit ihren Sachen zur Startbahn für den Sprint. Um den Weg abzukürzen, marschierten sie über die Rasenfläche. Einige der Schüler lagen oder saßen in Grüppchen auf dem Rasen und ruhten sich zwischen den Wettkämpfen aus. Auf der Aschenbahn war allerhand los. Lehrer hielten Stoppuhren in den Händen und hatten Trillerpfeifen um den Hals hängen.

Der Sportplatz war in drei Teile aufgeteilt. Eine Gruppe war links beim Weitsprung, wieder eine Gruppe rechts beim Kugelstoßen und an den Seiten auf der Aschenbahn gab es die Läufe, einmal 100 Meter und auf der anderen Seite 50 und 75 Meter. Je nach Klassenaufteilung wechselten die Gruppen untereinander. Innerhalb der Gruppen wechselten sich Jungen und Mädchen ab. Beim Lauf auf 100 Meter war gerade noch die 10. Klasse dran. Das Mädchen hatte sich in ihrer Klasse für 75 Meter angemeldet. Dafür bekam sie genug Punkte, um sich für eine Ehrenurkunde zu qualifizieren.

Sie ließ ihre Sachen in der Nähe der Startbahn der 75-Meter-Läufe liegen. Sie machte sich warm, um für den Lauf gut vorbereitet zu sein. Über einen Lautsprecher wurden die Klassen und Gruppen zu den einzelnen Wettkämpfen aufgerufen. Das Mädchen hatte noch 10 Minuten Zeit, um sich warm zu machen.

Sie war mittlerweile in der 9. Klasse eines Gymnasiums. Sie war sehr schlank und hatte lange blonde Haare, die sie zu einem Zopf zusammengebunden hatte. Sie trug eine kurze Hose und ein eng anliegendes T-Shirt. Immer wieder lief sie kurze Sprints auf dem Rasen. Sie übte den Start: von der Hocke in den Laufübergang, die drei Positionen angefangen von Achtung-Fertig-Los. Sie wollte nichts falsch machen und womöglich noch einen Fehlstart riskieren. Das gab Punktabzug und wäre eine furchtbare Blamage für sie gewesen.

Als die Lautsprecherstimme ihre Gruppe aufrief, ging sie wie die anderen Mädchen zu ihrem Startpunkt. Maria war rechts neben ihr und zwei andere Kontrahentinnen knieten weiter rechts neben Maria auf dem Boden in der Startposition. Die Lehrerin hatte bereits ihren Platz am Rand eingenommen. Sie hielt den rechten Arm hoch, um die Aufmerksamkeit auf sich zu lenken. In der linken Hand hatte sie die Trillerpfeife, um bei „Los!“ durch einen Pfiff das Signal zu geben.

Das Mädchen war ganz ruhig. Sie wollte gewinnen und die Schnellste sein. Sie konzentrierte sich deshalb ganz auf das Startkommando und kontrollierte ihre Atmung. Auf „Los!“ starteten die vier Mädchen und rannten auf ihren Bahnen in Richtung Ziellinie. Das Mädchen nahm alle Kraft zusammen und rannte, als ginge es um ihr Leben. Mit einem verbissenen Gesichtsausdruck kam sie am Ziel an, wo für jede Läuferin ein Lehrer mit Stoppuhr wartete und beim Zieleinlauf die Zeit stoppte. Aus ihrer Gruppe war sie die Schnellste. Maria kam knapp nach ihr ins Ziel. Für ihren Lauf bekam das Mädchen wieder die höchste Punktzahl: 25 Punkte. Jetzt hatte sie zwei Mal die höchste Punktzahl erreicht. Maria bekam 23 Punkte für den Lauf. Sie freute sich wieder und hüpfte zu ihren Eltern, die auf der Zuschauertribüne saßen und sich extra für Maria den Tag freigenommen hatten.

Das Mädchen schaute neidisch hinter Maria her. Sie wünschte, ihre Eltern wären auch gekommen, aber wieder einmal hatten sie keine Zeit. Der Vater kam meistens spät nach Hause und interessierte sich nur sehr wenig für das Mädchen. Nur wenn sie ihm von ihren guten Noten berichtete, hörte er höflich zu. Ihre Schwester war längst nicht so gut in der Schule, aber immer fand sie einen besseren Zugang zu den Eltern als sie. Wie war das nur möglich? Also musste sie noch besser werden!

Heute wollte sie die höchste Punktzahl aus der Klasse erreichen und stolz ihrem Vater präsentieren. Die Gruppe ging nun zum Treffpunkt für das Kugelstoßen. Maria winkte den Eltern zu und lief über den Rasen zu ihrer Gruppe. Der Vater und die Mutter drückten zur moralischen Unterstützung für ihre Tochter Maria beide Daumen und hielten sie sichtbar für Maria nach oben. Diese Geste zeigte allen: „Wir glauben an dich, wir lieben dich und du bist uns wichtig!" Maria war ein fröhliches Kind und sehr beliebt bei ihren Klassenkameraden. Das Mädchen hatte keine Freunde! Das Mädchen brauchte keine Freunde! Sie kam auch ohne aus!

Dieses Mal stellten die Mädchen sich in einer Reihe hintereinander auf. Die Erste kam nach vorne und stieß die Kugel auf den Rasen, wo wieder Helfer mit Maßbändern die Stoßweite messen würden. Jede hatte, wie beim Weitsprung, drei Versuche. Marias Stoß war für ihre Verhältnisse sehr weit. Das Mädchen würde sich anstrengen müssen, um mithalten zu können. Die Lehrerin lobte Maria und sagte, sie solle so weitermachen. Nach ihr kamen drei andere Mädchen und dann war das Mädchen an der Reihe. Sie stellte sich in Positur, nahm die Kugel in die rechte Hand, hielt die Hand mit der Kugel über die rechte Schulter und stellte sich in Schrittstellung an die Linie, so wie sie es im Sportunterricht gelernt hatten. Dann schwenkte sie mit ihrem Oberkörper leicht hin und her, nahm ein letztes Mal Schwung und stieß die Kugel so weit sie nur konnte. Der Tiger brüllte dabei laut auf. Er forderte das Mädchen auf, mehr Power zu geben. Die Kugel flog schwer auf den Rasen. Die Helfer maßen die Stoßweite. Sie hatte sich sehr viel Mühe gegeben, aber der Wurf von Maria war besser gewesen. Frustriert stellte sich das Mädchen hinten in die Reihe für ihren zweiten Versuch. Aber an Marias Stoßweite kam sie nicht mehr heran, so sehr sie sich auch bemühte. Das Mädchen bekam für ihren besten Stoß 20 Punkte und Maria 25. Somit hatte Maria einen Punkt mehr als sie.

Das war schwer zu verkraften. Beide hatten sie eine Ehrenurkunde mit Leichtigkeit errungen. Aber das zählte nicht!

Enttäuscht ging das Mädchen nach Hause. Sie war schlechter als Maria, und nur das zählte. Sie musste sich mehr anstrengen, mehr lernen und noch mehr abnehmen.

Der Tiger lief unruhig hin und her. Er ließ ihr keine Ruhe und sie konnte ihn erst beruhigen, als sie zu Hause allein in ihrem Zimmer war und das tat, was er von ihr verlangte.

Kapitel 6

Annabelle stellte im Auto die Heizung auf volle Leistung und fuhr vorsichtig aus ihrer Parklücke heraus. Sie war eine gute Autofahrerin und Parklücken bereiteten ihr kein Kopfzerbrechen. Aber das eine hatte mit dem anderen nichts zu tun, denn wenn die Straßen stellenweise glatt waren, konnte auch ein guter Autofahrer im Graben landen, trotz Schleuderkurs und guter Winterreifen. Allerdings bei freier Bahn ließ Annabelle es so richtig krachen und drückte manchmal zu stark aufs Gaspedal, sehr zum Missfallen von Ole.

Annabelle schaltete das Autoradio ein und ließ sich von der Nachtmusik berieseln. Da handelten wochenlang die Gesprächsthemen von mehr oder weniger kleinen Problemen und heute kam alles auf einmal! Ihre verlorenen 4 Kilo waren ein Anfang und sie wusste, diesmal würde sie es schaffen. Vielleicht konnte sie im Frühling mit Johanna schon zusammen walken, weil sie bis dahin bereits fit genug und schlanker sein würde. Annabelle stellte sich vor, wie schlank und toll sie aussehen würde, wenn sie 10 Kilo leichter wäre. Dann könnte sie sich vielleicht mal eine enge Röhrenjeans anziehen und Stiefel darüber. Annabelle hätte so gern mal einen engen Rollkragenpullover getragen, aber mit ihrem Rückenspeck, war das momentan undenkbar. Noch zeichnete sich ihr BH am Rücken zu sehr ab und verursachte auch dort wie überall „Airbags“. Aber bald würde das der Vergangenheit angehören und aus dem Mops würde in Kürze eine wunderschöne schlanke Annabelle werden.

Leider hatten sie und Ole schon eine Weile keinen Sex mehr. Wahrscheinlich war sie ihm zu dick, auch wenn er ihr das niemals sagen würde. Er suchte ständig nach Ausreden, um ihr zu entkommen. Meistens war er zu müde und vertröstete sie aufs Wochenende. Aber am Wochenende schlief er dann immer wieder auf dem Sofa vor dem Fernseher ein. Heute sollte er ihr nicht so einfach davonkommen. Die 4 Kilo mussten doch gefeiert werden! Außerdem war Sex die beste Diät!

Annabelle fuhr die letzten 100 Meter vorm Haus langsamer. Ob Ole die Katzen ins Haus gelassen hatte oder ob Molly und Polly noch draußen herumschlichen?

Wenn es so wäre, dann würden sie jetzt die Gelegenheit nutzen und mit Annabelle ins Haus kommen. Annabelle liebte ihr Holzhaus. Es war genau nach ihren Vorstellungen gebaut und eingerichtet worden. Sie selbst hatte während der Bauarbeiten hart mitgearbeitet, damit alles nach ihren Wünschen gestaltet wurde.

Sie fuhr in die Garage und stellte den Motor ab. Sofort verstummte die Musik im Autoradio und auch das Gebläse der Heizung. Die plötzliche Stille empfand Annabelle als wohltuend, und daher blieb sie noch einen Augenblick sitzen, um die Ruhe ganz in sich aufzunehmen. In der letzten Zeit gab es viel Trubel um sie herum. Stille erschien ihr somit als eine kostbare Rarität. Annabelle atmete tief durch und löste sich gewaltsam von diesem so friedlichen Augenblick, den sie in letzter Zeit so sehr vermisst hatte. Ole dagegen konnte im lauten Trubel der Kinder meditieren und sich innerlich zurückziehen oder zwischendurch ein Nickerchen machen. Ole, ihr Ehemann und Vater ihrer vier Töchter, ewiger Student und Hausmann, zukünftiger Kochbuch-Autor, ihr Fels in der Brandung. Annabelle zog die Garagentür von innen zu und ging durch eine Verbindungstür ins Haus.

Aus dem Wohnzimmer hörte sie leise Musik. Ole saß gemütlich im Sessel. Er hatte die Beine auf einen Hocker hochgelegt und las in einem Buch. Auf dem Boden neben ihm stand eine Flasche Rotwein, die schon halb leer war – oder noch halb voll, je nachdem. Ole schaute auf und begrüßte sie: „Na, wie war eure konspirative Sitzung? Erteilte Billi euch wieder eure wöchentliche Absolution?“

Annabelle verzog das Gesicht zu einem Grinsen und sagte: „Ach, ich sag dir, heute war der Bär los. Wenn du mir noch einen Tee machst, dann berichte ich dir alles. Ich gehe schnell hoch und schau nach den Mädchen. Seid ihr gut miteinander ausgekommen?“

Ole rappelte sich von seinem Sessel hoch und kam auf Annabelle zu. Er umarmte sie und gab ihr einen Kuss. Er witzelte: „Nein, sie sprangen nur über Gräbelein und fanden kein einzig Blättelein. Quatsch! Den Mädchen geht es besser! Franzi bekam in Mathe eine eins und Charly hat in der Ballettvorführung im März einen Soloauftritt bekommen. Sophie schaffte problemlos ihr Seepferdchen und Paulinchens Husten wird besser. Was soll ich denn für einen Tee machen?“ Er lachte Annabelle an.

„Irgendeinen Kräutertee!“, antwortete sie und fügte hinzu: „Franzi schreibt in letzter Zeit nur noch Einsen. Um die brauchen wir uns wohl keine Gedanken zu machen. Aber ich war auch immer eine gute Schülerin! Wenn die Mädchen schlechte Noten schreiben, dann haben sie das von dir, mein Lieber. Aber dass unsere Charly ein Ballettstar wird, das sind ja tolle Nachrichten.“

Ole stellte richtig: „Ich habe nicht gesagt, dass sie ein Star wird. Ihr Auftritt dauert, wenn es hochkommt, eine Minute! Außerdem studiert Madame Pierre für alle Mädchen einen kleinen Solopart ein. Sie müssen bis dahin viel üben. Du weißt ja, wie streng sie ist. Charly ist jedenfalls mächtig stolz und rief deinen Vater an und lud ihn schon zur Aufführung ein.“

Annabelle nickte: „Wie ich Papa kenne, sitzt der in der ersten Reihe und findet alle außer Charly doof. Und unser Sopherl hat jetzt auch ihr Seepferdchen? Das freut mich. Wie stellte sie sich denn an?“

„Sie schwamm, sah und siegte!“, rief er aus der Küche, denn er ließ gerade Wasser in den Wasserkocher ein. Besorgt fragte Annabelle noch nach: „Hast du Pauline trotzdem heute Abend noch ihren Hustensaft gegeben?“ Ole erschien in der Küchentür, schaute Annabelle an, die sich gerade auf den Weg nach oben machen wollte, und sagte: „Nein, aber dafür jagte ich sie alle vier nackt um unser Haus und außerdem schickte ich sie ohne Abendbrot ins Bett. Natürlich!“

Er brachte Annabelle nach all den Jahren immer noch zum Lachen. Sie kam näher auf ihn zu und sagte ihm ins Gesicht: „Ich weiß, dass du ein toller Vater bist, aber wenn ich so etwas sage, dann kompensiere ich mein schlechtes Gewissen als Mutter und es geht mir danach besser. Entschuldige!“ Er sah sie verständnisvoll an und schloss einmal kurz die Augen. Sie strahlte zurück und war schon auf dem Weg nach oben. Der Holzboden knarrte und Annabelle machte die erste Tür auf, um nach Franzi zu schauen. FRANZISKA WOHNT HIER, stand in bunten Holzbuchstaben auf der Tür. Darunter war ein weißer Zettel mit Franziskas Handschrift angeheftet worden, auf dem stand: BITTE ANKLOPFEN! Der war neu! Sollte ihre Tochter bald in die Pubertät kommen? Danach sah das Mädchenzimmer jedenfalls nicht aus. Überall lagen Stofftiere und Handpuppen auf dem Boden verstreut herum. Ole hatte für die Kinder ein großes Kasperle-Theater gebaut und das stand bei Franziska im Zimmer. Die Mädchen liebten es, wenn Ole sich dahinter versteckte und mit den Puppen spielte.

Franziska schlief tief und fest. Molly hatte es sich auf Franzis Bett bequem gemacht und schlief ebenfalls tief und fest. Sie lag am Fußende zwischen Franzis Füßen. Polly schlief sicherlich auch irgendwo. Am liebsten schliefen die Katzen bei den Kindern im Bett. Wenn sie im Haus waren, fand man sie entweder in den Kinderbetten oder unten auf dem Sofa. Annabelle deckte Franzi bis zum Hals zu, gab ihr einen Kuss und schlich sich wieder hinaus.

Als Nächstes ging sie zu Charlotte, öffnete die Tür, und auch hier empfing sie ein Tohuwabohu aus Barbiepuppen und den dazugehörigen lebensnotwendigen Accessoires. Ole und Annabelle vertraten nicht den Standpunkt, Barbiepuppen schadeten der Psyche des Kindes und wären somit der unausweichliche Beginn einer Magersucht. Derlei Diskussionen stießen bei Annabelle auf Widerspruch. Ihre Mädchen sollten selber entscheiden, ob sie mit diesen Dingern spielen wollten oder nicht. Annabelle gab ihrer Tochter Charlotte einen Kuss und verschwand so leise, wie sie gekommen war.

Sie schlich weiter zum nächsten Kind und schaute nun in Sophies Reich. Hier empfing sie ein aufgeräumtes Zimmer. Sophie war sicher im Krankenhaus vertauscht worden! Dieses Kind passte so gar nicht zu den anderen. Sie war ein sehr sensibles und stilles Kind. Sie hatte ein großes Herz und teilte alles mit ihren Schwestern. Ihr Zimmer war immer ordentlich und Sophies Puppen und Stofftiere hatten alle Namen und saßen ordentlich in den Regalen. Sophie lag auf dem Bauch und in ihrer Hand hielt sie den Seepferdchen-Ausweis. Das Sopherl war so stolz, dass sie ihn nicht aus der Hand legen konnte. Annabelle strich ihr die Haare aus dem Gesicht, um sie besser küssen zu können. „Schlaf gut, kleine Sophie", flüsterte sie und ging auf leisen Sohlen aus dem Zimmer.

Bei Pauline roch es nach Hustensaft und Menthol. Paulines Atemzüge gingen regelmäßig und ihr kleines Gesichtchen schien hell im dunklen Raum. Die Kleine war vier Jahre alt und ging noch als Einzige in den Kindergarten. Sie lag auf dem Rücken und hatte wie ein kleines Baby ihre Arme neben sich auf dem Kopfkissen liegen. Die dunkelblonden Locken lagen ihr wirr um den Kopf. Annabelle flüsterte zärtlich: „Paulinchen, mein kleines Baby, schlafe tief im Land der Träume." Sie legte ihre Hand auf Paulines Stirn, um sicher zu sein, dass sie auch wirklich kein Fieber mehr hatte. Die letzte Woche war arg gewesen und Pauline hatte es am Schlimmsten erwischt. Aber die Mädchen besaßen alle eine gute Konstitution und Dank Oles reichhaltigem Sortiment an homöopathischen Kügelchen vergingen Schnupfen, Fieber und Husten wie im Flug.

Annabelle schloss leise die Tür und ging ins Schlafzimmer, um sich schon mal den Schlafanzug anzuziehen. Sie wollte endlich raus aus dem Hosenanzug und den Stiefeln. Sie hängte den Anzug zum Auslüften auf einen Kleiderbügel an den Schrank. Polly hatte sich hier ins Schlafzimmer verkrochen und lag im Regal auf Oles Sweatshirts. Je weicher, desto besser! Die Brentanos waren nicht so penibel eingestellt und sahen alles ein bisschen lockerer. Annabelle ließ die Tür einen Spalt auf, falls Polly es sich noch anders überlegen sollte und herauskommen konnte.

Zufrieden ging Annabelle die Treppe hinunter zu Ole. Der hatte es sich wieder im Sessel bequem gemacht und ihr einen großen Becher Tee hingestellt. Sie setzte sich auf das Sofa und zog die Füße hoch. Sie kuschelte sich in eine Decke und trank einen Schluck von dem heißen Tee. Das tat gut.

Ole fragte: „Und, schlafen alle schön?" Annabelle nickte und sagte ganz stolz: „Wir können richtig glücklich sein, unsere Töchter sind zuckersüß."

„Ja, vor allem, wenn sie schlafen", sagte Ole, grinste und fragte: „Was ist denn so Ereignisreiches heute passiert?"

„Ja, du wirst staunen. Bea hat sich von Theofil getrennt und die beiden hatten die ganze Zeit über keinen Sex, weil er impotent ist. Kannst du dir das vorstellen?"

„Das will ich mir lieber nicht vorstellen."

Annabelle erzählte weiter: „Doch, stell dir vor, der hat die Bea die ganze Zeit kirre gemacht, und alles für nichts. Das zu begreifen fällt mir schwer. Bea trennte sich nur von ihm, weil er sie wegen seiner Frau sitzen ließ. Er versprach ihr immer wieder, wir gehen da hin und dort hin und dann machen wir uns ein schönes Wochenende und so weiter und so weiter. Er konnte sich nicht von seiner Frau losmachen, die ihn zu Hause tyrannisiert hat. Bea zog jetzt endlich einen Schlussstrich. Wie kann ein Mann nur so was hinkriegen? Kriegt keinen hoch und hat aber zwei Frauen gleichzeitig! Das ist doch krank!"

Ole überlegte und sprach dann laut das Fazit seines Nachdenkens aus: „Bea muss anscheinend noch viel lernen. Sie hatte aber schon immer komplizierte Partnerschaften! Ich habe fast den Eindruck, sie sucht zwar einen Mann, aber binden will sie sich nicht oder kann sie sich nicht. Vielleicht kann sie nach all den Jahren noch immer nicht von ihrem Vater loslassen. Sie sollte eine Psychotherapie machen."

Annabelle fiel ihm ins Wort: „Das riet ihr Billi auch. Sie wollte es sich überlegen. Das war aber noch nicht alles. Leonie hat sich in eine Frau verliebt und trennt sich von Livio. Sie hat es ihm schon gesagt. Und weißt du, wie es passierte? Sie hatte ein Interview mit der bekannten Schauspielerin Anja Herzig, die sich vor ein paar Jahren als lesbisch outete, ja, und da ist es dann passiert. Krass, was?"

Ole blieb cool: „Ehrlich gesagt, wundert es mich bei Leonie gar nicht. Ich dachte oft, dass die beiden nicht zusammenpassen. Livio schätze ich als Menschen, aber verheiratet sein möchte ich mit ihm nicht! Er will doch eigentlich frei sein und machen, was ihm beliebt. Mark hat das auch gesagt. Was Leonie betrifft, sie war in der letzten Zeit ein wenig depressiv. Sie sollte sich auf den Weg machen und ihre Eltern suchen, sich ihrer Wurzeln bewusst werden. Als Journalistin hat sie doch gute Möglichkeiten! Vielleicht kann diese Anja Leonie auf ihren Weg bringen. Das wird sich zeigen. Was sagen denn die anderen dazu, vor allem Billi?"

Annabelle machte eine ausladende Handbewegung und antwortete: „Wir waren erst mal geschockt! Außer Johanna, die wusste es schon vorher. Sie ist ja unsere Seelentrösterin. Aber Leonie erzählte so offen und frei, dass wir sie zum Schluss gut verstanden. Unterbewusst ahnten wir es vielleicht auch schon. Billi ist der Meinung, Leonie wird schon wissen, was sie tut. Ist ja auch so. Leonie machte noch nie irgendeinen Unsinn. Sie setzt sich für Schwache und Außenseiter ein, kämpft wie eine Löwin für Gerechtigkeit und spendet regelmäßig für irgendwelche Kinderhilfsorganisationen. Jetzt überraschte sie uns alle mal mit etwas Ungewöhnlichem, und das klingt vielleicht verworren, aber Leonie weiß tatsächlich, was sie tut. Ja, und ich erzählte den Mädels, dass ich vier Kilo abgenommen habe. Sie drücken mir die Daumen, dass ich es weiter schaffe. Geht ihr morgen in die Sauna? Bin schon gespannt, was Livio sagt."

Ole antwortete: „Ja, wir haben uns um 18 Uhr verabredet. Ich könnte mir vorstellen, dass Livio absagt. Vielleicht hat er ja auch das Bedürfnis, mit uns zu reden, oder er tröstet sich mit einer jungen Tänzerin, die liegen ihm anscheinend alle zu Füßen. Kommst du morgen früher aus der Kanzlei?“ Ole sah zu seiner Frau hinüber, nahm ihre Hand und streichelte sie und sah ihr dabei in die Augen. Annabelle lächelte ihn verliebt an: „Ja, ich mache morgen um 14 Uhr Schluss. Ich gehe mit den Mädchen Klamotten kaufen. Es ist ja Winterschlussverkauf und vielleicht finden wir noch was. Papa hat mir extra Geld überwiesen, damit wir uns mal wieder was leisten können.“

Ole war das nicht so recht: „Das brauchen wir nicht. Meine Eltern haben vor, mir mein Erbteil auszuzahlen. Dann können wir auf einen Schlag die Schulden vom Haus abtragen. Und ich habe heute einen Termin mit dem Fotografen abgemacht, mein Kochbuch nimmt langsam Formen an. Da kommt dann auch was rein!“

Annabelle freute sich für Ole. „Das sind ja tolle Neuigkeiten. Uns geht es richtig gut, wenn ich bedenke, dass so manche Klientin von mir am Hungertuch nagen muss! Da können wir uns richtig glücklich schätzen. Ich gehe jetzt ins Bett! Kommst du mit?“

„Ja, ich lasse Fidel und Castro nur noch mal vor die Tür und komme dann nach.“ Annabelle ging nach oben ins Bad, um sich für die Nacht die Zähne zu putzen. Ole pfiff kurz in Richtung der Hunde, klopfte sich gleichzeitig dabei mit der Hand an sein Hosenbein und sagte laut: „Los, Jungs, es geht nach draußen!“ Fidel und Castro ließen sich nicht zweimal bitten und liefen voraus in Richtung Haustür.

Die Nacht war klar und kalt. Die Hunde rannten in den Garten und suchten sich einen Busch oder Baum für ihr Geschäft. Während Ole langsam in den Garten trottete, drehte er sich eine Zigarette. Er rauchte sehr selten, und wenn, dann ging er immer nach draußen. Er steckte sich die Zigarette in den Mund und zündete sie sich mit dem Feuerzeug an. Den ersten Zug inhalierte er tief und genüsslich, dabei sah er dem Rauch hinterher und blickte nach oben zu den Sternen. Zigarettenrauch und Atemwolke vermischten sich miteinander und feierten in der kalten schwarzen Nachtluft ihre Zusammenkunft. Heute waren keine Wolken zu sehen und Millionen von Sternen standen am Himmel. Manche von ihnen schienen greifbar nah zu sein.

Ole blickte zum Himmel, sah den Mond und fühlte sich glücklich. Der Mond sah so friedlich aus: Von ihm ging eine Gelassenheit aus und sein Wissen rührte von Millionen oder Milliarden von Jahren her. Ole erzählte seinen Töchtern, dass der Mond immer da war, auch wenn man ihn nicht sehen konnte, genau wie Mama und Papa: „Selbst wenn ihr uns mal nicht seht, sind wir doch immer in Gedanken bei euch und haben euch lieb."

Er wurde aus seinen Gedanken gerissen. Den Hunden war es anscheinend zu kalt, denn sie trotteten wieder zum Haus und setzten sich brav hin und warteten, bis ihr Herrchen kam. Ole zog noch einmal an seiner Zigarette, bevor er sie ausdrückte und wegwarf. Er ging schnellen Schrittes zur Haustür zurück, schloss dann die Tür einmal ab und zog sich den Mantel wieder aus. Die Hunde suchten sich ihren Platz auf ihren Decken. Sie wussten, dass bis zum Morgen keiner mehr etwas von ihnen wollte. Ole machte die Lampen aus, tätschelte die Hunde noch mal und ging die Treppe hoch. Annabelle war schon ins Bett gegangen und las noch in ihrem Buch. Ole ging ins Badezimmer, um sich zu waschen und die Zähne zu putzen. Als er in sein Bett stieg, löschte Annabelle die Nachttischlampe und kuschelte sich zu ihrem Mann. Ole nahm Annabelle in seine Arme und küsste sie: „Gute Nacht, schlaf gut, mein Pummel."

„Wie, das ist schon alles?" Sie hätte sich mehr gewünscht, doch Ole sagte: „Annabelle, es ist spät und wir müssen morgen früh raus. Am Wochenende – okay?"

Annabelle schmollte: „Du liebst mich nicht."

Ole war leicht säuerlich: „Jetzt rede keinen Unsinn und lass uns schlafen."

Doch Annabelle ließ keine Ruhe: „Dann sag es doch."

Ole sagte gelangweilt auf: „Ich liebe dich. Bist du nun zufrieden?" Die Antwort war vorherzusehen: „Nein!" Und Ole darauf: „Frauen!" – „Blödmann!" Dann war Ruhe!

Nach einer Weile, als Ole schon zu schlafen schien, hörte Annabelle ein zartes Plumpsen, und anschließend bewegte sich ihre Bettdecke. Polly war auf leisen Pfoten aus dem Regal in Annabelles Bett gehüpft. Sie suchte sich ihr Nachtlager gern in der Kuhle zwischen den Beinen. Annabelle lag auf dem Bauch und merkte, wie Polly ihr Lager behaglich zu machen schien. Sie tretelte: Die Vorderpfoten traten im rhythmischen Wechsel auf der Bettdecke auf und ab. Das ist der sogenannte Milchtritt, den Katzenkinder beim Trinken am Bauch der Mutter einsetzen, um den Milchfluss zu stimulieren. Katzen machen das ihr Leben lang. Es ist ein Kompliment an Herrchen oder Frauchen, denn sie zeigen ihnen ihr Kinderverhalten! Es heißt so viel wie: „Ich fühl mich so wohl bei dir wie bei Muttern!" Polly drehte sich noch ein paar Mal um die eigene Achse und legte sich dann endlich zufrieden hin.

Ein Umdrehen war nun für Annabelle nicht mehr möglich. Trotzdem liebte sie es, wenn die Katzen so bei ihr lagen. Es hatte etwas Vollkommenes für sie. Als sie noch ein Kind war, hätte sie so gerne ein Haustier gehabt, aber ihre Eltern verboten es ihr. Jeder Geburtstag, jedes Weihnachtsfest war eine Enttäuschung. Immer wieder hegte sie die Hoffnung, dass eines Tages ihr größter Wunsch in Erfüllung gehen würde. Aber das geschah nie! Deswegen mussten es für sie später zwei von jeder Sorte sein. Eine Art Demonstration ihren Eltern gegenüber: „Seht her, ich bin eine gute, eine bessere Mutter. Meine Kinder sollen glücklich sein!"

Ganz allmählich schlummerte auch Annabelle nach einem ereignisreichen Tag ein. Ob sie morgen früh wohl wieder ein Kilo weniger hatte? Das wäre so schön und alles würde gut werden. Mit diesen Gedanken schlief sie endlich ein.

Am nächsten Morgen um 6 Uhr schepperte der Wecker. Ole drückte den Ausknopf und drehte sich auf die andere Seite. Nach fünf Minuten klingelte der Wecker erneut und Ole drückte wieder auf Aus. Diese Prozedur wiederholte sich bis 20 nach 6 Uhr. Dann rappelte sich Ole hoch und stieg aus dem Bett. Er torkelte ins Badezimmer, um sich zu waschen und anzuziehen. Annabelle und Polly ließen sich davon nicht beeindrucken und schlummerten weiter. Draußen auf dem Flur ertönte Oles Weckruf für die Mädchen. Er öffnete die Kinderzimmertüren und machte dort jeweils die Lichter an. Eine radikale Methode, um die Mädchen wach zu bekommen.

Die übliche morgendliche Geräuschkulisse machte sich mal laut, mal weniger laut bemerkbar, eine Tür klappte hier und dort, Wasser plätscherte und Toilettenspülungen wurden betätigt. Von unten ertönte leises Gemurmel aus dem Radio und Ole klapperte mit den Frühstückstassen. Kaffeeduft durchzog das Haus bis hinauf ins Schlafzimmer. Paulinchen kam auf nackten Füßen zu Annabelle ins Schlafzimmer und kuschelte sich zu ihr unter die Bettdecke. Polly folgte ihrem Instinkt und tapste nach unten, wo Ole die Fressnäpfe füllte – die der Hunde, der Katzen und der Kinder. Ganz individuell auf jeden abgestimmt. Polly und Molly maunzten dabei so laut und strichen um Oles Beine herum, um auf Katzenart ihre Dankbarkeit zu zeigten. Danach durfte das Brentano-Getier in den Garten, solange es ihnen beliebte.

Paulinchen liebkoste und kuschelte jeden Morgen ausgiebig mit Annabelle, denn sie hatte als Kindergartenkind sozusagen Gleitzeit und brauchte nicht zu festen Zeiten im Kindergarten zu sein. Nun kam auch noch Franziska ins Schlafzimmer, setzte sich auf den Bettrand zu Annabelle und flüsterte: „Hallo, meine Mama-Schlafmütze, ich habe eine Eins in Mathe geschrieben, und wenn ich meine Hausaufgaben immer richtig mache, bekomme ich die Eins ins Zeugnis. Ich habe für heute sogar eine Zusatzaufgabe gemacht. Was sagst du dazu?“ Sie sagte es ganz feierlich und die noch verschlafene Mamastimme sagte aus dem Bettzeug heraus: „Ich bin ganz verdammt stolz auf meine große Franzi-Maus! Meine Süße, du bist klasse. Wir gehen heute Nachmittag alle miteinander shoppen, da könnt ihr euch aussuchen was ihr wollt.“

Was nun kam, damit hatte Annabelle aber nicht gerechnet: „Oh, klasse, ich weiß schon, was ich mir aussuchen werde.

Mama, darf ich mir, wenn ich etwas älter bin, ein Piercing machen lassen?" Annabelle dachte, ihren Ohren nicht zu trauen, setzte sich im Bett auf und sagte ruhig: „Schatz, ich habe nichts dagegen, aber lass uns doch darüber sprechen, wenn es so weit ist. Vielleicht hast du in ein paar Jahren gar keine Lust oder vielleicht sind Piercings dann schon out."

Die Tochter insistierte: „Die Schwester von Rieke hat sich ein Nasenpiercing machen lassen und ich finde das ganz toll."

Annabelle strich Franzi über die Haare: „Ja, Schatz, aber muss man da nicht über 18 sein?"

Franzi antwortete und wurde beim Reden immer schneller: „Schon, aber wenn man jünger ist, muss die Mutter entweder dabei sein oder eine Einverständniserklärung unterschreiben. So, ich muss los, ich treffe mich noch mit Rieke vor der Schule. Bis nachher, see you! Mami, ich finde es toll, dass ihr nicht so bescheuert seid wie andere Eltern."

Annabelle lächelte ihr hinterher. Im Schlafzimmer ging es heute Morgen zu wie im Taubenschlag, denn nun kam Charly herein und setzte sich auf den noch warmen Platz ihrer Schwester: „Mami, Franzi hat eine Eins in Mathe bekommen und ich habe einen Soloauftritt im Ballett. Madame Pierre hat sich was ganz Tolles zum Jahresfest ausgedacht. Jede Schülerin tanzt ein Solo. Ist das nicht toll? Ach ja, und Sophie hat ihr Seepferdchen als Beste bestanden. Was sagst du zu so viel Tollem?"

„Ich wollte Mami das alleine sagen und jetzt hast du es vermasselt!", rief Sophie von der Tür aus. „Das ist nicht nett von Charly, immer plappert sie alles aus."

Annabelle schlichtete: „Diesmal plapperte nicht Charly es aus, sondern Papa. Er sagte es mir schon gestern Abend, weil er so stolz auf dich war. Außerdem war ich in deinem Zimmer und sah den Ausweis auf deinem Kopfkissen, neben dir liegen. Ich bin total stolz auf meine Mäuse! Eine Mutter könnte nicht glücklicher sein." Die so benannten Mäuse lächelten und sahen sehr glücklich aus.

Von unten ertönte der Fanfarenschall von Ole und

mahnte zur Eile. Sie liefen unter lautem Getöse nach unten, wo Ole für die Mäusenahrung gesorgt hatte. Paulinchen war wie jeden Morgen wieder eingeschlafen und machte ihr Nickerchen bei Annabelle, bis Ole sie weckte für den Kindergarten.

Ole brachte Annabelle ihren Kaffee ans Bett, wie jeden Morgen mit den Worten: „Hallo, meine zwei Schlafmützen, der Kaffee ist fertig!" Er sang diesen Satz, ebenfalls wie jeden Morgen. Annabelle gähnte und man verstand sie kaum: „Ich glaube, ich brauche dringend Urlaub. Ein paar Tage mal ausschlafen, das würde mir guttun. Ich bin total platt. Heute Abend gehe ich früher ins Bett!"

Ole kannte das schon. „Das sagst du jeden Morgen und tust es trotzdem nicht!", sagte er schulmeisternd und grinste dabei. Er kannte eben seine Frau.

„Ich muss um 10 Uhr am Gericht sein", sagte sie streng. „Da ist die Scheidung Kramer gegen Kramer." Annabelle nannte ihre Scheidungsklienten immer Kramer, nach dem Film mit Meryl Streep und Dustin Hoffman. Sie wollte diskret sein und die Schweigepflicht nicht brechen, was allerdings nicht nottat, denn Ole konnte sich schon seit jeher keinen Namen merken.

Annabelle redete weiter und trank ihren Kaffee dabei. „Herr Kramer ist ein wahrer Macho und der redet immer so geschwollen daher. Er ist Professor für Latein. Aber er hat seine Frau seit Jahren betrogen und beschimpft! Der wird sich heute wundern. *Alea iacta est,* wie ich zu sagen pflege, Herr Kramer", äffte sie ihn nach.

Ole zog einen Briefumschlag aus der Tasche: „Ach, übrigens, die Polizei hat mal wieder ein Foto von dir gemacht. Sie haben es dir freundlicherweise per Post zu geschickt. Dieses Mal bist du zu weit gegangen beziehungsweise zu schnell gefahren."

„Ach, so schlimm wird es wohl nicht sein", meinte Annabelle direkt.

„Doch, Annabelle, du hast die Schallgrenze durchbrochen. Du bist 50 Stundenkilometer zu schnell gefahren. Du bist mit 100 durch die Ortschaft nachts um 0.15 Uhr gefahren. Wenn dich das nicht deinen Führerschein für vier Wochen kostet, dann fress ich einen Besen."

„Meine Güte, Ole, jetzt mach mal nicht so einen Aufstand. Ich war müde und wollte schnell nach Hause. Papa wird mich da schon wieder raushauen, und im Notfall war ich auf dem Weg ins Krankenhaus, vielleicht kann ich mit Bea einen Deal machen."

Ole schüttelte den Kopf: „So einfach wirst du nicht davonkommen, Annabelle, und da kann auch Papa nichts machen!" Ole sprach das Wort Papa langsam und überdeutlich aus. „Du sollst dir doch nur bewusst machen, dass du nicht richtig gehandelt hast, immer wieder wirst du geblitzt, weil du zu schnell fährst. Da stehen extra Schilder am Straßenrand, die haben ihren Sinn und die gelten auch für dich. Du als Juristin solltest es eigentlich besser wissen. Ich finde diesmal sollten sie dich am Wickel kriegen, damit du endlich was begreifst. Das kann irgendwann ins Auge gehen. Du brauchst nur mal einen Unfall zu bauen und du wirst deines Lebens nicht mehr froh. Aber sag nicht, ich hätte dich nicht gewarnt!"

Annabelle baute sich vor ihm auf: „Ole, du benimmst dich wieder wie ein Schulmeister, deine Besserwisserei geht mir auf den Geist. Ich lasse mich nun mal nicht gern reglementieren. Du hast in der Sache Recht, aber ich war müde! Ich wollte schnell nach Hause. Wer kann denn ahnen, dass da mitten in der Nacht eine Blitzanlage steht. Die spinnen doch. Zeig mir mal das Foto." Annabelle sah sich das Foto an und schrie: „So sehe ich doch nicht aus. Guck dir doch mal das Foto genau an, so ein Pfannkuchengesicht habe ich nicht. Na, denen werde ich helfen, damit kommen die niemals durch. Ha, soll ich dir was sagen?!" Annabelle schaute herausfordern zu Ole und wedelte dabei mit dem Brief vor seiner Nase hin und her. „Diese Anzeige bin ich schneller wieder los als Husten. Das ist einfacher, als ich im ersten Moment dachte." Annabelle stand aus dem Bett auf und stellte ihren Kaffee auf den Boden. „Ich habe Wichtigeres zu tun! Ich gehe auf die Waage und werde in Freudentaumel ausbrechen! So ein blödes Foto! Eine regelrechte Unverschämtheit! Hoffentlich hat das keiner gesehen, der mich kennt! Das sieht doch ein Blinder mit einem Krückstock, dass ich das nicht sein kann."

Ole schüttelte den Kopf und sah Annabelle hinterher. „Du bist und bleibst ein Macho im Unterrock. Ich schaue nach den Hunden, die möchten bestimmt wieder rein ins Warme."

Annabelle stand im Badezimmer und zog ihren Schlafanzug aus. Sie bückte sich und prüfte nach, ob die Null auch genau auf dem Strich stand und nicht etwa ein Kilo dahinter. Sie zog die Luft ein, hielt den Atem an und ging mit spitzen Zehen vorsichtig auf die Waage. Ja, der Zeiger war gnädig, er entpuppte sich in letzter Zeit als guter Freund. Er zeigte freundlicherweise ein Kilo weniger als gestern. „Jippi! Super! Super! Super!" So konnte der Tag beginnen! Nach dem Gerichtstermin wollte sie kurz in die Kanzlei, zur „Väterlichen Konferenz" und dann ab ins Fitness-Studio, ihre Übungen machen für eine Stunde. Danach duschen und heute früher nach Hause, um mit den Mädchen shoppen zu gehen. Das wird wunderbar! Vielleicht passte ihr schon eine kleinere Hosengröße, dann wäre der Tag gerettet! Vielleicht sah sie Karl, das wäre nicht nur wunderbar, sondern perfekt! Ein perfekter Tag!

Nach etwa einer Stunde saß sie im Auto und fuhr in Richtung Kanzlei. Ole und sie hatten das Thema Geschwindigkeitsüberschreitung nicht mehr angesprochen. Es hätte sowieso keinen Sinn gehabt, Annabelle war stur und unnachgiebig. Sie hatten noch gemütlich zusammen Tee getrunken und sich über das Kochbuch unterhalten. Ole hatte für die Fotos eine bestimmte Idee. Er erklärte Annabelle, dass er die Speisen in freier Natur auf natürlichen Gegenständen fotografieren lassen wollte, und die vier Jahreszeiten mit den dazu passenden Speisen sollten als Stimmungsmacher dienen. Ein Lachssalat würde zum Beispiel auf einem Holzpflock angerichtet werden und drumherum die gestapelten Holzscheite. Ein Frühlingssalat inmitten von Tulpen und Frühlingsambiente, ein Steak auf einer grünen Wiese unter einem Baum. Im Herbst ein Pilzgericht auf einem Teller zwischen Herbstblättern und Natursteinen und im Winter die Weihnachtsgans vielleicht vor einer urigen Krippe oder unter Tannenbäumen mitten im Schnee. Die Speisen sollten nicht nur zum Nachkochen anregen, sondern auch künstlerisch rüberkommen. Ole war begeistert: „Das ist mal was ganz anderes, denn Kochbücher gibt es wie Sand am Meer. Ich weiß auch schon einen Namen. ‚KOCHKUNST'! Der Fotograf ist experimentierfreudig und hat auch mehrere Ideen. Das dauert dann etwas länger, aber es wird bestimmt eine Marktlücke füllen."

So war Ole, immer für neue Sachen offen. Vielleicht hatte er recht, warum nicht mal was ganz anderes machen? Und diesmal wollte sie ihn unterstützen, damit er es auch wirklich durchzog. Annabelle stellte sich gerade vor, wie ein leckeres Pasta-Gericht auf der Motorhaube eines Ferraris aussehen könnte oder eine Pizza auf Karls Waschbrettbauch. Sie sah im Geiste, wie Billi die Stirn runzelte, und versuchte, sich auf ihren Gerichtstermin zu konzentrieren. Der Professor „Allesbesserwisser" und „Geschwollendaherreder" würde sich noch wundern, wie viel ihm nach der monatlichen Unterhaltszahlung blieb. Danach würde es ihm regelrecht die Sprache verschlagen.

Er hatte seine Frau jahrelang mit Studentinnen in seinem Büro betrogen. Sie saß derweil zu Hause, hütete die Kinder und wusch seine Hemden. Als alles herauskam, entgegnete er: Warum sie sich denn wundere? Das sei völlig normal! Ein Mann brauche nun mal mehr als eine Frau und sie solle froh sein, denn schließlich habe sie das Privileg, seine Ehefrau zu sein! Frau Kramer wandte sich in ihrer Not an Annabelle. Annabelle hatte nunmehr das Privileg, Herrn Professor Kramer auf schmerzhafte Weise zu zeigen, dass er seinen kleinen Freund besser zur Monogamie erzogen hätte und dass das Patriarchat vom Matriarchat abgelöst worden sei. Es lebe die Emanzipation! Herr Professor, die Freiheit ist eine Angewohnheit, die man nur schwer wieder loswird, aber jetzt wird sie Sie teuer zu stehen kommen! Das dachte

Annabelle und lächelte in sich hinein. Sie sah dabei in den Spiegel. Jetzt hätte der Polizei-Blitz-Automat blitzen können. Das wäre ein schönes Foto geworden! Sie durfte nicht vergessen, diese Angelegenheit mit Papa zu besprechen. Ole war immer so obrigkeitshörig. Sein Vater war Beamter und zu Hause bei Schulzens gab es so was nicht: Ehrlich währt am längsten! Aber wenn das so wäre, dann würden Juristen nicht so sehr gebraucht. Und schließlich lebten sie von ihrem Geld, und das nicht schlecht! Also sollte er sich nicht in Dinge einmischen, von denen er nichts verstand.

Annabelle parkte ihren Wagen auf dem Parkplatz hinter dem Gerichtsgebäude und stieg aus. Sie ging mit dem ihr eigenen kraftvollen Gang mit weit ausholenden Schritten, und die Absätze machten dabei ein rhythmisches Klackklack. Sie öffnete die große schwere Tür und ging durch die Halle des Gerichtsgebäudes nach oben auf Frau Kramer zu, die schon nervös hin und her ging und auf Annabelles Ankunft wartete:

„Guten Morgen, Frau Kramer! Machen Sie sich nicht verrückt. Alles wird gut! Und heute Nachmittag können sie mit Ihren Freundinnen feiern."

„Ja, guten Morgen, Frau Brentano, mein Mann ging eben schon siegessicher an mir vorbei und bespricht sich gerade mit seinem Anwalt. Ich bin froh, wenn es vorbei ist! Ich musste die ganze Zeit an meine Mutter denken. Mein Vater betrog sie auch und meine Mutter nahm es stillschweigend hin und tat so, als wäre alles in Ordnung. Ich habe mir geschworen, dass mir das nicht passieren wird. Niemals hätte ich gedacht, dass mein Mann mir das antun könnte. Er ist nicht einfach, aber ich dachte, er wäre wenigstens treu."

Annabelle musste etwas sagen: „Frau Kramer, Ihnen passiert nicht das Gleiche wie Ihrer Mutter! Sie wehren sich und lassen sich das nicht gefallen und Ihr Mann wird es noch bitterlich bereuen, glauben Sie mir. Lassen Sie ihn nur siegessicher schauen! Der Triumphzug gebührt Ihnen. Das verspreche ich! So, wir können in den Gerichtssaal. Nur Mut, das wird schon."

Im Gerichtssaal saßen Frau Kramer und Annabelle nebeneinander, auf der anderen Seite saß Herr Kramer neben seinem Anwalt. Die Familienrichterin begrüßte die Anwesenden und schloss nach zirka einer halben Stunde mit den Worten „Im Namen des Volkes!". Die Ehe der Kramers wurde geschieden und Professor Kramer sah sichtlich bestürzt aus, nachdem er hörte, zu wie viel Unterhalt die Richterin ihn monatlich verpflichtete. Die Tür öffnete sich und eine besser gelaunte Ex-Gattin verließ neben einer siegreichen Anwältin den Gerichtssaal. Die beiden Damen standen noch auf dem Flur, als der gebeutelte Ex-Gatte vorbeikam und Annabelle es sich nicht nehmen ließ, geschwollen zu sagen: „*Veni, vidi, vici,* Herr Professor! Die außerehelichen Bocksprünge haben ihren Tribut gefordert. Seien Sie froh, dass es heutzutage nicht mehr Usus ist, Ihre Verfehlungen zu beweisen. Da wären Sie de facto nicht so gut dabei weggekommen! Außerdem können wir hier nicht die halbe Uni antanzen lassen. Schönen Tag noch!"

Herr Kramer antwortete so ruhig wie möglich: „Frau Brentano, Sie diskreditieren sich gerade selbst. Ihr offensichtlicher Männerhass spricht Bände. Vielleicht sollten Sie öfter eine enge Hose tragen, dann würde sich Ihr Penis besser abzeichnen und Ihr impertinentes Rivalitätsgehabe ließe nicht mehr so viele Fragen offen. Ach, ich vergaß, Sie haben ja gar keinen Penis! Sie tun nur so! Nennt man das nicht in der Psychologie ‚Penisneid'? Weil Sie das hassen, was Sie nicht haben? Keine Angst, Frau Brentano, es bleibt Ihnen noch die Wahl einer operativen Transformation. *Gnothi seauton*, erkenne dich selbst! Gleichfalls einen schönen Tag!"

Annabelle blieb konsterniert zurück und wusste zum ersten Mal nicht, was sie sagen sollte. Sie fasste sich bald wieder und verabschiedete sich schnell von Frau Kramer, wünschte ihr für die Zukunft alles Gute und eilte mit zitternden Knien aus dem Gebäude zu ihrem Wagen. Dort verharrte sie, unfähig für weitere Taten. Hatte Kramer vielleicht recht? Ole sagte heute Morgen auch so was Ähnliches. Macho! Verhielt sie sich männlich? Annabelle war geschockt und die Worte von Professor Kramer hallten in ihrem Kopf noch eine ganze Weile nach. Gewöhnte sie sich ein männliches Verhalten an, weil sie nicht der ersehnte Sohn geworden war, den ihr Vater sich so sehr gewünscht hatte?

Sie wusste von Billi, dass jeder eine weibliche und eine männliche Seite besaß. War ihre männliche zu stark? Als Kind nahm ihr Vater sie mit zu Fußball-Spielen und verkündete stolz, dass Annabelle sämtliche Fußball-Mannschaften auswendig aufsagen konnte. „Meine Annabelle ist ein richtiger Junge.“ Sie sah, wie stolz er war, wenn sie sich stark, mutig und kämpferisch gab. War sie zur Real-Utopie geworden? Papa wollte immer einen Sohn, der mit ihm die Kanzlei führt und später alles erbt. Papa sollte nicht enttäuscht sein, weil sie ein Mädchen geworden war. Sie hatte selbstverständlich Jura studiert, denn das hatte er sich immer gewünscht. Aber verleugnete sie sich als Frau dadurch? Ihre Welt mit Ole entsprach nicht unbedingt der Norm, aber dennoch war es nicht unüblich, wenn die Frau Geld verdiente und der Mann zu Hause bei den Kindern blieb.

Annabelle fuhr langsam vom Parkplatz und schaute auf die Uhr. Sie hatte noch eine halbe Stunde Zeit, bevor sie in die Kanzlei musste. So wie sie im Moment drauf war, konnte sie nicht vor Papa treten. Sie lenkte den Wagen in Richtung CARPE DIEM. Sie musste unbedingt mit Billi reden. Danach würde es ihr bestimmt besser gehen.

Als sie die schwere dunkelbraune Eichentür des CARPE DIEM öffnete und in den Kneipenraum blickte, sah sie Johanna vor der Theke auf einem Barhocker sitzen. Johanna hielt mit beiden Händen einen Kaffeepott umklammert und schlürfte in kleinen Schlückchen ihren Kaffee. Billi polierte hinter der Theke Gläser und sagte gerade Annabelles Leitsatz: „Nimm dich wichtig!“

„Genau mein Motto!“ Annabelle war eingetreten. Sie nahm einen Hocker, setzte sich neben Johanna und redete einfach weiter: „Mir ist gerade was passiert! Ihr glaubt es nicht, wenn ich euch erzähle, was mir so ein blöder Geschwollendaherreder an den Kopf knallte. Ich bin fix und fertig und kann es noch immer nicht glauben, was sich so ein dämlicher Professor eben bei mir traute! Sagt mir doch so ein Ex-Ehemann einer Klientin, ich solle mir eine enge Hose anziehen, damit man meinen Penis besser sehen kann. Ja, da staunt ihr, was?“ Annabelle schaute erwartungsvoll von einer zur anderen.

Billi hörte mit dem Polieren auf und setzte das Glas laut ab, stützte sich mit beiden Händen auf die Theke und erwiderte: „Erst mal guten Morgen, und eigentlich wundert es mich nicht, dass dir so ein Ex-Ehemann mal eins auswischt. Wahrscheinlich hattest du vorher auch schön ausgeteilt! So wie man in den Wald hineinschreit, so schallt es heraus!“ Billi zog die Augenbrauen hoch und blickte Annabelle herausfordernd an. Johanna sah nur stumm auf ihre Freundin und setzte den Kaffeebecher ab.

Annabelle explodierte: „Also, das ist doch die Höhe! Da hoffte ich auf Verständnis, und was machst du? Du setzt noch einen obendrauf!“

Doch Billi sprach in ruhigem Ton weiter: „Annabelle, du behandelst diese Ex-Männer wie deine persönlichen Feinde. Du kämpfst mit ihnen und vergisst, dass auch sie ihre Geschichte haben. Zu einer kaputten Ehe gehören meistens zwei! Es sind nicht immer nur die Männer die Bösen. Du projizierst etwas in sie hinein und lässt sie für etwas büßen, wofür sie nichts können! Du hast Aggressionen! Schau dir an, woher sie kommen. Dann kannst du sie besser in den Griff kriegen. Mensch, Annabelle, wach endlich auf! Du bist eine Frau, und als solche solltest du dich auch verhalten. Dazu bist du eine attraktive Frau, sensibel und weich. Zeig uns und dir endlich, was du so lange versteckt hast. Deine männliche Seite in dir ist zu dominant. Bei Johanna ist die weibliche Seite zu stark ausgeprägt. Lernt voneinander und versucht eure Mitte zu finden!“

Johanna musste dazu dringend auch etwas sagen: „Annabelle, ich habe dich immer bewundert, weil du so stark bist, weil du sagst, was du denkst und weil du auch machst, was du willst.“ Johanna schaute sie, während sie das sagte, traurig an und sprach weiter: „Ich hatte einen furchtbaren Traum, deswegen fuhr ich heute zu Billi, um ihr davon zu erzählen. Jetzt erkenne ich mein Problem. Es hat im Traum zu mir gesprochen. Ich erkenne dein Problem, und ich glaube, es kann kein Zufall sein, dass wir beide heute Morgen hier sind und über das gleiche Problem reden."

Annabelle schüttelte den Kopf: „Ich verstehe nur Bahnhof. Okay, ich habe eine starke, von mir aus auch männliche Seite, aber was hat das mit dir zu tun? Und was ist das für ein Traum?"

Johanna erzählte Annabelle, dass sich im Traum ihre Bauchdecke ablöste und der Arzt eine vertrocknete Porree-Stange und zwei weiche Tomaten aus ihrem Bauch herausholte. Dass Rita Mackes ihre Bauchdecke wie einen alten Putzlappen in der Hand hielt und ihr Hausarzt einen in ihren Augen gesunden, aber verdreckten Pennbruder vor ihr behandelte. Sie erzählte von ihren Ängsten, vielleicht sterben zu müssen, aber niemand schien im Traum das auch so zu sehen! Und zu allem Überfluss schien jeder das ganz normal zu finden. Sie ereiferte sich verzweifelt: „Ich dachte schon, jetzt werde ich bekloppt. Ich habe lange überlegt, ob ich zu Billi gehen soll. Aber Billi erklärte mir, dass mir dieser Traum deutlich zu zeigen versucht, dass ich meine männliche Seite verdorren lasse. Die Bauchdecke ist mein Ich und die Porree-Stange ist der Penis und die Tomaten sind die Hoden. Die männliche Seite wird nicht genutzt und verdorrt deshalb. Die Menschen in dem Traum machen mir deutlich, dass ich mich wichtig nehmen muss, mich besser um mich kümmern sollte! Verstehst du?"

Sie schaute Annabelle mitfühlend an und Billi ergänzte Johannas Aussage: „Wer eine stark ausgeprägte weibliche Seite hat, der kümmert sich mehr um andere als um sich selbst. Er ist nahe am Helfersyndrom und wird natürlich auch von egoistischen Menschen ausgenutzt. Siehe Rita Mackes, die ständig überfordert ist und auf fremde Hilfe hofft. Die aber in ihrer Hilflosigkeit immer weiß, an wen sie sich wenden kann, nämlich an Johanna. Ergo, so hilflos scheint sie also nicht zu sein. Oder die Schwiegermutter, ein einsames, hilfloses Wesen, das sich hinter einer großen Arroganz versteckt und Johanna immer in die Dienerrolle drängt, weil sie sich selbst nicht helfen kann. Diese Menschen zieht Johanna an wie ein Magnet. Und der, der über eine zu stark ausgeprägte männliche Seite verfügt, der ist immer in irgendwelche Rivalitätskämpfe verwickelt, um seine Dominanz unter Beweis zu stellen. Die eigenen Bedürfnisse sind vorrangig und Kritik wird als persönliche Beleidigung angesehen.

Ich könnte noch viele Beispiele nennen, aber das könnt ihr euch sicher selber denken. Ein Mensch mit einer ausgeprägten weiblichen Seite sagt zum Beispiel: Ich habe Hunger! Kümmert sich aber erst um die, die auch Hunger haben, und dann erst um sich. Hingegen der Mensch mit der stark männlich ausgeprägten Seite wird sagen: Hey, ich habe Hunger! Kann mir mal einer was zu essen machen?"

„Aha!", sagte Annabelle leiser und fragte dann Billi: „Gehe ich richtig davon aus, dass die männliche Seite egoistischer ist als die weibliche?"

„Nein, auch die weibliche Seite kann durchaus egoistisch sein, weil sie vielleicht Anerkennung braucht und deswegen lieber hilft, um sie zu bekommen. Wenn man beides nutzt, die weibliche und auch die männliche Seite, dann ist man mit sich selbst im Gleichgewicht. Lass du deine weibliche Seite raus und Johanna muss unbedingt ihre männliche Seite nutzen und sich mehr um sich kümmern!"

Nach minutenlangem Schweigen erwiderte Annabelle in die Stille hinein: „Ich verstehe! Ich kämpfte gegen das, was ich sein sollte und wollte, und die weibliche Seite unterdrückte ich, damit mein Vater bloß nicht das Mädchen in mir sieht. Ich dachte, ich täte ihm damit einen Gefallen, wenn ich wie ein Sohn bin! Dann wäre er nicht mehr so traurig. Dabei weiß ich gar nicht, ob er traurig war oder ist. Meine Mutter konnte nach mir keine Kinder mehr bekommen und ich wollte ihnen den Stammhalter ersetzen. Vielleicht wären sie ja doch mit mir als Mädchen zufrieden und glücklich gewesen!"

Tränen schossen ihr in die Augen. Mit leicht belegter Stimme sprach sie weiter: „Außerdem wird mir klar, dass ich gegen das gekämpft habe, was ich selber bin. Denn eigentlich hasse ich diese männliche Seite an mir! Ich hätte viel lieber Klavier gespielt als auf dem Fußballplatz hinter dem Ball herzurennen. Papa sagte mir immer, wie stolz er auf mich ist. Aber ich erfuhr nie, ob er nicht auch stolz auf mich gewesen wäre, wenn ich mich mädchenhaft benommen hätte! Ich wäre viel lieber ein Mädchen, ein weibliches Wesen gewesen. Wisst ihr, ich gab ihm eigentlich nie die Chance dazu und mir auch nicht." Annabelle bedeckte mit ihren Händen kurz ihr Gesicht.

Billi tröstete sie: „Du musst nicht traurig sein. Es ist nie zu spät. Wenn du dich wirklich ändern willst, dann versuche es, aber es hatte bisher alles seinen Sinn. Du und Johanna, ihr komplettiert euch gut!" Billi legte ihren Arm auf Annabelles Schultern und drückte sie leicht: „Du, ihr schafft das schon! Ich glaub an euch beide!"

Annabelle lächelte. „Du bist die Beste, Billi."

Johanna rutschte von ihrem Hocker herunter, nahm ihren Mantel und war im Begriff zu gehen. „Ich fahre heute zu meiner Schwester nach Dortmund. Sie ist im siebten Monat schwanger und muss für den Rest der Schwangerschaft liegen, weil sie Blutungen bekommen hat. Sie rief mich heute Morgen an. Ich fahre bis Sonntag zu ihr, um mich um sie zu kümmern. Ihr seht, manchmal kann man doch nicht sofort ein neues Leben anfangen!"

Billi grinste: „Rom ist auch nicht an einem Tag erbaut worden! Wichtig ist, dass du es dir bewusst machst und auch mal an dich denkst, rechtzeitig Stopp sagst und Nein."

Annabelle hatte wieder neue Kraft geschöpft und sagte mit starker Stimme: „Genau das war immer meine Maxime und ich bin auch nicht glücklich damit geworden. Was soll's?! Ich fahre jetzt zu meinem Vater, erstatte ihm Bericht und profitiere danach im Salsa-Kurs von meinen weiblichen Ressourcen!" Dann witzelte sie: „Denn retrospektiv betrachtet, muss ich davon ja einen enormen Überschuss haben." Und zu Billi gewandt: „Ich danke dir für deine Worte, deine kompetente Analyse! Und es tut mir leid, dass ich dich anfangs so angegiftet habe!“ Sie drückte Billi fest und wandte sich an Johanna: „Johanna ich habe dich auch immer für deine liebevolle und weiche Art bewundert. Du hast ein großes Herz und bist immer da, wenn man dich braucht. Du hast unsere Gruppe immer zusammengehalten. Und wenn wir Kummer hatten, waren wir auch außerhalb der Gruppe immer froh, wenn du für uns da warst. Du hast so was Mütterliches. Es tut mir auch leid, dass wir das vielleicht unbewusst ausnutzten. Du bist sehr wertvoll für mich. Und ich bin stolz, dass du meine Freundin bist.“ Es war wohl der Tag der Entschuldigungen und Wahrheiten für Annabelle.

Johanna umarmte sie, hielt sie lange umschlungen und sagte: „Ich habe dich lieb und ich bin ebenfalls stolz, dass du meine Freundin bist. Du bist Annabelle, meine taffe Freundin, eine wunderschöne Frau. Versteck sie nicht länger und lass sie raus! Die Dinge brauchen sicher ihre Zeit, aber wenn wir beide es ganz stark wollen, dann kriegen wir das auch hin! Ich weiß nicht, wann dieses Helfersyndrom bei mir ausgebrochen ist. Ich musste immer für meine Schwestern da sein und den ganzen Haushalt schmeißen, weil meine Mutter und mein Stiefvater das ständig von mir forderten. Wenn ich alles tat, was sie verlangten, dann bekam ich zwar kein Lob, aber sie waren wenigstens zufrieden. Ist logisch, dass ich nicht anders kann, als so zu sein, wie ich bin. Ich bin das, was ich bin. Wenn ich damals mal ein Buch las, dann wurde ich als faul und träge von meinem Stiefvater beschimpft.

Ich glaube, ich durfte nie richtig Kind sein und unbeschwert spielen. Meine Eltern waren überfordert und sind eigentlich heute noch nicht erwachsen. Die Erwachsenenrolle musste ich schon sehr früh übernehmen und die übernehme ich heute bei meiner Schwiegermutter und bei Frauen wie Rita. Ja, und meine Schwestern sind ständig in Schwierigkeiten, weil sie die falschen Männer in ihr Leben holten. Männer wie meinen Stiefvater. Wenn ich ehrlich bin, dann bin ich froh, dass Mark so ist, wie er ist, auch wenn ich mir manchmal wünschte, er wäre so wie mein Nachbar. Aber vielleicht hat Philipp Weber andere Macken!" Johanna war endlich ehrlich zu sich. „Na klar, jeder hat eine Macke!"

Annabelle war wieder die Alte, sonst wäre sie wohl auch nicht Annabelle. „Ich muss jetzt wirklich wieder los. Bis bald, und Johanna, lass dich nicht unterkriegen." Im nächsten Moment war sie durch die Tür entschwunden.

Draußen schlug der kalte Wind Annabelle ins Gesicht und sie lief schneller zu ihrem Wagen als sonst. Wieder im Auto, achtete sie zum ersten Mal seit langer Zeit auf die Geschwindigkeitsregeln. Was für ein Morgen!, dachte sie und überlegte, warum sie wohl so einen weichen, irgendwie weiblichen Mann geheiratet hatte. Weil Gegensätze sich anziehen oder weil sie die männlichen Männer abstoßend fand? Warum war Ole so anders? Er interessierte sich für Kochbücher und kreierte sein eigenes. Er war für die Mädchen ein wunderbarer Vater und ihren Freundinnen auch ein guter Freund. Er fand Frauengespräche nicht langweilig und er konnte sich gut in die weibliche Seele hineinversetzen.

Lag es daran, dass er in einem Matriarchat groß geworden war, im Sinne von „Frauenüberschuss", wo der Vater nicht so viel zu sagen hatte? Ole hatte vier Schwestern und die beiden Großmütter wohnten gleich nebenan. Die Frauen waren nicht nur in der Überzahl , sondern auch sehr mächtig, gleichwohl sehr liebevoll und dennoch emanzipiert. Die Großmutter mütterlicherseits hatte studiert und sich als Chemikerin in einer Männerdomäne durchgesetzt. Ole wurde als einziger Sohn und gleichzeitig jüngstes Kind verwöhnt von seinen Schwestern, Eltern und Großmüttern. Die Schwestern studierten alle und drei von ihnen waren politisch engagiert, eine war sogar Bürgermeisterin. Ole hatte gar keine Chance, sich männlich dominant zu geben, denn er hatte nie ein Vorbild diesbezüglich.

Annabelle atmete tief ein, sie musste unbedingt mit ihrem Vater Tacheles reden! Vielleicht würde sie in Zukunft auch mal Männer vertreten, und sei es nur, um sich zu therapieren. Also gut, sie fuhr jetzt geradewegs nach Canossa. Annabelle war schon immer mutig, und eine Angst vor ihren Eltern kannte sie nicht. Sie hatte tolle Eltern, die sie liebten, aber dieses Gespräch bereitete ihr im Vorfeld trotzdem etwas Unbehagen. Langsam parkte sie den Wagen auf ihrem gemieteten Parkplatz – hatte Papa alles für sie arrangiert – und stieg aus. Bedächtig ging sie zu dem Gebäude, wo sich die Büroräume der Kanzlei befanden.

Sie nahm seit neustem die Treppe und verzichtete der Figur zuliebe auf den Fahrstuhl. Als Annabelle eintrat, empfing sie die Sekretärin schon im Flur: „Annabelle, ihr Vater wartet schon auf Sie. Wie ist es gelaufen?"

„Gut, ich geh gleich zu ihm rein, oder telefoniert er?"

„Nein, Sie können hineingehen." Annabelle klopfte und trat ins Allerheiligste. Der Raum hatte eine sehr männliche Ausstrahlung, er war konventionell eingerichtet, und jeder hätte den Mann dort hinter dem Schreibtisch als Juristen erkannt. Er fing gleich zu sprechen an: „Annabelle, ich warte schon länger! Wo warst du? Ich hoffe, es lief alles gut?"

Annabelle konnte ihn beruhigen: „Ja, Papa, Fall gewonnen! Herr Kramer wird sich in Zukunft nicht mehr so leicht mit seinen Studentinnen ins Bett legen, es sei denn, sie geben sich ausschließlich mit guten Noten zufrieden. Denn mal eben nach Paris fahren, ist nicht mehr drin."

Stolz gab der Vater von sich: „Das ist meine Annabelle, du legst sie alle flach!"

„Ja, eben nicht, ich lege sie nicht alle flach. Herr Kramer denkt, ich habe einen Penis in der Hose und welcher Penis möchte schon von einem anderen Penis flachgelegt werden, wenn er nicht gerade schwul ist?"

„Annabelle, ich verstehe nicht, hast du Herrn Kramer Avancen gemacht und dich dabei lächerlich?"

Sie schüttelte den Kopf: „Papa, was ich dir sagen will: Er hält mich für zu männlich! Ich bin doch eine Frau und ich habe mich bisher nur männlich verhalten, weil ich dir ein Sohn sein wollte, den du dir immer gewünscht hast. Aber jetzt hat sich etwas verändert und mein Leben bricht auseinander. Ich möchte es schon lange nicht mehr, aber da musste erst Herr Kramer kommen, um mir zu sagen, dass ich auf dem falschen Weg bin. Papa ich kann nicht mehr und ich will auch nicht mehr." Annabelle stand weinend vor dem Schreibtisch ihres Vaters, der sichtlich überfordert war, weil Annabelle eigentlich so weit er sich erinnern konnte noch nie geweint hatte.

„Ja, Kind, ich weiß nicht, was du von mir willst? Du bist doch meine Annabelle. Ich war immer stolz auf dich und nur auf dich! Ob Mädchen oder Junge, das war mir doch egal. Du bist eine Frau und wer das nicht sieht, der hat einen Knick in der Pupille, mit Verlaub! Lass dich doch nicht von diesem Knilch und seinen unqualifizierten Äußerungen aus der Bahn werfen! Das sind bestimmt die Hormone. Du solltest dir ein paar Tage frei nehmen und mal richtig ausschlafen. Und nun ist es gut, hör auf zu weinen und reiß dich zusammen. Ich kann alle weinen sehen, nur dich nicht."

Annabelle setzte erneut an: „Papa, du willst mich nicht verstehen! Ich will wissen, ob du mich auch akzeptierst, wenn ich nicht mehr so bin, wie ich bin?"

„Aber wie willst du denn sein, wenn du nicht so bist, wie du bist?"

„Ich will wie eine Frau sein und meine weibliche Seite leben."

Ihr Vater schlug die Hände vor seinem Kopf zusammen: „Jesus, Annabelle, aber du bist doch eine Frau! Was für eine weibliche Seite willst du denn leben? Ich werde diesen Kramer anrufen und ihm gehörig den Kopf waschen!"

Annabelle hielt eine seiner Hände fest: „Papa, er hat die Wahrheit gesagt. Ich habe mir einen Sport daraus gemacht, die Ehemänner aufs Kreuz zu legen, nur weil sie männlich waren."

Der Vater verstand noch immer nicht: „Aber Männer sind nun mal männlich, bis auf Ole vielleicht."

„Siehst du, genau das ist es! Er ist weiblich und ich bin männlich, und nur weil sich Gegensätze anziehen, sind wir zusammen! Und ich wollte dir ein Sohn sein und dabei kann ich männliche Machos nicht leiden!"

Annabelles Vater wusste sich keinen Rat mehr: „Annabelle, ich rufe jetzt deine Mutter an! Du bist ja völlig verwirrt: männlich, weiblich! Du bist meine Tochter! Du bist unsere Tochter und du hast vier bildhübsche, wunderbare Töchter!"

„Papa, ich gebe es auf. Ich hatte gehofft, hier Verständnis zu finden und mit dir über unser Verhältnis reden zu können und auch über dein Verhältnis zu Ole. Aber das war wohl zu viel verlangt! Du bist ein intelligenter Mensch, aber leider bist du zu männlich! Dir fehlt die weibliche Seite. Ich rede mit Mama."

Verdutzt sah der Vater seine Tochter an: „Deine Mutter denkt wie ich. Sie kommt gleich und holt die Unterlagen für den Steuerberater. Lass uns einen Kaffee zusammen trinken und ein Stück Kuchen essen und noch mal in Ruhe über alles reden. Wirst sehen, danach sieht die Welt gleich viel besser aus."

Annabelle schüttelte nur den Kopf und sagte: „Gib Mama einen Kuss und sag ihr liebe Grüße. Ich gehe jetzt ins Fitness-Studio. Apropos Kuchen: Man kann seine Probleme nicht so einfach mit Essen lösen. Ich bin morgen Früh wieder hier." Sie machte eine kurze Pause: „Ach, und übrigens, ich vertrete jetzt auch Männer! Das ist gut für mein Selbstbild. Ich muss andere Prioritäten setzen! Ciao, Papa."

Hätte Annabelle sich noch mal umgedreht, dann wäre ihr der verwirrte Blick des Vaters nicht entgangen. So ging sie nur wenig erleichtert über die Straße ins Studio in der stillen Hoffnung, Karl zu treffen. Das Fitness-Studio war eine etablierte Einrichtung und Annabelle hatte die Gold-Karte – die Karte, die ihr den Weg für alles freimachte. Sie brauchte nur ihre Karte vorzulegen und sie bekam weiche frische Handtücher, einen Bademantel und Duschzeug. Getränke, so viel sie trinken konnte, und natürlich Karl, wenn auch nur fürs Training. Alles Weitere, das musste man mal sehen! Wunderbarerweise stand Karl hinter dem Tresen und checkte sie ein. Er begrüßte sie: „Hey, Bella, wir können heute zusammen trainieren und den Trainingsplan erweitern, falls du Lust hast."

„Ja, sehr gern!“, erwiderte sie und im Geiste fügte sie noch hinzu: „Wenn du wüsstest, mein Lieber, wie gerne.“

Karl gab sich alle erdenkliche Mühe und wies sie in den neuen, von ihm erarbeiteten Trainingsplan ein. Annabelle kämpfte mit den Gewichten und wiederholte jede Übung nach Karls Anweisungen. Annabelle gab sich große Mühe, Karl nicht zu enttäuschen. Wenn ich jemals eine weibliche Seite hatte, dann jetzt in diesem Augenblick! Ich könnte platzen vor Glück. Eben war ich noch depressiv, und jetzt bin ich manisch, nur weil dieser Karl neben mir steht und aufpasst, ob ich auch alle meine Gewichte richtig stemme und mich dabei nicht verzähle.

„Annabelle, pass auf dich auf, sonst hast du bald ein neues Problem!“, hörte sie Billi neben sich sagen. Doch beim Bauchtrainer waren Billis Worte nur noch Schall und Rauch. Der Verstand ging im wahrsten Sinne des Wortes in die Hose, wie bei einem Mann, und Annabelle schwitzte nicht nur durch die Anstrengung.

Nach dem Training ging Annabelle zu den Umkleidekabinen, wo sich auch der Duschbereich befand. Sie öffnete ihren Spint und zog die nassen Sportklamotten aus. Mit ihrem Handtuch ging sie zu den Duschen und ließ den heißen Wasserstrahl über den Rücken laufen. Nach diesem Tag tat die Anstrengung und Bewegung gut. Der Kopf wurde frei und die Probleme verschwanden. Sport ist irgendwie auch eine Art von Therapie. *Mens sana in corpore sano*. Ein gesunder Geist in einem gesunden Körper! Der geistige Stress wurde durch die körperliche Anstrengung ausgeglichen und das Gleichgewicht für kurze Zeit wiederhergestellt.

Annabelle schlang sich ihr Handtuch um den Körper und ging zu ihrem Spint zurück. Auf gleicher Höhe stand eine Frau vor ihrem Spint und cremte sich den Körper mit einer Lotion ein. Annabelle schaute sie schmachtend an, denn dieser Body war perfekt. Sie war nahtlos braun und hatte lange schlanke, muskulöse Beine, ihre Arme waren ebenfalls gut definiert und der Bauch total flach. Aber das Schönste waren die Brüste, prall und rund. Am Gesicht der Frau konnte Annabelle erkennen, dass sie beide ungefähr im gleichen Alter waren. Wahnsinn, wie kriegen andere das nur hin?

„Sag mal, sind die Dinger eigentlich echt?“ Annabelle zeigte mit der Hand auf die Brüste der Frau.

„Nun ja, sagen wir mal so, das Echte daran ist, das die *echt* teuer waren.“ Die Frau grinste Annabelle an.

Annabelle nickte: „Wie teuer ist denn so was, und tut das weh?“

Die Schönheit antwortete: „In Polen kriegst du die nachgeschmissen und hier in Deutschland kosten die zwischen 2000 und 3000 Euro. Je nachdem, welcher Arzt das macht. Nach der OP hat man Wundschmerzen, aber dagegen gibt es Schmerzmittel.“

Annabelle fragte weiter: „Okay. Trainierst du oft?“

„Ja, ich komme fast jeden Tag her. Ich habe ein eigenes Kosmetikstudio und kann mir die Termine so legen, dass ich immer zwischendurch Zeit für das Training habe. Ohne Fleiß kein Preis!“

Annabelle meinte: „Stimmt! Ich habe erst gerade angefangen und bin noch im Aufbautraining. Karl ist ein guter Trainer und motiviert mich.“

„Ja, Karl ist süß. Ich muss los, habe gleich einen Termin. Man sieht sich!“

„Ja, dann tschüss! Bis bald!“ Annabelle schaute ihr hinterher, wie sie in engen Jeans mit Knackpo den Raum verließ. Annabelle ging bald darauf mit ihrer Sporttasche zum Tresen, um sich in Ruhe noch einen Cappuccino zu gönnen. Karl bediente die Maschine und machte ihr den wahrscheinlich besten Cappuccino mit der besten aufgeschäumten Milch der Welt!

„Sag mal, Karl, du siehst hier ja eine Menge toller Hasen mit schönen Körpern. Oder mal anders gefragt. Wenn du dir eine Frau backen könntest, wie müsste die eigentlich aussehen?“

Er antwortete etwas schelmisch: „Bella, ich bin froh, dass ich mir keine backen kann, denn da würde ich wahrscheinlich ständig neue Rezepte ausprobieren und wäre niemals zufrieden. Und die tollen Hasen, wie du sie nennst, sind ganz normale Frauen mit ganz normalen Problemen. Manche sind sportsüchtig und kommen jeden Tag. Die versuchen ein positives Verhältnis zu ihrem Körper zu finden. Andere trainieren, weil sie Spaß an der Sache haben, und das ist gut so. Aber ich glaube zu wissen, was du eigentlich mit deiner Frage bezweckst. Du meinst, bei so einem tollen Figur-Angebot, wird man anspruchsvoll? Ich müsste lügen, wenn ich da nicht mal hinschauen würde, aber das eine hat mit dem anderen nichts zu tun. Es kommt auf die Ausstrahlung an, und eine natürliche Frau hat mehr Ausstrahlung, auch wenn der Körper nicht durchtrainiert und schlank ist. Ich sehe die schönen Körper, aber ich denke mir eigentlich nichts Großartiges dabei. Genauso gut könnte ich dich fragen, ob du bei deinem beruflichen Erfolg nur auf sehr erfolgreiche, intelligente Männer stehst?"

„Ach, du meine Güte, im Gegenteil." Annabelle lachte und trank einen Schluck.

„Siehst du, da relativiert sich einiges. Äußerlichkeiten sind nebensächlich", meinte daraufhin Karl.

Annabelle war erstaunt und sagte etwas verwundert: „Jetzt komm mir aber nicht mit dem Spruch: Was zählt, sind die inneren Werte."

„Nein, der ist außerdem von meiner Großmutter. Ich weiß nicht, wie ich es erklären soll? Plötzlich stehst du vor jemandem und weißt, die ist es beziehungsweise der ist es. Außerdem glaube ich, dass die Dinge schon vorbestimmt sind und man sein Leben nur innerhalb bestimmter Grenzen selbst in der Hand hat. Wir sind hier auf der Welt, um was zu lernen, jeder hat bestimmte Aufgaben und Lernziele. Dafür werden wir mit bestimmten Attributen ausgestattet. In jedem neuen Leben lernen wir dazu! Ich glaube ganz fest an Reinkarnation!"

Annabelle kam aus dem Staunen nicht mehr heraus: „Wow, du solltest nicht hier im Fitness-Studio arbeiten, sondern bei meiner Freundin Billi im CARPE DIEM! Das ist ein Lokal. Ihr zwei würdet euch hervorragend ergänzen."

„Wenn das so wäre, dann musstest du hierherkommen, um mich zu deiner Freundin Billi zu leiten. Siehst du, alles hat seinen Sinn! Wir werden sehen, wie das jetzt weitergehen wird. Ist doch spannend, nicht wahr?"

Annabelle war nicht so überzeugt: „Ja, vielleicht, ich weiß nicht, was ich glauben soll. Mir ist das zu spirituell. Aber, wer weiß, vielleicht musste ich dich hier treffen, damit du mir den spirituellen Weg weist. Es ist nett, sich mit dir zu unterhalten, aber ich muss nach Hause. Mein Mann hat heute seinen Männerabend und meine vier Töchter, zwei Katzen und zwei Hunde warten auf mich. Ich bin dann morgen in der Mittagszeit wieder hier zum Training. Vielen Dank, dass du mich heute so gequält hast!"

„Es war mir ein Vergnügen. Ciao, Bella."

Im Auto lächelte Annabelle vor sich hin. Dieser Karl! Welche Geschichte hatte sich das Leben wohl mit Karl ausgedacht? Aber wenn sie wie Karl dachte, dann nahmen die Dinge sowieso ihren Lauf. Egal, was sie jetzt auch immer tat, es war ja alles angeblich vorbestimmt. Entweder es sollte passieren oder es würde etwas anderes kommen.

Als Annabelle ins Wohnzimmer kam, empfing sie das gewohnte Durcheinander. Der Esstisch war schon gedeckt mit Tellern, Gläsern, Brot und Käse. Fidel und Castro lagen wie gewöhnlich auf dem Boden und Molly hatte es sich zwischen Castros Vorder- und Hinterbeinen gemütlich gemacht. Polly streunte wohl noch draußen umher, auf der Suche nach der einen oder anderen fetten Maus, die sich im Winter nicht verkrochen hatte.

„Hallo, ich bin da, wer noch?", rief Annabelle ins Haus, eine Antwort erwartend.

„Mami, ertönte es lauthals aus der Küche und Paulinchen, ihre kleine Maus, schoss um die Ecke. Annabelle öffnete die Arme und fing Pauline auf. Sie knutschte und herzte sie und drückte ihre Nase zwischen Kinn und Hals, damit sie Paulines kindlichen Duft tief einatmen konnte. Sie hätte ihre Mädchen mit verbundenen Augen am Eigengeruch erkannt. Kein Parfüm der Welt konnte diese herrlichen Düfte ersetzen! Sie ging mit Pauline auf dem Arm in die Küche und sah ihre Mutter am Kühlschrank stehen und einige Lebensmittel auf das Tablett stellen.

„Hallo Mama, was machst du denn hier?"

Ihre Mutter antwortete ohne Umschweife und kam direkt zu ihrem Anliegen: „Ole hat einen Termin mit einem Fotografen, und außerdem macht dein Vater sich Sorgen um dich Annabelle. Was war heute los?"

Annabelle war froh, dass sie ihrer Mutter alles erzählen konnte: „Ich hatte heute einen unliebsamen Zusammenstoß mit dem Ex einer Klientin. Daraufhin bin ich zu Billi, um mit ihr über mein Problem zu reden. Vieles liegt mir eigentlich davon schon lange quer. Nach Billi bin ich dann sofort zu Papa, um mit ihm darüber zu reden, weil er der Grund dieser Misere ist. Aber er wollte mich nicht verstehen und da ging ich resigniert ins Fitness-Studio, um mich auszutoben. Was auch wunderbarerweise wirkte. Jetzt wollte ich eigentlich mit den Mädchen Klamotten kaufen. Ich versprach es ihnen heute Morgen. Wo sind denn Franzi, Charly und Sophie?"

„Sie sind bei Freundinnen!", sagte ihre Mutter. „Es ergab sich nach der Schule heute so. Paulinchen hielt mir die Stange und wir wollten gerade den Abendbrottisch decken und danach hätte ich ihr das Märchen von der kleinen Meerjungfrau vorgelesen."

„Mama, es ist doch erst vier Uhr. Warum deckst du dann schon den Tisch?", wollte Annabelle wissen.

„Weil nachher die Mädchen kommen und alles wieder durcheinandergeht. Außerdem muss Käse zwei Stunden vor dem Verzehr aus dem Kühlschrank genommen werden, damit er sein natürliches Aroma entfalten kann."

Ihre Tochter lachte und sagte: „Also gut, lassen wir den Käse laufen, wohin er will, und ich zieh mir erst mal die guten Klamotten aus und schwinge mich in meinen Hausanzug. Wäre schön, wenn wir einen Tee zusammen trinken können."

„Aber Oma soll mir ‚Die kleine Meerjungfrau' vorlesen!", meldete sich das Paulinchen.

Annabelles Mutter ging zu ihr. „Ja, Oma liest dir jetzt die Geschichte vor. Komm, wir setzen uns auf das Sofa."

Annabelle ging derweil nach oben, zog die schönen Sachen aus und streifte sich eine Stretchhose mit einem weiten Sweatshirt über, dazu selbst gestrickte Socken von Ole. Gut gelaunt hüpfte sie die Holztreppe wieder herunter. Unten im Wohnzimmer lag Pauline an die Oma gekuschelt auf dem Sofa und lauschte im halbwachen Zustand dem Märchen von der Meerjungfrau. Nicht mehr lange, und sie würde eingeschlafen sein. Außer der Stimme ihrer Mutter war es ruhig im Haus und man hörte sonst nichts.

Die heimelige Wärme und die gemütliche Atmosphäre im Haus machten auch Annabelle schläfrig. Sie ging in die Küche und machte einen Earl-Grey-Tee.

Als sie mit der Kanne zurück ins Wohnzimmer kam, war Paulinchen eingeschlafen und ihre Mutter lächelte sie selig an. „Ach, es gibt doch nichts Schöneres als schlafende Kinder!"

„Du sagst es. Das Gleiche dachte ich gestern Abend auch, als ich ihnen noch spät gute Nacht sagte. „

Ihre Mutter lächelte, streichelte Paulinchen in ihrem Arm und fragte dann: „Annabelle, ich möchte jetzt die ganze Geschichte von dir hören."

Annabelle lächelte und erzählte ihrer Mutter die ganze Geschichte. Dabei versuchte sie sich zu konzentrieren, damit sie nicht zu emotional wurde. Ihre Wut gegen Professor Kramer war verraucht und gegen ihren Vater hegte sie keinen weiteren Groll. So weit, so gut.

Als sie fertig war, redete ihre Mutter: „Annabelle, Papa liebt dich und er liebt dich, weil du ein Mädchen bist. Es wurde Zeit, dass in der Brentano-Ära mal ein Mädchen zur Welt kam. Seit Generationen wurden immer nur Stammhalter geboren. Dieser Druck ist doch auf Dauer und über die Jahre nicht gut. Du musstest kommen, damit sich was ändert. Das hatte so seinen Sinn. Ich hatte nach deiner Geburt diese Totaloperation. Ich sollte keinen Sohn bekommen, sondern dich. Du solltest so werden, wie du bist. Sonst wärst du nicht

Anwältin geworden und könntest auch nicht so vielen betrogenen Ehefrauen helfen. Du hättest nicht Ole geheiratet und ihr hättet nicht diese entzückenden vier Töchter. All das hat seine Bedeutung."

Annabelle sah sie erstaunt an: „Du redest wie Karl. Das ist mein Fitness-Trainer. Mama, ich verstehe, was du mir sagen willst, aber ich trainierte meine männliche Seite so stark, weil ich dachte, Papa hätte lieber einen Sohn. Er hätte mich mehr als Mädchen akzeptieren müssen oder mich zurückhalten sollen bei Jungensachen."

Ihre Mutter entgegnete: „Annabelle, du wolltest es selber so. Wir hatten da gar keinen Einfluss auf dich. Wie kannst du von Papa verlangen, dass er dich zurückhält, wenn du dich selber nicht zurückhalten wolltest? Du wärst heute nicht der Mensch oder die starke Frau, wenn du einen anderen Weg eingeschlagen hättest. Du kannst Papa keinen Vorwurf machen. Du überforderst ihn damit. Wäre es dir denn lieber, wenn wir dir gesagt hätten: Annabelle wir möchten dich nicht so, sondern anders? Möchtest du, dass deine Töchter anders sind, als sie sind, oder welche von den Vieren würdest du für einen Jungen hergeben?"

Da hatte ihre Mutter sie auf dem richtigen Fuß erwischt: „Keine würde ich anders haben wollen oder für einen Sohn eintauschen. Das erinnert mich an die Geschichte mit dem Wolf, der zum Schäfer kommt und sagt: ‚Ich beschütze deine Schäfchen, aber eines musst du mir zum Dank dafür zum Fressen geben!'"

„Ja, siehst du, Annabelle, du hast es kapiert. Genauso war es auch bei uns. Niemand ist Schuld oder kann etwas dafür, weil jeder es so gut macht, wie er kann."

Annabelle legte ihren Kopf an die Schulter ihrer Mutter und erwiderte: „Ach, Mama, du bist eine kluge Frau. Ich bin froh, dass du meine Mutter bist und mir jederzeit bei meinen Schäfchen hilfst und nicht verlangst, dass man dir eins zum Fressen gibt. Ich könnte nämlich niemals eines hergeben, allein der Gedanke macht mir Angst. Wer weiß, vielleicht macht mir irgendwann mal eine von ihnen Vorwürfe, weil sie mir zum Gefallen einen Weg eingeschlagen hat, den sie eigentlich gar nicht gehen wollte.“

„Und was wirst du ihr dann sagen, Annabelle?“

„Ich sage dann: Das Leben wollte es so, damit du etwas lernst. Aber ich liebe dich so, wie du bist, von reinem Herzen und mit meiner ganzen Seele!

Das Mädchen war ganz aus dem Häuschen, denn die Abi-Klausuren standen vor der Tür. Sie hatte vor, in diesem Jahrgang, die Beste zu sein, was nicht ganz einfach sein würde. Es gab einige gute Schüler und Schülerinnen. Sie würde sich anstrengen müssen! Anstrengung und Ehrgeiz waren ihre ständigen Begleiter. Bisher hatte sie jedes Jahr zu den Besten gehört.

Sie gewöhnte sich im Laufe der Jahre sehr negative Eigenschaften an. So unterschied sie die Menschen in drei verschiedene Kategorien. Die erste brauchte sie, um vorwärtszukommen, und deswegen waren sie wichtig. Sie instrumentalisierte sie und war deswegen freundlich und zuvorkommend. Die Gruppe bestand hauptsächlich aus Lehrern und Jungs, nur einigen Mädchen. Die zweite Gruppe war unwichtig. Es waren Gleichaltrige, Jungs wie Mädchen, sie behandelte sie arrogant und ließ sich ganz selten mal herab, um mit ihnen zu sprechen. Allenfalls kommandierte sie sie herum. Die dritte Gruppe bestand nur aus ganz wenigen Personen. Es waren einzelne Mädchen! Diese Gruppe zählte zur Konkurrenz. Sie waren gefährlich und hatten somit keine Lebensberechtigung. Beim bloßen Gedanken an diese Gruppe bohrte der Hass ein tiefes Loch in ihr Herz, marterte sie und ließ ihr keine Ruhe.

Aber das spornte sie auch an, besser zu sein. Der Tiger wollte kämpfen. Der Hass verlieh ihrem Ehrgeiz Futter und sorgte dafür, dass sie kurzfristig ihre Angst im Griff hatte. Eine Angst, die mahnte, dass eine andere vielleicht besser sein könnte als sie selbst. Und so verurteilte sie sie quasi zur ewigen Verdammnis. Die andere dagegen fühlte sich meistens schuldlos verurteilt und deswegen schlecht behandelt. Bekam das Mädchen mit, dass eine von dieser Gruppe sich für einen Jungen interessierte, so interessierte sie sich auch für diesen Jungen. Sie musste diesen Jungen eher bekommen als die Konkurrentin, und meistens hatte sie auch Erfolg. Danach verlor sie recht schnell das Interesse und ließ den Jungen fallen.

Waren zwei Mädchen befreundet, versuchte sie einen Keil

in die Freundschaft zu treiben und manipulierte beide, so dass nach kurzer Zeit die Freundschaft in die Brüche ging. Sie war oft selbst erstaunt, welche Macht sie besaß. Ihr Selbstbewusstsein schien von Tag zu Tag zu wachsen, und einige, sogar Lehrer, fühlten sich in ihrer Gegenwart klein und hatten Angst vor ihr.

Karin, eine auserwählte Konkurrentin, war schon seit der elften Klasse der Stachel, der in ihr bohrte und ihren Ehrgeiz Tag und Nacht antrieb. Sie musste um jeden Preis ein besseres Abi schaffen. Sie war gut, aber vielleicht nicht gut genug.

Wenn es doch nur einen Weg gab, an die Klausuren heranzukommen! Wenigstens an die Mathe-Klausur. In zwei Tagen sollten sie Mathe schreiben. Karin war gut in Mathe und würde diese Klausur mit Leichtigkeit schaffen. Irgendetwas musste sie sich ausdenken. Und plötzlich wusste sie, wie sie es machen würde. Sie hatte die Pflicht, das Klassenbuch nach Beendigung des Unterrichts ins Lehrerzimmer zu bringen. Sie würde einen Schwächeanfall vortäuschen und das Fenster öffnen, um frische Luft zu bekommen. Danach würde sie das Schiebefenster nur zuschieben und nicht mehr verschließen. Wenn sie Glück hatte, würde es unbemerkt bleiben, und sie konnte im Dunkeln wiederkommen, im Fach des Mathe-Lehrers nachschauen und sich die Arbeit abschreiben oder kopieren.

Als sie am nächsten Tag mit dem Klassenbuch in der Hand in das Lehrerzimmer ging, waren nur zwei Lehrerinnen anwesend. Sie blieb plötzlich mitten im Raum stehen, ließ das Klassenbuch auf den Boden fallen und sank in die Knie. Sofort eilten die Lehrerinnen herbei, um ihr zu helfen. Sie stammelte etwas von frischer Luft und eine lief zum Fenster, um es zu öffnen. Die andere Lehrerin half ihr bis zum Fenster, damit sie nicht noch einmal hinfiel.

„Du siehst blass aus, hast du nichts gegessen?“

Das Mädchen verneinte, worauf eine zu ihrem Platz ging, mit einer Schokolade wiederkam und ihr davon etwas anbot. „Du solltest dich nicht verrückt machen wegen des

Abiturs. Lass locker, du bist gut! Du wirst das mit Leichtigkeit schaffen!" Es war ihre Kunstlehrerin, die das sagte.

„Danke das ist sehr nett von Ihnen. Es geht mir schon viel besser. Ich möchte Sie nicht länger aufhalten. Lassen Sie mich nur noch eine Minute hier am Fenster stehen, es ist gleich wieder gut!"

„Schön, dann bleib hier stehen, aber sag rechtzeitig Bescheid, wenn es dir schlechter geht, dann bringen wir dich ins Sekretariat und lassen deine Mutter anrufen." Sie setzten sich wieder auf ihre Plätze und beschäftigten sich mit ihren Korrekturen. Das Mädchen beobachtete die Lehrerinnen verstohlen und ließ sie nicht aus den Augen. Als sie sich sicher fühlte, schob sie leise das Fenster bis zum Anschlag zu und drückte den Hebel nicht herunter, so dass man es leicht von außen aufschieben konnte. Sie bedankte sich für die freundliche Hilfe und ging wieder hinaus. Das war einfacher, als sie dachte. Jetzt musste sie nur noch warten, bis es dunkel wurde.

Als sie zur Schule ging, war es 21 Uhr und sie hoffte, dass sie von niemandem gesehen wurde. Sie lief quer über den Schulhof zu dem Gebäude, wo das Lehrerzimmer war, wuselte sich durch die Büsche und suchte das ersehnte Fenster in der Hoffnung, dass ihre Tat unentdeckt geblieben war. Sie legte beide Hände auf die Scheibe und schob sie mit festem Druck zur rechten Seite. Sie hatte Glück. Die Scheibe bewegte sich und sie konnte sie so weit aufmachen. Sportlich kletterte sie auf die Fensterbank, zog sich vorsichtshalber ihre Schuhe aus, damit sie keinen Dreck hinterließ, und schwang sich ins Innere.

Der Raum war ziemlich groß und hatte in der Mitte einen riesigen Tisch, mit Stühlen um ihn herum. An der einen Seite waren Sofas und Sessel nebeneinandergestellt. Auf der anderen Seite befanden sich die Holzregale mit den verschiedenen Fächern. Hier besaß jeder Lehrer sein eigenes Fach, die freundlicherweise mit den jeweiligen Namen des Lehrers versehen waren. Sie wartete ab, bis sich ihre Augen an die Dunkelheit gewöhnt hatten, und suchte das Fach mit dem

Namen ihres Mathelehrers. Nach einer Weile fand sie es. Hoffentlich hatte sie auch diesmal Glück. Sie griff in das Fach und holte alle Papiere, die dort lagen, heraus. Im Fach befanden sich, sorgfältig aufeinander gestapelt, die Arbeiten, sonst war das Fach im Gegensatz zu anderen Fächern sauber und leer. Sie nahm sich die oberste Klausur, ging zum Kopierer und schaltete ihn ein. Sie musste eine Weile warten, bis er betriebsbereit war. Dann kopierte sie sich die Seiten der Klausur. Danach schaltete sie den Kopierer wieder aus, legte die Arbeit zurück auf den Stapel und alles zusammen wieder in das Fach. Sie hüpfte auf die Fensterbank und sprang wieder nach draußen. Dort zog sie ihre Schuhe wieder an und schob mit beiden Händen die Scheibe zurück bis zum Anschlag. Dann ging sie unbeobachtet durch die Büsche und über den Pausenhof. Jetzt musste sie nur noch ungesehen vom Schulgelände kommen, und alles war geritzt.

Die Menschen waren so leicht zu durchschauen, zu betrügen und zu manipulieren! Fröhlich ging sie nach Hause. Dort saßen ihre Mutter und ihre Schwester in Eintracht vor dem Fernseher. Der Vater war wieder auf Geschäftsreise. Ihre Mutter sah nur kurz hoch und widmete sich wieder dem Fernseher. Sie ging auf ihr Zimmer und schloss die Tür. Sie setzte sich an den Schreibtisch und ging die Klausur durch. Die halbe Nacht saß sie an der Arbeit, bis sie die Aufgaben gelöst hatte. Die Arbeit war sehr schwer, aber sie fand die Lösungen und versuchte sich alles zu merken.

Am nächsten Morgen ging sie locker die Arbeit an und war als Erste fertig. Taktisch klug, wartete sie noch mit dem Abgeben, damit sie nicht allzu sehr auffiel. Sie unterhielt sich sogar anschließend noch mit ein paar Klassenkameraden und ging dann zufrieden nach Hause.

Auf dem Abschlussball waren viele Gäste und wunderbarerweise auch ihr Vater, ihre Mutter und leider auch ihre Schwester. Ihr Vater hielt sich diesen Termin frei. Stolz applaudierte er, als das Mädchen nach vorne kam und zur Jahrgangsbesten gekürt wurde. Zum ersten Mal war das Mädchen zufrieden. Es genoss den Applaus aller Gäste und *ließ sich für einen kurzen Moment feiern. Nach und nach kamen die anderen Mitschüler dran und erhielten ihre Zeugnisse. Karin war nur Viertbeste geworden, aber das schien sie nicht zu betrüben. Fröhlich kam sie in einem wunderschönen Kleid auf die Bühne und winkte mit ihrem Zeugnis ihrem Vater zu, der sich unterhalb der Bühne positioniert hatte und seine Tochter fotografierte. So, als sei sie die Beste und nicht das Mädchen.*

Das Mädchen merkte, wie die Eifersucht von ihr Besitz nahm, wie Neid sich breitmachte und der Hass in ihr bohrte. Der Tiger rührte sich und brüllte. Bald schon, ganz bald würde sie diese Karin nicht mehr sehen müssen, denn Karin wollte in eine andere Stadt, um dort zu studieren. Dann endlich würde sie wieder frei sein. Bald!

Kapitel 7

Am nächsten Morgen wurde Annabelle um 6 Uhr von James Blunts Lied „You're Beautiful" geweckt. Sie hatte den Wecker auf ihre Seite gestellt. Dieser James mit seinem Wahnsinnskörper sang sicher nur für Annabelle allein! Dieses Lied war ihr Lied, ganz sicher! Ole stöhnte und kam an diesem Morgen nur schwer aus dem Bett, was für ihn eigentlich ungewöhnlich war. Er brauchte seine 15 bis 20 Minuten, aber dann stand er auf. Es war meistens Annabelle, die sich noch mal umdrehte und nicht vor 7 Uhr aus dem Bett kam, es sei denn, sie hatte einen frühen Gerichtstermin.

Zu Oles Verwunderung stieg Annabelle aus dem Bett, zog sich ihren Hausanzug über und weckte die Mädchen. Sie setzte sich zu jeder Tochter aufs Bett und kuschelte sie einzeln wach, schnupperte an ihren Hälsen und sog den Körperduft in sich auf. Pauline legte sie die Kleidung zurecht, und die anderen überließ sie sich selbst. Danach ging sie in die Küche und setzte den Kaffee auf, zog sich Stiefel und Mantel an und ließ kurz die Hunde raus. Die beiden wunderten sich anscheinend nicht über Annabelle, denn sie machten ihr Geschäft wie an jedem Morgen auch. Annabelle ging mit ihnen über das Feld, damit sie sich kurz austoben konnten und dann bis um 10 Uhr aushielten, wenn Ole die große Runde mit ihnen drehte.

Im Hause Brentano hatte das Chaos seine festen Zeiten. Annabelle hatte heute Morgen keinen Gerichtstermin und konnte es langsam angehen lassen. Papa ließ ihr da freie Bahn! Annabelle war flexibel, was ihre Bürozeiten anbelangte, und konnte ihre sonstigen Termine legen, wie es ihr passte. Heute hatte sie das Bedürfnis, ihren Töchtern liebevoll die Pausenbrote zu schmieren und mit Ole in Ruhe zu reden und zu frühstücken. Die Erkenntnisse von gestern wirkten nach, und sie war fest entschlossen, daran weiterzuarbeiten. Ole war auch Teil in ihrem System, und deswegen wollte sie heute Morgen in Ruhe mit ihm darüber reden. Hoffentlich bekam das Gespräch nicht eine ähnliche Dynamik wie das gestern mit ihrem Vater!

Die frische Luft tat ihr gut. Sie machte sie völlig wach und den Kopf frei. Annabelle pfiff die Hunde wieder zurück und begab sich zum Haus. Die beiden trotteten hinter ihr her und waren zuletzt eher an der Haustür als Annabelle selbst. Annabelle deckte den Tisch und schmierte den Mädchen die Pausenbrote. Von oben hörte sie Türenknallen und Wasserrauschen. Sie füllte ihren Töchtern die Saftflaschen und legte jeder ein Honigtoast auf den Teller, damit sie nicht ganz nüchtern zur Schule aufbrachen. Paulinchen hatte noch Zeit und konnte in Ruhe ihre Cornflakes essen. Annabelle schnippelte Äpfel in kleine Stücke und legte noch Paprikaschnitze in die Brotdosen. Sie machte sich selbst ein Müsli mit viel Obst und verrührte fettarme Milch mit Naturjoghurt.

Während sie überlegte, ob sie bis zur Mittagszeit damit hinkam, bemerkte sie, dass sie noch gar nicht auf der Waage gewesen war. Also stieg sie die Treppe wieder nach oben und sah dabei gleich nach, ob die Mädchen allein zurechtkamen. Die zwei Großen zickten sich gerade an. Es ging um irgendeine Haarbürste, die Franzi für sich beanspruchte, und Charly fand dieses Verhalten ungerecht. Sollten die Mädels das doch unter sich klären! Es gab jetzt Wichtigeres.

Schnurstracks visierte sie ihr Ziel an – heute war die Digitalwaage dran –, zog ihre Klamotten aus und berührte mit dem rechten Zeh vorsichtig die Waage, die daraufhin aufleuchtete. Leichtfüßig betrat sie die Waage mit den Zehenspitzen und berührte mit einem Finger die Wand, um mit dieser Strategie ein paar Kilo abzufangen. Sie wurde von Tag zu Tag besser im Selbstbetrug. Jetzt kam die Mutprobe: Annabelle hielt den Atem an, zog den Bauch ein und ließ langsam mit dem Druck im Finger nach. Die Waage reagierte sofort und die Zahlen im Display kletterten nach oben.

Erst wenn der Finger zwar noch die Wand berührte, aber keinen Druck mehr ausübte, überließ sich Annabelle ihrem Schicksal und schaute in der Sekunde auf das Display, um im selben Moment sofort wieder herunterzuspringen. Die Zahlen hatten keine Chance, weiter nach oben zu klettern, und fielen auf Null zurück bis zum nächsten Morgen. Diese eine Sekunde entschied darüber, ob das ein guter Tag werden würde oder ein schlechter. Aber das Schicksal war gnädig, sie hatte wieder ein Pfund abgenommen!

Fröhlich zog Annabelle sich wieder an und lief in den Flur: „So, Mädels, jetzt aber hurtig. Ihr habt nur noch zirka 15 Minuten für euer Frühstück! Marsch, ab in die Küche!"

Ole stand mit zerzausten Haaren in der Schlafzimmertür: „Was ist denn mit dir heute los? Nicht, dass ich das nicht toll finde, dass du heute Frühstück machst und die Mädels kommandierst, aber es ist doch sehr eigenartig."

Annabelle entgegnete im juristischen Tonfall: „Ich werde dir in Zukunft mehr abnehmen! Wir teilen uns die Verantwortung besser auf. Dann kannst du auch mal etwas länger schlafen. Außerdem werde ich mit den Hunden jeden Morgen eine halbe Stunde laufen! Das macht den Kopf frei und den beiden tut es auch gut, richtig faul sind die geworden. Los zieh dich an, Frühstück ist gemacht!" Annabelle stürmte die Treppe hinter den Mädchen hinunter, ließ Ole stehen und überließ ihn seiner Verwunderung. Zu ihren Töchtern gewandt, sagte sie: „Heute gehen wir aber shoppen, ihr Süßen! Ich bin gegen drei Uhr zurück und wer von euch mit will, steht gestiefelt und gespornt parat. Ist das angekommen?"

„Jaaaa!", ertönte es von Franzi, Charly und Sophie wie aus einem Munde. Das Paulinchen hielt noch ein Nickerchen in Annabelles Bett und hätte sicher auch zugestimmt.

„Ich möchte Stiefel und eine Röhrenjeans und wehe, die anderen kaufen sich die gleichen Sachen! Die sollen sich gefälligst was anderes einfallen lassen." Franzi war heute Morgen auf Konfrontationskurs und sehr bestimmend.

„Manno, ich will auch Stiefel und eine enge Hose. Immer muss Franzi bestimmen. Das ist ungerecht."

„Es gibt mehr als ein Paar Stiefel und noch mehr Hosen! Ich bin mir sicher, dass wir uns alle da nicht in die Quere kommen, denn ich möchte auch Stiefel und eine Röhrenjeans“, versuchte Annabelle ihre Töchter zu beschwichtigen.

In der Tür erschien Ole und machte den Tonfall von Charly nach: „Ich will auch mit und eine Hose und Stiefel haben. Wehe es kauft von euch einer die Sachen nach!“ Er grinste über das ganze Gesicht und freute sich über seinen gelungenen Scherz.

„Papi, du kannst doch keine Frauensachen tragen!“, rief Sophie, „dann lachen dich doch alle Leute aus.“

Ole war gut drauf heute Morgen und alberte weiter: „Echt? Na, dann werde ich es mir noch mal überlegen! Ihr dürft mich alle beraten, und wenn ihr das gut macht, lade ich euch zu McDonalds ein.“

„Jippi!“, ertönte es im Chor.

Als die Mädchen gefrühstückt hatten, kommandierte Annabelle: „So, nun Abmarsch, zieht eure Jacken an und vergesst nicht Schal und Mütze! Es ist ziemlich kalt und ich möchte nicht, dass ihr erneut krank werdet.“ Die Mädchen taten wie ihnen geheißen und standen kurz darauf in der Haustür, bereit für das Abschiedsküsschen. Mama mahnte nochmals: „Und vergesst nicht, um drei komme ich nach Hause, und wer da nicht fertig ist, bleibt hier und hat Pech gehabt. Passt gut auf euch auf!“

„Hast du heute Morgen Termine?“, fragte Ole. „Ich glaube, wir sollten Pauline ausschlafen lassen. Sie ist immer noch nicht auf dem Damm und es reicht, wenn sie am Montag wieder in den Kindergarten geht.“

„Klar, lass sie schlafen, ich habe nichts Besonderes vor. Die stecken sich im Kindergarten zurzeit alle immer wieder gegenseitig an. Ich presse ihr eine Vitamindroge zur Stärkung ihres Immunsystems aus“, sagte Annabelle scherzend und fragte weiter: „Wie war gestern die Sauna? Habt ihr mit Livio gesprochen?“

„Ja, aber du kennst ihn ja, er besteht darauf, dass es ihm gut geht, alles kein Problem!“

Annabelle zuckte mit den Schultern und sagte dann: „Zumindest gibt es bei den beiden juristisch nichts zu klären! Weder Leonie noch Livio würden Ärger machen wollen und das ist doch eine gute Sache."

Ole biss in einen Toast: „Ja, aber immerhin waren die beiden zehn Jahre verheiratet."

Man konnte ihn wegen seines vollen Mundes kaum verstehen, aber Annabelle kannte diesen Dialekt von ihren Töchtern. Sie antwortete: „Wenn er nicht leidet, dann verdrängt er oder es geht ihm wirklich nicht so schlecht. Du darfst nicht immer von dir ausgehen. Er wird sich schon melden, wenn er Hilfe braucht. Außerdem hat er eine große Familie, die steht hinter ihm. Auf Leonie wird sicherlich auch noch einiges zukommen. Wir können nur unsere Hilfe anbieten und sollten darauf achten, den beiden keine Probleme einzureden! Nur weil wir mit unserem Verstand der Meinung sind, die müssen Probleme haben, weil die Ehe nicht gehalten hat. Wie war es sonst so, alles wie immer?"

Ole wunderte sich über die Frage: „Wie, wie immer? Du tust so, als verliefe jeder Saunaabend nach dem gleichen Prinzip! Wir haben unsere Prioritäten, und die halten wir ein. Dazwischen gibt es immer Überraschungen. Ich saß gestern einmal ganz oben und einmal in der Mitte. Öfter mal was Neues, dachte ich mir."

„Wow, du saßest oben? Das ist Abwechslung pur. Ich bin stolz auf meinen Hardcore-Mann! Eine überraschende Wandlung: vom Sauna-Untensitzer zum Sauna-Obensitzer! Toll! Wenn du jetzt noch jeden Morgen nackt in unseren Gartenteich eintauchst und täglich mit freiem Oberkörper Holz hackst, dann kann dir keiner mehr was und ich stelle dich als meinen Bodyguard ein."

Annabelle küsste Ole und sah ihn dabei sanft an. Ole schaute skeptisch und zweifelnd, dann meinte er: „Du machst dich über mich lustig! Aber ich fand das in dem Moment ganz schön anstrengend. Wie du weißt, habe ich einen niedrigen Blutdruck und bin schon allein von meiner Konstitution nicht für derartige Aktionen ausgerüstet."

„Apropos niedriger Blutdruck! Mein Blut kam im Gegensatz dazu gestern ganz schön in Wallungen! Ich möchte mit dir etwas besprechen, Ole. Mir ist da gestern eine unangenehme Sache passiert, die bei mir negative Gefühle ausgelöst hat. Der Ehemann einer Klientin konnte seine Niederlage vor Gericht nicht verkraften und griff mich verbal an, indem er behauptete, ich hätte einen, sagen wir mal, imaginären Penis. Das traf mich hart und deshalb fuhr ich anschließend zu Billi, um mit ihr darüber zu sprechen. Billi und ich haben das, soweit das überhaupt in der kurzen Zeit möglich war, aufgearbeitet. Wir kamen zu dem Ergebnis, dass ich mir meinem Vater zuliebe ein männliches Verhalten zugelegt habe und deswegen des Öfteren in Rivalitätskämpfe hineingerate, vorwiegend mit den Männern meiner Klientinnen. Ich lasse sozusagen meine Frustrationen und Wut an ihnen aus. Wir beide können auch nur mehr oder weniger harmonisch miteinander umgehen, weil du ein Mann mit einer ausgeprägten weiblichen Seite bist. Stimmt doch, oder? Gegensätze ziehen sich an. Jeder sucht beim anderen das, was er selber nicht hat. Ausnahmen bestätigen die Regel."

Annabelle war zu Ende mit ihrem Plädoyer und Ole schaltete sich ein: „Erst mal finde ich das von diesem Kramer nicht okay, dass er seinen Frust an dir auslässt. Der war ja nur sauer, weil du gewonnen hast. Was deine männliche Seite anbelangt, stimmt es schon irgendwie. Du legst manchmal ein Machoverhalten an den Tag, da könnte so mancher Macho noch was lernen! Unser Familienleben ist halt anders als das anderer Familien, aber das geht nur uns was an. Unsere Rollen sind nicht klassisch. In konventionellen Familien verdient der Mann das Geld und die Frau bleibt bei den Kindern. Du übernahmst deinem Vater zuliebe eine Sohnrolle, weil du dachtest, diese Rolle muss besetzt werden. Du warst die Tochter, die ein Sohn hätte werden sollen, die sich in ihrer eigentlichen Rolle zwar wohlfühlte, aber das typisch Mädchenhafte ablehnte und lieber auf Bäume kletterte und Fußball spielte.

Du wolltest deinem Vater gefallen und dachtest, wenn

du dich wie ein Junge verhältst, dann ist Papa glücklich. Du versuchst heute noch, ihm alles recht zu machen, indem du jeden Prozess gewinnst und dir keine Schwächen zugestehst! Das ist für mich oft nicht einfach, Annabelle, denn meiner Meinung nach ist der stark, der seine Schwächen kennt und dazu steht."

Ole schaute nach oben zur Decke und bewegte seine Augen hin und her, als suche er in seinem Gedächtnisfundus nach weiteren Erkenntnissen. Nach einem Augenblick biss er sich auf die Unterlippe, kniff die Augen zusammen und sprach endlich weiter. „Bei uns zu Hause war es umgekehrt, ich war der heiß ersehnte Sohn nach vier Töchtern. Meine Mutter fing nach jeder Geburt wieder an zu arbeiten. Und meine Eltern teilten sich die Erziehung und den Haushalt auf. Da hatte keiner von ihnen Zeit zum Spaßen und schon gar nicht kam mein Vater auf die Idee, mit mir Fußball zu spielen. Meine Schwestern und ich übernahmen auch viel im Haushalt. Es gab einen Plan, danach hatte jeder seine Pflichten. Da ich meistens mit meinen Schwestern und deren Freundinnen zusammen spielte, passte ich mich an. Ich fand es ganz normal, dass mir meine Oma das Stricken beibrachte oder ich mit meinen Schwestern mit Barbiepuppen spielte.

Im Kindergarten oder in der Schule hatte ich auch Freunde! Es kam niemand auf die Idee, sich mit mir zu prügeln oder mich zu hänseln, nur weil ich mit Mädchen zusammen war. Ich hatte das große Glück, so akzeptiert zu werden, wie ich war. Das liegt vielleicht daran, dass ich so war, wie ich war. Authentisch! Ich versteckte meine männliche Seite nicht und schämte mich wegen meiner weiblichen auch nicht bei meinen Freunden. Auf der einen Seite war ich der akzeptierte, ersehnte Sohn, der von allen verwöhnt wurde, und auf der anderen Seite befanden sich die vielen weiblichen Wesen in meiner Gesellschaft. Wenn meine Schwestern sich untereinander oder mit ihren Freundinnen unterhielten, bekam ich diese Gespräche mit und niemand fand etwas dabei."

Liebevoll schaute Ole seine Annabelle an: „Annabelle,

du kannst dich nicht so annehmen, wie du bist, weil du denkst, die Menschen um dich herum beziehungsweise dein Vater hätten dich anders gewollt! Deine vielen Diäten sind das beste Beispiel dafür. Weil du meinst, du wirst dünner mehr akzeptiert oder geliebt. Das ist Quatsch! Du hast einen Spleen entwickelt und der ist schon sehr alt und nicht mehr real. Vielleicht war er auch nie real. Wenn einer bezeugen kann, dass dein Vater dich liebt und stolz auf dich ist, dann ich! Du hast dir dein Leben so ausgesucht, wie du es haben wolltest. Gib außer dir niemand anderem die Schuld!"

Ole nahm Annabelles Hände in seine und streichelte ihr mit seinen Daumen über den Handrücken. Er schaute ihr eindringlich in die Augen und sprach weiter zu ihr: „Deine Eltern waren beide immer für dich da, so wie meine Eltern für mich. Ich hatte das Glück, noch zwei Großmütter zu haben und vier liebende Schwestern, die mich alle auf Händen trugen. Also fang endlich an, dich so zu akzeptieren, wie du bist!" Ole hielt immer noch ihre Hände.

Annabelle fragte leise: „Bist du der Meinung, dass ich mich deswegen nicht annehmen kann, weil ich ein Mädchen geworden bin, das ein Junge hätte werden sollen?"

Ole tröstete sie und sagte: „In gewissem Sinn schon. Deine Eltern waren bestimmt genauso froh, ein gesundes Kind zu haben, wie alle anderen auch. Dass du nicht der ersehnte Sohn geworden bist, dafür konnte keiner was, am wenigsten du. Irgendwann redetest du dir ein, wenn du dich wie ein Junge verhältst, dann ist es nicht mehr so schlimm für deine Eltern. Schlimm an der Sache ist nur, dass du mit den Erzählungen deiner Eltern und mit ihrem früheren Wunsch, einen Sohn zu bekommen, dein eigenes Verhalten entschuldigst.

Es war deine Entscheidung, dich wie ein Junge zu benehmen, und deine Eltern akzeptierten dich so, wie sie auch ein mädchenhaftes Mädchen akzeptiert hätten! In der Regel lieben Eltern ihre Kinder, so wie sie sind, und machen immer das Beste daraus. Schau, wie wir unsere Töchter lieben, und die nerven doch manchmal sehr, oder?

Gib dir jetzt nicht die Schuld an deinem Verhalten! Kinder sind kleine Menschen, die lernen. Deine Entscheidung hatte ihren Ursprung und du konntest deine Lehren daraus ziehen und wurdest so, wie du heute bist. Wenn dich dieser Kramer so verletzen konnte, dann ist das meiner Meinung nach ein Zeichen dafür, dass du dieses Jungenleben nicht deinetwegen geführt hast, sondern deinen Eltern zuliebe. Du wartest wahrscheinlich immer noch darauf, dass sie dir dafür danken. Aber sie wussten ja nicht, was du ihnen zuliebe alles aufgabst und auf dich nahmst. Und dennoch bin ich überzeugt davon, dass du es immer wieder so machen würdest! Steh zu deiner Entscheidung und nimm sie auch als die deine an, Annabelle! Denk nicht mehr, dass es deinen Eltern zuliebe geschah. Akzeptiere dich und sei stolz darauf, eine starke Frau zu sein, die ihren Mann steht beziehungsweise ihre männliche Seite auslebt! Dann brauchst du auch diese Kämpfe nicht mehr.

Es gibt Frauen, die wissen gar nicht, dass sie eine männliche Seite haben! Du aber hast auch eine weibliche Seite: Du bist eine fürsorgliche, liebevolle Mutter. Du brauchst auf der einen Seite deine Familie und auf der anderen auch das Leben im Büro. Du machst das nicht, weil du Anerkennung brauchst, denn die hattest du immer von deinen Eltern, sondern weil es dir hier zu langweilig wäre. Du musst raus und helfen, willst was bewirken und mitmischen. Unser Arrangement kommt uns beiden sehr gelegen. Ich genieße meine Freiheit und ich würde in so einem Büro versauern! Und du würdest hier eingehen. Wir kommen aus unserer Haut nicht heraus und sind so, wie wir sind.

Sicher, manchmal beneide ich Mark oder Livio, die verdienen viel Geld. Mark ist geschäftlich erfolgreich und Livio ist künstlerisch erfolgreich. Aber wenn ich ganz ehrlich bin, möchte ich auf Dauer lieber zu Hause kreativ arbeiten, mein Kochbuch fertigstellen, und vielleicht schreibe ich Kinderbücher. Wenn ich das tue, dann hatte mein bisheriges Leben einen Sinn und deines sowieso.“

Annabelle war beeindruckt von der Ansprache ihres

Mannes. Ole philosophierte und dozierte gern, das wusste Annabelle, und sie machte sich oft genug lustig darüber, aber heute hatte sie viel von ihm gelernt. Daher sagte sie: „Eigentlich wollte ich heute mal ein Plädoyer für meine Gefühle halten, aber jetzt bist du mir zuvorgekommen. Ich finde, wenn einer Kinderbücher schreiben kann, dann du! Aber jetzt mal ehrlich, Ole! Wieso weißt du so viel über mich und warum sagtest du nie was?“

„Ach, Annabelle, mein Schatz, ich studierte doch alles Mögliche über Verhaltensforschung und Ähnliches. Zwar weiß ich das auch nur aus der Theorie, aber dafür hatte ich praktische Erfahrungen in der ‚Annabellelogie'. Wieso ich nichts sagte? Es war für mich nie ein Problem, und Frauen reden schon über ihre Probleme, wenn sie welche haben. Warum sollte ich dir vorgreifen? Denn du hättest dir ja doch nichts sagen lassen und mich ausgelacht.

Ernsthaft, du solltest diesem Kramer eine Flasche Wein kaufen und dich bedanken, denn er hat dir die Augen geöffnet. Halte öfter mal inne und höre auf dein Herz! In Zukunft kämpfe, wenn du etwas bewirken kannst, und bleib bei der Sache. Aber kämpfe nicht, um zu kämpfen, damit du deiner Männlichkeit Tribut zollen kannst, sondern handle objektiv! Alles andere wäre Donquichotterie! Was nicht heißen soll, dass du dir alles gefallen lassen musst. Aber den Unterschied brauche ich dir nicht mehr zu erklären. Das mache ich nur bei unseren Töchtern. Wenn wir sie gerecht behandeln, sie liebevoll in das Leben einführen, entwickeln sie ein natürliches Gespür für Gerechtigkeit und Ungerechtigkeit. Und das hast du!“

Annabelle schaute Ole an: „Ich habe manchmal das Gefühl, du behandelst mich, als wäre ich auch eine von unseren Töchtern. Ich möchte von dir mehr wie eine Frau behandelt werden! Wie eine Erwachsene! Mir kommt es so vor, als nimmst du mich nicht ernst.“

Ole schaute leicht irritiert: „Wenn das dein Gefühl ist, dann tut es mir leid. Das ist mir nicht bewusst. Vielleicht kannst du mir erklären, was du damit meinst?“

Seine Frau atmete tief durch und begann: „Ich meine damit zum Beispiel, dass du mir die Butterbrote schmierst wie unseren Töchtern auch. Dass du zu mir sagst, ich soll vorsichtig fahren. Und du fragst mich dauernd, wann ich wieder nach Hause komme. Wenn wir zusammen essen, dann machst du mir den Teller voll. Du kannst doch gar nicht wissen, wie viel und ob ich überhaupt was essen will! Diese Brutfürsorge engt mich ein. Das erinnert mich an meine Mutter."

Ole bekam einen Schreck und sagte schnell: „Annabelle, entschuldige! Das war mir nicht bewusst! Ich meinte es nur gut."

Sie war froh, dass er sie verstand: „Jetzt weißt du es. Ich danke dir auch für deine Fürsorge und ich weiß, dass du es nicht böse, sondern nur gut gemeint hast. Es erinnert mich nun mal an Daheim. Ich sagte nie was, weil ich mich sonst undankbar gefühlt hätte. Wenn meine Mutter mir meinen Teller füllte, dann aß ich auf, weil ich sie nicht beleidigen wollte. Wenn du meinen Teller auffüllst, dann möchte ich dich auch nicht enttäuschen. Ich esse dann, obwohl mir nicht danach ist. Und es ist auch kein schönes Gefühl, wenn ich im Büro die Kinderbrotdose mit den liebevoll von Papi zubereiteten Broten öffne. Ich kann mich schon um mich selber kümmern! Wenn ich keine Brote dabei habe, dann verhungere ich auch nicht. Am Anfang fand ich das lieb von dir, aber irgendwann hatte ich nur noch ein komisches Gefühl, und ich wusste lange nicht, warum, und fühlte mich auch noch schlecht dabei. Ole, ich möchte als Erwachsene von dir behandelt werden. Wenn ich von dir Brote möchte, dann sage ich dir Bescheid, und wenn du keinen Bock drauf hast, dann sag mir das auch. Außerdem kann ich mich wirklich gut um mich selber kümmern."

„Da ist was dran. Ich habe das alles gemacht, weil du jeden Tag zur Arbeit gehst und ich unterschwellig immer ein schlechtes Gewissen hatte. Weil mein Vater uns Kindern und unserer Mutter auch immer die Brote schmierte und weil ich dachte, ich mache dir damit eine Freude! Du weißt doch, Kochen und was damit zusammenhängt, ist nun mal meine

Leidenschaft. Ich bin froh, dass du mir das nun gesagt hast. Ich werde mich danach richten."

Annabelle schaute ihn liebevoll an: „Ole, es hat sich so ergeben. Ich hatte es eigentlich nicht vor und mir wurde es auch erst heute so richtig bewusst. Lass dir von mir auch nicht immer alles gefallen und setz mir Grenzen, wenn du meinst, ich gehe zu weit. Ich möchte mehr Aufgaben und Verantwortung im Haushalt und bei den Kindern übernehmen! Lass uns in Ruhe darüber sprechen. Ich weiß, wie viel du mit den Mädchen zu tun hast. Du leistest eine wertvolle und verantwortungsbewusste Arbeit. Ich möchte in Zukunft daran teilhaben, bevor die Mädchen groß sind und der Zug abgefahren ist."

Ole kam um den Tisch herum, um Annabelle zu umarmen. „Ich weiß, dass ich dich als Frau vernachlässigt habe, weil ich überfordert und zu müde war. Lass uns die Kinder übers Wochenende irgendwo in der Pampa aussetzen oder zu den Großeltern bringen, dann können wir uns beide mal wieder allein genießen! Wir haben seit zehn Jahren keinen Tag ohne die Kinder gehabt. Was hältst du davon?"

Annabelle genoss die Umarmung und strahlte ihren Mann an: „Ich finde die Idee großartig und spreche gleich mit meinen Eltern. Sie können ja hierherkommen, dann wären die Kinder in ihrer gewohnten Umgebung und wir kommen mal raus. Wir nehmen die Hunde mit und machen lange Spaziergänge."

„Ich habe befürchtet, dass du die Hunde mitnehmen willst! Na gut! Lass uns irgendwohin fahren. Nicht so weit weg, sonst sitzen wir die halbe Zeit im Auto. Ich schau im Internet nach, und vielleicht klappt es. Ich hätte da aber noch eine Frage, wieso sagtest du am Anfang unseres Gespräches: Apropos niedriger Blutdruck?"

„Ganz einfach, weil niedriger Blutdruck meistens typisch Frau ist." Sie lachte und fügte hinzu: „Ausnahmen bestätigen die Regel."

„Das war jetzt wieder typisch Macho!", sagte Ole darauf.

Sie grinste: „Blödmann!"

„Warum sagst du zu Papi Blödmann?“ Paulinchen war unbemerkt die Treppe heruntergekommen und stand im Schlafanzug mit in die Hüfte gestemmten Ärmchen in der Küche und schaute provozierend zu Annabelle. Ole nahm sie auf den Schoß und sagte: „Weißt du, Pauline, wenn Frauen keine Argumente mehr haben, dann sagen sie meistens Blödmann zu den Ehemännern, aber wir Ehemänner lieben sie trotzdem.“

„Hä?“ Die Kleine schaute verständnislos, und ihre Mutter schaltete sich ein: „Paulinchen, das erkläre ich dir, wenn du groß bist. Ich gehe mit Fidel und Castro nun raus. Wenn wir alle heute Nachmittag zum Shoppen in der Stadt sind, brauchen sie vorher Auslauf. Ich muss erst um 10 Uhr in die Kanzlei, jetzt ist es 7.30 Uhr. Eine Stunde kann ich locker mit den beiden gehen. Paulinchen, du hilfst Papa im Haushalt und vorher isst du schön deinen Honigtoast oder Cornflakes und trinkst frisch gepressten Obstsaft! Damit du auch heute Nachmittag fit bist und mit uns einkaufen gehen kannst.“

Annabelle drückte Paulinchen einen Kuss auf die Backe. „Macht’s gut, ihr beiden! Bis gleich!“

Der Wind draußen war eisig und Annabelle kuschelte sich tiefer in ihren Schal. Den Hunden schien, wie immer, die Kälte nichts auszumachen! Sie trotteten im Trab vor Annabelle her und freuten sich über den unerwarteten Auslauf. Die Umgebung der Heimat der Brentanos war urig. Das Haus stand mitten im Grünen, am Stadtrand und dennoch nur leicht abseits von einem Neubaugebiet, wo viele junge Familien gebaut hatten und somit viele Kinder wohnten.

Annabelle konnte sich sehr glücklich schätzen, und dennoch nagte immer wieder die Unzufriedenheit an ihr. Warum war das so? Ihre Kinder waren gesund und zuckersüß. Sie hatten keine Schulprobleme. Ihre Ehe mit Ole verlief glücklich, wenn man über den Sex-Faktor hinwegsah. Sie hatten ein wunderschönes Haus und Geldsorgen gab es auch nicht. Warum also marterte sie sich manchmal so? Sie dachte, wenn sie schlank und sportlich wäre, dann sei alles gut. Schon immer hatte sie so gedacht. Schon seit ihrer Pubertät! Wie beneidete sie ihre Freundinnen, die schlank waren, die sich tolle, eng anliegende Klamotten kaufen konnten! Die Jungs und Männer stehen auf schlanke Mädchen und Frauen, nur nicht auf Annabelle, das Moppelchen.

An manchen Tagen dachte sie, wenn sie nur schlank wäre, dann hätte sie es geschafft, würde akzeptiert werden und die Jungs würden reihenweise hinter ihr herlaufen. Doch dann, vor lauter Frust, aß sie wieder und sie liebte ausgerechnet die Dickmacher. Wenn sie aß, fühlte sie sich gut. Doch hinterher kam das schlechte Gewissen. Und die Abneigung gegen sich selbst nahm weiter zu! Dafür legte sie sich ein dickes Fell und eine große Schnauze zu. Bloß nicht zeigen, dass man sensibel und verletzlich ist. Während sie so über sich nachdachte, versuchte sie zu ergründen, wie das alles angefangen hatte.

Annabelle hatte, wenn sie sich mit ihren Freundinnen verglich, wirklich Glück gehabt. Ihre Kindheit spielte sich harmonisch ab und die Eltern erfüllten ihr jeden Wunsch. Sie achteten darauf, dass Annabelle nicht ein verwöhntes und egoistisches Kind wurde, waren immer für sie da und gaben ihr Anerkennung und Liebe. Annabelle dankte es ihren Eltern, indem sie versuchte, ihnen den Sohn zu ersetzen.

Sie verleugnete sich dadurch und kompensierte das mit Süßigkeiten. Immer wenn sie unglücklich war, meistens wusste sie nicht warum, aß sie Schokolade. Wenn sie mittags von der Schule nach Hause kam, hatte ihre Mutter lecker gekocht. Der Vater kam extra aus der Kanzlei, um gemeinsam mit ihnen das Mittagsmahl einzunehmen. Ihrem Vater gefiel es, wenn sie reinhaute und nicht mädchenhaft im Essen herumstocherte: „Das ist meine Annabelle, die knabbert nicht den ganzen Abend an einer Salzstange herum und lutscht die Zitronen im Mineralwasser."

Ihr Vater hatte auf vielen Veranstaltungen immer wieder solche Situationen erlebt und entwickelte mit der Zeit eine Abneigung gegen jene Damen, die er als arrogant und selbstverliebt einschätzte – und meist in Begleitung reicher Herren erlebte. Papa Brentano selbst liebte deftiges Essen und nahm gerne reichlich. Mutter Brentano aß normal und schätzte gutes Essen. Der Kühlschrank war immer gut gefüllt und der Schrank mit den Süßigkeiten auch. Frau Brentano fuhr zum Ausgleich immer mit dem Fahrrad einkaufen und hatte im Haus und im Garten viel Bewegung. Im Sommer spielte sie Tennis und ging jeden Morgen schwimmen. Im Winter machte sie ausgiebige Spaziergänge und hatte somit keine Figurprobleme. Der Schlankheitswahn war noch nicht verbreitet und man durfte Frau ruhig ansehen, dass sie Mutter war.

Heute begegnete man erwachsenen Frauen, die hatten Figuren wie Vierzehnjährige und trotzdem vier Kinder. Überall entstanden Sportanlagen und Fitness-Studios, wer schlank und sportlich aussah, der war auch erfolgreich im Leben. Bewunderung wurde nur dem gezollt, der diese Eigenschaften besaß.

Das ist ungerecht! Ich muss doch dieses Spiel nicht mitspielen!, dachte Annabelle, stampfte wütend über den Feldweg und versuchte sich zu rechtfertigen. Hing ihre Glückseligkeit von ein paar Pfunden ab? Annabelle erinnerte sich an ihren Abitur-Ball in den Siebzigern. Die Mädchen wollten alle in kurzen schwarzen Cocktail-Kleidern antanzen. Annabelle ließ sich von ihren Freundinnen überreden und ging mit ihnen ein schönes kurzes schwarzes Kleid kaufen. Sie klapperten halb Berlin nach einem entsprechenden Kleid ab, aber in ihrer Größe gab es nur lange Kleider. Eine Verkäuferin blickte abschätzend zu Annabelle: „Du solltest dir den Spleen mit dem Kleid aus dem Kopf schlagen, für solche wie dich gibt es keine kurzen Kleider." Annabelle war schon damals schlagfertig und ließ sich nichts gefallen: „Ich nehme mal an, Sie waren noch nie auf einem Abitur-Ball, also haben sie keine Ahnung, was Abiturientinnen so tragen, denn solche wie Sie haben dort keinen Zugang." Annabelle drehte sich auf dem Absatz um und ging.

„Mann, der Tussi hast du es aber gegeben." Ihre Freundinnen bewunderten Annabelles Schlagfertigkeit und ihre Offenheit gegenüber den Lehrern. Deswegen war sie auch schon jahrelang Schulsprecherin. Der Direktor sagte einmal zu ihr: „Am besten, Annabelle, Sie studieren Jura und übernehmen die Kanzlei Ihres Vaters. Sie wären die geborene Anwältin, weil Sie jedes Gegenargument in der Luft zerschlagen und man hinterher überhaupt nicht mehr weiß, warum man vorher nicht mit Ihnen einer Meinung war." Alle bewunderten sie wegen ihres großen Mundwerks und wegen ihres Mutes, aber wie es innen aussah, dass wusste nur sie.

Verletzt ging sie damals nach Hause, nahm sich eine Schokolade aus dem Schrank und aß sie bis zum letzten Krümel auf. Beim Abendbrot erzählte sie ihren Eltern von dem verzweifelten Versuch, ein kurzes Kleid zu kaufen, und den unverschämten und unqualifizierten Äußerungen der Verkäuferin. Papas Adern schwollen, der Oberkörper bäumte sich auf. Er schlug mit der Faust auf den Tisch und schließlich schrie er: „Wir haben es nicht nötig, in einem Laden mit dummen Verkäuferinnen zu kaufen. Morgen gehen wir zur besten Schneiderin von ganz Berlin. Du wirst das schönste Kleid auf dem Ball tragen, dafür werde ich sorgen."

Annabelle lächelte vor sich hin, als sie den Abend Revue passieren ließ. Papa hielt Wort und Annabelle bekam ein Modellkleid. Aber Modellkleid hin oder her, Annabelles Pfunde waren nicht zu übersehen. Die Schneiderin gab ihr Bestes und versuchte, einige Stellen zu kaschieren. Aber es war nun mal so, wie es war. Annabelle war eines der schönsten Mädchen der Schule, aber sie sah nicht ihr Gesicht, auch nicht die dicke schwarze Lockenpracht. Sie nahm auch ihre Ausstrahlung nicht wahr, sondern empfand sich immer nur als pummeliger Mops.

Während des Studiums ging es ihr zunehmend besser. Sie hatte Spaß an der Juristerei. Sie konnte sich gut in alles hineinversetzen und verstand sich auch bestens mit ihren Professoren. Ihr Vater wollte, dass Annabelle lernte, auf eigenen Beinen zu stehen, und überwies ihr monatlich einen Betrag, mit dem sie versuchen sollte auszukommen. Sie zog von zu Hause aus und bekam ein Zimmer in einer WG, die sie mit weiteren drei Studentinnen teilte. Die Wohnung lag in der Nähe der Uni. Das Geld reichte für die normalen Ausgaben und Annabelle verzichtete auf Schokolade, soweit sie konnte. In der WG wurde ein Wochenkochplan erstellt und Geld eingesammelt. Abwechselnd kauften zwei aus der WG ein und die hatten auch eine ganze Woche lang Kochdienst. In der darauffolgenden Woche waren dann die anderen zwei dran. Der Menüplan fiel ausgewogen aus und die Mädchen achteten darauf, dass die Speisen nicht zu fetthaltig waren. Außerdem reichte das Essen nur für eine Portion. So verlor Annabelle ihre Pfunde, ohne dass sie großartig darüber nachdachte.

Sie spielte in der Uni-Mannschaft Volleyball und lebte in dieser Zeit ein glückliches, normales Studentenleben. Sie hatte viele Freunde, ein paar One-Night-Stands, wurde auf Partys eingeladen und konnte sich über nichts beklagen. Einmal hatte sie eine Verabredung mit einem Kommilitonen, der sie mit ins CARPE DIEM nahm. Danach ging sie öfter dorthin und lernte nach und nach Johanna, Bea und Leonie kennen. Nach einem Jahr trafen sie sich regelmäßig und erzählten sich ihren Liebeskummer und andere Geschichten. Billi gab ab und an ihren Senf dazu, bis es zur regelmäßigen Gewohnheit wurde und Billi sich der vier Freundinnen therapeutisch annahm.

In dieser Zeit fühlte sie sich rundherum glücklich. Ihre Freiheit und Unabhängigkeit wollte sie mit nichts mehr eintauschen. Sie lernte, auf eigenen Beinen zu stehen und sich ihre Butterbrote selber zu schmieren. Sie musste auf der anderen Seite auch sehr viel fürs Studium tun, denn es war schwer und verlangte ihr sehr viel ab. Ihre Prüfungen schaffte sie zufriedenstellend.

Es war kein Problem, eine Stelle als Referendarin zu bekommen. Sie bezog eine eigene kleine Wohnung in Berlin. Ihren Freundeskreis behielt sie bei und traf sich weiter mit den Mädels im CARPE DIEM. Während ihrer Referendarzeit durchlief sie mehrere juristische Stationen. Eigenartigerweise wurden ihr als Referendarin schon Scheidungsfälle anvertraut. Ihre Mentoren setzten Vertrauen in sie und erkannten ein großes Potenzial, dass sie als Anwältin Erfolge feiern würde. Denn halb Deutschland schien sich trennen zu wollen und Annabelle war genau die Richtige dafür. Nach ihrem Abschlussexamen wurde sie in der Kanzlei eines ihrer Mentoren übernommen und bekam schon bald ihre eigenen Klienten. Johanna hatte inzwischen geheiratet und Zwillinge bekommen. Leonie arbeitete bei einer großen Zeitung und Bea als promovierte Assistenz-Ärztin im Krankenhaus. Die Zeit flog dahin, sie hielten streng ihre Treffen einmal in der Woche ein und erzählten sich ihre Geschichten, die Billi analysierte und therapierte. Sie motivierte sie in vielem.

Im CARPE DIEM lernte Annabelle Ole kennen, der dort während seines Studiums öfter zu Mittag aß, so wie Annabelle auch. Die beiden kamen ins Gespräch. Annabelle liebte seine weiche, sensible Art und sein Einfühlungsvermögen. Ole bewunderte Annabelles starken und ausgeprägten Charakter und dass sie genau wusste, was sie wollte. Er hatte überhaupt noch keinen Plan, studierte Philosophie und Soziologie, ohne Struktur. Die beiden verlebten zwei glückliche Jahre. Ole zog bei Annabelle ein und studierte hauptsächlich „Annabellelogie" und manchmal auch Philosophie und Soziologie. Er bekochte Annabelle und verwöhnte sie wie eine Prinzessin.

Nach zwei Jahren wurde Annabelle schwanger. Da sie ihre Arbeit nicht aufgeben wollte, kümmerte sich nach der Schwangerschaft Ole um Franziska, die neugeborene Tochter. Er studierte nebenbei und war ausschließlich für Franzi, Annabelle und den Haushalt da. Das ging ungefähr ein Jahr gut, bis Annabelle wieder schwanger wurde. Aber das war kein Problem für Ole. Er schaffte die Arbeit auch mit zwei Kindern. Allerdings wurde es für Annabelle zusehends schwieriger, ihre Termine einzuhalten. Ihr Vater machte ihr ein Angebot, das sie nicht abschlagen konnte, und sie wechselte in die väterliche Obhut. Fortan hatte sie freie Entscheidungsgewalt über ihr Kommen und Gehen. Wenn eines der Mädchen krank wurde oder nachts nicht schlafen wollte, konnte sie ohne schlechtes Gewissen auch mal einen Tag

aussetzen. Papa hatte Verständnis und Mama half bei den Enkelkindern, wo sie nur konnte.
Deshalb schaffte es Ole irgendwie, nach langer Zeit seine Abschlüsse in den zwei Studiengängen zu machen. Und damit ihm nicht langweilig wurde und weil er sich etwas besser dabei fühlte, studierte er noch Psychologie. Als Annabelle nach einem weiteren Jahr wieder schwanger wurde, dachte man sich beziehungsweise Papa Brentano dachte, dass es doch für die Kinder besser sei, in einem großen, eigenen Haus mitten im Grünen aufzuwachsen. Als Sophie, das dritte Mädchen, auf die Welt kam, wurde das „Projekt Haus“ in Angriff genommen. Als das Haus nach über einem Jahr endlich fertiggestellt worden war – Ole machte zusammen mit seinem Vater viel selber –, zog die Familie mit einer erneut schwangeren Annabelle in das Haus ein. Vorsorglich kalkulierten sie viele Zimmer ein, denn eigentlich wollten Annabelle und Ole je ein eigenes Büro haben. Oles Büro fiel zugunsten Paulinchens ins Wasser und wurde ihr Reich. Damit nun auch alles perfekt war, zogen noch zwei Katzen und zwei Hunde ins Holzhaus der Brentanos ein. Ole brachte morgens Franzi zur Schule und Charly in den Kindergarten, Sophie und Paulinchen blieben zu Hause. Mittags holte er Franzi von der Schule und Charly vom Kindergarten ab. Nachmittags wechselten sich die Omas ab und unterstützten Ole, wo sie nur konnten. Ein Jahr später kam Charly in die Schule und das Sopherl in den Kindergarten. Nachmittags war wieder das übliche Chaos mit entsprechender Lautstärke, aber die Omas blieben unerschrocken und halfen weiter.

Annabelle kämpfte derweil mit den Ehemännern und den Pfunden. Sie hatte Ole geheiratet, weil sie sich bei ihm genauso behütet fühlte wie zu Hause bei den Eltern. Doch irgendwie engte sie diese Fürsorge manchmal ein und sie wollte einen sanften Weg für sich finden, um sich davon zu befreien, ohne dass sie Papa, Mama und Ole verletzte.

Nach einer halben Stunde kehrte Annabelle mit den Hunden um und versuchte in die Zukunft zu blicken. Sie stellte sich vor, was sie heute alles einkaufen könnte und wie schlank sie in all diesen neuen Klamotten aussehen würde. Sie freute sich auf die Salsa-Stunde und ein bisschen auf Karl. Sie wollte lernen, sich so zu geben, wie sie war, und sich von diesen Frustfress-Attacken zu befreien! Nur noch Schokolade zum Genießen, so wie Billi das gesagt hatte. Sie war auf dem rechten Weg und nichts würde sie aufhalten.

Als sie nach einer Stunde mit den Hunden heimkam, war ihr Gesicht gut durchblutet und die Hunde legten sich faul vor den Kamin. Beide Katzen streunten draußen umher und würden es sich sicher bald auch hier drinnen gemütlich machen. Ole war mit Paulinchen einkaufen gefahren und sie hatte das Haus für sich allein. Annabelle drehte die Musik laut auf und tanzte wie eine Verrückte im Wohnzimmer umher. Dabei hielt sie ein imaginäres Mikrofon in der Hand und sang laut den Text mit. Fidel schaute Annabelle aus seinen großen unschuldigen Augen mitleidig an und legte nach einiger Zeit seinen Kopf auf die Pfoten und schlief weiter. Annabelle hüpfte und sprang wie ein junges Mädchen in der Disco.

Aber die Zeit mahnte und so lief Annabelle im Spurt die Treppe hoch: ab unter die Dusche und fix Rock, Rollkragenpullover, Blazer und Stiefel angezogen. Sie steckte die Haare hoch, schminkte sich Augen und Lippen und stiefelte zurück nach unten. Im Flur nahm sie den Mantel vom Haken, verschwand durch die Haustür, lief zu ihrem Auto und fuhr los.

Sie dachte an die Zeit, als sie mit ihren Freundinnen in ihrem Zimmer Hitparade spielte. Jede suchte sich einen Interpreten, übte den Text und ahmte die Bewegungen nach. Annabelle besaß eine große Kiste mit alten Klamotten und Schuhen ihrer Mutter und daraus suchten sie sich passende Sachen aus. Das Zimmer wurde verdunkelt und ihre Nachttischlampe diente als Spotlight. Sie waren kleine perfekte Doubles und ihr Traum war, einmal David Cassidy gegenüberzustehen und nicht ohnmächtig zu werden. Was wohl aus dem geworden war? Irgendwann verschwand er in der Versenkung und ward nicht mehr gesehen. Sie himmelten ihn damals alle an, und wenn die „Partridge Family“ mit ihm als Keith im Fernseher lief, gab es nichts, was wichtiger war. Annabelle hatte von David Cassidy ein Bravo-Poster in Lebensgröße über dem Bett an der Wand kleben. Damals wünschte sie sich, auszusehen wie Nastassja Kinski, die auf der anderen Seite ihres Zimmers die Wand zierte. Heute wollte sie aussehen wie Madonna. Oder besser noch: Sie *wäre* am liebsten Madonna, und George Clooney würde sich alle zehn Finger nach ihr lecken. Mit Brad Pitt würde sie öfter einen Kaffee trinken und Russell Crowe alias der „Gladiator“ würde sich kämpferisch allen gemeinen Ehemännern in den Weg stellen und sie retten.

Genug der Spinnereien! Jetzt musste sie sich erst mal selber retten und sich zu Papa ins Büro wagen. Seinen überaus großen Familiensinn demonstrierte ihr Vater durch das Aufstellen der vielen Fotos von seinen Enkeltöchtern, von Annabelle und seiner Frau auf seinem überdimensional großen Schreibtisch. Ihr Vater saß, wie gewohnt, hinter selbigem und schaute über den Rand seiner Lesebrille, als Annabelle, nachdem sie angeklopft hatte, hereintrat.

„Guten Morgen, Papa, ich möchte mit dir den Fall Dornbach gegen Dornbach besprechen. Frau Dornbach hat mir verschwiegen, dass sie zum Zeitpunkt ihrer Hochzeit vor 15 Jahren einen Ehevertrag unterschrieb. Darin verzichtete sie auf alles, was ihrem Mann vor der Ehe gehörte: die Firma und das Haus, das er von seinen Eltern erbte. Der Vertrag besagt, dass sie im Falle einer Scheidung keinerlei Unterhalt erhält. Also steht sie da, arm wie eine Kirchenmaus, mit drei halbwüchsigen Kindern, die selbstverständlich vom Vater unterhalten werden müssen. Hätte mich Dornbachs Anwalt nicht in Kenntnis gesetzt, hätte ich dumm dagestanden.“

Papa Brentano unterbrach sie: „Ja, wie ich gestern. Annabelle, du hast mich gestern auch ganz schön im Regen stehen lassen. Was ist los mit dir?“

„Papa, vergiss es! Ich will jetzt mit dir über Dornbachs reden.“

Ihr Vater blieb hartnäckig: „Über die Angelegenheit können wir auch nachher noch reden. Außerdem ist Frau Dornbach gar nicht so arm dran, wie es den Anschein hat. Sie hat dich ganz schön gelinkt und dir den Vertrag absichtlich unterschlagen. Also was ist los mit dir?“

Annabelle setzte sich vor den Schreibtisch auf einen bequemen Sessel, sah ihren Vater an und begann zu sprechen: „Papa, es tut mir leid, dass ich dich gestern mit meinem Problem überfiel. Ich wollte dir die Schuld dafür geben, aber nach einigen Analysen und vielen Gesprächen kam ich zu dem Ergebnis, dass wir alle unseren Teil dazu beitrugen. Du und Mama, ihr habt mir als kleines Kind oft davon erzählt, wie sehr ihr gewünscht hättet, dass aus mir ein Junge geworden wäre. Und ich zog daraus als kleines Kind falsche Schlüsse und dachte mir, wenn ich mich wie ein Junge verhalte, dann seid ihr nicht mehr so traurig darüber, dass ich kein Junge bin. Wie gesagt, kindliche Naivität. Irgendwann fraß ich alles in mich hinein, im wahrsten Sinne des Wortes, und fühlte mich danach nicht mehr wohl in meiner Haut.

Im Studium dann, als ich auf mich allein gestellt war, konnte ich mich entfalten und fühlte mich frei. Diese Fürsorge und Nestwärme vermisste ich zu der Zeit überhaupt nicht! Ich spürte die Sicherheit in mir, dass ihr mich liebt. Das können nicht viele Menschen von sich behaupten. Bei Ole fühle ich mich genauso wohlig und behütet, aber es engt mich auch ein. Ich denke, ich muss euch zuliebe so sein und so handeln, wie ihr es von mir verlangt. Dann vergesse ich aber meine eigenen Bedürfnisse.

Du hast mich nie gefragt, ob ich glücklich bin in meinem Beruf! Hätte ich vielleicht lieber etwas anderes studiert? Ich frage mich das manchmal. Was wäre, wenn? Ich weiß, das ist ungerecht, ihr habt alles für mich getan und tut es auch heute noch, aber irgendwie fragt mich keiner, ob ich das überhaupt will.“

Ihr Vater war erstaunt: „Lieber Gott, Annabelle, du machst es mir nicht einfach. Ich versuche es trotzdem. Verstehe ich dich richtig, du fühlst dich von uns erdrückt?“

„Manchmal“, kam als Antwort.

Das ließ ihr Vater nicht durchgehen und forderte: „Antworte mit Ja oder Nein!“

„Papa, ich stehe hier nicht vor Gericht. Du engst mich schon wieder ein!“

„Gut. Ich weiß, dass es egoistisch von mir war, weil ich, sagen wir mal so, sanft verlangte, dass du in meine Fußstapfen trittst. Aber es ist nun mal geschehen und wir müssen jetzt eine Lösung finden.“

Sie unterbrach ihn: „Das ist genau das Problem, Papa! Nicht wir müssen eine Lösung finden, sondern ich, denn um mich geht es ganz allein. Ich wünsche mir, dass du meine Entscheidung ernst nimmst und akzeptiert. Außerdem wünsche ich mir, dass du mich nicht mehr wie ein kleines Mädchen behandelst, sondern wie eine erwachsene Frau von 44 Jahren mit vier Töchtern. Ich weiß, dass es schwer für dich ist, aus dieser Rolle auszusteigen, aber nimm es einfach leichter, ja? Bitte, Papa! Alles wird gut und vertrau mir.“

Ihr Vater begann sie zu verstehen und sagte: „Wenn es dein Wunsch ist, Annabelle, dann versuche ich das zu respektieren. Das wird nicht einfach, aber ich will es versuchen. Gib mir aber bitte ein wenig Zeit! Dennoch gehe ich davon aus, dass du nicht unbedingt deswegen aus der Kanzlei aussteigen wirst.“

Annabelle schüttelte heftig den Kopf: „Niemand hat davon gesprochen. Ich möchte nur gleichberechtigt behandelt werden und nicht wie die kleine Tochter. Ich werde in Zukunft meine eigenen Abrechnungen machen und meine Klienten selber aussuchen. Ich möchte meine eigene Sekretärin haben, die meine eigenen Termine macht und meine Briefe schreibt. Papa, es wird sich nur die Kleinigkeit ändern, dass du nicht mehr meine Arbeit und mein Leben bestimmst, denn ich kann schon lange alleine laufen. Du musst mich nicht mehr beschützen. Ich danke dir von ganzem Herzen für deine Liebe und Fürsorge, aber jetzt lass mich mein Leben selbst in die Hand nehmen! Sei ein Opa und fürsorglich deinen Enkelkindern gegenüber! Sie brauchen dich sehr. Du bist bald 75 Jahre. Du hast genug für mich getan.“

Mit einem warmherzigen Blick schaute ihr Vater sie an und sprach ruhig die folgenden Sätze: „Ich verspreche dir, dass ich mich bemühen werde! Hau mir ruhig auf die Finger, wenn ich wieder zu stark in dein Leben eingreife! Aber melde dich, wenn du Hilfe benötigst. Versprichst du mir das?"

Sie stand auf und ging flugs um den riesigen Schreibtisch herum, um ihrem Vater um den Hals zu fallen: „Papa, du bist der Beste! Du und Mama, ihr könnt mir wirklich helfen. Ich möchte mit Ole über das Wochenende wegfahren, mal wieder ganz allein mit ihm sein. Hättet ihr Zeit und Lust, bei uns über das Wochenende einzuziehen und auf die Mädchen aufzupassen?"

„Von meiner Seite gibt es da keine Probleme, ich muss aber mit deiner Mutter sprechen. Ich will nicht in ihre Pläne eingreifen." Papa hatte kapiert und lernte schnell.

„Ist klar, Papa. Ich frage Mama nachher, wenn wir über die Dornbachs gesprochen haben."

Der Vater nickte seiner Tochter zu und war schon beim Fall. Eine Stunde lang unterhielten sich Vater und Tochter darüber und entwickelten ihre Strategie. Danach ging Annabelle zu den Sekretärinnen, um mit ihnen die geplanten Änderungen im Büro zu besprechen. Danach nahm sie ihre Sporttasche und ging über die Straße ins Fitness-Studio. Der Namenszug auf dem Kanzleischild, „Brentano und Brentano", bekam plötzlich für Annabelle eine neue Bedeutung.

Als Annabelle durch die große Glastür schritt, trat sie wie immer in eine andere Welt ein. Sie checkte sich ein und ging in den Umkleidebereich. Dort kleidete sie sich um und ging mit ihrem Handtuch und einem Getränk in der Hand in den großen Gymnastiksaal. Die Trainerin war schon da, suchte CDs aus und hantierte mit dem Head-Set herum. Sie sprach immer wieder ins Mikrofon, bis sie zufrieden war. Nach und nach kamen die Kursteilnehmerinnen und stellten sich auf ihre Stammplätze. Einige kannten sich und quatschten, solange der Kurs noch nicht offiziell begonnen hatte.

Die Trainerin klatschte in die Hände, „Hallo, schön, dass ihr da seid. Ich begrüße euch zu meinem heutigen Salsa-

Kurs. Für die, die mich noch nicht kennen, mein Name ist Allegra. Habt keine Angst vor schweren Schritten, selbst für diejenigen, die noch nie bei mir waren, wird es nicht sonderlich schwer sein, mir zu folgen. Das ist ein Einsteiger-Kurs, das heißt, jeder kann jederzeit einsteigen." Allegra machte die Musik mit der Fernbedienung lauter und legte los. „Wir marschieren auf der Stelle und ihr seid dabei alle ganz locker in den Hüften und die Arme schwingen mit! Ganz locker." Sie führte ihnen den ersten Salsa-Schritt vor, und auf vier machten alle ganz locker mit. Annabelle liebte die Musik und hatte keine Probleme mit der Lockerheit und der Schrittfolge.

Nach 45 Minuten waren alle fix und fertig und glücklich! Allegra bekam ihren verdienten Applaus. Annabelle war jetzt so richtig warm und absolvierte ihr Trainingsprogramm an den Geräten noch zusätzlich. Eine Trainerin kam vorbei und schaute zufrieden. Nach einer weiteren Stunde war Annabelle geschafft und ging in die Sauna. Außer ihr waren nur zwei weitere Frauen anwesend. Sie legte sich auf das Handtuch und genoss den Augenblick des Nichtstuns. Wie herrlich das war, nach der körperlichen Anstrengung! Sie merkte, wie sie in letzter Zeit immer fitter geworden war und ihrem Körper mehr und mehr abfordern konnte.

Als ihre Sanduhr abgelaufen war, ging sie schwer atmend hinaus. In der Nähe der Duschen führte eine Tür nach draußen und Annabelle genoss etwa fünf Minuten lang die kalte Luft. Danach duschte sie sich eiskalt ab, wickelte sich in ihren Bademantel und legte sich auf eine Liege. Sie trank aus ihrer Saftflasche, wartete fünfzehn Minuten und machte noch einen Saunagang.

Diesmal saß nur Allegra in der Sauna und die beiden Frauen lächelten sich zu. „Du warst heute zum ersten Mal bei mir im Kurs", begann Allegra das Gespräch und fragte: „Bist du neu oder nur neu motiviert?"

„Nein ich bin erst seit kurzer Zeit hier Mitglied", antwortete Annabelle. „Es hat mir gut gefallen und ich werde, wenn meine Termine es zulassen, regelmäßig kommen."

Allegra schaute Annabelle freundlich an. „Du machst tolle Bewegungen, sehr weiblich! Das bekommt man nicht alle Tage zu sehen."

„Weibliche Bewegungen? Woran siehst du das denn?", fragte Annabelle erstaunt nach.

„Sie sehen weich aus. Das wirkt sehr sexy. Du lässt deinen Körper frei und machst die Bewegungen aus dem Bauch heraus und nicht aus dem Kopf. Das würde sonst hölzern und unrund wirken. Ich bin Tanztherapeutin, ich sehe so was sofort."

Annabelles Interesse war erwacht: „Du bist Tanztherapeutin?! Das ist ja interessant! Seit gestern weiß ich, dass ich meine männliche Seite zu stark beanspruche, und heute sagst du mir, meine Bewegungen sind weiblich. Wie kann das sein?"

Allegra musste nur kurz überlegen und antwortete sofort: „Wahrscheinlich hast du dir vom Kopf eine männliche Seite angewöhnt, aber dein Körper und deine Seele sind weiblich. Dein Körper orientiert sich an der Weiblichkeit, um einen Ausgleich zum männlichen Part deines Geistes zu suchen. Körper, Geist und Seele sollten eins sein und eine Harmonie bilden. Das kann man durch bestimmte Rituale lernen. In unserer Kindheit entwickelt unser Geist Strategien. Vielleicht sagte sich dein Kopf, es ist besser, eine starke männliche Seite zu haben, das brauche ich für meinen Weg. Aber auf unserem Weg merken wir dann, dass das nicht gut für uns ist. Wir bekommen Hinweise, manchmal sehr schmerzhafte! Und dann haben wir die Chance und können unseren Kopf befreien von Ängsten und Zwängen und dummen Angewohnheiten."

Annabelle war baff: „Das ist interessant! Ich habe heute eine Erkenntnis nach der anderen. Wir kennen uns ja kaum, aber ich danke dir. Du hast mir sehr geholfen. Seit Jahren versuche ich abzunehmen und schaffe es nicht. Ich weiß jetzt, warum: Wenn eines dieser drei Dinge nicht mit den anderen harmoniert, dann reagieren die anderen auf unterschiedliche Art und Weise."

Allegra stimmte ihr zu: „So kann man es sagen, sie machen auf sich aufmerksam. Viele Krankheiten kommen aus diesem Ungleichgewicht! Das sind die psychosomatischen Krankheiten. Irgendwann schafft man es nicht mehr zu kompensieren und stürzt ab. Viele können sich wieder auffangen, andere schaffen das nur mit entsprechender Hilfe und und wieder andere schaffen es nie, weil sie nicht wirklich loslassen können. Als Tanztherapeutin versuche ich, diese Disharmonie durch tänzerische Rituale mit Musik wieder aufzulösen. Das muss aber nicht jedermanns Sache sein. Beim Salsa hat zum Beispiel jede Frau die Chance, auf legitime Art ihre Sexualität zu befreien, indem sie ihre Weiblichkeit herauslässt. Sie spürt ihren Körper. Sie fängt an, ihren Körper zu lieben. Der Kopf wird frei und die Seele tanzt. So kann Frau sich in Ekstase tanzen und wird vom Tänzer zum Tanz selbst. Ich nenne das Seelentanz!"

„Das hört sich sehr gut an. Ein wirklich schöner Name. Unterrichtest du hier im Fitness-Studio auch Tanztherapie?"

Allegra hatte schon auf die Frage gewartet und sprach gleich weiter: „Nur manchmal am Wochenende. Das wird vorher angekündigt, und wer will, kann dann den Kurs besuchen. Das ist sehr anstrengend und kann für manche eine Herausforderung sein, aber ich rede vorher mit den Teilnehmern und checke die Situation ab, wie und was ich dann letztendlich mit ihnen erarbeite. Ich bin sonst hauptberuflich in einer psychiatrischen Klinik und habe damit jeden Tag zu tun."

Annabelle nickte anerkennend: „Das ist bestimmt interessant! Da hast du eine ziemliche Verantwortung! Tanzt da auch manchmal einer aus der Reihe?"

„Ja, das kommt öfter vor, als du vielleicht denkst. Es ist harte Arbeit. Ich jogge viel und gebe hier Kurse, das brauche ich als Ausgleich für meine Seele und meinen Körper, denn in meinem Geist geht manchmal ganz schön was ab, zum Beispiel Versagensängste! Nicht helfen zu können, das kann ich nicht so einfach hinnehmen. Wenn mein Geist zu viel arbeitet, dann versuche ich durch körperliche Arbeit, Ausgleich zu schaffen, indem ich mich privat mehr bewege." Annabelle sagte: „Verstehe! Aber du kannst nicht jedem helfen! Viele wollen sich auch nicht helfen lassen. Die wollen lieber an ihrem Schmerz festhalten. Bei meiner Freundin Johanna ist die Schwiegermutter so ein Fall. Sie schreit ständig um Hilfe, aber wenn meine Freundin kommt und hilft, dann stößt sie sie weg, beleidigt sie und macht sie runter. Eigentlich ist sie lebensunfähig, nur sie denkt das immer von allen anderen und nicht von sich selbst."

„Du solltest deine Freundin mal mitbringen, denn wenn sie immer wieder hilft und sich anschließend beleidigen lässt, lässt das auch auf ein ungesundes Verhältnis zwischen Körper, Geist und Seele schließen", antwortete Allegra.

„Ja, da sagst du was! Sie hat eine zu sehr ausgeprägte weibliche Seite." Annabelle musste lachen.

Allegra sagte noch: „Bring sie mit! Mit den drei Dingen kenne ich mich aus. Wir werden auch sie wieder in Einklang bringen! So, jetzt muss ich hier raus, sonst löst sich mein Körper noch auf."

Annabelle ging mit hinaus. Beide Frauen duschten sich kalt ab und gingen zu ihren Spinten, um sich anzuziehen.

„Ich freue mich schon auf das nächste Mal. Ich hoffe, dass es wieder so gut klappt und ich keine Termine habe. Ich versuche, Johanna mitzubringen. Ihr wird es bestimmt gut gefallen."

„Was machst du denn beruflich?", wollte nun Allegra ihrerseits wissen.

„Ich leite mit meinem Vater eine Anwaltskanzlei hier gegenüber. Er schenkte mir übrigens das Jahresabonnement zu Weihnachten. Ich habe die Gold-Card."

„Da hat er dir allerdings was Feines geschenkt. Dies ist ein ausgezeichnetes Studio, eines der besten. Was machst du sonst noch so, außer wenn du 'streitest'?"

„Ich habe vier Töchter, einen Mann, zwei Hunde und zwei Katzen. Außerdem vier Freundinnen, die ich regelmäßig treffe. Für weitere Aktivitäten bleibt keine Zeit. Mein Mann und ich fahren erstmalig seit zehn Jahren über das

Wochenende ohne die Kinder weg."
Allegra hörte aufmerksam zu. Sie verabschiedete sich mit: „Dann wünsche ich euch, dass ihr euch aushalten könnt und die Zeit genießt. Viele Partner verlieren die Fähigkeit, sich miteinander zu beschäftigen. Aber du scheinst das alles gut im Griff zu haben. Du machst mir einen stabilen Eindruck. Also erhole dich gut und genieße die Zweisamkeit. Bis bald!"

„Ciao, Allegra, ich heiße übrigens Annabelle."

Allegra winkte noch von der Tür aus und verschwand. Annabelle zog sich ihre Stiefel an, schminkte sich wieder die Augen und die Lippen, band ihre Haare hoch und verließ glücklich den Umkleidebereich. Am Tresen checkte sie sich aus und wünschte allen ein schönes Wochenende. Karl winkte und rief hinter ihr her: „Bella, du tanzt wie eine Göttin, du hast die Anmut und das Temperament einer Flamenco-Tänzerin. Bei dir wird jedes Eis zu Wasser. Ich habe ein wenig gespannt, eigentlich wollte ich nur kurz schauen, wie viele Teilnehmerinnen Allegra hat, für unsere interne Check-Liste. Als ich dich sah, konnte ich mich erst mal nicht von deinem Anblick trennen." Karl lächelte sie an, während er einen Molke-Drink anrührte.

Annabelle schwebte durch die Tür und ging beschwingt zu ihrem Auto. Dieser Karl war der Hammer, mindestens zehn Jahre jünger, ein Bild von einem Mann und dann sagte er auch noch so was zu ihr! Etwas so Tolles hatte sie noch nie gehört! Sie tanzte wie eine Göttin und brachte Eis zum Schmelzen! Wow, der Tag war gerettet! Nein, das Wochenende war gerettet, wenn nicht sogar das ganze Jahr!

Als Annabelle zu Hause ankam, wartete Ole in der Küche und las in der Tageszeitung. Er hatte die Zeitung auf dem Küchentisch ausgebreitet und trank dabei einen Milchkaffee. „Hallo, Annabelle, wenn ich die Mädchen rufe, dann kann es sofort losgehen! Bist du bereit oder möchtest du erst noch einen Kaffee trinken?"

Sie flötete: „Ein Kaffee wäre wunderbar! Ich denke, ein halbes Stündchen Pause würde mir guttun, und dann nichts wie ab. Berlin kann sich auf was gefasst machen, wenn die

Brentano-Invasion in die Stadt einfällt."

„Wenn wir die Hunde hier lassen, dann wird es nicht ganz so schlimm für Berlin. Sie hatten noch mal ihren Auslauf, und wehe, sie beklagen sich. Ich war auch fleißig und habe einen Entwurf für mein Kinderbuch gemacht. Von der kleinen Kim, die so gerne ein kleiner Junge sein wollte."

Annabelle lachte: „Irgendwie kommt mir das Thema bekannt vor. Hast du eine Ahnung, wieso ich das denke?", fragte sie süffisant.

„Ja, du warst für den Titel und die Geschichte beispielgebend. Deswegen!"

„Wenn das so ist, dann hast du sicher auch nichts dagegen, dass ich dir helfe. Schon aus therapeutischen Gründen wäre das keine schlechte Idee, meinst du nicht auch, Ole?"

„Da sind wir uns ja einig, so hatte ich mir das gedacht."

Annabelle fiel gerade etwas ein: „Ich sprach übrigens mit meinem Vater wegen der Kids. Hat sich meine Mutter schon gemeldet?"

„Ja, sie gab uns grünes Licht. Wir fahren morgen um zehn! Sie möchten sogar, dass wir die Hunde hier lassen, damit wir mal so richtig allein sein können und uns entspannen", sagte Ole.

Annabelle war ganz aus dem Häuschen: „Das ist ja unglaublich! Ich kann es noch gar nicht fassen. Wir beide ganz allein! Wenn das nur gut geht. Manche Eltern wissen nämlich nichts mehr mit sich anzufangen, wenn die Kinder weg sind. Die brauchen ihre Kinder als Ehe-Alibi."

Ole feixte zurück: „Ich glaube, dieses eine Wochenende kriegen wir so gerade noch hin!"

Annabelle dachte wie immer praktisch: „Wenn ich dann auch noch fahre, dann sind wir schneller am Ziel und haben mehr Zeit für uns." Sie schaute herausfordernd zu Ole.

„Aber wenn ich fahre, dann sparen wir Geld: für Geschwindigkeitsüberschreitungen und Sprit!"

Annabelles kluger Kopf schaltete sich ein: „Buddha hat gesagt: Lerne die Regeln, damit du sie brechen kannst."

Ole fühlte sich jetzt erst herausgefordert: „Ja, meine

Liebe, dann gebe ich dir den guten Rat, lerne doch mal die Verkehrsregeln, und dann reden wir weiter."

„Wie du weißt, Liebling, besitzte ich nicht nur einen Führerschein, sondern ich bin auch noch Juristin! Wenn einer die Regeln kennt, dann ich."

„Jetzt kommt wieder die Männin in dir zum Vorschein. Du lernst doch die Regeln nur, weil du sie brechen willst! Das ist ein großer Unterschied! Und Buddha hat das bestimmt nicht so gemeint. Du lässt dir selber keine Chance, die Regeln auf dich wirken zu lassen. Lernen heißt: aufnehmen und verinnerlichen. Regeln haben nämlich ihren Sinn und das Brechen der Regeln hat auch seinen Sinn. Nämlich dann, wenn was Besseres dabei herauskommen könnte. Außerdem habe ich bei dir manchmal den Eindruck, du willst keine Autorität außer deiner eigenen anerkennen."

Annabelle ruderte zurück: „Ich habe doch nur Spaß gemacht und wollte dich ein wenig necken. Aber was hast du eben gesagt? Männin? Das ist ja krass!"

Ole freute sich, Annabelles Interesse geweckt zu haben und teilte ihr sein Wissen mit: „Ich las neulich in einem Artikel, dass Adam auf Hebräisch Mensch bedeutet beziehungsweise Adamah. Dieser Adam war weder Mann noch Frau. Er vereinte beides in einer Person. Dann kam die Geschichte mit der Rippe. Gott trennte ihn in zwei Hälften. So entstanden ‚Isch' und ‚Ischah', hebräisch für Mann und Frau. Dieses ‚ah' hinter ‚Isch' ist nun nichts anderes als die feminine Singularendung im Hebräischen, wie das deutsche ‚in' zum Beispiel bei Freund und Freundin. Also ist das Wort Frau eine Neuerfindung! Denn eigentlich muss es Männin heißen. Wäre mal interessant, was die Emanzen dazu sagen würden?"

Das war Annabelles Gebiet: „Emanzipation heißt 'Befreiung aus Abhängigkeit'. Du tust gerade so, als würden die Emanzen sich von allem, was männlich ist, emanzipieren. Darum geht es nicht. Viele haben diese Interpretation auch falsch verstanden! Die Unterdrückung durch männliche Dominanz verlangt nach Emanzipation! Ich habe gegen das Wort Männin überhaupt nichts! Jeder weiß sofort, was gemeint ist. Das Wort Frau dagegen muss erklärt werden."

„Das sind ja ganz neue Töne aus deinem Mund. Es geschehen noch Zeichen und Wunder!" Ole prostete Annabelle mit seiner Kaffeetasse zu und war glücklich.

Pauline stand in Sommerkleid und Sandalen in der Küchentür und verlangte nach Gehör: „Ich bin schon fertig angezogen. Wann fahren wir?"

Ole schaute resigniert zu Annabelle: „Noch eine in der Familie, die Regeln zu brechen wünscht."

Annabelle ging zu ihrer Tochter hin. „Paulinchen, du siehst entzückend aus, aber ich befürchte, du musst dir etwas Wärmeres anziehen." Annabelle versuchte es mit der sanften Methode.

Aber wie aus der Pistole geschossen kam: „Ich möchte das aber anbehalten!" Paulines Mundwinkel zuckten verdächtig nach unten und ließen nichts Gutes ahnen.

Der Papa schaltete sich ein: „Okay, da du ja schon mal fertig bist, was wunderbar ist, kannst du mit Fidel und Castro in den Garten gehen, damit sie Pipi machen können. Bist du schon groß genug für so eine verantwortungsbewusste Aufgabe?" Ole schaute väterlich auf Pauline herab und hob dabei wie ein Schulmeister den Zeigefinger.

„Ich bin schon groß und kann das."

„Dann komm mal mit, Pauline, ich lass dich mit Fidel und Castro in den Garten." Ole stand auf und gab den Hunden ein Zeichen. Sofort sprangen sie auf und warteten, bis Ole die Schiebetür geöffnet hatte. Pauline kommandierte die Hunde nach draußen und wartete auf der Terrasse. Ole schob die Glastür wieder zu und lächelte zuversichtlich vor sich hin.

Annabelle fragte ihren Mann: „Ist das Taktik oder Strategie?"

Er antwortete: „Beides!" Oles Zuversicht ließ nicht nach. Er verschränkte die Arme vor der Brust und schaute auf die Uhr. „In spätestens zwei Minuten schick ich sie dir nach oben und du kannst ihr anziehen, was du willst." Das

Lächeln bekam noch einen Touch Überheblichkeit und hatte etwas typisch Männliches in diesem Augenblick. Keine zwei Minuten später klopfte Pauline an die Glastür, sie trippelte auf der Stelle mit ihren kleinen Sandalenfüßchen, eine Eigenart von Frauen, wenn sie frieren oder dringend müssen oder beides. Gönnerhaft öffnete Ole die Tür und fragte scheinheilig: „Aber Paulinchen, du frierst doch nicht etwa?“

Annabelle nahm Paulinchen auf den Arm und verschwand nach oben, während sie zu ihr sagte: „Der Papa ist doof!“

Nach einer Viertelstunde saß die Familie im Auto und die Invasion konnte beginnen. Die meisten Männer versuchen, ihre Einkaufsphobie zu unterdrücken! Am Anfang sind sie noch interessiert und suchen sogar das eine oder andere Teil aus, was von Frau mit einem angewiderten Kopfschütteln quittiert wird. Je nach Frustgrenze halten die Männer mehr oder weniger durch. Irgendwann setzen sie sich mit den Einkaufstüten bepackt in einen Sessel oder sie stehen gelangweilt vor der Kabine, schauen desinteressiert und nörgeln herum: „Wie lange dauert das denn noch?“ Frau ist meistens rot im Gesicht, weil Umziehen anstrengend ist und die Kabinen meistens zu klein und zu hell beleuchtet sind. Den Spiegeln kann Frau nicht immer trauen, also müssen die Männer ihnen die Entscheidung abnehmen. „Was meinst du, soll ich das oder lieber das nehmen? Was ist besser? Sehe ich darin dicker aus? Soll ich doch lieber das andere noch mal anziehen?“ Dann drehen sie sich hin und her, schauen unentschlossen auf ihre Männer, gehen nach vorn und wieder zurück, knabbern am Fingernagel und verschwinden wieder in der Kabine, um nach kurzem Umziehen erneut zu fragen: „Oder nehme ich doch lieber das?“ Zum Schluss nehmen sie dann das, was überhaupt noch nicht zur Diskussion stand. Ole machte da, trotz weiblicher Seite, keine rühmliche Ausnahme. Als die Mädchen ihre Klamotten hatten, war Annabelle an der Reihe und sie benahm sich genauso, wie Frauen sich nun mal beim Einkaufen verhalten. Ole hatte Glück, er saß auf einem Sessel und hatte Paulinchen auf seinem rechten Bein und Sophie auf dem linken. Charlotte saß auf dem Boden und Franziska beobachtete eine Familie mit zwei größeren Jungs, die in der Jeansabteilung nach neuen Hosen Ausschau hielten. Sie schien sich als Einzige nicht zu langweilen. Die drei auf dem Sessel schauten mehr oder weniger mürrisch und gelangweilt drein. Die Taschen standen auf dem Boden verstreut um sie herum. Als Annabelle zum wiederholten Mal aus ihrer Kabine kam, drehte und wendete sie sich, schaute von vorn und von hinten in den Spiegel und war mit sich voll zufrieden. Erwartungsvoll schaute sie auf ihre Familie, die genervt dreinblickte und ihre Euphorie nicht zu teilen schien.

Annabelle war sauer: „Mit euch gehe ich nie wieder einkaufen! Ihr seid mir keine große Hilfe! Das nächste Mal gehe ich lieber mit meinen Freundinnen."

Eine Verkäuferin hörte ihren Verzweiflungsruf und eilte geschwind herbei, um noch was zu retten. Sie kannte sich bestens aus: „Das steht Ihnen wunderbar. Ich habe zu dem Rock noch eine tolle Jacke. Welche Größe brauchen Sie?"

Während die Verkäuferin Annabelle mit immer neuen Sachen versorgte, schlief Paulinchen auf Oles Schoß ein, Sophie spielte mit ihrem Gameboy und Ole machte Heimkino. Franziska verguckte sich in die beiden Jungs und Charlotte las in ihrem neuen Buch, das sie eben erst gekauft hatten. Annabelle verliebte sich gerade in sich selbst. Sie hätte jedes Kleidungsstück nehmen können, ungeachtet dessen, dass zu Hause der Kleiderschrank aus allen Nähten platzte. Aber sie hatte ja eine Entschuldigung, denn alle Sachen waren seit Neustem zu groß. Viel zu groß!

„Diese Spiegel sind klasse! Da sehe ich ja viel schlanker aus als sonst." Annabelle schaute zu der Verkäuferin, die sofort reagierte: „Wieso? Sie sind ja auch schlank!"

Besseres hätte sie nicht sagen können. Sie heilte damit Annabelles Wunde, die jene Verkäuferin damals beim versuchten Kauf eines Abiturkleides geschlagen hatte. Annabelle schnappte nach Luft und sagte mit Blick auf den sich langweilenden Ole: „Ich nehme alles." Schließlich griff sie nach zwei Röcken, Rollkragenpullovern und kurzen Jacken, die man kombinieren konnte. Sie holte ihre frisch gekauften Stiefel aus dem Karton und probierte sie gleich zu den neuen Röcken aus. Die Verkäuferin quittierte ihre Erscheinung mit einem „Oh, wie schön, ganz reizend!". Zu Ole gewandt meinte sie: „Was sagen Sie, sieht Ihre Frau nicht toll aus?"

„Ja, ganz toll!" Und zu Annabelle sagte er: „Lass uns jetzt endlich gehen!"

Paulinchen war wach geworden und nörgelte herum: „Ich habe Hunger. Ich will jetzt zu McDonalds."

Eine schöne Familie war das! Nachdem sie bezahlt hatten und die Tüten in die Tiefgarage zu ihrem Wagen gebracht waren, fielen die Brentanos allesamt bei McDonalds ein. Sie fanden einen großen Tisch, an dem sie alle Platz hatten, und Ole nahm die familiäre Bestellung auf. Mit einem übervollen Tablett kam er wieder.

Beim Essen sagte Ole: „Kinder, wisst ihr eigentlich schon, dass am Wochenende Oma und Opa Brentano zu euch kommen?" Die Mädchen jubelten, denn der Opa machte allerlei lustige Sachen mit ihnen. Sie durften bei Oma und Opa mehr als bei ihren Eltern.

Annabelle erklärte weiter: „Papa und ich sind einmal über das Wochenende weg und ihr dürft mit Oma und Opa machen, was ihr wollt, aber seid nicht so wild."

Schon kam die Frage: „Was macht ihr denn, du und Papa?" Sophie schaute sie beide nacheinander an. Sie hielt ihren Burger in Mundhöhe und wartete auf die Antwort.

„Papa und ich machen einen Kurzurlaub."

„Die Eltern von meiner Freundin machen immer Urlaub getrennt. Der Vater fährt allein und danach fährt die Mutter allein. Das finde ich doof! Aber ihr seid doch bald wieder da?" Franzi schaute ihre Eltern erwartungsvoll an.

„Ja, wir fahren Samstag um 10 Uhr und kommen am Sonntagnachmittag wieder. Ohne euch halten wir es doch nicht lange aus. Wir brauchen eure Zankereien und Nörgeleien. Wenn ihr zehn Minuten ruhig seid, haben wir Angst, euch könnte etwas passiert sein. Wie könnten wir da tagelang ohne euer Geschrei auskommen?", erklärte Ole.

„Genau, wir lieben euch Rasselbande und könnten uns gar kein Leben mehr ohne euch vorstellen. Und stünden alle Kinder dieser Welt vor uns, wir würden genau euch vier heraussuchen." Annabelle lachte und warf allen eine Kusshand zu.

Als sie wieder zu Hause waren, luden sie die Einkaufstaschen ins Haus und Annabelle machte die beiden kleinen Mädchen bettfertig. Es war schon nach 21 Uhr. Die Großen durften noch eine Weile aufbleiben und spielen. Sophie und Pauline ließen sich nach der Badewanne ohne Diskussionen ins Bett bringen. Sie schliefen beide sofort ein. Dafür waren sie am Wochenende auch immer die Ersten, die wach wurden.

Molly lief durch die offene Zimmertür in Sophies Zimmer. Sie hüpfte auf die Bettdecke ins Bett und drehte sich mehrmals um die eigene Achse, bevor sie sich einkuschelte. Die Katzen hatten ihren eigenen Katzeneingang und konnten mitten in der Nacht ins Haus oder nach draußen. Wenn sie allerdings jemanden kommen sahen, dann nutzten sie die Gelegenheit und kamen durch den Haupteingang ins Haus und ließen sich die Tür aufhalten. So eine Katze ist schließlich etwas Besonderes und erwartet und verdient Aufmerksamkeit! Polly saß in der Küche am Fressnapf und fraß sich erst mal satt.

Ole ließ die Hunde in den Garten und rauchte auf der Terrasse eine Zigarette. Annabelle probierte im Schlafzimmer ihre neuen Sachen an und freute sich königlich über alles: den Tag, ihre Familie, das bevorstehende Wochenende und die vielen Gespräche in der letzten Zeit. Sie war rundherum glücklich!

Sie setzte sich auf die Bettkante und rief Bea an. „Na, Liebes, wie geht es dir?"

„Frag nicht, ich weiß nicht mehr, was ich machen soll. Theofil setzt mir wieder zu. Er schreibt mir eine Mail nach der anderen und ruft ständig an. Er bereut alles und er sagt, er kann ohne mich nicht mehr leben. Annabelle, was soll ich nur machen?"

„Lass ihn am langen Arm verhungern, Bea! Der Mann ist total schräg. Wenn du jetzt nachgibst, dann fängt alles wieder von vorne an."
„Ich weiß, Annabelle, aber es fällt mir sehr schwer. Er hat gesagt, er bringt sich um. Ich habe Angst, wenn der sich umbringt, dann bin ich schuld."
Annabelle erhob ihre Stimme: „Bea, du bist doch eine intelligente Frau! Du kannst nicht wirklich glauben, dass er sich umbringt, oder?! Der ist doch viel zu feige!"
Bea sagte leise: „Aber wenn doch?"
Annabell überhörte die Frage und redete der Freundin gut zu: „Bea, sei stark und antworte ihm erst gar nicht auf die Mails. Ignoriere ihn! Fahr zu Billi und rede mit ihr. Was machst du denn gerade?"
„Ich bin in der Klinik. Ich kann nicht nach Hause, da werde ich verrückt! Ich möchte jetzt nicht allein sein."
Annabelle fragte: „Hast du schon mit Johanna und Leonie gesprochen?"
„Ja, mit Leonie! Johanna ist zu ihrer Schwester gefahren und kommt erst am Sonntagabend zurück. Leonie schlug mir vor, das Wochenende bei ihr zu verbringen, aber ich will ihr nicht zur Last fallen. Sie hat doch auch genug um die Ohren."
Annabelle entgegnete: „Vielleicht kann sie auch deine Hilfe gebrauchen? Lass auf keinen Fall diesen Typ in deine Wohnung und lösche am besten die Mails, bevor du sie liest! Dann hängst du da nicht so drin. Bea, sei stark! Ich fahre mit Ole weg, das erste Mal seit über zehn Jahren! Sonst hättest du hierher kommen können."
„Das ist sehr nett von dir, Annabelle, aber ich habe in der Klinik viel zu tun! Ich kann mich hier beschäftigen und auch auf andere Gedanken kommen. Meiner Mutter geht es nicht so gut. Das Heim rief mich an, ich muss morgen mal hin und nach ihr schauen. Beschäftigung habe ich genug. Aber meine Gedanken und Gefühle nehmen ganz viel Raum ein. Ich war am Anfang so stark, aber jetzt kann ich nicht mehr."
Annabelle schickte alle Kraft durch den Hörer: „Doch,

doch! Das kannst du! Dein Kopf macht dir Probleme, hör auf deinen Bauch und dein Herz! Du liebst diesen Typen doch gar nicht! Das redest du dir nur ein! Bea, halte bitte durch! Du schaffst das schon!"

Bea war nun ein bisschen zuversichtlicher: „Ich versuche es. Mach dir keine Sorgen um mich und genieße mit Ole das Wochenende! Ihr habt es euch verdient. Lass es dir gut gehen und mach dir um mich bitte keine Sorgen. Wir sehen uns am Mittwoch im CARPE DIEM."

Annabelle fühlte sich etwas unwohl in ihrer Haut und rang der Freundin noch ein Versprechen ab: „Wenn du nicht mehr weiterweißt, dann geh zu Billi, versprich mir das."

„Ja, ich verspreche es. Ich drück dich! Machs gut."

„Du auch, ich hab dich lieb und die anderen haben dich auch lieb. Bleib stark und lass endlich diesen Typen los! Ciao." Annabelle saß auf ihrem Bett und fasste es nicht. Wie konnte Bea auch nur einen Gedanken an Theofil verschwenden? Sie schrieb Johanna eine SMS und richtete ihr aus, dass sie mit Ole ins Wochenende fuhr, dass Theofil Bea drangsalierte und dass sie am nächsten Freitag unbedingt zum Salsa-Kurs mitkommen musste. Nach fünf Minuten schrieb Annabelle noch eine SMS. Diesmal an Leonie. Sie bat sie, öfter bei Bea anzurufen. Da bekam sie schon eine SMS von Johanna. „Schön, dass du mal rauskommst. Genieße in vollen Zügen!!! Klar komme ich mit und tanze Salsa. Hier ist leider alles beim Alten. Erzähle es am Mittwoch. Der Theofil hat einen Schuss, hoffe, dass Bea durchhält. Kuss Johanna."

Kaum hatte sie die SMS zu Ende gelesen, rief Leonie sie auf ihrem Handy an: „Ich mache mir Sorgen um Bea. Sie wird hoffentlich stark bleiben! Kann sie nicht das Wochenende zu Billi fahren? Billi sprach doch von einer Therapeutin. Annabelle, ich glaube, Bea schafft das nicht. Theofil erpresst sie. Du weißt doch, sie denkt, wenn er sich umbringt, ist sie schuld. Irgendwie hängt das alles zusammen. Ich bot ihr an, zu mir zu kommen, aber sie will nicht."

„Ja ich weiß, wir können sie nicht retten. Das kann sie nur allein, und wenn dieser Theofil ihr droht und sie sich erpressen lässt, dann fängt alles wieder von vorne an. Der spielt mit ihr Spielchen." Annabelle schnaufte laut durch die Nase.

Leonie meinte dann: „Wir müssen jetzt erst mal abwarten. Sie ist nicht in Gefahr! Fahr du ruhig mit Ole weg. Ihr beide habt es bitter nötig! Mach dir keine Sorgen um Bea, die fällt schon wieder auf die Füße. Bis spätestens Mittwoch dann! Ciao"

„Ja, ciao, und lass es dir gutgehen!" Annabelle saß noch einen Augenblick auf dem Bett und ging dann nach unten zu Ole. Die Hunde lagen wieder auf ihren Stammplätzen vor dem Kamin und Polly saß mitten im Wohnzimmer auf dem Boden und putzte sich gründlich das Fell, ihre Abendtoilette! Sie streckte dabei eines der Hinterbeine kerzengerade nach oben, wie eine Balletttänzerin, und putzte sich ihren Katzenpo. Ole hatte eine Flasche Rotwein aufgemacht und schaute die Sportschau. Annabelle setzte sich aufs Sofa und zog die Füße hoch. Sie nahm sich einen Schluck aus Oles Glas und seufzte.

Ole fragte sofort: „Was ist?"

„Ich habe mit Bea telefoniert. Theofil hat sich gemeldet, er lässt nichts unversucht, um Bea wieder rumzukriegen."

Ole war sofort in seiner Materie: Psychologie! „Wer weiß, was bei Bea alles so im Argen liegt? Ihr habt euch zwar immer ausgesprochen, aber irgendwas scheint bei ihr nicht so gelaufen zu sein, wie es sollte. Sie stellt ihren Vater auf einen Sockel. Und sie war seine Prinzessin! Er wollte ihr immer einen Prinzen kaufen, aber anscheinend bekommt sie immer nur Frösche. Vielleicht sollte sie mal einen an die Wand werfen?"

„Ja, da hast du recht! Sie würde endlich aufwachen und erkennen, was wir schon längst erkannt haben. Diesem Theofil würde ich Beine machen!", sagte Annabelle harsch.

„Das glaube ich dir aufs Wort. Wann kommen denn deine Eltern morgen?"

„Ich glaube um zehn Uhr. Wir brauchen uns nicht so zu hetzen."

„Okay. Dann werde ich mal nach oben gehen und mich in die Wanne legen, damit ich nachher schön dufte für dich!" Ole beugte sich über Annabelle und gab ihr einen Kuss. „Bin gleich wieder da."

Annabelle streckte sich auf dem Sofa aus und schaltete auf ein anderes Programm. Da lief gerade ein Spielfilm mit Kevin Costner, er ritt durch die Prärie zu einem Indianerdorf. Sie konnte sich an diesen Film erinnern, vor einigen Jahren sah sie ihn mit Leonie im Kino: „Der mit dem Wolf tanzt". Wohlig genoss sie die Ruhe und das Alleinsein. Als Ole nach einer Dreiviertelstunde herunterkam, schlief sie selig, tief und fest. Ole deckte sie mit ihrer Bettdecke aus dem Schlafzimmer zu, löschte das Licht und machte den Fernseher aus. „Schlaf schön, meine kleine Annabelle. Das Leben kann aber auch so ungerecht sein." Ole lächelte und ging nach oben ins Bett.

Am nächsten Morgen standen die Großeltern Brentano schon um 9 Uhr auf der Matte. Sie wollten sichergehen, dass Ole und Annabelle auch rechtzeitig im Auto saßen und den Abflug machten. Unter großem Hallo, Winken und fröhlichen Wünschen fuhren sie hupend davon.

„Endlich!", Ole atmete aus, als sie um die Ecke bogen und außer Sichtweite waren. Annabelle hatte sich durchgesetzt und fuhr, zumindest so lange, wie Ole es aushielt. Annabelle versuchte sich an die Geschwindigkeitsbegrenzungen zu halten und versprach Besserung. Ole entspannte sich.

Nachdem sie eine ganze Weile gefahren waren, hielt Annabelle an einer Raststätte an und stellte den Wagen ab. Ole sah sie verwirrt an.

„Ich glaube wir sollten einen kleinen Spaziergang machen. Komm, lass uns frische Luft schnappen! Das tut uns gut. Wir kommen noch früh genug an."

Als sie später wieder im Auto saßen, diesmal fuhr Ole, hörten sie Oldies und sangen laut und fröhlich mit. Gegen 14 Uhr erreichten sie ihr Ziel und bezogen ihr Zimmer in einer Pension, die sie vorab gebucht hatten. Das Haus lag schön ruhig im Grünen, genau richtig für ein erotisches

Wochenende. Das Zimmer war hell und hatte einen weichen Teppichboden. Das Bett stand mitten im Raum und gegenüber vom Fenster befand sich ein alter Kleiderschrank. Eine Tür führte ins Badezimmer, das ohne Fenster war, aber mit Badewanne, frischen Handtüchern und Seife. Auf den Kopfkissen lagen Pralinen, eingepackt in dekorative Mini-Kartons. Annabelle schmiss sich aufs Bett und prüfte die Matratze. „Was fangen wir mit dem halben Tag noch an?" Sie schaute erwartungsvoll zu Ole.

„Ich glaube, wir ordern uns eine Flasche Sekt aufs Zimmer, lassen Wasser in die Wanne, geben diese verführerischen Düfte des Hauses hinein und lassen uns treiben."

Annabelle setzte sich auf den Bettrand und schaute verführerisch zu Ole auf. Wissend, was dieser Blick ihm sagen sollte, sah er sie lächelnd an. Annabelles Haare glänzten im Sonnenlicht, das sich durch die Fensterscheibe einen Weg gebahnt hatte. Ihre Augen leuchteten und ihr voller Mund stand leicht offen. Mit ihrer rechten Hand klopfte sie auffordernd neben sich auf die gelbe Bettdecke.

Aber Ole blieb vor ihr stehen, nahm ihre rechte Hand und zog sie zu sich an den Mund. Zärtlich küsste er jeden einzelnen Finger, ganz langsam und liebevoll berührten seine Lippen ihre Haut. Annabelle schaute erstaunt zu Ole, solche Gesten kannte sie bisher noch nicht von ihm. Mit tiefer Stimme zitierte er einen Satz aus der Bibel, aus dem Hohelied des Salomo: „Siehe, du bist schön, meine Freundin, siehe, du bist schön, deine Augen sind wie Trauben." Annabelle forschte in sich nach einem geeigneten Gegenzitat, aber zum ersten Mal fiel ihr nichts ein, womit sie hätte kontern können.

Sie ließ sich weiter von Ole berühren und verführen. Liebevoll zog Ole Annabelle vom Bett hoch. Ganz sanft hauchte er zärtliche Küsse auf ihr Haar. Sie erschauerte bei dieser romantischen Verzauberung durch die neuartige Zärtlichkeit ihres Mannes. Sie war so beeindruckt, dass das Erstaunen über die Situation ihren Genuss ein wenig hemmte. Ole küsste sie auf die Augenlider, auf die Nase und auf ihren sinnlichen Mund, dessen Lippen vor Wollust leicht zitterten. Er tat es immer wieder und wieder und wieder. Ganz sanft und sachte. Er glitt mit seinen Lippen an ihrem Hals herunter, küsste ihr Dekolleté und den Ansatz ihrer Brüste. Annabelles Knie wurden weich durch Oles romantisches Liebesspiel und sie konnte sich kaum noch auf den Beinen halten, so sehr berührte Ole nicht nur ihren Körper, sondern auch ihre Seele.

Ole führte sie sanft zurück aufs Bett und ließ sie behutsam mit dem Oberkörper auf die Bettdecke gleiten. Er öffnete langsam ihre Bluse, Knopf für Knopf, und küsste ihre nackte Haut. Er öffnete ihren BH und liebkoste mit seinen Lippen ihre Brustwarzen und ihren Bauch. Dabei flüsterte er ihr liebevolle Worte zu: „Meine Schöne, ich liebe dich. Ich möchte keine andere Frau, nur dich. Du bist die Liebe meines Lebens." Annabelle stöhnte und schloss genussvoll ihre Augen und ließ sich von Liebe erfüllt weiter auf Ole ein.

Wie lange hatte sie sich nach solchen Worten und Berührungen verzehrt?! Wie lange hatte sie sich selbst verleugnet, aus Angst, nicht attraktiv gefunden zu werden?! Sie hielt beim Sex, wie auch bei allen anderen Dingen, immer die Zügel in der Hand. Hier und jetzt konnte sie die Zügel loslassen. Ole nahm ihr in diesem Augenblick die Angst und heilte sie mit Worten und mit Liebkosungen. Die Welt blieb stehen und es gab in diesem Moment nur noch Annabelle und Ole. Zwei Menschen, die sich liebten. Durch Oles liebevolle Hände und zarte Lippenbekenntnisse konnte Annabelle sich endlich fallen lassen, und die Frau in ihr erwachte – nach so langer Zeit – aus ihrem Dornröschenschlaf.

Kapitel 8

Am Montagmorgen ging das Radio um 6.30 Uhr an und ein Sprecher informierte, dass die Kältewelle noch einige Tage andauern würde. Danach sangen die Ärzte ihren Hit „Lass die Leute reden“. Annabelle warf ihre Decke nach hinten und krabbelte aus dem Bett. Sie hatte sich geschworen, diese Woche jeden Tag aufzustehen, die Kinder zu versorgen, Ole einen Kaffee ans Bett zu bringen, mit den Hunden eine halbe Stunde zu laufen und dann erst ins Büro zu fahren.

Das Wochenende hatte ihnen gutgetan und sie konnten eine Menge Dinge klären, über alles sprechen, und ihr Liebesleben bekam zudem einen neuen Kick. Die Kinder waren mächtig von Oma und Opa verwöhnt worden und Mama und Papa Brentano würden jederzeit wieder einspringen. Alles in allem ein gelungenes Ehe-Experiment! Die Großeltern fühlten sich unter den Enkeltöchtern jung und Annabelle und Ole fühlten sich wie Teenager.

Annabelle weckte ihre Töchter, kochte Kaffee, deckte den Frühstückstisch und schmierte die Pausenbrote für die Brot-Boxen. Molly und Polly schnurrten um ihre Beine und signalisierten, dass sie auch gefüttert werden wollten. Erwartungsvolle Hundegesichter schauten sie an und Annabelle füllte mit dem Hundemüsli auch ihre Näpfe. Sie schäumte die Milch für Oles Kaffee auf und schüttete sie in die breite Milchkaffee-Tasse auf den Espresso. Bevor sie den Kaffee nach oben brachte, machte sie für die Hunde und Katzen die Schiebetür im Wohnzimmer auf, damit sie in den Garten konnten.

Ole freute sich wie ein kleines Kind, als sie mit dem Milchkaffee in der Tür stand und leise rief: „Aufwachen, Schlafmütze! Der Kaffee ist fertig.“ Sie küsste ihn und verschwand gleich darauf für ihr morgendliches Waageritual im Badezimmer. Diesen Augenblick wollte und musste sie allein durchstehen. Aber im Moment waren diese Augenblicke wahre Highlights. Wieder ein Kilo weniger! Glück, nimm deinen Lauf, dachte Annabelle und freute sich.

Annabelle lief den Flur entlang und rief: „Noch fünf Minuten! Wer da nicht unten ist, hat Pech." Trotz des allgemeinen Chaos bei den Brentanos herrschte mehr oder weniger Pünktlichkeit. Morgens waren sie ein eingespieltes Team und alles klappte nach Plan. Die Mädchen hatten ihre neuen Klamotten an und waren heute ausnahmsweise einmal friedlich. Opa hatte gestern mit ihnen und den Hunden ausgiebig herumgetobt, so dass die Energie erst mal aufgebraucht war. Das wirkte sich heute Morgen positiv auf die Stimmung aus, und sie gingen nach dem Frühstück zufrieden ihrer Wege. Annabelle stand in der Tür und winkte ihnen nach. Da erschien der Gatte auf der Treppe mit der leeren Tasse in der Hand. Wie es sich gehörte, räumte er sie in die Spülmaschine und setzte sich an den Frühstückstisch.

Annabelle platzte heraus: „Du sagtest doch, du hättest Lust, ein Kinderbuch zu schreiben. Mach das! Lass das Kochbuch sausen und schreibe Kinderbücher! Geschichten aus dem Alltag –und werte diese im Anhang psychologisch aus für die Eltern. Sozusagen als Erziehungsratgeber! Keiner könnte das besser als du. Du bist in meinen Augen ein echter Experte in der Theorie und in der Praxis. Bei vier Töchtern hast du eine Menge Arbeitsmaterial. Du bist Soziologe, Philosoph und fast fertiger Psychologe. Mensch, Ole, wenn nicht du, wer dann?!"

„Meinst du? Ich freue mich, dass du so viel Vertrauen in mich setzt. Das Tolle an der Sache wäre: Durch die Geschichten versteht wirklich jeder, was gemeint ist, und die Analyse oder Botschaft dürfte dann nicht so schwer zu verstehen sein. Weißt du was? Ich mach das!"

„Ich glaube, du wirst Erfolg haben! Ich weiß es einfach!", sagte Annabelle und schob gleich hinterher: „Ich gehe jetzt eine Runde!"

Draußen atmete Annabelle tief durch und stiefelte durchs Feld. Die Hunde liefen voraus und jagten sich gegenseitig. Sie merkte, dass ihre Seele immer noch verletzt war. Wie oft hatte man sich über sie als Kind und Jugendliche lustig gemacht, weil sie dick war?! Immer wieder wurde sie gehänselt, und dann musste sie essen, um sich wieder gut zu fühlen – ein Teufelskreis. Um sich zu schützen, legte sie sich ein freches und dominantes Verhalten zu. Dadurch erntete sie oft Respekt und Bewunderung, was zur Folge hatte, dass sie wieder angenommen wurde, wobei man sie freilich für männlich hielt.

Plötzlich hatte sie eine Erkenntnis. Durch ihr Anderssein, ihr Dicksein, befand sie sich automatisch auf der Seite der Ausgegrenzten. Sie wusste genau, wie man sich dort fühlte. Deswegen war sie Anwältin geworden. Sie wollte den Schwachen helfen! Bisher hatte sie nur jene Frauen verteidigt, die von ihren Männern betrogen und „verstoßen" wurden. An diesen Männern rächte sie sich, weil sie für all jene standen, die sie früher hänselten. Sie zahlte es den Jungs von damals heim. Deswegen hatte sie so wahnsinnige Aggressionen gegen die Männer ihrer Klientinnen. Durch diese Rivalitätskämpfe bewies sie ihre Dominanz und Überlegenheit. Sie suchte sich unbewusst diesen Sektor aus, weil ihre männliche Seite ausgeprägter war als ihre weibliche und weil sie ihren Eltern den Sohn ersetzen wollte. Sie hatte mal gelesen, dass Dominanz nicht gleich Stärke bedeutet. Stärke kommt von innen, Dominanz kommt aus dem Kopf. Jemand, der stark ist, braucht sich nicht in den Vordergrund zu stellen, weiß nicht immer alles besser, muss niemanden heruntermachen. Stärke gibt Schwächen zu! Stärke kann mit Kritik umgehen. Stärke muss man nicht beweisen. Dominanz braucht ständig Futter, will alles bestimmen, stellt sich in den Vordergrund, kann keine Kritik vertragen, kritisiert allerdings andere, weiß alles besser, gibt niemals eine Schwäche zu. Dominanz hat Angst, verdrängt sie aber. Dominanz hat man sich irgendwann angeeignet, weil es irgendwann Sinn machte.

Annabelle war sich sicher, dass sie beides besaß: Stärke und Dominanz. Sie dachte: Das starke Geschlecht ist eindeutig die Frau. Ihre Stärke besteht darin, dem Mann zu suggerieren, er sei der Starke und sein Wille geschehe. Wahr aber ist, der Wille der Frau geschieht und Mann merkt es nicht, weil er denkt, alles geschieht nach seinem Plan.

Annabelle lächelte vor sich hin. Ole gehörte nicht eindeutig zu dieser Spezies. Er besaß eine innere Stärke, aber keine offensichtliche Dominanz. Irgendwie hatte er das auch nicht nötig. Und mit so einem Wonneproppen war sie verheiratet. Das Wochenende zeigte ihr, dass sie doch füreinander bestimmt waren. Trotz ihrer Probleme führten sie eine glückliche Ehe.

Aber wieso wurde ihr immer ganz anders, wenn sie Karl begegnete? Sie war doch glücklich mit Ole?! Wieso diese Sehnsucht nach seiner Nähe? Wieso jagten ihr seine Komplimente solche Schauer über den Rücken und ließen sie beschwingt nach Hause gehen? Dieser Karl war um einiges jünger, sah gut aus und hatte bestimmt an jedem Finger zehn Frauen.

Da schoss ihr ganz plötzlich eine Erkenntnis durch den Kopf: Karl stand für die Jungs, die sie geärgert hatten, die für sie unerreichbar waren, die sich für schlanke Mädchen mit langen, dünnen Beinen interessierten und nicht für die dicke Annabelle Brentano mit ihren Kartoffelstampfern. Jetzt in der Gegenwart war er ihr erschienen, um das wiedergutzumachen. Danke, Karl!

Er war genauso unerreichbar wie damals die Jungs, aber er verletzte sie nicht, sondern tat ihr gut. Dadurch hatte alles angefangen. Er war die Starthilfe für Annabelles neues Leben. Durch ihn fand sie einen Weg, ihren Körper anzunehmen und sich zu lieben. Wie hatte Allegra doch gesagt? Körper, Geist und Seele sollen im Einklang sein. Ihren Geist befreite Annabelle ja neuerdings immer mehr von Ängsten und Zwängen, die ihren Körper gefangen hielten, der sich wiederum durch eine Fettschicht zu schützen versuchte. Täglich konnte sie mehr loslassen, so dass sich schon bald ihre Seele in völliger Harmonie zwischen Geist und Körper würde bewegen können. Wow!

Dennoch würde es immer wieder Hürden und Wassergräben in ihrer Ehe geben. Immer wieder galt es, sie zu überwinden. Doch ohne diese Beschwerlichkeiten wäre es wahrscheinlich langweilig. „Zeige mir einer eine Beziehung ohne Probleme und ich will nicht mehr Annabelle heißen", sagte sie laut vor sich hin. Ihre Eltern harmonierten gut miteinander, seit sie sich erinnern konnte. Sie respektierten sich gegenseitig und versuchten sich nicht umzuerziehen, was Annabelle wiederum schwerfiel. Sie hatte gerne die Zügel in der Hand. Oles Eltern hatten diese Gratwanderung mit fünf Kindern hinbekommen, somit hatten sie beide ein gutes Vorbild. Was die Zukunft noch bringt, wird sich zeigen, dachte sie. Es bleibt spannend! Und das war doch immerhin ein wunderbarer Gedanke.

Das Mädchen saß in seinem Zimmer auf dem Bett und der Tiger in ihr war erwacht. Er brüllte und warf seinen Kopf in den Nacken. Er brüllte aus voller Kehle immer wieder und wieder. Er stand dabei auf allen vier Pfoten und seine scharfen Krallen bohrten sich fest in den Boden. Wut und Verzweiflung ließen den Tiger in ihr so laut brüllen, dass ihr schwindelig wurde und ihr Herz raste. Mit den Armen umschlang sie ihren dünnen Oberkörper und wiegte sich dabei nach vorne und nach hinten, immer wieder im selben Rhythmus. Der Tiger wollte nicht aufhören. Er brüllte seinen Schmerz heraus. Nach einer Weile nahm sie die Rasierklinge und ritze sich in den linken Unterarm, bis das Blut kam. Sie beobachtete ihr eigenes Blut und sah, wie es an ihrem Arm seitlich nach unten floss, sie verfolgte die Blutspur, bis das Blut auf den Boden tropfte. Sie atmete etwas ruhiger, ihr innerer Schmerz kehrte sich durch das Ritzen nach außen.

Der Tiger beruhigte sich langsam und brüllte jetzt nicht mehr so laut. Sein Gebrüll hallte nicht mehr in ihren Ohren und quälte sie nicht mehr. Sie ritze sich noch einmal an derselben Stelle, nur etwas tiefer, damit das Blut stärker floss. Tropfen für Tropfen floss es auf den Boden und bildete dort eine kleine Blutlache. Sie beobachtete weiter den Blutfluss von seinem Austritt bis hin zu dem Blutfleck auf dem Fußboden. Der Tiger wurde immer ruhiger. Er brauchte den Geruch des Blutes und den Schmerz. Je mehr er davon bekam, desto ruhiger wurde er.

Sie dachte über das letzte Gespräch mit ihren Eltern nach. Zwei Tage nach ihrem Abi-Ball hatte sie eine Gelegenheit wahrgenommen, mit ihren Eltern über ihr zukünftiges Studium der Medizin zu sprechen. Ihre Mutter jammerte: „Du kannst doch jetzt nicht einfach studieren? Wie stellst du dir das vor? Was denkst du dir? Du meinst, du kannst einfach fortgehen und bekommst jeden Monat einen Scheck und kannst die feine Dame spielen?“

„Was heißt denn hier: die feine Dame spielen? Ich habe das beste Abitur der Schule und ich möchte das, was jeder machen würde: Ich möchte Medizin studieren und brauche

eure Unterstützung. Jetzt sag du doch auch mal was, Papa!"

Der Vater hielt sich, wie immer bei solchen Diskussionen, raus. „Kannst du nicht erst mal was lernen, damit du eine Grundlage hast? Nicht jeder muss unbedingt studieren. Ich weiß nicht, ob ich meinen Job in der Firma behalte! Alles ist im Umbruch und ich habe keine Ahnung, wie es weitergehen soll."

„Na prima! Ich habe mich bemüht, immer eine gute Schülerin zu sein. Ich wollte, dass ihr stolz auf mich seid, aber ihr habt noch nicht einmal ein Foto von mir auf dem Abitur-Ball gemacht."

„Du bist ein undankbares Mädchen. Das warst du schon immer! Anstrengend und egoistisch, wie kann man da stolz sein." Die letzten Worte der Mutter hörte sie schon gar nicht mehr. Sie war aufgestanden und saß nun in ihrem Zimmer. Der Vater war mittlerweile gegangen. Er konnte das wehleidige Gezeter der Mutter nicht ertragen.

Sie musste sich um sich selber kümmern, von ihren Eltern konnte sie nichts erwarten. Mit ihren Abi-Noten hatte sie eine gute Chance auf ein Stipendium. Vielleicht sollte sie versuchen, etwas Geld zu verdienen und eine medizinische Ausbildung machen. Diese Idee gefiel ihr. Sie würde gleich morgen Bewerbungen schreiben. Wenn sie eine Ausbildung als Krankenschwester machte, hätte sie gleich Einblick in das medizinische Metier. Außerdem konnten die Schwestern in Schwesternheimen wohnen. Dann wäre sie hier fort und bräuchte dieses Elend nicht mehr zu ertragen. Sie hatte dieses Familienleben satt! Ihre Mutter war nur am Jammern und am Nörgeln. Sie vertrieb dadurch den Vater.

Auf Anerkennung brauchte das Mädchen auch nicht zu hoffen. Die Mutter sah nur ihre Schwester und der Vater hatte seine Arbeit. Sie musste hier raus, und das so schnell wie nur möglich!

Das Gebrüll des Tigers war verstummt! Er legte sich hin und schlief zufrieden ein.

Kapitel 9

Annabelles Handy signalisierte einen Anruf und tanzte bei jeder Vibration auf ihrem Schreibtisch. Sie suchte nach ihrer Lesebrille, um den Namen im Display zu checken. Dort stand: „Unbekannter Teilnehmer“. Bei diesen anonymen Anrufen meldete sie sich oft nur mit: „Ja?“ Aus dem Hörer erschallte ein: „Hallo Bella! Hier ist Karl!“

„Oh, hallo Karl, das ist aber eine Überraschung! Was verschafft mir die Ehre?“ Annabelle, sonst äußerst taff, aber hier im Moment doch überfordert, versuchte Zeit zu schinden und ließ Karl erst mal sprechen.

„Bella, ich möchte dich im Auftrag von Allegra auf einen neuen Termin hinweisen. Wir hatten am Wochenende ein Meeting und änderten unseren Gymnastik-Plan. Deswegen nahmen wir kurzfristig einen neuen Kurs mit ins Programm. Allegra bietet jetzt jeden Montagabend therapeutisches Tanzen an, von 17 bis 19 Uhr. Sie beginnt heute schon damit. Sie bat mich, es dir mitzuteilen, da du dich letztens mit ihr über Tanztherapie unterhalten hast und sehr interessiert warst. Vielleicht hast du ja Lust, deine Freundin mitzubringen!“

„Oh, das ist aber nett. Ich weiß noch nicht, ob ich das einrichten kann. Eigentlich wollte ich heute in der Mittagszeit kommen und mein Programm absolvieren. Allerdings kann ich nicht um fünf schon wieder antanzen, und für meine Freundin kann ich auch nicht sprechen. Ich checke das und komme dann mittags oder abends. Danke, Karl.“

„Gerne! Ich sehe dich dann auf alle Fälle. Ich freue mich. Bis bald! Tschüss, Bella.“

„Ja, mach es gut! Bis dann Karl.“ Annabelle musste erst mal ihre Atmung wieder in Takt bringen und dachte: Da ruft der einfach mir nichts dir nichts an. Langsam atmete sie die aufgestaute Luft aus und versuchte wieder in ihren Rhythmus zu kommen.

Sie wollte schon gerne zum Tanzen gehen, aber wie sahen die privaten Termine aus? Wenn sie die Mittagszeit durcharbeitete, konnte sie um 14 Uhr nach Hause gehen. Wenn Ole keine dringenden Termine hatte und keine sonstigen Hindernisse im Weg standen, dann konnte sie den Kurs mitmachen.

Sie rief Ole an, um die neue Lage zu besprechen: „Hallo, mein Liebling, ich könnte heute Abend im Fitness-Studio an einem neuen Kurs teilnehmen, therapeutisches Tanzen, der Kurs geht von 17 bis 19 Uhr. Wäre das in Ordnung für dich?"

„Ist okay. Ich bleibe heute Abend zu Hause."

„Ich bin um 14 Uhr zu Hause. Da können wir dann weitersprechen. Bis dahin, mach es gut. Ciao!"

„Bis nachher, meine liebestolle Lieblingsfrau!" Ole legte auf, so dass sie nichts mehr dazu sagen konnte. Sie lächelte und rief gleich darauf Johanna an. „Hallo, meine Liebe, hier ist Annabelle. Bist du spontan?"

„Hi, Annabelle, du kennst mich doch! Ich habe die Spontanität erfunden. Wenn du mir noch sagst, wieso, weshalb und warum?"

„Heute Abend läuft ein neuer Kurs im Fitness-Studio mit Allegra. Therapeutisches Tanzen. Hättest du Lust mitzukommen?"

„Hört sich gut an! Wann ist denn heute Abend?"

„17 bis 19 Uhr. Du brauchst nur was Bequemes zum Anziehen. Wenn du noch mehr Zeit hast, können wir auch einen Saunagang machen."

„Ich sag mal ja, weil ich spontan bin. Wie war denn dein Wochenende?"

Annabelle war happy: „Fantastisch! Ole und ich haben es uns richtig gutgehen lassen. Wir sind am Samstagmittag angekommen, haben bis um 18 Uhr im Bett verbracht. Dann etwas zur Stärkung gegessen und wieder ins Bett. Am Sonntagmorgen: Frühstück, danach ein großer Spaziergang, wieder ins Bett und dann ab nach Hause. Ich bin rundherum glücklich. Kann ich nur jedem empfehlen."

Johanna freute sich für sie: „Das hört sich ganz nach der alten Annabelle an. Mein Wochenende verlief nicht so sexy. Ich fuhr, wie du weißt, am Freitag zu meiner Schwester. Sie bekommt bald ihr zweites Kind. Leider hat sie Blutungen bekommen und muss liegen. Deswegen bat sie mich um Hilfe. Es hat sich leider dort nichts geändert. Ihr Mann ist ein Tunichtgut, genau wie mein Stiefvater: weiß alles besser und säuft. Meine Mutter macht mich ständig runter, auch nichts Neues, und meine andere Schwester ist in ihre Fußstapfen getreten. Als ich am Sonntagmittag nach Hause kam, lag Mark wehleidig im Bett. Das war dann der krönende Abschluss."

Annabelle machte ein besorgtes Gesicht und sagte: „Ui, das hört sich ja nicht so gut an, aber irgendwie war das doch vorauszusehen, oder? Sie rufen dich, wenn sie dich brauchen, und du kannst dann nicht Nein sagen! Was hatte denn Mark? War es was Ernstes?"

„Ach, er fühlte eine Erkältung im Anflug und musste sich den ganzen Sonntag mit einer Wärmflasche ins Bett legen. Heute Morgen war er wieder fit und ist in sein Büro, wie jeden Morgen."

„Er fühlte sich wahrscheinlich vernachlässigt von dir und brauchte Aufmerksamkeit. Also ich warte um kurz vor 17 Uhr vor dem Fitness-Studio. Dann können wir gemeinsam reingehen."

Johanna bestätigte mit „Ist gebongt!".

Pünktlich um 16.45 Uhr trafen sich die beiden Freundinnen vor der Eingangstür des Fitness-Centers. Sie hatten jede eine Sporttasche über der Schulter hängen und freuten sich, einander zu sehen. Nach inniger Umarmung betraten sie das Studio. Sie zogen sich im Umkleidebereich um und waren dann vor Kursbeginn im Kursraum. Annabelle ging direkt auf Allegra zu, um sich für die Information via Karl zu bedanken und um ihre Freundin vorzustellen.

„Du bist Johanna? Hallo, ich bin Allegra, deine Freundin erzählte mir schon von dir. Heute haben wir das Thema ‚Führen'! Ihr alle seid damit schon ganz früh konfrontiert worden. Einige können führen, einige lassen lieber führen. Doch manchmal hakt es dann doch irgendwo. Aber das werdet ihr alles erleben und wir können uns gerne anschließend über eure Gefühle unterhalten, wenn ihr das Bedürfnis habt. Jetzt fangen wir am besten an. Ich glaube, es sind alle da. Okay!" Allegra klatschte in die Hände und bat die Teilnehmerinnen, sich kurz auf die Matten zu setzen.

Sie sprach zu allen: „Ich begrüße euch ganz herzlich zu unserer ersten Tanztherapie-Stunde. Ihr seid hergekommen, weil ihr euch auf etwas ganz Neues einlassen möchtet und weil es vielleicht auch etwas aufzulösen gibt. Dazu möchte ich anmerken, erwartet am Anfang nicht zu viel. Alles braucht seine Zeit! Aber ihr könnt anfangen, daran zu arbeiten, und dann weitermachen. Ich möchte hier mit euch nicht zu sehr in die Tiefe gehen, sondern euch mit Spaß und Einfühlungsvermögen an die Sache heranführen. Heute haben wir das Thema 'Führen und geführt werden'. Ihr könnt euch so richtig fallen lassen und Verantwortung abgeben. Könnt ihr das oder könnt ihr das nicht? Ihr werdet sehen, was das mit euch macht. Nehmt eure Gefühle wahr und schaut in euch hinein. Was macht das mit mir, wenn ich führe? Und was macht das mit mir, wenn ich geführt werde? Ich möchte, dass ihr für den Anfang erst mal kreuz und quer durch den Raum geht. Dabei lasse ich Musik laufen und ihr geht so, wie ihr meint, gehen zu wollen."

Allegra stand auf, machte die Anlage an und ließ eine schöne, beschwingte Instrumentalmusik laufen. Die Teilnehmerinnen legten schnell die Matten beiseite und gingen im Raum umher. Fast alle schauten erst mal zu Boden und liefen normalen Schrittes. Sie marschierten in der Runde in die gleiche Richtung, nebeneinander und hintereinander. Allegra sah dabei zu und sagte nichts. Nach einer Weile drehte sie die Musik etwas lauter und beobachtete weiter. Einige wurden mutiger und gingen auch mal in die entgegengesetzte Richtung. Schließlich schauten sie sich gegenseitig an und lächelten. Die Musik ging nun in ein bekanntes flottes Lied über, und da war der Raum plötzlich voller Models, die im Rhythmus nach der Musik liefen. Einige drehten sich und öffneten die Arme, einige gingen rückwärts, einige hüpften und sprangen in die Luft. Andere tanzten auf der Stelle und schienen sich so wohlzufühlen.

Allegra beobachtete die Gruppe und ließ sie gewähren. Schließlich stellte sie die Musik aus. Sie lächelte die Frauen an und sprach: „Ja, ihr habt am Anfang erst mal ganz easy euer Ding gemacht, auf den Boden geschaut und euch nicht so richtig getraut. Vielleicht fragtet ihr euch: Was will sie von uns? Beobachtet sie mich? Analysiert sie mich? Bis ihr immer mutiger und freier wurdet, und zum Schluss rockten einige von euch so richtig ab. Das ist sehr gut. Ihr habt erst mal die Lage gecheckt. Was ist hier los? Ihr seid dann immer mehr und mehr aus euch herausgekommen. Wunderbar!

Ich möchte, dass ihr euch eine Partnerin sucht. Klärt bitte ab, wer von euch zuerst führen wird! Ich lege Musik auf und die Partnerin, die führt, hat das Sagen. Die andere schließt die Augen und begibt sich in die Obhut der Führenden. Wenn unter euch eine ist, die die Augen nicht schließen möchte, ist das auch okay. Also bitte!"

Annabelle führte zuerst. Johanna schloss die Augen und Annabelle hielt ihre Hände und versuchte sie im Rhythmus zu führen. Johanna ging sofort mit und hatte keine Probleme. Später drehte Annabelle sie und machte mit ihr kleine Tanzschritte, die Johanna bedingungslos mit sich machen ließ. Als das Lied zu Ende war, sollten die Partnerinnen die Rollen tauschen. Johanna führte nun Annabelle, was nicht so einfach war. Annabelle hatte Probleme, Johanna zu folgen und sich auf sie einzulassen. Immer wieder wollte sie, trotz geschlossener Augen, die Führung übernehmen, und Johanna musste sich sehr anstrengen, damit Annabelle machte, was sie verlangte.

Als das Lied zu Ende war, fragte Allegra ihre Teilnehmerinnen, wie sie sich fühlten. Einige hatten keine Probleme, sich führen zu lassen, andere wie Annabelle konnten sich nur schwer darauf einlassen. Johanna konnte sich wunderbar führen lassen und genoss es sehr, sie lächelte selig und hatte große Freude. Annabelle dagegen führte klasse, stark und dominant, umgekehrt dagegen hatte Johanna große Schwierigkeiten, Annabelle zu führen. Die beiden lachten viel und Johanna musste immer wieder anzeigen, wer der Herr beziehungsweise die Herrin ist.

Zum Schluss wurde dann die Mutprobe gemacht. Die Führerin stellte sich hinter die Geführte und legte ihre Hände auf deren Schultern. Diese hielt die Augen geschlossen und sollte nur durch Druck auf die Schulter und Festhalten angezeigt bekommen, wo es langging. Das Vertrauen wurde auf die Probe gestellt. Johanna ließ sich als Erste wieder führen und hatte abermals keine Probleme. Sie genoss es in vollen Zügen und war jedes Mal traurig, wenn ein Wechsel kam. Sie hätte sich stundenlang in jeder Position von Annabelle führen lassen. Für sie gab es im Moment nichts Schöneres. Als Annabelle dran war, musste Johanna starken Druck ausüben, damit sie vorwärtsging. Sie hatte sichtlich Probleme, Vertrauen aufzubauen und sich fallen zu lassen.

Danach legte Allegra eine Trommelmusik auf und alle hüpften und stampften im Rhythmus. Allegra machte die Bewegungen vor und alle machten nach. Sie schüttelten die Arme und die Beine, den Oberkörper und alles zusammen. Zum Schluss tanzte oder hüpfte jede nach Bedarf. Die zwei Stunden vergingen wie im Flug und Allegra bekam ihren verdienten Applaus. Alle wollten nächste Woche wiederkommen. Sie schloss mit den Worten: „Am nächsten Montag geht es um das Thema 'Loslassen'. Da tanzen wir nach bestimmten Ritualen, die Spaß machen, und ihr könnt euch so richtig austoben.“ Allegra sortierte ihre Musik und lüftete den Raum, um für die nächste Fitness-Stunde Frischluft hereinzulassen. Dabei sprach sie Annabelle an, die gerade den Raum verlassen wollte: „Annabelle, du hast sicher gemerkt, wie schwer das ist, Verantwortung abzugeben. Johanna hatte ganz schön zu kämpfen mit dir. Wie fühlst du dich?“

Annabelle hatte rote Wangen, sah sie an und antwortete:

„Es hat mir Spaß gemacht und ich habe Freude an der Bewegung. Johanna konnte ich leicht führen. Sie war wie eine Feder und hat sofort reagiert. Manchmal brauchte ich die Richtung nur kurz anzudeuten, und schon folgte sie mir. Wir wären ein tolles Tanzpaar, wenn ich immer führen dürfte! Allerdings merkte ich, dass ich nicht gerne die Zügel aus der Hand gebe. Ich brauche die Kontrolle. Ich muss sagen, wohin es geht! Ich bemühte mich, aber ich musste mich sehr konzentrieren, damit ich mich führen lassen kann. Bei der letzten Übung ging gar nichts. Ich hatte Angst, Johanna lässt mich vor die Wand laufen. Ich fühlte mich schutzlos und hilflos. Deswegen machte ich immer wieder die Augen auf, um mich zu vergewissern."

Johanna stand dabei und wurde nun auch ins Gespräch mit einbezogen: „Wie ging es dir dabei Johanna?", fragte Allegra.

Sie antwortete lächelnd: „Ich habe es geradezu genossen, geführt zu werden! Ich könnte mich noch Stunden so von Annabelle weiter führen lassen. Ich weiß nicht, ob ich dieses Vertrauen auch bei einer fremden Person gehabt hätte. Wahrscheinlich hätte ich mich erst 'einführen' lassen müssen. Allerdings war ich etwas traurig, dass mir Annabelle so wenig Vertrauen entgegenbringt. Ich habe sie immer wieder motiviert, sich fallen zu lassen."

Allegra wollte noch mehr wissen: „Annabelle, wünschtest du dir, Johanna hätte mehr Dominanz gezeigt? Oder war das okay?"

„Nein, das war völlig okay. Johanna hat einen festen, sicheren Griff gehabt und sich nicht dominieren lassen, sondern immer wieder die Führung übernommen und auch nicht resigniert. Vom Rhythmus her waren wir völlig harmonisch. Das war eine schöne Erfahrung. Manche haben ja gar keinen Rhythmus und bewegen sich konträr zur Musik!"

Allegra schlussfolgerte: „Mmmh, dann bist du erst mal an deine Grenzen gekommen. Du kannst sicher und fest führen, kannst dich aber selber nicht auf jemand anderen einlassen. Je öfter du diese Übungen machst, desto besser kannst du dich wahrscheinlich führen lassen. Dein Kopf ist das Problem, dein Körper hat keine Probleme, sich führen zu lassen, weil ja, wie du sagst, ihr einen schönen Rhythmus zusammen hattet und harmonisch miteinander zur Musik tanzen konntet.

Es gibt eine einfache, schöne Übung, wo nur der Rhythmus zählt. Ihr stellt euch Rücken an Rücken, ganz nah, Johanna wiegt dich im Rhythmus ganz langsam zur Musik. Da kannst du dich fallen lassen, weil du keine Kontrolle brauchst. Nach einiger Zeit wird dein Kopf sich darauf einlassen! Hast du schon mal mit deinem Mann getanzt?"

„Ja, er ist ein guter Tänzer, wir haben auch den gleichen Rhythmus, aber führen muss ich!" Annabelle grinste.

Darauf meinte die Tanztherapeutin: „Dann ist das doch eine schöne Aufgabe für dich und ihn. Er muss lernen, dich zu führen, und du musst lernen, dich führen zu lassen. Ihr solltet mal darüber nachdenken, einen Tanzkurs zu besuchen. Es könnte sein, dass sich zwischen euch noch so manches auflöst, wenn jeder sich in seine Rolle einfügen kann. Du musst hierfür nur die Verantwortung abgeben, weil es nun mal so ist, dass in erster Linie der Mann führt. Du hast die Wahl, ihm zu folgen, oder du lässt es ganz sein. Oder du lässt dich öfter mit verbundenen Augen von deinen Freundinnen lenken, bis du völlig frei bist. Wer weiß, vielleicht steckt hinter deinem Willen zur Kontrolle noch was anderes. Wir haben ja alle unsere Dinger am Laufen. Ich hoffe, wir sehen uns regelmäßig! Ich würde mich freuen. Dann macht es erst mal gut. Bis bald. Tschüssikowski!" Allegra ging, schaute sie noch mal über die Schulter an und lächelte zum Abschied. Und die Freundinnen einigten sich noch auf einen Saunagang, um nach diesen Erfahrungen zu entspannen, Altlasten auszuschwitzen und ein bisschen zu quatschen.

Als Annabelle später wieder im Auto saß, überlegte sie, ob sie noch was Leckeres zum Abendbrot für sich und Ole besorgen sollte. Sie hatte Hunger auf einen Salat vom Italiener und auf eine klitzekleine Ecke Pizza. Die Kinder waren sicher schon im Bett und Ole saß bestimmt noch an seiner Analyse für das Kinderbuch. Also würde er sich sicher über einen kleinen unverhofften Snack freuen.

Sie hielt an der Pizzeria mit Außerhaus-Service an, bestellte einen italienischen Salat mit Thunfisch und Joghurt-Dressing und eine Pizza mit extra viel Käse. Im Auto breitete sich der Duft sofort aus und ihr Hungergefühl wurde noch größer. Das Wasser lief ihr im Munde zusammen und sie konnte sich nur mit großer Mühe bis zu Hause gedulden. Früher hatte sie nicht so viel Disziplin. Da fiel sie schon im Auto über die Speisen her und futterte meist schon eine Tüte Fritten auf, bevor diese den Weg nach Hause fand. Es ist schwer, seine dummen Gewohnheiten aufzugeben, dachte sie. Es erfordert Mut, sich dazu zu bekennen, und Kraft und Durchhaltevermögen, um sie abzustellen. Die Gefahr eines Rückfalls ist immer präsent. Aber Billi hatte gesagt: „Ein Rückfall ist nicht schlimm. Er zeigt dir, wo es noch klemmt."

Annabelle wurde heute Abend im Auto auf eine harte Probe gestellt. Erstens hatte sie Hunger, zweitens roch es im Auto verdammt gut, und drittens würde die Pizza vielleicht kalt sein, bevor sie zu Hause war. Also ergriff ihre Hand den Deckel des Pizza-Kartons und fühlte die heiße Pizza. Nehme ich jetzt eine Ecke oder bin ich stark? Oh Mann, ist das schwer. Nein, ich bleibe stark!

Zu Hause saß Ole im Wohnzimmer am Computer und der Fernseher lief nebenbei. Sie schritt mit ihrem Pizza-Karton und dem Salat durch die Tür und rief leise: „Ich habe uns was Fettes mitgebracht."

„Das ist toll, ich wollte mir gerade ein Brot schmieren, weil ich noch nichts gegessen habe vor lauter Arbeit. Die Mädchen habe ich genötigt, was zu essen. Sie schlafen hoffentlich." Annabelle holte Gabeln und Servietten aus der Küche und setzte sich zu Ole auf das Sofa.

„Du hast ja gar nicht genascht! Die Pizza ist ja noch rund und kein Stück fehlt!"

Annabelle sagte stolz: „Tja, so was nennt man eiserne Selbstdisziplin. Wenn ich will, dann kann ich!"

„Ich bin stolz auf dich!", sagte er. Ole schaute sie liebevoll an und biss in ein Pizzastück mit viel Käse. Zusammengekuschelt saßen sie da und ließen es sich schmecken. Ole hatte einen Rotwein aufgemacht, und der schmeckte doppelt gut zur Pizza. Das Licht war aus und Kerzen beleuchteten romantisch das Zimmer. Annabelle fing an, vom Abend zu erzählen: „Allegra sagt, wir sollen einen Tanzkursus zusammen machen. Ich muss lernen, Kontrolle abzugeben und mich fallen zu lassen. Mich sozusagen in deine Hände begeben und mich führen lassen. So wie am Wochenende!"

„Kein Problem, ich führe dich, wohin du willst, beziehungsweise wohin *ich* will." Ole lachte sie an, stand auf und legte eine CD in den Player. Nach einer Weile ertönte „Nights in White Satin" von den Moody Blues. Er stand in auffordernder Haltung mit geöffneten Armen vor ihr, so dass Annabelle die Signale sofort verstand. Sie erhob sich und stellte sich vor Ole. Er nahm ihre rechte Hand und legte sie in seine Linke und legte seinen rechten Arm um ihre Taille. Nach einer Weile schmiegte sich Annabelle eng an ihn: „And I love you! Yes I love you! Oh how I love you!" Langsam ließ sie sich fallen und Ole führte sie bis ans Ende der Welt. Sie spürte Frieden und Seligkeit in sich wie niemals zuvor. In diesem Moment war Annabelle angekommen und hatte zu sich selbst gefunden.

Teil 3

Kapitel 10

Am Mittwochabend im CARPE DIEM.

Die Mädels saßen alle versammelt um den runden Tisch und hielten sich wie immer am Anfang an den Händen. So bildeten sie einen geschlossenen Kreis, eine Gemeinschaft, und signalisierten sich Zugehörigkeit und Vertrauen: „Eine für alle, alle für eine!“, schallte es durch den Raum. Getränke standen schon bereit.

Billis Stimme durchbrach die heilige Atmosphäre: „Hiermit erkläre ich die Sitzung für eröffnet! Wer möchte anfangen?“

Leonie: „Ich!“ Leonie lächelte und fing an: „Bei mir geht es schnell heute. Livio hat mir sein Studio zur Verfügung gestellt. Ich kann dort wohnen, solange ich möchte. Er war in letzter Zeit nur noch selten da, immer wenn er allein sein wollte oder Raum für seine Kreativität brauchte, ging er dort hin. Ihr seid alle noch nicht dort gewesen, weil er es als sein Heiligtum betrachtete.

Also gut, nun überließ er mir sein Allerheiligstes. Ich richte es mir dort zurzeit gemütlich ein. Eigentlich wollte ich meine Möbel mitnehmen und mir neue dazu kaufen. Aber Livio hätte es gern, dass alles in unserem Penthouse so bleibt, wie es ist. Also bot er mir an, mir meine Möbel abzukaufen. Auch gut, dachte ich, dann kaufe ich mir eben alles neu. Ein Neuanfang mit neuen Möbeln.

Das Studio hat nur einen Raum und der ist riesig. An einer Wand sind lauter Spiegel und der Boden ist mit einem teuren, sehr edlen Holzparkett versehen. Also habe ich Küche, Schlafzimmer und Wohnraum in einem. Das Badezimmer ist sehr groß und natürlich aus italienischem Marmor. Gestern habe ich dort gebadet und mir lauter Kerzen angezündet.

Das Schönste an dem Badezimmer ist die Decke. In der Mitte ist ein großes Bullauge, so circa 1,5 mal 1,5 Meter. Als ich in der Wanne lag, konnte ich auf den klaren Nachthimmel schauen und die Sterne sehen. Das war Leben pur. Ach, und die Küche ist auch super, richtig edel. Sie besteht aus einer Zeile an der Wand und Hängeschränken. Vis-à-vis steht der Herd, mit zwei angrenzenden Schränken und schräg in der Ecke steht ein Monstrum von Kühlschrank aus echtem Edelstahl.

Mein Bett habe ich mir selbst aufgebaut und es steht schon mitten im Raum: 1,40 mal 2 Meter. Ein echtes Schmuckstück. Ich möchte den Raum nicht zu voll haben und werde mir nur noch einen großen alten antiken Kleiderschrank und zwei Sofas kaufen. Meinen Schreibtisch nehme ich mit, der wird morgen von einer Spedition geliefert. Mehr brauche ich nicht. Der Rest sind Kleinigkeiten, die ich nach und nach erledigen werde. Ich denke da an sehr große Bilder und wenig Schnickschnack. Es soll künstlerisch wirken, das passt meiner Meinung nach hervorragend. Bei den vielen Künstlern, die in dem Viertel wohnen, habe ich genug Auswahl an Bildern.

Livio ist sehr verständnisvoll, überhaupt nicht zickig oder bockig. Aber dass er in unserem Penthouse alles so beibehalten möchte, erstaunte mich dann doch. Er hätte die Gelegenheit nutzen können, um alles neu zu gestalten, so dass ein frischer Wind hereinkommt. Aber na ja, mir kann es egal sein. Für meine Hälfte unseres Penthouses bekam ich das Studio. Also ist alles geregelt. Annabelle braucht nur noch für uns beide die Scheidung einzureichen."

Sie lächelte Annabelle an, die nickte, und fuhr fort. „Ja, und irgendwie fühle ich mich befreit von einer großen Last. Das wurde mir gestern Abend richtig klar, als ich in der Wanne lag und auf die Sterne sah. Danach ging ich durch dieses große Zimmer zu meinem Bett und freute mich darauf, darin zu schlafen. Die Spiegel an der Wand behalte ich. Jedes Mal, wenn ich mich darin spiegele, sehe ich eine glückliche Leonie. Anja dreht gerade und wir telefonieren jeden

Tag. Es tut so gut, sie zu haben. Wir fühlen eine besondere Nähe und lernen uns immer besser kennen.

Sie überzeugte mich davon, dass ich mich auf die Suche nach meinen Eltern machen soll. Ich möchte wissen, wo meine Wurzeln sind. Ich möchte wissen warum? Die letzten Jahre verdrängte ich dieses Bedürfnis. Ich dachte, ich hätte das abgearbeitet. Aber jetzt bin ich so weit. Ich möchte wissen, warum sie mich vor das Krankenhaus gelegt haben. Meine größte Angst war, dass sie mich einfach nur nicht gewollt haben könnten. Ich weiß, dass diese Angst etwas mit den Frauen zu tun hat, die mich auch nicht ‚wollen'.

Ich habe mir Ersatzmütter gesucht, mächtige Frauen, die Leiterin des Waisenhauses, Schwester Williges, und unsere Chefredakteurin. In meiner kindlichen Naivität wollte ich von ihnen Liebe, Anerkennung und vielleicht auch nur angenommen werden, aber genau das Gegenteil passierte. Es ist danach schwer, sich selber anzunehmen! In letzter Zeit konnte ich das gar nicht mehr, mich annehmen. Das ist mir jetzt klar. Ich weiß zwar immer noch nicht richtig, wer ich bin, aber ich kann es besser akzeptieren. Wer weiß, vielleicht leidet meine Mutter heute auch noch darunter, weil sie mich damals aussetzte? Vielleicht konnte sie damals nicht anders und ist immer noch darüber verzweifelt. Egal aus welchem Grund meine Mutter so handelte, ich wüsste diesen Grund nur gerne.

Das Leben schickte mir Anja, mit ihr und mit euch, meine Lieben, möchte ich diesen Weg jetzt gehen, weil ich nun etwas habe, das ich vorher nicht hatte: Hoffnung!"

Die anderen saßen alle nach vorne gebeugt, um besser hören zu können, um sich besser zu konzentrieren und um nichts von Leonies Erzählung zu verpassen. Ihre Gesichter waren ernst und fast alle hatten Tränen in den Augen. Sie schluckten schwer und mussten sich erst mal fassen. Keine sagte etwas. Alle schauten gebannt zu Leonie.

Billi fand als Erste ihre Worte wieder: „Meine Kleine, du weißt, dass du für mich mehr als nur eine Freundin warst. Du warst die Tochter, die ich nie hatte. Ich liebe euch alle, aber dich habe ich auf meine Weise adoptiert. Diese nicht ausgesprochene Übereinkunft ging von beiden Seiten aus. Aber irgendwie wusste ich immer, dass der heutige Tag kommen wird. Davor hatte ich Angst. Doch jetzt, da dieser Moment da ist, kann ich gut damit leben! Ich finde es richtig, was du vorhast. Die Hoffnung hält einen am Leben, die Hoffnung lässt einen weitergehen und sie trägt immer etwas Gutes in sich. Egal, was aus deiner Recherche herauskommt, du wirst danach zumindest deine Ruhe finden."

Leonie nahm Billis Hände in die ihren. „Danke, Billi, du warst immer für mich da! Du hast mir geholfen, nicht zu verzweifeln. Du bist und bleibst für mich das Wichtigste in meinem Leben und ihr auch." Leonie schaute in die Runde von einer zur anderen. Und langsam fassten sich alle wieder und sprachen Leonie Mut zu und wünschten ihr Erfolg.

Annabelle: „Ich finde es gut, dass du dich endlich bekennst und zu dir stehst! Lass nicht locker und suche deine Eltern oder deine Mutter! Sprich mit ihnen und verlange Antworten, denn deine Fragen sind schon zu lange unbeantwortet."

Johanna: „Ich wünsche dir von ganzem Herzen Glück. Ich wünsche dir, dass deine Ängste verfliegen und dass du verzeihen kannst, dass Hoffnung und Verständnis überleben werden. Und dass du, falls deine Recherchen scheitern, damit umgehen kannst. Wir stehen dir bei und sind immer für dich da."

Bea: „Ich weiß nicht, ob du dich da nicht verrennst. Die Tatsache, dass du ausgesetzt wurdest, ist nun mal gegeben. Du musst lernen, dich damit abzufinden, denn die Wahrheit kann sich für dich als weitaus schlimmer erweisen. Die Hoffnung, dass deine Mutter eines Tages vor dir stehen wird, dich umarmt und dich um Verzeihung bittet für das, was sie dir angetan hat, ist gering. Vielleicht wird es sehr schwer für dich werden, dich mit deiner Mutter, falls sie eines Tages vor dir stehen sollte, zu identifizieren. Vielleicht weiß sie noch nicht einmal, wer dein Vater ist! Du musst dich auf viele Tatsachen vorbereiten und schauen: Willst du das wirklich

wissen, kannst du das ertragen? Oder ist es nicht besser, sich etwas einzureden? Klar, du hast dir Mütter ausgesucht, die dich auch nicht wollten, aber vielleicht lag das auch an dir, weil das Frauen waren, die gar keine Mütter sein wollten. Wärst du auf warmherzige Mütter zugegangen, dann wärst du nicht enttäuscht worden!
Aber vielleicht ist deine Mutter genau so eine Frau wie die Mütter, die du dir ausgesucht hast. Und deine Enttäuschung darüber wird noch größer. Also überlege es dir gut, ob du das wirklich willst! Ich gönne dir wirklich, dass du deine Mutter und deinen Vater findest, dass sie bereuen und du verzeihen kannst. Aber die Wahrscheinlichkeit ist verschwindend gering!“

Leonie: „Ich habe das alles bedacht, danke Bea. Aber meine Entscheidung steht fest. Egal, welchen Menschen ich begegnen werde, welche Motive sie hatten, was sie heute für ein Leben führen, ob sie bereuen oder ob sie mich noch annehmen können. Ich bin bereit und kann die Konsequenzen tragen!“

Wieder breitete sich Stille aus und alle schauten auf Leonie. Dieses Mal war es Annabelle, die als Erste sprach: „Tue, was du tun musst!“ Sie nickte und schaute die anderen an, die ihr zustimmten. „Also, dann mache ich mal weiter. Meine beste Freundin ist zurzeit meine Waage! Jeden Morgen steht sie mir kumpelhaft zur Seite. Noch nehme ich jeden Tag ab! Ich weiß, dass das irgendwann stagnieren wird. Aber bis dahin erhoffe ich mir noch ein paar Kilos.“

Annabelle erzählte von Anfang an. Sie begann mit Professor Kramer, der mit seiner Unverschämtheit einen Stein ins Rollen gebracht hatte. Was zur Folge hatte, dass sie bestürzt und verletzt zu Billi rannte, um sich bei ihr auszuweinen. Sie erzählte weiter von ihren Erkenntnissen, ihren vielen Gesprächen mit dem Vater, der Mutter, Allegra und natürlich von Oles und ihrem Neuanfang. Von ihrem inneren Frieden, der sich mehr und mehr auszubreiten schien. Von weiteren Visionen und von der Tatsache, dass sie sich und ihr Leben zu lieben begann. Zuletzt erzählte sie von ihrem wunderbaren Erlebnis mit Ole am Wochenende, ihrem Schmusetanz, dem Fallenlassenkönnen.

Nun grinsten alle, die Gesichter waren entspannt und die Freundinnen freuten sich mit Annabelle. Die Traurigkeit die sie eben noch mit Leonie empfanden, war verschwunden. Die Stimmung schlug um ins Positive.

Billi: „Da habe ich überhaupt nichts mehr zu sagen, außer: herzlichen Glückwunsch, Annabelle, weiter so! Genieße die Phase. Wenn ihr beide daran arbeitet und jetzt dranbleibt, dann werdet ihr noch so manches Mal tanzen."

Leonie: „Wahnsinn, Annabelle, ich gönne es dir von Herzen! Gib nicht auf und lass dich ver-führen von deinem eigenen Mann."

Bea: „Ich weiß nicht, nach Sonne kommt meist wieder Regen. Mir geht das alles zu schnell. Aber trotzdem, chinchin, Annabelle! Lass es krachen!" Sie erhob ihr Glas und prostete Annabelle zu.

Annabelle: „Ja, Mädels, ich hätte das vor kurzem auch noch nicht für möglich gehalten. Da war ich nur auf meine purzelnden Pfunde fixiert und dachte, das sei das höchste Glück. Ihr seht, alles ist möglich, weil es passiert. Ich möchte mit euch anstoßen auf unsere Freundschaft, die schon so lange währt, auf unser Vertrauen und auf dass es noch lange gemeinsam was zu erleben gibt." Alle erhoben herzlich gerne ihr Glas und sie stießen auf die Zukunft, die Hoffnung und die Liebe an.

Johanna: „Okay, dann will ich mal loslegen." Johanna schaute erwartungsvoll in die Runde und fing an zu erzählen: „Ich fuhr am Freitag zu meiner Schwester. Sie brauchte meine Hilfe. Leider musste ich erkennen, dass weder meine Schwestern noch der Rest meiner Familie etwas gelernt haben. Das bestürzte mich und außerdem die Tatsache, dass ich immer noch hilflos und machtlos wie damals als kleines Kind den Äußerungen und Gemeinheiten meiner Mutter ausgeliefert bin. Meine Erwiderungen sind allerdings erwachsener und stichhaltiger, aber die Verletzungen spüre ich immer noch genau wie damals! Das machte mich wütend auf mich, weil ich dachte, die können mir eigentlich nichts mehr anhaben.

Ich möchte euch aber gar nicht so viel von den Problemen meiner Familie erzählen. Das ist nicht wichtig und da kann man auch nicht helfen! Aber dass sich nach all den Jahren bei mir nichts getan hat, trotz unserer Gespräche, trotz Billis unermüdlicher Hilfe und der vielen Erkenntnisse, das ist schlimm!"

Billi: „Johanna, du bist auf dem richtigen Weg. Das warst du schon immer. Im Gegensatz zu vielen anderen, die einen falschen Weg eingeschlagen haben. Du lässt dich nur verunsichern, du lässt dich vom Weg abbringen. Lass das nicht zu! Werde sicherer, was deine Person anbetrifft. Du bist stark und in Ordnung! Glaube an dich! Deine Familie ist es, die Probleme hat, genau wie deine Schwiegermutter. Du hast es neulich gespürt, diese Sicherheit, weil dir dein Nachbar signalisiert hat, dass du eine tolle Frau bist. Da hast du an dich geglaubt. Mach weiter so!"

Annabelle: „Verdammt noch mal glaub diesen dummen Menschen nicht! Ich möchte das aufgreifen, was Billi eben sagte. Du befindest dich auf dem richtigen Weg. Ich schlug irgendwann den falschen ein und fiel immer wieder hin. Ich erkannte, dass mein Weg falsch ist, weil sich ein riesiger Fels vor mir aufgetan hat, über den ich nicht klettern konnte. Also musste ich umkehren und neu anfangen. Du gehst seit Jahren unerschrocken und mutig den richtigen Weg, deinen Weg und lässt dich doch immer noch verunsichern. Du sollst lernen, an dich zu glauben, und dich nicht mehr vom Weg abbringen lassen."

Bea: „Merkst du denn nicht, dass diese Menschen unrecht haben und dass sie dich nur beleidigen wollen, weil sie dir deinen rechten Weg nicht gönnen? Ich finde es schlimm, dass die eigene Mutter nicht nur nicht stolz ist, sondern noch dazu ihre Tochter behindert."

Leonie: „Johanna, es ist alles dazu gesagt. Wir beide haben ein ähnliches Problem! Deine Mutter hat dich zwar nicht ausgesetzt, aber sie spaltet dich ständig ab, indem sie dich beschimpft und runtermacht, und sie gibt dir das Gefühl, dass du nicht okay bist. Ich habe dieses Gefühl auch, mir hat man niemals die Chance gegeben zu erkennen, dass ich geliebt werde. Die sind nicht okay, nicht du! Das spüren die und können es nicht ertragen. Glaub an dich, mehr kann man dir nicht raten. Selbst wenn wir dir täglich sagen, dass du in Ordnung bist, so wie du bist, wird dir das nicht helfen, wenn du es dir nicht selber sagst und es wirklich spürst."

Johanna: „Ihr habt recht. Manchmal fehlt mir das nötige Selbstbewusstsein, an mich zu glauben. Ich fand bisher noch nicht das richtige Rezept, an das ich mich halten kann, wenn da wieder so ein Mensch auftaucht und mich schlecht behandelt. Ich verspreche euch zu lernen, an mich zu glauben!"

Billi: „Gut. Mehr können wir heute nicht für dich tun. Dein Problem sind die anderen und denen gibst du zu viel Gewicht. Kehr das um, gib dir mehr Wichtigkeit und schenke den anderen nicht so viel Macht! So, Bea, last but not least: Jetzt bist du an der Reihe."

Bea: „Letzte Woche war ich mir noch so sicher, dass ich stark sein werde und froh bin, dass Theofil aus meinem Leben verschwunden ist. Aber heute sitze ich vor euch und bin verzweifelt und stehe neben mir. Seit ein paar Tagen nervt er mich, es tue ihm leid, dass es so gekommen ist. Er schreibt mindestens sechs Mails am Tag. Nicht zu vergessen die vielen SMS. Wenn er anruft, gehe ich nicht ans Telefon. Wenn ich einen Anruf mit unbekannter Nummer bekomme, gehe ich aus Angst, er könnte es sein, nicht dran. Er lockt mich auf der einen Seite und macht sich ganz klein, auf der anderen Seite beschimpft er mich. Ich weiß nicht mehr, wie lange ich das noch aushalten kann! Er schrieb mir, dass er nicht mehr weiter weiß und sich ein Leben ohne mich nicht vorstellen kann. Er sei verzweifelt, sein Leben habe keinen Sinn mehr.

Meine Gefühle fahren Achterbahn! Von Wut über Angst und Sehnsucht ist alles dabei. Morgens bin ich sehnsüchtig, und wenn ich eine SMS bekomme, in der er mich beschimpft, dann empfinde ich Wut. Am Mittag habe ich Angst, er könnte sich was antun und ich sei schuld. Ich hätte es verhindern können. Ich versuche, so lange wie möglich in der Klinik zu bleiben. Wenn ich nach Hause komme, bin ich so müde, dass ich sofort einschlafe. Ich habe Angst vor dem Alleinsein. Ich wünschte dann, Theofil wäre da und ich könnte mit ihm zusammen einschlafen. Ich sehne mich nach einem Beschützer. Jemandem, der nur für mich da ist."

Billi: „Bea, was dich betrifft, mache ich mir Sorgen. Theofil hat ein Problem, das ist klar. Darum geht es jetzt mal nicht. Aber was ist mit dir, wieso wirft dich ein solches Problemkind wie dieser Theofil aus der Bahn?" Billi machte eine Pause und schaute Bea an. Die zuckte nur mit den Schultern und sah nach unten.

„Du möchtest einen Mann, der nur für dich da ist! Warum hast du dann immer Männer, die verheiratet sind? Du möchtest jemanden, der dich beschützt! Alle deine Männer waren in dem Sinne keine Beschützer. Weißt du, was ich glaube? Du willst gar keinen Mann, der frei ist! Du brauchst es, dass sie wieder nach Hause zu ihren Frauen gehen. Einen netten Mann, der eine Frau sucht und eine Familie gründen möchte, den willst du doch gar nicht. Dann hättest du in all den Jahren irgendwann mal wenigstens einen dabei gehabt, aber da war auch noch nicht annähernd einer dabei, der frei war. Warum ist das so?"

Bea: „Ich habe keinen gefunden."

Billi: „Weil du keinen finden wolltest!" Billi schaute streng auf Bea und schwieg erneut eine Weile. „Aber warum wolltest du keinen freien Mann? Weil es dir vielleicht in den Kram passte? Denn zu Hause hatten die ja ihre Familie, du hattest, außer euren heimlichen Treffen, keine Verpflichtungen, die eine Ehefrau nun mal hat. Es ist ein Unterschied zwischen einer festen Beziehung und einem Verhältnis. Bei einem Verhältnis bleibt man ungebunden und frei, denn nach kurzer Zeit geht der Lover wieder zu seiner Familie zurück. Ich beschreibe jetzt mal eine sehr konventionelle Sichtweise. Die Ehefrau kauft ein, kocht, wäscht, putzt, hütet die Kinder, führt den Hund aus, und am Wochenende macht man gemeinsame Unternehmungen. Natürlich gibt es da von Familie zu Familie große Unterschiede.

Aber du brauchtest dich nie familiär zu arrangieren. Du hattest immer nur Liebhaber, wie das Wort schon sagt, einen Mann zum Liebhaben. In deiner Wohnung stehen lauter Bilder von deinem Vater! Und dein Vater ist seit vielen Jahren tot. Warum ist er immer noch so präsent in deinem Leben? Du gibst einem Mann nicht wirklich Raum in deiner Welt, Bea! Du sehnst dich danach, ja, aber du hältst an deinem Vater fest und da hat kein Mann eine Chance! Du suchst einen Vaterersatz, aber keinen Mann. Wahrscheinlich gerätst du an Männer, die eine Mutter suchen. Zwei Menschen mit gleichen Bedürfnissen ziehen sich an.

Bea, lass deinen Vater los, beende deinen Traum von Papa und dem glücklichen kleinen Mädchen und werde erwachsen! Mach dir bewusst, warum du nicht loslassen kannst oder willst! Du wirst die Antwort in dir finden."

Annabelle: „Das, was Billi sagte, ist richtig. Du kannst dich nicht auf einen Mann einlassen, weil du die schöne Zeit in deiner Kindheit mit deinem Vater zurückhaben willst! Das geht aber nicht. Was Theofil betrifft, habe ich in meiner Zeit als Anwältin noch nie erlebt, dass sich eine Frau von einem derartigen Mann geschieden hätte! Und das hätte ich gern gesehen, das sage ich euch! Aber solche Männer lassen sich nicht scheiden, also gib die Hoffnung auf, dass er sich von seiner Frau trennt. Das wird er niemals tun! Die brauchen einander. So krank sich das auch anhört! Zudem ist er impotent und noch nicht mal schön. Der sieht aus wie ein verschrumpelter Apfel oder wie eine Moorleiche!"

Niemand versuchte dem Vergleich zu widersprechen.

Leonie: „Bea, das ist übel, du musst dich der Wahrheit stellen, sonst wird das ein Leben lang so weitergehen. Mach endlich Schluss mit deinen Kindheitsträumen und stell dich der Realität! Was Billi sagt, könnte wahr sein. Lass deinen Vater liebevoll gehen und werde endlich frei."

Johanna: Du verrätst deinen Vater nicht, wenn du ihn gehen lässt. Du rennst da einem Traum hinterher, der nicht gut für dich ist. Das hat dir vielleicht am Anfang geholfen, als dein Vater plötzlich starb, aber jetzt musst du das deinetwegen endlich aufgeben. Lass ihn frei, auch um seinetwillen, damit er ins Licht gehen kann. Vielleicht konnte er das bisher nicht."

Bea: „Ich danke euch für eure Ratschläge! Aber ich merke, dass ich zumache und jetzt eigentlich nicht mehr darüber sprechen möchte. Johanna, ich glaube an solche Sachen nicht. Vielleicht hast du recht, vielleicht auch nicht. Bitte gebt mir Zeit, ich muss das alles sortieren und kann und will momentan nichts mehr dazu sagen."

Billi: „Gut, das war wohl doch ein bisschen die Holzhammermethode. Du versprichst, dass du dich meldest, wenn es dir nicht gut gehen sollte! Jede von uns ist für dich da! Können wir uns darauf verlassen, Bea?"

Bea: „Ja, ich melde mich, wenn es mir schlecht geht."

Billi: „Gibt es sonst noch was zu besprechen?" Alle schüttelten den Kopf und schauten in die Runde.

Annabelle: „Was machen deine Sex-Studien?" Sie grinste Billi an.

Billi: „Es läuft gut an. Meine Gruppe arbeitet motiviert mit. Jedes Mal bin ich wieder überrascht, was man noch alles schreiben könnte. Außerdem schreibt sich so was auch nicht in drei Tagen, sondern eher in drei Jahren."

Annabelle: „Ole schreibt gerade ein Kinderbuch mit einer psychologischen Beschreibung im Anhang. Das sieht er als seine neue Zukunft, Geschichten aus dem Kinderleben zu schreiben, mit einer Analyse dazu, so als Erziehungsratgeber für Eltern. Sein Kochbuch legte er erst mal ad acta. Vielleicht hast du Lust, das Buch zu lesen, wenn es fertig ist? Deine Meinung hat Gewicht und vielleicht gibst du auch noch ein paar Anregungen!"

Billi: „Das hört sich gut an, ähnlich wie in meinem Buch. Nur ein anderes Thema. Sozusagen was nach dem Sex kommen könnte, falls man ein Kind zeugen möchte. Ich glaube, dass Ole meine Hilfe nicht benötigt. Er hat von Kindern mehr Ahnung als ich, aber natürlich lese ich es gern."

Bea: „Vielleicht sollte eine von uns ein Verhütungsbuch schreiben! Da gibt es dann keine Erziehungsprobleme." Sie lachte und stand auf: „Entschuldigt mich, ich muss mal eben kurz zur Toilette." Dann verließ sie den Raum in Richtung Toilette.

Johanna: „Ich mach mir Sorgen um Bea. Sie hat große Probleme."

Billi: „Ja, ich mache mir auch Sorgen, aber da muss sie allein durch. Wir können ihr Hilfestellungen geben, tun muss sie es selbst! Meldet euch regelmäßig bei ihr! Wenn was ist, dann kann man schnell eingreifen. Manchmal ist der Schmerz ein Segen, weil man dann erst bereit ist, etwas zu ändern. Dieser Theofil scheint ziemlich neben der Spur zu laufen."

Annabelle: „Das ist doch komisch, dass sie immer an solche Chaoten gerät. Da gibt es sicher etwas, was wir alle noch nicht wissen! Sie verdrängt ganz sicher etwas!"

Billi: „Kann gut sein. Wir dürfen sie jetzt nicht hängen lassen! Selbst wenn sie den Theofil wieder an sich ranlässt. Ich habe mir schon immer gedacht, dass sie verdrängt. Lasst uns aber das Thema wechseln. Ich will nicht, dass sie mitbekommt, dass wir über sie reden. Wäre nicht gut. Also, was liegt in der nächsten Woche so bei auch an?"

Johanna: „Ich melde mich eventuell auch in Annabelles Fitness-Center an. Da sehen wir uns öfter. Die Angebote sind ganz gut und abwechslungsreich. Meine Schwiegermutter lässt sich momentan nur selten beziehungsweise überhaupt nicht mehr blicken. Sie ist erfüllt von ihrem Studium, wie sie sagt!" Johanna zwinkerte den anderen zu. Bea gesellte sich gerade wieder zu den anderen und nahm Platz.

Annabelle: „Wenn es ihr Spaß macht, dann kann sie ja noch promovieren und sich Frau Doktor nennen! Okay, Spaß beiseite. Ich stehe jeden Morgen vor Ole auf und wecke die Kinder, mache Frühstück und laufe mindestens eine halbe Stunde mit den Hunden. Danach bin ich fit für den Tag und auch irgendwie ausgeglichener. Abends schlafe ich allerdings vor dem Fernseher ein. Bei uns hat sich alles gedreht. Ansonsten freue ich mich auf den Frühling! Darauf, dass die Tage heller werden und dass es wärmer wird."

Leonie: „Das Jahr hat gerade erst angefangen und doch ist schon mehr passiert als im ganzen letzten Jahr. Ich freue mich auf den Rest, denn es kann nur noch besser werden." Sie lachte sehnsüchtig.

Billi: „Ich finde, das ist ein schöner Schlusssatz für heute. In diesem Sinne, lasst uns nächste Woche weitermachen! Und du, liebe Bea, pass besonders gut auf dich auf! Du musst jetzt auch noch auf die Füße kommen und du schaffst das, ich glaube fest an dich."

Sie hielten sich wieder an den Händen und schenkten sich auf diese Weise Kraft für die nächste Woche, versprachen, Kontakt zu halten und im Notfall füreinander da zu sein. „Eine für alle, alle für eine!"

Kapitel 11

Bea wartete, bis die anderen vom Hof gefahren waren. Sie saß schwer atmend in ihrem Auto hinter dem Steuer. Ihr Herz lag in Ketten und sie wusste nicht, wie sie sich davon befreien konnte. In der Nacht zog es wieder an und auf der Heckscheibe ihres Wagens bildeten sich Eisblumen. Lauter Eiskristalle, die im Sternenschein silbern glänzten, und jedes Mal, wenn die Scheinwerfer eines vorbeifahrenden Autos Lichtspiegelungen gegen die Scheibe warfen, funkelten sie wie Diamanten. Die Kälte und die Nacht hatten so ihren eigenen Reiz, den Bea nicht wirklich in diesem Moment zu würdigen wusste. Der Himmel war schwarz und die Sterne schienen wie große und kleine Punkte hell und klar. Manche wirkten zum Greifen nah, aber dennoch waren sie unerreichbar. Wahrscheinlich würde der Sternenhimmel in hundert oder tausend Jahren genauso erscheinen, wie er jetzt in diesem Moment auf Bea wirkte. Vielleicht schauten jetzt, genau zu diesem Zeitpunkt Verliebte in den Himmel, die ihr Glück genossen und ihre Zweisamkeit. Wie viele Kinder kamen wohl jetzt gerade auf die Welt und machten das Leben der Eltern vollkommen?

Sie saß hier im Auto und hätte alles dafür gegeben, wenn sie von diesem Glück nur ein kleines Stück hätte abbekommen können. Was würde sie tun für einen solchen Augenblick, für ein Stück Glückseligkeit?! Was hatte sie getan, dass es ihr fehlte? Was verpasste sie alles in ihrem Leben? War das der Preis, dass sie sich jahrelang etwas vorgemacht hatte? War das nun die Strafe? Oder konnte sie die Kurve noch kriegen?

Bea rollten Tränen über das Gesicht, langsam und leise, dann brach der Schmerz immer mehr aus ihr heraus. Sie weinte und weinte, alles kam hoch. Die Erkenntnis über Verpasstes und nicht Getanes. Konnte sie irgendjemandem die Schuld zuweisen? Oder war das ganz und gar ihr eigenes Versagen? Warum war sie nicht schon vor langer Zeit einen anderen Weg gegangen? Fragen über Fragen, denen sie die Antworten schuldig blieb. Gab es überhaupt so etwas wie konstantes Glück? Es war einen Moment da und im nächsten schon wieder verschwunden, wie die Eisblumen auf ihrer Scheibe bei Sonnenschein.

Zuletzt hatte sie auf der Beerdigung ihres Vaters geweint. Sie war fünfzehn Jahre alt und ihre Schwester dreizehn. Sie standen Seite an Seite mit ihrer Mutter am Grab und hielten sich an den Händen. Zwei traurige Prinzessinnen mit ihrer Mutter, die um den König weinten. Der König war tot und blieb tot! Die unbeschwerte Zeit und das fröhliche Lachen waren auch begraben worden, stattdessen trübe Stimmung und traurige Gesichter. Jedes Jahr zu Weihnachten wurde den zwei Prinzessinnen und deren Mutter die Einsamkeit doppelt bewusst. Sie waren die Opfer, die sich als Täter fühlten, und deswegen hielten sie an ihrer Trauer fest.

Nach dem Abitur zog Bea aus und studierte Medizin. Ihr Vater hatte für jede seiner Töchter ein Konto eingerichtet, so dass Bea sich einigermaßen über Wasser halten konnte. Während des Studiums und danach arbeitete sie im Krankenhaus. Die Zeit flog dahin. Bea suchte ihren Prinzen, aber stattdessen bekam sie nur Frösche. Ein Frosch löste den anderen ab. Sie waren nicht nur hässlich und kompliziert, sondern auch verheiratet. Wo war der Prinz, den der Vater ihr versprochen hatte? Bea dachte an ihre glückliche Kindheit zurück, als sie zur Grundschule ging. Ihr Vater arbeitete als Polizist in drei Schichten und hatte an manchen Tagen frei. Er holte seine Töchter an diesen Tagen von der Schule ab. Wenn er Bea erblickte, hielt er seine Arme weit auseinander und sie rannte ihm entgegen. Er fing sie auf und wirbelte sie einmal herum. Danach warteten sie auf Beas Schwester und mit ihr unternahm er das gleiche Ritual. An jeder Hand eine Tochter, ging es dann nach Hause.

Auf dem Heimweg erzählte er ihnen Geschichten: „Heute habe ich wieder mit einem Königshaus telefoniert und ihnen von meinen wunderschönen Töchtern erzählt. Ich sagte ihnen, sie seien die schönsten Mädchen des Landes weit und breit. Sie sind gut erzogen und können sich königlich benehmen und nur ein echter und stolzer Prinz sei ihrer würdig!" Das war das beliebteste Spiel zwischen ihnen. Die Mädchen lachten fröhlich, und der Vater schaute stolz wie Oskar auf seine Töchter herunter. Er sagte ihnen eine glückliche und reiche Zukunft voraus, in einem Schloss, wohl wissend, dass alles nur ein Traum war! Aber für ihn waren seine Töchter die Prinzessinnen, die er mehr liebte als alles andere auf der Welt.

Zu Hause empfing sie die Mutter, die gerade den Mittagstisch deckte. Sie saßen gemeinsam am Tisch und der Vater fragte scheinheilig seine Frau: „Hat sich schon ein Königshaus bei uns gemeldet? Vielleicht das englische oder das niederländische?"

„Nein, noch nicht." Die Mutter lächelte den Vater an und sagte jedes Mal danach: „Du solltest den Mädchen nicht solche Flausen in den Kopf setzen!"

Der Vater verteidigte seine Geschichte: „Was heißt hier 'Flausen in den Kopf setzen'? Meine Prinzessinnen sind echte Goldstücke und nur ein echter Prinz, einer der sich als würdig erweist, bekommt sie." Und zu seinen Töchtern gewandt: „Wir haben ja noch Zeit, und bis dahin bin ich euer Prinz, der auf euch aufpasst und euch die Sterne vom Himmel holt."

Der glücklichen Kindheit folgte eine kurze ebensolche Jugend. Doch die nahm ein jähes Ende, als eines Morgens ein Kollege ihres Vaters vor der Tür stand und mit trauriger Miene sagte, dass der Vater bei einer Autoverfolgung gegen einen Brückenpfeiler gefahren und gestorben sei. Der Beifahrer bekam nur ein paar Schrammen ab und konnte nach einer kurzen Behandlung im Krankenhaus wieder nach Hause gehen.

Keiner sagte mehr Prinzessin zu Bea und ihrer Schwester,

keiner holte sie mehr von der Schule ab und keiner erzählte mehr Geschichten! Fortan mussten sie ihre eigenen Geschichten erfinden, aber niemand konnte das so gut wie ihr Vater! Die Mutter verlor ihre Lebenskraft und ihr Lächeln.

Bea war froh, als sie aus dem Haus ging und ihr Studium beginnen konnte. Sie merkte sehr wohl, dass ihre Mutter den Toten über die Lebenden stellte und ihr Leben einem Toten opferte. Ihre Schwester, Elisabeth, blieb noch zwei Jahre länger und zog dann nach dem Abitur auch aus. Elisabeth studierte ebenfalls Medizin und trotz der gleichen Interessen hielten sie sich voneinander fern. Wenn sie sich zufällig in der Uni begegneten, umarmten sie sich und fragten höflich nach dem gegenseitigen Befinden. Aber die tiefe Bindung zwischen ihnen hatte einen Riss bekommen.

Immer seltener begegneten sie sich zu Hause bei der Mutter. Zuletzt machten sie immer öfter zu Weihnachten Dienst im Krankenhaus. Jede war gefangen in ihrer eigenen Trauer um den geliebten Vater. Und damit wollten sie allein sein, als würden sie sich dafür bestrafen. Die Zeit flog dahin und mit ihr auch der Verstand der Mutter. Sie zog sich immer mehr in sich zurück, bis sie irgendwann gar nicht mehr da war. Die Ärzte hielten es für das Beste, wenn die Mutter in ein Heim kam. Die beiden Frauen verkauften das Haus und jede von ihnen zog in einen anderen Stadtteil, so dass sie sich kaum noch sahen.

Sie beendeten ihr Studium. Elisabeth nahm an einem Projekt von „Ärzte ohne Grenzen“ teil und ging nach Afrika. Sie wollte in Ruanda in die dortige Delegation des Internationalen Komitees des Roten Kreuzes aufgenommen werden. Die Ärzte waren verpflichtet, das Emblem des Roten Kreuzes zu tragen und sich an die Einsatzregeln des Komitees zu halten. Das schützte sie vor Hutu-Extremisten im Rahmen des beginnenden Völkermordes. Die Organisation schickte ihre Mitarbeiter in Krisengebiete auf der ganzen Welt. Lisa wollte für Notleidende da sein und ihr Leben aufs Spiel setzen. Bea war nicht wohl bei der Sache und sie versuchte daher, ihre Schwester zurückzuhalten. Leider hatte sich Lisa die Sache in den Kopf gesetzt und ließ sich nicht mehr davon abbringen. Sie versprach, vorsichtig zu sein und sich bei Bea regelmäßig zu melden.

Einen Tag vor der Abreise gingen sie gemeinsam ans Grab des Vaters. Und während Lisa auf die Inschrift des Grabsteines blickte, sagte sie leise zu Bea und gleichzeitig zu ihrem Vater: „Weißt du, ich halte es hier nicht länger aus. Ich muss irgendwas unternehmen, mein Leben soll einen Sinn bekommen. Ich möchte an der Basis sein und helfen. Hier gibt es für mich nur trübe Erinnerungen.“ Während sie weitersprach, schaute sie Bea direkt an: „Vater hier auf dem Friedhof und Mutter auf einer Pflegestation, wo die Schwestern mit ihr nur in der Babysprache kommunizieren. Vater ist tot und Mutter erkennt uns nicht mehr. Was soll ich hier noch? Ich will neu anfangen und das geht hier nicht.“

Am nächsten Tag brachte Bea ihre Schwester Elisabeth zum Flughafen. Kurz bevor Lisa durch den Schalter ging, versuchte sie noch mal ihr schlechtes Gewissen gegenüber Bea zu rechtfertigen: „Was ist mit uns passiert, Bea? Wo ist unsere glückliche Zeit? Das kann doch nicht alles gewesen sein? Ich möchte mich wieder spüren und wissen, warum ich lebe. Ich möchte frei sein und wieder glücklich. Deswegen muss ich fort von hier. Ich schaffe das sonst nicht. Pass auf dich auf und vergiss mich nicht. Ich habe dich lieb, verzeih mir, aber ich kann nicht anders.“

Sie umarmten sich, und beiden fiel der Abschied sichtlich schwer, aber irgendwie spürten sie auch, dass es so am besten sei. Lisa ging winkend zur Handgepäckkontrolle und war bald nicht mehr zu sehen.

Im Radio spielten sie einen Song von „Ich und Ich“. Er sang: „So soll es sein. So soll es bleiben. Genauso ist es gut. Alles passt perfekt zusammen, weil endlich alles stimmt!“ Das wäre schön, wenn es so wäre!

Bea startete ihr Auto und fuhr vom Parkplatz. Sie überlegte, ob sie noch kurz ins Krankenhaus fahren sollte. Sie könnte die OP-Pläne für morgen durchsehen. Sie wollte jetzt noch nicht nach Hause. Also entschloss sie sich für das Krankenhaus. Während der Fahrt dachte sie wieder an ihre Schwester. Lisa hatte in Afrika ihre große Liebe, „ihren Prinzen“ gefunden: einen südafrikanischen Arzt, der das Projekt leitete. Sie bekamen einen Sohn, Biko. Er ging auf eine internationale Schule und hatte alles, wovon ein Kind nur träumen konnte. Seine Eltern arbeiteten und halfen im Kinderkrankenhaus mit vielen Ärzten und Schwestern aus der ganzen Welt. Die Organisation „Ärzte ohne Grenzen“ bekam für ihren Einsatz 1999 sogar den Friedensnobelpreis. Das Geld war ständig knapp und immer musste nach neuen Spendengeldern Ausschau gehalten werden. Die Organisation finanzierte sich zu 80 Prozent aus privaten Spendengeldern und zu 20 Prozent aus offiziellen Zuschüssen. Samuel, Bikos Vater, reiste deshalb viel umher, um Sponsoren zu finden und um sie anhand von Diavorträgen von der Notwendigkeit zu überzeugen.

Bea und Lisa hatten damals wenig Kontakt, man schrieb die obligatorischen Karten zu den Geburtstagen und zu Weihnachten oder wenn Entscheidungen getroffen werden mussten bezüglich der Medikation ihrer Mutter. Vor fünf Jahren hatte Bea einen Anruf von ihrer Schwester erhalten, dass sie mit Biko zurück nach Deutschland komme. Samuel, ihr Mann, war tot und Lisa hielt es dort nicht länger aus. Er war bei einem Flugzeugabsturz ums Leben gekommen. Wieder eine Flucht vor einem Toten! Das Schicksal hatte Lisa eine Pause gegönnt und dann erneut zugeschlagen. Genau in dieselbe Wunde!

Nach über zehn Jahren sahen sich die Schwestern wieder. Bea hielt Ausschau am Flughafen und entdeckte sie unter den Ankommenden sofort. Lisa hatte sich kaum verändert. Sie sah immer noch genauso aus wie damals, nur braun gebrannt. Sie trug khakifarbene Sachen und hatte sich eine große Ledertasche umgehängt, Biko an ihrer Hand, eine Mischung aus Mogli und Harry Potter. Ein schlaksiger Junge mit großen traurigen Augen. Bea schloss ihn sofort in ihr Herz. Er erinnerte sie an sich selbst.

Zuerst wohnten sie bei Bea. Aber schon bald konnte Lisa mit Biko in eine eigene Wohnung ziehen. Sie bekam ziemlich schnell eine Anstellung in der Kinderklinik. Lisa bemühte sich, mit Biko einen Rhythmus zu finden und ein tunlichst normales Leben zu führen. Lisa ehrte ihren toten Mann, den Vater von Biko, aber sie versuchte nicht, ihn auf einen Sockel zu stellen. Sie hatte ihre Trauer in Afrika gelassen und dankte für diese wunderbaren zehn schönen Jahre und das Glück, einen solchen Mann kennengelernt zu haben.

Die Schwestern sahen sich wieder öfter und wechselten sich mit den Besuchen bei der Mutter ab.

Nach zwei Jahren packte Lisa wieder ihre Koffer und zog mit Biko weg. Es war an der Zeit, wieder etwas zu ändern. Die trüben Erinnerungen aus ihrer Jugend mahnten sie, fortzugehen! Hier würde sie das Glück nicht finden, weder hier noch in Afrika. Also auf zu neuen Ufern! Diesmal zog es sie nach Norwegen. Dort suchte man Ärzte und Lisa wollte ihr Glück in Norwegen neu suchen. Nach kurzer Zeit fand sie es. Es war ein norwegischer Arzt, Sören, der mit ihr eine Kinderarztpraxis aufmachte und Biko wie einen Sohn behandelte. Lisa bekam eine Tochter, Mirjam. Mirjam war mittlerweile zwei Jahre alt und hielt die drei ganz schön auf Trab. Biko schien sich dort auch sehr wohlzufühlen und würde bald sein Abitur machen. Wohin es ihn dann trieb, würde man sehen. Lisa hatte jedes Mal im fernen Land ihr Glück gefunden, weil sie es hier nicht mehr ausgehalten hatte. Sie ließ alles hinter sich und baute sich dort eine neue Welt auf. Glückliche Lisa!

Als Bea das Krankenhaus erreichte, hielt sie auf ihrem angestammten Parkplatz an. Sie stieg aus und ging durch den Haupteingang in die große Eingangshalle. Es war still dort, denn auf den Stühlen und Sofas saßen um diese Zeit keine Besucher. Die Tür der Ambulanz schwang auf und eine Frau, die ihren rechten Arm in einer Gipsschiene trug und von ihrem Mann begleitet und gestützt wurde, kam heraus. Bea grüßte kurz und drückte auf den Knopf für den Fahrstuhl. Das Geräusch des herankommenden Fahrstuhls und das bekannte „Pling!“, wenn sich die Tür öffnete, durchbrachen die Stille der Halle.

Bea fuhr nach oben in die zweite Etage. Dort befand sich ihr Büro. Die Tür des Fahrstuhls ging auf und Bea betrat einen weiten Flur, von dem man durch zwei Glastüren in die chirurgische Abteilung gelangen konnte. Auf den Glasfenstern der Türen standen die Zimmernummern. Wenn man durch die eine Tür ging, konnte man einen Rundgang durch den langen Flur der Abteilung machen und an der anderen Tür wieder hinausgelangen.

Auch hier war kaum ein Geräusch zu hören. Der Flur war durch gedämpftes Licht leicht erhellt. Über der Zimmertür mit der Nummer 22 brannte das Licht. Ein Patient hatte auf den Klingelknopf gedrückt, um die Nachtschwester zu rufen. Leise öffnete sich die Tür und Schwester Monika kam mit einer leeren Tropfflasche in der Hand aus dem Krankenzimmer. Sie trug weiße Sandalen mit dicken Sohlen, um auf dem Linoleum-Fußboden keine Absatzgeräusche zu machen. Sie lächelte Bea zu und flüsterte: „Frau Doktor, was machen Sie denn um diese Zeit noch hier? Wir haben doch momentan keine Akut-Patienten?“

„Hallo, Schwester Moni!“, begrüßte Bea sie. „Ich wollte die OP-Pläne in Ruhe durchsehen. Sie wissen doch, wie das ist: Morgen ist wieder Hektik, dies und das. Da ist es besser, ich mache das jetzt, ohne gestört zu werden.“

Monika nickte und sagte: „Wenn Sie schon mal hier sind. Der Patient auf Zimmer 24 klagt über postoperative Schmerzen. Soll ich ihm ein leichtes Schmerzmittel geben?“

„Ja, machen Sie das. Wenn es nicht helfen sollte, dann sagen Sie mir noch mal Bescheid.“

Moni nickte erneut, verschwand auf ihren dicken Gummisohlen im Schwesternzimmer und ging zum Medikamentenschrank. Bea betrat ihr Büro, schaltete die Schreibtischlampe ein und ihren Computer. Nachdem sie ihr Passwort eingegeben hatte, checkte sie ihre E-Mails. Theofil hatte ihr eine lange Mail geschickt. Bea atmete tief ein und drückte auf Löschen, ohne sie vorher gelesen zu haben. Danach fühlte sie sich besser. Sie ging sogar so weit, dass sie sämtliche Mails von Theofil, die sie gespeichert hatte, löschte. Erledigt! Danach fügte sie seine Adresse dem Spamfilter zu, damit er zukünftige Mails von Theofil gleich hinausschmiss, bevor sie auch nur in Versuchung kam, sie zu lesen. Besser so, als dass sie sich irgendwann von ihm bezirzen ließ.

Der Anfang war getan. Gleich morgen wollte sie mit ihrem Handy-Anbieter telefonieren, um eine neue Nummer zu beantragen. Die warben doch für Rund-um-die-Uhr-Betreuung. Warum also nicht gleich jetzt erledigen, was zu erledigen war? „Also los, Bea, ruf sofort da an!", hörte sie Billi zu sich sagen.

Bea wählte die Hotline-Nummer und bekam auch ein Freizeichen. Nachdem sie den Anweisungen der Computerstimme gefolgt war, hörte sie doch tatsächlich eine reale Stimme in der Leitung. Sie forderte eine neue Handynummer an, weil sie sich von einem Stalker bedroht fühle. Die Stimme am anderen Ende sagte: „Kein Problem, möchten Sie, dass wir das gleich jetzt erledigen?"

„Ja!"

Die Stimme im Telefonhörer sagte: „Gut, in spätestens einer halben Stunde schicken wir Ihnen Ihre neue Handynummer per SMS. Haben Sie sonst noch einen Wunsch?"

„Nein danke, ich bin sehr mit Ihrem Service zufrieden. Das wäre alles! Gute Nacht!" Rigoros beendete Bea das Telefonat. Das wäre erledigt. So eine unkomplizierte Sache mit großer Wirkung! Sie merkte, wie sie ruhiger wurde und ihr innerer Stress sich legte. Die Angst, von der Einsamkeit besiegt zu werden, war vergangen und machte einem neuen Gefühl Platz: Stärke!

Während sie noch die OP-Pläne durchging, ertönte der bekannte SMS-Ton von ihrem Handy. Sie hatte eine neue Nummer und die Alte war gelöscht worden. Sie löschte nun auch die von Theofil aus ihrem Adressbuch und schickte fast allen Teilnehmern aus ihrem Handy-Verzeichnis die neue Nummer, die ab sofort galt. Diese Hürde war genommen. Weitere würden folgen.

Für den Moment fühlte sie sich gut. Aber was würde sein, wenn er bei ihr vor der Tür stand oder sie im Krankenhaus besuchte? Warum vertraute sie ihrer eigenen Courage so wenig? Was hatte dieser Mann nur an sich, dass sie meinte, von ihm nicht loszukommen? Außer der Liebe zu deutschen Balladen gab es eigentlich nichts, was er ihr bieten konnte. Als sie damals bei der Visite auf seinem Nachtschrank das gleiche Buch gesehen hatte, aus dem sie in ihrer Jugend sämtliche Balladen – zum Vergnügen ihres Vaters – auswendig gelernt hatte, war es um sie geschehen. Diese Gemeinsamkeit konnte es kein zweites Mal geben auf der ganzen Welt!

Bea erinnerte sich, wie sie als Kind vor ihren Vater getreten war, mit einer Schleppe um die Schulter und einer Pappkrone auf dem Kopf. Sie sah, wie sie sich in Positur stellte und mit ernster, fast verzweifelter Miene „Die Ballade vom Wassermann" vortrug – von der schönen Agnese, die nicht mehr ins Wasser zurück wollte zu ihrem Wassermann, der Agnese jedoch arg drängte.

Ach, und was hatte sie gelernt, bis sie „Die Bürgschaft" intus hatte! Aber der Deutschlehrer wollte sie nicht vortragen lassen. Sie hasste ihn! Nur ihr Vater ließ sie nicht im Stich und dachte sich etwas Besonderes aus. Durch eine List lockte er Bea in seine Dienststelle. Er lud sämtliche Kollegen zu sich ins Büro ein, hob Bea auf seinen Schreibtisch und ließ sie vor versammelter Mannschaft die Schillersche „Bürgschaft" rezitieren. Diesen Tag würde sie für immer und ewig in ihrem Gedächtnis behalten. Wenn sie die Augen schloss, dann konnte sie noch immer die damalige Atmosphäre spüren. Sie hörte den tosenden Applaus der Polizisten und sah das stolze, glückliche Gesicht ihres Vaters.

Mit Theofil hatte sie viele Stunden vor dem Kamin verbracht. Sie lasen sich gegenseitig Balladen vor, vom „Erlkönig" bis hin zu „Des Pfarrers Tochter von Taubenhain".

Das war grausam und schicksalsträchtig und doch so ergreifend. Bea analysierte mit ihrem Vater die Balladen und je mehr sie den Inhalt verstand, desto besser klappte es mit ihrer Betonung. Falls sie keine Prinzessin werden würde, so könnte sie noch immer Schauspielerin an einem großen Theater werden. Sie litt mit ihren Figuren. Sie liebte außerdem Geschichten von grausamen Herrschern und verzweifelten Jungfrauen. Liebende, die erst nach vielen Umwegen zueinander fanden, und Retter, die für die Geliebte durchs Feuer gingen.

Ihr Vater nahm sie und Lisa mit in Monumentalfilme wie „Ben Hur“ und „Quo vadis?“. Filme, die alles, was sie in ihren Balladen fand, vereinten. Sie bekam zu Weihnachten das Buch „Quo Vadis“ geschenkt und sie lernte die Worte von Marcus Vinicius auswendig, die er zu Lygia sagte, als er sie zum ersten Mal traf. Soweit sie sich erinnern konnte, lauteten die Worte: „Dich grüß ich, oh Hohe der Göttinnen oder der Jungfrauen, sag, bist du der Sterblichen eine, die ringsumher bewohnen das Erdenreiche? Dreimal grüß ich Vater und Mutter und die Brüder zugleich!“

Und sollte jemals einer kommen, vielleicht ein Prinz, und genau diese Worte zu ihr sprechen, dann wollte sie vorbereitet sein und mit Lygias Worten antworten, die sie damals Marcus Vinicius entgegnete: „Keinem geringen Manne, noch törichtem gleichst du, oh Fremdling!“

Welcher Wahnsinn, welche Verrücktheit hatte sie dazu veranlasst, solche Träume zu träumen? Ihr Vater setzte ihr Flausen in den Kopf und sie nahm sie ernst. So ernst, dass sie heute noch auf ihren Prinzen wartete. Sie musste mit dem Träumen aufhören. Sie konnte ihre Kindheit nicht konservieren, nur um den Vater zu behalten. Sie hatte ihn wohl noch nicht losgelassen, und solange sie das nicht konnte, blieb sie in ihrer Kindheit gefangen! „Bea, mach ein Ende und wach endlich auf!“, hörte sie Billi sagen, und Billi hob dabei verzweifelt ihre Hände.

Nun gut. Bea schaltete den Computer aus und löschte die Lampe. Sie ging durch die Tür und zog, während sie über den Flur ging, ihren Mantel an. Als sie im Fahrstuhl stand, überlegte sie kurz, ob sie noch einen Abstecher in die Gynäkologie machen sollte. Manchmal kam sie spät hier hoch, um sich die Babys anzuschauen. Nachts war kaum jemand auf dem Flur. Und wenn sie Glück hatte, konnte sie ungesehen bleiben.

Sie drückte auf Knopf vier und ließ sich vom Fahrstuhl nach oben bringen. Mit dem üblichen „Pling!“ schwang die Fahrstuhltür auf und sie ging durch die große Glastür, auf der in schwarzen Buchstaben das Wort Gynäkologie stand. Auch hier war nur die Notbeleuchtung eingeschaltet. Der Unterschied zu ihrer chirurgischen Abteilung, bestand darin, dass an den Wänden Babyfotos und Geburtsanzeigen hingen mit Danksagungen der glücklichen Eltern. Bea ging auf die große Glasscheibe zu, um die schlafenden Säuglinge in sich aufnehmen zu können. Leider war die Gardine diesmal ganz zugezogen und Bea konnte keinen Blick erhaschen.

Da hörte sie hinter sich eine Stimme: „Hallo, Frau Doktor Ligermann, wieder mal hier, um Säuglinge zu bewundern? Ich habe Sie lange nicht mehr gesehen. Ich dachte schon, Sie wären mir und den Babys untreu geworden.“ Schwester Gertrud, die Hebamme, kam mit schnellen, kleinen Schritten in ihrer grünen OP-Montur und mit einem Säugling auf dem Arm auf sie zu. „Hier, sehen Sie mal, ganz frisch, ein Achtpfünder, 56 cm groß und ganz der Vater!“

Bea lächelte Gertrud entgegen und schob die Decke, in die der Säugling gewickelt war, ein wenig beiseite, um einen besseren Blick auf das Baby werfen zu können. Gertrud war eigentlich schon in Rente, aber für eine Urlaubsvertretung und im Notfall immer zur Stelle. Sie brachte schon so manches Baby auf die Welt, und immer war sie guter Laune. Sie hatte drei eigene Kinder und war auch schon fünffache Großmutter. Sie nannte die Dinge beim Namen und hatte für jede Gelegenheit einen passenden Spruch parat.

„Diese Geburt ging schnell, war schon das Vierte und wieder ein Junge. Die arme Mutter hätte so gerne mal ein Mädchen bekommen, aber was soll's! Hauptsache, gesund! Schauen Sie sich den strammen Burschen mal an! Eben schrie er noch so, dass wir seine kräftigen Lungen loben konnten, und nun schläft er. Ist ja auch eine anstrengende Sache für so ein kleines Würmchen. Wissen Sie, Frau Doktor, für mich gibt es nichts Schöneres als eine schnelle und unkomplizierte Geburt mit Eltern, die ihr Kind in Liebe entgegennehmen. Ich erlebte leider schon oft, dass das nicht so selbstverständlich ist. Na, wie isses, wollen Sie mal halten? Ich sage es auch nicht weiter. Nehmen Sie ruhig, ich bin ja dabei. Trauen Sie sich!" Gertrud legte Bea, ehe sie sich wehren konnte, den Achtpfünder in die Arme. „Na, Sohnemann, fühlt sich das gut an? Sehen Sie Frau Doktor, er schläft weiter. Das Kind hat nüscht gegen Sie. Wie wäre es denn mal mit einem eigenen? Ich würde auch, wenn es so weit ist, eine extra Schicht einlegen." Gertrud war in ihre Mundart gefallen, grinste spitzbübisch und schaute Bea von der Seite erwartungsvoll an.

„Ach, Gertrud, ich bin doch schon viel zu alt. Bisher hat mir immer der richtige Mann dazu gefehlt. Ich hatte immer nur Fehlgriffe."

Gertrud wehrte ab: „Ach, was reden Sie denn, Frau Doktor, zu alt? Wenn die Natur der Meinung ist, Sie können noch, dann hat es auch seinen Sinn. Es ist nie zu spät. Und was den falschen Mann oder den richtigen Mann betrifft, so hat Ihnen der Herrgott zwei Beine gegeben. Damit können sie Ankommen und Weglaufen, sie haben zwei Arme, zum Festhalten und Loslassen, und einen gesunden Menschenverstand, um zu unterscheiden, ob man festhalten oder loslassen, ankommen oder weglaufen sollte. Das Herz steckt am richtigen Fleck und schlägt in Liebesdingen besonders schnell, damit der Kopf begreift. Sie brauchen es nur zuzulassen! Eigentlich ist das doch gar nicht so schwer. Sie sind eine junge, intelligente, attraktive Frau. Da dürfte es an potenziellen, zeugungswilligen Ehemännern nicht mangeln."

Bea machte einen fragenden Gesichtsausdruck: „Wenn das so einfach ist, warum klappte es bei mir dann nie?"

„Vielleicht sollten Sie ihren Magneten neu ausrichten, ihr Magnet zog aus irgendeinem Grund die Falschen an, weil Ihr Kopf zu stark ist. Lassen Sie Ihr Herz ran! Der Kopf hat mal Pause. Kommen Sie, ich mache uns einen Tee und erzähle Ihnen eine Geschichte, haben Sie Lust?"

„Sehr gerne, aber ich möchte Sie nicht von ihrem Schlaf abhalten."

„Papperlapapp, ich bringe den Knaben in sein Bettchen und dann unterhalten wir beide uns. Bin gleich wieder da, leider darf ich Sie nicht in Ihren Straßenschuhen mit ins Säuglingszimmer nehmen. Aber wenn Sie es nicht weitersagen, dann mache ich für Sie kurz die Gardine auf." Sie wartete nicht die Antwort ab und war schon hinter der Tür verschwunden. Typisch Gertrud!

Bea wartete gespannt auf eine Gardinenregung, die auch wirklich kurz darauf stattfand. Sie erhaschte einen Blick auf etwa zwölf schlafende Säuglinge. Einige lagen auf dem Rücken und hatten ihre Ärmchen in U-Form über dem Kopf liegen und die kleinen Händchen zu Fäusten geballt, als hielten sie darin etwas fest. Andere lagen auf dem Bauch und hatten ihre Köpfchen zur Seite gelegt. Manche hatten keine Haare und manche einen dicken schwarzen Flaum auf dem Kopf. Sie sahen alle wie kleine Engel aus, und Bea wurde ganz mulmig ums Herz.

Gertrud kam durch die Tür und erzählte Bea lauter Interna zu den einzelnen Säuglingen: „Der hier heißt Montgomery. Was hat so ein kleines Wichterl getan, um ein Leben lang mit so einem Namen gestraft zu werden? Na ja! Daneben liegt Nele. Das war eine schwere Geburt. Nele hat über neun Pfund und der Mutter ganz schön zugesetzt. Da vorne, der mit den dicken schwarzen Haaren, das ist Moritz. Sein Vater sieht gut aus, war allerdings der Mutter bei der Geburt keine große Hilfe! Ich musste mich fast mehr um den Vater kümmern, als um die Mutter! Die meisterte das, Gott sei Dank, gut. Die Kleine da ganz links hat ganz junge Eltern, sind beide erst 23 Jahre alt, war aber ein Wunschkind. Denken Sie mal, die jungen Eltern wollen noch drei bekommen! Hoffentlich klappt's. Ach ja, und der Kleine mit den dicken Backen da vorne hat eine Mutter, die ist 48 Jahre und der Vater 52. So viel zum Thema ‚Ich bin zu alt!'.

Aber jetzt gehen wir lieber, damit wir noch in Ruhe unseren Tee trinken können, bevor die Raubtierfütterung wieder losgeht." Gertrud zog Bea am Arm mit sich fort und führte sie in die Teeküche. „Setzen Sie sich, Frau Doktor. Ich setzte nur schnell das Teewasser auf. Möchten sie Kräutertee oder lieber Schwarzen?"

„Lieber Kräutertee, wenn es Ihnen nichts ausmacht", sagte Bea dankbar und nahm auf einem Klappstuhl Platz.

„Gerne, hab leider nur diese großen Kaffeepötte, aber da kann man wunderbar seine Hände dran aufwärmen. Ich liebe diese Tassen." Gertrud hängte jeder von ihnen einen Teebeutel in den Pott und ließ das mittlerweile kochende Wasser darüberlaufen. Sie kam mit den Tassen zum Tisch, setzte sich Bea gegenüber, schaute sie stumm an und sagte: „Wissen Sie, Frau Doktor, meine Eltern hatten nicht viel Zeit für mich, als ich klein war. Meine Mutter war, wie ich, Hebamme und mein Vater war Seemann. Er war monatelang auf See und in der ganzen Welt zu Hause. Von jedem Hafen schrieb er uns eine Postkarte und erzählte uns in langen Briefen von Menschen, die er traf und die ihm ihre Geschichten erzählten. Meine Mutter hatte als Hebamme viel zu tun und damit ich nicht so allein war, ging ich oft zu meiner Großmutter. Als Kind erlebte ich so, wie die Menschen bei meiner Oma Hilfe suchten. Ihre Tür stand immer auf. Sie schloss sie nur nachts ab. Meistens waren es verzweifelte Menschen, sonst wären sie nicht zu meiner Oma gekommen. Sie kamen unglücklich und gingen glücklich mit einem Lächeln auf dem Gesicht.

Eines Tages fragte ich meine Oma, was es mit den Karten auf sich hätte, die sie da immer vor sich auslegte? Die Oma setzte sich auf die Holzbank neben ihren Ofen und lächelte weise in sich hinein. Sie sagte: ‚Weißt du, mein Kind, das Leben ist für manche Menschen nicht immer einfach. Der liebe Gott zeigt uns immer den rechten Weg, sonst wäre er nicht der liebe Gott! Er würde uns niemals einen falschen oder schweren Weg zeigen. Aber gehen müssen wir ihn alleine. Manchmal legen wir uns Steine in den Weg und die sind oft sehr groß. Wir bekommen dann Angst, weil die Steine so schwer sind und wir nicht wissen, wie wir sie aus dem Weg schaffen können. Doch die Steine sind ja eigentlich nur in unserem Kopf. Die liegen nicht wirklich da. Wir denken nur, dass sie da sind. Wenn die Menschen Hilfe brauchen, weil sie denken, da ist wieder so ein schwerer Stein im Weg, dann zeige ich ihnen anhand meiner Karten, dass sie sich irren. Sie glauben an die Karten und sie glauben den Karten mehr als dem Doktor oder dem Pfarrer oder sonst wem. Erleichtert gehen sie nach Hause und haben keine Angst mehr. Die Steine verschwinden aus ihrem Kopf und tatsächlich wird alles gut. Denn Glaube kann Berge oder Steine versetzen!'

Warum erzähle ich Ihnen das? Weil Sie wissen sollen, dass Sie es in der Hand haben, ihr Leben zu ändern! Vertrauen Sie in das Leben und werfen Sie die Steine aus Ihrem Kopf. Dann gibt es nichts, was es nicht gibt. Machen Sie sich Ihre Zukunft schön in Ihrem Kopf: so, wie Sie sie gerne hätten, und alles wird seinen Anfang nehmen!“

Im Zimmer ertönte durch die Sprechanlage ein Geräusch, das darauf hindeutete, dass in Kürze die Fütterung anstand. Gertrud sprang auf: „Entschuldigen Sie, Frau Doktor, ich muss die Säuglinge zu ihren Müttern bringen. Lassen Sie sich ruhig wieder mal blicken! Ich bin noch eine Woche hier, und vergessen Sie nicht: Sie haben es in der Hand und es ist nie zu spät!“ Und schon verschwand sie um die Ecke. „Gertrud, der Wirbelwind“ wurde sie von den Ärzten genannt. Dem wurde sie wahrlich gerecht.

Bea stand auf, stellte die Tassen in die Spüle, warf die Teebeutel in den Biomüll und ging über den Flur zum Fahrstuhl. Als sie das Krankenhaus verließ, schaute sie hoch zum Himmel. Die Sterne blinkten und standen noch genauso da wie vorhin. Es hatte sich äußerlich nichts verändert, aber in ihr fing etwas an zu leuchten.

Sie hatte tief und gut geschlafen. Trotz des wenigen Schlafes fühlte sie sich fit wie schon lange nicht mehr, so dass sie voller Tatendrang aufstand, unter die Dusche hüpfte und sich ankleidete. In der Küche wartete dank Zeitschaltuhr an der Kaffeemaschine schon der Kaffee auf sie und ausnahmsweise gönnte sie sich eine Scheibe Vollkorntoast mit Honig.

Der Drang, zum Computer zu gehen und die Mails zu checken oder auf ihrem Handy nach SMS zu schauen, hatte sich verflüchtigt. Sie fühlte sich erleichtert, der ständige Griff nach dem Handy war bei ihr schon zur Sucht geworden. Sie hatte sich geärgert, wenn Theofil simste, und sie hatte sich geärgert, wenn er es nicht tat. Diese ambivalenten Gefühle machten sie ganz wahnsinnig. Und sie wollte eigentlich nicht mehr, dass diese blöden SMS ihren Tag bestimmten! Es gab Wichtigeres, und dieses infantile Gehabe musste endlich ein Ende haben. Die neue Handynummer sollte ein Schritt in diese Richtung sein. Das war zwar erst mal nur äußerlich, aber immerhin ein Anfang.

Bea zog ihren Mantel an und fuhr ins Krankenhaus. Auf der Station war gerade Schichtwechsel und die Nachtschwester Monika übergab der Stationsschwester Agnes sozusagen das Zepter. Die Nacht war mehr oder weniger ruhig gewesen, ohne außergewöhnliche Vorkommnisse.

Bea ging in ihr Büro und machte sich für die erste OP bereit. Sie kleidete sich um und lief in den Operationsbereich, wo schon reges Treiben herrschte. Die diensthabende Schwester legte das OP-Besteck bereit und erledigte die Dinge, die sonst noch für die bevorstehende Operation wichtig waren. Bea sprach mit dem Anästhesisten und schaute dabei der Schwester über die Schulter, damit sie keine Fehler machte. Danach wusch sie sich gründlich die Hände.

Der Patient lag schon bereit auf dem Tisch und der Anästhesist erklärte ihm sein Vorhaben, bevor er ihn in das Reich des Morpheus versetzte, des Gottes des Traumes. Die Operation würde mindestens drei Stunden dauern. Danach sah der Plan noch drei weitere Operationen vor. Die Zeit war mit Operationen, sofern es keine Komplikationen gab, bis 14 Uhr ausgefüllt. Danach würde sie auf ihrer Station Visite machen und um zirka 16 Uhr das Krankenhaus verlassen. Ein straffer, aber geregelter Zeitplan hielt ihr Leben auf Trab. So vermied sie Stress und Hektik, was nicht nur ihr, sondern auch den Patienten letztlich zugutekam.

Als sie um kurz nach vier das Krankenhaus verließ, war

sie immer noch gut drauf, und deswegen beschloss sie, ins Pflegeheim zu fahren, um ihre Mutter zu besuchen. Sie schob die Besuche meistens vor sich her. Sie mochte den Geruch im Heim nicht und der Anblick ihrer Mutter trug auch nicht zu ihrem Wohlbefinden bei.

Das „Haus Abendrot" lag eigentlich sehr idyllisch. Ein großer Park umschloss das Anwesen und das Haus selbst war kein Betonklotz, sondern ein Jugendstilbau vom Ende des 19. Jahrhunderts. Bea parkte auf dem Besucher-Parkplatz und ging über den gepflasterten Weg zum Hauseingang. Der typische Geruch empfing sie und das mehr oder weniger entgegenkommende Interesse der alten Leute, die mit ihren Rollatoren oder im Rollstuhl sitzend in der Halle warteten. Einige schienen nur noch dahinzuvegetieren und starrten vor sich hin. Ein Herr im Rollstuhl hob beide Arme und schrie „Hoch, hoch, hoch!". Vielleicht befand er sich geistig wieder im Kindergarten oder spielte gerade mit seiner Mutter. Wenigstens erschien er ihr glücklich. Trotzdem, es hatte etwas Erschreckendes, wenn man bedachte, dass dieser Mann einmal jung gewesen war. Vielleicht arbeitete er in einer leitenden Stellung oder war ein Frauenschwarm und legte seinerzeit etliche weibliche Wesen flach. Und jetzt saß er im Rollstuhl und plapperte wie ein Kind. Wie gut, dass man nicht wusste, wie man irgendwann mal enden würde!

Bea hatte für sich entschieden, dass sie keine lebensverlängernden Maßnahmen wünschte. Sie besaß eine Patientenverfügung und einen Organspende-Ausweis. Man konnte seinen Tod nicht planen, aber wenigstens in Würde wollte sie sterben. Ihr Professor sagte mal vor versammelten Studenten: „Den Tod können Sie nicht aufhalten. Sie können Leben retten und Leben verlängern, aber der Tod kommt letztendlich zu jedem! Wie er kommt, das liegt nicht nur in Gottes Hand, sondern auch ein bisschen in Ihrer eigenen! So wie man lebt, so stirbt man auch. Ich trinke gerne mal ein Glas Whisky oder mehr. Ich träume davon, im Kreise meiner Lieben im Whisky-Rausch durch einen Sekundentod den Löffel abzugeben. Klappe zu, Affe tot! Peng! Aus und vorbei! Ich wünsche mir das, so oder so ähnlich und möchte nicht jahrelang dahinsiechen."

Ja, und nun war sie hier im Haus Abendrot, dem Alterswohnsitz für Geriatrie und Demenz. Auch hier ging es wie im Krankenhaus quer durch die Halle zu den Fahrstühlen. Ihre Mutter war auf der Demenz-Station einquartiert und bekam nichts mehr mit. Meistens saß sie im Rollstuhl vor dem Fenster ihres Zimmers, hatte die Hände im Schoß liegen und schaute nach draußen. War das ihr Wille gewesen? Wünschte sie sich aus Verzweiflung unterbewusst, mehr und mehr zu vergessen, bis nichts mehr von der Frau übrig war, die sie mal gewesen war? Hatte die Unfähigkeit, loszulassen, sie zu dem gemacht? Nämlich zu einer dahinvegetierenden Frau, die nur noch aus dem Fenster schauen konnte?

Vielleicht lebte sie in ihrer eigenen Welt. Wenn ja, war sie darin glücklich? Bea vermisste ihre Mutter: ihr Lächeln, ihre Stimme, ihr ganzes liebes Wesen. Sie hätte sie so sehr gebraucht. Was wäre, wenn sie mit der Trauer um den Vater hätte besser umgehen können? Wäre sie dann vielleicht noch sie selbst? Sie war sich mit Lisa einig, wenn die Mutter gar nicht mehr aus dem Bett käme und gar nichts, aber auch gar nichts mehr übrig von ihr war, dann wollten sie über Sterbehilfe nachdenken und handeln. Jetzt war das noch kein akutes Thema. Sie wussten nicht, ob die Mutter in ihrer Welt zufrieden oder gar glücklich war. Bea hatte einmal erlebt, wie die Mutter für ein paar Sekunden mit den Fingern spielte und ein leichtes Lächeln über ihr Gesicht huschte.

Bea ging über den Flur, als eine Schwester hinter ihr her lief und sie ansprach: „Frau Doktor Ligermann, wenn Sie möchten, dann dürfen Sie mit Ihrer Mutter einen Spaziergang machen. Die frische Luft täte ihr bestimmt gut."

Bea schaute überrascht und antwortete: „Ich habe Sie hier noch nie gesehen. Sind Sie neu?"

„Ja, ich leite seit Anfang des Jahres hier die Station. Ich bin Schwester Manuela. Meine Kollegin, Schwester Anne-Marie, und ich, sahen Sie aus dem Auto steigen und sie sagte mir, dass Sie die Tochter unserer Frau Ligermann seien."

Bea lächelte Manuela an und gab ihr die Hand: „Ihre Aufforderung überrascht mich, weil man mir das noch nie angeboten hat, ich meine, mit meiner Mutter nach draußen zu gehen."

Schwester Manuela antwortete ihr: „Ach, wissen Sie, wir wollen doch die Menschen hier im Haus genauso behandeln wie normale Menschen auch! Warum sollte ihre Mutter nicht warm eingepackt nach draußen gehen?! Gehen Sie mit ihr an den Ententeich, das wird sie erfreuen, glauben Sie mir." Manuela lächelte Bea an, nickte ihr aufmunternd zu und ging voran.

Als sie das Zimmer ihrer Mutter betraten, saß sie, wie gewohnt, im Rollstuhl am Fenster. Aus einem Lautsprecher, der über der Tür angebracht worden war, ertönte klassische Musik. Bea schaute verwundert nach oben.

„Eine Neuerung, ich ließ in jedem Zimmer Lautsprecher anbringen. Auf jeden Fall kann es nicht schaden!" Manuela lachte wieder. Sie schien frischen Wind hereinzubringen. Warum nicht? Es konnte wirklich nicht schaden. Ihre Mutter liebte Opern, besonders die von Verdi. Die Schwester und Bea zogen die Mutter zusammen warm an und anschließend schob Bea sie nach unten in den Park.

Draußen dämmerte es schon. Bea steuerte zielstrebig und mit energischen Schritten auf den geforenen Teich zu. Dort standen in gleichmäßigen Abständen Bänke. Die Enten und Schwäne hatten sich an einer Stelle versammelt, wo der Teich nicht zugefroren war. Der Anblick des Teichs rief bei ihr eine Kindheitserinnerung wach. Die Eltern gingen mit ihnen sonntags nach der Kirche oft zum Teich, und da fütterten die Kinder die Enten. „Auch an die Tiere müssen wir denken. Sie sind Gottes Geschöpfe, genau wie die Menschen auch." Ihre Mutter war eine fromme Frau und erzog ihre Kinder christlich. Sie beteten vor jeder Mahlzeit und abends, wenn sie ins Bett gingen, holte die Mutter ihre biblischen Geschichten hervor und las.

Bea überlegte sich, beim nächsten Besuch trockenes Brot mitzubringen und mit der Mutter in der Mittagssonne einen

Spaziergang um den ganzen See zu machen. Heute war es dafür schon zu spät. Bald würde es dunkel sein. Und sie wollte ihrer Mutter die Spaziergänge draußen in kleinen Dosen nahebringen. Für heute fuhr sie mit ihr ganz nahe an den Teich, damit die Mutter die Enten beobachten konnte. Sie zeigte keine Regung, aber das wunderte Bea nicht. Sie hatte eigentlich nichts anderes erwartet.

In ihrer Nähe saß auf einer Bank ein gut aussehender Mann mit einem alten Herrn, der neben ihm im Rollstuhl saß. Der junge Mann redete ununterbrochen auf den alten ein. Seine Stimme war tief, aber Bea verstand nicht, was er sagte. So sehr sie die Ohren auch spitzte, es drangen nur Laute an ihr Ohr, aber keine Vokabeln. Der Mann im Rollstuhl schien die Worte nicht zu hören, denn auch er starrte die ganze Zeit vor sich hin.

So stand Bea eine Zeit lang und hielt sich an den Griffen des Rollstuhls ihrer Mutter fest, während sie den Mann beobachtete. Als es immer dunkler wurde, ging sie mit ihrer Mutter wieder in Richtung Haus Abendrot. Der Mann erhob sich gleichfalls von der Bank und schob seinen Patienten hinter ihr her. Bea fühlte sich beobachtet, weil sie befürchtete, dass der Mann ihr auf den Hintern starren könnte. Genauer gesagt konnte sie im Moment nicht näher unterscheiden, ob das ein Wunsch von ihr war oder tatsächliches Unbehagen.

Die Tür ging automatisch auf und sie fuhr mit ihrer Mutter durch die Halle zum Fahrstuhl. Was wohl der Mann mit dem Herrn machte? Folgte er ihr? Sie zwang sich weiterzugehen und sich nicht umzuschauen.

Bea drückte mit dem rechten Zeigefinger auf den Fahrstuhlknopf und wartete. Als die Tür aufschwang, fuhr sie schnell in den Fahrstuhl und drehte den Rollstuhl mit ihrer Mutter einmal um die halbe Achse. Zufällig oder glücklicherweise war ihr der Mann gefolgt. Auch er fuhr mit seinem Patienten hinein und drehte sich ebenfalls um 180 Grad, indem er den Rollstuhl auf die Hinterräder stellte und einmal schwungvoll eine halbe Drehung vollzog. Er lächelte ihr zu und fragte: „Welche Station?“

„Äh, wir müssen auf Station 2“, antwortete Bea.

„Das passt ja gut. Wir auch.“ Er drückte auf den Knopf mit der Zahl 2. Die Tür schloss sich und der Fahrstuhl fuhr sanft nach oben. Eine Stimme wies die Fahrstuhlteilnehmer darauf hin, dass sie zur Station 2 befördert würden. Mit einem „Pling!“ ging die Tür auf und wieder ertönte die Stimme: „Station 2“. Für taube Menschen ging das Licht mit der Zahl 2 über der Tür an und für Blinde ertönte die Stimme. Man dachte hier wirklich an alles.

Der Mann fuhr als Erster raus und Bea folgte ihm über den Flur. „Kommen Sie öfter hier her?“, fragte er.

„Drei- bis viermal die Woche!“, log Bea. Billi stemmte ihre Hände in die Hüften, wie sie es immer tat, wenn sie sprachlos und verblüfft war. „Ich besuche meine Mutter. Sie ist hier seit zwölf Jahren. Sie hat sich vom Tod meines Vaters nicht mehr erholt und sich innerhalb von acht Jahren immer mehr in sich zurückgezogen.“ Was redete sie denn für einen Stuss? Wieso erzählte sie diesem fremden Mann ihre Familiengeschichte? Das dachte Bea gerade, als der Mann fragte: „Und warum reden Sie dann nicht mit ihr?“

„Sie versteht mich doch nicht“, sagte Bea verwundert.

„Wissen Sie das so genau?“

„Ja, ich bin Ärztin. Ich muss es doch wohl wissen.“

„Aber es könnte ihnen helfen.“ Er sah Bea freundlich an.

Bea tat diese Unterhaltung nicht gut und sie versuchte, an ihm vorbeizukommen. Sie sagte schnippisch: „Was wissen Sie schon über mich?“

„Auf jeden Fall, dass Sie seit zwölf Jahren mehrere Male in der Woche hierherkommen und sich noch nicht einmal mit Ihrer Mutter unterhalten haben. Ich finde das merkwürdig!“

Jetzt war Bea vollends sauer und sagte: „Das geht Sie überhaupt nichts an.“

„Stimmt“, sagte der Mann ruhig.

Bea schaute den Mann wie ein zorniges Kind an und erklärte: „Sie ärgern mich.“

„Ich ärgere Sie?“ Jetzt lachte er laut auf. „Dann habe ich ja ins Schwarze getroffen.“

„Mischen Sie sich nicht in Dinge ein, die Sie nichts angehen."

Der Mann lenkte ein: „Es tut mir leid, wenn ich Sie gekränkt habe! Das lag nicht in meiner Absicht. Aber sehen Sie, mein Großvater hier war für mich immer da. Ich konnte ihm alles erzählen, und er enttäuschte mich nie, indem er die Dinge weitererzählte oder missbrauchte. Er war für mich lange Jahre so etwas wie ein Beichtvater. Heute erzähle ich ihm, genauso wie damals, meine Erlebnisse. Ob er sie versteht, kann ich nicht wissen, aber er hört mir zu. Und ich weiß, dass er sie ganz gewiss auch heute nicht weitererzählt."

Er zwinkerte Bea mit einem Lächeln zu und sprach schon weiter: „Ich fühle mich besser. Ich werde alles los und habe das, was mich bewegt, jemandem anvertraut. Seit zwei Jahren ist er hier im Haus Abendrot, vor ungefähr vier Jahren zog er sich langsam von uns zurück. Er ist vielleicht bei meiner Großmutter oder an einem Ort, der für uns unvorstellbar ist. Keiner kann das so genau sagen. Ich zog vor ein paar Jahren fort, aber wir telefonierten regelmäßig. Seit ungefähr vier Jahren ist das nicht mehr möglich. Es fehlt mir etwas im Leben. Ich achte ihn und ich ehre ihn, indem ich ihn weiter mit Respekt behandle. Er war lange Zeit für mich da. Nun möchte ich für ihn da sein, wenn auch nur für kurze Zeit, weil ich bald wieder fortgehe. Aber ich habe mir vorgenommen, einmal im Jahr zu Besuch zu kommen. Natürlich weiß ich nicht, ob ich ihn wiedersehen werde, wenn ich in einem Jahr wieder hier bin. Solange ich noch in Berlin bin, komme ich ihn auf jeden Fall täglich besuchen! Das bin ich ihm schuldig."

Bea schaute ihn an. So ziemlich zum ersten Mal in ihrem Leben war sie sprachlos. Der Mann zog seine Augenbrauen hoch und wartete geduldig auf Beas Antwort. Ihre Gedanken überschlugen sich, dieser Mann verunsicherte sie. So ein Mensch war ihr noch nie begegnet. Sie konnte im Moment nicht sagen, ob sie seine Ausführungen gut oder impertinent fand. Sie hatte sich nicht mehr im Griff. Sie überlegte, was sie antworten sollte, aber außer: „Ich muss jetzt meine Mutter wieder aufs Zimmer bringen" fiel ihr nichts ein.

„Ja, in der Tat. Vielleicht sieht man sich wieder. Einen schönen Abend noch!“ Er nickte und fuhr vorneweg, dann um die nächste Kurve in Richtung Zimmer 28.

„Na, Herr Weber, das ist schön, dass Sie Ihr Enkelsohn jetzt öfter besuchen kann! Sie haben eine richtig gesunde Gesichtsfarbe bekommen.“ Manuela beugte sich über den Großvater des Mannes und streichelte ihm die Wange.

„Ja, wir haben uns auch wieder richtig gut unterhalten! Zwar führe ich nur Monologe, aber er hat offensichtlich nichts dagegen.“ Der Mann und Manuela lachten. Sie hielt ihm die Tür auf und beide verschwanden im Zimmer.

So war das also. Wenn das hier so weiterging, spielten sie demnächst noch „Ringelreihe“ und hatten sich alle lieb. Bea wusste nicht genau, warum sie plötzlich so schlechte Laune bekam, aber dafür grinste Billi schelmisch.

Bea war noch dabei, ihrer Mutter die Schuhe auszuziehen, als es an der Tür klopfte und Schwester Manuela eintrat.

„Na, wie hat es uns denn gefallen? Frau Ligermann hat ja ganz rote Bäckchen.“ Sie stellte sich vor Beas Mutter und hielt ihr Gesicht mit beiden Händen umfangen, dabei streichelte sie mit den Daumen gleichzeitig über ihre Wangen. „Das war doch mal eine richtig gute Idee. Da schmeckt das Essen auch gleich viel besser.“ Zu Bea gewandt, sagte sie: „Ihre Mutter isst sehr schlecht. Sie könnte gut drei Kilo mehr auf den Rippen vertragen. Möchten Sie Ihre Frau Mama füttern oder müssen Sie schon wieder weg?“

„Äh, ich weiß nicht, ich habe in so etwas keine Erfahrung.“

Manuela bestärkte sie: „Das kriegen wir schon gemeinsam hin. Sie werden sehen, das ist gar nicht so schwer. Ich komme gleich mit dem Essen wieder.“ Schon entschwand sie aus der Tür.

Bea zog ihre Mutter inzwischen weiter aus, wischte ihr mit einem Papiertaschentuch die Nase und warf das Taschentuch in den Mülleimer. Manuela kam mit einem Tablett ins Zimmer zurück. Sie stellte es auf den Tisch und schob die Mutter mit dem Rollstuhl ganz nah daran. Auf dem Tablett befanden sich eine Schnabeltasse und vier Butterbrothälften, zwei mit Käse und zwei mit Bierwurst, dazu Gurken und eine halbe Tomate. Schwester Manuela hielt der Mutter die Schnabeltasse zwischen die Lippen und gab sanft den Tee in ihren Mund. Die Mutter schluckte wie ein artiges Kind den Tee, bis Manuela die Tasse wieder absetzte.

„Das haben Sie fein gemacht, Frau Ligermann, und jetzt essen Sie einen Happen von dem Käsebrot.“ Sie schnitt die Brothälften in kleine Stückchen und hielt der Mutter eines an die Lippen, bis sie den Mund aufmachte und das Brot darin verschwand. Brav kaute sie und schluckte anschließend das Gekaute hinunter. Danach gab es wieder Tee zum Nachspülen.

„Und jetzt versuchen Sie es mal!“, sagte die Schwester zu Bea gewandt. Sie hielt ihr ein Brotstückchen hin und nickte ihr aufmunternd zu. Bea nahm es und hielt das Stückchen der Mutter an die Lippen. Sofort öffnete sie den Mund und fing an zu kauen.

„Sehen sie, ist gar nicht schwer! Ihre Mutter weiß noch, wie es geht. Geben Sie ihr anschließend immer etwas zum Trinken, damit sie nachspülen kann.“

Der Mann mit dem alten Herrn im Rollstuhl ging Bea nicht mehr aus dem Kopf. Weil sie ihre Neugierde nicht mehr unterdrücken konnte, fragte sie Manuela: „Kennen Sie eigentlich den Besucher von Zimmer 28?“ Auf Beas Hals und im ganzen Gesicht entstanden verräterische rote Flecken.

Manuela lächelte sanft und tat so, als bemerkte sie Beas Unsicherheit nicht. „Aber natürlich, das ist der Enkel von Herrn Weber. Er kommt fast jeden Tag, fährt mit ihm eine Runde spazieren, füttert ihn und manchmal hilft er uns auch, seinen Großvater zu baden. Herr Weber ist über neunzig und für seine Verhältnisse körperlich noch recht fit. Ja, schade, dass der junge Herr Weber nur bis zum Sommer oder Herbst hier ist. Dann muss er wieder weg. Er geht nach Neuseeland und wird dann wohl nur noch einmal im Jahr herkommen, wie er mir sagte. Aber wer weiß, wenn der Großvater Weber sich wacker hält, dann können sich die beiden bestimmt noch ein paar Mal sehen.“

Das konnte doch nicht wahr sein! Das war der Typ, der neben Johanna eingezogen war. Dieser, wie hieß er doch gleich, Philipp Weber! Kein Wunder, dass Johanna auf ihn stand! Er sah wirklich gut aus. Bea wurde ganz aufgeregt, irgendwie musste sie sich zusammenreißen, damit man ihr nichts anmerkte. Es wäre ihr peinlich gewesen. Sie kam sich wie ein Schulmädchen vor. Laut sagte sie: „Er unterhielt sich angeregt mit seinem Großvater. Ich konnte es nicht verstehen, aber er schien sich nicht zu langweilen!"

„Ja, wir sind alle vom jungen Herrn Weber begeistert. Er bringt uns zum Lachen und er behandelt seinen Großvater mit viel Fürsorge und Respekt. Wir werden schließlich alle mal älter und da sollten wir die alten Menschen doch genauso behandeln, wie wir auch behandelt werden möchten, wenn wir mal alt sind. In Würde sterben zu können, das ist doch alles, was uns dann noch bleibt. Der junge Herr Weber pflegte lange seine krebskranke Frau. Sie starb vor zwei Jahren. Das weiß ich von seinem Vater, dem Sohn von unserem Herrn Weber. Er selbst erwähnte es nur kurz, aber dieser Mann hat offensichtlich seinen Mut und seine positive Einstellung zum Leben nicht verloren." Manuela kam jetzt richtig in Fahrt und redete wie ein Wasserfall.

Bea spitzte die Ohren und sog alles in sich auf. Was für ein Zufall! Da lernte sie auf diese Weise Johannas Nachbarn kennen, den baldigen Auswanderer. „Wann kommt er denn immer? Ich meine, hat er denn so viel Zeit?" Bea tat scheinheilig und hoffte, dass Manuela ihr Interesse nicht bemerkte.

Die ließ sich jedenfalls nichts anmerken: „Oh, er kommt meistens um 15 Uhr, zieht seinen Großvater warm an und geht mit ihm um den Ententeich, natürlich nur wenn es nicht regnet oder schneit. Danach sitzt er oft mit ihm auf der Bank und füttert die Enten. Er bleibt meistens bis 17 Uhr. Solange Herr Weber in Deutschland wohnt, nimmt er sich die Zeit für seinen Opa. Manchmal kommt auch sein Vater mit. Er ist auch ein sehr feiner Mensch.

Unser Herr Weber hat wirklich großes Glück, seine Familie sorgt gut für ihn. Aber wahrscheinlich verdient er es auch.

Sicherlich war er ein guter Vater und Großvater. Was glauben Sie, was ich schon alles erlebt habe! Da gibt es Menschen, die schlagen ihre hilflosen alten Väter oder Mütter, und die können sich nicht mehr wehren. Auf diese Weise zahlen sie es ihnen heim, anstatt ihnen zu vergeben. Ich musste schon oft einschreiten. Da freut man sich, wenn man Angehörigen wie dem Enkel und dem Sohn von Herrn Weber begegnet.

So, Ihre Mutter hat alles aufgegessen. So ist es gut, Frau Ligermann! Da schmeckt es gleich viel besser, wenn Ihre Tochter Sie füttert. Ja, ich weiß, dass Sie das freut." Manuela wischte Beas Mutter mit der Serviette den Mund ab und ließ sie den Rest aus der Schnabeltasse austrinken. „Ich habe das Gefühl, das Sie ihrer Mutter guttun. Sie aß schon lange nicht mehr so viel."

„Meinen Sie wirklich? Ich dachte immer, sie merkt gar nicht, dass ich da bin."

Manuela sah Bea an. „Sie sind ihre Tochter! Dieses Band ist dicker als jedes Stahlseil. Glauben Sie fest daran, dass Ihre Mutter Sie wahrnimmt! Das tut Ihnen gut und ihr auch. Kommen Sie, wann immer Sie Zeit finden. Ich weiß, dass Sie einem verantwortungsvollen Beruf nachgehen, aber Sie können mich jederzeit anrufen, wenn es bei Ihnen zeitlich nicht klappen sollte. Ich gebe Ihnen meine Handy-Nummer, dann bleiben wir in Verbindung. Ich richte Ihrer Mutter schöne Grüße von Ihnen aus. Ob sie mich versteht oder nicht, ist egal, aber keiner kann uns das Gegenteil beweisen und den Glauben daran nehmen. Glauben und Hoffen sind nicht verboten und versetzen außerdem Berge."

„Das hat mir heute Nacht schon mal jemand gesagt. Ich vermisse meine Mutter so sehr, dass ich manchmal sogar wütend auf sie bin, weil sie sich auf diese Weise aus dem Staub machte. Ich bin Ihnen dankbar, dass Sie so gut zu ihr sind. Ich werde morgen versuchen, noch früher zu kommen, damit wir die Nachmittagssonne mehr genießen können."

„Das freut Ihre Mutter bestimmt. So, und jetzt lasse ich Sie mit Ihrer Mutter noch etwas allein. Vielleicht möchten Sie sich noch in Ruhe von ihr verabschieden?" Manuela lächelte verschmitzt, nahm das Tablett und öffnete gekonnt mit dem Ellbogen die Tür, gab ihr mit dem Fuß von innen noch einen Schwung und die Tür flog mit einem leisen Klick ins Schloss.

Bea nahm die Hände ihrer Mutter in die ihren und schaute sie an. Sie suchte in den Augen der Mutter nach einem Zeichen des Erkennens, nach einem kleinen wachen Moment, aber sie konnte nichts sehen. Bea setzte sich breitbeinig auf ihren Stuhl und fuhr den Rollstuhl ganz nah zwischen ihre Beine, so dass sie ihrer Mutter gegenübersaß. Sie hob ihre Arme und umschloss die zierliche Gestalt der Mutter. Dabei nahm sie die Hände der Mutter und legte sie bei sich auf den Rücken.

Bea erwartete, dass die Hände zurückrutschten und zur Seite fielen, aber nichts dergleichen geschah. Die Hände blieben auf ihrem Rücken liegen, und für eine Weile schloss Bea die Augen und genoss die Nähe und die Zweisamkeit. Sie schluchzte an der Schulter ihrer Mutter: „Mama, ich vermisse dich so sehr. Lass mich nicht allein! Ich liebe dich." Für einen winzigen Augenblick hatte sie das Gefühl, ihre Mutter vergrößerte den Druck ihrer Hände auf ihrem Rücken. Der Augenblick war so kurz, dass sie nicht genau wusste, ob sie es sich einbildete oder ob es Wirklichkeit war.

Bea verharrte in dieser Stellung noch einen Moment und ließ ihre Mutter dann sanft los. Sie wischte sich die Tränen weg und lächelte sie dabei an. „Ach, Mama, verzeih mir, dass ich so selten bei dir bin. Ich werde jetzt öfter kommen und wir beide werden lange Spaziergänge unternehmen. Ich erzähle dir von Biko und Mirjam, deinen Enkelkindern, und von Lisa und ihrem Leben in Norwegen. Du kannst wirklich stolz auf sie sein, wie sie ihr Leben meistert. Meines ist ein Desaster, das reinste Chaos. Bisher küsste mich noch kein Prinz wach."

Vielleicht sollte sie sich nicht auf die Frösche stürzen, sondern sich wachküssen lassen? Vielleicht sollte sie mal eher die Prinzen auf sich zukommen lassen? Sie hatte schließlich regelmäßig bei ihrer Suche versagt. Sozusagen immer voll danebengegriffen, weil sie nicht in der Lage war, die Prinzen von den Fröschen zu unterscheiden. Am besten, sie ließ es mit sich geschehen. Warum nicht?!

„Mama, ich danke dir, du hast mir die Augen geöffnet." Bea verstand die Welt nicht mehr. Gestern noch war sie ein Wrack gewesen, das auf dem Boden lag, und heute stand sie bereits auf beiden Beinen und machte sich bereit, ihren neuen Weg fortzusetzen. „Stell dir vor, dein Weg ist mit Rosenblättern bestreut und ein Prinz, wunderschön, kommt dir entgegen, Bea!", hörte sie sich selber sagen. Sie stand auf und zog ihre Jacke an, band sich den Schal um den Hals und verabschiedete sich von ihrer Mutter: „Mach's gut, Mama! Morgen gehen wir wieder spazieren. Ich bringe trockenes Brot für die Enten mit und eine warme Mohair-Decke für deine Beine. Darin kuschel ich dich ein. Schlaf gut, meine liebe Mama."

Sie winkte ihr von der Tür noch mal zu und schloss sie dann leise hinter sich. Auf dem Weg zum Fahrstuhl traf sie am Ende des Flurs Philipp Weber. Er kam ihr entgegen: „Na, unterhielten Sie sich noch gut mit Ihrer Mutter?"

„Sie sind ganz schön frech", meinte Bea darauf mit einem Augenzwinkern.

„Sie kennen doch den Spruch: Frechheit siegt! Haben Sie noch Lust auf einen Kaffee, hier in der Cafeteria?" Er grinste spitzbübisch.

„Ich weiß nicht."

„Kommen Sie, geben Sie sich einen Stoß und gönnen Sie der Frechheit ihren Triumph!" Er packte sie am Arm und zog sie männlich und sicher mit sich fort in Richtung Cafeteria. Bea ließ sich führen und das Geschehen nahm seinen Lauf. War er der Prinz?

In dem Café bekam man neben Kaffee und Kuchen auch belegte Brötchen und Salat. Es war nicht besonders romantisch eingerichtet, trotz nostalgischem Touch, doch wenn man am richtigen Fenster saß, mit Blick auf den Ententeich, konnten zwei Menschen für einen Augenblick alles um sich herum vergessen. Philipp half Bea aus dem Mantel, hielt ihr den Stuhl hin und rückte ihn zurecht. Erst dann setzte er sich. Er bestellte zwei Dornfelder, ohne Bea zu fragen. Erst dann fragte er: „Sie trinken doch Wein, oder?“

„Ja, kein Problem“, erwiderte Bea.

„Ich frage Sie jetzt noch einmal: Haben Sie sich mit Ihrer Mutter gut unterhalten?“

„Ja, habe ich. Aber wenn ich ehrlich bin, versuchte ich es vorher noch nie, und ich weiß auch jetzt noch nicht, was ich davon halten soll.“

„Machen Sie sich keine Gedanken darüber und lassen Sie es einfach geschehen. Sie werden sehen, es schadet weder Ihnen noch Ihrer Mutter.“

„Ja, Sie haben recht. Schaden tut es niemandem!“

Philipp lenkte das Gespräch auf ein anderes Thema: „Was machen Sie so in Ihrem Leben? Sie sagten, Sie seien Ärztin, und was sonst noch?“

Bea grinste und antwortete keck: „Ja, ich bin Ärztin, Tochter, Schwester, Tante, Schwägerin und Freundin.“ Bea klopfte auf beiden Seiten kurz mit ihren Fingernägeln auf die Tischplatte, es klang wie ein Trommelwirbel, der die Spannung erhöhen sollte.

„Das freut mich für Sie.“ Er lächelte und entriss ihr wieder den Joker.

Bea überlegte kurz, ob sie ihren Trumpf ausspielen sollte, um ihm zu sagen, dass sie von ihrer Freundin Johanna schon einiges über ihn gehört hatte. Doch etwas hielt sie davon ab. Stattdessen sagte sie: „Ja, das freut mich auch. Ich bin ein wahrer Glückspilz. Vielleicht sollten wir uns erst mal miteinander bekannt machen? Der Mann fängt immer an und stellt sich der Dame vor!“

Jetzt war Philipp an der Reihe zu grinsen: „Das erledigte doch bestimmt schon Schwester Manuela für uns!“

„Zwei zu null für Sie!“, antwortete Bea.

Jetzt grinste er so stark, dass seine Mundwinkel fast die Ohren berühren konnten.

Aus Bea platzte es heraus: „So was wie Sie ist mir noch nicht begegnet! Haben Sie denn überhaupt keine Manieren?“

„Ich denke doch! Ich half Ihnen gentlemanlike aus dem Mantel, rückte Ihnen den Stuhl zurecht und bestellte uns einen Dornfelder. Ich hoffe nur, dass er trocken ist. Wenn nicht, dann ist es nicht meine Schuld."

Bea hatte eine Idee: „Wir können ja so tun, als wüssten wir nicht von Manuela, wie wir heißen, und fangen noch mal von vorne an. Was halten Sie davon?"

Er ließ sich darauf ein: „Ausnahmsweise! Da will ich mal nicht so sein." Philipp stand auf, machte eine leichte Verbeugung und sagte: „Gnädige Frau, darf ich mich Ihnen vorstellen? Mein Name ist Philipp Weber, und wie ist ihr werter Name?"

„Sehr angenehm." Antwortete Bea und spielte das Spielchen mit. „Mein Name ist Beatrix Ligermann. Meine Freunde nennen mich Bea. Und wie geht es jetzt weiter?"

„Wir können ja ein bisschen Konversation machen. Haben Sie schon mal davon gehört?"

„Ja, ist das nicht international? Aber immer dient es zum Zwecke des gegenseitigen Austausches von Informationen. Oder meinten Sie etwas anderes?", fragte sie ihn augenzwinkernd.

„Das, was Sie meinen, kommt später. Nachdem man sich ausgetauscht hat und die Informationen Gefallen fanden." Der Punkt ging an ihn!

Bea tat erschüttert: „So was wie Sie kam mir wirklich noch nicht unter die Augen."

„Das sagten Sie bereits. Aber ich will mal nicht so sein. Schließlich lockte ich Sie hierher und damit bin ich auch für die Animation zuständig." Philipp erhob sein Glas und schaute Bea in die Augen: „Auf unsere Konversation!"

So selbstsicher konnte doch kein Mensch sein, noch nicht mal ein Mann! Vielleicht gab es in München Lehrgänge für so etwas? Aber bei den Bayern konnte man ja nie wissen!, dachte Bea still.

„Was denken Sie gerade?", fragte Philipp.

„Nichts Besonderes!", antwortete Bea und log: „Ich habe mich gefragt, ob meine Mutter heute schon Stuhlgang hatte."

Herr Weber schaute zweifelnd und sagte spitz: „Ich langweile Sie also?“

Bea sagte etwas zu schnell: „Das habe ich nicht gemeint.“

Doch Philipp ließ nicht locker: „Ich glaube, Sie wollen mich provozieren! Ich frage mich, warum?“

Sie fühlte sich erkannt. „Sie haben recht. Fragen Sie mich bitte nicht, warum ich das mache. Ich wundere mich schon die ganze Zeit über mich selbst.“ Sie schaute ihm dabei nicht in die Augen.

Philipp sah, dass sie seinem Blick auswich: „Ich schätze ihre Offenheit und Ehrlichkeit. Lassen Sie uns doch gemeinsam dieses Problem lösen. Ich analysiere total gerne. Ich fasse nur mal kurz zusammen. Es reizt Sie, mich zu provozieren. Stimmt das?“

„Ja“, bestätigte Bea.

„Erinnere ich Sie an jemanden, mit dem Sie noch eine Rechnung aufhaben?“

Bea war überrascht. „Nein, ich glaube nicht. Ich sagte ja bereits, dass ich so jemanden wie Sie noch nicht kennenlernte.“

Philipp schien amüsiert: „Ja, das stimmt. Das sagten Sie bereits zweimal.“ Er grinste und fuhr ernsthaft fort: „Okay, dann müssen wir mal weiterschauen. Ist Ihnen meine Art unangenehm?“

Bea antwortete ehrlich: „Unangenehm nicht. Ich finde Sie nett und intelligent, aber ich bin es nicht gewöhnt, dass die Männer auf mich zukommen. Bisher habe ich das immer getan!“

Philipp entfleuchte ein „Warum?“.

„Weil ich das immer besser fand. Ich suchte mir einen aus und das funktionierte auch immer.“

Philipp fragte darauf: „Wie oft waren Sie verheiratet?“

„Kein mal“, antwortete Bea wieder ehrlich. Philipp wollte den Grund wissen.

Bea antwortete: „Weil die Männer alle schon verheiratet waren.“

„Sie pirschten sich also an verheiratete Männer heran?

So, so. Irgendwie macht das doch keinen Sinn. Sie sind auf der Suche nach einem Mann und dann suchen Sie sich gezielt einen aus, der schon vergeben ist? Das stinkt doch zum Himmel! Vielleicht wollten Sie gar keinen freien Mann?"

Bea überlegte laut: „Da könnte was dran sein. Ich bin momentan auf der Suche nach mir selbst. Mein Vater trug mich auf Händen und versprach mir, dass er mir einen Prinzen sucht. Vielleicht habe ich ihn zu sehr beim Wort genommen ..." Bea kam sich ein wenig lächerlich und kindisch vor.

Aber er nahm sie ernst: „Ja, das haben Sie in der Tat." Dann erlaubte er sich im Flüsterton einen kleinen Scherz: „Ich verrate Ihnen was!" Er machte eine Kunstpause. „Es gibt gar keine Prinzen." Seine Stimme wurde wieder normal: „Die Prinzen, die Ihr Vater meinte, die gibt es nur im Märchen. Sie müssen aufwachen. Wahrscheinlich halten Sie Ihren Vater für den einzig richtigen Prinzen! Deswegen suchen Sie sich verheiratete Männer, denn dann haben Sie nicht das Gefühl, Ihren Vater zu betrügen! Weil Sie ja nicht heiraten können, da die Männer schon vergeben sind."

Bea war verblüfft. „Hm, kann gut möglich sein", gab sie zu. „Als ich fünfzehn war, starb mein Vater bei einem Autounfall. Er ging eines Tages aus dem Haus und kam nie wieder. Das verkrafte ich bis heute nicht. Mein Vater hielt die Familie zusammen. Er brachte uns zum Lachen und liebte uns abgöttisch. Wir waren sein Leben. Meine Mutter hielt so lange durch, bis wir auf eigenen Beinen stehen konnten, danach verließ auch sie uns. Meine Schwester fand ihr Glück nur im Ausland und selbst das nur für gewisse Zeit. Ihr Mann starb bei einem Flugzeugabsturz in Ruanda. Nun ist sie in Norwegen und wieder glücklich. Ich wünsche ihr so sehr, dass sie es bleibt."

„Jetzt weiß ich auch, warum sie mich provozierten. Sie haben Angst davor, dass ein Mann, der auf Sie zukommt, der Richtige sein könnte. Der vermeintliche Prinz. Warum sollte es auch nicht so sein? Sie sind eine attraktive Frau, die für sich selber sorgen kann. Das merkt *Mann*. Das imponiert uns Männern. Die, die Sie sich bisher aussuchten, würden sich von selber gar nicht trauen." Philipp lächelte aufmunternd und redete weiter: „Als Frau haben Sie es gut. Sie brauchen nur noch die Auswahl zu treffen und den Richtigen herauszupicken. Männer sind von Natur aus so gepolt, dass sie sich aus dem großen Wald eine Schöne aussuchen, und dann wird gebalzt, was das Zeug hält. Will die Schöne, dann wird sie auf sein Werben eingehen. Einfacher geht es doch wirklich nicht. Ihr Frauen braucht doch nur abzuwarten, bis einer antanzt! Das Leben ist doch eh schon kompliziert genug. Da muss man es sich doch nicht noch unnötig schwerer machen!"

Bea empörte sich: „Sie haben gut reden. Wenn das immer so einfach wäre! Erst mal muss man seine Fehler durchschauen. Die hat man sich ja nicht aus Spaß angewöhnt. Und dann braucht alles natürlich seine Zeit, um sie sich wieder abzugewöhnen! Manchen gelingt das ein Leben lang nicht."

Philipp war optimistisch: „Bei Ihnen, glaube ich, wird es gelingen. Sie sind auf dem besten Weg."

Bea lächelte: „Danke! Das freut mich, dass Sie das denken."

Philipp schaute gönnerhaft und überlegte, wie er sich Bea annähern konnte, ohne sie zu verschrecken. „Kommen Sie morgen wieder her, um Ihre Mutter zu besuchen?"

„Ich hatte es eigentlich vor. Ich möchte morgen früher hier sein, damit meine Mutter ein paar Sonnenstrahlen abbekommt."

„Dann wäre es doch schön, wenn wir uns zufällig über den Weg liefen. Dann könnte ich Ihnen ein bisschen den Hof machen." Philipp lächelte Bea an und schien sich nicht im Mindesten zu schämen.

„Und ich könnte mich dann in Ruhe zurücklehnen und zuschauen. Wie sieht das denn aus, wenn Sie mir den Hof machen?", grinste sie schelmisch.

Er schaute Sie verführerisch an: „Vielleicht könnte ich mich bei Ihnen als Minnesänger verdingen? Wenn Sie erst mal meine Bassstimme hören, dann zerfließen Sie in meinen Armen."

„Die Tatsache, dass ich mir Ihre Avancen gefallen lasse, wird Ihnen genügen müssen! Sie sagten eben selbst, wir Frauen hätten es gut! Wir bräuchten nur auf das Werben einzugehen oder nicht."

„Jetzt habe ich mir selber eine Grube gegraben. Na gut. Ich bin doch der Königssohn und kann damit umgehen!"

„Da bin ich mir relativ sicher, dass Sie das können", antwortete Bea ein wenig spitz.

„Ich habe noch eine Verabredung. Der Wald ist schließlich voller Schönheiten, und da muss ich mich vergewissern, dass ich mir auch die richtige Prinzessin ausgesucht habe. Wundern Sie sich also nicht, wenn ich Ihnen morgen unter Ihren Sitz eine Erbse lege. Heute ist meine Nichte an der Reihe. Ihr lege ich sie unter die Matratze. Dafür bekocht sie mich heute Abend mit einem Nudelgericht. Mann ist ja auch wählerisch!"

Bea konterte: „Wenn das jetzt ein Flirtversuch war, dann müssen Sie sich noch ein bisschen mehr anstrengen, um mich zu umgarnen! Aber ich nehme es als Kompliment und freue mich auf Ihren Minnesang. Ich lass mich gern überraschen."

Einem Impuls folgend, standen sie beide gleichzeitig auf. Philipp holte Bea den Mantel und half ihr hinein. Er bezahlte bei der Wirtin den Wein und hielt Bea anschließend die Tür auf. Gemeinsam gingen sie zum Parkplatz. Bea kramte in ihrer Handtasche nach dem Autoschlüssel, sie war irgendwie unsicher. Souverän nahm er ihr den Schlüssel aus der Hand und drückte auf den Knopf. Die Lichter ihres Autos gingen kurz an und wieder aus. Er öffnete ihre Fahrertür und ließ sie einsteigen: „Bis morgen dann! Und ich danke Ihnen für Ihr Vertrauen und dass Sie sich Zeit für mich genommen haben. Ich freue mich auf morgen. Bis dann!" Die letzten Worte hauchte er förmlich.

Bea sagte: „Es war mir ein Vergnügen. Bis morgen also. Ich freue mich auch!" Sie wartete, bis er die Tür geschlossen hatte, und startete dann den Motor. Sie legte den Rückwärtsgang ein und fuhr langsam aus der Parklücke und anschließend im normalen Tempo die Auffahrt entlang bis zum Tor. Sie hielt kurz, schaute, ob in beiden Richtungen frei war, und fuhr auf die Straße. Philipp sah ihr noch hinterher und stieg dann auch in sein Auto, um zu seiner Verabredung zu fahren.

Bea war immer noch verwirrt und wusste im Moment noch nicht, was sie von der ganzen Sache halten sollte. Sicher, der Typ war klasse, sah gut aus und war auch noch intelligent. Außerdem nicht verheiratet – oder war es das, was ihr Sorgen bereitete? Sie wollte es sich zu Hause gemütlich machen und in Ruhe darüber nachdenken. Bei dem Gedanken, dass sie mit Johanna konkurrierte, fühlte sie sich gar nicht wohl. Sie musste es ihr unbedingt erzählen!

Zum ersten Mal freute sie sich auf ihr Zuhause, auf ein heißes Bad und auf das Sofa und die Wolldecke. Sie gedachte von nun an ihre Erkenntnisse in ein Buch zu schreiben, damit sie sie nicht vergaß. In ihrem Schreibtisch lag ein selbst gemachtes dickes Heft von Johanna. Sie hatte aus Seidenstoffresten einen Umschlag genäht. Und dieses Heft war so schön, dass sie sich kaum getraute, etwas hineinzuschreiben. Dieses Büchlein mit dem schönen Umschlag, dieses Unikat, fand nun seine Bestimmung. Alles würde gut werden.

Bea hatte den schweren Vorhang in ihrem Kopf zur Seite geschoben und war neugierig zu sehen, was sich dahinter verborgen hielt. Sie musste an Lisa denken und verspürte plötzlich ein intensives Bedürfnis, mit ihr zu sprechen. Spontan griff sie zum Hörer und rief in Norwegen an.

Das Mädchen ging durch den Park des Krankenhauses. Zwischen den Bäumen standen Parkbänke und Gärtner hielten sich in den Blumenbeeten auf, um zu harken oder Unkraut zu zupfen. Einer hielt eine Rosenschere in der Hand und schnitt damit die Büsche. Die beginnende Farbenpracht des Herbstes brachte nicht nur bunte Blätter, sondern auch viel Arbeit mit sich. Die Gärtner hatten alle Hände voll zu tun, um den wirklich großen Krankenhaus-Park zu pflegen.

Das Mädchen setzte sich gerne unter einen Baum auf eine Bank und aß dort, abseits von den anderen Schwestern, ihr Frühstücksbrot. Während die Schwestern die Zeit zwischen Betten-Machen und Frühstück- und Medikamente-Austeilen nutzten, um selbst einen Happen zu essen, ging das Mädchen gerne seiner eigenen Wege.

Viel war in dem Jahr passiert. Sie hatte sich im Krankenhaus beworben und wegen ihrer ausgezeichneten Noten keine Probleme gehabt, einen Ausbildungsplatz zu bekommen. Sie bezog ein Zimmer im Schwesternwohnheim und ließ sich seither kaum bei ihren Eltern blicken. Sie verdiente nicht viel, aber sie konnte davon leben. Von ihren Eltern bekam sie kein Geld. Aber das war nicht so schlimm, dann brauchte sie auch nicht „Danke" zu sagen.

Das Leben im Krankenhaus spielte sich mit der Zeit ein und sie lernte fleißig. Die medizinische Vielfalt faszinierte sie, und um ihren Geist anzustrengen, ging sie regelmäßig, wenn sie Zeit hatte, als Gasthörerin zu den Medizinstudenten in die Uni. Sie besorgte sich die Bücher und war auch jedes Mal dabei, wenn Weiterbildungen für Lernschwestern angeboten wurden. Die Zeit flog dahin und der Tiger in ihr kam zur Ruhe. Er hatte seinen Kopf auf die Pranken gelegt. Es war die Ruhe vor dem Sturm – eine trügerische Ruhe, die dem einzigen Zweck diente, Kraft zu schöpfen und zum richtigen Zeitpunkt aufzuspringen.

Kapitel 12

Bea stand wie gewohnt auf. Die morgendliche Routine: duschen, anziehen und ein Schluck Kaffee, bevor sie in die Klinik fuhr. Heute war im OP viel zu tun. Sie hatte auf der Station Abschlussuntersuchungen zu machen, denn die meisten Patienten wollten vor dem Wochenende nach Hause. Also beeilte sich Bea und ging aus dem Haus zu ihrem Auto.

Vor ihrem Wagen stand Theofil und Beas Herz stockte und rutschte ihr in die Hose. Ihr Gesicht lief rot an, ihr Puls raste und ihre Haut fühlte sich mit einem Mal kalt und klebrig an. Schock!

Theofil kam ihr entgegen, breitete die Arme aus und sprach sie sofort an: „Ich habe nicht viel Zeit, denn ich muss gleich in die Schule, aber ich wollte dich unbedingt sehen. Was ist los? Warum antwortest du mir nicht mehr? Dein Handy funktioniert auch nicht, und dein AB zu Hause ist abgeschaltet. Was soll das, Bea? Warum tust du mir das an?" Es klang vorwurfsvoll, was er sagte. „Ich liebe dich doch. Ich werde Tanja verlassen und mit dir glücklich sein!" Er zog eine Schachtel aus seiner Manteltasche und öffnete sie. Es war eine dieser Juwelier-Verpackungen für Ringe. Meist machte das Äußerliche mehr her als das, was sich darin befand! Theofil öffnete die Schachtel und hielt Bea einen Ring vors Gesicht.

Sie schaute Theofil an, und während sie sprach, passte sie gut auf sich auf: „Vielen Dank, Theo. Das ist nett, aber ich möchte keinen Ring von dir! Schenke ihn deiner Frau und mach dir mit ihr ein schönes Wochenende! Es ist aus zwischen uns! Du selber wolltest es so, und nun will ich es auch. Es ist besser so!" Sie wandte sich zum Auto.

Er fasste sie an der Schulter und drehte sie um: „Aber

Tanja fährt über das Wochenende zu ihren Eltern. Wir beide können zusammen sein und es uns schön machen! Du und ich! Wir gehören doch zusammen, Bea!" Er machte wieder Anstalten, sie in den Arm zu nehmen.

Bea drehte sich aus seiner beginnenden Umarmung heraus und sagte ihm klipp und klar: „Nein, wir gehören nicht zusammen! Du gehörst zu deiner Frau. Ich habe das jetzt erkannt. Und wenn sie zu ihren Eltern fährt, dann begleite sie. Ich habe Dienst im Krankenhaus und ich will auch nicht mit dir das Wochenende verbringen und auch keine anderen Wochenenden in der Zukunft!" Bea war etwas lauter geworden und fügte unmissverständlich hinzu: „Merk dir das, Theo. Es ist vorbei! Aus! Basta! Und lass mich in Ruhe und komm nie wieder hierher. Andernfalls werde ich deiner Frau Bescheid sagen müssen. Also beherzige meine Worte! Ich wünsche dir viel Glück und ein schönes Leben mit Tanja!" Bea ließ ihn stehen, schloss mit klopfendem Herzen ihr Auto auf, stieg ein und fuhr langsam los. Sie nickte Theofil zu und fuhr schnell weg.

Er stand da wie ein Häufchen Elend mit seiner Schachtel in der Hand. Es brach ihr das Herz, aber dieser Mann hatte viel zu lange ihr Leben bestimmt und nun war endgültig Schluss. Bea zitterten die Knie, so eine Angst hatte sie.

Aber was war eigentlich so schlimm daran? Sie hatte es geschafft und sie wusste, er würde sie nie wieder belästigen. Ende der Theofil-Ära. Sie wollte nicht mehr Verantwortung für sein Leben übernehmen oder für sonst jemanden. Sie würde alle Hände voll zu tun haben, um ihr neues Leben zu gestalten und um ihr altes loszulassen. Im Auto dachte sie über gestern Abend nach.

Als sie abends nach Hause gekommen war, hatte sie Badewasser in ihre Wanne laufen lassen und Duftkerzen angemacht, die sie alle auf den Rand der Badewanne gestellt hatte. Vanilleduft erfüllte den Raum und Bea gönnte sich zur Feier des Tages etwas von dem teuren Öl, dass sie sonst nur für Theofil benutzte. Auch das würde sich in ihrem Leben ändern. Sie wollte sich nicht mehr für die Männer schön machen, sondern nur noch für sich selbst! Und sie freute sich darauf.

Danach hatte sie ihre Schwester in Norwegen angerufen. Sie waren sich so nah wie schon lange nicht mehr. Lisa erzählte, dass es Biko gut ging und er sich toll entwickelte. Mirjam war dabei, ein Wildfang zu werden, und Lisa hatte alle Hände voll mit ihr zu tun. Alle waren gesund und munter. Die Praxis lief gut und das Leben mit Sören in Norwegen war wunderschön. Lisa fand ihr Glück wieder in der Ferne, weitab von Beas Leben, als wäre so etwas hier nicht möglich.

Nachdem sie über die Familie gesprochen hatte, fragte sie wie immer schuldbewusst nach der Mutter, die sie sozusagen Bea aufgebürdet hatte. Bea erzählte von ihren Erlebnissen im Pflegeheim, von der neuen Schwester und von Philipp Weber und dass sie versuchen wollte, eine neue Beziehung zu ihrer Mutter aufzubauen.

Lisa ließ daraufhin ihrem schlechten Gewissen freien Lauf und fing an zu erzählen: „Bea, als Vater starb, war das für uns alle ein Schock. Wir waren Kinder und verloren das Liebste, was wir hatten. Das war schlimm für uns beide! Eigentlich hätten wir Unterstützung und liebevolle Betreuung haben müssen. Aber niemand war da, der uns beistand. Also mussten wir selber versuchen, damit klarzukommen. Jeder von uns versuchte das auf seine Weise. Mutter zog sich vollkommen in sich zurück und wurde nach Papas Tod meiner Meinung nach ihrer Rolle als Mutter nicht gerecht. Sie hätte als Erwachsene für uns da sein müssen. Das weißt du auch, aber sie konnte es nicht. Stattdessen übernahmst du die Mutterrolle für mich und Mama mit allen Konsequenzen und der ganzen Verantwortung und warst doch selber erst fünfzehn! Trotz deiner eigenen Trauer.

Meiner Meinung nach fühltest du dich verpflichtet, vielleicht auch schuldig, weil es Mama schlecht ging und keiner mehr für sie da war. Papa stützte doch immer unsere ganze Familie. Er war der Starke, der immer alles plante und der alles am Laufen hielt. Als das keiner mehr machte, übernahmst du diese Rolle. Aber pubertierende Teenager sollten sich verlieben, sollten mit Freundinnen zusammen sein, tanzen und lachen. Du warst von heute auf morgen erwachsen. Mutter war schwach. Ich weiß sehr wohl, dass sie tagelang aus ihrem Bett nicht herauskam. Du kauftest ein und hast gekocht, die Wohnung aufgeräumt und alles organisiert. Ich denke, du konntest dadurch deine Trauer nicht verarbeiten! Du musstest sie verdrängen, sonst wäre bei uns alles zusammengebrochen. Das war nicht richtig, Bea!

Ich wollte dir sagen: Das tut mir leid, dass ich dich trotz allem auch noch ausnutzte. Ich habe mich ständig verpisst, weil ich es zu Hause nicht ertragen konnte. Als Mutter dann überhaupt nicht mehr da war, da ging ich ganz weg und ließ dich auch damit allein. Bea, ich konnte mein Leben nur leben, weil ich vor all dem habe flüchten können. Es hätte sonst nicht funktioniert. Ich hoffe, du wirst mir das verzeihen! Ich handelte egoistisch und fragte dich niemals, sondern hielt es für selbstverständlich, dass du dich um Mutter kümmerst, so wie du es immer getan hast."

Bea dachte jetzt über all das, was Lisa zu ihr am Telefon gesagt hatte, nach. Alles stimmte, aber niemand hatte sie gedrängt. Es war damals einfach geschehen. Irgendwie ergab es sich zu der Zeit so. Lisa war die Jüngere. Bea musste ständig auf sie aufpassen. Gingen sie weg, hieß es „Pass auf Lisa auf!". Gingen die Eltern aus, dann hatte sie die Verantwortung wieder: „Du passt schön auf deine Schwester auf!" Bea empfand sogar ein bisschen Stolz, dass ihre Eltern ihr vertrauten, aber eigentlich, wenn sie es recht betrachtete, kann ein Kind eine solche Verantwortung gar nicht tragen. Wenn etwas passiert wäre, sie hätte sich schuldig gefühlt, und dabei war sie doch selber ein Kind, nur zwei Jahre älter als Lisa.

Vielleicht war das die Erklärung, dass sie sich so hilflose männliche Wesen aussuchte wie Theofil. Der konnte überhaupt keine Verantwortung übernehmen und war immer noch ein Kind, das dazu noch mit einem Kind verheiratet war. Wahrscheinlich fühlten sie sich wie Bruder und Schwester. Deswegen dieser Zank und Streit, und keine

Mutter war da, um den Streit zu schlichten. Das konnte der Grund sein, warum er von Bea nicht loskam. Bei ihr durfte er sich fallen lassen. Sie war seine liebevolle Mutter. Aber wollte sie das wirklich? Nein!

Philipp dagegen schien ein erwachsener Mann zu sein. Das machte ihr auch Angst! Aber warum? Sie überlegte und versuchte, eine Antwort zu finden: Vielleicht weil sie die Mutterrolle kannte! Sie hatte sie lange vorher schon erprobt, zuerst bei ihrer Schwester und später bei der eigenen Mutter. Lieber hatte sie Hilfebedürftige um sich als verantwortungsbewusste Menschen. Das könnte zumindest eine Erklärung sein. Vielleicht war es auch die Erkenntnis von gestern, dass ihr Vater der einzige Prinz in ihrem Leben bleiben sollte. Oder vielleicht war es alles zusammen?

Über Bea brachen die Erkenntnisse ein wie eine Lawine, die über sie hinwegrollte. In diesem Moment signalisierte ihr Handy eine eingehende SMS. Bea kramte in ihrer Tasche auf dem Beifahrersitz herum, bis sie das Handy fand. Sie drückte auf „Zeigen“ und sah, dass Johanna ihr eine Nachricht geschickt hatte: „Hallo Bea, wie geht es dir? Alles okay? Wenn es dir schlecht geht, dann melde dich bitte! Kuss Johanna.“

Johanna, wie nett! Sie war immer die Erste, wenn Not am Mann war. Sie übernahm auch so früh Verantwortung für ihre Schwestern! Wieso bekam Johanna dann nicht mit Mark die Probleme, die sie mit Männern hatte? Sie hörte Billi sagen: „Kein Leben kann mit einem anderen verglichen werden. Jeder Mensch ist anders und hat andere Schwächen und Stärken.“

Bea hatte so viele Fragen. Ihr Kopf ratterte: Würde sie sich bei der Tanztherapie fallen lassen können, wie es Johanna tat? Oder hätte sie die gleichen Probleme wie Annabelle? Das wäre eine interessante Entdeckung! Angeblich lügt der Körper ja nicht. Sie würde die beiden fragen, ob sie am Montag dazustoßen durfte!

Während der Fahrt hatte sie eine Hand am Lenker, mit der Rechten hielt sie ihr Handy und simste mit dem Daumen: „Es geht mir gut, gab Theofil endlich den Laufpass. War gar nicht so schwer. Nehmt ihr mich am Montag mit zu Allegra? Kuss Bea." Sie drückte auf „Senden" und legte ihr Handy zurück in die Tasche.

Auf dem Mitarbeiter-Parkplatz des Krankenhauses standen schon viele Autos. Bea parkte, wie jeden Tag, in ihrer Parklücke. Sie stellte den Motor ab, stieg aus und im Weggehen drückte sie auf den Knopf ihres Autoschlüssels, um den Wagen mit der Zentralverriegelung abzuschließen. Die übliche Atmosphäre erwartete sie im Krankenhaus und Bea huschte noch schnell in den Fahrstuhl, dessen Tür gerade zugehen wollte. Sie erkannte einige Mitarbeiter, die sie freundlich grüßte. Sie sprachen kurz über das Wetter, bis der Fahrstuhl auf ihrer Station anhielt. Bea ging über den Stationsflur, grüßte alle, die ihr begegneten, und fragte die Schwester im Schwesternzimmer, ob irgendetwas vorgefallen sei. Sie verneinte und Bea ging erst mal in ihr Zimmer, um sich umzuziehen. Mechanisch erledigte sie die Dinge, die morgens immer anstanden, und eilte dann in den Operationssaal, wo sie laut Plan drei anstehende Operationen zu bewältigen hatte. Danach wieder Visite und einige Untersuchungen. Der Arbeitstag war gut strukturiert.

Anschließend würde sie nach Hause gehen und überlegen, was sie heute anziehen würde, wenn sie ins Pflegeheim zu ihrer Mutter fuhr. Billi erschien vor ihrem geistigen Auge und drohte mit dem Finger: „Du wolltest dich doch nur noch für dich selber schick machen!" Ja, aber wenn ich mich schick mache und mir gefalle, dann gefalle ich anderen auch!, sagte sie sich innerlich und musste ein wenig lächeln. Ihr Gewissen war beruhigt und die Operationen konnten beginnen.

Als Bea das Krankenhaus verließ, musste sie sich beeilen, um nach Hause fahren und dann rechtzeitig um 15 Uhr im Pflegeheim erscheinen zu können. Sie hatte zu Hause schon die Decke, eine Mütze, Handschuhe und einen Schal zurechtgelegt. Was sollte sie anziehen? Rock mit Stiefeln oder elegante Hose oder Jeans mit Stiefeln? Jacke oder Mantel? Haare offen oder hochgebunden? Make-up dezent, viel oder eher gar nicht? Egal, sie konnte sich jetzt sowieso nicht auf eine Beziehung einlassen. Der Typ flog bald für immer weg nach Neuseeland und dann war sowieso Sense!

Sie stieg in ihr Auto und fuhr los in Richtung Pflegeheim. Die Sonne schien und die Kälte klirrte. Der Parkplatz von gestern war wieder frei und Bea stellte sich darauf. Sie stieg aus dem Auto aus und ging durch die breite Schiebetür. Im Foyer erwartete sie wieder die gleiche Stimmung wie gestern und die anderen Male zuvor. Im Flur, auf der Station ihrer Mutter, kam ihr Manuela schon lächelnd entgegen: „Hallo, Frau Doktor, Ihre Mutter wartet schon auf sie. Wir haben sie bereits warm angezogen. Herr Weber sagte uns, Sie kämen gleich, denn Sie wollen zusammen spazierengehen. Das finde ich schön, machen Sie das ruhig." Manuela sprach mit ihr sehr mütterlich. Da hatte Philipp ja schon alles in die Hand genommen, genau wie früher ihr Vater. Irgendwie war es schön, wenn mal jemand anderer für sie dachte und handelte. Sie fühlte in sich hinein und merkte, dass sie das genoss. Zumindest jetzt, in dieser Situation, bei der es um ihre Mutter ging. Sie ließ es zu und bedankte sich bei Manuela.

Sie ging zu ihrer Mutter und da saß sie schon im Rollstuhl mitten im Zimmer und wartete geschniegelt und gestriegelt auf sie. Bea wickelte sie, soweit es ging, in die Decke ein, legte ihr den Schal um, zog ihr die Handschuhe an und die Mütze. Das Entenfutter befand sich in ihrem Rucksack, den sie zu Hause extra aus dem Schrank gekramt hatte. Theofil hasste derlei Accessoires. Er sah diese Dinger täglich bei seinen Schülerinnen und wollte privat damit nicht konfrontiert werden. Bea neigte dazu, es ihren Männern recht zu machen. Die, die immer genau wussten, was sie nicht wollten oder was sie wollten und das Bea auf eine dominante Art und Weise kundtaten, wie kleine rebellische Kinder, die mit dem Fuß aufstampfen und sagen: „Ich will das aber nicht!".

Bea schüttelte sich bei dem Gedanken. Doch im Augenblick wollte sie sich nicht mehr mit Theofil beschäftigen und konzentrierte sich auf ihre Mutter und vielleicht ein bisschen auf Philipp Weber. Sie fuhr mit ihrer Mutter nach unten und sah unauffällig in alle Richtungen. Sie war enttäuscht, denn

Philipp war nirgends zu sehen. Was sollte sie jetzt tun? Einfach zum Ententeich gehen? „Natürlich, Bea, du machst, was du willst!“, ertönte Billis Stimme in ihr. Also stiefelte sie los.

Während Bea ihre Mutter schob, erzählte sie ihr, dass sie gestern mit Lisa telefoniert hatte. Sie erzählte von Biko und Mirjam, von Sören und natürlich von Lisa selbst, die sehr glücklich zu sein schien. Bea erzählte von ihrem großen Coup mit Theofil heute Morgen und dass sie sich gleich mit den Herren Weber treffen würden, wenn nichts dazwischenkam.

Aber auf Philipp war Verlass. Er saß mit seinem Großvater auf der Bank und fütterte schon die Enten. Durch das Rollstuhlfahrgeräusch drehte er sich um und begrüßte Mutter und Tochter gleichermaßen freundlich: „Das ist aber schön, dass Sie beide es geschafft haben. Schau mal, Großvater, das sind Frau Ligermann und ihre Tochter. Wir werden heute die Ehre haben, mit Ihnen einen Spaziergang zu machen.“

Bea unterdrückte ihre überschäumende innerliche Freude und sagte: „Ja, hallo, ich habe meine Mutter schon vorbereitet. Ist das nicht ein herrlicher Tag?“

Philipp antwortete ihr weiterhin sehr freundlich: „Ich liebe diese trockene Kälte! Danach freue ich mich jedes Mal auf meinen Kamin, wenn ich nach Hause komme.“

Bea fragte sich, ob er heute schon mit Johanna joggen war? Ob er sie genauso freundlich anlächelte? Wieder so ein dummer Gedanke! Weg damit! Bea holte, um sich abzulenken, das Brot aus ihrem Rucksack und brach es in kleine Stückchen für die Enten. Sie kamen, laut schnatternd, angewatschelt.

Ihre Mutter sah auf die Enten, als schien sie sie wahrzunehmen.

„Mama, willst du auch etwas Brot für die Enten hinwerfen?“ Bea hielt der Mutter kleine Krumen hin, aber nichts geschah. Sie nahm die Hand ihrer Mutter, legte ihr das Brot hinein und half ihr bei der Wegwerfbewegung. So machte sie es immer wieder, bis die Entenverköstigung vorbei war und die Brotstückchen alle aufgebraucht waren. Bea machte die Sache so behutsam wie eine Mutter, die ihrem kleinen Kind zum ersten Mal die Fütterung der Enten beibringt.

Philipp beobachtete sie still und wartete geduldig, bis sie schließlich zusammen spazierengehen konnten. Er fragte sie einfühlsam: „Wie war Ihr Tag? Hatten Sie in der Klinik viel um die Ohren?"

Bea sagte ihre Standardantwort: „Erst mal zum Verständnis, ich arbeite in einem Krankenhaus, nicht in einer Klinik! Ich bin Oberärztin und arbeite in der Chirurgie. Wir haben noch die Orthopädie, die Innere, die Kardiologie, die Urologie, die Gynäkologie, die Gastrologie und die Pathologie auf mehrere Stationen verteilt. Eine Klinik hingegen ist spezialisiert auf eine Sache und das sehr intensiv. Es gibt auch eine Art Klinikum. Da stehen mehrere Gebäude nah beieinander, die alle ihre Spezialeinheit haben. Wäre ich Chef einer solchen Klinik, dann hätte ich bestimmt um diese Zeit keine Zeit zum Müßiggang." Sie merkte, dass sie ein wenig zu forsch sprach, und fügte freundlicher hinzu: „Und diese Verantwortung möchte ich auch nicht haben! Aber um Ihre Frage zu beantworten: Ja, ich hatte viel um die Ohren, aber das habe ich immer. Es macht mir Spaß, aber ob ich diese Arbeit ein Leben lang machen möchte, weiß ich dennoch nicht."

Philipp antwortete in seiner ruhigen, angenehmen, verbindlichen Art: „Ich kenne den Unterschied, entschuldigen Sie! In München bin ich die letzten Jahre ständig mit meiner Frau in die Krebsklinik gefahren. Da hat sich bei mir dieser Name manifestiert. Ja, so ein Klinik-Chef hat alle Hände voll zu tun, da braucht man privat jemanden, der zu Hause alles arrangiert. Oder man hat eben kein Privatleben, denke ich. Das gibt es auch! Ich glaube, Sie scheinen das zumindest bisher auch so gehandhabt zu haben!"

Bea fühlte sich ein wenig ertappt: „Meiner Meinung nach kann man nur eines richtig gut machen! Beruf oder Kinder und Haushalt. Für beides braucht man eine zuverlässige Kinderfrau oder Oma und einen verständnisvollen Chef auch. Oder der Mann und die Frau teilen sich den Haushalt, die Kinder und den Job auf, so dass jeder zu seinem Recht kommt. Wie hätten Sie es denn gern?“, sprach sie ihr Gegenüber an.

Lachend antwortete Philipp: „Ich hätte gern die konventionelle Lösung. Der Mann geht arbeiten und die Frau hütet die Kinder und macht den Haushalt. Und wenn ich abends nach Hause käme, müsste der Fernseher bereits laufen, und die Pantoffeln müssten genauso bereitstehen wie das Essen. Am Samstag wird das Auto sauber gemacht, gesaugt, gewaschen und eingewachst. Am Nachmittag wird dann auf dem Fußballplatz mit Kumpels abgehangen und sonntags nach der Kirche geht es ab zum Frühschoppen. Gegen ein Uhr gibt es ein gemeinsames Mittagessen mit der Familie, und wenn die Sonne scheint, vielleicht noch einen Spaziergang. Na wie finden Sie das?“

Bea schüttete sich aus vor Lachen und konnte kaum sprechen: „Jetzt weiß ich, warum Sie mir gleich so verdächtig schienen und ich Ihnen am liebsten aus dem Weg gegangen wäre. Ich habe wohl instinktiv gewusst, dass ich da einem Macho hoch drei begegne. Ich frage mich gerade, wie ich noch rechtzeitig die Kurve kriege.“

Philipp blieb mit Absicht ernst: „Ja, das geht jetzt nicht mehr. Sie müssen die Ententeichrunde noch überstehen.“ Er grinste nun doch und sprach weiter: „Aber im Ernst: Niemand gehört niemandem! Jeder hat ein Recht auf sein eigenes Leben. Wenn sich zwei Menschen verstehen und eine Familie gründen möchten, dann sollte das im gegenseitigen Einverständnis geschehen. Wenn die Frau zu Hause bleiben möchte, um sich ganz dem Nachwuchs zu widmen, dann würde ich das genauso respektieren wie die andere Entscheidung auch. Ein Arrangement gibt es immer!

Ich hätte gern Kinder gehabt, aber bei uns war das damals eine Vernunftentscheidung aus dem Kopf heraus. Ich denke, der Bauch und das Herz hätten sich anders entschieden. Manchmal geht es eben nicht anders!

Meine Nachbarin ist darin eine bemerkenswerte, sehr tolle Frau. Sie schob ihre berufliche Karriere in den Hintergrund und kümmerte sich um Kinder und Haushalt. Auch ihr Mann brauchte Rückendeckung im Beruf. Er ist selbstständig und er kann froh sein, eine solche Frau gefunden zu haben. Aber ich glaube, das ist er auch.

Frauen haben dieses Talent, sich immer Gleichgesinnte auszusuchen und das Beste aus allem zu machen. Sie entwickeln sich dadurch weiter. Während Männer aufpassen müssen, dass sie nicht stehenbleiben. Frauen kommunizieren auch mehr als Männer. Sie tauschen sich aus und ändern das, was ihnen nicht gefällt. Männer neigen dazu, erst mal zu verdrängen, und wenn das nicht mehr geht, dann suchen sie sich eventuell eine andere Frau und machen immer wieder denselben Fehler. Wenn das auch nicht funktioniert, dann liegt es nicht an ihm, sondern immer an anderen. Natürlich gibt es rühmliche Ausnahmen! Das sehen Sie an mir." Jetzt grinste er schon wieder so unverschämt.

Bea musste erneut lachen: „Sie sind nicht nur frech, sondern auch noch überheblich. Ich finde, das ist auch eine von vielen männlichen Eigenschaften. Als Ärztin fällt mir dazu einiges ein: Männer sind viel wehleidiger als Frauen, wenn Männer Kinder kriegen würden, dann gäbe es in jeder Familie nur eines. Das ist der O-Ton von Schwester Gertrud. Sie ist Hebamme und sie sah schon viele Männer ohnmächtig werden! Dabei hatten die Frauen doch die Schmerzen zu erleiden." Bea lachte bei der Vorstellung. „Wahrscheinlich stellen sie sich vor, wie das wäre, wenn sie die Schmerzen hätten, und dann fallen sie um." Bea grinste nun innerlich und freute sich, dass sie es Philipp heimzahlen konnte. Es machte ihr Spaß, ihn zu piesacken.

Doch er hielt ihr gut entgegen: „Ich bin frech und überheblich, so, so! Was sind Sie denn so?"

Bea antwortete ernsthaft: „Ich bin zuverlässig. Ich bin ehrlich. Ich bin verantwortungsbewusst, mehr als mir lieb ist. Ich bin flexibel, spontan und ich kann mich auf Menschen einstellen. Meistens bin ich zu ernst, aber ich lache trotzdem gerne. Ich liebe Gedichte, Opern und meine Freundinnen. Ich finde das Leben manchmal ungerecht und denke:

Was habe ich alles verpasst? Und was wäre wenn? Wenn zum Beispiel meine Mutter nicht so wäre, wie sie wäre? Wie wäre mein Leben dann verlaufen?"

Philipp nahm Bea nicht mehr auf die Schippe, sondern er nahm das, was sie sagte, sehr ernst, denn er verstand sie nur zu gut. „Ich verstehe Sie mehr, als Sie vielleicht denken. Ich frage mich das auch oft in letzter Zeit. Aber diese Gedanken sind nicht gut. Wir können eh nichts mehr dran ändern. Wir haben aber die Chance, daraus zu lernen und es in Zukunft anders zu machen. Also auf zu neuen Ufern und das Leben, das vor einem liegt, positiv sehen! Vertrauen und Hoffnung haben und keine düsteren Gedanken. Die hat man zu seiner Zeit! Aber nach einiger Zeit sollte man sie abstreifen und sich wieder freuen. Nach Regen kommt wieder Sonnenschein, nach dem Winter kommt wieder Frühling und der Mai macht ja bekanntlich alles neu."

Bea schaute Philipp immer wieder von der Seite an, während sie beide nebeneinander hergingen. Er besaß eine ganze Menge Lebenserfahrung. Hatte ihn die Krankheit seiner Frau stark gemacht?

„Sie haben viel nachgedacht, oder?"

Philipp nickte. „Ja, ich nahm mit meiner Frau, als sie noch lebte, an Selbsthilfegruppen teil. Wir redeten viel und später, als sie tot war, besuchte ich die Gruppen weiter und machte eine Therapie. Da war man unter Gleichgesinnten, die verstanden einen besser. Die Freunde hatten zwar Mitleid, aber richtig hineinversetzen konnte sich keiner. Man ist erst richtig erwachsen, wenn man auch mal durch ein tiefes Tal gegangen ist. Das ist meine Meinung. Wer das anders sieht, bitte! Sie haben als Kind schon diese schmerzliche Erfahrung gemacht. Hatten Sie da nicht den Eindruck, Sie sind mit einem Schlag erwachsen? Ob Sie das nun wollten oder nicht?"

„Ja, das stimmt, meine Kindheit war von heute auf morgen vorbei. Meine Mutter konnte uns Mädchen keine große Hilfe sein. Sie beschäftigte sich nur mit ihrem Schmerz, und da war für uns kein Platz mehr. Wir konnten sie ansprechen, aber gesehen hat sie uns eigentlich nicht. Sie litt wohl Höllenqualen und schaffte es nicht, sich von diesem Leid zu lösen. Vielleicht wollte sie es auch gar nicht, denn bis dahin hatte mein Vater ihr vieles abgenommen. Ihre Eltern waren beide dominant, sie bestimmten, was sie zu tun oder zu lassen hatte. Sie wurde dadurch unselbstständig. Mein Vater war genau der Richtige für Sie. Er spielte die Hauptrolle in unserem Leben und er gefiel sich auch darin. Meine Mutter kannte ja nichts anderes. Mein Vater wäre vielleicht mit einer selbstständigen Frau gar nicht zurechtgekommen.

Wie dem auch sei, es ist so, wie es ist, oder besser: es war so, wie es war. Ich sollte mir für mein zukünftiges Leben genau überlegen, was ich will und wem ich vertraue."

„Das können wir ja gemeinsam herausfinden. Ich würde mich freuen, wenn wir öfter zusammen ein Stück gehen." Philipp schaute Bea abwartend an, bis sie antwortete.

„Vielleicht ist das gar keine schlechte Idee. Aber was ist, wenn ich mich an Sie gewöhne?"

Philipp lächelte wie immer: „Was wäre daran so schlimm?"

Bea bemerkte: „Sie sagten selbst, dass Sie nicht mehr lange hier sind. Außerdem weiß ich von unserer schwatzhaften und liebenswerten Schwester Manuela, dass Sie nach Neuseeland auswandern."

„Das stimmt, aber wo ist das Problem? Wenn Sie sich an mich gewöhnen und ich mich an Sie, dann nehme ich Sie mit nach Neuseeland. Ganz einfach!"

Bea wurde rot, was sie gar nicht wollte, und sagte: „Sie wissen doch gar nicht, ob ich mit will. Außerdem kann ich nicht so einfach alles hinter mir zurücklassen."

„Wenn Sie nicht nach Neuseeland wollen, dann brauchen Sie das nur zu sagen. Und überhaupt, wieso können Sie nicht Ihre Wurzeln in Neuseeland neu wachsen lassen?" Philipp zwinkerte ihr frech zu, bevor er weitersprach: „Ich besaß eine eigene Firma. Ich verkaufte alles und fing neu an. Ich weiß nicht, was kommt oder was wird. Aber ich habe die Hoffnung, dass es wird und weitergeht."

Bea überlegte und war immer noch nicht überzeugt. „Sie sind ein anderer Mensch mit anderen Vorstellungen und einer anderen Vergangenheit. Ich bin ein eigenständiger Mensch mit meiner Vergangenheit, und was meine Zukunft angeht, habe ich noch keine konkreten Pläne. Aber so einfach, wie Sie das sehen, kann ich das nicht."

Philipp ließ immer noch nicht locker: „Weil Sie zu sehr festhalten. Wenn Sie einmal einen Stein ins Rollen gebracht haben, dann geht alles andere auch automatisch. Glauben Sie mir!"

Bea schaute ihn an und nahm ihm ein wenig den Wind aus den Segeln: „Wir sollten uns erst mal aneinander gewöhnen. Vielleicht sind Sie ja schon bald froh, wenn Sie vor mir nach Neuseeland flüchten können."

Aber er blieb souverän und antwortete knapp: „Das wird sich zeigen!"

Bea war beeindruckt von seiner Art und dennoch war sie vorsichtig. „Das mag sein, aber ich bin halt generell kein optimistischer Mensch. Was sind Sie eigentlich für ein Mensch?"

Philipp begann von sich zu erzählen: „Ich bin eher von beständiger Natur. Aber trotzdem mutig genug, um Neues auszuprobieren. Ich bin kein Einzelgänger, aber auch nicht unbedingt der Partytyp. Eher von beidem ein bisschen."

Bea überlegte kurz, ob sie ihm von Johanna erzählen sollte, und spontan sagte sie: „Ich kenne Sie vielleicht besser, als Sie denken. Meine Freundin Johanna erzählte von Ihnen. Eigentlich wollte ich das nicht erwähnen, aber ich wusste es gleich, als Manuela Ihren Namen nannte und sagte, dass Sie nach Neuseeland auswandern. Ich denke, es ist besser, wenn ich ehrlich zu Ihnen bin. Sind Sie mir jetzt böse?"

„Quatsch, Sie haben ja nicht gelogen, und ich finde es noch nicht zu spät, um damit herauszurücken. So, so, da hat Johanna von mir erzählt? Was sagte sie denn von mir, wenn ich fragen darf?"

„Sie berichtete uns, dass Sie schon miteinander joggen waren und dass Sie ihr Avancen machten."

„Hat sie das gesagt?“

„So ungefähr. Es hat ihr gutgetan.“

Philipp war auch zu Bea ehrlich und sagte: „Wenn Johanna nicht verheiratet wäre, dann würde ich sie sehr gerne näher kennengelernt haben. Sie ist eine attraktive Frau und hat viele Eigenschaften, die ich ansprechend finde. Aber ich würde niemals eine Ehe zerstören.“

Leicht panisch sagte Bea in die Situation hinein: „Da stehe ich vor Ihnen jetzt aber blöd da, weil meine Exfreunde alle verheiratet waren!“ Sie machte eine kurze Pause und sagte dann anerkennend: „Ein Mann mit Prinzipien, wow! Das kannte ich noch nicht.“

Und frotzelnd entgegnete er: „Seien Sie dem Schicksal dankbar, dass Sie mich trafen, denn ich werde Sie auf den rechten Weg geleiten. Es gehören ja immer zwei dazu!“ Und Philipp wurde ernster: „Die Männer waren die Verheirateten! Die haben nicht nur ihre Frauen betrogen, sondern Sie auch benutzt. Vielleicht ist heute der Tag, an dem Bea Ligermann ihr Leben ändert? Oder besser noch: vorhat, ihr Leben zu ändern.“ Philipp zwinkerte ihr erneut zu.

Während sich Bea eine Antwort überlegte, spielte sie leicht nervös mit ihren Fingern an einem ihrer Mantelknöpfe und sagte: „Ich werde mich bemühen, in Zukunft die Männer in meiner Umgebung genauer unter die Lupe zu nehmen.“ Bea musste über ihre Worte lachen. Sie fragte ihn dann keck: „Wie finden Sie das?“

Philipp freute sich darüber und antwortet: „Perfekt!“

Mittlerweile hatten sie den Ententeich umrundet, und weil es schön war, gingen sie noch eine Runde. Sie unterhielten sich angeregt über alles Mögliche und so verging die Zeit wie im Flug. Die Dämmerung setzte ein und der Vernunft halber einigten sie sich, keine dritte Runde zu gehen, sondern ihre Schützlinge wieder ins Warme zu bringen.

Bea und Philipp gingen auseinander, ohne sich neu zu verabreden. Sie schoben beide ihre Patienten auf ihre Zimmer. Philipp sagte nur: „Bis bald!“ Und er verschwand im Zimmer seines Großvaters. Zurück blieb eine leicht verstörte Bea

Ligermann. Billi machte ihr innerlich Mut und sagte sanft: „Vertrauen, Bea! Hab Vertrauen!“ Bea nahm die tröstenden Worte auf und zog ihre Mutter liebevoll aus. Sie rieb die kalten Hände der Mutter zwischen den ihren warm, gab ihr einen Kuss auf die Stirn und lächelte sie dabei glücklich an. „Mama, was hältst du davon, wenn ich dich wieder füttere? Dann können wir uns noch ein bisschen unterhalten.“

Es tat Bea gut, mit ihr zu sprechen und sie wie ein Kind zu umsorgen. Ihr schlechtes Gewissen bekam ein Pflaster, weil sie in der Vergangenheit ihrer Mutter so wenig Beachtung geschenkt hatte. Diese Besuche waren Kopfbesuche, Pflichtbesuche gewesen, weil eine anständige und folgsame Tochter so etwas macht. Und jetzt kam sie von ganzem Herzen freiwillig zu ihr. Sie wollte in Zukunft, so oft es ging, hierher kommen und mit ihrer Mutter schöne Dinge unternehmen.

Als sie sich von ihr verabschiedete, sagte sie: „Bis morgen, Mama.“ Bea warf ihr von der Tür aus noch eine Kusshand zu und schloss leise die Tür.

Auf dem Flur sprach Philipp gerade mit Manuela. Als Bea den beiden entgegenkam, lächelten sie und Manuela sagte: „Wie geht es Ihnen mit Ihrer Mutter?“

„Ja, danke, es geht mir gut dabei. Wir kriegen das mit dem Essen auch mehr und mehr hin.“ Bea wusste nicht genau, ob sie weitergehen oder stehenbleiben sollte. Etwas verunsichert, wartete sie noch einen Augenblick, nickte dann den beiden zu und wünschte ihnen ein schönes Wochenende. Philipp sagte daraufhin zu Manuela: „Ich schließe mich Frau Ligermann an und wünsche Ihnen gleichfalls ein schönes Wochenende, Manuela. Tschüss!“ Er lief hinter Bea her, blieb vor dem Fahrstuhl neben ihr stehen und fragte: „Wie sieht Ihr Wochenende aus?“

„Ich weiß noch nicht“, antwortete Bea. „Wahrscheinlich komme ich wieder her und gehe mit meiner Mutter spazieren. Das Wetter soll in den nächsten Tagen sonnig bleiben! Der Entenfütterung steht also nichts im Weg.“

„Wollen wir uns für morgen also wieder am Teich verabreden?“, fragte Philipp geradeheraus.

„Von mir aus gerne.“ Bea freute sich insgeheim, dankte Billi innerlich und hörte ihm weiter zu.

„Ich bin so gegen 14 Uhr am Teich.“

Bea strahlte und sagte laut und fest: „Gebongt, ich habe auch nichts Besseres vor.“ Beide gingen in den Fahrstuhl und ließen sich nach unten fahren. Die Tür öffnete sich und Bea war froh, weil die Distanz in dem engen Raum zwischen ihnen immer mehr zu schrumpfen schien. Sie wünschte sich, dass er sie küsste, aber gleichzeitig hatte sie auch richtig Angst davor. Sie konnte nicht damit umgehen! Wieso und weshalb? Das wusste sie nicht. Aber sie fühlte sich wie der Teenager von damals: Sie war in der sechsten Klasse und verliebt in einen Klassenkameraden. In der Vorweihnachtszeit zog sie seinen Namen beim Jul-Club-Wichteln. Sie war so aufgeregt und hatte Angst, das Geschenk könnte ihm nicht gefallen oder er könnte gar herausfinden, dass es von ihr war. Wie peinlich wäre das für sie gewesen!

Das gleiche Gefühl hatte sie jetzt, wo sie mit Philipp im Fahrstuhl stand, und die kurzfristige Stille, die zwischen ihnen herrschte, machte sie ganz verlegen. Aber auch er war nervös geworden. Das hatte sie bemerkt. Sie beide versuchten, ihre Gefühle zu verstecken! Aber dennoch lag enorme Spannung in der Luft und dass im Fahrstuhl kein Kurzschluss ausgelöst wurde, lag sicher daran, dass das Schicksal noch nicht bereit war ... Zumindest sollten sie ihre Nacht jeder für sich zu Hause verbringen und nicht im Fahrstuhl.

Philipp begleitete Bea wieder bis zu ihrem Auto und gab ihr zum Abschied ein Küsschen auf die Wange. So sanft und sachte, dass sie im Moment nicht wusste: War das ein Kuss oder Einbildung? Komisch war, dass ihre Wange glühte wie von tausend Küssen. Glücklich und verwirrt stieg sie ins Auto und fuhr los. Vielleicht war sie ein bisschen verliebt oder vielleicht doch schon richtig verliebt? Nein, total verliebt! Und das bis über beide Ohren!

„Oh, mein Gott, das ist ja furchtbar!“, flüsterte sie leise zu sich selbst. In diese Katastrophe hinein klingelte Beas Handy. Sie sah eine lange Nummer auf ihrem Display und meldete sich vorsichtshalber nur mit „Hallo!“. Auf der anderen Seite erklang eine weibliche Stimme: „Hallo, Bea, hier ist Lisa. Ich habe mich kurzentschlossen entschieden, dich zu besuchen. Hast du was dagegen?“

„Nein!“ Bea war leicht überrumpelt, fasste sich aber schnell: „Nein, Lisa, das ist ja toll. Ich freue mich! Wann kommst du an?“

„Ich fliege morgen in Oslo um 10.50 Uhr ab und komme in Berlin-Tegel um 12.30 Uhr an.“

„Wunderbar, dann hole ich dich ab. Schön, Lisa, dann können wir gemeinsam zu Mama gehen. Sie freut sich bestimmt.“

„Ja, Bea, das kann sein. Ich hoffe es zumindest!“ Ihre Schwester musste lachen: „Ich freue mich sehr, dich wiederzusehen und auch Mama! Bis morgen also. Tschüss!“

„Tschüss, Lisa! Bis morgen!“, rief Bea erfreut ins Telefon.

Sie schaute kurz nach oben und sagte abermals zu sich: „Danke, Schicksal, dass du mir Lisa zur Seite stellst. Ich weiß gerade nicht mit meinen Gefühlen umzugehen. Noch habe ich Angst. Als Erstes werde ich heute Abend Johanna anrufen. Ich muss ihr reinen Wein einschenken, bevor es zu spät ist.“ Bea konzentrierte sich wieder auf die Straße und versuchte ruhiger zu werden. Sie musste anfangen, etwas aus ihrer Kindheit loszulassen! Das spürte sie nun ganz genau. Es war an der Zeit. Sie würde noch einkaufen müssen, damit sie was im Kühlschrank hatte, wenn Lisa ankam.

Also fuhr sie zum Einkaufszentrum und fragte sich, was Philipp wohl heute Abend machte? Würde er zu Hause alleine sein? Oder würde er mit seiner Erbse auf Prinzessinnensuche gehen? Er war ein erwachsener Mann. Er konnte tun und lassen, was er wollte!

Da war er plötzlich, der Gedanke: Philipp ist ein erwachsener Mann! Ihre bisherigen Männer waren eher unerwachsen. Das machte ihr gerade etwas Angst. Waren die erwachsenen Männer sozusagen die Prinzen? Sie hätte die Frösche gegen die Wand schmeißen sollen. Dann wären sie vielleicht erwachsen geworden oder zumindest aufgewacht.

Aber vielleicht wollte sie diese Metamorphose gar nicht. Weil diese Männer sonst ihren Vater ersetzt hätten! Er sollte der einzige Prinz in ihrem Herzen bleiben.

Bea schüttelte den Kopf über ihre Erkenntnisse: Dass sie das bisher nicht erkannt hatte? Sie konnte sich all die Jahre nicht von ihrem Vater befreien. Sie wollte ihn nicht loslassen, aber es musste geschehen. Sie musste Platz schaffen und ihren Vater von dem Thron in ihrem Herzen herunterstoßen, ihn herausholen und ihn freilassen! Und sie wusste auch schon, wie sie das machen würde. Sie würde mit Lisa morgen einen Luftballon fliegen lassen! Vor sich sah sie Billi, die ihr weise und zufrieden zulächelte.

Als Bea ins Einkaufszentrum ging, blies ihr warme Heizungsluft entgegen und Musik aus versteckten Lautsprechern ertönte von irgendwoher. Bea fuhr mit der Rolltreppe nach oben in die Lebensmittelabteilung und nahm sich einen Einkaufswagen, den sie vorher mit einem Euro fütterte. In der Lebensmittelabteilung war viel los, die Anwesenden schienen wohl alle einen leeren Kühlschrank zu haben. Kein Problem, denn die Regale quollen über, niemand hier musste Hunger leiden, sie selbst eingeschlossen.

Sie musste an ihre Schwester denken. Lisa erzählte ihr von ausgemergelten, fast verhungerten Kindern in Ostafrika, die während des Völkermordes in Ruanda kaum etwas Essbares zwischen die Zähne bekommen hatten. Durch die Konflikte zwischen den Hutu und den Tutsi zählte das Land zu den ärmsten Ländern in Afrika. Als Lisa Anfang der 90er-Jahre nach Ruanda kam, waren die Konflikte noch nicht so eskaliert, bis 1994 dann der Völkermord begann. Ein Jahr vor Ausbruch des Krieges wurde Biko geboren und seit 2003 war Lisa nicht mehr in Ruanda gewesen. Ihre Schwester schrieb ihr damals lange Briefe. Sie liebte die ruandische Landschaft, die auch „Das Land der tausend Hügel“ genannt wurde. Es kam dort allein wegen des Klimas zu Hungersnöten aufgrund großer Unregelmäßigkeiten in den Niederschlägen: von anormalen Trockenheiten bis hin zu überreichen Regen- und Hagelschauern, die immer wieder die Ernten bedrohten.

Jetzt lebte sie in einem anderen Extrem: Denn in Norwegen war von November bis Januar die Sonnenscheindauer stark eingeschränkt. Es wurde nur für anderthalb Stunden hell zu dieser Zeit. Wobei auch das seinen Reiz hatte, wenn man sich für die Nord- und Polarlichter am Himmel begeistern konnte – ein Lichter- und Farbenspiel, das für eine kleine Entschädigung sorgte. Dafür schien die Sonne im Sommer den ganzen Tag und fast die ganze Nacht. Dann brauchte man sogar nachts eine Sonnenbrille!

Bea dachte an all das, während sie durch die vollen Ladenregale schlenderte und Waren in ihren Wagen legte. Sie dachte an Biko, ihren Neffen. Es war schon bewundernswert, wie er mit der Umstellung umging. Seine Sprachbegabung verdankte er nicht zuletzt den Umständen, unter denen er aufgewachsen war, denn in Ruanda wurde vorwiegend Französisch, Englisch und in der Bantusprache Kinyarwanda gesprochen. In der Schule lernte er damals noch zusätzlich Kiswahili. Lisa sprach mit ihm Deutsch, und mittlerweile sprach er perfekt Norwegisch. Die Norweger selbst sprachen ausgezeichnet Englisch und Deutsch. Biko wurde regelrecht Multikulti erzogen! Was er in Zukunft mit seinen Sprachen anfangen würde, war ungewiss. Er machte in Kürze sein Abitur und würde dann sicher studieren. Aber er wusste noch nicht, was! In dem Alter schien das anscheinend normal zu sein. Lisa drängte ihn nicht und Bea fand das auch in Ordnung.

Während Bea über all das nachdachte, hörte sie hinter sich eine bekannte Stimme: „Bea, hey, was machst du denn hier?“ Johanna war plötzlich hinter ihr. Beide strahlten und umarmten sich innig.

Bea setzte zum Antworten an: „Meine Schwester kommt mich morgen besuchen, und wie du weißt, habe ich außer Obst und ein paar Tomaten nie was im Haus.“

Johanna witzelte: „Stimmt ja! Wenn ich mal übers Wochenende zwei Kilo abnehmen will, komme ich zu dir und lass mich bei dir einschließen“, sagte sie und lachte Bea an. „Du siehst gut aus! Wie ist es dir seit Mittwoch ergangen? Wir haben uns große Sorgen gemacht, weil wir nichts von dir hörten!"

„Es geht mir gut. Ja, eigentlich geht es mir sehr gut!", antwortete sie strahlend vor Lachen. „Johanna, ich habe an dich gedacht. Ich hätte dich heute Abend noch angerufen. Ich muss dir was erzählen. Stell dir vor, ich lernte deinen tollen Nachbarn Philipp Weber kennen. Er besucht regelmäßig seinen Großvater im Pflegeheim, und dort sind wir uns begegnet."

Johanna schaute erstaunt: „Das ist ja ein Ding, wie findest du ihn?"

Bea konnte nicht umhin, ihr alles zu erzählen: „Er ist unglaublich nett! Er will sich, so oft es geht, mit mir treffen! Wir gehen mit unseren Patienten, er mit seinem Großvater und ich mit meiner Mutter, spazieren."

Noch erstaunter sagte Johanna: „Du gehst mit deiner Mutter spazieren? Bea, da ist ja einiges bei dir passiert!"

„Ja, das stimmt. Johanna, ich finde Philipp mehr als nur nett, glaube ich. Ich möchte ihn dir aber nicht wegnehmen."

Johanna fiel ihr ins Wort: „So ein Quatsch! Du weißt doch, niemand gehört niemandem! Ich finde ihn auch nett. Und ehrlich, ich schwärme für ihn, aber ich bin immer noch verheiratet. Er hat mich ein bisschen aufgepusht. Mehr nicht! Und das war gut, denn ich habe über mich dadurch etwas erfahren.

Ich glaube es nicht, du und Philipp! Das ist verrückt! Toll! Einen besseren gibt es nicht! Halte ihn fest, Bea."

Etwas kleinlaut sagte Bea: „Meinst du, er ist mein Prinz?"

Johanna holte sie nett, aber bestimmt auf den Boden der Tatsachen zurück: „Bea, diese Prinzengeschichte ist doch nur eine Geschichte aus Kindertagen. Versuche davon abzukommen! Er ist ein Mann und keiner von denen, die du bisher hattest! Aber wenn ich es recht bedenke, dann fällt mir zu deiner Prinzengeschichte etwas ein, was dir vielleicht helfen könnte: 'Ein Prinz macht noch lange keine Liebe, aber Liebe macht aus Männern Prinzen!' Vielleicht lässt du es ja zu, und erwärmst dein Herz für einen Mann, der weiß, was er will, und keine Spielchen spielt!“ Doch sie mahnte sie auch noch zum Schluss: „Aber du weißt, dass er im Sommer nach Neuseeland auswandert?“

„Ja, das weiß ich. Er sagte, wenn er sich bis dahin an mich gewöhnt hat und ich mich an ihn, dann nimmt er mich mit nach Neuseeland.“

Johanna hielt kurz den Atem an, schlug die Hände vor den Mund und platzte dann heraus: „Meine Güte, Bea, ich fasse es nicht! Was ist bloß mit dir passiert? Ich freue mich, du bist wie verwandelt. Früher hätte dir so etwas Angst gemacht.“

„Ja, du hast recht, Johanna. Die Angst schnürt mir die Luft momentan ab. Aber ich möchte nicht mehr weglaufen! Momentan würde ich sogar mit ihm nach Neuseeland gehen. Johanna, zum ersten Mal denke ich, wie es sein würde, wenn ich einen Mann und ein Kind hätte! Meinst du, das wäre vielleicht möglich?“

Johanna freute sich total: „Möglich ist alles! Der Glaube kann Berge versetzen.“

Bea war verwundert, den Satz erneut zu hören: „Das ist wohl neuerdings mein Leitspruch! Ich höre ihn täglich jedes Mal von einer anderen Person! Interessant, was?“

„Dann hänge ihn dir an den Kühlschrank!“ Johanna kam gleich mit praktischen Tipps. „Und du musst nur öfter mal hineinschauen!“, grinste sie. „Dann also kauf ein, damit es sich lohnt hineinzuschauen!“ Johanna umarmte Bea. Sie hatten beide Tränen in den Augen, aber aus unterschiedlichen Gründen!

„Alles wird gut, Bea, mach dir keine negativen Gedanken! Die stören nur die Energie.“ Johanna freute sich so für Bea, doch es gab auch noch einen anderen Grund.

Die Freundin schien es zu ahnen und sagte: „Johanna, ich kann dir vielleicht auch ein bisschen helfen. Philipp sagte zu mir, als ich ihm erzählte, dass ich ihn durch dich schon kenne, dass du eine tolle Frau bist. Er würde um dich werben, wenn du nicht verheiratet wärst. Er hat seine Prinzipien. Er zerstört keine Ehe. Ist er nicht ein wunderbarer Mann? Vielleicht aber auch ein Geschenk des Himmels!“

Johanna tat Philipps Aussage gut und freudig erwiderte sie: „Ja, und das Schönste ist, dass meine Freundin dieses Geschenk verdient hat. Ich drücke euch die Daumen! Falls er mich nach dir ausfragt, werde ich ihm sagen, dass du das Beste bist, was ihm passieren konnte."

Sie lachten. „Johanna, ich bin so froh, dass wir uns getroffen haben und dass ich dir von Philipp erzählen konnte. Mir fällt ein Stein vom Herzen. Ich fühlte mich ein wenig schuldig, weil du so von ihm geschwärmt hast."

„Bea, es ist alles gut. Keine Sorge! Er gab mir Mut und zeigte mir einen Weg, mein Selbstbewusstsein zu stärken. Das war wohl seine Aufgabe und vom Schicksal vorgesehen. Und das machte er gut. Ich muss nur noch weiter daran arbeiten." Sie schauten sich an und waren sich nah. Frotzelnd sagte Johanna noch: „Du hast hoffentlich nichts dagegen, wenn ich ab und zu mit ihm joggen gehe!"

Bea antwortete genauso zurück: „Nein, du kannst so viel mit ihm laufen gehen, wie du willst!" Und ernster fügte sie hinzu: „Ich finde es schön, wenn er auch meine Freundin mag."

Johanna nickte und sagte: „Mark und ich wollen Philipp sowieso einladen und dann lernt er gleich die ganze Bagage kennen, damit er weiß, wer mindestens einmal im Jahr bei ihm in Neuseeland auftauchen wird. Wenn du mitgehst, dann sollte er stark damit rechnen."

Sie lachten wieder und Bea sagte zu Johanna: „Du bist wahnsinnig! Erst mal lernen wir uns kennen!" Sie zwinkerte ihr zu.

Doch Johanna blieb beim Thema: „Ihr müsst euch damit beeilen, denn ihr habt nicht mehr lange Zeit. Und du musst es baldigst wissen, damit du hier Tabula rasa machen kannst. Ach, was rede ich, er bestimmt selber, wann er nach Neuseeland geht! Im Notfall bist du es wert, dass er die Abreise um vier Wochen verschiebt oder noch länger." Johanna machte schon wieder Pläne. Sie dachte meistens positiv und momentan hörte sie schon die Hochzeitsglocken bei Philipp und Bea läuten. Dann fiel ihr noch etwas ein: „Wegen der Tanztherapie am Montag, es wäre wunderbar, wenn du mitkommen würdest! Ich habe Annabelle schon Bescheid gegeben. Sie war ziemlich erstaunt."

Bea erkundigte sich nach der Freundin: „Wie geht es Annabelle? Versucht sie immer noch, ihre starke männliche Seite mit der Weiblichen ins Gleichgewicht zu bringen?"

„Sie ist total glücklich, Bea, denn sie nähert sich der Zehn-Kilo-Grenze. Annabelle lebt richtig auf. Du wirst sehen, was Allegra bei uns noch alles auflösen kann. Vielleicht kommt Leonie auch mit. Ich simse ihr noch. Sie ist nämlich sehr beschäftigt zurzeit. Ich wünsche dir mit Lisa viel Spaß und mit Philipp Erfolg! Hab einfach Mut und lass ihn nur machen. Dieser Mann nimmt immer die Zügel in die Hand. Wirst schon sehen. Du brauchst dich im Grunde nur darauf einzulassen."

Bea schmunzelte, denn das hatte sie auch schon gemerkt. Sie umarmten sich wieder und gingen auseinander. Johanna eilte zur Kasse und reihte sich in die Schlange der Wartenden ein. Bea fuhr mit ihrem Wagen noch die Regale ab, weil sie nicht so richtig wusste, was sie einkaufen sollte. Aber nach einer halben Stunde war ihr Wagen voll und sie bezahlte an der Kasse.

Sie verstaute die Sachen in ihrem Auto und fuhr noch mal kurz ins Krankenhaus, um auf ihrer Station nach dem Rechten zu schauen. Aber die meisten Patienten lagen friedlich in ihren Betten. Andere standen im Bademantel am Treppenhausfenster und rauchten. Früher hatte sie die Leute stets reglementiert. Aber heute sah sie die Sache lockerer. Sollte doch jeder so leben, wie er wollte. Zufrieden machte sie sich auf den Heimweg. Die Vorfreude auf Lisa, die beginnende Liebelei mit Philipp sowie die vielen Gespräche in letzter Zeit und die Trennung von Theofil brachten eine andere Bea zum Vorschein.

Als Bea nach Hause fuhr und im Radio Pink mit ihrem „So what" die ohnehin schon gute Stimmung aufheizte, war es bereits nach 20 Uhr. Daheim packte sie die Lebensmittel in den Kühlschrank und machte sich wieder ein Bad.

Wohlig breitete sie sich der Länge nach aus und genoss die Wärme und das Aroma. Sie legte sich eine Feuchtigkeitsmaske auf Gesicht und Dekolleté und schloss die Augen. Sie atmete tief ein und aus und merkte, dass sie schon lange nicht mehr so entspannt gewesen war wie heute. Keine Ängste, Unzufriedenheiten oder Wut über kurzfristig abgesagte Dates machten ihr das Leben schwer. Wie einfach und klar doch alles sein konnte. Eine Sicherheit machte sich in ihr langsam breit. Sie hatte keine Angst mehr vor der Zukunft – wie auch immer sie aussehen würde, das Leben würde ihr den richtigen Weg schon zeigen.

Das Mädchen ging mit dem Speisewagen, pünktlich um kurz vor 12 Uhr, von Zimmer zu Zimmer, um das Essen auszuteilen. Sie hatte heute Schicht bis 14 Uhr. Danach wollte sie in die Bibliothek, ein paar medizinische Bücher ausleihen. Zuvor war die Visite für 13 Uhr angesetzt. Der neue Stationsarzt würde sich vorstellen. Danach hatte sie Feierabend und konnte gehen. Sie war seit 6 Uhr auf den Beinen und recht froh, dass ihr Dienst bald zu Ende ging. Draußen prasselte der Regen gegen die Scheiben, der sich in einen leichten Schneeregen verwandelt hatte. Sie hasste dieses Novemberwetter.

Die Stationsschwester war sehr zufrieden mit ihr, denn das Mädchen war verlässlich und korrekt. Sie merkte allerdings, dass sie innerlich nicht bereit war, sich ganz auf die Patienten einzulassen. Sie machte ihre Arbeit am Patienten eher mechanisch als liebevoll. Das medizinische Helfersyndrom hatte sich bei ihr noch nicht gezeigt, aber fachlich war sie sehr beflissen und wissbegierig. Schwester Berta, die Stationsschwester, merkte sehr wohl, dass das Mädchen sich vor den Patienten abschottete, aber sie sah das nicht negativ, eher als eine Art Reflex, um sich zu schützen.

Das Mädchen füllte die Speisen auf die Teller, die andere Lernschwester half ihr dabei. Auf den Zimmern lagen je drei Patientinnen nebeneinander. Sie klopften kurz an die Tür, öffneten sie und riefen laut: „Essen!“. Gemeinsam halfen sie den Patientinnen, sich in die Sitzlage zu bringen, dann zogen sie das Tischtablett vom Nachtschrank aus und brachten das Essen ans Bett. Heute, am Freitag, gab es Fisch mit Kartoffelsalat, kalten Pfefferminztee und Birne Helene zum Nachtisch. Zum Abschluss sagte das Mädchen „Guten Appetit!“ und verließ den Raum. Sie hatten zehn Zimmer mal drei Patienten zu bedienen. Das dauerte meist eine halbe Stunde. Der Essensduft hatte sich bereits über den Flur ausgebreitet.

Das Mädchen musste anschließend dafür Sorge tragen, dass auf dem Flur und in den Zimmern gelüftet wurde, nachdem das Essgeschirr abgeräumt und der Speisewagen wieder nach unten gebracht worden war. Denn bevor der

Chefarzt mit seinem Ärztestab um circa 13 bis 14 Uhr seine Aufwartung machte, sollte sich der Geruch aus den Räumen verflüchtigt haben. Am Montag würde ein neuer Stationsarzt seinen Dienst beginnen, ein Protegé vom Chef persönlich, denn er war nicht nur der Sohn eines Corps-Bruders, sondern auch bald sein zukünftiger Schwiegersohn. Die Tochter des Chefs, eine junge, sehr hübsche Laborantin, arbeitete ebenfalls im Krankenhaus unten im Labor. Der neue Arzt wurde im gesamten Krankenhaus mit Spannung erwartet.

Das Mädchen kannte die Tochter vom Sehen, wenn sie die Blutproben nach unten ins Labor zur Untersuchung brachte. Sie begegnete dem Mädchen immer sehr freundlich, aber das Mädchen hielt sich distanziert, denn die junge Frau war eine potenzielle Feindin, die man im Auge behalten musste. Jedermann begegnete der Chefarzt-Tochter freundlich und außerdem machte sie ihre Arbeit sehr gut. Sie lachte viel und Stationsschwester Berta nannte sie „mein Sonnenschein". Wieder so eine, die von allen geliebt wurde, ohne dass sie je eine großartige Leistung vollbracht hätte! Was war schon so eine dumme MTA wert? Sie würde bald Medizin studieren und sich das Studium mit Nachtdiensten und Erspartem finanzieren. Außerdem hatte sie sich um ein Stipendium beworben. Mit ihren Kenntnissen würde sie selber in ein paar Jahren Chefärztin sein.

Das Mädchen räumte nach dem Essen das Geschirr wieder ein, verteilte die Fieberthermometer und lüftete die Zimmer. Die Patientinnen sollten während der Lüftung im Bett bleiben, damit sie sich nicht erkälteten. Schwester Berta lief hektisch hin und her, richtete den Verbandswagen und ordnete die Patientenunterlagen mit den Fieberkurven. Sie zog einen sauberen Kittel an und frisierte sich die Haare neu. Die Visite konnte beginnen.

Eine Gruppe von Weißkitteln erschien auf dem Flur, es waren circa zwölf Männer und drei Frauen. Der Chef, Professor Karl-Friedrich Sattmann, führte den Stab an. Er erklärte gerade etwas, gestikulierte mit den Armen und seine sonore Stimme hallte über den Flur.

Heute sollte das Mädchen Schwester Berta zur Seite stehen, um bei Bedarf Verbände abzuwickeln und neu anzulegen. Außerdem schob sie den Verbandswagen. Schwester Berta trug die Verantwortung und die Patientenakten. Die Gruppe ging von Zimmer zu Zimmer. Schwester Berta vorneweg und die anderen hinterher. Das Mädchen wartete währenddessen mit dem Verbandswagen vor der Tür. Die Patientinnen bekamen bei dem Anblick des Chefs und der vielen anderen Ärzte rote Wangen. Der Chef hielt gerade die Hand einer rotwangigen älteren Frau, die ihn bat, bis Weihnachten gesund zu werden. „Dann wollen wir zwei uns mal anstrengen." Dabei tätschelte er ihre Hand und lachte.

Berta erklärte die Vorgeschichte der nächsten Patientin, als das Mädchen den neuen Stationsarzt entdeckte. Die anderen kannte sie schon von den letzten Visiten, aber den großen Mann mit den schwarzen, kurz geschnittenen Haaren hatte sie noch nie gesehen. Er sah durchschnittlich aus, war schlank und stand direkt hinter dem Chef. Das Mädchen beobachtete jede seiner Regungen. Irgendwie war er ihr vertraut, aber sie konnte sich nicht erinnern, ihn jemals gesehen zu haben.

Jetzt lachten alle über einen Witz vom Chef. Er schien heute gute Laune zu haben. Das Mädchen wurde zweimal gebraucht, weil der Chef sich nur bei zwei Patienten die Wunde genauer ansehen wollte. Alle Patienten waren auf dem Weg der Besserung und die, die es nicht waren, würden nächste Woche auf der OP-Liste stehen. Der Neue sollte das alles arrangieren und dem Chef vorlegen. Der neue Arzt schien das Mädchen gar nicht wahrzunehmen.

Sie wartete immer brav mit ihrem Wagen, um bei Bedarf einzuspringen zum Beispiel mit Verbandsschere, Mullbinden und dem antiseptischen Spray oder auch den Einmal-Handschuhen für den Chef. Nach einer halben Stunde war die Aufregung vorbei und die Mannschaft verschwand diskutierend durch dieselbe Tür, die sie vorher durchschritten hatte. Der neue Arzt sprach noch mit Schwester Berta, die langsam mit ihm zum Schwesternzimmer ging, um ihn mit den anderen Schwestern bekannt zu machen. Gisela, die andere Lernschwester, hatte Kaffee gekocht und Plätzchen auf den Tisch gestellt, damit das Kennenlernen nicht so steif ausfiel. Die Schwestern von der anderen Schicht erschienen schon und alle versammelten sich im Zimmer, um den Neuen in Augenschein zu nehmen. Er war ja schließlich vom Chef höchstpersönlich hergeholt worden.

Der neue Arzt hieß Sebastian Karlsberg und machte auf den ersten Blick einen netten Eindruck. Er gab jeder Schwester die Hand und freute sich auf gute Zusammenarbeit. Als er dem Mädchen vorgestellt wurde, schaute er ihr etwas länger in die Augen. Vielleicht hätte er das nicht tun sollen und die Dinge, die daraufhin passierten, wären nie passiert! Aber wer kann das schon sagen. Auf jeden Fall nahm die Geschichte ihren Anfang und das Unheil, das daraufhin geschah, seinen Lauf.

Der Tiger machte sich zum Sprung bereit.

Kapitel 13

Am nächsten Morgen stand Bea zeitig auf. Sie zog sich eine Jogginghose und ihre neuen Sportschuhe an. Im Sommer walkten die Freundinnen manchmal durch den Stadtwald, aber die Tage waren selten, weil Annabelle und Bea im Gegensatz zu Leonie und Johanna nicht regelmäßig trainierten. Das sollte anders werden. Sie fuhr mit dem Auto in den nahe gelegenen Park und legte los. Eine halbe Stunde wollte sie ruhig laufen und danach Dehnungsübungen machen. Viele Jogger hatten heute Morgen die gleiche Idee. Bea lief locker und langsam, dabei achtete sie auf ihren Puls. Das war leichter, als sie dachte, es machte sogar Spaß.

Nach einer halben Stunde kam sie zum Auto zurück, froh und zufrieden mit ihrer Leistung. Wie gut das tat! Sie würde sich an den Trainingsplan aus dem Buch, das sie sich auf Johannas Empfehlung zugelegt hatte, halten und in Zukunft regelmäßig joggen. Sie fühlte sich frei, glücklich und zuversichtlich. Bea fuhr nach Hause, duschte und zog sich schick an. Lisa kam bald an und sie wollte nicht zu spät am Flughafen sein.

Als es Zeit war, fuhr sie los. Bea wartete vor dem Gate und starrte auf die Tür. Als Lisa herauskam, schaute sie sich suchend um, bis sie Bea entdeckte. Sie lief mit ihrem Rucksack auf sie zu und die Schwestern fielen sich in die Arme, Tränen liefen beiden über die Wangen und sie konnten sich kaum voneinander trennen. Untergehakt gingen sie zu Beas Wagen.

„Jetzt fahren wir erst mal zu mir, machen was zu essen, und dann ab zu Mama! Ich habe dir so viel zu erzählen, dass ich gar nicht weiß, wo ich anfangen soll."

„Am besten eins nach dem anderen." Lisa lachte. Sie

kannte Bea so gar nicht: Anfangs war sie immer erst verschlossen und erst später, wenn man Glück hatte, wurde Bea offener. „Ich war heute Morgen zum ersten Mal laufen und es machte mir Spaß. Lisa, mein Leben wird von nun an anders, keine verheirateten und chaotischen Männer mehr."

„Ach, du willst in Zukunft tatsächlich auf die Theofils dieser Welt verzichten?"

„Yes! Wer weiß, vielleicht lernst du heute, wenn wir zu Mama fahren, Philipp kennen. Er besucht regelmäßig seinen Großvater im Pflegeheim. Wir schieben zusammen unsere Patienten und unterhalten uns dabei. Er ist sehr nett. Ich bin gespannt, wie du ihn findest. Zufälligerweise ist er der neue Nachbar von Johanna. Aber er wird spätestens im Herbst nach Neuseeland auswandern. Er verlor vor zwei Jahren seine Frau an Krebs. Er will sich dort wohl ein neues Leben aufbauen."

„Erinnert mich an mich, ich bin auch jedes Mal ausgewandert, erst wegen Papa und danach wegen Samuel. Kann ich persönlich nur empfehlen. Aber das muss auch jeder für sich selbst entscheiden. Er ist also nett, sagst du?"

„Ja, wirklich, ich weiß, du kannst das nicht hören, aber ich sage es trotzdem: Er könnte mein Prinz sein."

„Hast du dir die Prinzen immer noch nicht aus dem Kopf geschlagen? Bea, Papa hat Märchen erzählt! Wir wussten damals ganz genau, dass er spinnt, aber er hatte mit seiner Spinnerei so viel Spaß, dass wir beide so taten, als würden wir ihm glauben. Jetzt sag mir nicht, du glaubst es wirklich?"

„Natürlich nicht, aber ich muss so oft an Papa denken, und seine Geschichten waren ein Teil von ihm. Das kann ich nicht so einfach loslassen."

„Aber Bea, das musst du, sonst lebst du einen Traum. Wach auf!"

„Lisa, ich weiß. Und ich habe auch schon eine Idee, was wir heute machen, bevor wir ins Pflegeheim fahren. Du bist abgehauen und konntest dich auf diese Weise äußerlich lösen, aber innerlich? Wir besorgen uns mit Helium gefüllte Luftballons und schreiben unserem Vater einen letzten Gruß darauf, danach lassen wir sie steigen. Was hältst du davon?"

Lächelnd erwiderte Lisa: „Das ist eine schöne Sache, die fliegen dann in den Himmel zu unserem Vater. Auf jeden Fall: schaden tut es nicht."

Bea gab Lisa auf der Fahrt nach Hause so viele Informationen wie möglich über Philipp, und als sie aus dem Auto stiegen und in Beas Wohnung kamen, waren sie lustig und gelöst. Doch Lisa musste bestürzt feststellen, dass der tote Vater aus jeder Ecke zu ihr hinsah. „Aah, wie ich sehe, hast du noch eine Menge Fotos von Papa überall herumstehen. Als Erstes machen wir die weg. Eines darf stehen bleiben. Also, welches möchtest du hier stehen lassen?"

„Ich soll alle Fotos wegnehmen? Das ist hart."

„Aber sinnvoll. Also los, an die Arbeit."

Bea ging langsam zu den Stellen, an denen die Fotos standen, und nahm ganz bedächtig eines nach dem anderen. Sie sammelte sie ein und legte sie behutsam in eine Schublade, in der noch andere Fotos in Kartons lagen. Lisa folgte ihr und streichelte Bea sanft den Rücken: „Du packst das schon, aber es ist besser, wenn du nicht jeden Tag die Fotos siehst, dann kannst du besser loslassen. Die Zeiten auf den Fotos sind schon lange vorbei. Behalte ihn in Erinnerung, so wie er war. Er war ein toller Vater, aber er hatte auch Fehler, er war kein Heiliger. Er lebte mit uns seinen Traum und gab uns keine Gelegenheit, selber Träume zu leben. Und wir ließen es zu. Aber nun machen wir es uns bewusst und können daran arbeiten. Es ist nie zu spät."

Bea und Lisa nahmen sich in den Arm und beide weinten lautlos. Die Zeit der Kindheit war vorbei.

„Weißt du noch, als Papa wegen dir zum Direktor musste, weil du auf dem Weg zur Tafel ein Rad geschlagen hast? Mitten in der Mathestunde!"

Lisa schaute Bea an und lachte. „Ja, mein Gott, war das eine Aufregung. Ich weiß noch, als Papa nach Hause kam und sich aufregte, weil der Mathelehrer keinen Spaß verstand. Ich dachte mir damals nichts dabei. Die Stimmung in der Klasse war so trüb, dass ich sie ein bisschen aufheitern wollte, aber in dem Moment, als ich das Rad schlug, drehte er sich um. Er sagte zu Papa, ich solle in Mathe mal so eine Energie zeigen, aber da fehle es mir wohl am nötigen Ehrgeiz. Papa konterte, dass das wohl an seinem langweiligen Unterricht liege, sonst kämen Schüler nicht auf so eine Idee. Waren das Zeiten!"

Bea schob die Schublade zu und atmete tief durch. „Mach's gut, Papa."

„Wie wäre es mit Salat und Kräuter-Baguette? Ich habe allerdings nur Fertigdressing! Du weißt ja, kochen ist nicht gerade meine Leidenschaft." Bea und Lisa deckten den Tisch und richteten die Mahlzeit her. Sie setzten sich an den Tisch und aßen fröhlich ihren Salat.

„Mir fällt noch was ein, Bea. Weißt du noch, dass wir beide im Kirchenchor gesungen haben, fast jeden Sonntag? Mama war eine fleißige Kirchgängerin. Papa kam nur ihr zuliebe mit. Wir beide hatten bei Fräulein Boreger, der Chorleiterin, Kommunion-Unterricht und auch Religion in der Grundschule. Sie war Seelsorgerin. Was wohl aus ihr geworden ist? Einmal hast du zu Karneval mit einem Jungen, Klaus hieß der, Playback gesungen. 'Schön ist es, auf der Welt zu sein, sagt die Biene zu dem Stachelschwein, du und ich wir stimmen ein, schön ist es auf der Welt zu sein.'" Lisa und Bea sangen beide laut die Melodie zu dem Text.

„Ja, das war eine schöne Zeit. Ich war die Anita und Klaus mimte Roy Black. Mama hatte mir ein Pippi-Langstrumpf-Kostüm genäht und mir Draht in die Zöpfe geflochten. Klaus und ich standen auf einer Art Bühne und waren das Highlight des Nachmittags. Ich weiß nicht, wie oft wir das Lied gesungen haben.

Einmal, als wir mit einer anderen Kirchengemeinde einen Ausflug machten, musste ich auf eine Mauer klettern und allein, ohne Playback, den Part von Anita singen, und die ganze Gruppe machte Roy Black nach. Ich weiß noch, wie mich alle anstrahlten und zu mir hochschauten."

„Ich hab noch eine Erinnerung: Mama baute mit uns jedes Jahr in der Adventszeit die Weihnachtskrippe in der

Kirche auf. Bea, weißt du auch noch, dass ich einmal das Jesuskind mit nach Hause nahm? Mama war sehr traurig, als sie sah, dass ich es unter meiner Bettdecke versteckt hielt. Ich wollte es nur warmhalten und beschützen. Papa legte es danach heimlich wieder in die Krippe. Papa machte immer alles wieder gut."

Ihnen fiel eine Geschichte nach der anderen ein. Doch bald kamen sie wieder auf die Lücke zu sprechen, die der plötzliche Tod ihres Vaters hinterlassen hatte.

„Ohne Papa war Mama kein Mensch mehr", sagte Lisa. „Sie hat uns eigentlich mit ihm verlassen. Wir mussten mit unserer Traurigkeit allein fertig werden und waren zwei verlassene Waisen, die plötzlich auf eigenen Beinen stehen mussten! Eigentlich meisterten wir das doch ganz gut. Wie im Märchen von Hänsel und Gretel. Aber auch die ließen sich nicht beirren und gingen mutig ihren Weg, bis schließlich die Hexe von Gretel in den Ofen gestoßen wurde und alles gut war. Das Gold und die vielen Edelsteine, die sie im Hexenhaus fanden, war ihr Verdienst, weil sie lernten, sich nicht aufzugeben, sondern sich mutig an die Dinge heranmachten und nicht verzagten. Sie haben immer die Hoffnung gehabt, dass alles gut werden würde. Sie kamen reich nach Hause zurück. Die verantwortungslose Mutter hatte ihr Leben nicht mehr geschafft und war gestorben. Der Vater trauerte um seine Kinder und büßte seine Schuld. Er wurde nicht enttäuscht, denn die Kinder kamen reich zurück. Sie brauchten nie mehr zu hungern und lebten glücklich bis an ihr Lebensende. Und das werden wir auch, glücklich sein und nicht mehr davonlaufen."

Bea wunderte sich: „Lisa, wieso kommst du ausgerechnet auf Hänsel und Gretel?"

„Weil ich Mirjam ständig diese Geschichte erzähle. Ich analysierte sie dann irgendwann und sah für mich einen Sinn darin. Wir können mehr in den Märchen lesen als nur das, was geschrieben steht. Jedes Märchen geht gut aus, nur die ‚bösen' Menschen sterben. Wobei sterben nicht unbedingt für den realen Tod steht."

Bea staunte und erzählte von Ole: „Ole, der Mann von Annabelle, schreibt Kindergeschichten, Geschichten, die von verschiedenen Verhaltensweisen unterschiedlicher Kinder handeln. Die Analyse und Erziehungstipps hängt er für die Eltern hinten dran. Das Lustige ist, dass eigentlich die Eltern von den Kindern lernen. Die zeigen ihren Eltern den richtigen Weg! Aber meistens sind die Eltern blind und überfordert. Sie vertrauen ihren Kindern nicht, weil die ja noch so klein und 'dumm' sind und nichts wissen können vom Leben. Aber sie wissen, was richtig und was falsch ist! Eben weil sie noch so unverbraucht sind. Das ist schon interessant. Aber was hältst du davon, wenn wir aufbrechen und die Luftballons steigen lassen?"

„Ich bin dabei!" Bea und Lisa räumten das schmutzige Geschirr in die Spülmaschine, zogen sich ihre Mäntel an und gingen zum Wagen. Sie fuhren in die Stadt zu einem Spielzeugladen. Bea ließ Lisa vor dem Kindergeschäft, im Auto warten, weil sie sich auf die Schnelle ins Halteverbot gestellt hatte. Sie kaufte zwei Luftballons und ließ sie frisch mit Helium füllen. Danach lief sie mit den Ballons wieder zum Auto zurück. Während Bea den Wagen startete, schrieb Lisa auf einen der Ballons mit einem schwarzen Filzstift ihren Abschiedsgruß für den Vater. Sie pustete die Schrift trocken und freute sich wie ein kleines Kind. Lisa dachte an ihre Tochter: „Mirjam hätte ihren Spaß, wenn sie jetzt hier wäre. Aber eigentlich bin ich auch mal froh, ohne die Familie zu sein. Ich liebe sie alle. Außerdem ist es nervig, im Winter diese Dunkelheit ertragen zu müssen. Ich finde es bewundernswert, wie Biko das alles hinnimmt."

„Er ist klasse, weil du alles richtig gemacht hast! Du machtest es besser als unsere Mutter."

„Vielleicht hat unsere Mutter gar nichts falsch gemacht? Vielleicht sollten wir aus ihrem Verhalten lernen? Verstehst du, ich konnte bei Biko gar nicht anders, als es richtig machen, weil Mama so war, wie sie war."

„Dann kannst du dich gleich bei ihr bedanken", sagte Bea.

Lisa sah ihre Schwester ernst an. „Bea, es tut mir so leid, dass ich dich mit ihr allein ließ. Du bist damals so unglaublich stark gewesen! Ohne dich hätte ich das nicht geschafft! Mir ging es auch nur gut, weil ich dich hatte. Ich danke dir dafür. Jetzt möchte ich dir helfen. Ich möchte es wiedergutmachen."

„Ach, Lisa, ich konnte doch damals gar nicht anders. Niemand zwang mich dazu. Ich tat das, was ich tun musste! Irgendwie blieb ich privat dabei auf der Strecke. Nach außen entwickelte ich mich zwar, aber innerlich konnte ich nicht erwachsen werden. Billi sagt, manche werden nie erwachsen! Dazu braucht man aus der Kindheit bestimmte Voraussetzungen, und wenn die nicht gegeben sind, dann muss man sich selbst helfen, indem man sich die Defizite bewusst macht, damit man weiß, wo die Fehler liegen." Bea hielt ihr Auto an und zog die Handbremse hoch. „So, da wären wir! Jetzt geben wir dem inneren Kind Gelegenheit, sich frei zu machen."

Bea nahm ihren unbeschrifteten Ballon und schrieb einen allerletzten Gruß an ihren Vater darauf. Danach stiegen sie mit ihren Ballons aus und gingen auf eine große Wiese. Durch die trockene Kälte war der Boden hartgefroren und holperig. Sie stellten sich Rücken an Rücken und hoben ihre Arme nach oben. In den Händen hielten sie die Ballons und auf drei ließen sie los. Die Ballons flogen tänzelnd in den Himmel.

„Auf Wiedersehen, Papa! Pass von oben auf uns auf und gib uns ab und zu mal einen Tipp. Wenn dir Philipp gefällt und er der Richtige ist, dann gib mir ein Zeichen." Bea schaute ihrem Ballon nach und kurz darauf wusste sie nicht mehr, welcher ihrer war oder und welcher Lisas. Sie standen beide noch eine Weile da und sahen in den Himmel, bis die Ballons nicht mehr mit dem bloßen Auge zu sehen waren.

Schweigend stiegen sie ins Auto. Bea startete und ihr schwirrte im Kopf eine Frage herum: „Lisa, wie bist du damals mit dem Tod von Samuel umgegangen? Musst du ihn nicht mehr loslassen?"

„Ach, Schwesterchen, ich halte Sam in meinen Erinnerungen lebendig! Das ist für mich und auch für Biko wichtig. Sams Vater kam aus Kenia. Er war ein Luo und die bestatten ihre Toten auf eine andere Art als wir Europäer. Ein afrikanisches Sprichwort besagt, dass es kein Land gibt ohne Grab. Als die Nachricht von Sams Unfall kam, wurde sein Tod durch lautes Rufen den ganzen Tag und die ganze Nacht hindurch bekannt gemacht. Diese Tradition wird sehr ernst genommen. Jeder, der den Toten gekannt hat, muss zum Begräbnis kommen, denn die Luo glauben nicht an einen natürlichen Tod, sondern eher, dass er durch Schadenszauber verursacht wurde. Wer also vom Begräbnis fernbleibt, gerät in Verdacht, den Tod durch einen bösen Zauber vorangetrieben zu haben. Meistens sind über hundert Menschen bei einem Begräbnis. Es gibt für alle genügend zu essen und zu trinken.

Die Trauernden, in diesem Fall Biko und ich, werden niemals allein gelassen! Da hat man keine Zeit zum Grübeln. Immer ist jemand für dich da, hält dich im Arm, streichelt dich und tröstet dich. Sam wurde nicht auf einem Friedhof, im herkömmlichen Sinne begraben, sondern an einem bestimmten Ort, den Biko aussuchen durfte. Sam saß mit Biko oft unter einem bestimmten Baum und erzählte ihm von seinen Verwandten. Unter diesem Baum wollte Biko seinen Vater begraben. Das Begräbnis dauerte drei Tage und in den darauffolgenden Wochen und Monaten wurde immer wieder ein Fest für Sam gegeben. Das machen sie, damit man die Toten nie vergisst, denn in der gemeinsamen Erinnerung bleiben sie lebendig. Diese vielen und wunderbaren Menschen, Verwandten und Freunde retteten Biko und mich. Wir waren in den folgenden Wochen nie allein und immer wieder wurde eine lustige oder schöne Erinnerung wachgerufen, in der Sam der Held war. Ich wusste allerdings, dass ich in Afrika mein Glück gefunden und wieder verloren hatte, aber dennoch blieben mir die Erinnerung und Biko. Ich ging fort, um neu zu beginnen! In den zwei Jahren in Deutschland konnte ich mich restlos freimachen. Ich dachte, ein krasser Unterschied zu Afrika wäre für mich und Biko gut. An meinem ersten

Tag im Krankenhaus traf ich Sören. Und Bea, ich ahnte damals, dass ich mein Glück wieder neu gefunden hatte."

Im Pflegeheim empfing sie Manuela wie gewohnt freundlich. Bea machte sie mit Lisa bekannt. Manuela sagte: „Ihre Mutter ist schon fertig. Sie können gleich mit ihr nach draußen! Herr Weber fuhr mit seinem Großvater schon voraus. Er trifft sie am Ententeich." Manuela lächelte und ging weiter ihrer Arbeit nach.

Die Schwestern sahen sich lächelnd an und Lisa flüsterte Bea zu: „Apropos Märchen, Manuela könnte die gute Fee sein."

„Das ist sie ganz bestimmt." Bea ging zielstrebig den Flur entlang und öffnete die Tür zum Zimmer ihrer Mutter. Lisa ging schweigend hinter ihr her. Sie war aufgeregt und unsicher zugleich. Sie hatte ihre Mutter schon Jahre nicht mehr gesehen. Frau Ligermann saß wie gewohnt in ihrem Rollstuhl, im Mantel, mit Schal und Mütze, fertig für den Spaziergang.

„Hallo, Mama, schau mal, wen ich dir heute mitgebracht habe. Lisa ist hier."

Lisa ging langsam auf ihre Mutter zu, ganz vorsichtig, weil sie keine Ahnung hatte, wie sie nun reagieren sollte oder wollte. Sie war unbeholfen und nicht Herrin dieser Situation. Da ihre Mutter unfähig war, überhaupt zu handeln, war es ihr überlassen, die Situation zu meistern. Sie merkte, dass sie damit ein wenig überfordert war. Bea erfasste die Situation, nahm Lisas Hand und führte sie sanft ganz nah zu ihrer Mutter. Sie sprach dabei behutsam, wie eine Mutter zu ihrem Kind: „Mama, schau, hier ist deine Tochter Lisa! Sie ist von Norwegen hergekommen, um dich zu besuchen. Ich habe dir doch erzählt, dass sie jetzt in Norwegen wohnt, bei ihrem Mann Sören und mit ihren zwei Kindern Biko und Mirjam. Lisa, komm, lass Mama dich spüren! Du kannst sie ruhig in den Arm nehmen."

Plötzlich fing Lisa wie ein kleines Mädchen an zu sprechen: „Hallo Mama, ich bin's! Erkennst du mich noch? Ich war lange nicht hier." Lisa nahm ihre Mutter vorsichtig und verhalten in den Arm und drückte sie. Frau Ligermann zeigte keine Reaktion. Sie verhielt sich wie immer passiv und blieb undurchdringlich. Für Bea war das normal, weil sie es von ihrer Mutter nicht anders kannte.

Lisa weinte. „Ach, Mama, was ist nur aus dir geworden? Wo bist du hingegangen?“

Bea tröstete Lisa und lächelte sie aufmunternd an: „Lisa, sieh nur, Mama ist glücklich, sie lebt in ihrer eigenen Welt! Wir sind nur auf einer anderen Ebene als sie und können deshalb nicht zu ihr dringen. Sei nicht traurig! Es ist nun mal so, wie es ist. Es war ihre Entscheidung. So wie du einst nach Afrika gegangen bist, ging sie in eine andere Welt. Lass uns hinausgehen und die Enten füttern!“ Bea nahm die Decke, die auf einem Stuhl bereitlag, und gab sie Lisa.

Lisa verstand die Aufforderung, legte die Decke über die Beine ihrer Mutter und drückte die Deckenenden tief in die Seiten, damit sie nicht wegrutschen konnten. „So, Mama, da hast du es schön warm, auch wenn du in einer anderen Welt bist. Hier bei uns ist es immer noch Winter und kalt.“ Lisa zog wie ein kleines Kind die Nase laut hoch und wischte mit dem Handrücken drüber.

„So, dann können wir jetzt loslegen.“ Bea schritt zur Seite und machte die Tür auf, Lisa schob den Rollstuhl durch die Tür und nickte Bea zu. „Danke, Schwesterherz, das war eine gute Idee. Ich hatte Angst vor dieser Begegnung. Ich dachte, ich könnte es nicht ertragen, sie so zu sehen. Deshalb ging ich ihr so lange aus dem Weg. Die Vorstellung, dass sie stirbt und ich könnte sie nicht mehr lebend sehen, quälte mich aber auch! Ich hatte so ein schlechtes Gewissen. Es tut mir gut, heute hier zu sein!“

„Ich weiß, Lisa! Lass uns jetzt was Schönes machen! Draußen warten die Enten schon auf uns und die kalte klare Luft auch.“ Sie gingen zum Fahrstuhl und warteten darauf, dass sich die Tür automatisch öffnete.

Draußen empfing sie blauer Himmel, kalte, klare Luft und ein Hauch von nahendem Frühling. Die Vögel zwitscherten und von Weitem hörte man das Geschnatter der Enten. Die

Bäume reckten ihre kahlen Äste in den Himmel, der Nachtfrost hatte auf ihnen noch ein paar Eiskristalle übrig gelassen, die jetzt in der Sonne glitzerten.

Bea erkannte Philipp mit seinem Großvater schon aus der Entfernung. Philipp stand hinter seinem Opa und die Sonne verlieh ihm durch ihre Strahlen auf seinem Haar eine Art Heiligenschein, was Bea belustigte, denn irgendwie empfand sie ihn wie einen rettenden Engel. Welche Bedeutung er noch für ihr Leben haben sollte, würde sich zeigen!

Die Enten schnatterten heute so laut – auch sie merkten den kommenden Frühling –, dass Philipp diesmal nicht durch die nahenden Fahr- und Schritt-Geräusche aufmerksam auf die Besucher wurde. Erst als Bea und Lisa mit ihrer Mutter schon neben ihm standen, schreckte er auf und schaute im ersten Moment irritiert.

„Hallo! So in Gedanken vertieft?“, sprach Bea ihn an.

„Ah, hallo, ich beobachte das Balzverhalten der Erpel! Ist interessant.“ Er grinste unverschämt.

„Ja, das ist gut, Mann lernt schließlich nie aus! Darf ich Ihnen meine Schwester Lisa vorstellen? Sie kam heute Morgen aus Oslo hergeflogen und verbringt das Wochenende bei mir. Sie entschied sich gestern Abend spontan dazu. Lisa, das ist Philipp Weber mit seinem Großvater.“

Die beiden gaben sich die Hand und Philipp sagte: „Da genießen Sie heute sicherlich die Sonne, denn in Norwegen zeigt sie sich ja momentan nicht so lange, wenn überhaupt.“

Lisa nickte zustimmend: „Das stimmt, aber dafür kann man die Nordlichter am Himmel sehen. Das ist auch sehr schön.“ Lisa schaute ihn interessiert an und lächelte freundlich abwartend.

„Ich weiß, das ist wirklich einzigartig. Aber ehrlich, ich würde in Norwegen im Winter depressiv werden.“

„Wir haben im Sommer so viel Sonne, dass wir im Winter erstens davon zehren können, und zweitens hält uns die Vorfreude auf den hellen Sommer bei guter Laune. Drittens nutzen die Norweger jede freie Minute im Sommer, um zu picknicken, am Strand zu sitzen und Lagerfeuerfeste zu feiern. Und überhaupt, die Norweger üben sich in Gelassenheit. Sie regen sich nicht so schnell über das Wetter auf, sondern nehmen es gelassen hin. Aber um das zu lernen, muss man schon einige Zeit dort oben verbringen. Ich liebe dieses Land mit seinen Sitten und Bräuchen mittlerweile, obwohl ich hier und jetzt natürlich die Helligkeit genieße."

Philipp fragte interessiert: „Was haben sie denn für Bräuche? Außer dass man sich die Schuhe vor der Haustür auszieht, kenne ich keine."

„Die Norweger sind sehr höflich. Kleine Aufmerksamkeiten oder Gefallen werden sehr geschätzt und sie bedanken sich lieber zweimal als gar nicht. Allerdings bekam ich das erste Mal Probleme, als mein Mann Sören und ich Gäste hatten. Während ich mich noch in der Küche beschäftigte, aßen sie schon, ohne auf mich zu warten. Das fand ich im ersten Moment unhöflich, ist aber so üblich dort und hat nichts mit Respektlosigkeit zu tun. Dafür bedanken sich die Gäste, wenn sie nach Hause gehen, und sie melden sich am nächsten Tag und bedanken sich noch einmal herzlich. Sie bringen Geschenke und kleine Aufmerksamkeiten für die Hausfrau mit, als Dank für die Einladung. Erst später erfuhr ich, dass es nach dem Essen immer Kaffee und Kuchen gibt. Bei meiner ersten Einladung wusste ich das nicht, aber niemand nahm es mir übel. Mein Mann vergaß, mich darauf aufmerksam zu machen, weil er damals ziemlichen Stress mit unserer Praxis hatte und an alles Mögliche dachte, nur nicht daran. „

„Sie haben eine Arztpraxis?", fragte Philipp.

„Mein Mann und ich haben eine Kinderarztpraxis in Oslo. Wir teilen uns die Arbeit und zwischendurch erziehe ich meine beiden Kinder und meinen Hund und bilde mich fort."

„Das hört sich nicht langweilig an. Sprechen sie mittlerweile norwegisch?"

„Ja, da kommt man relativ schnell rein, aber in Norwegen sprechen viele deutsch und sehr gut englisch."

Bea unterbrach die Unterhaltung, indem sie beide fragte:

„Wollen wir um den Teich gehen? Ich bekomme im Stehen kalte Füße. Dabei gähnte sie, was ihr peinlich war.

„Müde? Da tut Bewegung doppelt gut – sie hilft bei Kälte und Müdigkeit“, sagte Philipp und spazierte mit seinem Großvater los.

„Ich war heute früh schon joggen und das merke ich anscheinend jetzt. Nach dem Spaziergang wäre ein Milchkaffee nicht schlecht, damit ich wieder munter werde. Meine Füße sind Eisklumpen. Ich hätte mir dickere Socken anziehen sollen.“ Bea holte sich ein Taschentuch aus ihrer Tasche, weil jetzt auch noch ihre Nase verdächtig lief.

„Als Ärztinnen wissen Sie wahrscheinlich auch, warum Frauen immer, wirklich immer unter kalten Füßen zu leiden haben.“

„Eigentlich habe ich mir da noch nie Gedanken darüber gemacht“ sinnierte Lisa. „Aber das stimmt, immer habe ich kalte Füße und mein Mann schreckt hoch und schreit, wenn ich sie an ihm wärmen will, weil ich sonst nicht einschlafen kann.“

„Ich muss sogar aus dem Bett aufstehen und ein Fußbad nehmen, damit ich wieder einschlafen kann, denn solange ich auch im Bett liege – aus meinen kalten Füßen werden keine warmen.“ Bea outete sich schon mal, damit Philipp wusste, worauf er sich eventuell einließ ...

Philipp war ein Mann, der fast überall mitreden konnte, und so klärte er die beiden „Kaltfüßler“ auf: „Männer haben einen höheren Muskelanteil und mehr Körpermasse als Frauen, und deswegen verfügen sie über mehr Energie und leiden somit auch nicht unter kalten Füßen. Wenn wir lieb gebeten werden, dann wärmen wir auch mal gerne kalte Füße, aber bitte niemals die Eiszapfen einfach ohne vorher zu fragen unter die Männerdecke stecken! Das ist, als würde man aus dem Hinterhalt angegriffen.“

„Danke für den Tipp! Jetzt weiß ich für die Zukunft, was sich nicht gehört“, sagte Bea. Sie hüpfte hin und her, um den Kreislauf und die Energie anzukurbeln.

„Besuchen Sie Ihren Großvater oft im Pflegeheim?“ Lisa

war neugierig geworden und versuchte durch gezielte Fragen an ihre Informationen zu kommen.

„Ja, fast jeden Tag. Ich unterhalte mich gerne mit ihm. Er war für mich, als ich ein kleiner Junge war, immer da. Von ihm lernte ich viel. Für mich ist das selbstverständlich, dass ich mich um ihn sorge und mit ihm rede. Ihre Schwester fand das erst merkwürdig, aber mittlerweile unterhält sie sich mit ihrer Mutter auch. Manchmal befreit das auch und irgendwie bekommt man auch Antworten auf Fragen. Ich war lange in München und konnte nicht immer nach Berlin kommen, weil ich selbstständig war. Mein Großvater ist erst seit einiger Zeit hier. Früher telefonierten wir noch, aber das kriegte er irgendwann nicht mehr hin und danach ging es dann Schlag auf Schlag, bis er schließlich hierher musste.

Wir erfüllten dieses typische Klischee vom Opa und Enkel, die angeln gehen und Fußball spielen, Lagerfeuer machen und viele Abenteuer bestehen. Mein Großvater war für mich immer ein Held. Während des Krieges half er den Juden und versteckte sie."

Während Bea immer noch hüpfte, fragte Lisa weiter: „Dann ist es mir eine besondere Ehre, ihn kennenzulernen." Lisa und Bea schauten ehrfürchtig auf Herrn Weber.

„Was machen Sie denn, wenn Sie Ihren Großvater nicht besuchen?"

„Dann jogge ich, höre Musik, lese, fahre Rad, springe Fallschirm, gehe ins Kino, ins Theater oder in die Oper, irgendwas geht immer, aber ich kann auch sehr gut allein sein."

„Und womit finanzieren Sie Ihr Leben, wenn ich das fragen darf?"

„Ich habe damit kein Problem. Ich sagte Ihrer Schwester schon, dass ich nach Neuseeland übersiedeln werde. Im Spätsommer oder Herbst. Ich kaufte mir dort ein Haus und einen Weinberg. In meinem früheren Leben war ich selbstständiger Architekt mit mehreren Mitarbeitern. Ich habe alles verkauft und genug dafür bekommen, dass ich unbeschwert für den Rest meines Lebens leben kann. Zwar kann ich mir keinen großen Luxus leisten, aber ich habe auch alles, was ich brauche. Vielleicht verdiene ich in Zukunft noch ein bisschen mit dem Weinanbau, hatte ich zwar nicht vor, aber ich lese zurzeit ein Buch darüber und wurde neugierig. Meine Zukunft ist eher ein neuer Lebensabschnitt, den ich mir stressfrei und gemütlich gestalten möchte." Er beobachtete dabei Bea, die so tat, als wäre sie mit ihren Füßen beschäftigt.

„Das hört sich in der Tat gut an. Wie kommen Sie auf Neuseeland?"

„Als meine Frau starb, hatte ich das Gefühl, es ist besser, wenn ich weit weg gehe. Unser Traum war immer Neuseeland, aber leider konnten wir ihn nicht zu Ende träumen. Letzten Sommer ließ ich mir zum Spaß ein Angebot für die Firma und das Haus machen und nach reiflicher Überlegung bin ich nun bereit, einen Weg zu gehen, an dessen Anfang ich jetzt stehe. Wie gesagt, spätestens im Herbst gehe ich los. Das Abenteuer kann sozusagen beginnen."

Bea hörte seinen Ausführungen zu und sie fühlte eine solche gewaltige Zuneigung und Wärme, dass sie ihre Füße völlig vergaß. Dieser Mann war einfach ehrlich und intelligent, mutig und sensibel. Alles, was ein Prinz haben sollte.

Lisa war auch beeindruckt, denn sie erwiderte: „Ich kann Sie gut verstehen. Ich habe das auch alles durchlebt. Erst Ostafrika, Ruanda, dort habe ich meinen ersten Mann kennengelernt und verloren. Er kam bei einem Flugzeugabsturz ums Leben. Nach dem Abschied mit allen ostafrikanischen Ritualen und christlich-spirituellen Abschiedszeremonien verließ ich Ruanda nach einer angemessenen Zeit wieder und kehrte zurück nach Deutschland. Dort wurde mir bewusst, dass ich hier nicht bleiben wollte.

Ein Angebot in Norwegen hörte sich interessant an. Also besprach ich das Ganze mit meinem Sohn Biko und der machte sich sofort im Internet schlau, was ihn in Norwegen erwarten würde. Er wuchs in Ruanda international und frei auf, ihn schreckt, glaube ich, gar nichts ab. Wir freuten uns auf unser neues Zuhause und wurden dort mit offenen Armen empfangen. Meinen Mann Sören lernte ich schon sehr bald kennen und zusammen mit unserer Tochter Mirjam führen wir ein aufregendes Leben. Ich könnte es mir gar nicht anders vorstellen. Ich bin hier geboren und verwurzelt, aber manche Pflanzen müssen einfach öfter mal umgetopft werden, damit sie sich entfalten können, da kann man nichts machen. Ich habe das für mich erkannt und es ist gut so."

„Das haben Sie schön gesagt. Von der Seite habe ich es noch nicht betrachtet. Ich bin neugierig und aufgeregt, was mich im neuen Land erwarten wird. Bis dahin lese ich viel über die Geschichte Neuseelands. Wussten Sie, das Neuseeland so ziemlich die letzte Gegend ist, die besiedelt wurde? Neuseelands schöne Landschaft besteht aus gewaltigen Gebirgsketten, dampfenden Vulkanen, weitläufigen Küsten, tief eingekerbten Fjorden und üppigen Regenwäldern. Dieses Land ist prädestiniert für alle, die Ruhe, Erholung und Entspannung suchen, aber dennoch bietet es abenteuerliche Highlights, wenn man das will. Es gibt so viele faszinierende Pflanzen, die einzigartig sind und nirgends auf der Welt sonst noch wachsen." Philipp kam ins Schwärmen und man merkte ihm an, dass er seinen Traum leben musste, weil er nicht anders konnte.

Bea schaute auf ihre Füße und mischte sich nicht in die Unterhaltung ein. Sie beobachtete und hörte zu, ihre Abwehr schmolz dahin wie Eis in der Sonne und ihre Sympathie wuchs immer mehr. Sie wünschte sich, dass Lisa weiter fragte, damit sie ihm zuhören konnte und mehr über ihn und sein Leben erfuhr.

„Sie lieben das Land ja jetzt schon. Mein Mann Sören war nach seinem Medizinstudium in Alaska in Anchorage. Ich glaube er ginge sofort zurück, wenn ihm ein gutes Angebot winken würde. In einem Jahr wollen wir dort Urlaub machen. Mein Mann hat in Alaska noch viele Bekannte. Da brauchen wir uns um die Unterkunft keine Gedanken zu machen."

„Sie kommen auch viel herum. Von Ruanda nach Norwegen. Wie haben sie das verkraftet?"

Lisa antwortete sehr direkt: „Verkraften muss man andere Dinge, aber nicht zwei wunderschöne Länder. Mit Ruanda verbinden mich mein verstorbener Mann Samuel, meine Freunde und das Team, mit dem wir im Krankenhaus gearbeitet haben. Wir waren eine große Familie, wir hielten zusammen, sonst hätten wir ein solches Projekt nicht aufziehen können. Mein Sohn Biko kam dort zur Welt und er wurde vom Tage seiner Geburt an von allen behütet. Ich weiß sonst keinen anderen Ausdruck, aber sein Leben dort war ein Traum. Die Menschen nahmen ihn an, als wäre er etwas Besonderes. Nie musste er weinen, immer war jemand da, der mit ihm spielte, ihm etwas erklärte und der ihn liebte. Dieses Land wird für ihn und für mich immer in wundervoller Erinnerung bleiben, auch wenn ein Teil schmerzlich ist.

In Afrika hatten wir ein anderes Leben, das wir mit dem in Norwegen nicht vergleichen können. Dort wurden wir anders aufgenommen, aber nicht weniger herzlich. Meine Kindheit in Deutschland verlief zu einem Teil auch wunderbar und liebevoll, mit einer ebenfalls schmerzlichen Erinnerung, die Bea und ich heute noch mal abgeschlossen haben. Man kann überall glücklich sein, wenn man nur will. Jedes Land ist einzigartig, vielleicht ist es dort am schönsten, wo man eine schöne Zeit verlebt hat. Wenn Sie von Neuseeland sprechen, dann stelle ich es mir ebenfalls wunderschön und aufregend vor."

„Liegt diese Reise- und Abenteuerlust in Ihrer Familie?", fragte er nach und zwinkerte dabei Bea zu.

Lisa antwortete: „Keine Ahnung, aber so was liegt doch nicht in den Genen?"

Philipp konterte: „Ich glaube, dass Reiselust vererbbar ist."

Lisa hielt nicht mit ihrer Meinung hinterm Berg: „Vererbbar sind Nase, Mund und Ohren, aber doch keine Reiselust. Wenn man immer davon erzählt und vorgeschwärmt bekommt oder wenn es vorgelebt wird, dann entwickelt sich die Reiselust. Sie wollen mich auf den Arm nehmen?"

„War ein kleiner Versuch." Philipp grinste verwegen und sah erneut zu Bea, bevor er weitersprach: „Ich dachte, ich könnte ihre Schwester mit ins Boot bekommen. Ihr hat es vor lauter kalten Füßen die Sprache verschlagen, sonst ist sie nicht so schweigsam."

Bea hatte es gehört und sagte: „Ich höre auch mal gerne zu. Außerdem ist das so interessant, was ihr erzählt, dass ich meine kalten Füße fast vergessen habe."

Sie hatten den Ententeich-Rundgang hinter sich gebracht und blieben an der Stelle, an der sie sich getroffen hatten, stehen. „Wollen wir noch eine Runde laufen oder locken die Wärme und der Kaffee Sie ins Haus?", fragte Philipp vorsichtig an.

„Wenn wir eine schnelle Runde drehen und hernach in die Cafeteria gehen, bin ich einverstanden." Bea schaute zu Lisa, die ebenfalls nichts dagegen hatte. Lisa prüfte, ob ihre Mutter warme Hände und Füße hatte, und deckte sie noch mal richtig zu.

So ging man zusammen noch eine Runde und Lisa schnatterte munter weiter. Bea mischte sich manchmal in die Unterhaltung ein, ließ die beiden aber meistens erzählen. Als sie so gegen 17 Uhr ins Pflegeheim zurückkamen, hatten sie durch die Kälte draußen rote Gesichter bekommen. Die Dämmerung setzte bereits ein und die Luftfeuchtigkeit und Kälte nahmen zu.

Als sie im Fahrstuhl standen, plapperte Lisa immer noch. Sie verabredeten sich in einer halben Stunde in der Cafeteria und gingen mit ihren Schützlingen auf das jeweilige Zimmer.

Lisa und Bea zogen gemeinsam ihre Mutter aus und fuhren sie an ihren Tisch, wo das Tablett mit dem Abendbrot und dem heißen Tee gerade gebracht worden war. Lisa nahm einen feuchten warmen Waschlappen und wusch ihrer Mutter vorm Essen das Gesicht und die Hände sauber. Sie sprach währenddessen behutsam auf sie ein.

Die beiden Schwestern setzten sich und fütterten gemeinsam ihre Mutter. Für sie brachte diese Situation ein neues, wunderbares Gefühl, nämlich dass sie eine Familie waren und dass sie zusammengehörten, auch wenn sie weit auseinander lebten.

Lisa reflektierte das soeben geführte Gespräch am See: „Der Philipp ist ein toller Mann. Meinen Segen hast du! Ich sag dir was: Geh mit ihm nach Neuseeland und mach was anderes aus deinem Leben!“

Bea entgegnete: „Du bist vielleicht lustig. Ich weiß doch noch gar nicht, ob wir zusammenpassen und überhaupt? Wieso denkst du, ich könnte nach Neuseeland gehen wollen?“

Lisa blieb bei ihrer Meinung: „Du willst! Ich sehe es dir an. Du willst und du kannst und du sollst! Er will auch! Er braucht dich und du brauchst ihn! Ihr gehört zusammen, das spüre ich. Ach, was sage ich? Ich weiß es!“ Lisa lächelte Bea frech an, aber sie meinte es ernst. Bea schaute zu ihrer Mutter, die artig ihr Brot aß. In dem Moment fiel das Bild ihres Vaters, welches Bea der Mutter auf den Nachttisch gestellt hatte, auf den Boden und das Glas zerbrach. Die Schwestern sahen sich erstaunt an, die Mutter hörte auf zu kauen und hielt inne. Ob sie sich erschreckte oder etwas spürte, wird wohl für immer ein Geheimnis bleiben. Fakt war, dass sich das Bild verselbstständigt hatte und nun zerbrochen auf dem Boden lag.

„Das ist ein Zeichen!“ Bea flüsterte den Satz und schaute mit großen Augen zu ihrer Schwester. „Ich bat Vater um ein Zeichen! Genau in dem Moment fiel das Bild herunter, als du sagtest: Ihr gehört zusammen!“

„Sag ich doch! Jetzt weißt du ganz gewiss, dass er dein Prinz ist!“

Als Bea und Lisa sich mit Philipp in der Cafeteria trafen, war Bea noch immer berührt von dem, was im Zimmer ihrer Mutter geschehen war. Sie war sowieso schon in die Sache emotional eingestiegen! Nun gab es keinen Weg zurück.

Die beiden Frauen saßen nebeneinander und Philipp ihnen gegenüber. Sie bestellten alle Milchkaffee und taxierten sich gegenseitig. Philipp stellte fest, dass sich die beiden nicht besonders ähnlich sähen, aber eine gewisse verwandtschaftliche Beziehung nicht auszuschließen sei.

Lisa hatte dafür eine Erklärung: „Das liegt daran, dass

Bea unserem Vater ähnlich sieht und ich mehr meiner Mutter. Wem sehen Sie ähnlich?"

Philipp schaute im ersten Moment verwirrt, fing sich aber sofort wieder: „Ich sehe niemandem ähnlich. Mein Vater behauptete immer, ich sei in Aussehen und Charakter anders als der Rest der Familie. Ich empfand das stets als Kompliment, denn hätte ich zum Beispiel die Nase meines Vaters geerbt, müsste ich bestimmt meinen Kaffee allein trinken. Das nur am Rande." Philipp lachte wieder und scherzte weiter: „Als Kind erfand ich tolle Geschichten, zum Beispiel, ich wäre im Wald von meinen Eltern aufgelesen worden und entstammte einer reichen und berühmten Familie. So wie die Helden aus den Sagen."

„Bescheiden sind Sie ja nicht gerade! Sie wollen sich doch wohl nicht mit Siegfried, Moses, Ödipus oder Romulus und Remus, um nur einige zu nennen, in eine Reihe stellen?" Bea schaute belustigt zu Philipp.

„Na ja, ich finde, ich habe große Ähnlichkeit mit Siegfried, rein äußerlich zumindest." Ironisch zog Philipp seine Augenbrauen hoch und wartete ab, was er mit dieser Äußerung für Wirbel erzeugte.

Bea spielte weiter die Entrüstete: „Hoffen wir, dass ihr Größenwahn nicht auf spätere Generationen vererbt wird. Allerdings hatten es die Helden aus der Vergangenheit schwer! Manche wurden getötet! Siegfried, Ihr Ebenbild, hatte es allerdings genauso faustdick hinter den Ohren wie Sie. Kennen Sie die Geschichte der Nibelungen beziehungsweise die Version der Thidrekssaga?"

Philipp erwiderte: „Ich kenne die klassische Version, in der Siegfried mit dem Drachen kämpft und ihn besiegt. Anschließend badet er in seinem Blut, das ihn unbesiegbar macht. Allerdings fällt ihm ein Lindenblatt auf den Rücken, und diese Stelle wird ihm später zum Verhängnis. Ich muss gestehen, dass ich mehr darüber nicht zu erzählen weiß."

„Ich aber! Ich liebe Balladen, Sagen und Legenden. Als Kind lernte ich sie auswendig. Sie sind alle so tragisch und das berührte mich. Um also auf unseren Helden Siegfried zurückzukommen – besiegt wurde er letztendlich durch die Eifersucht einer Frau, dabei hätte es mit den beiden so schön sein können." Bea schaute Philipp herausfordernd an.

„Interessant! Ich habe mal gehört, dass es verschiedene Arten von Partnerschaften gibt, zum Beispiel die, die der Liebschaft zwischen Cäsar und Kleopatra ähnelt, die von Romeo und Julia und die von Hänsel und Gretel. Zwischen Cäsar und Kleopatra ist zu viel Macht im Spiel, Romeo und Julia kriegen es vor lauter Liebe und Romantik nicht gebacken, aber Hänsel und Gretel haben von allen die beste Chance, zumindest die Silberhochzeit zu erreichen."

„Vielleicht hast du Recht, da scheint was dran zu sein." Bea schaute Philipp an und merkte gleich darauf, dass sie ihn versehentlich geduzt hatte. „Ups!"

Doch Philipp, wie immer Herr der Situation, fing den Ball auf: „Ich finde auch, dass das eine gute Idee ist. Wir trinken jetzt Brüderschaft und stoßen mit Kaffee an. Ich bin Philipp." Er hielt seine Tasse demonstrativ hoch und die Schwestern taten es ihm gleich. Sie sagten: „Bea." „Lisa." Und dann: „Prost!" Philipp erwiderte es mit „Prosit!". Er machte eine kleine Pause, in der er trank, und sagte dann: „Apropos Drachenblut!" Philipp lächelte die beiden Schwestern an. „Ursprünglich wird die Brüderschaft. aus einer alten Tradition abgeleitet. Durch das Trinken von Tierblut oder Eintauchen der Hand in das Blut eines erlegten Tieres verpflichtete man sich auf die gleichen Ziele und Ideale. Das formte eine besondere und neue Art der Bruderschaft. Man wählte sich sozusagen gegenseitig aus. Wenn man heute einem Menschen das Du anbietet, dann heißt das soviel wie: Ich gehe mit dir deinen Weg und ich respektiere dich! Das ist vielen nicht bewusst."

„Wow, was du alles weißt!", sagte Bea.

„Ja, durch das Du fordere ich eine Verbindung, indem wir die gleichen Ziele und Ideale verfolgen."

„Das könnte spätestens im Herbst, wenn du nach Neuseeland gehst, zu Komplikationen kommen." Bea schaute abermals herausfordernd zu Philipp.

Dieser sagte nur: „Abwarten!“ Philipp schaute gleichfalls herausfordernd. „Ich muss euch leider verlassen, denn ich habe noch einen Termin und ich möchte mich vorher noch frisch machen. Außerdem muss ich mein Geschenk noch einpacken. Ich gehe heute noch zu einer Geburtstagsparty.“ Er lächelte sein bezauberndes Lächeln, stand auf und ging zur Cafeteria-Dame, wo er gentlemanlike für alle drei bezahlte.

Lisa stieß Bea unauffällig an und flüsterte ihr zu: „Los, zeig etwas mehr Bereitschaft! Männer agieren, aber die Frauen müssen vorher ihr Wohlwollen signalisieren. Jetzt frag ihn nach seiner Handynummer!“ Bea wurde rot und schüttelte unauffällig den Kopf. Als Philipp zurückkam, blieb er vor dem Tisch stehen und steckte seinen Geldbeutel in die Hosentasche. Die beiden, insbesondere Bea, versuchten cool zu bleiben und lächelten ihn abwartend an.

Zu Lisa gewandt sagte Philipp: „Sehen wir uns morgen noch?“

„Mein Flug geht erst gegen 18 Uhr. Wir sind also um die gleiche Zeit wieder hier.“ Sie schaute abwartend zu Bea, die nur nickte und den Mund dabei nicht aufbekam.

„Dann wünsche ich euch auch einen schönen Abend, und bis morgen.“ Er nickte ihnen freundlich zu, drehte sich um und ging fröhlich seines Weges.

„Mann oh Mann, du bist vielleicht doof. Warum sagst du denn nichts? Ich hätte ihm schon längst meine Telefonnummer beziehungsweise meine Handynummer gegeben oder beides und die Adresse noch dazu.“ Lisa war fassungslos. „Ich sehe schon, ich muss dir heute Abend Flirtunterricht geben, sonst fliegt der noch alleine nach Neuseeland, weil meine Schwester es nicht hinbekommen hat.“

Bea verteidigte sich: „Wenn der mich will, dann macht der das schon! Da bin ich mir sicher.“

„Und was gedenkst du zu machen?“

„Ich lasse ihn machen.“ Bea lächelte Lisa zu und kickte sie mit ihrem Ellbogen in die Seite. „Lisa?“

„Mmh.“

„Wie ist eigentlich das Gesundheitssystem in Neuseeland?

Ich wollte gestern Abend im Internet schauen, konnte mich dann aber doch nicht mehr aufraffen."

Lisa lächelte: „Ich glaube, das ist ganz okay!"

Bea fragte weiter: „Was glaubst du, könnte ich eine gute Mutter sein?"

„Na, wenn ich an all die Männer denke, bei denen du die Mutter spieltest, dann hast du schließlich jahrelang geübt und solltest fit sein", sagte Lisa grinsend.

„Mensch, was habe ich alles im Leben verpasst, weil ich den falschen Männern nachgerannt bin. Ich war ja so dumm", gab Bea zu.

„Späte Einsicht ist besser als gar keine, Schwesterherz! Viele Menschen verdrängen und füllen sich den ganzen Tag mit irgendwelchen Terminen und merken nicht, wie oft das Leben ihnen Chancen des Erkennens gibt. Deine Probleme waren die Probleme der anderen. Du hast erkannt, dass du das nicht mehr willst und nun kannst du dich neu einstellen. Das Leben stellt dir andere Männer in den Weg. Du brauchst nur zuzugreifen, hab keine Angst, alles wird gut."

„Lisa, ich dachte viel nach in den letzten Tagen. Ich schäme mich für meine Fehler. Ich kann es jetzt nicht mehr ändern, aber ich werde aufpassen, dass ich die gleichen Fehler nicht noch mal mache! Ich bin bereit für andere Aufgaben."

„Na, wenn das nicht das Wort zum Sonntag war, dann weiß ich auch nicht." Lisa nahm ihre Schwester an der Hand und beide gingen sie Hand in Hand, wie früher, zum Auto.

Als sie im Auto saßen, wandte sich Bea, ehe sie losfuhr, an ihre Schwester: „Lisa ich bin froh, dass ich mit dir hier und heute zusammen bin. Lass uns beten, dass wir immer das, was für uns gut ist, unterscheiden können von dem, was schlecht für uns ist. Dass wir unsere Lehren aus dem Schlechten ziehen und das Gute annehmen können. Dafür lohnt es sich zu leben, das weiß ich jetzt."

Lisa strahlte sie an: „Bea, ich bin auch froh, dass ich mit dir hier sein darf. Ich glaube, dass auch der Tod unseres Vaters einen Sinn hatte. Im Schmerz gefangen, erkennt man das erst nicht, aber wir sind dadurch die geworden, die wir heute sind. Ich glaube, ich wäre nie ins Ausland gegangen und ich hätte sonst nicht die Erfahrungen machen können, die mich letztendlich prägten. Ich konnte so viel erreichen und helfen und genau dort wollte das Schicksal mich hinhaben. Es sollte so sein. Wäre Papa nicht gestorben, wäre ich nie nach Afrika gegangen. Es sollte alles so sein, und ich spüre eine unglaubliche Dankbarkeit: für meine Kinder, für mein Leben und für alles, was noch kommen mag, denn ich bin glücklich! Ich war mir nicht so ganz sicher bisher."

Bea nahm ihrer Schwester ein Versprechen ab: „Lisa, versprich mir, dass wir immer füreinander da sein werden! Egal, wo wir sind und was wir sind! Wir werden zusammenbleiben für immer und ewig, auch wenn wir getrennt sind."

Lisa schaute Bea an und nickte ihr zu: „Ich verspreche es."

Als Bea und Lisa nach Hause kamen, waren sie hungrig und erfüllt von ihren Erlebnissen. Sie kuschelten sich auf Beas Bett und unterhielten sich über Vergangenes, Gegenwärtiges und Zukünftiges. Sie waren sich so nahe wie selten zuvor. Die ganze Nacht redeten sie und schliefen erst gegen Morgen ein.

Das Telefon klingelte schon einige Zeit, bevor Bea den Ton registrierte. Verschlafen stand sie auf und nahm den Hörer ab. Am anderen Ende der Leitung hörte sie eine Stimme, es war Schwester Manuela, die ihr schonend beizubringen versuchte, dass ihre Mutter in der Nacht friedlich eingeschlafen war. Mechanisch bedankte sich Bea und versprach, so bald wie möglich zu kommen. Lange verharrte ihre Hand auf dem Hörer, bevor sie sich aufmachte, um Lisa die Nachricht vom Tod der Mutter zu überbringen. Vorher kochte sie Kaffee und dann ging sie mit den Tassen ins Schlafzimmer zurück.

Lisa lag mit offenen Augen im Bett und starrte ihre Schwester an. Sie ahnte es!

„Lisa, das eben war Schwester Manuela, Mama ist heute Nacht friedlich eingeschlafen. Sie ist jetzt bei Papa!"

Lisas Augen weiteten sich und mit tonloser Stimme

flüsterte sie: „Ich wusste es! Von dem Moment an, als ich das Klingeln des Telefons wahrnahm, hatte ich so eine Ahnung! Weißt du Bea, sie hat wahrscheinlich den richtigen Zeitpunkt abwarten wollen. Jetzt wo wir uns beide über vieles klar wurden und Papa endlich losließen, konnte auch sie loslassen."

Bea und Lisa erkannten den tiefen Sinn dahinter und waren erstaunt, welch verworrene Wege das Leben manchmal ging. „Komm, trink deinen Kaffee! Wir werden alles erledigen, was zu tun ist, und dann sehen wir weiter. Du fliegst auf jeden Fall nach Hause zu deiner Familie!"

Bea kam zu Lisa ins Bett. Sie saßen mit angezogenen Knien nebeneinander, den Rücken an die Wand gelehnt, und hielten mit beiden Händen ihre Tassen fest. Jede hatte ihre eigenen Erinnerungen und versuchte, den Tod zu verarbeiten. Immer wieder sahen sie sich an und mit einem Schlag wurde beiden klar, dass sie nun Waisen waren. Zwei Schwestern, die eigentlich noch lange ihre Eltern haben sollten! Aber das Leben fragt nicht, es macht einfach. Nichts geschieht umsonst. Keine Tür wird geschlossen, ohne dass eine andere geöffnet wird.

Sie machten sich fertig und fuhren mit anderen Gefühlen zum Pflegeheim der Mutter als gestern. Eine Nacht nur lag zwischen der Freude und der Trauer. Manuela empfing sie beide mit einem Lächeln: „Ist das nicht schön, dass Ihre Mutter ihren Frieden fand? Kommen Sie und sehen Sie selbst." Sie führte Bea und Lisa zum Zimmer der Mutter.

Dort lag sie, zufrieden und mit gefalteten Händen. Sie sah so glücklich aus, als wäre sie die letzten Jahre nicht entrückt gewesen, sondern bei klarem Verstand. Lisa und Bea schauten auf ihre friedlich schlummernde Mutter und in dem Augenblick wurde ihnen klar, dass ihre Mutter schon lange auf den Augenblick gewartet hatte. Nun konnte sie bei ihrem Mann sein, wo auch immer das war. Sie war frei und nicht mehr gefangen in sich selbst. Lisa ging zum Fenster und machte es auf, damit ihre Seele davonfliegen konnte. Ihrer Mutter ging es gut, dessen war sie sicher.

Lisa und Bea besprachen die Situation mit Manuela. Das Heim regelte alles Erforderliche. Die Einzelheiten, wie Sarg und Grab, würde Bea erledigen, und dann gab es zum Schluss nur noch die Beerdigung, das Ende! Oder würde das wieder ein neuer Anfang sein?

Bea stand auf der Besucherterrasse und schaute dem davonfliegenden Flugzeug nach. Der Himmel war schon ganz dunkel und die Sterne funkelten um die Wette. Sie hatte hier in Berlin keine Verwandten mehr. Niemand hielt sie hier. Außer die ihr ans Herz gewachsenen Freundinnen. Sollte sie in die Welt hinausgehen?

Sie fühlte sich einsam und hatte das Bedürfnis sich anzulehnen. Lisa würde am Freitag wieder nach Deutschland kommen, wenn die Mutter beerdigt wurde. Aber bis zum Freitag war es noch eine Zeit hin. Würde sie Philipp je wiedersehen? Mit schweren Schritten kehrte sie um und ging die Treppe hinunter in die große Halle. Von oben sah sie die vielen Menschen, die alle glücklich zu sein schienen. War da vielleicht auch jemand, dem das Schicksal eine Kopfnuss verpasst hatte so wie ihr heute Morgen und schon vor langer Zeit? Bea konnte es sich nicht vorstellen. Sie war allein! Sie schaute in viele Gesichter, ohne wirklich wahrzunehmen, was darin vorging, weil sich ihre Gedanken im Kreis drehten. Die Trauer würde wohl noch eine Zeit lang brauchen, bis sie sie wieder loslassen würde.

Von Weitem sah sie einen Mann, der ihr bekannt vorkam, aber sie war so in ihren Gedanken gefangen, dass sie ihn nicht erkannte. Erst als er vor ihr stand, bemerkte sie, dass es Philipp war.

„Bea, mein Gott, du bist ja ganz blass. Komm, ich nehme dich mit zu mir. Lass mich für dich da sein! Ich erfuhr von Manuela, dass deine Mutter gestorben ist. Ich bin sofort hierher gefahren, weil ich wusste, du bringst Lisa bestimmt zum Flughafen. Bea, ich weiß, wie du dich jetzt fühlst. Ich konnte an nichts anderes mehr denken, als dass ich jetzt bei dir sein möchte.“

Er hielt sie fest und Bea weinte wie ein kleines Kind. „Ich fasse es nicht, dass du hier bist. Eben noch war ich der einsamste Mensch auf der Welt. Lisa kommt erst am Freitag wieder. Da ist die Beerdigung."

Philipp ging mit Bea nach draußen zu ihrem Auto. „Ich fahre hinter dir her. Ich helfe dir, ein paar Sachen einzupacken und du kommst mit zu mir, oder wenn du willst, bleib ich bei dir, aber ich lass dich jetzt nicht allein."

Dankbar ließ Bea sich auf ihn ein und erwiderte: „Fahr du hinter mir her! Wir gehen erst mal zu mir und dann sehen wir weiter. Ich muss morgen früh auf jeden Fall zuerst ins Krankenhaus und dort alles regeln. Danach werde ich mir ein paar Tage Urlaub nehmen, um den Kopf freizubekommen. Ich freue mich sehr, Philipp, dass du da bist. Das ist wie ein Wunder."

Philipp nahm Bea in seine Arme und sie küssten sich, ganz unromantisch auf dem Parkgelände inmitten vieler Autos. Die Luft stank nach Abgasen und war alles andere als ein Ort, wo zwei Liebende sich zum ersten Mal küssen sollten. Trotzdem stand die Welt für einen Augenblick still und die Sterne regneten in Scharen auf Bea und Philipp herab.

Das Mädchen lag noch eine Weile neben Sebastian und wartete darauf, dass er zu ihr sagte, sie solle doch bleiben. Aber Doktor Sebastian Karlsberg, der Stationsarzt und Verlobte von Sarah Sattmann, der Tochter des Professors, sagte nichts dergleichen.

Die Zerrissenheit in ihr deutete sie so, dass sie sich als Opfer einer großen Ungerechtigkeit sah, die sie schon sehr lange kannte. Sebastian liebte sie, dessen war sie sich sicher. Aber er konnte sich nicht von Sarah trennen, weil zu viel für ihn auf dem Spiel stand. Also musste diese Sarah aus dem Weg geräumt werden, damit Sebastian frei war. Frei für sie! Für ihr gemeinsames Leben.

Das Mädchen stellte sich in seiner Phantasie eine gemeinsame Zukunft mit einer gemeinsamen Arztpraxis vor. Nach ihrer Schwesternausbildung wollte sie sofort Medizin studieren und Sebastian sollte währenddessen eine Facharztausbildung machen. Sie beide waren füreinander bestimmt. Anders konnte es nicht sein. Er machte sich nur zu viel Sorgen wegen Sarah und seiner Karriere. Aber das würde sie in die Hand nehmen. Und alles wäre dann kein Problem mehr.

Das Mädchen stand auf und zog sich an. Seit zwei Wochen waren sie zusammen. Sie hatte den Arzt regelrecht überrumpelt, als sie beide gleichzeitig Nachtdienst hatten. Aber Sebastian verbot ihr, jemandem von dieser kleinen Liason zu erzählen. Es passte dem Mädchen nicht, dass er ihre Liebe „kleine Liason" nannte. Sie gab sich unglaubliche Mühe im Bett und überraschte ihn immer wieder mit frivolen Sexspielen. Männer waren so leicht zu verführen! Sie liebte die Macht, die sie über die Männer hatte. Sie hatte schon mit vielen geschlafen. Doch meistens hatte sie nach kurzer Zeit die Nase von ihnen voll.

Sebastian war da anders. Ihn hatte sie, trotz aller Mühe, noch nicht ganz für sich erobert. Aber das lag jetzt an Sarah. Diesmal wollte sie nicht das Feld räumen, wie sie es bei ihrer Schwester und ihrer Mutter getan hatte.

Sie wusste, dass sie Grenzen beim Sex überschritt. Aber das war egal, wenn es denn dem Zweck diente. Sie überlegte, ob sie Sebastian noch mal verführen beziehungsweise überrumpeln sollte. Sie wollte noch nicht gehen. Also ließ sie sich was Nettes einfallen. Sebastian aber wehrte sie ab. Er wollte sie jetzt nicht mehr, denn er hatte noch eine Einladung zum Essen bei Familie Sattmann. Seine Eltern waren auch eingeladen und deswegen wollte er sich noch in Ruhe frisch machen.

Das Mädchen spürte Wut aufkommen, Wut auf Sarah. Wieder so eine, die alles hatte und bekam. Ihre ganze Unzufriedenheit bäumte sich zu einem Ungetüm auf. Am liebsten hätte sie Sarah umgebracht. Sie konnte diese Frau nicht mehr ertragen. Sie war zu einem roten Tuch geworden. Das Glück hing an einem seidenen Faden, und wenn dieser zerriss, dann nur durch die Schuld von Sarah. Das Mädchen durfte sich diese Ungerechtigkeit nicht noch einmal gefallen lassen. Sie wollte ihr Glück nicht so einfach davon laufen lassen. Sie würde sich etwas einfallen lassen müssen, bevor sie Sebastian verlor! Aber das würde nicht geschehen. Diesmal nicht.

Sie ließ sich ihre Enttäuschung nicht anmerken und zog sich in aller Ruhe an. Ja, sie witzelte sogar noch und wünschte ihm einen netten Abend, bevor sie ihn verließ. Die Zeit mahnte. Bald war die Weihnachtsfeier und da würde Sarah zusammen mit Sebastian erscheinen. Er würde vor ihr und den anderen seine Rolle als liebender Verlobter spielen. Das zu ertragen war schon mehr als genug. Sie musste Sarah in eine Falle locken. Sie wusste auch schon, wie und wann. Dann war Sebastian frei für sie und alles würde gut werden.

Sie hatte nichts vom Leben bekommen, immer nur die anderen Mädchen. Dabei war sie die Beste! Jetzt würde sie die Arena nicht als Verliererin verlassen. Das schwor sie sich. Der Tiger in ihr war wieder erwacht und machte sich kampfbereit.

Kapitel 14

Als Bea sich auf den Weg ins Krankenhaus machte, dachte sie an die Stunden mit Philipp zurück. Trotz ihrer Trauer um die Mutter war sie glücklich. Sie spürte eine unerwartete Freiheit. Obwohl sie ungebunden war, hatte sie sich immer unfrei gefühlt. Sie hatte sich jahrelang selbst in Ketten gelegt und merkte jetzt, wie sich alles aufzulösen begann.

Philipp stand ihr bei und half ihr, die Dinge klarer zu sehen. Sie unterhielten sich die halbe Nacht über den Tod und über mögliche Loslass-Prozesse und was passieren konnte, wenn man es nicht schaffte, sich von einem geliebten Menschen zu trennen.

Sie verbrachten die Nacht bei Bea und am nächsten Morgen fuhr Philipp nach Hause und Bea ins Krankenhaus, sie wollte Urlaub einreichen und musste deshalb einiges klären. Sie war mit einem Schlag über Nacht erwachsen geworden und wollte ihren Umwandlungsprozess nach außen hin deutlich machen.

Sie verspürte große Lust sich zu verändern. Daher ließ sie sich für später, wenn sie im Krankenhaus alles erledigt hätte, einen Termin beim Friseur geben. Sie wollte sich die Haare abschneiden lassen und ihren Kleidungsstil langsam der neuen Bea anpassen und nicht mehr die Bea dem Kleidungsstil angleichen. Die Metamorphose von der kleinen Prinzessin zur erwachsenen, selbstbewussten Frau konnte beginnen. In ihrem früheren Leben waren ihre langen blonden Haare so etwas wie ein Statussymbol gewesen, genauso wie ihre teure Kleidung, die hochhackigen Schuhe und auch die vielen noblen Handtaschen. Der feminine und modische Typ sollte mit ihrer Mutter begraben werden. Sie war gespannt, was dabei herauskommen würde.

Als Bea auf ihren Parkplatz fuhr, zeigte die Temperaturanzeige im Auto um die drei Grad minus. Bea stieg aus und ging geradewegs zu ihrem Chef, um ihn zu informieren. Danach würde sie auf ihre Station gehen und die Schwestern in Kenntnis setzen, dass sie die ganze Woche Urlaub nehmen würde, um die Formalitäten, die eine solche Situation mit sich bringt, zu klären. Jedermann brachte ihr Verständnis entgegen und wünschte ihr viel Kraft, diese Bürde zu tragen.

Nach einer halben Stunde marschierte sie wieder aus dem Krankenhaus heraus und fuhr, wie sie es vorhatte, zu ihrem Friseur. Dort staunte er nicht schlecht, als sie ihm ihren Entschluss, die Haare abzuschneiden, beibrachte. Bea setzte sich ganz ruhig durch und machte ihm klar, dass sie nicht zu diskutieren gedenke und ihre Entscheidung unwiderruflich feststehe. Er seufzte resigniert und fing an.

Nach einer Weile legte sich sein Frust und er war sehr angetan, was da zum Vorschein kam. Bea gehörte jahrelang zu den Kundinnen, die nur zum Färben und Spitzen-Schneiden kamen, kurzum, die sich nicht gern für Veränderungen und Experimente hergaben. Jetzt hatte Bea sich für eine klassische Frisur entschieden, sportlich und unkompliziert. Sie war sich sicher, dass sie das Richtige tat.

Als der Friseur fertig war, machte er Bea Komplimente. Bea war zufrieden mit sich und ihrer Entscheidung. Sie verließ glücklich den Laden und machte sich auf, um die restliche Wandlung zu vollziehen. Als sie alles eingekauft hatte, fuhr sie nach Hause, um dort aufzuräumen und ein paar Sachen zu packen. Sie hatte Philipp versprochen, ein paar Tage zu ihm zu ziehen, so lange, bis die Beerdigung vorbei war.

Die Ereignisse in ihrem Leben überschlugen sich gerade, und ein Ende war noch nicht abzusehen. Die Erfahrungen, die sie brachten, machten aus ihr einen anderen Menschen. Sie hatte das Gefühl, dass Philipp sie aus ihrem Dornröschenschlaf geholt hatte. Die Frau, die jetzt hinter dem Steuer saß, war eine andere Person geworden, bereit, neue Abenteuer zu erleben.

Sie war aufgeregt und gespannt, wie Philipp ihre neue

Frisur aufnehmen würde. Sie hatte ihm von dem Vorhaben nichts gesagt. Erstens, weil sie es sich kurzfristig überlegt hatte, und zweitens, weil sie ihn erleben wollte, wie er mit solchen Situationen umging. Die Männer in ihrem früheren Leben mochten keine Veränderungen an ihr. Bea wollte Philipp irgendwie auf die Probe stellen, aber sie war sich sicher, dass er sie bestehen würde.

Als sie aus dem Auto stieg, wartete Philipp schon in der Haustür und strahlte ihr entgegen. Volltreffer!

Das Mädchen wollte Sarah auf der Weihnachtsfeier in eine Falle locken und sie für immer aus dem Weg schaffen. Welch ein Jubel und welch eine Freude wäre das für sie! Endlich frei, und nichts würde ihr mehr im Weg stehen. Nie mehr im Leben! Für dieses Gefühl und für diese Freiheit war sie zu allem bereit!

Am Abend vor der Weihnachtsfeier trafen sie sich bei Sebastian. Sie hatte ihn überreden müssen, damit er einwilligte. Es machte sie wütend, dass er immer wieder zögerte, sich mit ihr bei ihm zu Hause zu treffen. Er hatte viel zu viel Angst! Aber das würde vergehen, wenn er endlich frei war, frei von Sarah.

Als das Mädchen ihn sah, merkte sie sofort, dass sich etwas verändert hatte. Sebastian war distanziert und begrüßte sie kühl. Das Mädchen ließ sich die Verwirrung nicht anmerken und versuchte, ihn zu manipulieren, indem sie ihn mit eindeutigen Gesten versuchte anzumachen.

Sebastian wehrte sie ab: „Lass mich in Ruhe! Das mit uns beiden funktioniert nicht. Ich liebe Sarah und es tut mir leid, wenn ich daran denke, was ich ihr angetan habe. Es ist aus zwischen uns. Ich werde mich dafür einsetzen, dass du auf eine andere Station kommst. Dann ist die neue Situation für dich leichter zu ertragen. Aber es hat zwischen uns keinen Sinn mehr. Ich werde Sarah nächsten Monat heiraten. Es ist eine beschlossene Sache."

Das Mädchen schaute bestürzt zu Sebastian und konnte nicht fassen, was er da sagte. Das durfte nicht wahr sein! Er liebte sie und keine andere! Irgendetwas stimmte hier doch nicht.

Das Mädchen versuchte, ihn umzustimmen, indem sie ihm Zeit lassen wollte, um noch mal alles zu überdenken. Sie sagte, dass sie Verständnis habe, wenn er sich um seine Karriere sorge. Sebastian wurde zornig und versuchte es noch einmal. Nun wurde er sehr deutlich: „Es ist aus! Verstehst du? Es ist aus zwischen uns, und da war auch nie etwas! Ich will dich nicht. Und nun verschwinde! Lass mich in Ruhe und mach, dass du fortkommst. Du widerst mich an!"

Das Mädchen stand fassungslos da und rührte sich nicht. Gleich würde sie aus einem Alptraum erwachen. Das durfte nicht sein! Diese Sarah hatte ihn total verhext. Der Tiger in ihr brüllte. Er war zornig und wollte Vergeltung für diese Schmach.

„Bitte, geh jetzt! Es ist besser so! Wir hätten nie zusammengepasst! Das mit uns war ein Fehler. Besser, wir beenden es jetzt, wo es noch nicht zu spät ist." So versuchte er es ein letztes Mal, nun ruhiger, aber er ließ keinen Zweifel daran, dass er es ernst meinte.

Dem Mädchen stiegen vor Wut die Tränen in die Augen. Ihr Stolz verbot ihr, sich zu erniedrigen und um Liebe zu flehen. Also drehte sie sich langsam um und ging durch die Tür weg von ihm. Sie hatte alles verloren, was sie sich erträumt hatte, und nur wegen dieser Sarah! Wahrscheinlich hatte ihm Sarahs Vater zugesetzt und jetzt hatte er Angst, alles zu verlieren, und da opferte er lieber sie. Was für eine Ungerechtigkeit! Der Tiger hatte nur einen einzigen Gedanken: Er wollte Rache!

Irgendwie schaffte sie es die Treppe hinunter und setzte sich ins Auto. Ihr Körper zitterte vor Kälte und vor Wut. Das Gesicht war kreideweiß und ihre Atmung kam schnell und flach. Sie musste sich unbedingt beruhigen, sonst hyperventilierte sie noch. Das konnte sie jetzt nicht gebrauchen.

Sie gab sich ein paar Minuten und startete dann ihr Auto. Langsam fuhr sie rückwärts aus der Parklücke. Sie durfte jetzt keinen Fehler machen. „Ruhig", schalt sie sich. Aber der Tiger hörte nicht auf sie und ließ sich nicht bezwingen. Das Mädchen hielt krampfhaft das Lenkrad fest. Ihre Fingerknöchel traten weiß hervor. Sie fuhr die einsame Landstraße entlang. Sie musste sich nun sehr stark konzentrieren, denn es hatte angefangen zu regnen. Und die Nässe gefror sofort auf dem Asphalt.

Der Tiger sprang auf und ab und ließ ihr keine Ruhe. Er wollte, dass sie schneller fuhr! Er wollte Blut sehen! Das Mädchen keuchte und bohrte ihren Blick auf die Straße. Sie versuchte, das eben Geschehene zu verdrängen. Das

Mädchen wollte es nicht wahrhaben. Sie schaukelte mit ihrem Oberkörper vor und zurück. Der Tiger wurde immer schneller und schneller und ließ sie nicht mehr klar denken. Was sollte sie nur tun? Ihre Wut auf Sarah war das Einzige, an das sie momentan denken konnte.

„Rache!", brüllte der Tiger, und dabei ließ er seine scharfen Zähne blitzen. Aus dem Regen war mittlerweile Schneeregen geworden, und das Mädchen konnte kaum noch die Straßenmarkierungen erkennen. Von Weitem sah sie auf der linken Straßenseite ein Auto stehen. Die Scheinwerfer des Wagens blendeten. Der Fahrer des Wagens hatte das Fernlicht eingeschaltet. Sie musste eine Hand als Sichtschutz vor die Augen halten, damit sie noch etwas erkennen konnte. Warum stand das Auto? Brauchte da jemand Hilfe?

Der Tiger brüllte so laut, dass sie nicht mehr klar denken konnte. Sie schrie vor lauter Verzweiflung laut gegen das Gebrüll an und schüttelte wild den Kopf hin und her, um die Tigerstimme aus ihrem Inneren zu vertreiben, als plötzlich jemand mitten aus dem Nichts auf ihrer Straßenseite stand und wild mit den Armen fuchtelte. Durch die Anspannung und das Gebrüll war das Mädchen völlig überfordert und unfähig, schnell zu handeln. Sie trat auf die Bremse, aber der Wagen schlitterte und kam nicht zum Stehen. Sie merkte, wie sie mit ihrem Auto gegen einen Widerstand fuhr. Der Wagen schleuderte und krachte gegen das parkende Auto.

Die Stille wurde durch das Geräusch der Scheibenwischer durchbrochen, der Schneeregen machte eine klare Sicht unmöglich.

In ihrem Inneren hatte der Tiger für einen Moment aufgehört zu brüllen. Er scharrte mit den Pfoten im Sand und wirbelte Staub auf.

Was war geschehen?

Mit zitternden Knien und klopfendem Herzen stieg das Mädchen aus ihrem Wagen, um nachzuschauen, was passiert war. Sie war gegen die Fahrerseite des parkenden Autos geschrammt. Mit dem linken Kotflügel hatte sie eine Frau angefahren, was sie unschwer an der Kleidung erkennen konnte. Die Frau, die am Boden lag, hatte Stiefel und einen Rock an. Trotz ihrer eigenen inneren Not zwang sie sich, hinzugehen und zu schauen, was passiert war. Das Mädchen beugte sich über die Frau und erkannte Sarah, die da vor ihr auf der Straße lag, die verhasste Feindin. Sie lag da und rührte sich nicht mehr. Das Mädchen fühlte ihren Puls, aber da war nichts.

Das würde ihr doch niemand glauben, dass das ein Unfall war! Was sollte sie nur tun? Niemand hatte den Unfall gesehen. Also stand sie allein da. Panik ergriff sie. Der Tiger brüllte wieder und es machte sie wahnsinnig. Sie wusste nicht mehr ein noch aus! Vor lauter Verzweiflung bückte sie sich und schrie die junge Frau an. Sie solle gefälligst die Augen aufmachen und etwas sagen, aber Sarah rührte sich nicht und gab keinen Laut von sich.

Das Mädchen wusste sich nicht zu helfen. Die Angst schnürte ihr die Kehle zu und trieb sie zu der Verzweiflungstat, ins eigene Auto zu steigen, abzuhauen und Sarah einfach liegenzulassen. Das Mädchen drückte das Gaspedal voll durch, so dass die Vorderreifen auf dem nassen und glatten Asphalt durchdrehten. Panikartig fuhr sie die Landstraße hoch und bog an der nächsten Kreuzung auf die Hauptstraße links ab in Richtung Stadt.

Ihr Leben war von einer Minute zur anderen aus den Fugen geraten. Ohne Ziel fuhr sie einfach weiter. Der Tiger trieb sie an, nicht anzuhalten. Sie versuchte es mehrere Male, aber er ließ ihr keine Ruhe. Sein Gebrüll brachte sie fast um den Verstand.

Sebastian wollte sie nicht! Ihre Eltern wollten sie nicht und Freunde hatte sie auch keine! Sie war allein! Niemand wollte sie! Warum nur war sie geboren worden?

Kapitel 15

Um halb fünf klingelte Bea bei Johanna. Sie war für einen Moment sprachlos, als sie die „neue“ Bea erblickte. Dann sagte sie: „Was für eine Überraschung! Du siehst ja wirklich toll aus! Bea, meine Liebe, ich kenne dich seit 20 Jahren, aber niemals hattest du eine andere Frisur. Und deine Kleidung? Du siehst einfach klasse aus!“

Bea lächelte: „Es war meine Entscheidung! Die innere Verwandlung hat mir nicht gereicht. Ich musste das tun. Ich konnte gar nicht anders. Es war mir ein großes Bedürfnis. Ich möchte mir nach und nach neue Klamotten kaufen und die alte Bea mit der Schickimicki-Kleidung und ihrer Trauer begraben. Ich könnte ein paar Freundinnen einladen und dann machen wir Klamottentausch oder ich verhökere die Sachen, die ich nicht mehr haben möchte.“ Bea grinste Johanna an und wirkte dabei so frisch und jugendlich. Ihre neue offene, freie Art ließ sie aufrichtiger und ausgeglichener wirken.

„Ich bin gespannt, was Annabelle dazu sagt. Lass dich erst mal in den Arm nehmen. Es tut mir leid, dass deine Mutter so plötzlich gestorben ist. Ich wusste ja, dass du bei Philipp bist, und da dachte ich mir, er wird schon dafür sorgen, dass es dir gut geht. Er ist ein toller Typ. Ich freue mich für dich, dass du ihn hast. Einen besseren Mann kann ich mir, ehrlich gesagt, für dich nicht vorstellen.“ Johanna strich ihr mütterlich über das kurze Haar.

Bea fühlte sich in ihrem Arm wohl und war gerührt. „Ja, er ist toll! Er tut mir in jeglicher Hinsicht gut. Ich danke dem Leben, dass ich ihn traf. Auf der einen Seite habe ich ein schlechtes Gewissen meiner Mutter gegenüber, dass ich so glücklich bin, wo ich doch eigentlich trauern sollte. Ich hoffe, sie versteht mich!“

Johanna nahm ihr die Angst: „Ganz gewiss! Deine Mutter würde sich für dich freuen. Da bin ich mir sicher! Sie starb schon vor langer Zeit, Bea, glaub mir. Ihr geht es jetzt gut. Manchmal bringt der Tod die Menschen zum Leben. Du kannst niemandem damit schaden, wenn du anfängst, endlich richtig loszuleben!" Die Freundinnen umarmten sich erneut und standen eine ganze Zeit wie ein Ganzes eng umschlungen.

Philipp stand am Fenster und beobachtete die beiden. Er freute sich über die Innigkeit und fühlte eine tiefe Liebe zu der Frau, die er so zufällig in einem Altenheim getroffen hatte. Für die Insassen dort war es die Endstation. Für ihn und Bea war es ein Neuanfang. Manchmal war das Leben schon verrückt!

Die beiden Freundinnen parkten gegenüber vom Fitness-Center und stiegen aus. Sie gingen die Treppe hoch. Johanna ging voran, sie öffnete die Tür und hielt sie Bea auf. Annabelle stand am Tresen und war mit Karl in eine Unterhaltung vertieft.

Johanna flüsterte: „Der junge muskulöse griechische Gott da ist besagter Karl", und zwinkerte ihr zu.

„Ich sehe es! Annabelles Blick spricht Bände! So wie sie ihn anhimmelt." Bea lachte und zwinkerte zurück. Annabelle erblickte Johanna und kam auf sie zu, um sie zu umarmen: „Schön, ich freue mich, dass du wieder da bist. Kommt Bea auch?"

„Aber Annabelle, erkennst du mich etwa nicht mehr?" Bea schaute Annabelle herausfordernd an.

„Das ist doch der Hammer!", rief sie aus. „Ich werde verrückt. Was ist denn mit dir geschehen?" Sie konnte es nicht fassen.

Bea genoss den Ausbruch und antworte schlicht: „Ich hatte einfach Lust auf eine Veränderung."

„Das ist dir gelungen, wahrscheinlich hast du dich nicht nur äußerlich verändert! Man kann es förmlich sehen, das du eine andere geworden bist. Mensch, Bea, ich fasse es nicht.

Seit wir dich kennen, hattest du immer die gleiche Frisur. Es kam noch nicht mal ein Zopf für dich in Frage und jetzt sind die Haare ganz kurz. Sieht klasse aus! Bea, das mit deiner Mutter tut mir sehr leid!", unterbrach sie sich. „Ich möchte dir sagen, dass du gerne bei uns wohnen kannst, falls du dich nicht gut fühlen solltest."

Bea sagte: „Das ist lieb. Vielen Dank für das Angebot, aber ich bin bestens versorgt." Sie grinste schelmisch, weil sie wusste, was kam.

„Hoffentlich nicht wieder Theofil?" Annabelle schaute verzweifelt zu Johanna.

„Nein, keine Bange, es hat sich in wunderbarerweise etwas zusammengefügt, was wohl zusammengehören sollte." Bea erzählte Annabelle im Telegrammstil die neusten Ereignisse. Am Mittwoch im Carpe diem wollte sie für alle dann ausführlicher berichten.

„Das ist ja ein Ding. Ich finde, wir arbeiten alle gut auf in letzter Zeit! Wenn man bedenkt, dass sich in Kürze Dinge auflösen können, die lange unter Verschluss lagen. Ist doch toll! Oder? Aber Mädels, jetzt müssen wir uns schnellstens umziehen, damit wir nicht zu spät zu Allegras Stunde kommen." Annabelle spornte die beiden an und führte sie zu den Umkleideräumen.

Danach trafen sie sich im Gymnastiksaal. Dort wartete schon eine Gruppe auf den Beginn. Allegra stand wie immer an der Anlage und sortierte ihre Musik. Nach einer kurzen Pause ertönte rhythmische Musik aus den Lautsprechern und Allegra kam auf die Gruppe zu. „Hallo, alle miteinander, ich begrüße euch zu unserer zweiten Tanztherapiestunde. Lasst uns nach der Musik im Kreis durch die Halle laufen!"

Die Gruppe setzte sich in Bewegung und jeder war mit sich allein. Seit der ersten Stunde hatte sich einiges getan, die anfängliche Schüchternheit ließ nach und jeder bewegte sich, wie er es gern wollte. Bea ging im Rhythmus nach der Musik. Früher auf Partys tanzte sie sehr verhalten, wenn überhaupt.

Allegra lief entgegen der Gruppe und tanzte extra aus der

Reihe, um die Teilnehmer zu motivieren, auch mal gegen den Strom zu schwimmen. „Lasst euren Geist frei, damit eure Körper sich bewegen können, so wie ihr es wirklich braucht. Lasst die Seele tanzen und lasst los!“ Allegra drehte die Musik lauter und nach einer Weile wurde der Rhythmus schneller und intensiver. Jeder tanzte auf seine Art und ließ den Körper mehr oder weniger aus seiner Umklammerung frei.

Annabelle bewegte sich nach dem Rhythmus der Musik und Johanna ließ ihrer Freude an der Bewegung freien Lauf. Bei Bea machte sich das innere Kind frei und freute sich. Sie tanzte einen kindlich aussehenden Tanz, der von Freiheit beseelt war. Bea breitete die Arme aus, schaute nach oben und drehte sich im Kreis. Körper, Geist und Seele kamen endlich zusammen.

„Lasst eure Gedanken fliegen, befreit euch von dem, was euch Angst macht, und tanzt euch frei.“ Nach einer Aufwärmphase begann Alegra mit ihrem heutigen Programm: „Ich möchte euch heute mit meinen fünf Rhythmen bekannt machen. Ich musste sie etwas umwandeln, weil wir nicht so viel Zeit haben, aber wir werden sie von Woche zu Woche intensivieren. Sie bringen etwas in uns zum Vorschein und verbinden uns mit der Erde sowie mit dem Geheimnis des Weiblichen. Ich lege dazu eine spezielle Musik auf und ihr lasst euch vorerst nur davontreiben.“ Allegra ließ dazu eine leichte rhythmische Musik spielen.

Johanna tat instinktiv, was sie tun musste und überließ ihrem Körper die Führung, während Annabelle, darauf bedacht, ihre ganze Weiblichkeit zum Vorschein zu bringen, das Ganze zuerst über ihren Kopf zu steuern versuchte. Nach einer Weile ließ auch sie sich treiben und überließ ihrem Körper das Tanzspiel. Bea versuchte es, stockte aber immer wieder. Irgendetwas hemmte sie.

Allegra wusste von Annabelle, dass Bea gerade erst ihre Mutter verloren hatte, und nahm sich ihrer an. Sie ging auf Bea zu und versuchte sie ganz sanft in Bewegung zu bringen. Bea ließ sich führen und spürte die sanften weiblichen

Bewegungen. Sie atmete tief, und nach einer Weile kam die Traurigkeit über den Verlust ihrer Mutter hoch. Allegra hielt sie mütterlich und war so sanft und fürsorglich, dass Bea sich wünschte, die Musik würde niemals aufhören. Allegra kümmerte sich so gut es ging um Bea, achtete dabei allerdings auch auf die anderen Teilnehmerinnen.

Als sie mit dem ersten Teil fertig waren, unterbrach sie die Therapie und informierte die Gruppe, wie es weitergehen sollte: „Nach dem Flowing kommt nun der zweite Rhythmus: Staccato. Er drückt das Männliche aus und lässt die Kraft des Herzens nach außen vordringen. Also lasst euch einfach von der Musik treiben!“ Die Musik war sehr viel rhythmischer und lauter.

Annabelle fühlte sich in ihrem Element und Johanna brauchte diesmal ihren Kopf, um in die Bewegung hineinzukommen. Bea hatte auch hier einige Schwierigkeiten und Allegra half ihr wieder, sich zu finden.

Als auch dieser Teil zu Ende war, führte Allegra die Teilnehmerinnen zum nächsten Part: „Der dritte Rhythmus, das Chaos, erschafft Neues! Wir lassen erst los, um dann neue innere Kraftquellen zu öffnen.“ Die dazu gehörende Trommelmusik war laut und gleichmäßig. Annabelle hüpfte leichtfüßig, als könnte sie dadurch alles von sich abfallen lassen. Johanna tanzte wie ein Indianer ums Feuer, der sich am Vorabend eines Kampfes von seiner Angst befreit und sich Mut macht, um zu siegen. Bea tanzte mit Johanna und mit ihrer rechten Hand mimte sie das obligatorische Indianergeheul. Sie lebte sich nach Herzenslust aus und ließ alles frei und los, was sie so sehr versucht hatte festzuhalten. Sie spürte die Leichtigkeit in sich und war glücklich.

Allegra erklärte den vierten Rhythmus: „Lyrical tritt hervor, wenn alles andere aufhört und Kreativität uns zu Selbsterkenntnis, Freude und Gelassenheit führt. Ihr stellt euch vor, ihr seid eine Blumenzwiebel, die tief aus der Erde heraus nach außen wächst und sich zu einer wunderschönen, kraftvollen Blume entfaltet. Wie ihr das macht, bleibt euch wieder selbst überlassen.“

Die Musik, die sich Allegra für den vierten Rhythmus ausgesucht hatte, war ein Lied von der Gruppe Within Temptation, „Perfect Harmony“. Dieses Lied war der absolute Lieblingssong von Bea. Etwas Besseres konnte Bea nicht widerfahren. Sie würde mit dem Lied verschmelzen und in perfekter Harmonie im Einklang mit der Musik sein. Sie würde über sich hinauswachsen und von der Zwiebel tief unter der Erde, ganz versteckt im Wald, zu einer Elfe heranwachsen.

Annabelle wuchs ebenfalls über sich hinaus und strahlte zum Schluss als eine vollendete Sonnenblume. Johanna ließ sich Zeit. Sie machte sich ganz klein, und wurde langsam größer und schöner. Aus der dunklen Erde brach eine wunderschöne, selbstbewusste Rose heraus.

Allegra kündigte den letzten der fünf Tanzrhythmen an, die Stillness: „Sie lässt uns Leere, Weite und Raum erleben und schenkt uns Ruhe und innere Freiheit. Macht euch bewusst, wer ihr seid.“ Allegra legte eine ruhige spirituelle Musik auf und ließ ihre Teilnehmer im Stehen die Augen schließen und sich auf sich selbst besinnen. Die Freundinnen vereinten sich bei der Stillness und nahmen sich ganz innig in die Arme und ließen sich von der Musik tragen, jede für sich und alle drei zusammen. Allegra ließ es zu, denn sie wusste, was die drei verband, und beneidete sie ein bisschen. Sie war schon gespannt, wann sie die vierte im Bunde kennenlernen durfte.

Als die Musik endete, bekam Allegra ihren Beifall, viele hatten geweint, und dennoch fühlten sie alle eine Stärke in sich, die sie die nächste Woche über tragen würde. Allegra kam auf die drei Freundinnen zu und gratulierte ihnen zu ihrem Einsatz, den sie heute gezeigt hatten. „Habt ihr noch Lust auf einen Saunagang? Dann können wir noch ein bisschen reden.“

Bea war sofort dafür und packte Johanna und Annabelle jeweils bei der Hand und zog sie mit sich: „Na klar, kommen wir mit!“

„Donnerwetter, bisher warst du der Meinung, Sauna sei

nur was für verkappte Spanner und Nudisten!" Annabelle konnte sich diese spitze Bemerkung nicht verkneifen und schaute Bea herausfordernd an.

„Ja, aber nun ist heute und ich habe meine Meinung geändert. Was stört mich mein dummes Geschwätz von gestern! Lasst uns schwitzen gehen!"

„Ich staune, und ich bin gespannt, welche Bea da heute Abend noch zum Vorschein kommt." Johanna freute sich mit Bea.

In der Sauna setzte Bea sich vorsichtshalber ganz nach unten, sie wollte nicht gleich ins Extrem gehen. „Wenn ihr wüsstet, was ich heute alles angestellt habe. Außer meine Haare abzuschneiden, bot ich auch meine Wohnung zum Verkauf an und kaufte mir neue Klamotten. Mit Philipp werde ich morgen einen Flug nach Neuseeland buchen, denn er möchte mir die Inseln zeigen. Ich kann mir nämlich sehr gut vorstellen, dass ich mit ihm im Herbst dorthin ziehen werde. Keine Angst, ich weiß genau, was ich tue!"

Annabelle sagte: „Ich fasse es nicht! Bea, du hast dich wirklich gemausert, so kennen wir dich überhaupt nicht. Du hast dich nicht nur äußerlich verändert, sondern auch innerlich." Annabelle schaute Bea an und streichelte ihr über die Wange. „Ich bin richtig stolz auf dich!"

„Ich bin auch stolz auf mich. Johanna, was sagst du dazu?"

„Ich finde das sehr mutig, denn für solche Schritte hätte unsere Bea früher nichts übriggehabt. Ich glaube an dich, Bea. Ich glaube, dass du den richtigen Weg eingeschlagen hast. Ich freue mich für dich, und wenn ich daran denke, dass du nach Neuseeland gehst, fange ich gleich an zu weinen."

Bea sagte tröstend: „Noch bin ich hier. Wir werden noch viel zusammen erleben! Und außerdem könnt ihr euch alle einen Flug nach Neuseeland leisten." Bea sah aufmunternd zu Johanna hoch und nickte ihr zu.

Allegra schaltete sich ein: „Ich sehe, bei euch geht es richtig zur Sache! Seit wann kennt ihr euch?"

„Seit über 20 Jahren! Wenn wir uns nicht zwischendurch mal treffen, dann mindestens einmal in der Woche mittwochs im CARPE DIEM. So heißt die Kneipe von Billi. Sie hat Psychologie studiert, und therapiert, bemuttert und hilft uns." Annabelle atmete schnell, während sie sprach und blinzelte mit den Augen. „Ich glaube, mir reicht es für heute. Mir wird schwindelig! Ich gehe lieber raus und dusche mich schon mal."

„Du isst doch hoffentlich genug und gesund?" Die alte Bea schien Annabelle immer noch gerne zu necken.

„Keine Sorge, mir geht es gut. Aber irgendwie vertrage ich die Hitze heute nicht." Annabelle stand auf und verließ die Sauna, um sich zu duschen.

Johanna, Bea und Allegra blieben noch eine Weile und machten sich danach an die Körperpflege: Haare waschen, eincremen, föhnen, schminken. Sie taten es für den Körper und das Selbstwertgefühl. Zu guter Letzt wurde Parfüm aufgesprüht für die Sinne und das männliche Geschlecht. Sie verabschiedeten sich von Allegra: „Vielleicht kommt nächste Woche unsere Freundin Leonie noch mit. Das würde ihr bestimmt auch Spaß machen." „Wenn du jede Woche neue Kunden mitbringst, Annabelle, dann bekommst du demnächst freien Eintritt auf Lebenszeit." Allegra lachte und winkte den drei Freundinnen zu.

Annabelle setzte sich in ihren Wagen. Bea und Johanna stiegen in Johannas Auto.

„Was machst du eigentlich, wenn du für deine Wohnung schnell einen Käufer findest?", fragte Johanna während der Fahrt.

„Ich ziehe zu Philipp. Ich habe mir das gut überlegt. Ich weiß, dass ich diesen Weg unbedingt gehen muss. Das wird schon klappen." Bea erzählte Johanna von dem Foto ihres Vaters, das ohne fremde Hilfe einfach umgefallen war. Bea meinte: „Das war ein Signal. Denn ich hatte ihn darum gebeten, mir ein Zeichen zu geben. Und dann passierte das mit dem Foto. Johanna, ich kann nicht anders. Zum ersten Mal in meinem Leben möchte ich etwas Unvernünftiges tun, weil es das Vernünftigste von der Welt für mich ist. Wenn es ein

Fehler sein sollte, dann war es halt ein Fehler. Was ist daran so schlimm?! Dann habe ich die Chance, meine Lehren daraus zu ziehen. Ich schaue mir im Urlaub Neuseeland an. Dann weiß ich, auf was ich mich einlasse.

Im Mai spätestens werde ich kündigen, falls sich mein Weg weiter so vor mir ausbreitet. Johanna, mach dir bitte um mich keine Sorgen. Ich weiß genau, was ich tue! Ich wusste es noch nie so sicher. Glaub mir!"

„Ich bewundere dich, Bea! Ich weiß nicht, ob ich den Mut hätte, deinen Weg zu gehen."

„Musst du auch nicht, du bist Johanna und ich bin Bea. Mein Leben verlief völlig anders als deines. Wir sind zwei unterschiedliche Menschen. Deswegen machen wir auch andere Dinge und gehen verschiedene Wege. Der eine Weg ist gut für dich und der andere ist gut für mich. Wir treffen uns ab und zu auf unseren Wegen, und das ist doch das Schöne daran." Bea war so selbstbewusst und sich ihres Weges so sicher.

Johanna sah kurz von der Fahrbahn auf und warf Bea einen bewundernden Blick zu: „Du bist klasse! Ich erkenne dich kaum wieder, und dennoch wundert es mich irgendwie nicht. Vielleicht haben wir schon immer auf die jetzige Bea gewartet, und nun bist du da. Das ist so toll! Du wirst das schon richtig machen."

Zu Hause angekommen, steuerte Johanna ihre Garage an und wartete darauf, dass sich das Tor automatisch öffnete. Bea stieg nach einer innigen Umarmung mit Johanna aus und ging auf ihrem neuen Weg: auf ihrem Weg zu Philipp. Ein Weg, der klar und deutlich vor ihr lag. Bea war voller Vorfreude und Zuversicht. Genau dieser Weg war für sie bestimmt.

Nun war es an der Zeit für die schönen Dinge, die unkomplizierten Menschen, den Spaß und die Abenteuer. Die negativen Dinge in ihrem Leben mussten passieren, damit sie genau das erkannte. Bea dachte, während sie den Weg zum Haus ging: Dass erst ein Leben aufhören musste, damit ihr neues Leben beginnen konnte. Genau wie bei Philipp!

Er war bereit für ein neues Leben mit ihr. Gemeinsam würden sie diesen Weg gehen

Teil 4

Kapitel 16

Mittwoch im CARPE DIEM.

Als Bea am Mittwochabend zum Stammtisch kam, waren auch Leonie und Billi verblüfft. Bea mit kurzen Haaren, anders geschminkt und sportlich gekleidet. Das war schon ein Ereignis. Bea trug eine enge Jeans mit braunen Stiefeln und einen Rollkragenpullover. Jeanshosen waren in Beas altem Leben verpönt. Das neue Outfit passte zu ihrem Typ und die kurzen Haare ließen sie jünger und frecher erscheinen. Nachdem alle ihre Getränke und die gewünschten Speisen hatten, eröffnete Billi die Sitzung: „Zuerst möchte ich heute Bea hören. Denn ich glaube, ich platze sonst vor Neugier. Bea-Kind du beginnst."

Bea erzählte ihre Geschichte von dem Moment an, als sie sich alle am letzten Mittwoch hier voneinander verabschiedet hatten. Sie begann damit, dass es ihr letzten Mittwoch nicht möglich gewesen war zu reden. Alles in ihr schrie nach Veränderung und nach Loslassen! Aber ihr Kopf wollte dringend festhalten. Sie erzählte, dass sie in ihrem Auto saß und dachte, sie sei ihr Leben lang immer den falschen Weg gegangen – mit dem Bewusstsein zwar, dass es nicht der bequemste Weg war, aber dennoch hatte sie keine andere Möglichkeit gesehen. Sie erzählte, wie einsam sie sich fühlte und dass sie deswegen ins Krankenhaus fuhr. Sie wollte sich ablenken, um nicht an Theofil zu denken, und habe sich noch am selben Abend über ihren Handyanbieter eine andere Nummer geben lassen. Sie sprach von Schwester Gertrud, die ihr in dieser Situation Mut und Hoffnung geschenkt habe, dass man alles ändern kann, wenn man nur bereit dazu ist.

Bea sprach von den Besuchen bei ihrer Mutter im Pflegeheim, von Schwester Manuela und von Philipp. Die ihr beide zeigten, wie einfach es war, mit ihrer Mutter zu kommunizieren. Bea sprach von Lisa und von den Luftballons, von ihren gemeinsamen Gesprächen und von den vielen Erkenntnissen, die sich daraus ergaben. Zuletzt sprach Bea vom Tod der Mutter und von Philipp, der wie ein wunderbarer Retter plötzlich am Flughafen vor ihr stand und sie mit sich nahm. Der jetzt auf sie wartete, was ihr bisher fremd war, denn eigentlich war es immer umgekehrt gewesen. Sie hatte gewartet auf Männer, die meistens nicht kamen. Zum Schluss erzählte sie von ihrem Bedürfnis, sich zu verändern, dass sie jetzt öfter spontan und aus dem Bauch heraus zu handeln gedachte und dass sie sich entschlossen habe, mit Philipp nach Neuseeland zu gehen.

Billi: „Bea, meine Liebe, ich bin überrascht. Ich finde, du hast in der Woche Großartiges geleistet. Die Ereignisse überschlugen sich förmlich bei dir. Du warst bereit für eine Veränderung! Und wie du dich verändert hast! Meine Güte, schau dich an! Du siehst toll aus und du strahlst. Du hast eine ganz andere Anziehungskraft bekommen. Ich glaube dir, wenn du sagst, dass es der richtige Weg für dich ist, mit Philipp nach Neuseeland zu gehen. Ich sage dir: Geh nach Neuseeland und werde glücklich!"

Bea: „Danke, Billi, ich wusste, dass du mir glauben würdest! Und dass du es nicht als ein Hirngespinst betrachtest. Manchmal denke ich, warum konnte Philipp nicht eher in mein Leben treten? Was habe ich nicht alles verpasst."

Billi: „Es ist niemals zu spät für irgendwas. Das Leben hat dich hier gebraucht, genau da, wo du warst. Es hatte alles seinen Sinn! Wie auch jetzt. Du wirst schon sehen. Vertraue dem Leben! Es hat noch einiges mit dir vor. Ich sage dir, damit du das alles bewältigen konntest und können wirst, brauchtest du diese Erlebnisse. Gott irrt sich nicht."

Bea: „Was bin ich froh, dass ich euch alle habe. Ich danke euch, dass ihr meine Launen und meine Fehlgriffe so gut erduldet habt. Danke, ihr Lieben!"

Die anderen hielten sich diesmal mit Worten zurück, ihre liebevollen Blicke sagten mehr als tausend Worte. Nach diesem stummen Bekenntnis ergriff Billi als Erste wieder das Wort. „So, jetzt reicht es mit den Sentimentalitäten! Sonst muss ich noch Taschentücher mit auf die Speisekarte setzen. Annabelle, ich finde du solltest weitermachen."

Annabelle: „Eigentlich geht es mir gut bis sehr gut. Ich hatte eine angenehme Woche. Mein Vater hielt, was er mir versprach beziehungsweise was ich von ihm eingefordert hatte. Jetzt habe ich eine Sekretärin und ich arbeite eigenverantwortlich. Er denkt sogar daran, sich an seinem 75. Geburtstag im Sommer zur Ruhe zu setzen. Ich konnte es nicht glauben, als er mir das offenbarte. Aber so ist er nun mal! Ole schreibt und analysiert. Ich lasse ihn führen, so gut ich kann, und versuche Vertrauen aufzubauen, was ihm wiederum guttut. Den Mädchen geht es prima, alles paletti soweit."

Annabelle schaute in die Runde, während im Hintergrund die Stimmen der anderen Gäste zu ihnen durchdrangen und aus den Lautsprechern leise „Another Brick in the Wall" ertönte.

Billi: „Ja, wunderbar! Arbeite weiter an dir und bedenke, dass niemand perfekt funktionieren muss. Lass dir Zeit und nimm dir zwischendurch immer wieder Ruhe zum Reflektieren. Sehr schön!" Billi schaute in die einzelnen Gesichter und sprach Johanna an: „Johanna, wie geht es dir? Wie wir alle wissen, hat dir der Philipp ja zuerst den Kopf verdreht, bevor er in Beas Leben trat. Wie gehst du damit jetzt um?"

Johanna: „Ehrlich, ich freue mich für Bea und stelle keinerlei Besitzansprüche, nur weil ich ein paar Mal mit ihm joggen war. Er machte mir nie offen Avancen. Das war vielleicht meine eigene Phantasie und meine altbekannte Sehnsucht nach der großen Liebe. Philipp ist ein charmanter und gutaussehender Mann und selbst Mark war von ihm angetan! Ich bin ein großes Mädchen und kann damit leben, ich wünsche Bea alles, alles Gute, denn wir haben einen neuen Freund bekommen. Und das ist doch etwas ganz Wunderbares! Ihr werdet ihn ja bald auf der Geburtstagsfeier unserer Zwillinge kennenlernen. So viel zu diesem Thema.

Die Woche ist schnell vergangen und bei mir passiert momentan nicht so viel. Das ist voll in Ordnung. Ja, die Woche war okay." Johanna lächelte und nahm einen Schluck aus ihrem Glas.

Billi: „Na gut, Johanna ich mache mir auch keine Sorgen um dich. Du bist schon immer sehr pragmatisch und realistisch gewesen. Ich wollte deine Bedürfnisse nur nicht unter den Tisch fallen lassen. Ich habe euch immer gepredigt, dass alles im Leben seinen Sinn hat. Nichts ist niemals nicht von Bedeutung! Dieser Philipp sollte vielleicht in dein Leben treten, damit du dich erneut deinem Thema Sehnsucht stellst. Wie ich neulich erwähnte, mache ich eine Ausbildung in Hypnose. Zur Zeit beschäftigen wir uns mit Rückführungen. Ich würde gerne mit dir arbeiten, um mit dir dieses Thema genauer zu betrachten. Wenn du Lust hast, können wir nach der Geburtstagsparty eine Probesitzung machen."

Johanna: „Meinst du wirklich?"

Billi: „Ja, ich denke, dass man bei dir viele Blockaden lösen könnte! Lass dich einfach darauf ein, schaden kann es auf keinen Fall."

Annabelle: „Ich finde, du solltest dich ruhig mal darauf einlassen. Mich würde es zumindest nicht wundern, wenn Billi herausfindet, dass du mal die Jungfrau Maria warst."

Johanna: „Dann kann ich dir und dem Rest der Welt jetzt schon sagen, dass die Geburt Jesu keine jungfräuliche Empfängnis war und die Bibel neu geschrieben werden muss! Weil nämlich Maria eine ganz normale Frau und Mutter war, die von Männern zur Heiligen stilisiert wurde. Prost!" Johanna erhob ihr Glas und lachte.

Billi: „Mal schauen, ob wir fündig werden! Aber im Ernst, wenn wir Erfolg haben, Johanna, dann kann es sein, dass wir mit einer Sitzung nicht auskommen. Wärst du bereit, dich darauf einzulassen?"

Johanna: „Na gut!"

Billi: „Wir besprechen das demnächst genauer! Okay, jetzt machen wir erst mal mit Leonie weiter. Wie war deine Woche, mein Engel?"

Leonie: „Ich telefonierte letzte Woche mit Schwester Williges, der Leiterin im Waisenhaus, in dem ich aufwuchs. Sie schickte mir in den letzten Jahren immer wieder Briefe, in denen sie mich fast nötigte, eine Spende für das Haus zu überweisen. Sie schrieb darin, dass ich in ihrer Einrichtung die Chance erhalten hätte, einen anständigen Schulabschluss zu machen, und eigentlich aufgrund dessen heute die bin, die ich nun sei! Nämlich eine gut verdienende Journalistin. Bitte vergiss nicht diejenigen, die dir geholfen haben, einen guten Weg einzuschlagen!

Ich überwies dann aus schlechtem Gewissen, und weil ich außerdem meine Ruhe haben wollte, eine gewisse Summe. Das schlechte Gewissen hatte ich nicht zuletzt deswegen, weil ich nie zu den Ehemaligentreffen ging. Ich dachte, ich könnte sie vielleicht um einen Gefallen ihrerseits bitten. Sie ist ungefähr 77 Jahre alt und immer noch die Leiterin des Hauses. Ich nannte meinen Namen, und sie wusste sofort, wer ich war. Diese alte Hexe! Ich machte einen Termin mit ihr aus. Morgen fahre ich hin und frage sie, ob sie mir vielleicht ein paar Details zu meiner Herkunft nennen kann. Ich bin sehr gespannt. Wir hatten immer alle Angst vor ihr und ihren Sanktionen.

Ich erinnere mich an einen Streich, den wir Mädchen mit ihr machten, als wir ungefähr zwölf Jahre alt waren. Sie trank abends immer um exakt 21 Uhr ein Glas heiße Milch. Unsere Gruppe hatte dafür zu sorgen, dass die Milch pünktlich, aufs Genaueste temperiert, zu ihr gebracht wurde. Kichernd schütteten wir zur Hälfte Sahne dazu. Schwester Williges war sehr asketisch und aß niemals Butter auf ihrem Brot oder sonstiges 'fetthaltiges Zeugs', wie sie es nannte. Na, jedenfalls dachten wir, von der Sahne bekäme sie Durchfall, weil sie Fett nicht gewohnt war. Ich überbrachte ihr die Sahnemilch und hätte mir dabei fast vor Angst in die Hosen gemacht. Mit zitternden Fingern und Unschuldsmiene stellte ich das Glas auf ihren Schreibtisch. Ich knickste vor ihr, wünschte ihr eine gute Nacht und verschwand wieder. Ihr „Gott mit dir, mein Kind!“ begleitet mich heute noch manchmal.

Lange Rede, kurzer Sinn. Es kam natürlich schnell heraus und ich musste wieder bei ihr vorsprechen. Sie sagte: „Meinst du etwa, ich merke das nicht? Gott und ich sehen alles! Was hast du dir nur dabei gedacht?“ Ich erwiderte prompt, dass ich ihr nur etwas Gutes tun wollte! Dass sie so dünn sei im Gesicht und dass ich Angst hätte, ihr würde es vielleicht so gehen wie dem Suppenkasper, der sterben musste, weil er so wenig aß. Fragt mich nicht, wie ich in dem Moment darauf kam. Es rettete mich allerdings nicht vor ihrer gemeinen Bestrafung: Ich musste eine ganze Woche abends ohne Essen ins Bett. Damit ich begreifen würde, dass Beten und die Liebe zu Gott das Einzige sind, was den Menschen satt macht.

Na ja! Wir hatten auch sehr nette Schwestern in unserem Heim. Sie lehrten uns, dass Gott in jedem Menschen ist, und wenn wir Gott lieben, dann lieben wir auch uns! Und dass Naschen keine Sünde ist, im Gegenteil! So weit, so gut!

Ich wünsche mir von ganzem Herzen, dass ich einen Anhaltspunkt bekomme, damit ich mit meinen Recherchen weiter vorankomme. Kennt ihr das Lied von Dolly Parton, „Coat of many Colors“? Leonie schaute zu den Freundinnen, die die Frage verneinten. „Dieses Lied handelt von einer Frau, die sich an ihre Kindheit zurückerinnert. Sie denkt an ihre Mutter, der man eine Kiste mit Stoffresten schenkte: lauter kleine, bunte Stoffreste. Die Mutter überlegte, was sie damit anfangen sollte, und begann, ihrer Tochter daraus mit der Hand einen Mantel zu nähen. Die Tochter besaß bislang keinen Mantel und es war Herbst und schon kalt. Während die Mutter ihrer Tochter den Mantel nähte, erzählte sie ihr eine Geschichte aus der Bibel, die von einem bunten Mantel handelte, den Josef angeblich getragen haben soll. Sie sagte zu ihrer Tochter: ‚Vielleicht bringt dir dieser Mantel good luck and happiness! Die Tochter konnte es kaum abwarten, den Mantel zu tragen. Einen Mantel aus lauter bunten Stoffresten, in dem sie die Liebe ihrer Mutter fühlte, die sie mit jedem Nadelstich hineingenäht hatte. Sie waren sehr arm und dennoch fühlte sie sich reicher als alle anderen, wenn sie den bunten Mantel trug. Die Kinder in der Schule machten sich lustig über sie, weil sie Flicken auf ihrer Hose hatte und Löcher in ihren Schuhen. Sie lachten sie aus, wenn sie in ihrem bunten Mantel daherkam. Das Mädchen versuchte, ihnen zu erklären, dass dieser Mantel für sie mehr wert war als alle Kleider der Welt, weil sie in jedem einzelnen Nadelstich die Liebe ihrer Mutter spürte! Sie versuchte ihnen begreiflich zu machen, dass man doch nur arm sei, wenn man sich auch arm fühlt, und dass sie in diesem bunten Mantel, den ihr ihre Mutter genäht hatte, reicher sei als alle."

Leonie beendete die Geschichte und sagte: „Was würde ich darum geben, wenn ich so eine Mutter gehabt hätte, eine solche Liebe hätte spüren können! Ich möchte wissen, warum meine Mutter mich aussetzte! Irgendwas Gutes muss sie gehabt haben, sonst hätte sie mich nicht ins Krankenhaus gebracht, mit dem heiligen Leonhard in meiner Decke. An manchen Tagen bin ich mir sicher, dass sie von irgendeiner Verzweiflungstat dazu getrieben wurde. Und wenn es mir nicht so gut geht, dann denke ich, sie hatte einfach keine Lust, Verantwortung zu übernehmen. Aber das zerreißt mich und von dem ewigen Hin und Her kriege ich ein inneres Schleudertrauma.

Anja ist total lieb und versucht mich zu unterstützen, wo sie kann, aber helfen oder heilen kann sie mich auch nicht! Das muss ich allein machen. Drückt mir die Daumen, dass ich weiterkomme! Ich möchte mir nicht irgendwann vorhalten, dass ich es nicht wenigstens versucht hätte."

Leonies Atmung ging schnell, als wäre sie im Dauerlauf eine lange Treppe hinaufgelaufen. Allerdings schien es, als müsste sie für ihr Glück noch so manche Treppe besteigen. Die Freundinnen ahnten, dass es schwer für Leonie werden würde, falls sie nicht weiterkäme. Sie wünschten ihr alle Glück. Aber so recht wollte keine glauben, dass Leonie etwas erreichen konnte.

Billi: „Ach, meine Kleine, ich wünsche dir alles Gute, aber mach dir bitte keine so großen Hoffnungen! Diese Geschichte mit dem Mantel ist wunderschön, aber sie ist eben auch für viele, die eine Mutter hatten, ebenso ein Wunschtraum, und einige hätten sich anstatt ihrer Mutter lieber eine unbeschwerte Kindheit im Waisenhaus gewünscht. Du hattest keine Mutter und zeit deines Lebens sehntest du dich nach ihr. Das verstehe ich! Lass dich nicht von deiner Sehnsucht kirre machen und bleib auf dem Teppich."

Annabelle: „Ich habe und hatte eine tolle Mutter und dafür werde ich ewig dankbar sein. Ich verstehe dich, aber ich kann nicht nachfühlen, wie du dich fühlst, weil ich es nicht erlebte. Nur wer Leid erlebt hat, kann Mitleid empfinden. Alles andere ist rational und nur mit dem Verstand nachzufühlen. Ich wünsche dir Glück, und wenn du juristischen Beistand brauchst, dann helfe ich dir gerne.

Was diese Erpresserbriefe dieser Schwester Williges angehen, sprechen wir uns noch. Das ist ja wohl die Höhe! Diese alte scheinheilige Hexe, die sich mit Gott auf eine Stufe stellt, wird in der Hölle schmoren."

Johanna: „Ich gebe Annabelle recht. Das darfst du dir nicht bieten lassen! Weißt du überhaupt, wo das Geld landet? Vielleicht kommt dieses Geld gar nicht dem Haus zugute? Ja, und vielleicht erpresst sie noch andere Ehemalige aus dem Heim?" Johanna schaute Leonie herausfordernd an. „Mich macht das wütend, weil diese Nonne sich nicht wie eine Nonne verhält und ihrem Orden Schande bereitet! Wieso sitzt sie noch immer auf diesem Posten? Ich finde, sie ist viel zu alt! Da gäbe es sicher kompetentere Nachfolgerinnen, die nicht nur mit dem Verstand leiten, sondern auch mit dem Herz. Wieso haben solche Menschen immer so viel Macht?"

Bea: „Weil sie zickig, biestig und machthungrig ist. Die verstecken tief in sich ihre Komplexe und diese hier wahrscheinlich auch noch ihre Schlechtigkeit. Ich habe mal gelesen, dass sich bestimmte Charaktere in bestimmten Berufsgruppen wiederfinden. Viele Polizisten verstecken ihre kriminelle Energie hinter ihrem Beruf. Das soll nicht heißen, dass jeder Bulle kriminell veranlagt wäre, aber denen ist es teilweise eine innere Genugtuung, wenn sie Verbrechern das Handwerk legen können."

Annabelle: „Na, da ist ja doch noch was übrig von der

alten Bea! Ich wunderte mich schon, wo sie bleibt." Annabelle lachte und die anderen ließen sich von ihr anstecken. Der Abend verlief sehr harmonisch und die Freundinnen gaben Leonie noch allerhand Tipps, wie sie sich vor Schwester Williges schützen konnte.

Es war sehr spät geworden, als die Freundinnen sich mit ihrem wöchentlichen Abschiedsritualsatz: Eine für alle, alle für eine!", verabschiedeten. Danach gingen sie nach draußen und jede stieg in ihren Wagen. Nur Leonie war wie immer mit dem Rad da. Sie setzte ihren großen Rucksack mit Reflexionsstreifen auf, zog ihre warmen Handschuhe und ihre Schalmütze tief über Mund und Nase und machte sich warm eingepackt auf den Heimweg.

Schnell und sicher fuhr sie durch die Straßen. Das Licht der Straßenlaternen und die Scheinwerfer der Autos wurden von der nassen Straße zurückgespiegelt. Auf ihrem Weg hatte sie keine Mühe, sich durch den Verkehr und die Straßen zu kämpfen. Mit ihren Gedanken war sie bei den Schwestern im Waisenhaus. Schwester Alberta war bei den Kindern damals sehr beliebt gewesen. Sie brachte ihnen die Hühnersprache bei. Jeden Abend, wenn sie nach dem Abendgebet Gute Nacht wünschte, sagte sie: „Guthutlefut-tehedefeh Nachthachtlefacht, ihrhierlefier Wunhunlefun-derherleferschönhönlefönenhenlefen."

Leonie lächelte in sich hinein, als sie an Alberta dachte. Sie war maßgeblich an ihrer spirituellen und geistigen Entwicklung beteiligt. Alberta brachte es auf Seelentrösterin, Muttterersatz und Lehrerin in einem. Auch vermittelte sie bei Schwester Williges, und sie schlichtete Streitigkeiten unter ihren Schützlingen – so nannte sie die Mädchen ihrer Gruppe. „Der liebe Gott möchte, dass ich euch an Eltern statt beschütze. Er schickte euch aus irgendeinem Grund zu mir und mich zu euch. Wir sind eine große Familie, lasst uns jeden Tag Gott dafür danken, dass es gut ist, so wie es ist, und lasst uns ihm vertrauen, denn er weiß, warum er für uns diesen Weg wählte."

Leonie hatte sich ihr Leben lang gefragt, warum sie im

Waisenhaus aufgewachsen war. Die meisten Kinder dort hatten keine Eltern mehr. Sie waren gestorben und es gab keine Verwandten. Aber bei ihr war es anders. Warum legte man ihr den heiligen Leonhard bei? Sollte er als Schutzpatron auf sie aufpassen? Die Schwestern gaben Leonie daher den Namen Leonharda, daraus wurde dann Leonie. Schwester Alberta erzählte oft Geschichten von den Heiligen: „Sie helfen uns, wenn wir sie rufen. Sie stehen uns bei in der Not."

Leonie rief jetzt alle Heiligen zu sich. „Wer auch immer von euch Heiligen dafür verantwortlich sein sollte, bitte helft mir!" Ihr Wille steigerte sich so sehr, dass sie automatisch schneller fuhr und kräftig in die Pedale trat. Kurz vor ihrem Haus ließ sie ihr Rad bis vor die Haustür ausrollen und stieg ab. Sie holte den Schlüssel aus dem Rucksack und schloss auf.

Im Treppenhaus war es dunkel und verschiedene Gerüche mischten sich ineinander. Es roch nach Essen, irgendjemand hatte anscheinend Frikadellen gebraten, und nach Holz und Farbe. Die Treppen waren frisch abgeschliffen und die Wände vor Kurzem frisch renoviert beziehungsweise gestrichen worden. Leonie lehnte ihr Rad an die Wand und schloss es vorsichtshalber ab. Es war sehr teuer gewesen und Leonie liebte es! Und sie war schließlich darauf angewiesen. Mit ihrem Rad kam sie schnell durch Berlins Straßen und wenn sie mal eine Strecke von mehr als zehn Kilometer vor sich hatte, nahm sie die Straßenbahn oder ihr Auto.

Morgen würde sie mit dem Auto nach Niedersachsen fahren. Seit sie von dort nach Berlin gegangen war, hatte sie das Heim nie wieder besucht. Leonie hatte ihre gesamte Kindheit in Sehnsucht nach ihrer Mutter verbracht. Es hatte sie gequält und so manches Mal nicht zur Ruhe kommen lassen. Mit ihrem Weggang nach Berlin wollte sie darunter einen Schlussstrich ziehen und sich keinem Gedanken und keinen Sehnsüchten mehr hingeben.

Sie hatte ein neues Leben angefangen: Sie studierte, heiratete und baute sich eine Welt, in der sie die Sehnsucht einsperrte. Doch losgelassen hatte sie sie nie, sondern nur erfolgreich verdrängt. Jetzt war die Zeit vielleicht reif! Leonie wurde durch Anja motiviert, sich ihrer Vergangenheit zu stellen. Irgendjemand musste was wissen! So unscheinbar dieses Wissen auch schien, Leonie würde nichts unversucht lassen und recherchieren.

Als sie in ihr Atelier kam, schaute sie aus dem Fenster auf die Lichter in den Häusern. Sie zeigten ihr an, dass die Menschen noch nicht zu Bett gegangen waren. Was hielt sie ab? Warum schliefen sie nicht? Waren die Menschen hinter den Fenstern glücklich? Waren sie auf der Suche oder waren sie verzweifelt? Weil sie nicht fanden, was sie suchten?

Leonie zog sich aus und legte sich ins Bett. Morgen würde sie Schwester Williges sehen. Sie hatte immer noch Angst vor dieser Begegnung, vor dieser Nonne. Ihre Worte hallten ihr in den Ohren: „Bitte vergiss nicht diejenigen, die dir geholfen haben, einen guten Weg einzuschlagen.“ Schwester Williges machte Leonie damit ein schlechtes Gewissen, und das mit Erfolg! Morgen würde sie nach langer Zeit, nach 25 Jahren, zurückkehren.

Das Mädchen fuhr ohne Ziel einfach geradeaus. Sie hatte jemanden umgebracht. Sie war eine Verbrecherin, eine Mörderin, eine Schande für die Menschheit.

Auch wenn sie Sarah eben noch umbringen wollte, hatte sie diese Tat doch nicht tun wollen oder geplant. Was sollte sie nur machen? Niemand würde ihr glauben. Wo sollte sie nur hin? Wer könnte ihr jetzt noch helfen? Sarah war tot! Alles war plötzlich unwichtig geworden, in jeder Hinsicht!

Das Mädchen fuhr weiter, immer geradeaus. Der Tiger schrie und warf den Kopf hin und her. Warum konnte er nicht einfach still sein? Sie musste nachdenken. Sie brauchte dringend einen klaren Gedanken. Es hämmerte in ihrem Kopf und rauschte in den Ohren. Das Mädchen überlegte, wie viele Schecks sie in der Tasche hatte und wie viel Geld sie von ihrem Konto holen konnte. Die Banken hatten alle geschlossen und morgen wären sicher schon alle hinter ihr her. Sie war geliefert. Sie fuhr weiter und irgendwann gegen Morgen blieb ihr Wagen stehen. Sie hatte kein Benzin mehr und sie wusste nicht, wo sie war. Mitten in der Pampa - irgendwo und nirgends.

Das Mädchen legte den Kopf auf das Lenkrad und versuchte sich zu konzentrieren. Doch der Tiger gab keine Ruhe. Er brüllte und lief aufgeregt von einer Ecke zur anderen. Das Mädchen hatte kein Gespür dafür, wie lange sie schon gefahren war. Raum und Zeit hatten sich aufgelöst, und im Kopf schwirrten lauter Stimmen. Sie konnte keinen klaren Gedanken fassen. Eine Stimme in ihr schrie wieder und wieder: „Du hast sie umgebracht! Mörderin! Du Mörderin!“

Kapitel 17

Am nächsten Morgen stand Leonie früh auf und fuhr rechtzeitig los. Schon gegen Mittag war sie am Ziel. Nach und nach bekam sie eine SMS von jeder Freundin, sie wünschten ihr viel Glück. Das konnte sie gut gebrauchen, denn eigentlich wusste Leonie nicht, wo sie anfangen sollte.

Als sie ungefähr zwölf Jahre alt war, besuchte sie das Krankenhaus, vor dem sie gefunden wurde. Aber niemand konnte ihr eine Auskunft geben! Eine Kinderkrankenschwester konnte sich an ein Baby erinnern, das vor über zehn Jahren abgegeben worden war. Sie erzählte ihr, dass Leonie einige Zeit auf der Babystation lag, aber nach ein paar Wochen im Kinderheim untergebracht wurde, in dem sie schließlich aufwuchs.

Im Heim gab es zwei Mädchengruppen und zwei Jungengruppen. Es gab je eine Gruppe für Mädchen und Jungen unter vierzehn Jahren und je eine Gruppe für die über Vierzehnjährigen. In all den Jahren begleitete Schwester Alberta sie. Alberta prägte entschieden ihre Entwicklung, sie war für Leonie da, wenn sie traurig war, und sie war für Leonie da, wenn sie Hilfe bei wichtigen Entscheidungen brauchte. Schwester Alberta war selber im Waisenhaus groß geworden und verstand die Nöte ihrer Schützlinge, sie gab den Kindern all ihre Liebe, die sie selber gern als Kind gehabt hätte.

In all den Jahren begleitete auch Pater Tom Leonie, er war so etwas wie ein Ersatzvater. Er spielte mit ihnen Fußball und half Leonie in Latein und Mathe. Hätte Leonie nicht diese Sehnsucht nach ihren Eltern gehabt, dann hätte sie die Zeit mit Schwester Alberta und Pater Tom besser genießen können. Sie fühlte sich undankbar, weil sie sich bei den beiden seit 25 Jahren nicht mehr gemeldet hatte.

Leonie fuhr auf einen der Parkplätze und stellte den Motor ab. Hier hatte sich viel verändert, alles war modernisiert worden. Das Heim hatte eine neue Fassade bekommen, draußen gab es eine große Sportanlage und einen Spielplatz. Leonie stieg mit gemischten Gefühlen aus und ging durch die Eingangstür. Auch hier hatte sich einiges verändert, sehr zum Positiven. Sollten Leonies Spenden hier eingesetzt worden sein, dann bereute sie keinen Cent.

Ein Schiebefenster wurde von einer Mitarbeiterin aufgemacht, die freundlich nach Leonies Wünschen fragte. Sie saß in einem Büro mit zwei Schreibtischen. Eine andere Mitarbeiterin telefonierte gerade. Leonie sagte, dass sie von Schwester Williges erwartet würde. Die Sekretärin telefonierte daraufhin kurz und zeigte Leonie den Weg ins Allerheiligste. Leise klopfte Leonie an die Tür und wartete ab. Von innen hörte sie ein lautes „Herein". Der Countdown hatte begonnen.

„Grüß Gott, Leonie, wie schön, dass du dich nach all den Jahren auch mal wieder hier sehen lässt. Zu den alljährlichen Ehemaligentreffen bist du ja leider nie erschienen. Aus dir ist ja eine Berühmtheit geworden. Ich las schon des Öfteren deine Artikel, die ich im Übrigen für gut befand."

Leonie war überrascht, damit hatte sie nicht gerechnet. Schwester Williges sah noch genauso aus wie früher. Sie war zwar älter geworden, aber noch immer eine respektvolle Erscheinung.

Leonie trat ihr entgegen. „Guten Tag, Schwester Williges, mein Anliegen ist privater Natur. Ich bin auf der Suche nach Informationen, die mich bei meiner Recherche, meine Eltern zu finden, weiterbringen könnten. Haben Sie irgendwelche Anhaltspunkte für mich, bei denen ich ansetzen kann?"

Die Schwester nahm die ihr angebotene Hand und drückte sie herzlich. „Nun, du kommst sehr spät. Ich erwartete dich eigentlich schon früher. Aber manchmal wollen unsere Kinder auch nichts über ihre Eltern wissen. Und sie tun oft gut daran. Bei dir ist es etwas anderes. Dich hätte ich wirklich schon früher erwartet!"

Irritiert sah Leonie Schwester Williges an. „Was meinen Sie damit?"

Schwester Williges sprach einfach weiter: „Gelegentlich kommen Mütter hierher, um sich nach ihren Kindern zu erkundigen. Oft nach zehn Jahren oder noch später, manchmal auch früher. Wir prüfen dann sehr genau, ob es für die Kinder gut wäre, den Kontakt herzustellen – oder lieber nicht. Als du zu uns kamst, wussten wir gleich, das war die Verzweiflungstat einer Mutter, die nicht mehr aus noch ein wusste. Wir erleben Mütter, die haben den Abtreibungstermin verpasst, weil sie voller Drogen sind. Diese Mütter kriegen ihre Kinder und geben sie sofort ab. Manchmal erinnern sie sich kaum noch an die Schwangerschaft und die Geburt. Und die melden sich auch nicht bei uns! Diese Kinder haben es sehr schwer, weil sie nach der Geburt erst einen Entzug machen müssen. Die kommen danach zu uns, weil niemand sich mit problembehafteten Kindern beschäftigen will. Ein derartiges Kind könnte schwer erziehbar sein.

Kinder wie du werden gern adoptiert, aber bei dir hatten Schwester Alberta und Pater Tom ihren Segen drauf. Sie sahen in dir etwas ganz Besonderes und hofften immer, dass deine wahre Mutter eines Tages kommen würde. Eine Mutter, die ihrem Baby den heiligen Leonhard beilegt, möchte es eigentlich nicht abgeben und macht sich eines Tages auf den Weg, um ihr Kind zu finden. Weißt du, Leonie, der dänische Philosoph Sören Kierkegaard hat einmal sinngemäß gesagt: Der Mensch kann der Verantwortung vor Gott vielleicht entgehen, indem er ihn leugnet. Er kann sich auch der Justiz entziehen, durch Flucht oder Täuschung. Aber dem eigenen Gewissen entkommt er nicht.

In diesem Sinne hat deine Mutter Jahre später gehandelt. Wir hofften lange und haben gewartet, aber deine Mutter ließ in der Tat einige Zeit auf sich warten. Wenn eine Mutter an ihr Kind denkt, dann spürt es das. Du hattest viele Fragen und warst voller Sehnsucht. Du dachtest immer an deine Mutter. Ich merkte das sehr wohl, und glaub mir, bestimmt hat sie dann auch stets an dich gedacht."

Nach einer kurzen Pause setzte sie sich und mit einer Handbewegung deutete sie Leonie an, auch Platz zu nehmen. Dann sprach sie weiter: „Nach ungefähr fünf Jahren kam eine junge Frau zu uns ins Heim, deine Mutter! Sie interessierte sich besonders für die Mädchen. Alles an ihr war mysteriös. Mir war sofort klar, dass sie ihr Kind suchte. Nur welches, das war mir nicht bewusst. Wir hatten damals über 20 kleine Mädchen. Ich weiß noch, wie versteinert und ängstlich sie sich die Kleinen anschaute. Sie war auf der Suche. Das konnte man sehen.

Wie der Zufall es wollte, war Schwester Alberta mit dir unterwegs. Ich weiß nicht mehr, wieso, aber Alberta hat ja schon immer ihren eigenen Kopf durchgesetzt. Die junge Frau schaute sich genau um und erfragte die Herkunft und die Geburtsdaten einiger Mädchen. Ich erkundigte mich bei ihr, ob sie jemand Bestimmtes suche und ob ich ihr helfen könne. Aber sie verneinte und enttäuscht ging sie wieder. Als sie sich von mir verabschiedete, bemerkte ich, dass sie ein winziges Amulett vom heiligen Leonhard in Silber um den Hals trug. Aber erst danach erkannte ich den Zusammenhang, als es schließlich schon zu spät war.

Ich hoffte immer, sie würde noch einmal auftauchen, aber vergebens. Leonie, ich glaube ganz sicher, dass diese Frau deine Mutter war."

Leonie legte ihre rechte Hand auf den Mund. Dann sagte sie: „Mein Gott, meine Mutter! Sie war hier!" Nach einer kurzen Pause fragte sie neugierig: „Wie sah sie denn aus?"

„Wenn ich dich heute so vor mir sehe, dann habe ich das Bild dieser Frau genau vor Augen und kann mich wieder gut erinnern. Sie stellte sich damals mit dem Namen Huber vor und sie sprach einen bayrischen Dialekt. Ich weiß noch, dass ich dachte, dieser Name sei ausgedacht, weil er so typisch bayrisch war und banal wie Meier, Müller, Schulze. Hätte sie einen komplizierteren Namen genannt, hätte ich ihn nicht behalten können."

Leonie wollte noch mehr wissen: „Warum haben Sie mir das nicht früher erzählt?"

Die Schwester antwortete sofort: „Weil es nichts genutzt hätte, mein Kind. Du warst damals schon so melancholisch. Es hätte deine Sehnsucht nur noch verstärkt und ich hätte mich ja auch irren können."

Leonie rief empört: „Aber jetzt erzählen Sie es mir! Warum? Und ich bin hier, weil ich meine Sehnsucht nicht mehr unter Kontrolle halten kann. Ich denke Tag und Nacht an meine Mutter. Wie sie wohl aussieht? Was sie macht? Denkt sie wohl manchmal an mich? Ich habe mein Leben nicht mehr im Griff, alles bricht auseinander. Was ist heute anders als damals?"

Die alte Dame beruhigte sie: „Du hast heute viel mehr Möglichkeiten, sie zu finden. Alles ist anders als damals. Schwester Alberta erwartet dich übrigens. Sie ist immer noch ab und zu hier. Leonie, ich kann dir mehr leider nicht sagen, außer: viel Glück und Gottes Segen!"

Schwester Williges hatte offensichtlich nicht länger vor, mit ihr zu reden.

„Vielen Dank für die späte Auskunft!", sagte Leonie süffisant und fragte noch: „Wo finde ich Schwester Alberta?"

„Sie ist unten im Archiv. Du findest den Weg?"

Leonie wollte allein sein: „Ja, ich denke, den Weg werde ich noch finden." Sie öffnete die Tür und ging hinaus in den Flur. Der Weg ins Archiv führte die Treppe hinunter in den Keller. Die Tür stand weit auf und von drinnen hörte Leonie Geräusche. Sie klopfte trotzdem an und blieb abwartend im Türbereich stehen. Schwester Alberta kam in ihrer Nonnentracht und mit einigen Akten unter dem Arm auf sie zu. Sie blieb kurz stehen, wie angewurzelt, dann ging sie freudig auf Leonie zu: „Ja, wen haben wir denn da? Leonie, dass ich dich noch mal sehe, ist schön! Ich danke Gott, dass du den Weg in unser Heim gefunden hast."

Leonie umarmte Alberta, die über das ganze Gesicht strahlte. „Alberta, ich freue mich auch sehr, dich zu sehen! Schwester Williges sagte, du wärst immer noch ab und zu hier und würdest auf mich warten?" Leonie fragte es ein wenig ungläubig.

Schwester Alberta nahm ihr den Zweifel: „Sie erzählte mir, dass du heute einen Termin bei ihr hast! Was ist passiert, dass du so plötzlich auftauchst? Suchst du immer noch deine Mutter?"

„Ja, der Wunsch ist größer denn je. Es gab Zeiten in meinem Leben, da konnte ich gut ohne diese Sehnsucht leben. Ich dachte schon, ich hätte es endlich akzeptiert. Doch der Gedanke war nur ad acta gelegt, aber nicht vergessen. Alberta, du hast dich kaum verändert. Es ist so schön, deine Stimme zu hören." Leonie war innerlich froh.

„Du hast lange auf dich warten lassen. Ich wusste, dass du eines Tages erscheinen würdest. Ehrlich, ich hätte dich schon viel früher erwartet."

„Wieso?", fragte Leonie verdutzt.

Mit ruhiger Stimme sagte Alberta: „Die Erfahrung, mein liebes Kind. Früher oder später finden unsere Schützlinge wieder zu uns. Sie suchen nach Antworten. Genau wie du. Hast du sie bekommen?"

Leonie flüsterte: „Ich weiß noch nicht genau. Schwester Williges erzählte mir, dass nach fünf Jahren eine Frau hierherkam, die den heiligen Leonhard an einer Kette trug und sich für Mädchen in meinem Alter interessierte. Ich war damals mit dir unterwegs. Alberta, wenn sie tatsächlich meine Mutter war, warum hat Gott mir dann diese zweite Chance verwehrt? Warum war ich ausgerechnet zu diesem Zeitpunkt nicht da?"

Alberta hob ihren rechten Zeigefinger und sagte deutlich: „Weil alles im Leben seinen Sinn hat. Du solltest genau dieses Leben leben, damit du lernst, was du lernen sollst! Gott wollte, dass du hier bleibst bei uns, und wenn Gott will, dann ist die Zeit jetzt reif dafür, dass du deine Mutter findest.

Schwester Williges erzählte mir später von dieser Frau. Wir hätten dir gern geholfen, aber mit so wenigen Anhaltspunkten ließ sich nichts machen. Außerdem war sie sich damals nicht sicher, ob sie überhaupt deine Mutter war. Wir hatten einfach zu wenig in der Hand. Ich weiß nur, was mir

Schwester Williges damals erzählte: dass sie eine sehr schöne Frau war, gut und teuer gekleidet. Sie sprach mit einem bayrischen Dialekt und sie nannte sich Frau Huber. Sie war ungefähr 25 Jahre alt und hatte blonde Haare.

Wenn du dich hinsetzt und genau nachdenkst, dann findest du noch mehr Anhaltspunkte. Recherchieren ist doch dein Metier. Wenn deine Mutter sich den heiligen Leonhard zum Helfer aussuchte, dann war sie mit Sicherheit katholisch und er war ihr vielleicht vertraut. Sie hatte einen bayrischen Dialekt und in Bayern ist der heilige Leonhard zu Hause. Er ist unter anderem der Schutzpatron der Wöchnerinnen, also suchte sie Schutz bei ihm. Warum? Sie hätte dich irgendwo aussetzen können und du wärst vielleicht gestorben. Es wäre vielleicht nie herausgekommen. Aber sie gab dich vor dem Krankenhaus ab. Sie wollte, dass du lebst!

Vor einiger Zeit wurde heftig im Ethik-Rat diskutiert, ob man die Babyklappen abschaffen sollte. Sie sagten, dass damit die Anonymität gefördert wird und den Kindern wird die Chance genommen, jemals etwas über ihre eigene Identität zu erfahren. Die Kirche kämpfte dafür, dass diese Klappen erhalten bleiben, damit der letzte Ausweg für Mütter oder Eltern gewahrt bleibt, für solche, die so verzweifelt sind und keine andere Möglichkeit finden. Gäbe es diese Klappen nicht, so käme sicher manches Baby ums Leben, auf die unterschiedlichste Art und Weise."

Die Journalistin in Leonie meldete sich zu Wort: „Das finde ich auch. Ich bin schließlich der lebende Beweis, auch wenn ich nicht in eine solche gelegt wurde, weil es sie damals, zu meiner Zeit, noch nicht gab. Im Gegenteil, in jedem Krankenhaus sollte es eine solche Klappe geben. Sie schützt vor Aussetzung und Tötung. Und es gibt so viele Paare, die gerne ein Baby adoptieren würden. Ich habe große Lust, mich mehr damit zu beschäftigen. Vielleicht schreibe ich einen Artikel über die Thematik. Ich muss nur noch darüber in Ruhe nachdenken." Ihre Stimme wurde ruhiger und zugleich intensiver. „Aber jetzt wieder zurück zu meiner Mutter. Alberta, ich fühle, dass meine Mutter an mich denkt, und vielleicht hatte sie jahrelang ebenfalls Sehnsucht nach mir, so wie ich nach ihr. Vielleicht finden wir uns nun doch noch. Es gibt im Internet viele Möglichkeiten der Recherche. Ich könnte meine Beziehungen bei der Zeitung nutzen."

Alberta machte Leonie Mut: „Du wirst einen Weg finden, da bin ich mir sicher, und wenn Gott möchte, dass ihr euch findet, dann wird es so sein. Er wird dich leiten und dir den Weg ebnen, verliere niemals den Glauben daran."

Leonie und Schwester Alberta gingen durch das Heim, und in Leonie wurden Erinnerungen wach. Sie bedauerte es nicht wirklich, nicht zu den Ehemaligentreffen gekommen zu sein. Leonie hatte damals in der Großstadt Berlin ein neues Leben angefangen und wollte endlich mit dem Thema abschließen. Sie legte ihre Sehnsüchte ab und somit mussten auch ihre Erinnerungen an die Zeit im Heim mit dran glauben.

Leonie erzählte Alberta von Berlin und ihren Freundinnen Johanna, Annabelle, Bea und Billi, und dass sie sich seit zwanzig Jahren jeden Mittwoch trafen. Als es Zeit war, sich zu verabschieden, versprach Leonie, nicht wieder so lange zu warten.

„Ich habe eine eigene E-Mail-Adresse", sagte Alberta. „Du kannst mich jederzeit kontaktieren. Ich würde mich sehr freuen. Melde dich, falls du Erfolg haben solltest, aber scheue auch nicht den Kontakt, falls du erfolglos bleibst! Ich schließe dich, seit ich dich kenne, jeden Abend mit in mein Gebet ein. Ich habe all die Jahre an dich gedacht, mein Kind."

Leonie sah sie liebevoll an. „Ich bin gerührt, Alberta, was habe ich doch für ein Glück im Unglück gehabt. Erst hatte ich dich und nach dir traf ich auf meine Mädels. Billi kümmerte sich immer wie eine Mutter um mich, genau wie du. Beide habt ihr mich geistig gefördert und spirituell geprägt. Du mehr auf göttlicher Ebene und Billi mehr auf weltlicher Ebene.

Aber dass du eine eigene E-Mail-Adresse hast, wundert mich gar nicht. Du warst schon immer eine moderne und rebellische Nonne. Ich erinnere mich, dass wir uns oft mit dir eingeschlossen haben und du hast mit uns dann heimlich getanzt. Weißt du noch, wie du mit uns Gummitwist gesprungen bist? Allerdings warst du oft im Aus, weil sich deine Kutte im Gummi ständig verfing. Einmal hattest du alles hochgerafft, um besser springen zu können, und ausgerechnet in diesem Moment kam Schwester Williges vorbei und du musstest sofort zu ihr kommen. Du hast uns nie verraten, was damals passiert ist. Du wolltest uns nicht beunruhigen, denke ich. Aber wir hatten damals schon Strategien erarbeitet, falls sie dich uns wegnehmen sollte."

Leonie stand auf und umarmte Alberta lange und innig. „Meine liebe, liebe Alberta, danke, dass du immer noch da bist. Bitte pass auf dich auf, damit du noch ganz lange lebst. Wer, wenn nicht du, sollte meiner Mutter meine ganzen Schandtaten beichten!" Sie verabschiedeten sich auf das Herzlichste.

Leonie ging noch durch die Stadt, der alten Erinnerungen wegen, und machte sich ein wenig später auf den Heimweg. Während der Fahrt überlegte sie sich, was sie mit den Informationen anfangen konnte. Sie dachte sich, dass es besser wäre, die Sache rational anzugehen. Welche Infos hatte sie? Die Frau hieß Huber! Damals jedenfalls. Sie hatte einen bayrischen Dialekt und war gut gekleidet! Das zeigte, dass sie erstens Geschmack hatte und diesen sich auch leisten konnte. Arm war sie offensichtlich nicht. Also gab sie Leonie nicht aus Geldmangel weg, sondern vielleicht weil sie von einem verheirateten Mann schwanger geworden war. Das wäre zur damaligen Zeit in Bayern ein echter Skandal gewesen. Vielleicht war der Mann sogar ein bedeutender Mann. Wer wusste das schon? Ihre Mutter musste ganz schön verzweifelt gewesen sein.

Leonie fiel noch etwas ein: Wenn ihre Mutter aus Bayern kam, wieso brachte sie Leonie dann in Niedersachsen zur Welt? Vor allem, wo in Niedersachsen hatte sie Leonie zur Welt gebracht? Jedenfalls nicht in dem Krankenhaus, vor dem sie Leonie damals aussetzte. Offensichtlich wollte sie

Leonie fünf Jahre nach der Geburt zu sich holen. Warum das? Hatte sie geheiratet? Ihre Lebensumstände mussten sich nach fünf Jahren merklich geändert haben. Was war da passiert?

Leonie war so in Gedanken, dass sie beinahe die Autobahnabfahrt verpasst hätte. Sie konnte es kaum abwarten, zu Hause zu sein! Dann würde sie endlich im Internet recherchieren. Vielleicht musste sie sich mehr auf den heiligen Leonhard konzentrieren.

Hier im Auto hatte sie keinen Handy-Empfang. Besser so! Denn sonst hätte sie womöglich alle Sicherheitsvorschriften über den Haufen geworfen und ihr Multitasking-Talent bei 140 Stundenkilometern unter Beweis gestellt.

Sie hatte so lange auf ihre Mutter gewartet, und plötzlich rannte ihr die Zeit davon. Leonie erinnerte sich, wie sie sich als Kind Geschichten über ihre Eltern ausgedacht hatte. Abends vor dem Einschlafen waren ihre Sehnsüchte besonders stark. Sie konnte und wollte nicht akzeptieren, dass sie einfach ohne Grund ausgesetzt worden war. Also erdachte sie sich traurige und romantische Geschichten.

In diesen Geschichten war ihre Mutter eine junge, wunderschöne Frau, die sich unsterblich in einen reichen Mann verliebte. Ihr Vater, ein erfolgreicher Junggeselle, den die Frauen umschwärmten, hatte aber nur Augen für ihre Mutter. Die beiden verlebten ein romantisches Wochenende miteinander und planten ihre Zukunft. Sie waren mit dem Auto unterwegs, um allein mit sich und ihrer Liebe zu sein. In Leonies Vorstellung war ihre Liebe zueinander unendlich groß und alle Menschen um sie herum konnten diese Liebe erkennen und beneideten sie darum.

Doch das Leben gab und nahm, denn auf der Rückfahrt hatten sie einen schrecklichen Unfall, bei dem ihr Vater starb. Ihre Mutter sah nach dem Tod des Geliebten keinen Sinn mehr im Leben. Sie wollte ihm folgen, denn eine solche Liebe würde es kein zweites Mal mehr geben. Für eine kurze Zeit kam Hoffnung zurück, als sie erfuhr, dass sie ein Kind erwartete. Da gab es etwas, was sie am Leben hielt, und ein Licht am Ende des Tunnels. Ihre Mutter freute sich so sehr auf ihr Kind, dass sie den Geburtstermin nicht abwarten konnte. Ein Geschenk des Geliebten und des Himmels. Doch als die Wehen einsetzten, ging es ihrer Mutter plötzlich sehr schlecht, die Ärzte mussten um ihr Leben kämpfen. All ihr Bemühen blieb erfolglos. Sie starb bei der Geburt, kurz nachdem Leonie auf die Welt kam. Nun gab es niemanden mehr auf der Welt, der sich um sie hätte kümmern können. Keine Großeltern und Verwandten, daher legte man sie heimlich vor das Krankenhaus. Ein tragisches und trauriges Ende.

In einer anderen Version ihrer Sehnsüchte wurde Leonie kurz nach der Geburt aus dem Krankenhaus entführt. Eine fremde Mutter, die ihr eigenes Kind verloren hatte, kam von weit her und schlich sich ins Krankenhaus, stahl Leonie ungesehen aus ihrem Kinderbettchen und verschwand mit ihr. Ihre Eltern weinten sich die Augen aus dem Kopf und suchten verzweifelt nach ihrer Tochter. Die Sehnsucht nach Leonie ließ sie nie mehr los und machte ihr Leben sinnlos.

Die fremde Mutter fuhr mit Leonie in ihre Heimat nach Niedersachsen. Doch schon bald konnte sie ihre Tat mit ihrem Gewissen nicht mehr vereinbaren und versuchte, den Säuglingsklau ungeschehen zu machen. Deshalb legte sie Leonie vor das hiesige Krankenhaus und machte sich davon. Doch die Eltern kamen natürlich nicht auf die Idee, in Niedersachsen nach dem gestohlenen Baby zu suchen.

In Leonies Gedanken war es immer eine höhere Gewalt, eine unbeugsame Macht, der sie ausgeliefert gewesen war. Niemals waren ihre eigenen Eltern schuld. Sie konnte und wollte nicht glauben, dass ihre Mutter beziehungsweise ihre Eltern sie nicht haben wollten. Doch wenn sie in die Tiefen ihrer Verlustängste vordrang, peinigten sie andere Gedanken. Sie glaubte eigentlich an das, was man ihr vorgaukelte, nämlich, sie sei von ihrer Mutter ausgesetzt worden, weil sie wohl mit einem Kind überfordert war und sich möglicherweise ihr Vater auf und davon gemacht hätte. Leonie fühlte sich dann einsamer denn je und erst recht verlassen. Auch heute noch gab es Tage, an denen sie wohlwollend über ihre

Eltern dachte, und dann wieder gab es Tage, an denen sie ihnen die Schuld für ihre Zerrissenheit gab. Dann wünschte sie sich, sie wäre nie geboren worden.

Wenn jemand ermessen konnte, was Sehnsucht ist oder bedeutet, dann war es Leonie. Als sie größer wurde, befasste sich ihre Sehnsucht mehr mit ihrer Mutter als mit ihrem Vater. Alberta erklärte ihr, dass das ein natürlicher Mutter-Kind-Instinkt sei, der durch die Verbindung im Mutterleib aufgebaut werde. Nichts und niemand auf der Welt könne eine solche Liebe zerstören, denn diese Liebe komme von Gott. Nach der Abnabelung gehe sie oft verworrene Wege und man denke, sie sei verloren, doch wenn man tief in sein Innerstes sehe, dann erkenne man Gottes Geschenk.

Leonie suchte ständig nach dieser Verbindung. Ganz besonders an einer bestimmten Stelle, wenn sie allein war: Es gab im Kinderheim in der Sporthalle eine große, weiche dunkelblaue Sprungmatte, die an der Seitenwand lehnte. Leonie kam oft her, wenn niemand in der Halle war, und setzte sich auf den Boden, mit dem Rücken an die Matte gelehnt. Wenn sie mit ihrem Oberkörper starken Druck ausübte, dann spürte sie ihre Wirbelsäule, die gegen den weichen Hintergrund drückte. Jeden einzelnen Wirbel konnte sie erfühlen, und wenn sie sich konzentrierte, dann war es möglich, die Wirbel von oben nach unten zu zählen. Durch Zufall fand sie das im Sportunterricht heraus. Diese Verbindung zwischen Matte und Rücken gaben ihr für Augenblicke die Sicherheit, geborgen zu sein. Sie hatte dadurch das Gefühl, ihren Wünschen und Sehnsüchten Kraft verleihen zu können. Wenn sie ganz intensiv an ihre Mutter dachte, dann könnte sie sie vielleicht herbeiholen. Leonie kam oft hierher. Diese Rituale nahmen ihr die Ängste und verliehen ihr Kraft in dem Glauben, irgendwann Erfolg zu haben. Eines Tages würde ihre Mutter vor ihr stehen, sie in den Arm nehmen und sie blieben für immer und ewig zusammen.

Als sie in Berlin studierte, meldete sie sich bei einer Selbsthilfegruppe an. Die Gruppe half ihr über so manch schwere Stunde hinweg. Sie brauchte nach ihrem Weggang aus dem Kinderheim Menschen, die Ähnliches erlebt hatten. Sie liebte ihre Freundinnen und Billi, sie fühlten mit ihr und versuchten sie immer wieder aus dem Loch zu holen. Doch Leonie wollte Kontakt zu Menschen mit ähnlichem Hintergrund haben, damit sie sich mit ihrem Schicksal nicht so allein und verloren fühlte.

Nach einer Weile hatte sie die Selbsthilfegruppe verlassen, denn sie sah irgendwann keinen Sinn mehr darin. Die anderen konnten ihr bei der Suche nach der Mutter auch nicht helfen. Leonie versuchte ihr Schicksal anzunehmen, damit sie ihre Sehnsucht loslassen konnte. Sie merkte, dass sie sich im Kreis drehte und dass es nichts gab, was ihr die Mutter herbeibrachte. Einige Zeit ging das gut und Leonie wurde erwachsen. Das Kind, das sich verlassen fühlte, vergrub sich tief in ihrem Inneren, und es ließ die große Leonie in Ruhe. Doch in letzter Zeit grub sich das Kind in ihr wieder nach oben und suchte mit aller Macht nach der Wahrheit. Dieses verlassene Kind in Leonie brauchte dringend Antworten, es war nun an der Zeit, die Mutter zu finden.

Als Leonie zu Hause ankam, setzte sie sich sofort an ihren Computer und holte sich Informationen über ihren Schutzpatron ein. Großartige Neuigkeiten erfuhr sie nicht. Allerdings bekam sie ein paar Auskünfte über die fünfzig Leonhardi-Wallfahrten in Bayern. Einige Orte notierte sie sich, unter anderem Bad Tölz. Aber irgendwie ergab das keinen Sinn. Wie sollte sie in Bad Tölz nach einer Frau Huber suchen? Sicher, sie könnte die Hubers alle der Reihe nach anrufen oder in der dortigen Tageszeitung eine Anzeige aufgeben.

Leonie versuchte einen neuen Start. Sie gab statt „Heiliger Leonhard" „Sankt Leonhard" ein. Tatsächlich gab es einen Ort namens Sankt Leonhard in Südtirol. Es war ein bekannter Urlaubsort. Warum nur hatte ihre Mutter ihr diesen Heiligen ans Herz gelegt? Leonie flüsterte immer wieder diese Worte vor sich hin: „Ans Herz gelegt. Ans Herz gelegt? Sankt Leonhard? Das war ein Wegweiser! Bestimmt! Es gibt keine Zufälle im Leben! Entweder hatte ihre Mutter ihr den

Schutzpatron intuitiv mitgegeben, damit sie eines Tages einen Anhaltspunkt hatte, oder dieser heilige Leonhard stand für den Ort Sankt Leonhard, und ihre Mutter hoffte damals, sie, Leonie, würde eines Tages den Zusammenhang erkennen.

Leonie hielt inne. Einem Impuls folgend recherchierte sie weiter. Sie wusste nicht genau, nach was oder wem sie suchen sollte, und dennoch spürte sie, dass sie hier richtig war. Irgendeine Macht ließ sie dort weitersurfen. Der Besucher der Seite, auf der sie gerade war, bekam sofort, ob Sommer oder Winter, Unterkünfte angeboten. Leonie scrollte mit der Computermaus weiter runter und checkte die Hotelanlagen eine nach der anderen. Plötzlich stockte ihr der Atem, Leonie hielt die Luft an: Da gab es ein Hotel Huber! Sie klickte die Webseite des Hotels an. Bingo! Auf der Startseite war eine Rubrik „Personal und Hotelleitung“. Leonie öffnete die Seite, und bald darauf erschien ein Bild der Besitzerin des Hotels. Die Frau lächelte ihr vom Bildschirm entgegen. Sie hatte langes blondes, hochgestecktes Haar, war ungefähr Anfang bis Mitte sechzig und hieß Anneliese Huber. Auf dem Anhänger ihrer Kette konnte Leonie den heiligen Leonhard erkennen.

Sekundenlang hielt Leonie inne, in ihrem Kopf schwirrten unzählige Gedanken durcheinander. Das konnte doch nicht wahr sein! Nach so vielen Jahren der Sehnsucht und Verzweiflung hatte Leonie nun endlich ihre Mutter gefunden!

Im Auto war es kalt geworden. Die Heizung lief nicht, ohne dass das Auto fuhr. Und sie hatte kein Benzin. Weit und breit war keine Tankstelle zu sehen.

Langsam dämmerte es. Im Osten ging die Sonne auf. Ein neuer Tag begann. Doch sie hatte das Gefühl, als wäre ihr Leben zu Ende. Lieber Gott, lass mich sterben! Lass mich einfach sterben! Mich will doch sowieso keiner. Das Mädchen zitterte am ganzen Körper. Sie wusste nicht, wie lange sie schon mitten auf der Straße in ihrem Auto gesessen hatte. Der Tiger brüllte immer noch, er würde erst Ruhe geben, wenn er Blut gesehen hatte. Das Mädchen holte eine Nagelschere aus der Handtasche, nahm sie in die rechte Hand und schnitt brutal ihre linke Pulsader auf.

Als der Tiger das Blut roch und sah, wie es aus der Pulsader floss, begann er sich zu beruhigen. Zuerst hörte er auf, hin und her zu laufen, und brüllte nur noch mit halber Lautstärke. Dann nahm das Mädchen die spitze kleine Schere in die linke Hand und schnitt sich damit die rechte Pulsader auf. Sie spürte das warme Blut auf ihren kalten Armen. Es tropfte herunter auf ihre Beine, lief über die Hose, wo der Fleck immer größer und größer wurde, weil die Baumwolle gierig die rote Flüssigkeit in sich aufsog.

Der Tiger beruhigte sich mehr und mehr. Er setzte sich hin und gab nur noch ab und zu knurrende Laute von sich. Das Mädchen sah die aufgeschnittenen Pulsadern. Das Blut floss immer noch weiter. Ihr Atem ging langsamer und die Stimmen in ihrem Kopf wurden leiser. Das Mädchen wurde müde. Sie lehnte den Oberkörper gegen das Lenkrad und ließ ihre Arme seitwärts herunterhängen. Vor ihren Augen verschwammen die Konturen und ihre Kräfte ließen immer mehr nach. Sie schloss die Augen. Bald war es vorbei. Sie hatte versagt! Sie hatte Mutter und Vater Schande bereitet! Es war besser so! Niemand würde sie vermissen!

Der Tiger war verstummt.

Kapitel 18

Leonie hatte schlecht geschlafen, zu viele Gedanken schwirrten ihr im Kopf herum. Wie würde das Treffen ausgehen, würde sie heute noch ihrer Mutter gegenüberstehen? Was wäre, wenn ihre Mutter sie nicht willkommen hieße? Was wäre, wenn Leonie abgewiesen würde? Vielleicht hatte ihre Mutter gar kein Interesse, mit ihrer Vergangenheit konfrontiert zu werden? Könnte sie, Leonie, damit fertigwerden? Wie auch immer, heute war der lang ersehnte Tag – ob sie Antworten bekam oder nicht, sie hatte heute Nacht endlich ihre Mutter gefunden! Ein lang ersehnter Kindheitstraum erfüllte sich. Bald würde sie die Wahrheit erfahren, auf die sie so lange warten musste.

Leonie hatte gestern Abend das Amulett des heiligen Leonhard aus der Schatulle genommen. Sie hatte stets große Angst, dass er kaputt oder verloren gehen könnte, deswegen hütete sie ihn sorgsam und behandelte ihn wie ein rohes Ei. Der Leonhard würde das Erkennungszeichen sein, die einzige Verbindung zwischen Mutter und Tochter nach all den Jahren. Leonie druckte sich in der Nacht noch das Bild ihrer Mutter aus und legte es sich auf ihr Herz. So schlief sie ein.

Kurz vor der Abfahrt gab sie das Bild zum heiligen Leonhard in die Schachtel, die sie behutsam in die Reisetasche oben auf ihre Sachen legte. Die Tasche hatte sie gestern Abend noch gepackt und sich die Reiseroute aus dem Internet geholt. Für die Fahrt war sie gewappnet. Nur noch ungefähr 800 Kilometer trennten sie von der Mutter. Am Nachmittag würde sie ihr gegenüberstehen.

Was sollte sie sagen? „Hallo, ich bin deine Tochter!“, oder wäre „Ich bin Ihre Tochter!“ besser? Sie war ihre Mutter und dennoch eine fremde Frau. Sagte man Du oder Sie zu seiner fremden Mutter? Leonie schaute sich in ihrer Wohnung noch mal um, bevor sie bepackt die Tür hinter sich zuzog. Sie stellte die Reisetasche ins Auto und setzte sich hinter das Lenkrad. Heute Nacht hatte es nicht gefroren und Leonie brauchte die Scheiben nicht freizukratzen. Sie konnte gleich losfahren und Kurs nehmen auf die Autobahn in Richtung Leipzig. Leonie kannte die Strecke gut durch die vielen Fahrten nach Italien zu Livios Familie.

Gegen Mittag war Leonie auf der Autobahn in Richtung München. Bald würde sie in Südtirol sein. Zwischendurch musste sie immer mal Pause machen, um eine Toilette aufzusuchen. Die Distanz schrumpfte Kilometer für Kilometer, aber dafür stieg Kilometer für Kilometer die Nervosität. In Leonie drehte ein Hamster am Rad und er lief schneller und schneller, je näher sie dem Ort Sankt Leonhard kam.

Kurze Zeit später erreichte sie den ersehnten Bestimmungsort. Sie war angekommen! Am Straßenrand waren von den Räumfahrzeugen hohe Schneewände aufgetürmt und viele Touristen liefen mit ihren Skiern bepackt teilweise mitten auf den Straßen. Leonies Nervosität steigerte sich ins Unermessliche, die Angst vor Abgrenzung wuchs und ihr Magen rebellierte, außerdem musste sie schon seit geraumer Zeit wieder dringend zur Toilette. In einer Kneipe würde sie ein stilles Örtchen aufsuchen, sich beruhigen und ein wenig frisch machen, bevor sie ihrer Mutter gegenübertrat. Mein Gott, wenn ihr das jemand vor ein paar Tagen erzählt hätte, würde sie es nicht geglaubt haben. Leonie erinnerte sich plötzlich an die vielen Nachtgebete, die immer mit dem Satz endeten: Bitte, lieber Gott, bring mich zu meiner Mutter!

Er hatte sie erhört. Leonie versuchte sich zu beruhigen, aber es half nichts, der Hamster in ihr machte sich für die Olympiade bereit und lief wie ein Wilder in seinem Laufrad. Sie musste da jetzt durch, sie wollte es so! Also stieg sie in ihr Auto und machte sich auf den Weg in ihre Vergangenheit, der gleichzeitig ihr Weg in die Zukunft sein sollte.

Nach einigem Hin und Her stand sie endlich vor dem

Hotel Huber, das sich nur unwesentlich von den anderen Hotels unterschied. Vor dem Hotel gab es Parkplätze und Leonie hatte Glück, denn es fuhr gerade ein Auto aus einer Parklücke und sie konnte direkt vor dem Hotel parken. Sie stieg aus, öffnete den Kofferraum, nahm den heiligen Leonhard heraus und ging den Fußweg zum Hoteleingang. Die Halle war ziemlich groß und im typischen Südtiroler Stil eingerichtet.

Die Rezeption befand sich gegenüber der Eingangstür und Leonie musste die ganze Halle durchqueren. Ihre Beine zitterten stark und sie wusste später nicht mehr, woher sie die Kraft zum Weitergehen gehabt hatte, ohne hinzufallen.

Anneliese Huber, die Chefin, stand am Empfang und unterhielt sich mit einem Ehepaar. Leonie erkannte sie schon von Weitem. Trotz ihrer Nervosität analysierte sie ihre Mutter auf dem Weg zur Anmeldung bis ins kleinste Detail. Sie hörte ihre Stimme, die, obwohl sie Hochdeutsch sprach, ihren Südtiroler Akzent nicht verleugnen konnte. Schwester Williges konnte anscheinend einen bayrischen Dialekt nicht von einem österreichischen bzw. Südtiroler Dialekt unterscheiden.

Anneliese Huber war groß und schlank und sehr elegant gekleidet. Ihre Haut war von der Gletschersonne gebräunt, sicherlich fuhr sie ab und zu Ski, sie wirkte vital und freundlich. Die graublonden Haare hatte sie zu einem klassischen Pferdeschwanz zusammengebunden. Sie trug einen schwarzen Rock und eine weiße Bluse, darüber eine rosafarbene Jacke. An der Jacke befand sich ihr Namensschild, es gab jetzt kein Zurück mehr! Leonies Zeit war gekommen!

Frau Huber verabschiedete sich von ihren Gästen, wandte sich freundlich Leonie zu und sagte: „Grüß Gott, was kann ich für Sie tun?“ Während sie sprach, griff sie sich plötzlich mit der rechten Hand ans Herz und schaute erschrocken. In diesem Moment wusste Leonie, dass ihre Mutter etwas ahnte. Tochter und Mutter sahen sich einige Sekunden lang stumm an. Während der Blick der Mutter eher erschrocken wirkte, übermannten Leonie die Gefühle und Tränen liefen ihr über die Wangen. Ohne Worte hielt Leonie ihrer Mutter den Leonhard entgegen.

„Oh Gott!“ Anneliese schaute mit großen Augen zu Leonie und wurde blass. „Ich habe gewusst, dass du eines Tages vor mir stehen wirst!“

Die zwei Frauen, Mutter und Tochter, standen einander gegenüber und hielten wieder stumme Zwiesprache. Leonies Sehnsucht war erfüllt! Anneliese weinte mittlerweile auch und die anderen Gäste schauten irritiert auf die zwei Frauen. Ein junger Mann kam herbeigeeilt und rief: „Chefin, ist alles in Ordnung?“

„Ja, es ist alles gut. Meine Tochter ist zu mir gekommen! Sagen Sie alle Termine ab. Ich bin für niemanden zu sprechen.“

Anneliese kam hinter der Rezeption hervor und stand vor Leonie. Sie fielen sich, ohne zu zögern, in die Arme, als wäre es das Selbstverständlichste von der Welt. Als sie nach vielen Tränen und Umarmungen nebeneinander auf dem Sofa in Annelieses Wohnraum saßen, war die Zeit der Fragen und Antworten gekommen. Leonie erzählte Anneliese erst einmal kurz, wie sie durch den heiligen Leonhard den Weg zu ihr gefunden hatte, und wollte später ausführlicher über alles andere sprechen.

Anneliese schaute Leonie glücklich und gleichzeitig schuldbewusst an. „Du wirst dich oft gefragt haben: Warum hat meine Mutter mich ausgesetzt? Warum hat sie ihrem eigenen Kind so was angetan? Warum haben mir meine Eltern das angetan? Wieso und warum? Leonie ich möchte dir alles sagen! Aber zuerst muss ich einen kurzen Lebenslauf von dir haben. Wie lebst du so? Bist du verheiratet? Hast du Kinder? Oder bist du allein?“

„Ich lebe allein! Vor einiger Zeit trennte ich mich von meinem Mann, weil ich mich in eine Frau verliebte! Aber ich glaube, dass ich in ihr eine Ersatzmutter sah, so wie ich in Livio, meinem Mann, immer eine Art Vater sah. Ständig suchte ich nach meinen Eltern, nach meinen Wurzeln! Kinder habe ich keine, die Verantwortung wäre mir zu groß gewesen. Ich weiß nicht, ob ich genug Liebe für ein Kind hätte aufbringen können. Die Angst, mein Kind vielleicht nicht annehmen zu können, schreckte mich ab. Mein Leben ist gut! Ich studierte in Berlin Kunst- und Theaterwissenschaften und arbeite als Redakteurin bei einer Zeitung. Ich wohne in einem schönen Atelier und ich habe einen wunderbaren Freundeskreis.

Im Waisenhaus hatte ich es gut! Schwester Alberta nahm sich meiner an. Sie war für mich eine Art Mutter, soweit das ging. Es waren ja noch andere Kinder da. Die Nonnen bevorzugten mich zwar nie, aber ich spürte, dass Schwester Alberta ein besonderes Auge auf mich hatte.

Die Schule fiel mir ziemlich leicht und deswegen bekam ich ein Stipendium. Ich lernte im Studium Billi kennen. Sie war nach Alberta meine Mutter! Sie kümmert sich um mich und meine Freundinnen. Wir treffen uns regelmäßig einmal in der Woche im CARPE DIEM, das ist eine Kneipe. Billi therapiert und hilft uns, so gut sie kann.

Mein Leben verlief für meine Verhältnisse nicht schlecht. Es gibt Menschen, die Vater und Mutter hatten und kein so gutes Leben haben wie ich. Meine Freundin Johanna hätte gerne mit mir getauscht. Sie wünschte sich als Kind, dass es an der Tür klingelt und ihre wahren Eltern vor der Tür stehen und sie abholen. Sie stellte sich vor, sie sei im Krankenhaus vertauscht worden und alles wäre ein Missverständnis. Sie konnte sich mit ihren wahren Eltern nicht identifizieren. Und ich hätte mich so gerne identifiziert! Egal wie meine Eltern gewesen wären! Ich habe mein ganzes Leben lang Sehnsucht nach dir gehabt, obwohl ich es eigentlich immer gut hatte. Ich hätte so gerne gewusst, wo ich hingehöre! Wer ich bin! Ich war ständig auf der Suche nach mir. Ich konnte an nichts anderes mehr denken. Manchmal stellte ich mir vor, ich bin meinen Eltern geklaut worden und sie weinten sich die Augen nach mir aus. Alberta beruhigte mich oft mit den Worten: ‚Deine Mutter denkt an dich, dessen bin ich mir sicher, und irgendwann wirst du den Grund erfahren, warum sie dich nicht bei sich behalten konnte.'

Erst gestern war ich im Heim. Da sagte man mir zum ersten Mal, dass du nach etwa fünf Jahren nach mir gesucht hättest. Schwester Williges sagte, da war eine junge elegante Frau mit einem bayrischen Akzent, sie stellte sich als Frau Huber vor und sie interessierte sich sehr für Mädchen in meinem Alter. Schwester Williges dachte damals, du kommst aus Bayern, weil sie es nicht besser wusste. Du hättest gezielt nach den Geburtstagen der einzelnen Mädchen gefragt, aber ich war an dem Tag mit Alberta unterwegs und deswegen hast du mich nicht finden können. Schwester Williges kam die Sache nicht koscher vor. Erst nachdem du gegangen warst, ist ihr im Nachhinein aufgefallen, dass du den heiligen Leonhard an einer Halskette trugst und dass du eventuell meine Mutter sein könntest. Aber da war es schon zu spät.

Als ich gestern Abend wieder zu Hause war, suchte ich im Internet nach dir. Alberta brachte mich darauf. Sie sagte, eine Mutter, die ihrem Kind den heiligen Leonhard mitgibt, wolle es eigentlich nicht hergeben. Das müsse eine Verzweiflungstat gewesen sein. Ich solle schauen, was ich im Internet über den heiligen Leonhard finden könne. Vielleicht bekäme ich so Aufschluss.

Ja, und das habe ich getan. Irgendwann habe ich Sankt Leonhard eingegeben und es war, als hätte der liebe Gott seine Hände im Spiel gehabt. Ich surfte weiter und fand dann dieses Hotel mit Namen Huber. Ich wusste, dass ich an der richtigen Stelle suchte. Dank eurer Website sah ich dein Bild. Als ich dich erblickte, erkannte ich dich sofort.

Ich frage mich seit gestern, warum erst jetzt und nicht früher?! Alberta sagt, alles im Leben hat seinen Sinn und Gott denkt sich schon etwas dabei. Er irrt sich nicht und deswegen sei das Vertrauen die Basis des Glaubens."

Leonie machte eine kurze Pause, nahm die Hand ihrer Mutter und sagte freudig: „Ja, und jetzt bin ich hier. Ich bin nicht gekommen, um dir Ärger zu machen oder dich mit Vorwürfen zu überhäufen. Ich möchte wissen, wer ich bin. Dass du damals deinen Grund hattest, mich fortzugeben, dessen bin ich mir sicher. Ich behaupte nicht, dass ich das alles verstehen oder nachvollziehen kann. Doch ich brauche diese Informationen dringend für mich, damit ich endlich weiß, wer ich bin."

Anneliese nickte und nach einer Pause fing sie an zu reden: „Der heilige Leonhard gehörte deinem Vater. Er war noch sehr jung und übernahm damals diese Gemeinde nur für kurze Zeit als Austauschpfarrer. Ich suchte seine Nähe und immer gab es eine Möglichkeit, zu ihm in die Kirche zu kommen. Mir fehlte die männliche Identitätsfigur, denn ich wuchs ohne Vater auf. Er war für mich ein großes Vorbild und ein Leben mit ihm hätte ich mir gut vorstellen können.

Ich war damals sehr in Thomas verliebt. Als Pfarrer versuchte Thomas mir aus dem Weg zu gehen, aber der Mann in ihm erfand immer wieder neue Geschichten, um mich zu sehen, und irgendwann passierte es. Wir waren beide machtlos gegen die starken Gefühle, die uns überwältigten. Wir liebten uns und es war wunderschön! Wir schliefen nur dieses eine Mal miteinander.

Danach änderte sich einiges. Er war kurz darauf völlig verstört und bereute es zutiefst. Das tat mir sehr weh, aber ich konnte nichts machen! Er ging mir aus dem Weg. Nach vielen vergeblichen Versuchen, mit ihm Kontakt aufzunehmen, ging ich schließlich fort nach Niedersachsen, als ich merkte, dass ich von ihm schwanger war. Mir blieb keine andere Wahl, als fortzugehen. Wenn herausgekommen wäre, dass ich vom jungen Pastor ein Kind erwarte, hätte es eine Katastrophe gegeben. Meine Mutter machte als junge Frau Ähnliches durch und ich wollte ihr diese Katastrophe ersparen. Wir hatten so schon genug Probleme. Es gab für mich keine andere Möglichkeit, als zu flüchten.

Ich bewarb mich auf eine Stelle in einem großen Hotel und wurde angenommen. Meiner Mutter gegenüber behauptete ich, dass ich in einem anderen Hotel viel mehr Erfahrungen sammeln könnte. So packte ich meine sieben Sachen und machte mich auf die Reise.

Am ersten Tag in meiner neuen Stellung erzählte ich von meinem Mann, der in Südtirol ein Hotel geerbt hätte, und dass ich nach Deutschland gekommen sei, um Wissenswertes über das Hotelwesen zu lernen. Sie fühlten sich geschmeichelt, dass ich mir dazu ausgerechnet ihr Hotel aussuchte. Meine Schwangerschaft störte sie nicht. Ich arbeitete bis kurz vor der Geburt. Dann nahm ich mir meinen gesamten Urlaub und verabschiedete mich bis nach der Geburt. Sie waren sehr verständnisvoll."

Sie stockte, holte ein Taschentuch aus ihrer Rocktasche und trocknete ihre Tränen. „Ich bekam über zwielichtige Gestalten die Adresse einer korrupten Hebamme heraus, die für Geld bereit war, den Mund zu halten. Als ich Wehen bekam, fuhr ich zu ihr und sie half mir bei der Entbindung. Ich war ziemlich schwach und fertig, weil ich keinen anderen Ausweg wusste, als dich herzugeben, doch plötzlich bekam ich ein schlechtes Gewissen. Durch meine aufkommenden Muttergefühle brauchte ich Zeit und wollte die Situation noch mal überdenken.

Aber die Hebamme ließ sich auf nichts anderes ein. Sie hatte wohl Angst, dass ihre Machenschaften herauskommen würden. Sie redete mir ein, dass ich noch jung sei und viele Kinder bekommen könnte. Ich flehte sie an, dir wenigstens den heiligen Leonhard beizulegen. Das Einzige, was mir von deinem Vater, den ich wirklich liebte, geblieben war.

Ich war damals so geschwächt und fertig und vor allem war ich naiv, so dass ich mich nicht mehr wehrte. Als die Hebamme nach mehreren Stunden zurückkam, verriet sie nichts. Wahrscheinlich hatte sie Angst, ich könnte dich suchen gehen und sie hätte den Ärger und die Polizei am Hals gehabt. Am nächsten Tag mietete ich mir ein Zimmer und versuchte, mich zu erholen.

Ich bereute meine Tat vom ersten Moment an und hätte sie am liebsten rückgängig gemacht. Aber dafür war es zu spät. Ich wusste nicht, wo ich dich suchen sollte. Auf der einen Seite wollte ich dich wiederhaben, aber auf der anderen Seite schämte ich mich und hatte Angst, dass alles herauskommen könnte. Ich war in einen Teufelskreis geraten, und wenn es eine Hölle gab, dann war ich mittendrin."

Sie sah Leonie an, fasste mit beiden Händen ihren Kopf und küsste sie auf die Stirn: „Mein Kind, wenn ich es hätte ungeschehen machen können, aber …“ Sie konnte nicht weitersprechen und musste sich sammeln.

Nach kurzer Zeit fuhr sie fort: „Ich plante das zwar alles vor der Geburt, aber nun konnte ich nicht damit umgehen. Als ich mich einigermaßen erholt hatte, ging ich in das Hotel zurück, um meine Ausbildung zu beenden. Ich erzählte, dass das Baby gesund zur Welt gekommen sei und die Großmütter sich seiner angenommen hätten. Niemand stellte meine Erzählungen in Frage. Nach meiner Ausbildung ging ich nach Hause zurück und erfuhr, dass dein Vater fortgegangen war. Meine letzten Hoffnungen waren zunichtegemacht.“

Ihre Stimme erstarb. Es dauerte Minuten, bis sie fortfahren konnte. Leonie ließ sie gewähren und streichelte sie währenddessen und sprach sanfte Worte des Trostes. Ihre Mutter trank einen Schluck Wasser und schilderte die damalige Situation weiter: „Als sich nach ein paar Jahren bei uns zu Hause die Dinge änderten und ich das Hotel geerbt hatte, fuhr ich zurück und suchte dich erneut. Ich besichtigte alle Heime in Deutschland, leider ohne Ergebnis. Zum Schluss redete ich mir ein, dass du vielleicht adoptiert worden bist und dass es so am besten war. So Gott will würdest du eines Tages zu mir zurückkommen.

Ich dachte jeden Morgen und jeden Abend an dich. Mein erster Gedanke warst du und am Abend warst du mein letzter Gedanke. Ich hätte mein Leben hergegeben, wenn ich gewusst hätte, dass es dir gut geht, glaub mir, mein Kind! Ich kann es noch gar nicht fassen, dass du nun da bist! Wenn es mir ganz schlecht ging, dann dachte ich, du bist vielleicht schon lange tot, bist erfroren oder verhungert. Die Hebamme wollte ich nach ein paar Jahren aufsuchen, aber sie war gestorben.

Ich gab die Suche nach dir nie auf. Als ich an jenem Tag in deinem Heim war, spürte ich eine ungeheure Anziehungskraft, aber ich fühlte bei keinem der kleinen Mädchen irgendeine Verbindung. Ich redete mir damals ein, wenn ich dich sehe, dann erkenne ich dich auch. So wie heute, als du plötzlich vor mir standest."

Leonie hatte gespannt zugehört und jedem Wort gelauscht. „Das ist wirklich eine Tragödie. Du hast auf deine Weise Ähnliches durchgemacht wie ich. Weißt du, ob mein Vater noch lebt?"

Ein Funkeln zeigte sich in den Augen der Mutter. „Ja, ich las ab und zu von ihm im Internet. Allerdings erst, seit ich Internet habe. Er setzt sich schon seit Längerem für die Aufhebung des Zölibats ein. Um sich gegen das Zölibat zu stellen, muss man es wohl auch mal gebrochen haben!", meinte die Mutter augenzwinkernd zu Leonie und beide lachten. Ernst fügte sie hinzu: „Ich denke, es ist ihm nicht leicht gefallen, sich gegen mich und für die Kirche zu entscheiden. Leonie, ich bin mir sicher, dass auch er mich geliebt hat. Und dich! Hätte er von dir gewusst! Es war damals nicht einfach, mein Kind!"

Sie schluckte schwer und trank noch einmal Wasser aus ihrem Glas, um ihre Stimme und die Kehle zu befeuchten. Sie stellte das Glas wieder auf den Sofatisch und fing erneut an zu reden: „Diese Sache ist aus den Fugen geraten, Leonie. Aber um alles verstehen zu können, ist es wichtig, dass du die ganze Geschichte erfährst, von Anfang an. Sie beginnt nämlich weit vor deiner Geburt, ich war damals auch noch nicht geboren, als das Unglück seinen Lauf nahm. Ich habe hier ein Tagebuch deines Großvaters, meines Vaters. Er war Jude."

Anneliese stand vom Sofa auf und holte aus einem Tresor, der hinter einem Gemälde in der Wand versteckt war, eine Schatulle. Sie schloss sie mit einem kleinen Schlüssel auf und holte ein Heft hervor. Es sah ziemlich abgegriffen aus, als wäre es oft benutzt worden. „Nach dem Tod meiner Mutter überreichte mir unser Notar diese hölzerne Schatulle. Darin befand sich unter anderem dieses Heft. Es ist nichts Besonderes, ein einfaches Schulheft, aber schau selbst. Es ist das Tagebuch meines Vaters, das er auf der Flucht schrieb."

Leonie nahm ihrer Mutter behutsam das Schulheft aus

der Hand und blätterte vorsichtig darin. Anneliese ging kurz aus dem Raum, um weitere Getränke und Essen zu bestellen. Es war spät geworden, ohne dass sie es bemerkt hatten, und Leonie hatte den ganzen Tag noch nichts Richtiges gegessen. Ihr Magen knurrte und nach der Anspannung kam nun die Entspannung und damit auch der Hunger.

Als die Mutter zurückkam, sagte Leonie: „Das ist ja alles in Sütterlin. Diese Schrift kann ich nicht lesen! Kannst du sie mir vorlesen?“

„Natürlich, aber es wäre besser für dich, wenn du dich in die Schrift einlesen würdest, dann kannst du es immer wieder durchlesen oder etwas nachlesen.“ Dann fuhr sie mit ihrer Erzählung fort: „Mein Vater war David Rosenbaum. Er lernte meine Mutter kennen, kurz bevor er in eines der vielen Konzentrationslager abtransportiert wurde. Vielleicht nach Auschwitz, ich weiß es nicht! Seine Eltern waren Eva und Raphael Rosenbaum. Raphael war Professor und lehrte Physik an der Universität in Tübingen seit 1910. Aber fangen wir noch früher an. Ich muss noch weiter zurückgehen. Raphael Rosenbaum wurde 1875 in Palästina geboren. Seine Eltern emigrierten kurze Zeit später und übernahmen eine Schneiderei in Freiburg. Sie waren fleißige Menschen und sie konnten ihrem Sohn ein Studium finanzieren. Raphael lernte seine Frau Eva in Tübingen kennen, als er sich an der dortigen Universität habilitierte. Sie bekamen drei Söhne: Moses, Joshua und David.

Du musst wissen, damals waren protestantische Gelehrte willkommener als jüdische. Dennoch war Raphael Rosenbaum ein angesehener Professor und niemand dachte zurzeit des Ersten Weltkrieges an den Zweiten und daran, dass einmal über sechs Millionen Juden Opfer eines Wahnsinnigen werden würden.“

Sie atmete einmal tief durch und seufzte. Dann sprach Anneliese weiter: „Als die Tübinger Universität 1933 eine der ersten Universitäten Deutschlands meldete: ‚Judenfrage gelöst‘, hatte das zur Folge, dass es damals nur noch 1,5 Prozent jüdische Studenten in Tübingen gab. Sie durften nicht in die Mensa und bekamen auch keine Stipendien mehr. Raphael genoss jahrelang einen guten Ruf, was ihm allerdings 1938 auch nichts mehr nützte, denn nach dem 9. November, der Reichskristallnacht, wo in ganz Deutschland, so auch in Tübingen, die Synagogen bis auf die Grundmauern niederbrannten, entließ man alle ‚nicht arischen' Professoren, Dozenten und Assistenten und somit auch Raphael.

Die Rosenbaums waren eine geachtete Familie, die nun, gezeichnet durch den gelben Judenstern, zu Geächteten herunterstilisiert wurden. Den beiden älteren Brüdern Moses und Joshua gelang frühzeitig die Flucht nach England und von dort emigrierten sie in die USA. Raphael und Eva blieben mit David, der noch zu jung für eine Ausreise war, in Tübingen. Ihre Hoffnung auf Gerechtigkeit und die Liebe zu einem Land, dessen Regime sie missachteten und das sie mit Füßen trat, war größer als die Angst.

Mit der Zeit wurde die Verfolgung aber unerträglich und die Hoffnungen auf einen guten Ausgang schwanden. An eine Ausreise war nun nicht mehr zu denken. Sie hatten ihre Chance verpasst, wie viele andere Juden auch, denn die Verfolgung erreichte zu diesem Zeitpunkt ihren Höhepunkt. Die Rosenbaums hatten noch Glück, denn durch Raphaels guten Ruf schob man ihren Abtransport immer wieder auf. Im Herbst 1944 wurden die letzten Juden in die Konzentrationslager gebracht. Als dann auch ihre Deportation schließlich nicht mehr aufzuhalten war und kurz bevorstand, berieten sie sich und überlegten, wie sie ihren Sohn David der Gefahr entziehen konnten. Eva und Raphael selbst hatten keine Kraft mehr. Sie waren einer Flucht nicht mehr gewachsen. Aber ihrem Sohn wollten sie die Gelegenheit geben, ein schönes und langes Leben zu führen.

Sie gaben David den Familienschmuck, den sie bis dahin hatten verstecken können. Damit würde er sich die Freiheit erkaufen können und in die Schweiz gelangen. David konnte fliehen, während seine Eltern abtransportiert wurden."

Die Mutter hielt abermals inne und sah Leonie an, bevor sie erneut ansetzte: „Wie es ihm gelang, weiß ich nicht. Ich kann dir nur sagen, was mir meine Mutter erzählt hat. Es war nicht einfach. Niemand wollte sich in der damaligen Zeit mit einem Juden belasten. Er lebte die meiste Zeit im Wald und in irgendwelchen Unterschlüpfen. Nach einiger Zeit führte ihn seine Flucht auf den Hof, wo meine Mutter mit ihren Eltern lebte. Meine Mutter war damals noch sehr jung und unerfahren. Ihre Eltern planten für sie eine Heirat mit dem Sohn der Hofnachbarn. Land zu Land und Geld zu Geld. So wurden auch schon ihre Eltern verheiratet. Warum sollte man mit der Tradition brechen? Liebe und Schönheit waren vergänglich und damit nebensächlich. Das Einzige, was zählte, waren Grundbesitz, Ländereien und Geld.

David hielt sich im Holzschober versteckt. Er war halb verhungert und erfroren. Veronika, so hieß meine Mutter, fand ihn, gab ihm Essen und warme Decken und bald auch ihre Liebe. Sie hielt ihn vor ihren Eltern geheim, denn die waren sehr streng und Veronika ahnte, dass er nicht in ihrem Sinne war.

Meine Mutter verbrachte jede freie Minute bei David. Er erzählte ihr von seiner Familie von den Entbehrungen und den Peinigungen der letzten Jahre. So entstand ein inniges Band zwischen den beiden und Veronika wollte mit ihm fliehen. Sie packte heimlich ihre Sachen, denn sie wünschte sich, mit David ein neues Leben anzufangen. Doch es sollte nicht sein! Ihre Mutter war schon länger misstrauisch, und eines Tages schlich sie Veronika nach. Sie beobachtete die beiden und sah, dass David sich bestimmt nicht nur zum Spaß versteckt hielt. Sie belauschte die beiden und erfuhr, dass David Jude war. Sie ertrug weder die Vertrautheit und das Glück der beiden noch die Tatsache, dass ihre Tochter sich mit einem Juden abgab. So schlich sie zurück und tat, was sie für richtig hielt.

Sie erzählte alles ihrem Mann und dann verrieten sie David. Dass sie damit auch ihrer Tochter Leid zufügten, war für sie nicht von Bedeutung. Kurz darauf wurde David abgeholt und deportiert. Wahrscheinlich fand er wenig später den Tod in der Gaskammer, wie seine Eltern auch.

Veronika hatte Schande über die Familie gebracht. Sie ließ sich mit einem Juden ein und war von ihm schwanger geworden, wie sich später herausstellte. Eine solche Schmach konnten sich ihre Eltern nicht bieten lassen! Die Ausweitung der Ländereien durch eine Heirat war geplatzt. Wer würde denn schon eine Judenhure mit ihrem Bastard heiraten? Sie wurde mit Schimpf und Schande vom Hof gejagt. Es gab keine Gnade für sie und ihr Kind.

Meine Mutter schlug sich nach Südtirol durch, denn dort lebte der Bruder ihrer Mutter, mit seiner Frau. Sie verloren im Krieg ihren einzigen Sohn, und als Veronika halbverhungert und schwanger vor ihrer Tür stand, nahmen sie sie auf. Sie führten ein Hotel – dieses Hotel. Sie wollten es einst ihrem Sohn vererben, aber der war nicht mehr am Leben."

Anneliese trank einen Schluck Wasser und konnte nun wieder besser sprechen: „Sie waren gut zu meiner Mutter, und als ich auf die Welt kam, schlossen sie auch mich in ihr Herz und in ihre kleine, aber friedvolle Gemeinschaft ein. Meine Mutter schrieb ihren Eltern viele Briefe und legte Fotos von mir bei. Sie schrieb von ihrem Leben und dass sie fleißig arbeite. Sie hoffte auf Erbarmen, auf Gnade und Liebe. Aber wie kann man auf etwas hoffen, was nie da war?! Als die Eltern in den Fünfzigerjahren, beide kurz hintereinander, starben, erbte sie den Hof und ging mit mir dorthin zurück, um ihr Erbe anzutreten. Trotz allem hatten die Eltern ihr alles hinterlassen, den Hof und die Ländereien. Dennoch wurden wir dort nicht aufgenommen.

An Veronika haftete der Makel der Schande, die sie über die Familie gebracht hatte. Sie war und blieb eine Fremde und eine Aussätzige im Dorf. In dieser Zeit erzählte sie mir von meinem Vater. Es war das einzige Mal, dass sie ausführlicher von ihm sprach. Sie zeigte mir den Ort, wo er sich versteckt hielt, und dass sie sich in der Schweiz ein neues Leben aufbauen wollten. Sie gab mir wieder, was David ihr über seine Familie berichtete. Sie hatte ihn in dieser kurzen Zeit sehr tief lieben gelernt. So sehr, dass sie nie wieder einen anderen Mann lieben konnte.

Ich weiß nicht, ob sie mich liebte und es mir nur nicht zeigen konnte! Ich spürte ihre Liebe nie. So wie sie nie die Liebe ihrer Mutter beziehungsweise ihrer Eltern fühlte, und wahrscheinlich bekamen die auch keine Liebe. Meine Mutter versuchte nun den Hof zu bewirtschaften, aber es war nicht sehr einfach für sie. Die Erinnerungen an David, meinen Vater, lasteten zudem schwer auf ihrer Seele.

Sie verkaufte den Hof und wir gingen zurück nach Südtirol. Dem Onkel ging es damals nicht so gut und er wollte, dass Veronika der Tante unter die Arme griff, falls er starb. Sie war sehr emsig und stellte sich gut an im Hotelgewerbe. Bald darauf setzten sie Veronika als Alleinerbin ein. Und als der Onkel an Herzversagen starb und die Tante kurze Zeit später auch, erbte meine Mutter dieses große Hotel.

Ja, das Geld verließ sie nie. Es war immer genug da. Zuerst hatte sie das Geld aus dem Verkauf des Hofes und nun bekam sie das Hotel und ein dickes Bankkonto dazu. Aber wo war die Liebe? Sie kam einmal kurz in ihrem Leben hervor, um sich zu zeigen – 'Hallo, hier bin ich, so fühle ich mich an!' –, und dann verschwand sie wieder, auf Nimmerwiedersehen.

Ich weiß nicht, ob meine Mutter unglücklich war. Sie arbeitete viel. Ab 1962 leitete sie dann das Hotel. Ich war damals 18 Jahre alt. Ich wusste nichts von der Liebe und dabei sehnte ich mich so sehr danach. Der Onkel und die Tante trauerten um ihren toten Sohn, und meine Mutter trauerte ihrer verlorenen Liebe nach. Sie verehrten und liebten die Toten und vergaßen letztendlich die Lebenden!

So wuchs ich auf. Meine Kindheit war nicht glücklich! Finanziell kann ich mich nicht beklagen, meine Mutter gab mir zu essen und Kleider. Es fehlte mir an nichts, aber ich fühlte nie, dass ich ihr wichtig war, obwohl ich doch die Tochter des geliebten Mannes war. Ich hatte unerklärliche Schuldgefühle. Meine Mutter war melancholisch und oft nahm sie mich gar nicht wahr. Ich versuchte, sie aufzuheitern, aber was ich auch tat, ich konnte ihr nicht helfen.

Um meine Seele zu trösten, ging ich damals oft in die

Kirche. Thomas war kurz vorher aus der Nähe von München zu uns gekommen, um für kurze Zeit die Gemeinde zu übernehmen. Für ihn war es eine Herausforderung. Er machte seine Sache wirklich sehr gut. Er übernahm gern Verantwortung, obwohl er doch noch so jung war. Er kannte es von Zuhause, denn er wuchs inmitten vieler Geschwister auf. Seine Eltern waren sehr fromme Menschen. Sie lasen jeden Tag in der Bibel. Die Bibel war so etwas wie ein Wegweiser, ein Zeichen von Gott, eine Lebenshilfe, und immer wieder zogen sie daraus Kraft und Hoffnung.

Thomas wusste schon früh, dass er Priester werden würde. Seine Eltern waren sehr stolz, als er die Priesterweihe erhielt. Thomas wurde mit christlichen Idealen erzogen und hegte den Wunsch, Menschen zu helfen. Er wollte dort schalten und walten, wo seine Hilfe am meisten gebraucht wurde. Er akzeptierte das Zölibat und verschrieb sich ganz der Kirche. Nicht einmal im Traum dachte er daran, die unabdingbare Voraussetzung für den Priesterberuf zu brechen."

Die Augen der Mutter verengten sich ein wenig und ihre Stirn legte sich sorgenvoll in Falten, während sie weitersprach. „Als ich in sein Leben trat, brachte ich sein Weltbild durcheinander, und eines Tages übermannten ihn seine Gefühle, die er ja versuchte zurückzuhalten. Ich war darüber sehr glücklich, Leonie! Ich war jung und dachte nicht an die Folgen. Ich dachte, wenn man sich liebt, dann gibt es keine Schranken. Dann ist es einfach so! Und die Dinge können sich ändern.

Das war naiv von mir. Ich war jung! Thomas war ein gut aussehender Mann", erzählte sie weiter, „warum nur sollte er sein Leben der Kirche widmen? Damit war doch niemandem geholfen, dachte ich. Er wusste bis damals auch nichts von der Liebe, genausowenig wie ich. Seine Eltern drängten Thomas dazu, Priester zu werden, und hielten sämtliche weltliche Freuden von ihm fern. Damit er sich erst gar nicht an sie gewöhnte. Ich glaube, wir mussten uns treffen, denn jeder von uns hatte seine eigenen Erfahrungen durch Entbehrungen machen müssen.

Ich dachte in den letzten Jahren oft darüber nach, warum ich mir nicht einen ganz normalen Jungen in meinem Alter als Freund suchen konnte. Es musste wohl so kommen! Manche Dinge geschehen und wir können nur unsere Lehren daraus ziehen. Wir hatten eine wunderbare Liebesnacht, die ich nie vergessen werde. Dieses Glücksgefühl spürte ich nie wieder. Diese Liebe war überwältigend."

Ihre Mutter schloss die Augen, nahm den Moment in sich auf und fühlte ihn nach. „Thomas schenkte mir in dieser Liebesnacht den heiligen Leonhard. Er war ein Geschenk seiner Mutter, als er die Priesterweihe erhielt und nach Sankt Leonhard kommen sollte. Der heilige Leonhard ist in Bayern, wo Thomas herkommt, der Bauernherrgott, musst du wissen, und wird dort sehr verehrt. Sie sah es als gutes Zeichen an, dass Thomas ausgerechnet nach Sankt Leonhard kam. Sie setzte große Hoffnung in ihren Sohn und der heilige Leonhard sollte ihn auf seinem Weg begleiten.

Wenn ich die Dinge heute aus der Ferne betrachte, Leonie, dann kann ich ihn sogar verstehen! Ja, ich kann heute verstehen, warum er sich vor meiner Liebe fürchtete. Es hätte ihn so viel gekostet. Es stand so viel auf dem Spiel für ihn. Er hätte nicht nur seine Eltern enttäuscht, sondern auch die Menschen, die ihm vertrauten: seine Gemeinde und die katholische Kirche, und schließlich hätte er auch sich selbst verraten.

Ich sah damals meine einzige Chance in einer Flucht. Was sollte ich sonst tun? Ich hätte Schande über unsere Familie gebracht. Letztendlich wäre mir Ähnliches passiert wie meiner Mutter. Das wollte ich mir und ihr ersparen." Sie kam langsam zum Schluss: „Vor ein paar Jahren googelte ich im Internet seinen Namen. Seither weiß ich, dass er sich in der Bischofskonferenz vehement gegen das Zölibat einsetzt. Er würde nicht schlecht staunen, wenn er plötzlich wüsste, dass er eine Tochter hat!

Ja, Leonie, das ist meine Geschichte, die mich dazu brachte, dich fortzugeben. Ich wusste von dem Moment an, als die Hebamme mit dir verschwand, dass ich einen großen

Fehler begangen habe. Ich lebte seither mit meiner Schuld und Angst. Schuld deshalb, weil ich dich nicht aufgezogen habe und dir nicht meine Liebe gab, die du so dringend gebraucht hättest. Gleichzeitig zerfraß mich die Angst um dich, weil ich nicht wusste, ob du dieses Abenteuer heil überstanden hast. Du warst so klein und winzig. Es war November und du hättest auch erfrieren oder verhungern können. Meine Buße war die große Schuld, die immer schwerer und schwerer auf mir lastete und mich täglich verfolgte und quälte.

Glaub mir, es verging kein Tag, an dem ich nicht an dich dachte. Ich schwöre, dass es die Wahrheit ist. Ich verlange keine Absolution, ich erwarte kein Verständnis und ich weiß, dass eine Entschuldigung zu spät kommt. Aber ich wünsche mir, dass du mir glaubst, wenn ich dir sage, dass ich dich sehr vermisst habe und mich zutiefst ohnmächtig fühlte."

Anneliese Huber ließ Leonie während ihrer Ausführungen nicht aus den Augen. Ab und zu strich sie sich den Rock glatt, eine Geste, die Verlegenheit und Unsicherheit verriet. Leonie konnte es immer noch nicht fassen, hier neben ihrer Mutter zu sitzen und ihre Geschichte zu hören, mit der sie sich identifizieren durfte. „Ich verstehe deine Not, unter der du damals gelitten haben musst. Ich bin ehrlich entsetzt über das, was auch du durchgemacht hast. Vielleicht lief es bei mir doch besser, als du dachtest, denn Liebe habe ich gespürt durch Schwester Alberta, Pater Tom und durch meine Freundinnen und besonders durch Billi. Wir besprachen unsere Probleme immer offen in der Gruppe. Später bekamen wir Hilfe von Billi und unterstützten uns gegenseitig. Du musstest mit allem allein fertig werden, genauso wie deine Mutter auch. Ich kann euch beide verstehen.

Es ist leider manchmal so, dass man die Dinge weitergibt, unter denen man selber gelitten hat. Auch wenn sie anders erscheinen und man in seinem Handeln einen Sinn sieht, den man damals bei seinen Eltern nicht sehen konnte. Deshalb können viele ihre Fehler nicht erkennen. Ich kann nicht sagen, ob ich es besser gemacht hätte. Ich habe keine Tochter. Ich war immer nur damit beschäftigt, mir Eltern zu suchen. Wie hätte da ein Kind in meinem Leben Platz gehabt?! Ich bemerkte nicht, dass ich den anderen dadurch Schaden zufügte. Das ist mir erst jetzt richtig klar geworden. Man kann sich nicht woanders das holen, was man als Kind nicht bekam, und das ist auch gut so, denn sonst würden wir nichts lernen.

Ich tat Livio, meinem Mann, nicht gut. Ich sah den Vater in ihm, er wollte aber als Mann behandelt werden. Daher auch seine vielen Affären. Ich schäme mich, wenn ich darüber nachdenke. Ich bin dabei, den gleichen Fehler noch mal mit Anja zu machen. Wie gut, dass ich es jetzt rechtzeitig erkennen kann!

Keine Angst, ich habe dir nichts vorzuwerfen. Wer von euch ohne Sünde ist, der werfe den ersten Stein! Wie oft habe ich diesen Satz von Alberta gehört, wenn mal wieder einer den anderen verpetzen wollte. Jetzt bekommt dieser Satz für mich eine neue Bedeutung. Damals war es nur ein Satz, aber heute verstehe ich den Sinn.

Ich bin bereit, mit dir einen Neuanfang zu wagen. Ich kann dir nicht versprechen, dass es einfach werden wird, aber ich verspreche dir, dass ich mich bemühen werde. Wir können nicht alles nachholen, aber wir können ab jetzt lernen, aus unseren Fehlern Erkenntnisse zu ziehen, damit wir in Zukunft solche Fehler nicht mehr machen. Ich höre im Moment aus mir die Weisheit von Billi sprechen. Ich habe schon viel gelernt! Wenn wir ehrlich zueinander sind, dann will ich dir die Tochter sein und du sei für mich die Mutter, nach der ich mich immer so sehr sehnte."

Ihre Mutter war gerührt. „Komm her zu mir. Bitte! Ich möchte dich von nun an nicht mehr loslassen. Ich liebe dich und das ist die Wahrheit! So wahr mir Gott helfe, mein Kind!" Sie hielten sich fest.

„Ich habe deine Liebe wahrscheinlich immer gespürt", sagte Leonie. „Sonst hätte ich den Gedanken an dich bestimmt eines Tages aufgegeben und die Suche auch. Irgendetwas zog mich permanent an und das warst du mit deiner Liebe. Wir werden uns noch viel erzählen und ich habe noch einen Wunsch. Ich weiß nicht, wie du dazu stehst. Ich möchte meinen Vater kennenlernen. Was sagst du dazu, Mutter?“

Anneliese Huber schluckte bei dem Wort Mutter. Sie glaubte zu träumen, denn sie hatte das Gleiche gedacht. „Ich wollte dir das anbieten, mit mir eine Reise in die Vergangenheit zu unternehmen. Wir fahren nach Baden-Württemberg, und ich zeige dir den Hof, wo Veronika aufgewachsen ist und wo David sich versteckt hielt und das letzte Mal in seinem Leben glücklich war. Und wir besuchen Tübingen.

Eine Recherche über das Internet, um den aktuellen Standort deines Vaters herauszufinden, dürfte uns nicht schwerfallen. Es ist Zeit, die Vergangenheit zu bewältigen. Wenn wir bereit sind, dann ist es Thomas vielleicht auch. Wer weiß, vielleicht spürte auch er deine Existenz, ohne es zu wissen. Wir lassen nichts aus. Packen wir es an, Kind!“ Sie war voller Elan.

Leonie wurde angesteckt und fragte: „Kannst du dir denn freinehmen? Hast du keine Verpflichtungen? Ich habe dich noch nicht gefragt, ob du verheiratet bist?“

Ihre Mutter antwortete: „Du kannst alles fragen. Nein, ich bin nicht gebunden. Das ist auch etwas, was ich mit meiner Mutter gemeinsam habe. Was meine Verpflichtungen angeht – ich bin die Chefin. Ich kann machen, was ich will!“, lachte sie. „Das Hotel läuft auch mal ganz gut ohne mich!“ Sie stockte. „Ich kann es immer noch nicht fassen, dass du hier bist.“

Leonie ging es genauso. „Ich glaub es noch nicht. Ich muss unbedingt Billi anrufen. Außerdem versprach ich Alberta, eine E-Mail zu schreiben. Sie wird es auch nicht glauben können!“ Sie musste dieses Wort noch einmal laut sagen: „Mutter, wenn wir auf Vergangenheitsreise gehen, dann zeige ich dir auch meine Vergangenheit! Du musst die Menschen kennenlernen, die für mich da waren.“

„Gern, mein Kind!“, entgegnete sie. „Wie lange kannst du bleiben?“

„Bis Mittwochmorgen. Ich muss abends wieder in Berlin

sein. Ich möchte den Mädels alles erzählen. Das bin ich ihnen schuldig. Danach werde ich mir in der Redaktion Urlaub nehmen. Vielleicht werde ich mich für ein Jahr beurlauben lassen. Wer weiß, eventuell schreibe ich die Geschichte von David auf und es wird ein Buch. Ich wollte sowieso was anderes machen.

Ich kann keine Vernissage mehr ertragen. Ich brauche eine andere Herausforderung! Mutter, lass uns gemeinsam in die Vergangenheit eintauchen. Ich glaube, das ist mein neuer Weg. Wir müssen die Sache sensibel und bedächtig angehen, wenn wir Erfolg haben wollen. Ich denke, das sind wir deiner Mutter Veronika und deinem Vater David schuldig."

Anneliese sagte es von Herzen gern: „Das ist eine gute Idee, mein Kind! Mach dir keine Gedanken. Ich werde ab jetzt für dich sorgen, auch wenn du mittlerweile erwachsen bist. Aber es ist mir ein echtes Anliegen! Lass mich für dich da sein! Du kommst hierher und schreibst dein Buch. Vorher besuchen wir den Ort der Vergangenheit. Dann hast du Bilder im Kopf, damit du besser schreiben kannst. Ich bin froh, dann hat das Tagebuch von David seinen Sinn erfüllt. Und ich bin ganz sicher, dass du Erfolg haben wirst."

Leonie war begeistert. „Ich fühle es auch. Es wird gut, das Buch! Du musst wissen, in der letzten Zeit hatte ich eine Krise. Mein Beruf machte mir keinen Spaß mehr. Die Decke fiel mir auf den Kopf. Ich habe nun eine neue Perspektive und werde einen Roman schreiben. Unsere Geschichte! Das ist mein Weg!"

Anneliese freute sich für Leonie und für sich auch. „Komm, mein Kind, ich führe dich durch das Hotel! Das Personal wird schon ganz neugierig sein. Christian hat bestimmt die Neuigkeit herausposaunt. Die platzen bestimmt vor Spannung. Komm, wir wollen sie alle erlösen!" Leonie und Anneliese gingen Hand in Hand durch das Haus. Anneliese machte Leonie mit ihren Angestellten bekannt. Sie bestellte ihr Personal in den Konferenzraum und erzählte allen die Wahrheit über sich und Leonie, bevor es zu irgendwelchen Gerüchten kam.

Es sollte keine Geheimnisse mehr geben. Die beiden Frauen, Mutter und Tochter erzählten sich noch die halbe Nacht lang Geschichten aus ihrer Vergangenheit, bevor sie beide in Annelieses Bett Arm in Arm einschliefen. Die Mutter hatte ihre Tochter und die Tochter hatte endlich ihre Mutter gefunden. Es gab noch vieles aufzuholen und zu klären, zu bewältigen und zu erleben. Aber alles zu seiner Zeit!

Das Mädchen spürte grelles Licht, das sich einen Weg durch ihre geschlossenen Augenlider bahnte. Irgendwo fiel etwas zu Boden, was ein lautes und schepperndes Geräusch verursachte. Stimmen drangen in ihr Bewusstsein, jemand sagte: „Das war in allerletzter Sekunde. Sie hat großes Glück gehabt!" Meinte die Stimme etwa sie? Wieso sollte sie Glück gehabt haben? Wo war sie? Was war geschehen?

Eine dieser Stimmen kam ihr bekannt vor: „Ich weiß nicht, was in sie gefahren ist? Meine Güte, was hat sie sich nur dabei gedacht? Man schneidet sich doch nicht einfach die Pulsadern auf." Jetzt erinnerte sie sich wieder, sie hatte Sarah getötet, auch wenn es ein Versehen gewesen war. Niemand würde ihr das glauben. Warum ließ man sie nicht in Ruhe sterben? Sie stöhnte und versuchte sich zu bewegen. Sie musste hier raus! Allein sein. Der Tiger wurde schon wieder unruhig.

„Sie kommt zu sich!", rief eine männliche Stimme. Das Mädchen blinzelte, um die Augen zu öffnen. Sie sah ihre Mutter, die sich mit ärgerlichem Gesichtsausdruck über sie beugte.

„Was tust du mir nur an? Immer machst du Ärger! Warum kannst du nicht so sein wie deine Schwester? Warum schneidest du dir die Pulsadern auf? Die Polizei stand bei uns vor der Tür! Was sollen nur die Leute denken? Aber das hat dich ja noch nie interessiert. Du bist und bleibst eine Plage."

Das Mädchen schrie hysterisch und warf den Kopf hin und her. „Geh, geh und lass mich allein! Geh weg! Ich will dich nicht mehr sehen." Sie strampelte mit den Beinen und versuchte aufzustehen.

„Ich habe es von Anfang an gewusst, dass du nicht normal bist. Du bist schlecht von Grund auf. Eines Tages wirst du noch alles bereuen, was du mir angetan hast!", wetterte die Mutter weiter. „Du bist verkommen und dreckig! Niemals hast du auch nur einmal an mich gedacht. Warum bin ich nur mit dir bestraft worden?"

Das Mädchen ertrug die Worte nicht mehr. Jemand kam ihr zur Hilfe und packte die Mutter am Arm. „Kommen Sie, Sie fahren am besten nach Hause. Wir rufen Sie an, wenn es Ihrer Tochter besser geht. Sie braucht jetzt Ruhe. Sie hat viel durchgemacht." Das Mädchen hörte wieder ihre Mutter schreien: „Das ist ihre eigene Schuld! Sie hat sich das selber zuzuschreiben. Sie ist egoistisch und denkt nur an sich", hallte es noch von der Tür her und eine beruhigende weibliche Stimme sagte: „Wir kümmern uns um Ihre Tochter, aber es ist jetzt besser, wenn Sie gehen!" Die Frau führte ihre Mutter aus dem Raum.

Das Mädchen sah sich genauer um. Sie war in einem Krankenhaus in der Notaufnahme. Man hatte ihre Arme verbunden und sie war an einen Tropf angeschlossen. Sie bekam Blut in ihre Venen. Was war passiert?

Sie hatte das Bewusstsein verloren und irgendjemand hatte sie anscheinend gerettet. Warum nur? Warum diese weitere Qual? Jetzt würde man sie ins Gefängnis stecken für den Rest ihres Lebens!

Die Frau, die ihre Mutter aus der Ambulanz führte, kam wieder, sie lächelte das Mädchen an. „Hallo, ich heiße Karin, die Polizei fand dich. Ich hoffe, es ist dir recht, wenn ich dich duze. Ich bin ja nicht sehr viel älter als du. Du hattest großes Glück. Sie haben dich in allerletzter Minute gerettet. Vielleicht möchtest du mit mir sprechen. Ich bin Psychologin."

Das Mädchen blinzelte: „Ich verstehe nicht. Was wollen Sie von mir? Warum hat man mich nicht sterben lassen? Ich darf nicht mehr leben."

„Warum darfst du nicht mehr leben? Wer sagt denn so was?", fragte Karin.

„Ich sage das."

Karin sagte zu dem Mädchen sehr ruhig und zugleich gefühlvoll: „Du wirst auf ein Krankenzimmer gebracht. Ich begleite dich. Dann können wir uns in Ruhe unterhalten. Alles wird gut, glaub mir!"

„Ich habe jemanden umgebracht! Ich wollte es eigentlich gar nicht. Ich verdiene es nicht mehr zu leben!"

„Unsinn, du brachtest niemanden um! Es war ein Unfall! Die Polizei konnte anhand der Reifen- und Bremsspuren alles rekonstruieren. Die Frau lebt! Ihr Verlobter hat sie gefunden und einen Krankenwagen gerufen. Sie wird gerade operiert. Ihr Bein ist gebrochen und sie hat eine Gehirnerschütterung, deshalb war sie bewusstlos."

Verwirrt schaute das Mädchen Karin an. „Aber sie atmete doch nicht mehr. Ich fühlte keinen Puls." Das Mädchen verstand gar nichts momentan.

„Du warst viel zu aufgeregt. Durch den Schock gerietest du in Panik. Alles wird gut, glaube es mir! Ich möchte dir helfen. Du wirst sehen, es wird dir guttun zu reden." Bei den letzten Worten streichelte sie dem Mädchen über die Stirn.

Zwei Schwestern kamen und schoben das Mädchen aus der Notfallstation über lange Gänge in einen Aufzug. Karin begleitete sie. Eine der beiden Schwestern drückte auf den Etagenknopf und der Fahrstuhl setzte sich nach oben in Bewegung.

„Ich bin Schwester Ingrid und das ist Schwester Claudia", stellte die Größere beide vor. „Wir bringen Sie auf Station 4. Sie brauchen jetzt nur noch ein wenig Ruhe. Karin, unsere Psychologin, wird sich um Sie kümmern."

Das Mädchen sagte nichts. Sie schaute die Schwestern an. Sie kannte sie nicht und die Umgebung um sie herum auch nicht. Sie musste in einem anderen Krankenhaus sein. Das war gut so. Die Tür ging auf und die Schwestern schoben sie über einen weiteren Flur. Sie hielten vor einer Glastür, auf der in schwarzer Schrift „Station 4" und „Psychiatrie" stand.

Man hielt sie offensichtlich für bekloppt. So war das! Sie kam, anstatt ins Gefängnis, in eine geschlossene Anstalt! Karin erahnte ihre Gedanken und beruhigte sie sofort: „Keine Angst, du kannst hier jederzeit raus und niemand zwingt dich hierzubleiben. Patienten, die sich das Leben nehmen wollten, bringen wir erst mal hierher. Wir fangen sie auf und versuchen durch Gespräche herauszufinden, was sie quält. Bleib ganz ruhig. Du bist hier gut aufgehoben. Wenn *du willst, kannst du jederzeit gehen." Karin lächelte ihr vertrauensvoll zu.*

Als das Mädchen auf ihr Zimmer gebracht worden war und im Bett lag, holte Karin einen Stuhl und setzte sich zu ihr. Sie hielt eine Tasche auf ihrem Schoß. Anscheinend hatte ihre Mutter ein paar Sachen zusammengepackt. Karin stellte die Tasche auf ihr Bett ans Fußende. „Wenn der Tropf durchgelaufen ist, dann kannst du dich ein wenig frischmachen. Das dauert aber noch. Ich möchte mich mit dir gern unterhalten. Magst du mir ein wenig über dich erzählen?"

„Ich bin eine Schande. Sie haben es doch eben von meiner Mutter gehört. Ich habe Sarah angefahren. Ich hasste sie. Ich wollte sie töten. Aber ich hätte das doch nie wirklich getan!" Sie machte eine Pause. Dann fuhr sie fort: „Ich war eifersüchtig, weil Sebastian sie liebt und nicht mich."

Der Tiger rührte sich und machte sich für alle Fälle kampfbereit. Karin sprach mit ihrer ruhigen Stimme: „Manchmal ergeben die Dinge einen Sinn, wenn man sie von einer anderen Seite betrachtet. Auch wenn du dir das momentan nicht vorstellen kannst. Ich möchte dir helfen, eine andere Sichtweise zu bekommen. Damit du dich selber besser verstehen kannst. Möchtest du, dass ich dir helfe?"

Deprimiert antwortete das Mädchen: „Was hat das für einen Sinn? Mich will ja doch niemand! Ich bin so, wie ich bin. Sie hörten doch selbst, was meine Mutter eben sagte."

Karin konnte das nicht so stehenlassen. „Mein liebes Mädchen, auch Mütter machen Fehler, große Fehler sogar! Niemand wird schlecht geboren. Du hast irgendwann, weil du nicht anders konntest, einen falschen Weg eingeschlagen. Du hattest keine andere Wahl. Ich kann dir vielleicht helfen, den richtigen Weg zu finden! Wenn du mir hilfst."

„Wie kann ich Ihnen denn helfen?", fragte sie verwundert.

„Du hilfst mir, indem du mir alles erzählst. Wir tasten uns immer weiter vor bis zu jenem Zeitpunkt, wo du nicht mehr weiter wusstest und einen anderen Weg gehen musstest."

Nun wurde sie neugieriger. „Wie soll denn so was gehen?", fragte sie.

Karin hatte auch darauf eine Antwort: „Du musst mir vertrauen und alles wird gut! Du wirst schon sehen. Wir beide werden eine Menge Zeit miteinander verbringen und nach einer Weile wirst du den richtigen Weg finden." Und extra betont sagte sie: „Ich möchte dir helfen!" Sie ließ den Satz so stehen. Nach einer Weile setzte sie erneut an und erklärte ihr noch: „Die Polizei braucht auch ein psychologisches Gutachten über dich. Damit man später bei Gericht die Gründe nachvollziehen kann, warum du zum Beispiel Sarah nicht geholfen hast und geflohen bist. Die Polizei nennt so etwas nämlich unterlassene Hilfeleistung."

Das Mädchen unterbrach sie: „Komme ich deswegen ins Gefängnis?"

Karin konnte sie auch da beruhigen. „Ganz bestimmt nicht!", sagte sie. „Ich bin mir sicher, dass sich alles aufklären lässt. Vielleicht bekommst du eine Sozialstrafe auferlegt oder eine Strafe auf Bewährung. Das werden wir dann sehen. Mach dir erst mal keine Sorgen."

Das Mädchen sah sich ihre verbundenen Arme an. Sie dachte: Sie sind Mahnmale meiner Qualen, der unerträglichen Schmerzen! Und sie dachte an den Tiger, der sie antrieb, an sein Brüllen und an den unermesslichen Drang, Blut sehen zu wollen.

Karin streichelte dem Mädchen über die vielen Wunden, die sie sich selbst zugefügt hatte, und auch über die längst verheilten Narben, die immer noch für andere sichtbar waren, als Zeichen ihrer inneren Pein.

Das Mädchen versprach Karin, mit ihr zu arbeiten. Sie hatte nichts mehr zu verlieren. Sie würde, ja sie musste Karin vertrauen. Vielleicht gab es ja irgendwo auf der Welt einen Weg, der für sie der Richtige war.

Kapitel 19

Leonie schlief schon lange nicht mehr so gut. Als sie wach wurde, war es schon hell. Das Bett neben ihr war leer, aber gleich darauf klopfte es an der Tür und ihre Mutter kam mit einem Frühstückstablett herein. „Guten Morgen! Frühstück im Bett. Das haben wir uns verdient, meinst du nicht auch?"

Leonie schaute noch verschlafen drein. „Was für ein Luxus! Der Kaffee duftet herrlich! Was sind denn das für Brötchen? Sag bloß, das sind Croissants? Ich liebe Croissants! Weißt du, dass ich schon über 18 war, als ich zum ersten Mal Croissants aß? Im Heim konnten sie sich so was nicht leisten."

„Du bekommst nicht nur Croissants, sondern auch Honig aus unserer eigenen Imkerei und selbst gemachte Marmelade. Ich habe dir noch was mitgebracht." Anneliese stellte Leonie das Tablett aufs Bett. Ihre Tochter hatte sich aufrecht hingesetzt und genoss den ersten Schluck Kaffee.

Anneliese schaute sehr geheimnisvoll. Sie hielt einen weißen Zettel in der Hand und wedelte damit vor Leonie hin und her. „Rate mal, was ich hier habe?"

Leonie witzelte: „Ich weiß nicht. Ein Flugticket nach Amerika für Disneyland?" Sie biss herzhaft in ein Croissant.

Ihre Mutter fragte: „Wie kommst du denn auf Disneyland?"

Mit halbvollem Mund antwortete sie und trank noch schnell einen Schluck Kaffee zum Runterspülen: „Als Kind war es für mich das Größte! So schön und so weit weg! Ich dachte, so etwas gibt es nur im Traum. Ich sollte mir diesen Traum vielleicht mal erfüllen. Was hast du denn da? Mach es nicht so spannend."

„Okay, ich fand im Internet ein Bild von deinem Vater.

Ich habe es ausgedruckt. Er sieht immer noch gut aus. Mittlerweile müsste er fast 70 sein." Anneliese gab ihrer Tochter das Blatt. Während Leonie neugierig auf das Bild schaute, nahm ihre Mutter ein weiteres Croissant, strich vorn auf die Spitze Butter mit Marmelade und hielt es Leonie hin, die ihr erstes Croissant schon gegessen hatte.

Leonie platzte heraus: „Aber das ist doch Pater Tom!"

„Was?", entfuhr es der Mutter.

„Das ist Pater Tom!", wiederholte Leonie.

„Wer ist Pater Tom?"

„Na, der Mann auf dem Bild. Das ist unser Pater Tom! Ich kenne ihn!"

„Ja, aber – das ist dein Vater! Er war der Pastor hier im Ort."

„Mutter, ich bin mir ganz sicher. Es ist Pater Tom. Ich habe dir doch erzählt, dass unser Heim von Nonnen geleitet wurde. Pater Tom kam uns jeden Tag besuchen. Er hielt die Messen und er war der Mann im Haus für uns alle. Er fuhr mit uns in die Freizeit. Er baute mit uns Schneemänner. Er spielte mit uns Fußball. Er brachte uns das Schwimmen bei. Er war immer da, wenn wir ihn brauchten! Er paukte mit mir Mathe und Latein. Er nahm mir auch immer die Beichte ab. Ich kenne ihn, seit ich denken kann. Als ich Abitur machte und nach Berlin ging, um zu studieren, verabschiedete ich mich von ihm. Er sagte damals zu mir, dass er nun hier nichts mehr zu tun habe. Seine Aufgabe im Heim sei erfüllt. Ich fasse es nicht. Er ist mein Vater?!" Leonie musste kräftig durchatmen.

Ihre Mutter fand mittlerweile ihre Sprache wieder: „Leonie, das kann doch nicht wahr sein! Das ist ja verrückt. Das glaubt uns doch kein Mensch."

Leonie war nun ganz euphorisch: „Ich weiß! Das ist so unwahrscheinlich, so unglaublich! Was passiert hier?", fragte sie ihre Mutter.

„Ich weiß es auch nicht, Leonie. Wenn das stimmt, dann war dein Vater bei dir im Kinderheim und hat dich behütet. Was hat das zu bedeuten?"

„Pater Tom sagte immer: 'Gottes Wege sind unergründlich!' Aber so unergründlich sind sie gar nicht. Es macht alles einen Sinn."

Ihre Mutter konnte es noch nicht fassen. „Da war dein Vater die ganze Zeit bei dir und passte auf dich auf! Und er tat all die Dinge, die ein Vater mit seinen Kindern machen würde. Aber ihr wusstet doch beide nichts voneinander? Was für einen Sinn soll das machen?"

Leonie war aufgeregt. Ihre Gefühle spielten Achterbahn. „Er ahnte es! Ich erinnere mich, als ich ungefähr drei Jahre alt war, bat er mich einmal um den heiligen Leonhard. Ich holte ihn aus meiner Schatulle und zeigte ihm das Medaillon, er nahm es in seine Hand und sagte eine ganze Zeit lang nichts. Er blickte stumm auf die Figur in seiner Hand. Nach einer Weile nahm er mich auf seinen Schoß und sprach: ‚Weißt du, Leonie, Gott hat dich ganz doll lieb. Er passt besonders auf dich auf und ich helfe ihm dabei!'"

Anneliese war sprachlos und schaute ungläubig zu Leonie. Dann presste sie zwischen ihren Lippen hervor: „Das gleicht einem Wunder, Leonie! Ich glaubte schon immer an Gott, aber jetzt bin ich mir ganz sicher, dass es ihn gibt."

„Ja", sagte Leonie und erzählte weiter: „Da gibt es noch etwas Eigenartiges: Ich sehnte mich immer nur nach dir, nach meiner Mutter! Aber nie eigentlich nach meinem Vater. Vielleicht, weil er bei mir war? Das ist doch komisch, oder?"

Anneliese überlegte laut: „Wir müssen Kontakt zu ihm aufnehmen! Wir sollten heute noch zu ihm fahren! Was hältst du davon?"

Leonie war verwirrt, aber natürlich wollte sie. „Worauf warten wir noch?", sagte sie zu ihrer Mutter.

„Mein Gott, wenn mir einer eine solche Geschichte erzählen würde, ich könnte es nicht fassen!" Anneliese war ebenfalls durch den Wind, behielt aber den Überblick. Sie kümmerte sich erst mal um ihre Tochter und um das leibliche Wohl. „Iss in Ruhe dein Frühstück! Ich packe derweil ein paar Sachen. Er lebt im Übrigen in Passau. Er arbeitet dort im Bistum. Wir müssen nicht so weit fahren. Ich glaube, wir sollten ihn anrufen und uns anmelden. Was meinst du, Leonie?"

Leonie zog ihre Stirn in Falten und sagte: „Ja, wenn du dich nicht traust, dann mache ich das! Gerne sogar."

Anneliese nickte mit dem Kopf und sagte leise vor sich hin: „Kein Problem! Er wartet bestimmt schon lange auf uns."

„Ich dachte eben genau das Gleiche. Warum rief er dich damals nicht an und sagte dir, dass ich im Heim bin?" Leonie sah Anneliese fragend an, sie konnte es immer noch nicht glauben, dass Pater Tom ihr Vater war.

„Ich weiß es nicht. Aber wir werden ihn fragen, Leonie. Viele Fragen sind noch offen. Wir haben alle Zeit der Welt."

Zwei Stunden später saßen Leonie und Anneliese im Auto auf dem Weg nach Passau. Sie hatten tatsächlich mit Thomas beziehungsweise Tom gesprochen. Zuerst Anneliese und dann Leonie. Er war ziemlich durcheinander. Als Anneliese ihm sagte, dass sie nicht kämen, um Rechnungen zu begleichen, sondern um Wiedersehen zu feiern, schien er beruhigt. Nun waren sie auf dem Weg dorthin, bereit für neue Antworten auf alte Fragen.

Leonie fragte nun ihrerseits ihre Mutter aus: „Was faszinierte dich an Thomas?"

Anneliese lächelte in sich hinein und fand sofort eine Antwort auf Leonies Frage. „Seine blauen Augen. Sie strahlten wie zwei Sterne. Eine Strähne von seinem schwarzen Haar fiel ihm immer in die Stirn. Mit seiner rechten Hand musste er sie ständig bändigen. Ich liebte diese Geste und konnte mich nicht satt daran sehen."

Leonie lachte: „Ich weiß, was du meinst. Beim Fußballspielen störten die Haare so sehr, dass wir ihm ein Stirnband schenkten. Die blauen Augen habe ich aber leider nicht geerbt."

Anneliese sagte liebevoll: „Du siehst ihm trotzdem ähnlich." Sie lächelte sanft und strich mit der rechten Hand über Leonies Haare. Eine ganz normale Geste für eine Mutter, die voller Liebe und Stolz wie selbstverständlich ihrer Tochter das Haar streichelt. Für Anneliese war es der Himmel und für Leonie die ganze Welt.

Sie fuhren eine ganze Zeit, ohne dass eine von ihnen sprach. Dann fragte Leonie abrupt in die Stille, die nur vom Motorengeräusch untermalt wurde: „Warum gibt es eigentlich das Zölibat? Das ist doch wider die Natur. Wenn es das Zölibat nicht gäbe, dann wären wir heute eine Familie. Bei den evangelischen Pfarrern geht das doch auch!"

„Ja, aber die hatten ihren Luther. Da müssen die Katholiken noch ein paar Jahrhunderte warten, bis die so weit sind. So lange spielen wir Frauen weiterhin keine große Rolle. Im Alten Testament, und auch im Neuen Testament, wird die Frau zur Gebärmaschine degradiert. Die Frau wird von der Erbsünde nur gerettet, weil sie Kinder zur Welt bringt. Kannst du bei Timotheus 2,8-15 nachlesen. Es gibt übrigens eine Menge frauenfeindlicher Sprüche in der Bibel. Am meisten hasse ich: ‚Eine Frau, die schweigen kann, ist eine Gabe Gottes.' Sirach 26,17."

Leonie sagt sehr scharf: „Ja, und weißt du auch warum? Weil die Bibel von Männern geschrieben wurde. Genau wie die alten klassischen Märchen von den Gebrüdern Grimm oder auch Hans Christian Andersens Märchen. Da sind meistens die Frauen die Bösen. Die böse Stiefmutter bei Schneewittchen oder Aschenputtel. Oder die böse Mutter bei Hänsel und Gretel und nicht zu vergessen die böse Hexe. Der Hexer kommt nur bei Edgar Wallace vor. Bei Dornröschen ist es die böse Fee.

Es gibt nie einen bösen Mann. Bei Rotkäppchen wäre es eigentlich einer, aber der wurde in ein Tier verwandelt. Weil nicht sein kann, was nicht sein darf. Wenn man das Märchen vom Rotkäppchen in die heutige Zeit versetzen würde, dann wäre der böse Wolf, ein Mann, der Missbrauch an Kindern übt, vielleicht sogar ein Kindermörder. Der Jäger ist in dem Fall die Polizei, die den Täter ‚jagt'. Rotkäppchen, auch weiblich, ist die naive dumme Gans, die nicht auf ihre Mutter hörte und vom Weg abkam.

Oft sind die Männer die armen Opfer, die sich nicht gegen die bösen Frauen wehren können. Die sich von ihnen manipulieren und instrumentalisieren lassen. Die Männer kommen seit jeher in der Geschichte besser weg als die Frauen. Und das alles nur, weil Eva nicht hören wollte und in den Apfel biss."

Anneliese sah ihre Tochter nachdenklich an: „Ja, du hast recht. Darüber habe ich mir noch gar keine Gedanken gemacht. Mir fällt gerade was ein. Ich wohne zwar in einer tief katholischen Gemeinde. Trotzdem wird auch hier sehr gern das sechste Gebot gebrochen. Und weißt du was, immer ist die Frau die Böse, über die schlecht gesprochen wird. Der Mann ging doch genauso fremd. Wenn damals das mit mir und Thomas herausgekommen wäre, dann hätte ich die ganze Schuld tragen müssen. Der arme Pastor wäre als Opfer glimpflich davongekommen. Denn sicher hätte ich ihn verführt!"

Leonie fiel etwas anderes dazu ein: „Was wäre gewesen, wenn er von der Schwangerschaft gewusst hätte?"

Anneliese überlegte einen Moment und sagte dann: „Ich weiß nicht recht. Vielleicht weiß er das auch nicht. Er hätte sein Amt als Priester niederlegen müssen. Vielleicht hätte die katholische Kirche aber auch die Alimente gezahlt und er wäre weiterhin in seinem Priesteramt tätig geblieben. Er hätte in jedem Fall seine Eltern enttäuscht. Es war ihr Wunsch, dass Thomas Pfarrer wird. Ganz oft müssen die Kinder die Berufsträume der Eltern erfüllen. Sie vergessen dabei den freien Willen des Kindes und die eigene Individualität. Die Kinder merken es erst, wenn sie unter dem falschen Beruf leiden. Oder sie identifizieren sich erfolgreich mit dem Beruf und warten ein Leben lang auf Anerkennung vom Vater oder von der Mutter, die sie vielleicht nie bekommen werden."

Leonie schaute ihre Mutter von der Seite an und fragte sie weiter aus: „Wenn du mich behalten hättest, dann würde ich vielleicht heute ein Hotel leiten. Das wäre so ziemlich das Letzte, was ich mir vorstellen könnte. Denn ich bin bestimmt die schlechteste Hausfrau aller Zeiten."

Sie mussten beide lachen. Leonie sprach weiter: „Als ich noch mit Livio zusammenlebte, da hatten wir jeden Tag eine Hausdame, die nach dem Rechten schaute. Sie machte sauber, kaufte ein und kochte vor. Wenn ich abends nach Hause kam, dann brauchte ich nur noch aufzuwärmen. Kochen ist für mich ein Fremdwort. Wenn ich Hunger habe, dann könnte ich mir allenfalls ein Butterbrot machen. Als ich in Berlin studierte, habe ich mir bei Billi in der Kneipe etwas dazuverdient. Da brauchte ich nur zu bedienen, abzuräumen und manchmal Gläser zu spülen.

Hausfrau und Mutter kann ich mir bei mir gar nicht vorstellen. Ich weiß nicht, ob ich jemals einen Kinderwunsch hatte. Ich glaube, ich wäre nicht sehr froh gewesen, wenn ich schwanger geworden wäre. Dieses mütterliche Gen fehlt bei mir. Ich finde Kinder toll. Ich liebe die Mädchen von meiner Freundin Annabelle und ich bin gerne bei ihr zu Hause. Ich genieße dieses familiäre Zusammenleben dort. Aber für mich wäre das nichts! Bist du jetzt enttäuscht von deiner Tochter?“ Leonie schaute kurz zu ihrer Mutter.

„Nein, Kind, wenn, dann ist es meine Schuld. Ich habe dich während meiner Schwangerschaft gehasst. Ich war nicht die liebende Schwangere, die ich hätte sein müssen. Anfangs wünschte ich mir eine Fehlgeburt und später dachte ich, vielleicht bekomme ich eine Totgeburt. Ich wollte dich nicht haben, Leonie. Ich wünschte, ich könnte dir etwas anderes sagen. Aber wir wollen doch ehrlich zueinander sein. Du hättest es so sehr verdient, gewollt zu sein und angenommen zu werden. Ich war so unglücklich und ich hatte große Angst. Aber ich konnte dich erst annehmen, als ich dich schon verloren hatte. Durch den Verlust kam der Schmerz und durch den Schmerz die Liebe zu dir, die ich selber gern als Kind gehabt hätte.

Leonie, das tut mir alles so leid, aber es ist nun mal so gewesen. Ich kann leider die Vergangenheit nicht ändern, aber wir können aus ihr lernen und es ab jetzt besser machen. Auch Thomas wird seine Gründe gehabt haben, warum er dir nie sagen konnte: ‚Ich bin dein Vater!‘. Manchmal geht das Leben Umwege, Leonie. Aber wenn wir zusammenhalten, dann werden wir unseren Weg finden und das Ziel erreichen."

Leonie verstand ihre Mutter und wollte ihr das auch mitteilen, denn sie sagte: „Ich möchte dir keine Vorwürfe machen, Mutter. Du bist sehr ehrlich zu mir, dafür danke ich dir. Ich komme damit klar. Wir sind so, wie wir sind. Es war unsere eigene Entscheidung. Ich entschied mich gegen eigene Kinder! Und das war ganz allein meine Entscheidung. Es gibt so viele Mütter, die bekommen ein Kind nach dem anderen, und sie können die Verantwortung nicht tragen. Sie hätten besser vorher überlegen sollen, ob sie wirklich Kinder möchten oder nicht. Mutter werden ist nicht schwer, Mutter sein dagegen sehr! Der Spruch fällt mir dazu ein und passt doch auch ganz gut, oder?"

Sie machte eine kurze Pause und fragte geradeheraus: „Warum hast du mich eigentlich nicht abgetrieben?"

Ihre Mutter schluckte und räusperte sich, bevor sie antwortete: „Das war zur damaligen Zeit nicht so einfach wie heute, mein Kind. Diese Frage stellte sich mir nie. Außerdem, so einfach Tabula rasa zu machen, das hätte ich nie übers Herz gebracht. Wenn ich an die letzten Ereignisse zurückdenke, dann sollte ich dich kriegen. Thomas sollte in deiner Nähe sein und wir zwei sollten uns erst jetzt treffen. Warum, das werden wir vielleicht noch herausbekommen!

Weißt du, Leonie, um ein Kind zu bekommen, genügt es nicht, körperlich reif zu sein, sondern um ein Kind zu bekommen, musst du innerlich erwachsen sein. Ich war damals nicht erwachsen. Ich war noch ein Kind! Ich wollte nicht erwachsen sein. Ich hatte zu viele Defizite aus meiner eigenen Kindheit. Da waren lauter leere Trichter in mir, die eigentlich hätten gefüllt sein sollen. Durch deinen Verlust beziehungsweise nachdem ich dich der Hebamme übergeben hatte, war ich über meine Tat total schockiert. Und dieser Schock machte mir auf drastische Weise bewusst, dass ich genau den gleichen Fehler gemacht habe wie meine Mutter und deren Mutter. Meine ganze Kindheit spulte sich in dem

Moment ab, die vielen nicht gesagten Worte, die ich so gerne gehört hätte. Ein Einfaches ‚Ich liebe dich! Ich bin stolz auf dich!' hätte genügt, aber das war wohl doch zu schwer."

Leonie erzählte ihr von ihrem Leben im Kinderheim: „Ich habe sie gehört, diese Worte. Sie kamen von Schwester Alberta und von Pater Tom. Ich sage bewusst Pater Tom, weil ich damals nicht wusste, dass er mein Vater ist. Obwohl sie sozusagen meine Eltern waren, haben sie bei mir nicht das ausgelöst oder erreicht, was wahrscheinlich richtige Eltern mit Liebe und Verständnis geschafft hätten. Ich war fast besessen von dem Gedanken, meine Mutter zu finden. Ich nahm die Liebe, die mir entgegengebracht wurde, nicht wahr beziehungsweise ich wollte sie nicht wirklich annehmen.

Siehst du, so machte ich mir das Leben selber schwer! Wie dumm, oder? Manchmal bekommt man etwas und kann es nicht annehmen. Und dann wiederum sehnst du dich nach etwas, was du nicht bekommen kannst. Das Leben ist oft kompliziert, weil wir es uns selber so machen."

Ihre Mutter fand tröstende Worte und streichelte kurz über ihre rechte Hand, die am Lenkrad lag. Anneliese sagte zu Leonie: „Sei nicht so hart zu dir! Ich lud viel Schuld auf mich, Leonie. Von dem Moment an, als ich mit Thomas schlief, oder besser, als wir zusammen waren, wusste ich sehr wohl, dass man nicht so einfach mit Pfarrern ins Bett geht.

Warum tat ich es trotzdem? Vielleicht weil er schwer zu haben war? Er war eine Herausforderung für mich. Für die anderen jungen Frauen war er heilig, unantastbar. Sie hätten nicht im Traum daran gedacht, ihn zu verführen. Ich hätte auch die Finger von ihm lassen sollen, aber ich tat es nicht. Die komplizierten Dinge zog ich immer den einfachen vor! Ich hätte es so manches Mal einfacher haben können. Warum verhütete ich nicht? Dann wäre einiges anders gelaufen. Warum hat Thomas nicht vorher nachgedacht? Er war viel älter und vernünftiger als ich, sollte man meinen. Er hätte Grenzen setzen können und müssen! Er legte schließlich das Gelübde ab. Er hätte auch Verantwortung übernehmen können. Er tat es aber auch nicht. Wieso?

Haben wir den freien Willen oder haben wir ihn nicht? Sollen die Dinge passieren oder passieren sie, weil wir wollen, dass sie passieren? Die alte Frage kommt wieder hoch: Was war zuerst da? Das Huhn oder das Ei?“

Leonie unterbrach ihre Mutter: „Wir könnten stundenlang darüber philosophieren und kommen auf keinen grünen Zweig. Die Dinge passieren, weil sie passieren sollen! Wir kommen mit bestimmten Aufgaben auf die Welt. Wir suchen uns unsere Lernaufgaben vielleicht selber aus und brauchen dazu bestimmte Voraussetzungen, und dann sollten wir die Herausforderung annehmen und auch dazu stehen.

Deine Kindheit ist dir passiert, Mutter. Dafür konntest du nichts. Als ich dir dazwischenkam, hättest du Verantwortung übernehmen können oder müssen. Ich weiß es nicht genau, aber du hättest es Thomas sagen können. Er hätte vielleicht seinen Job an den Nagel gehängt! Er hätte Religionslehrer werden können und wir hätten als Familie ein glückliches Leben leben können. Vielleicht! Wer weiß das schon.

Dinge kommen meistens anders, als man denkt. Alles ist vielleicht so gekommen, weil wir erst dadurch die Chance hatten, etwas zu erkennen. Wenn wir lernen zu vergeben, dann haben wir unsere Aufgabe geschafft.“ Leonie schaute vor sich auf die Straße und kurz zu ihrer Mutter hinüber, bevor sie weitersprach und das Thema wechselte: „Ich finde es immer noch faszinierend, dass mein Vater die ganze Zeit bei mir war und ich es nicht bemerkte. Ob Schwester Alberta etwas ahnte? Schwester Williges würde einen Herzanfall bekommen, wenn sie die ganze Geschichte kennen würde. Sie war übrigens auch ein harter Brocken während meiner Zeit im Heim. Sie war sehr streng und engstirnig. Und ausgerechnet von ihr wollte ich angenommen werden! Ich hatte so liebevolle Menschen um mich herum, Alberta und Pater Tom und die anderen Schwestern. Eigentlich hätte ich keinen Grund gehabt, auf die Anerkennung von Schwester Williges so angewiesen zu sein. Trotzdem war ich ganz versessen darauf. Es war wohl so, weil ich sie nicht bekommen konnte. Deswegen war ich so süchtig danach.

Später, in der Redaktion, war es ähnlich. Da hatte ich eine Chefredakteurin, auf deren Anerkennung ich auch ganz versessen war. Sie ist genauso ein Typ wie Schwester Williges. Aber so sehr man sich auch anstrengt und danach lechzt, desto sicherer ist es, dass man nicht das bekommt, was das Herz so sehr begehrt. Vielleicht ist das so, weil ich mich damals von meiner Mutter abgelehnt fühlte? Ich werde daran arbeiten müssen, mir das abzugewöhnen."

„Auf jeden Fall kannst du mir nicht mit Erziehungsfehlern kommen", witzelte ihre Mutter und schaute zu ihr hinüber.

Leonie lachte: „Nee, die hängen wir Vater Tom an."

„Oh, was höre ich da? Aus Pater ist Vater geworden! Ich bin gespannt, wie er reagieren wird, wenn wir uns nach so langer Zeit wiedersehen."

„Liebst du ihn immer noch?" Leonie hatte einfach ohne viel Federlesens gefragt.

„Ich weiß es nicht, Leonie! Er war meine einzige und große Liebe. Aber er würde sich doch immer wieder für die Kirche entscheiden. Besser, ich liebe ihn nicht mehr."

Leonie musste etwas Aufbauendes sagen: „Wir werden sehen!"

Durch das Gespräch waren sie sich noch näher gekommen und fuhren befreit weiter in Richtung Passau. Bald schon würden sie eine neue, andere Sicht der Vergangenheit kennen. Was machte Pater Tom, Leonies Vater, wohl gerade durch? Hatte er Angst vor Vorwürfen oder freute er sich? War er gar erleichtert, dass der Tag X gekommen war? Oder litt er gerade Höllenqualen?

Das Mädchen lag alleine in dem Krankenzimmer und dachte über ihr ganzes Leben nach. Karin bat sie eindringlich, ihre Geschichte aufzuschreiben. Alles, was ihr dazu einfiel, sei von Bedeutung: vom Tag ihrer Geburt bis heute. Die Psychologin wollte sie auf diese Weise auch beschäftigen, damit sie nicht auf trübe Gedanken kam, denn das Mädchen bekam von den Schwestern noch immer starke Beruhigungsmittel. Karin wollte gegen Abend wieder vorbeischauen.

Das Mädchen sah auf die Uhr und zählte die Minuten. Karin war der erste Mensch, der sie ernst nahm. Sie fühlte sich sicher bei ihr. Sie vertraute ihr.

Nun hatte Karin sie so weit, dass sie sich freiwillig und ernsthaft mit ihrer Vergangenheit auseinandersetzte. Sie wollte sich an die Arbeit machen und sich damit beschäftigen. Sie bereute alles, was sie in den letzten Monaten gedacht und getan hatte. War sie ein schlechter Mensch, wie ihre Mutter es immer wieder behauptete? Warum war sie so geworden? Ihre Schwester war nicht schlecht. Wieso dann sie? Sie wollte nicht schlecht sein. Sie wollte gut sein! Sie wollte immer nur, dass ihre Eltern stolz auf sie waren. Sie lernte Tag und Nacht, damit sie gute Noten nach Hause brachte. Aber ihren Eltern war es anscheinend egal. Sie hätte sich also nicht so anzustrengen brauchen. Wäre sie ein besserer Mensch geworden, wenn sie schlechtere Noten geschrieben hätte? Wenn sie mehr Spaß am Leben gehabt hätte? Wäre dann alles anders gewesen? Warum musste sie immer gewinnen, warum musste sie immer kämpfen? Was war los mit ihr?

Das Mädchen dachte nach. Sie wollte Macht über die Menschen haben! Sie wollte Macht über Sebastian haben. Sie wollte, dass er sie liebte! Aber immer bekamen die anderen die Liebe! Sie bekamen die Liebe und sie brauchten sich noch nicht einmal dafür anzustrengen. Sie dachte, wenn sie überall die Beste war, dann müsste man sie lieben.

Jetzt nahm sie den Papierblock und schrieb den Tag ihrer Geburt auf. Es war Freitag, der 13. gewesen! Ihre Mutter machte ihr stets Vorwürfe, weil die Geburt sehr schmerzhaft gewesen war und sehr lange dauerte. Das Mädchen spürte in ihrer Kindheit Schuldgefühle, weil es sich nicht beeilt hatte, auf die Welt zu kommen. Die Mutter wollte unbedingt, dass das Mädchen noch vor 24 Uhr auf die Welt kam und nicht am Freitag, den 13. Aber laut ihrer Mutter besaß das Mädchen schon damals einen Dickkopf und machte, was es wollte.

Die Mutter konnte sich noch so sehr anstrengen. Das Mädchen kam und kam nicht auf die Welt. Kaum läutete die Uhr den neuen Tag ein, da steckte das Mädchen das Köpfchen raus und das Unglück nahm seinen Lauf. Die Mutter weinte. Sie war sauer auf das Mädchen, weil sie nicht das tat, was sie wollte. Wie kann man nur ein normales Leben führen, wenn man an einem solchen Tag geboren wurde? Die Mutter setzte keine großen Hoffnungen in das Mädchen. Da war sie abergläubisch. Selbst der Vater war nach der Geburt nicht mehr der, der er einst gewesen war. Die Mutter sah ihr Kind an und fand es hässlich. Alle Babys sind schön. Nur ihr Kind war hässlich. Wie konnte man ein solches Kind nur lieben?

Solche und ähnliche Geschichten erzählte sie immer wieder. Sie nahm keine Rücksicht auf das Mädchen. „Sie soll es nur hören!", sagte die Mutter dann. Das Mädchen strengte sich schon sehr früh an, gut zu sein. Aber gut zu sein, reichte der Mutter nicht. Sie nahm es gar nicht wahr oder wollte es nicht wahrhaben. Das Mädchen fing an, ihr kleine Geschenke zu machen. Sie pflückte Blumen, sie räumte ihr Zimmer akribisch auf. Sie malte der Mutter Bilder. Sie machte sich so gut wie nie schmutzig. Sie versuchte so wenig wie möglich unangenehm aufzufallen.

An manchen Tagen war die Mutter sehr böse auf sie. Das Mädchen wusste dann nicht, warum. Dann versuchte sie noch besser zu sein, denn anscheinend war sie nicht gut genug! Als die Mutter mit der Schwester schwanger war, musste sich die Mutter viel ausruhen. Sie war sehr schwach und das Mädchen nahm der Mutter die Hausarbeit ab. Sie deckte den Tisch und sie spülte ab und trocknete das Geschirr anschließend mit dem Trockentuch ab. Das Mädchen freute sich immer sehr, wenn sie der Mutter einen Gefallen tun konnte. Aber die Mutter war nur selten zufrieden.

Als die kleine Schwester auf die Welt kam, hatte das Mädchen gegen sie keine Chance mehr. An manchen Tagen war die Mutter so genervt, dass sie am Abend, wenn der Vater nach Hause kam, das Mädchen bei ihm schlecht machte. Die Geschichte mit dem Kopfkissen war ihr noch sehr lebhaft im Gedächtnis, weil sie ohne Abendbrot ins Bett geschickt worden war. Damals machte sie Bekanntschaft mit dem Tiger. Der Tiger, der nur zufrieden war, wenn er Blut sah. Dann legte er sich hin und schlief. Er war Freund und Feind zugleich. Er liebte den Kampf und er spornte sie an.

Das Mädchen schrieb jetzt alles auf, und als sie einmal mit dem Schreiben angefangen hatte, kam alles ins Rollen. Sie schrieb vom ersten Schultag und den Bundesjugendspielen, der Schulzeit auf dem Gymnasium und dass sie eine Intrigantin und Verräterin wurde. Sie schrieb von den vielen traurigen Momenten, wo sie sich so sehr anzustrengen versuchte und dennoch nie ein Lob erntete. Im Gegenteil, sie wurde noch beschimpft oder vom Vater geschlagen.

Der Vater hatte sich längst von der Mutter zurückgezogen. Die Mutter fing abends an zu trinken. Das Mädchen musste immer mehr im Haushalt arbeiten. Aber nie bekam sie dafür ein Dankeschön. Sie schrieb schonungslos über ihre Gefühle der Schwester gegenüber und über die Ungerechtigkeit, immer den Part der Bösen oder der Schlechten zu haben. Die Schwester hatte von Anfang an mehr Glück. Die Geburt war schnell und nicht so schmerzhaft und sie war im Gegensatz zum bösen Mädchen auch noch schöner.

Das Mädchen schrieb über den Einbruch, als sie damals die Mathematik-Klausur in der Schule stahl, nur weil sie es nicht ertragen konnte, nicht die Beste zu sein. Dann die große Enttäuschung: Ihre Eltern ließen sie nicht Medizin studieren. Das war der schlimmste Tag in ihrem Leben. Alle Mädchen wurden von ihren Eltern gelobt, selbst die doofe Lotte, die ihr Abi nur mit 3,0 geschafft hatte. Das Mädchen war Jahrgangsbeste und niemanden in ihrer Familie interessierte das. Sie wollte doch nur ihre Eltern glücklich machen! Aber nie schaffte sie es, egal wie sehr sie sich auch anstrengte.

Im Krankenhaus, während ihrer Ausbildung, bekamen immer nur die anderen das Lob. Sie wurde dort zwar auch gelobt. Und sie wurde sogar in Ruhe gelassen und nicht beschimpft oder geschlagen! Aber der Stationsschwester waren die anderen Lernschwestern lieber. Das konnte sie spüren. Vielleicht hatte ihre Mutter recht, wenn sie sagte, ihr hafte das Unglück an, weil sie an einem Freitag, den 13. geboren wurde.

Als das Mädchen den Tag des Unglücks beschrieb, versuchte sie sich an jedes kleinste Detail zu erinnern. Gegen Ende beschrieb sie den unsäglichen Schmerz und das dringende Bedürfnis, sterben zu wollen. Sie dachte, wenn sie nicht mehr da wäre, dann wäre allen geholfen. Ein schlechter Mensch weniger auf dieser Welt.

Das Mädchen legte den Kugelschreiber weg und weinte hemmungslos. Sie weinte über ihr verkorkstes Leben, über die entgangene Liebe und über die vielen Schläge, die sie körperlich und verbal abbekommen hatte. Sie weinte und wiegte sich dabei hin und her. Die Arme hatte sie um sich gelegt, als wollte sie sich selber umarmen und trösten.

Wurde sie jemals in den Arm genommen? Sie konnte sich nicht erinnern.

Kapitel 20

Die beiden Frauen hatten bei einem Zwischenstopp die Plätze getauscht, und nun näherten sie sich dem Ziel. Anneliese ließ sich vom Navigationsgerät durch Passau zum Bistum leiten. Sie fragte: „Wie geht es dir, Leonie? Hast du Angst?“

Leonie hatte sich bequem in das Polster des Sitzes zurückgelehnt, entspannte ihren Körper und antwortete: „Nein, nicht vor Pater Tom. Und vor Vater Tom sollte ich ja wohl keine Angst haben! Wir werden ihn nicht zu irgendwas drängen. Versprich mir das! Keine Vorwürfe! Er hatte auch seine Gründe, genau wie du.“

„Ich bin lammfromm“, versprach Anneliese und grinste kurz zu Leonie hinüber.

Sie waren am Ziel. Das Auto parkten sie in der Nähe des Hauses und stiegen aus. Auf dem Weg zur Tür wurde es Leonie dann doch ein wenig mulmig. Sie drückten auf den Klingelknopf und kurz darauf öffnete Thomas alias Pater Tom die Tür. Die Freude, die auf Thomas' Gesicht zu sehen war, ließ sie die Peinlichkeit der Situation vergessen. Sie umarmten sich wie alte Freunde, die sich sehr lange nicht gesehen hatten.

„Leonie, wie schön, dich zu sehen, und wie schön, auch dich wiederzusehen, Anneliese. Ich freute mich sehr über euren Anruf. Im ersten Moment war ich zwar geschockt, aber mittlerweile bin ich von einer großen Last befreit. Kommt rein. Bei einer Tasse Tee lässt es sich leichter reden.“ Thomas führte sie durch den Flur zu einer Tür. Er öffnete sie und ließ den Damen charmant den Vortritt.

Der Raum war dunkel möbliert und bis zur Decke mit Büchern vollgestellt. Im Kamin knisterte ein Feuer und ein Samowar köchelte leise vor sich hin. Aromatischer Teeduft erfüllte das Zimmer und auf dem in Rottönen gehaltenen Perser lag neben einem Sessel ein Hund. Leonie kannte die Rasse nicht und fragte nach.

Thomas gab ihr bereitwillig Antwort: „Das ist Paul, ein Rhodesian Ridgeback. Ich habe ihn aus Südafrika mitgebracht. Er wird dort zum Schutz für das Vieh gegen Löwen und Leoparden eingesetzt. Paul ist sehr wachsam und er verfügt über einen sechsten Sinn. Sein Markenzeichen ist der Ridge, eine gegen den Strich wachsende Haarleiste. Paul, du darfst die Damen ruhig begrüßen, komm her."

Thomas klopfte an sein rechtes Hosenbein und Paul sprang sofort auf und ließ sich bewundern und streicheln.

„Seit wann hast du ihn?" Anneliese war neugierig geworden.

„Seit fünf Jahren. Wir sind gute Freunde. Er passt auf mich auf und ich auf ihn. Aber bitte setzt euch und erzählt! Wie kommt es, dass ihr ausgerechnet heute hier zu mir findet? Ich nehme mal an, dass es heute noch sehr aufregend wird. Paul hat es schon heute Morgen gespürt, dass etwas auf uns zukommen wird."

„Ja, es ist in der Tat alles sehr aufregend!", begann Anneliese zu erklären. „Leonie kam gestern Nachmittag zu mir ins Hotel. Ich wusste gleich, als ich sie sah, dass da etwas zwischen uns ist. Sie hielt mir deinen heiligen Leonhard entgegen und da wäre ich beinahe in Ohnmacht gefallen. Seit so vielen Jahren warte ich auf sie! Damals, als ich sie gleich nach der Geburt weggab, bereute ich es sofort. Und seither wünschte ich mir, ich hätte es nicht getan. Du kannst dir vorstellen, dass wir seit gestern ununterbrochen reden, Zeit aufholen wollen und aufarbeiten. Es ist ja auch viel Zeit vergangen. Ich erzählte ihr auch von dir. Und heute Morgen zeigte ich Leonie dann dein Foto, was ich zuvor aus dem Internet gezogen und ausgedruckt hatte. Sie sagte sofort: ‚Aber das ist doch Pater Tom!' Dann legten wir Stück für Stück die Puzzlesteine zusammen. Sie passten genau. Bei den letzten Steinen kannst nur du uns helfen, deswegen sind wir hier."

Leonie schaltete sich ein: „Bitte glaube nicht, dass wir

hier sind, um dir Vorwürfe zu machen. Es ist nur, dass wir es kaum glauben konnten. Es ist so unwahrscheinlich und grenzt an ein Wunder."

Thomas sagte schnell: „Gott irrt sich nicht! Er wollte, dass ich bei dir bin, und ich habe es so gut gemacht, wie ich konnte! Bis du fortgegangen bist nach Berlin. Aber lasst uns von vorn beginnen!" Thomas richtete sein rechtes Hosenbein, indem er mit der Hand darüber fuhr, und begann mit seiner Geschichte. Er war froh, sich endlich alles von der Seele reden zu können, was ihn jahrelang belastet hatte. Auch wenn die Angst ihn im Griff gehabt hatte, so hatte er sich doch stets diesen heutigen Tag herbeigesehnt. „Als ich nach Sankt Leonhard kam, da hatte ich vom Leben und der Liebe keine Ahnung. Meine Eltern hielten alles von mir fern, was mich von meinem Weg zum Pfarrer abbringen konnte. Sie verzichteten auf viele Dinge, damit ich ihrem Wunsch gerecht wurde. Ich dachte damals, das sei ein großes Glück, dass mich meine Eltern förderten, wo sie nur konnten. Ich war nicht ihr einziges Kind. Aber mir wurde das Glück zuteil, studieren zu können! Und das als einziger Sohn von sechs Kindern! Meine Schwestern erlernten nach der Schule einen Beruf, und so Gott wollte, würden sie einen fleißigen, frommen und guten Mann heiraten! Jeden Morgen brachte meine Mutter mich ein Stück zur Schule und ging dann zum Pfarrer, dem sie den Haushalt führte. Vorher besuchte sie die Kirche und betete zu Gott, dass er mir hilft und ich fleißig lerne. Sie sagte immer zu mir: ‚Gott hat ein Auge auf dich und er liebt nur die Guten und Fleißigen. Also sei ihm gefällig und enttäusche uns nicht! Denn unsere ganze Hoffnung ruht auf dir.'"

Thomas schaute von Anneliese zu Leonie und fuhr fort: „Ich hatte also als kleines Kind schon die Verantwortung, der gesamten Familie einen Platz im Himmel freizuhalten. Eine schwere Bürde. Aber damals war mir das noch nicht so bewusst. Ich lernte fleißig, machte mein Abitur mit 1,2, studierte Theologie und ging ins Priesterseminar. Immer war ich fleißig und fromm.

Sankt Leonhard war ein Zufall. Ich kam im Rahmen meiner Ausbildung als Austauschpriester dorthin. Ich sollte dort nur für ein paar Monate bleiben. Denn ich hatte mich damals eigentlich schon auf die Pfarrstelle im Kinderheim beworben. Die Stelle im Heim war seit einiger Zeit vakant und man suchte dringend einen Nachfolger.

Es sollte wohl so sein, dass ich auf die wunderschöne Anneliese traf, die mir gehörig den Kopf verdrehte. Ich war machtlos und konnte und wollte mich auch nicht länger dagegen wehren. Ich war nicht nur verliebt, sondern auch neugierig auf die Liebe. Du warst für mich das wunderschönste Wesen auf Gottes Erde. Aber nach unserem gemeinsamen Liebesabenteuer fehlte mir der Mut. Ich wünschte mir damals, ich wäre ein einfacher Bauer oder Arbeiter, der seinen freien Willen hat und machen kann, was er will. Aber ich hatte das Keuschheitsgelübde abgelegt, auch wenn ich es gebrochen hatte. Das wog schwer auf meiner Seele.

Ich holte mir Rat bei meinem Beichtvater. Er reagierte sehr gelassen. Er sagte Folgendes zu mir – ich weiß es noch, als wäre es gestern gewesen: ‚Willst du weiterhin auf die Liebe verzichten, jetzt wo du weißt, wie schön sie ist? Nur wer weiß, worauf er verzichtet, achtet den Verzicht bei sich. Ein Gelübde zu brechen, ist kein Verbrechen! Aber wer sich nach dem Bruch doch wieder für die Keuschheit entscheidet, der weiß, dass er auf Gottes schönstes Geschenk verzichtet: die Liebe.'

Wie ihr wisst, entschied ich mich für die Kirche. Sie war schon so lange mein Leben, und dich, Anneliese, kannte ich doch erst so kurz. Daher dachte ich, meine Entscheidung stünde auf dicken Pfeilern. Allerdings fühlte ich mich nicht göttlich, sondern sehr feige." Er schaute Anneliese aus seinen blauen Augen an, die ein wenig an Farbe verloren hatten, aber immer noch funkelten. „Du warst stärker als ich, liebe Anneliese! Was musst du durchgemacht haben, als du merktest, dass du schwanger warst?! Es tut mir sehr leid! Bitte verzeih mir im Nachhinein! Hätte ich davon gewusst, ich hätte mich der Verantwortung nicht entzogen, glaub mir!

Da du fortgegangen warst, dachte ich, es sei besser so für uns beide.
Nach einiger Zeit hatte man einen Nachfolger für Sankt Leonhard gefunden und ich konnte meine Pfarrstelle im Kinderheim antreten. Wir waren zu sechst zu Hause. Und wenn ich schon des Berufes wegen privat auf Kinder verzichten musste, dann wollte ich mich wenigstens beruflich um sie kümmern. Diese Kinder sind ein Geschenk Gottes, und weil sie auf die mütterliche und väterliche Liebe verzichten müssen, bedürfen sie der besonderen Fürsorge.

Es war mein innigster Wunsch, auf diesen Posten versetzt zu werden. Wie sich später herausstellte, war es auch der Wunsch Gottes, dass ich ausgerechnet dorthin gelangte, wo mich Leonie brauchte."

Er machte eine kurze Pause und trank aus seiner Teetasse einen Schluck heißen Tee. Er befeuchtete seine Lippen mit der Zunge und sprach, an Leonie gerichtet, weiter: „Als mir Alberta von dem kleinen Mädchen berichtete, die vom heiligen Leonhard begleitet zu uns gekommen war, da schöpfte ich noch keinen Verdacht. Dass das *mein* heiliger Leonhard hätte sein können, war außerhalb meines Vorstellungsvermögens. Doch ich gestehe, irgendetwas weckte mein Interesse.

Wir tauften dich daher auf den Namen Leonharda, nach deinem Schutzpatron, den Alberta, ohne dass ich ihn jemals zu sehen bekam, in Verwahrung genommen hatte." Er lächelte Leonie zu und sprach noch warmherziger und liebevoller: „Ich glaube, ich liebte dich vom ersten Augenblick an! Du schautest so unschuldig und wissend aus den Augen, als wüsstest du um dein bevorstehendes Leben. Ich hatte so gut es ging ein Auge auf dich, denn mein Instinkt sagte mir, dass du ein ganz besonderes Kind warst.

Als du ungefähr drei oder vier Jahre alt warst, du gingst schon in den Kindergarten, da erzählte ich dir von den Heiligen. Du fragtest nach der Anzahl der Heiligen. Ich konnte dir die Frage nicht genau beantworten und sagte damals: 'Das kann ich dir nicht sagen, aber ich weiß, dass es sehr viele sind, und jeder hat seine eigene Geschichte.' Du wolltest die

Geschichte des heiligen Leonhard wissen, deines persönlichen Schutzpatrons. Ich erzählte sie damals in der Gruppe und dass er der Beschützer für das Vieh und der Pferde sei. Du warst danach sehr still und am Nachmittag fragte ich dich, was dich beschäftigte. Du antwortetest damals, was du denn gemein hättest mit dem Vieh und den Pferden? Alberta berichtete dir, als du alt genug warst, dass der heilige Leonhard dein Beschützer sei und dich hierherführte. Als du von mir erfahren hattest, dass er eigentlich der Beschützer des Viehs und der Pferde sei, da warst du enttäuscht und bestürzt. Du weintest, denn du hattest dein Amulett vom heiligen Leonhard, den dir Schwester Williges ein Jahr vorher übergeben hatte, als kleinen Schatz gehütet und gehofft, er würde dich irgendwann auch wieder nach Hause zu deinen Eltern bringen. Deine Hoffnungen waren mit einem Mal zerstört!

Ich beruhigte dich und fragte, einer plötzlichen Eingebung folgend, ob ich deinen Leonhard einmal sehen dürfte. Du nahmst mich an die Hand und führtest mich in dein Zimmer. In deiner Nachttischschublade lag er in einer Schachtel und ich erkannte ihn sofort wieder. Mich traf der Schlag! Ich weiß noch, dass ich ihn lange in meiner Hand hielt, und die Antwort, die ich dir gab, kam aus einer tiefen Erkenntnis heraus. Ich sagte: ‚Weißt du, Leonie, Gott hat dich ganz doll lieb. Er passt besonders auf dich auf und ich helfe ihm dabei!'“

„Ja, ich höre noch, wie du es damals sagtest.“ Leonie war tief bewegt.

Ihr Vater sprach weiter: „Ich konnte mir nicht zusammenreimen, was geschehen war. Aber ich war mir sicher, du, Anneliese, wolltest Leonie auf keinen Fall haben, sonst hättest du sie nicht weggegeben. Ich dachte, wie sehr musst du von mir enttäuscht gewesen sein. Von dir wusste ich, dass du keine leichte Kindheit hattest. Du bist selbst ohne Vater aufgewachsen. Dein Vater war ein Jude, der auf der Flucht war, und deine Mutter hatte ihn beherbergt und wurde mit dir schwanger. Ihre Eltern prügelten sie vom Hof, weil sie

Schande über sie gebracht hatte. Ein furchtbares Unrecht ist ihr widerfahren!
Meine Erklärung war: Du wolltest auf keinen Fall das Gleiche durchmachen! Ich ließ dich schändlicherweise im Stich. Dir blieb keine andere Wahl, als das zu tun, was du getan hattest. Ich wäre der Letzte gewesen, der dir Vorwürfe gemacht hätte. Denn ich saß im Glashaus, und wer darin sitzt, der soll bekanntlich nicht mit Steinen schmeißen."

Er stockte wieder kurz in der Erzählung, um erneut einen Schluck Tee zu trinken. Mit kraftvoller Stimme sprach er weiter: „Es sollte so sein, dass ich ausgerechnet in dieses Heim kam, wo ich auf meine eigene Tochter aufpassen konnte. Gott hatte einen Weg gefunden! Es hört sich vielleicht paradox an, aber ich war froh. Hier wurde ich dringend gebraucht! Ich versuchte, zu dir so väterlich, wie es ging, zu sein.

Schwester Williges sah das nicht gerne. Ich glaube, sie war eifersüchtig auf dich, weil Alberta und ich dir mehr Liebe entgegenbrachten als den anderen Kindern. Alberta ist eine kluge Frau, eine hervorragende Nonne.

Es ist ein zusätzliches Wunder, dass du auch sie um dich hattest. Ich weiß, dass du es nicht einfach mit Schwester Williges hattest. Sie war streng. Strenger, als sie es hätte sein müssen. Sie wollte vielleicht etwas ausgleichen, weil du unser Liebling warst. Alberta und ich mussten uns des Öfteren wegen dir vor ihr rechtfertigen. Das soll jetzt kein Vorwurf sein, Leonie.

Zum besseren Verständnis erzähle ich euch eine Begebenheit: Eines Tages rief sie uns zu sich, um uns mitzuteilen, dass sie unsere Versetzung beantragen werde, falls wir uns nicht gemäß der Situation verhalten würden, wie man es von uns verlangte! Ihre Vorstellung davon war, mehr Distanz zu üben. Ich hatte damals Angst, sie könnte mich von dir trennen, und beichtete meinem Beichtvater die ganze Geschichte. Ich war bereit zu kämpfen! Wie ihr wisst, ist das Beichtgeheimnis unantastbar. Es zu brechen, wird mit Exkommunikation bestraft. Er entließ mich nicht aus dem Kirchendienst und befahl, dass ich so lange bei Leonie blieb, wie es nötig war.

Schwester Williges stellte nie wieder unsere Kompetenz in Frage. Ich weiß nicht, was der Bischof zu ihr damals sagte, aber es müssen eindringliche Worte gewesen sein. Den Rest kennst du, Leonie. Ich begleitete dich in deinen ersten 18 Jahren. Du warst ein schlaues und fleißiges Mädchen, aber auch sehr melancholisch und tiefgründig. Du wolltest den Dingen immer auf den Grund gehen und ließest dich nicht mit Ausflüchten abspeisen. Und ich half dir, wo ich nur konnte. Einmal sagtest du zu mir: ‚Pater Tom, wenn ich groß bin, dann heirate ich dich.' Ich sagte dir, dass ich nicht heiraten dürfe, da ich ein Keuschheitsgelübde abgelegt hätte. Du antwortetest: ‚Das ist aber doof. Ich finde die Religion, die so was von Menschen verlangt, ist dumm.'"

Leonie erinnerte sich und sagte: „Das finde ich heute noch! Wem nützt das Zölibat was? Jesus hat bestimmt nicht keusch gelebt."

Thomas musste diese Frage, die seine Religion betraf, beantworten und er tat es umso lieber, da er so seiner Tochter etwas erklären konnte: „Religion ist von Gott gewollt, aber nicht von Gott gemacht, sondern von Menschen, Leonie. Der Mensch macht Fehler. Er ist unvollkommen und daher die Religion auch! Aber Fehler zeigen uns den richtigen Weg auf, wenn wir aus ihnen lernen."

Er schaute zu Anneliese. Sie zupfte an ihrem Tuch, das sie um den Hals trug, nickte zustimmend und sah ihm in die Augen. Beide lächelten. Sein Blick wanderte zurück zu Leonie und er sprach weiter: „Als du in Berlin studieren wolltest, setzte ich mich dafür ein, dass du von der Kirche ein Stipendium bekommst. Das war die offizielle Version. Die richtige aber ist, dass das Geld von mir kam. Ich habe dich nie aus den Augen gelassen. Leider kamst du nie zu den Ehemaligentreffen. Ich hätte dich so gerne gesehen. Vorgestern schrieb mir Alberta eine Mail, dass du im Heim Nachforschungen betrieben hättest. Ich hoffte, dass Gott dich zu mir führen würde. Und er hat es schneller getan als erwartet."

„Uns haben die Ereignisse mit ihrer Schnelligkeit auch überrannt. Jahre ging es nicht voran und nun ist es, als hätte die Zeit keine Zeit mehr zu verlieren“, meinte Anneliese.
Thomas schaute bestätigend und sagte mit seiner ruhigen Stimme: „Ich glaube, wir werden noch einen langen Abend haben. Ich habe euch Zimmer hergerichtet – ihr bleibt doch über Nacht, oder? Außerdem habe ich einen Tisch in meinem Lieblingsrestaurant bestellt. Ich hoffe sehr, das ist in eurem Sinn. Jetzt, wo Gott uns zusammengeführt hat, wollen wir doch herausfinden, warum er so lange damit wartete.“

Anneliese beantwortete die Frage. „Gern. Herzlichen Dank! Wir bleiben über Nacht. Nochmals vielen Dank für deine Mühe. Das ist sehr nett, nicht wahr, Leonie?“

„Ja, das ist schön. Ich kann es immer noch nicht glauben, Mutter und Vater innerhalb kürzester Zeit gefunden zu haben. Das ist so ein großes Glück!“

Thomas schenkte Tee in hauchzarte Teetassen ein und kredenzte dazu verschiedene Petit Fours. Er gab sich alle Mühe, die fehlenden Puzzlesteine zu ergänzen. Anneliese und Leonie hörten aufmerksam zu, was er erzählte. Sie trugen ihren Teil dazu bei und schoben manchmal die Steine in eine andere Richtung.

Anneliese erzählte ihre Geschichte nun noch einmal für Thomas. Und so setzten sich auch seine fehlenden Steine zusammen zu einem stimmigen Bild.

„Wenn ihr noch mal alles vor euch hättet, wie würdet ihr heute entscheiden?“ Leonie suchte nach einer alternativen Perspektive zu ihrer realen Vergangenheit.

Thomas antwortete zuerst: „Das ist schwer zu sagen. Aus der heutigen Sicht, sieht vieles anders aus. Manche Dinge ändern sich nicht unbedingt, wenn man sie anders macht. Wir hatten keine andere Wahl aufgrund unserer Erziehung. Hätte ich zu Anneliese stehen können, hätten wir dich zusammen aufgezogen. Aber ich wäre vielleicht kein guter Vater geworden, wenn ich die Kirche wegen euch hätte verlassen müssen. Anneliese hätte dich vielleicht auch nicht lieben können, weil sie die Liebe selber nie gespürt hat, und vielleicht hätte ich sie unglücklich gemacht. Alles ist sehr schwer greifbar. Und deshalb kann man schlecht sagen: Ja, ich hätte alles anders gemacht und alles wäre daher gut geworden! Das sagt sich im Nachhinein immer leicht. Machen wir uns nichts vor. Es ist so, wie es ist, und wir müssen jetzt damit leben. Gelitten haben wir alle drei genug."

„Ja, Gott hat uns genug gestraft!" Anneliese hielt kurz die Hände vor ihr Gesicht und stöhnte leise.

Thomas beruhigte sie zumindest mit Worten: „Gott straft nicht. Was wäre das für ein Gott, wenn er das täte? Wir müssen dankbar sein. Wir haben daraus viel lernen können. Du, Anneliese, bestraftest dich selber, weil du dein schlechtes Gewissen nicht ertragen konntest. Du hast gelernt, Leonie zu lieben, und durchbrachst damit den Schicksalskreis deiner Familie. Und das konntest du nur, weil du sie abgegeben hast. Du hast alles getan, um sie wiederzufinden, aber es sollte nicht sein.

Erst heute sollte sich der Kreis nun schließen. Leonie hatte keine schlechte Kindheit. Ich liebte sie und war mehr in ihrer Nähe als vielleicht manch realer Vater. Ich konnte mich ihr nur nie offenbaren. Das war meine Qual. Leonies Qual war die Sehnsucht und die ständige Frage, wer sind meine Eltern und warum wollten sie mich nicht? Ich hätte ihre Qualen beenden können. Ich hätte ihr die Wahrheit sagen können. Spätestens als sie nach Berlin ging. Ich hätte ihr den Namen ihrer Mutter geben können. Aber ich tat es nicht. Ich hätte dem Ganzen damals bereits ein Ende setzen können und wir hätten schon vor vielen Jahren zusammensein können.

Wir können hier die Fehler, die wir machten, gegeneinander aufwiegen. Aber das gibt uns die verlorene Zeit auch nicht mehr zurück. Was also sollen wir tun?"

Leonie fühlte sich als Tochter angesprochen und sagte, was sie sich wünschen würde: „Wir kommen mit dem Hätte und Wenn und Wäre nicht weiter. Lasst uns neu anfangen und es besser machen! Ich bin schließlich eure Tochter! Und ich verzeihe euch! Ich kann euch keine Absolution erteilen. Das könnt ihr nur selber tun. Ich weiß, sich selber zu verzeihen, ist sehr schwer. Fast unmöglich. Es ist das, was ein Mensch nicht kann. Seid nicht zu hart zu euch selber.

Wenn ich mich mit meinen Freundinnen mittwochs treffe, dann sitzen wir an einem runden Tisch und halten uns alle an den Händen. Nicht weil wir infantil sind, sondern es symbolisiert Gemeinschaft und Zusammengehörigkeit und es sagt uns, ‚Eine für alle und alle für eine!'" Leonie wurde von ihren Gefühlen übermannt. Gefühle, nach denen sie sich ein Leben lange gesehnt hatte und die sie nicht ausleben konnte. Die sonst so vernunftbetonte Journalistin wurde sentimental und hatte plötzlich das Bedürfnis, die Zeit zurückzudrehen und wie ein kleines Kind – ganz kitschig – mit ihren Eltern Hand in Hand um den Tisch herum zu sitzen. „Lasst uns die Hände reichen und dieses Gefühl spüren. Wirklich spüren, denn wir sind nun eine Familie! Zumindest jetzt in diesem Moment."

Sie breiteten alle drei die Arme aus, nahmen sich an den Händen und schlossen einen Kreis.

Als Karin zur Tür hereinkam, sah sie, wie das Mädchen weinte, sich selbst im Arm hielt und sich hin und her wiegte. Es brach ihr fast das Herz. Dieses Mädchen hatte viel mitgemacht und war daher einen falschen Weg gegangen. Aber wer hätte das in einer solchen Situation besser gewusst? Ihr konnte man nur mit Verständnis und nicht mit Vorwürfen begegnen. Die Eltern mussten eine Zeit lang von ihr ferngehalten werden, sonst kam sie hier nicht weiter. Sie, Karin, musste sehr sensibel agieren und durfte keinen Fehler machen.

Sie setzte sich auf das Bett des Mädchens und nahm sie schweigend in die Arme. Das tat sie so lange, bis das Mädchen zu sprechen bereit war.

„Ich habe so viel falsch gemacht. Ich bin ein schlechter Mensch. Ich habe schlechte Dinge getan und so schlechte Gedanken gehabt."

„Deine Gedanken gehen niemanden etwas an. Die Gedanken sind frei! Hast du das schon mal gehört? Ja, du hast Fehler gemacht und bist einen falschen Weg gegangen. Aber wenn wir zwei miteinander arbeiten, dann zeige ich dir einen anderen Weg. Nur gehen musst du ihn selber! Es ist niemals zu spät für einen Neuanfang. Du bist noch so jung und bekommst immer eine zweite Chance. Aus der ersten kannst du lernen. Wir schauen uns an, warum du keine andere Chance hattest, als den Weg zu gehen, den du gegangen bist.

Ich komme gerade von Sebastian. Seiner Verlobten Sarah geht es gut. Der Bruch ist geschient worden und wird verheilen. Die Gehirnerschütterung ist nicht so schwer. Der Schock wird nachlassen. Die Gehirnerschütterung und der Schock haben sie bewusstlos werden lassen, weswegen du dachtest, sie sei tot. Sebastian sprach mit Sarah und ihren Eltern. Sie verzichten auf eine Anzeige wegen unterlassener Hilfeleistung, wenn du deine Ausbildung in einem anderen Krankenhaus fortsetzt und dich nicht mehr in ihr Leben einmischst. Sebastian sagte mir im Vertrauen, dass er seinen Fehler bereut. Du hast genug mitgemacht. Sie denken, dass du deine Strafe bekommen hast.

Aber Strafe hin oder her. Lass sie denken, was sie wollen! Es ist jetzt mal genug gestraft worden. Ich kann es nicht mehr hören. Meine Meinung dazu ist eine andere, aber egal.

Mein liebes Mädchen, morgen besuchen dich zwei Polizisten. Sie möchten von dir den Unfallhergang geschildert bekommen. Das ist ganz normal bei so einem Unfall. Du hast nichts zu befürchten. Deine Aussage kommt dann zu den Akten, genau wie auch mein Bericht. Alles wird gut, glaub mir. Wärst du denn bereit, deine Ausbildung in einem anderen Krankenhaus zu beenden? Ich würde mich für dich verwenden."

Das Mädchen nickte: „Wenn das geht, dann nehme ich das Angebot an. Wie lange muss ich denn hier bleiben?"

„Ja, die äußeren Wunden sind schnell verheilt, aber ich möchte, dass auch deine innere Verletzung heilt, und ich will dir dabei helfen. Dazu brauchen wir Zeit. Ich würde dir gern einen Vorschlag machen. Magst du mich regelmäßig hier besuchen? Ich habe ein Büro. Da können wir ungestört reden und du kommst immer, wenn du Zeit hast. Wir machen jedes Mal wieder einen neuen Termin aus. Wäre das okay?"

Auf dem Gesicht des Mädchens breitete sich ein Lächeln aus: „Ich würde mich freuen. Bisher hat sich nie wirklich jemand für mich interessiert. Ich vertraue Ihnen. Was denken Sie über mich?"

Karin unterbrach sie: „Lektion eins: Zu denken, was andere über einen denken, ist der Anfang allen Übels. Das gewöhnst du dir gleich mal ab! Lektion zwei: Ich versuche nicht, die Menschen nach ihren Fehlern zu verurteilen. Alles hat seinen Ursprung. Deinen meine ich schon erahnen zu können. Aber das werden wir uns Schritt für Schritt zusammen erarbeiten."

Das Mädchen hatte eine Bitte: „Ich möchte nicht, dass meine Mutter noch einmal kommt. Ist das schlimm?"

Die Psychologin unterstützte sie darin. „Ich finde, das ist eine gute Idee. Vor allem, wenn es dein Wunsch ist. Wir werden uns gemeinsam darum kümmern. Wie ich sehe, hast du schon fleißig geschrieben. Ist das für mich?"

„Ja, ich habe versucht, alles aufzuschreiben. Mein Leben liest sich wie ein Krimi“, sagte das Mädchen und lächelte leicht verschämt.

„Mach dir keine Gedanken darüber. Das wird schon! Je mehr du aufschreibst, desto besser für unsere Arbeit. Wir werden das schon hinkriegen! Wohnst du im Schwesternheim? Oder hast du eine Wohnung?“

Das Mädchen bestätigte ihre Vermutung: „Ja, ich wohne im Schwesternheim des Krankenhauses, in dem ich arbeite. Dort kann ich nicht mehr wohnen. Ich muss mir was Neues suchen.“

Wieder bot ihr die Psychologin ihre Hilfe an: „Ich kümmere mich darum. Wenn ich morgen wiederkomme, habe ich vielleicht schon was erreichen können. Ich kenne den Chefarzt im Sankt-Elisabeth-Krankenhaus. Auch sie haben dort ein Schwesternwohnheim. Wie ich höre, bist du bald fertig mit deiner Ausbildung.“

„Ja, das stimmt. Oh, das wäre wunderbar!“, sagte das Mädchen begeistert.

Karin stand auf: „Na gut, dann werde ich die Sache mal angehen. Ein paar Telefonanrufe und wir wissen mehr. Ich komme morgen wieder. Du bleibst die nächsten drei Tage hier auf der Station und anschließend schauen wir weiter. Also schlafe dich aus, und wenn dir noch etwas einfällt, schreib es auf! Das befreit.“ Sie lächelte und wandte sich zur Tür. Noch einmal drehte sie sich um. „Bis morgen! Mach dir keine Sorgen! Das wird schon. Tschüss.“

Das Mädchen schaute ihr hinterher und dachte: Da gibt es wohl einen Menschen auf der Welt, der mich trotz allem zu mögen scheint. Sie legte sich zurück auf ihr Kissen und entspannte sich. Vor 24 Stunden war sie noch völlig fertig gewesen. Sebastian wollte sie nicht und nichts auf der Welt schien ihr so wichtig zu sein, wie gerade ihn zu halten. Jetzt war alles anders. Warum nur wollte sie wegen dieses Mannes zur Mörderin werden? Sie hatte so große Angst, ihn zu verlieren, dass sie zu allem bereit war. Dabei liebte sie ihn überhaupt nicht! Sie wollte Macht über ihn. Sie wollte immer schon Macht über Menschen haben, und dazu war ihr jedes Mittel recht.

Sie war jetzt schonungslos ehrlich zu sich. Sie hatte es mit ausgefallenem Sex versucht. Aber das klappte immer nur für kurze Zeit. Nach dem Sex kam wieder Sex und wieder Sex. Sie wollte mit Sex die Männer an sich binden und Macht ausüben mit ihren Sexpraktiken. Sie brauchte diese Macht, weil sie Angst hatte, die Menschen zu verlieren. Aber wann hatte sie jemals einen Menschen besessen? Eigentlich nie!

Sie dachte weiter nach und kam zu weiteren Erkenntnissen: Je mehr Angst sie hatte, desto mehr wollte sie besitzen und umso mehr Macht wollte sie ausüben. Weil sie niemals im Leben Sicherheit hatte, da ihre Eltern ihr niemals durch Liebe und Anerkennung Sicherheit geboten hatten.

Das Mädchen schaute traurig an die Decke und ging gedanklich noch einen Schritt zurück. Ihre Mutter konnte sie als Baby nicht annehmen, und weil sie dafür einen Grund brauchte, nahm sie den Freitag, den 13. als ein Zeichen für ihre angebliche Schlechtigkeit. Ein Kind, das schlecht war, brauchte man nicht zu lieben! Folglich konnte sie es auch nicht annehmen. Das war der Grund.

Hätte das Mädchen Sicherheit gehabt, dann hätte sie keine Ängste vor Verlust haben müssen. Dadurch war sie ein Ekel geworden, damit schützte sie sich vor den Menschen. So konnte sie sich einreden, sie selbst wolle ja gar nicht angenommen werden. Sie wollte nur die Fäden in der Hand halten und alles kontrollieren.

Das Mädchen schluckte. Der Heilungsprozess würde sicher auch schmerzhaft sein und vieles, was sie verdrängte, würde hochkommen. Aber jetzt wollte sie aufhören, schlecht zu sein. Sie wollte, dass der Tiger fortging und für immer verschwand. Sie schaute auf ihre Arme, auf die vielen Narben, die sie sich selber zugefügt hatte, weil sie den inneren Schmerz dadurch besser aushalten konnte. Sie verstümmelte sich lieber selber, weil der Schmerz innen so tief saß, dass er rauswollte.

Es war der Tiger. Er war gefangen. Er saß in einem Käfig

und wollte raus. Er gab immer erst Ruhe, wenn er Blut sah. Sie musste den Tiger befreien! Er musste aus seinem Gefängnis und Karin würde ihr dabei helfen. Dann würde sie für immer Ruhe haben. Zuversichtlich schlief sie ein und hatte zum ersten Mal das Gefühl, dass vielleicht alles gut werden würde.

Kapitel 21

Leonie, Anneliese und Thomas gingen mit Paul am nächsten Morgen nach dem Frühstück an der Donau spazieren. Sie hatten sich gegenseitig viel von ihrem Leben erzählt. Leonie genoss es, zwischen ihren Eltern zu gehen. Sie hielt sie, wie ein kleines Kind, an der Hand und hätte am liebsten die Zeit zurückgedreht. Aber sie wollte nicht wieder davon anfangen, ihre Eltern hatten schon genug Schuldgefühle.

Anneliese und sie wollten nach dem Spaziergang weiter Richtung Tübingen fahren, um auf den Spuren der Familie Rosenbaum zu wandeln. Sie wollten auch den Hof besuchen, auf dem Annelieses Mutter, Leonies Großmutter, aufgewachsen war. Für Leonie war es von großer Bedeutung, die Familiengeschichte zu ergründen. Sie wusste lange nicht, wer sie war, und nun erschlossen sich auf wunderbare Weise so viele Möglichkeiten, sich selbst zu finden. Spannende Zeiten kamen auf sie zu.

Anneliese wollte aufbrechen und sie sagte zu Thomas: „Wir müssen leider gleich los, denn wir haben noch über vierhundert Kilometer zu fahren. Wir kommen auf dem Rückweg wieder hier vorbei und erzählen dir von unseren Erlebnissen. Spätestens am Montagabend sind wir wieder hier. Leonie möchte am Mittwochabend zurück in Berlin sein."

Sie hatte kaum ihre Worte beendet, da wurden die Züge auf dem Gesicht des Paters traurig. Thomas zeigte offen seine Enttäuschung, dass Leonie schon wieder fahren wollte. Sie sah Thomas' traurigen Blick und nahm, um ihn zu trösten, seine rechte Hand in ihre beiden Hände. „Ich nehme Urlaub in der Redaktion. Ich habe mir überlegt, ein Buch über die Geschichte meines Großvaters David Rosenbaum zu schreiben. Dafür brauche ich Ruhe und muss mich zurückziehen können. Wo könnte ich das besser als bei meiner Mutter im schönen Sankt Leonhard? Die Judenverfolgung durch die Nazis ist immer noch ein heikles Thema, das man mit sehr viel Fingerspitzengefühl behandeln sollte. Andererseits muss man gegen das Vergessen arbeiten, damit nie wieder so etwas in der Welt passiert."

Nach einem Moment fragte sie: „Hast du Zeit und Lust, das Tagebuch von meinem Großvater zu ‚übersetzen'? David schrieb in altdeutscher Schrift, und die kann ich nicht lesen. Es würde mir sehr viel bedeuten! Mutter kennt das Tagebuch und erzählte mir einiges daraus. Aber ich muss das erst mal auf mich wirken lassen. Das geht nur, wenn ich es selber lese. Dann kann ich eintauchen und es verinnerlichen. Und es würde mich auch interessieren, wie die Kirche damals zu der Judenverfolgung stand."

Anneliese brachte das Gespräch wieder zum Ausgangsthema zurück: „Thomas, wir müssen lernen mit der neuen Situation fertigzuwerden, aber mit Leonies Hilfe schaffen wir das. Wir müssen aus unseren Fehlern wirklich lernen, bereuen und es in Zukunft besser machen." Anneliese schaute Thomas traurig an, sie hätte alles dafür gegeben, die Geschichte ändern zu können. Dann sprach sie weiter: „Wir kommen Montagabend wieder. Wir bleiben eine Nacht bei dir und fahren nach dem Frühstück nach Sankt Leonhard zurück. Wäre dir das recht? Dann sind wir am Dienstagnachmittag in meinem Hotel. Leonie kann am Mittwochmorgen fahren und ist dann am frühen Abend wieder in Berlin bei ihren Freundinnen. Und dann wird sie ja für längere Zeit in Sankt Leonhard sein. Ich hoffe, Thomas, du kommst auch wieder einmal nach Sankt Leonhard. Du bist bei mir herzlich willkommen. Ich verfüge über so viele Zimmer, dass ich sie sogar vermiete." Anneliese lachte gequält.

Schließlich gingen sie zurück zum Auto und verabschiedeten sich. Für sie alle war es ein Neuanfang, eine Entdeckungsreise mit vielen Überraschungen. Mutter und Tochter stiegen ins Auto, um noch mehr Neues herauszufinden.

Thomas stand mit Paul auf dem Bürgersteig. Er war erleichtert, denn die Vergangenheit lastete schwer auf seiner Seele. Sie hatten alle über Nacht eine neue Chance bekommen. Nun lag es an ihnen, etwas Gutes daraus zu machen.

Sie fuhren aus der Parklücke, Anneliese hupte dreimal, und los ging es zu einem neuen Abenteuer in Richtung Autobahn nach Tübingen.

Anneliese und Leonie kamen am frühen Nachmittag in Tübingen an. Sie parkten außerhalb des Innenstadtkerns und ließen sich mit einem Taxi durch Tübingen kutschieren. Auf dem Marktplatz standen sie schweigend Hand in Hand, sie ließen ihrer Fantasie freien Lauf und dachten an die Zeit, als die Rosenbaums hier wohnten. Gedanken und Fragen gingen ihnen durch den Kopf: Hier zogen Raphael und Eva also ihre Kinder groß. Vielleicht standen sie alle gemeinsam genau hier, wo Leonie und Anneliese gerade standen. Wo wohnten sie? In welcher Straße stand ihr Haus?

Sie gingen in ein Café und recherchierten im Internet Informationen über die Synagoge, die in der Reichspogromnacht vom 9. auf den 10. November 1938 niedergebrannt wurde. Leonie hatte ihr kleines Notebook im Rucksack dabei. Sie erfuhren, dass die damalige Synagoge in der Gartenstraße 33 stand. Sie ließen sich mit einem Taxi dorthin fahren. Als sie dort standen, waren sie sehr berührt, weil sie mit großer Sicherheit wussten, dass hier einst ihre Vorfahren an Ort und Stelle gewesen waren. Anneliese fand zuerst die Worte wieder: „Hier waren Raphael und Eva mit ihren Kindern. Es muss so gewesen sein. Schade, dass man von der Synagoge nichts mehr erkennen kann!“

Leonie berichtete, was sie herausgefunden hatte: „Im Internet steht, dass man beim Bau einer neuen Wohnanlage 1998 auf die Fundamente der alten Synagoge stieß. Man stellte den Bau zunächst ein, um zu beratschlagen, wie man nun weiter verfahren sollte. Es kam zu einer öffentlichen Diskussion. Erklärtes Ziel, dieser ganzen Debatte war, ein Denkmal zu errichten, das an das Schicksal der Tübinger

Juden angemessen erinnern sollte, um damit ein Zeichen gegen das Vergessen zu setzen. Wie du siehst, ist ihnen das hervorragend gelungen. Schau, da stehen die Namen unserer Vorfahren." Schweigend und ehrfürchtig betrachteten Anneliese und Leonie, Hand in Hand dastehend, das Denkmal. Um einen alten Brunnen hatten Künstler einen Stahlkubus mit 101 quadratischen Öffnungen gebaut. Die 101 Öffnungen erinnerten an die vertriebenen und ermordeten Tübinger Juden, die dort alle namentlich auf Tafeln an einer Wasserrinne benannt wurden. Von dort floss das Brunnenwasser mit leichtem Gefälle auf eine Stelle mit zwei hohen Stahlplatten zu, den „Ort gegen das Vergessen". Auf der Innenseite der hohen Stahlstelle waren Texte zur Geschichte und Zerstörung der jüdischen Gemeinde Tübingen-Reutlingen angebracht. Eine weitere Tafel dokumentierte den schwierigen Umgang mit dem Synagogengrundstück nach dem Zweiten Weltkrieg. Auf dem Brunnentrog war eine weitere Inschrift, die schon 1978 angebracht wurde. Auf ihr stand: „Hier stand die Synagoge der Tübinger jüdischen Gemeinde. Sie wurde in der Nacht vom 9./10. November 1938, wie viele andere in Deutschland, niedergebrannt. Zum Gedenken an die Verfolgung und Ermordung jüdischer Mitbürger in den Jahren 1933 bis 1945."

Leonie war sehr ergriffen und sagte, was sie dachte, laut: „Was haben sie durchgemacht? Wie sind sie wohl gestorben? Was waren ihre letzten Gedanken? Waren sie voller Hass gegen die Nazis oder galten ihre letzten Gedanken ihrer Familie? Es muss in jedem Fall furchtbar gewesen sein. Wie alt sind die Brüder von David heute? Sie haben doch Deutschland rechtzeitig verlassen können!"

Ihre Mutter hatte einige Informationen: „Sie müssen um 1915 geboren worden sein. Sie wären jetzt weit über 90 Jahre. Rosenbaums gibt es bestimmt wie Sand am Meer. Leonie, da müssen wir schon großes Glück haben, wenn wir Nachkommen finden sollten."

Leonie zwinkerte ihrer Mutter zu: „Der heilige Leonhard hilft vielleicht noch einmal. Warum sollte uns das Glück, nachdem wir es gefunden haben, jetzt verlassen?" Leonie war guter Dinge.

Ihre Mutter blieb vorerst bei den gegebenen Fakten: „Lass uns jetzt ein Hotel suchen! Wir wollen morgen rechtzeitig los, um den Hof zu besichtigen, auf dem meine Mutter und meine Großeltern lebten. Es bleibt spannend. Ich war seitdem nicht mehr dort. Leider weiß ich nicht, was wir vorfinden werden! Vielleicht existiert der Hof gar nicht mehr. Morgen wissen wir mehr, Leonie. Lass uns ein gemütliches Hotel ausfindig machen. Ich bin ziemlich müde und hungrig auch."

Leonie hatte das Entdeckerfieber gepackt: „Ich bin neugierig, was uns dort erwartet."

Das Mädchen lebte sich im neuen Krankenhaus gut ein und wohnte in einer kleinen Einzimmerwohnung außerhalb des Krankenhauses. Karin setzte durch, dass die Eltern des Mädchens sie monatlich bis zum Ende der Ausbildung unterstützten. Das Mädchen vermied ihrerseits jeglichen Kontakt zu den Eltern. Sie wollte es so und es ging ihr von Mal zu Mal besser. Mit Karin traf sie sich zweimal in der Woche und sie näherten sich Schritt für Schritt ihrem eigentlichen Problem.

Das Mädchen lernte, dass der Fehler bei den Eltern lag, weil sie überfordert waren und sich nicht ihren Problemen stellen wollten oder konnten. So wurde das Mädchen zum Sündenbock für alles Mögliche gemacht und vor allem musste sie die ständige Unzufriedenheit der Mutter ausbaden. Die Mutter machte sie für ihre eigene Unzulänglichkeit verantwortlich. Damit konnte sie wunderbar ablenken und ihr Problem verdrängen.

Das Mädchen dachte daher, dass etwas nicht mit ihr in Ordnung sei, dass sie schlecht sei. Deswegen versuchte sie, besser zu werden. Da sie von ihren Eltern, der Mutter im Besonderen, nicht angenommen wurde, konnte sie sich natürlich selber auch nicht annehmen und sie spiegelte das nach außen wider. Sie geriet in einen Teufelskreis, aus dem sie nicht mehr herauskam.

Als die Schwester geboren wurde, steigerte sich die Unzufriedenheit der Mutter. So falsch das Verhalten der Eltern auch war, das Mädchen versuchte trotzdem, immer eine Entschuldigung für sie zu finden. Sie gab daher ihrer Schwester die Schuld und versuchte, durch Ehrgeiz und gute Noten auf sich aufmerksam zu machen, was ihr freilich nicht gelang. Dies steigerte wiederum ihren Unmut auf die Schwester oder andere Mädchen, die geliebt wurden. Durch den Tiger entwickelte sie ein Ventil. Sie konnte durch ihn Luft ablassen.

Mit Karin fand sie den Mut, ihre Wut gegen die Eltern zu richten, denn nur dort gehörte sie hin. Sie lernte zu verstehen, dass die anderen Mädchen und ihre Schwester nichts dafür konnten. Dass die Schuld allein bei den Eltern lag. Die Eltern hatten schwere Fehler gemacht und ihre eigene Unfähigkeit auf das Mädchen, auf die eigene Tochter, abgeladen. Irgendwann würde das Mädchen ihnen verzeihen können, weil sie dann erkannt hatte, dass auch ihre Eltern nur Opfer waren.

Zu ihrer Schwester versuchte sie, ein normales Verhältnis aufzubauen. Sie lernten, beide neu aufeinander zuzugehen. Sie sprachen zu dritt mit Karin und lösten viele Dinge auf. Mit der Zeit konnten Wunden heilen und das Mädchen lernte, sich anzunehmen. Vieles bekam, aus einem neuen Blickwinkel betrachtet, einen anderen Sinn. Die Dinge wogen dadurch nicht mehr so schwer.

Das Mädchen lernte, sich selbst zu verzeihen. Sie hatte Fehler gemacht. Sie bekam nun eine Chance, aus ihnen zu lernen. So lernte das Mädchen auch, bei sich zu bleiben und auf ihr inneres Gefühl zu hören. Wenn sie sich ungerecht behandelt fühlte, dann schaute sie zuerst bei sich nach oder ging die Dinge mit den betreffenden Personen an und versuchte, einen gemeinsamen Weg zu finden.

Der Tiger beruhigte sich mit der Zeit und ließ sie in Ruhe. Ob sie ihn jemals zum Schweigen bringen konnte, war ungewiss. Er war ein Teil von ihr geworden und eigentlich war es gut, dass sie sich darüber bewusst wurde, dass es ihn gab. Sie versuchte ihm die Macht zu entziehen und bekam langsam ein gesundes Verhältnis zu ihrem Körper und zu sich.

Karin gab ihr viele Bücher zu lesen und das Mädchen verschlang sie alle. Sie interessierte sich sehr für Karins Arbeit und für Psychologie. Sie wollte ebenfalls Menschen helfen, die Ähnliches erlebten wie sie. Menschen, die vielleicht vom Weg abgekommen waren und nicht mehr weiter wussten. Sie wollte den Menschen zeigen, dass es sich lohnte, wieder neu anzufangen! Und dass es immer einen Ausweg gab und nichts schwerer wog als die eigene Schuld, die man sich selber aufbürdete. Doch es gab immer einen Weg und man konnte emotionalen Ballast abwerfen, wenn man sich bewusst machte, wie und warum es dazu kam. Alles hatte seinen Sinn und die Lehren, die man daraus zog, waren wertvoll. Sie wollte den Menschen zeigen, dass man sich nur selber das geben konnte, was man brauchte, und wie wichtig es war, sich selbst zu lieben und anzunehmen. Sie machte ihren Abschluss als Krankenschwester und arbeitete in den Semesterferien weiter als Nachtschwester, um sich dadurch ihr Studium der Psychologie finanzieren zu können. Ihr Leben bekam wieder einen Sinn. Sie sah plötzlich alles mit anderen Augen. Ihr Weg lag ausgestreckt vor ihr und sie freute sich darauf, ihn zu gehen.

Sie zog in eine Wohngemeinschaft, weil die Miete günstiger war und weil sie sich beweisen wollte, dass sie sich einfügen konnte. Sie bewarb sich für einen Job in einer Studentenkneipe. Voller Vorfreude auf ihr neues Leben öffnete sie schwungvoll die Kneipentür. Der Wirt sah erstaunt auf und schaute ihr erwartungsvoll entgegen.

„Hallo, ich studiere Psychologie und möchte mich für den Job bei Ihnen bewerben. Mein Name ist Billi!“

Kapitel 22

In der Nacht wachte Leonie plötzlich mitten in der Nacht auf. Sie hatte tief geschlafen und war von einer Minute auf die andere hellwach. Sie wusste plötzlich, wie ihr Buch heißen würde. „David gegen Goliath“.

Am nächsten Tag ging es nach dem Frühstück weiter und sie machten sich auf den Weg zu dem Hof, wo Leonies Oma ihre Kindheit verbrachte und wo David sich vor Goliath versteckt hielt.

Leonie und Anneliese fuhren langsam über den Hof auf die Haustür zu. Der Hof lag außerhalb der Stadt, auf einer Anhöhe in Waldesnähe. Er machte einen sauberen und friedlichen Eindruck. Der Sockel des Hauptgebäudes war aus dicken Steinen erbaut worden und die oberen Etagen aus dunklem Holz. Das Holz wie auch das Dach wurden renoviert. Über der roten Tür war ein Rundbogen mit einem Schriftzug. Leonie konnte ihn erst bei näherem Hinschauen entziffern und hielt den Atem an. Über der Tür stand in schwarzen Buchstaben DAVIDSHOF! Was für eine unerwartete Überraschung? Anneliese und Leonie stiegen aus und gingen stumm auf die Haustür zu. Sie konnten es nicht fassen. Wieso hieß der Hof DAVIDSHOF? Was war passiert? Anneliese ging voran und klingelte an der Glocke, die draußen über der Tür hing. Von innen hörten sie Hundegebell und Babylaute. Eine für Leonie vertraute Stimmung, die sie von Besuchen bei Annabelle und Ole kannte. Eine junge Frau machte ihnen auf. Sie trug ihr Baby auf dem Arm, einen kräftigen, zirka sechs Monate alten Jungen, der ihnen aus großen blauen Augen entgegenblickte. Er hielt ein undefinierbares, offensichtlich vom Vater selbst geschnitztes Spielzeug in der Hand.

„Guten Tag, ich bin Anneliese Huber und das ist meine Tochter Leonie. Meinen Großeltern gehörte der Hof und ich wollte mit meiner Tochter gern, mit ihrer Zustimmung, einen Rundgang über den Hof machen, damit sie sich ein Bild von der damaligen Geschichte machen kann."

Die junge Frau schaute freundlich: „Aber gern, kommen Sie doch herein! Darf ich Ihnen einen Kaffee anbieten? Mein Mann und ich wollten uns gerade einen aufbrühen. Wir sind seit drei Jahren Besitzer des Hofes und versorgen uns selbst. Wir leben mit unseren zwei Kindern hier und haben einiges über ihre Familiengeschichte gehört. Wissen Sie, sie schickt der Himmel! Jan, Jan, rate mal, wer hier ist? Entschuldigen Sie, mein Name ist Thea und dieser Spatz hier ist Max." Thea führte Anneliese und Leonie in die gute Stube und ließ sie Platz nehmen. Hier war alles aus Holz und in einer gemütlichen Atmosphäre. Vom Kaminfeuer ging eine heimelige Wärme aus und es duftete nach frisch gebrühtem Kaffee, den Jan in der angrenzenden Küche noch nach altbewährter Weise von Hand filterte. In kurzen Abständen goss er heißes Wasser in einen Kaffeefilter, der auf einer Kaffeekanne stand. Danach stellte er den Wasserkessel wieder auf den Ofen zurück. Der gusseiserne Ofen stand auf vier geschwungenen Beinen und wurde mit aromatisch duftenden Birkenholzscheiten befeuert, die neben dem Ofen lagerten.

Hier schien die Welt stehengeblieben zu sein, obwohl es eher genau diese rückständige Atmosphäre war, die den Fortschritt symbolisierte. Jan, ein bärtiger, großer und sportlicher Holzfällertyp mit selbstgestricktem Norwegerpulli, lächelte ihnen entgegen, als wären sie ein lang erwarteter Besuch. Anneliese und Leonie fühlten sich auf Anhieb wohl und verwarfen immer mehr das unangenehme Gefühl, Eindringlinge zu sein. Als sie sich auch mit Max bekannt gemacht hatten, setzten sie sich alle an den Tisch in der guten Stube. Thea öffnete wie selbstverständlich ihre Bluse und stillte seelenruhig ihren kleinen Max. Wären die drei Waisen aus dem Morgenland erschienen, es hätte Leonie nicht gewundert. Sie erzählte ihre Geschichte, wie sie beide auf die Idee kamen, die Spuren des David Rosenbaum zu suchen.

Als Leonie geendet hatte, sprach Jan mit sonorer, tiefer Stimme: „Wir übernahmen vor drei Jahren den Hof, weil die Besitzer die Arbeit nicht mehr schaffen konnten. Sie befanden den Hof zudem als unrentabel und wollten ihn loswerden. Thea und ich hatten einen Traum, von einem Öko-Hof, von dem wir uns selbst versorgen und auch leben konnten. Hier schien unser Traum in Erfüllung zu gehen. Wir steckten unser ganzes Geld hinein und richteten uns alles so ein, wie wir es uns immer erträumten. Auf den Wochenmärkten, auf denen wir unsere Produkte verkauften, erfuhren wir von dem Schicksal der Veronika, die von ihren Eltern davongejagt wurde, weil sie ein Kind von David, dem Juden, erwartete. Die Geschichte hörte sich unglaublich traurig an. Wir erkundigten uns und sammelten immer mehr Informationen. Von der Geschichte waren wir so berührt, dass wir den Hof DAVIDSHOF tauften. Thea und ich dachten, wir seien es David schuldig, der hier so verraten wurde. Er hat es verdient, schon als Wiedergutmachung, dass man ihm ein Denkmal setzt und er nicht in Vergessenheit gerät."

Jan gedachte Davids und wartete einen Augenblick, bis er weitersprach: „Meine Großeltern sind auch Juden und hatten Glück im Unglück. Sie entkamen der Gaskammer um Haaresbreite und wurden rechtzeitig von den Alliierten befreit. Sie gehörten zu den wenigen Überlebenden von Auschwitz. Sie erzählten mir viel als Kind darüber. Ich wuchs mit der ganzen nackten, grausamen Wahrheit auf, damit in unserer Familie niemals diese Grausamkeit in Vergessenheit gerät! Ich werde sie an Max und Lars weitergeben, wenn sie alt genug dafür sind. Lars ist drei Jahre alt. Er schläft noch immer seinen Mittagsschlaf. Wenn ihr lange genug bleibt, werdet ihr ihn auch kennenlernen. Max und Lars werden die Geschichte ihrerseits weiter an ihre Kinder geben! Mein Vater hat es meinem Großvater auf dem Sterbebett versprechen müssen, dass wir diese grausame Ungerechtigkeit niemals in unserer Familie verschweigen oder gar vergessen."

Leonie verstand das sehr gut, nickte und bestätigte die Aussage von Jan: „Das sind wir ihnen nicht nur innerhalb der Familie schuldig, sondern wir haben den Auftrag, dass wir es weitertragen in den Schulen, über die Medien verbreiten und als Geschichten in den Büchern niederschreiben. So was darf in tausend Jahren nicht in Vergessenheit geraten, damit niemals mehr so etwas passiert! Wir danken euch, dass ihr David zu Ehren euren Hof nach ihm benannt habt. Ich recherchiere zurzeit selber über ihn und seine Familie. Es kommt mir so vor, als möchte er zu mir sprechen. Es ist Wahnsinn, aber ich glaube es wirklich! Ich möchte ein Buch über die Geschichte des David schreiben. Deswegen sind wir hier. Weil ich Bilder brauche, in die ich eintauchen kann, dann fällt mir das Schreiben leichter."

Thea schaute Mutter und Tochter besorgt an und fragte vorsichtig: „Kennt ihr die ganze Geschichte? Wenn nicht, dann können Jan und ich euch vielleicht helfen. Wir haben einiges gehört."

Anneliese horchte auf und begann von dem, was sie wusste, zu berichten: „Meine Mutter Veronika sprach nie über ihre Eltern. Sie sehnte sich nach ihrer Anerkennung. Sie gab die Hoffnung nie auf, dass ihre Eltern sie eines Tages um Verzeihung bitten würden. Aber nichts dergleichen geschah, sie starben, ohne auch nur einmal einen einzigen Brief beantwortet zu haben. Ich weiß von meiner Mutter nur, dass sie David in der Scheune fand und sich in ihn verliebte. Sie wollte mit ihm fortgehen. Aber ihre Mutter entdeckte die beiden und erzählte ihrem Mann davon. Dann sind sie zum Ortsbauernführer und meldeten David. Sie holten ihn ab und Veronika wurde, nach Entdecken ihrer Schwangerschaft, vom Hof gejagt. Meine Mutter floh zu ihren Verwandten nach Südtirol und erbte dort nach einigen Jahren das Hotel, das ich heute leite. Meine Mutter heiratete nie, noch sah ich jemals einen Mann an ihrer Seite! Sie hat meinen Vater sehr geliebt."

Anneliese schaute zu Boden und sprach leiser: „leider hat sie mich darüber vergessen. Sie stellte einen Toten über die

Lebenden. Das war für mich nicht immer einfach und prägte mein Leben. Schließlich auch das von meiner Tochter Leonie. Deswegen sind wir heute hier, weil wir unsere Vergangenheit aufarbeiten möchten."

Thea konnte sie gut verstehen und brachte dies auch zum Ausdruck: „Vielleicht könnt ihr Veronika besser verstehen, wenn ihr erfahrt, wie sehr sie gedemütigt wurde. Es muss damals furchtbar für sie gewesen sein."

Thea schaute zu Jan, um sich seine Zustimmung zu holen. Der nickte seiner Frau beruhigend zu und Thea begann zu berichten: „Als die Mutter von Veronika das Versteck der beiden fand und diese Liebe und Vertrautheit zwischen ihnen sah, wurde sie eifersüchtig auf ihre eigene Tochter. Man erzählte uns, dass Veronikas Mutter eine unnachgiebige und neidische Frau war, die mit einem wortkargen und strengen Mann verheiratet war. Ihre Ehe war ein Abkommen zwischen beider Eltern. Liebe war ein Fremdwort und daher wuchs auch Veronika ohne jegliche Zuneigung auf. Sie musste schon immer die Unzufriedenheit ihrer Eltern ertragen und lebte mit der Gewissheit, dass auch sie eines Tages einen Mann heiraten würde, der sie nicht liebte.

Wir hörten, dass Veronikas Zukünftiger bekannt war als Schwerenöter und zu viel Alkohol trank. Für Veronika muss es ein Lichtblick gewesen sein, als sie David in der Scheune schlafend vorfand. Wahrscheinlich sah sie ihn als ihren Retter und David, der auf der Flucht vor den Nazis war, sah in ihr eine Retterin. Sie gaben sich gegenseitig ihre Liebe und retteten sich vor den Menschen. Beide wurden sie nicht angenommen, jeder auf seine Weise."

Thea sah von einer Person zur anderen, bevor sie weitersprach: „Die beiden wurden im Heu überrascht! Eine Flucht war nicht mehr möglich. Veronikas Vater zog sie an den Haaren über den ganzen Hof, vorbei an den vielen Menschen, die mit dem Ortsbauernführer und seinen Schergen kamen, um David abzuholen. Es war so, als hätte man die beiden an den Pranger gestellt: Sie wurden beschimpft und mit Schande überdeckt. Sie hielten alle ihre Mistgabeln und ähnliches Werkzeug bei sich und attackierten sie damit. Es muss grausam gewesen sein! Veronika betitelte man als 'Judenhure, Schlampe und undankbares Flittchen, die ihren Eltern Schande bereitet'. David wurde wie ein Schwerverbrecher behandelt und man prügelte mit den mitgebrachten Werkzeugen auf ihn ein. Die körperliche Pein muss schon schlimm genug gewesen sein, aber schlimmer noch war die Demoralisierung. Veronikas Vater schlug vor aller Augen mit einem Stock auf seine Tochter ein. Er muss sie grün und blau geschlagen haben. Ihre Mutter stand dabei und heizte ihrem Mann ordentlich ein. Veronika schrie und wehrte sich. Sie warf sich vor ihren Geliebten und versuchte, ihn festzuhalten. Aber was kann eine einzelne Frau gegen so viel Hass ausrichten?"

Thea machte eine nachdenkliche Pause. Mit trauriger Stimme fuhr sie fort: „David wurde von der Meute ins Dorf getrieben und dann abtransportiert. Wir wissen nicht, ob er lebend aus diesem Krieg herauskam. Möglich ist es! Veronika sperrte man wochenlang ein. Ihre Eltern sprachen kein Wort mit ihr, der Ehepakt zwischen ihr und dem Hofnachbarn war aufgehoben worden. Niemand wollte eine mit Schande befleckte 'Judenhure' zur Frau. Als Veronikas Zustand sichtbar wurde, jagten ihre Eltern sie eines Nachts vom Hof und befahlen ihr, sich nie wieder hier blicken zu lassen! Mit dem, was sie auf dem Leib trug und einem kleinen Koffer machte sie sich auf den Weg ins Unbekannte. Was muss sie durchgemacht haben? Ihre Eltern haben nie wieder von ihr gesprochen. Für sie existierte ihre Tochter nicht mehr. Die Briefe, die Veronika schrieb, wurden ungeöffnet in den Ofen geschmissen!"

Thea sah Leonies Mutter an und sprach zu ihr: „Liebe Anneliese, die Worte deiner Mutter blieben ungelesen! Die Sehnsucht ungestillt! Als Veronika mit dir nach dem Tod ihrer Eltern zurück auf den Hof kam, konnten die Menschen damit nicht umgehen. Ihr schlechtes Gewissen und auch die Sturheit ließen keinen Raum für Annäherung oder gar Verzeihen."

Anneliese hatte, während Thea von ihrer Mutter erzählte, angefangen zu weinen, und unter Tränen sagte sie: „Ich habe das alles nicht gewusst! Ich wusste, wie sehr sie sich nach der Liebe ihrer Eltern sehnte. Sie sprach nie über den Vorfall in der besagten Nacht. Sie redete nur sehr wenig von meinem Vater. Einmal brachen die Erinnerungen bei ihr auf und sie berichtete etwas ausführlicher über David. Sie erzählte mir von seiner Familie Geschichten, die sie seinerseits von ihm erfahren hatte. Später hörte ich nie wieder etwas über meinen Vater und sie zog sich mehr und mehr von mir zurück. Ich dachte immer, sie gäbe mir die Schuld an allem! Wenn ich nicht gewesen wäre, dann hätten ihre Eltern sie nicht vom Hof vertrieben. Aber wenn ich jetzt darüber nachdenke, dann konnte ihr eigentlich nichts Besseres passieren. Meine arme, starke Mutter! Ich danke euch, dass ihr mir die Wahrheit gesagt habt. Ich verstehe sie jetzt und kann ihr verzeihen. Vieles ergibt jetzt für mich einen Sinn. Ich bin froh, dass wir hierhergekommen sind."

Leonie hatte, während Thea erzählte, die Hand ihrer Mutter in die ihre genommen, und in diesem Augenblick verstand sie ganz und gar, warum Anneliese sie damals abgegeben hatte.

Bevor sie sich von Thea und Jan verabschiedeten, gingen sie durch das Haus und über den Hof. Leonie stellte sich dabei die ganze Tragödie vor. Sie sah vor ihrem geistigen Auge, wie David und Veronika sich nachts trafen, um zusammen sein zu können, und wie sie sich an den Händen hielten. Sie stellte sich den unsäglichen Augenblick des Entdeckens vor, in dem sie beide für immer ihre Liebe verloren und die Menschen ihre eigenen Aggressionen gegen sie richteten. Sie würde sich vollkommen auf Veronika und David einlassen müssen und mit ihrer Hilfe ein Buch schreiben, damit diese Geschichte und Liebe nicht in Vergessenheit geriet. Das war sie ihnen schuldig.

Anneliese und Leonie fuhren in einem Rutsch zurück nach Passau. Sie hatten dabei wieder viel Zeit zum Reden: „Weißt du, Leonie, ich finde es schön, dass David mit seiner

Familie einen Platz in der Geschichte bekommen wird, denn deine Erzählung wird weitergetragen werden von Generation zu Generation. Es tut gut zu wissen, dass der Hof nach David benannt wurde."

„Das Gleiche dachte ich eben auch. Diese Tragik und auch dein Erlebnis – mit dir und Thomas – erinnert mich ein bisschen an Romeo und Julia. Ihr durftet euch auch nicht lieben! Die grausamsten Geschichten schreibt das Leben selbst."

Sie sprachen während der Fahrt noch viel über ihre Eindrücke, und als sie endlich nach Passau kamen, waren sie froh, denn Erlebnisse machen nicht nur hungrig, sondern auch müde. Vater Tom wartete schon ganz ungeduldig auf sie. Er sah ständig auf die Uhr und aus dem Fenster. Wenn er dann hinausblickte, waren es andere Autos und nicht das Auto von Anneliese und Leonie. Nun wollte er sich weitere Enttäuschungen ersparen und unterdrückte seinen Drang, vom Stuhl aufzustehen und aus dem Fenster zu schauen. Paul schaute schon irritiert und hob jedes Mal den Kopf, wenn sein Herrchen hin und her lief. Tom beruhigte ihn: „Ist gut Paul, schlaf ruhig weiter! Ich weiß auch nicht, warum mich das alles so aufregt. Vielleicht wird sich für uns einiges ändern, mein Freund, aber mach dir keine Sorgen! So wie es wird, wird es gut sein."

Als es endlich an der Haustür klingelte, lief Thomas aufgeregt zur Tür und öffnete sie: „Wie schön, ich dachte schon, ihr hättet es euch anders überlegt."

„Warum sollten wir es uns anders überlegen?" Anneliese schaute Tom kopfschüttelnd an.

Er sagte sehr offen: „Nachdem ich euch bekommen habe, möchte ich euch nicht so schnell wieder verlieren."

Leonie fiel ihm fast ins Wort: „Aber Vater, wir möchten dich doch auch niemals mehr hergeben! Meinst du, wir schneien einfach in dein Leben und hauen dann mir nichts dir nichts wieder ab? Hab keine Angst, wir bleiben ab jetzt zusammen." Leonie umarmte Tom und streichelte ihm liebevoll über sein immer noch volles Haar.

Aus Toms Küche duftete es verführerisch nach Gänsebraten und Rotkohl. Er hatte den Tisch gedeckt und überall im Haus Kerzen angezündet. „Ich habe mir gedacht, wir holen essenstechnisch Weihnachten einfach nach, weil mir so danach ist. Mir ist etwas geschenkt worden, was ich schon längst verloren glaubte. Aber kommt und setzt euch! Ihr müsst müde sein, nach so einer langen Fahrt.“

Tom nahm die Gans aus dem Ofen und tranchierte sie fachmännisch. Anneliese half ihm und schmeckte die Soße ab: „Mmh, woher kannst du so gut kochen? Ich dachte immer, das machen eure Haushälterinnen.“

Tom schmunzelte und holte zu einer Erklärung aus: „Im Kinderheim schaute ich der Köchin öfter über die Schulter und half, wo ich nur konnte. Das Begießen der gefiederten Tiere gehörte zu meinen bevorzugten Tätigkeiten, denn dabei fielen die Innereien für mich ab. Ich durfte sie schon als Kind bei meiner Mutter immer essen, wenn ich dafür sorgte, dass das Geflügeltier nicht austrocknete. Seid mir nicht böse, aber ich habe die Innereien schon verschnabuliert. Ihr müsst mit der Gans vorliebnehmen.“ Sie lachten alle befreit und ließen es sich schmecken.

Leonie und Ihre Mutter berichteten abwechselnd von ihren Erlebnissen in Tübingen und ferner alles, was sie über die Tragödie von David und Veronika erfahren hatten.

Als sie geendet hatten, sagte Tom über ihre Suche nach der Wahrheit und über die nahen Verwandten: „Was für eine tragische und außergewöhnliche Geschichte. Ihr habt sie gesucht und alle gefunden! Sie sind nicht in Vergessenheit geraten und werden auch in Zukunft nicht in Vergessenheit geraten durch Leonies Buch. Das ist ein schöner Gedanke!“

Tom stand auf, drehte sich zu Leonie um und sagte: „Leonie, ich habe eine Überraschung für dich! Das Davidsche Tagebuch konnte ich entziffern und ich habe dir alles auf eine CD gesprochen. Du besitzt jetzt dein persönliches Hörbuch von Davids Tagebuch!“ Tom strahlte seine Tochter an und redete weiter: „Es ist beeindruckend, wie er seine Gefühle offenlegt! Die Gräueltaten lässt er weitestgehend aus, als wenn er sich davon distanzieren wollte! Aber bei seinen Gefühlen ist er außerordentlich authentisch. Ich hoffe, du kannst damit umgehen, denn man wird unweigerlich zum Beschützer. Mir ging es auf jeden Fall so! Er hat mich berührt. Dein Vater, meine liebe Anneliese, war ein sensibler und tapferer, junger Mann."

Sie nickte: „Ja, Tom, du hast recht! Ich weiß es, denn ich las das Buch ja auch und es beeindruckte mich ebenso. Ich hätte es gern als Kind gelesen! Dann wäre vielleicht vieles anders verlaufen. Ich war damals so sauer auf meine Mutter, weil sie es mir so lange vorenthalten hatte. Aber sie wird wohl ihre Gründe gehabt haben. Es ist fantastisch, dass Leonie darüber schreibt, und ich glaube, dass sie noch einiges in Erfahrung bringen wird."

Am nächsten Morgen gingen sie wieder gemeinsam mit Paul an der Donau spazieren. Sie genossen den blauen Himmel und die Sonne, deshalb zogen sie den Spaziergang in die Länge. Anneliese fasste sich ein Herz und fragte Thomas in dieser schönen Atmosphäre: „Tom, hast du nicht Lust, mit nach Sankt Leonhard zu kommen? Es wäre schön, wenn wir beide am Schauplatz der Erinnerungen unsere Vergangenheit zusammen aufarbeiten könnten! Meinst du nicht auch? Ich denke, wir beide haben da noch eine Menge zu tun."

„Meine liebe Anneliese, ehrlich, ich hatte gehofft, dass du mir das anbieten würdest! Natürlich ich bin so frei und komme mit. Ich habe die Koffer schon in weiser Voraussicht gepackt." Er zwinkerte ihr jungenhaft zu. „Dann lasst uns keine Zeit verlieren! Kommt, auf geht's!"

Sie starteten mitsamt Paul um die Mittagszeit nach Sankt Leonhard. Leonie saß hinten im Auto und spielte über ihren Laptop die besprochene CD von Tom ab. Sie setzte sich Kopfhörer auf und tauchte in die Gefühlswelt des David ein. Eine Welt, in der Gott sich abgewandt haben musste. Und doch fand David in dieser Welt die Liebe! Zwischen Heuballen und Bomben, zwischen Überlebensangst, Hunger und Kälte und Intrigen.

„Oktober 1944.

Gestern sah ich, wie man meine Eltern aus dem Haus jagte. Sie wurden wie Vieh getrieben und geschlagen. Wieso werden wir so behandelt? Was haben wir getan? Der Hass, der die Menschen zu solch einem Wahnsinn treibt, kann nicht von Gott gewollt sein!

Die Eltern gaben mir ihr letztes Hab und Gut: Mutters wertvollen Schmuck, damit ich fliehen konnte. Sie opferten sich, damit ich die allerletzte Chance nutzen konnte, um in der Schweiz den Krieg zu überdauern. Ist die Liebe einer Mutter und die Liebe eines Vaters so selbstlos? Wie groß ist diese Liebe? Gibt es eine größere Liebe?

Ich sah zu und hielt mich versteckt aus Angst, dass man mich entdeckte. Ich war feige und leide nun wie ein Hund. Mutter, Vater, vergebt mir! Ich konnte euch nicht retten. Hätte ich es euch nicht bei eurer Liebe zu mir versprochen, ich wäre dazwischengegangen und hätte mich furchtlos der Grausamkeit gegen euch zur Wehr gesetzt. Wird dieses Morden irgendwann ein Ende haben? Hat Gott das gewollt? Wenn, ja! Warum? Ich verstehe es nicht!

Was haben wir denn getan, dass uns der Zorn Gottes so hart trifft?

Ich habe Hunger! Es gibt nichts zu essen! Wem kann ich trauen? Der Hunger gräbt ein tiefes Loch in meinen Bauch. So tief, dass ich fast den Hunger nicht mehr spüre. Es füllt sich mit Wut, Angst, Kälte und Ungewissheit. Wo sind meine Eltern? Mutter, Vater, was tun sie euch an? Diese Ungewissheit ist schlimmer als der Hunger und die Kälte!

Meine Beine können kaum noch laufen. Ich brauche dringend einen Unterschlupf. Ich muss schlafen. Ich bin müde, aber ich finde keine Ruhe. Meine Tränen sind getrocknet, doch mein Herz blutet weiter. Es gibt keine Erleichterung für mich. Meine innere Qual ist so groß, dass ich sterben möchte. Ich habe es Mutter und Vater versprochen, dass ich leben werde. Wie kann ich aber leben und glücklich sein?

Die Tage vergehen und ich schlage mich weiter in Richtung Grenze durch. Ich kann niemandem trauen und muss mich weiter versteckt halten. Ich vermisse die Liebe meiner Eltern, meiner Brüder. Ich vermisse die glücklichen Momente, die wir hatten. Ich fühle mich verlassen und allein.

Gott hilf mir!

Ich habe ein Dach über dem Kopf! Ich bin in einer Scheune und sitze hoch oben auf übereinandergeschichteten Heuballen. Aus leeren Säcken habe ich mir ein Lager bereitet. Hier wird mich so schnell niemand entdecken. Hier kann ich verschnaufen und schlafen. Ich höre den Regen auf das Scheunendach prasseln. Es ist ein Gefühl wie früher, wenn ich in meinem Bett lag und der Regen an die Scheiben klopfte. Als Kind fühlte ich mich immer so behaglich unter meiner warmen Decke, wenn es draußen regnete. Es gab mir ein Gefühl der Sicherheit, dass mir Regen und Kälte nichts anhaben konnten. Wenn man nichts mehr hat, dann ist so eine Scheune und ein Heubett fast ein Paradies. Durch die Ritzen in den Holzwänden kann ich über den Hof schauen. Das Wohngebäude steht auf der anderen Seite und ich sehe die Menschen, die dort wohnen. Die Bäuerin macht mir Angst! Ihr möchte ich nicht begegnen. Die junge Frau sieht freundlich und hübsch aus. Ich hätte sie gern in einer anderen Zeit oder in einer anderen Welt kennengelernt. Aber ich lebe in dieser Welt, die mich und meinesgleichen nicht dulden! Für uns ist hier kein Platz, deswegen müssen wir verschwinden. Meine Gedanken kreisen um meine Eltern. Ich bin ein verloren gegangenes Kind ohne Hoffnung in dieser grausamen Welt. Lieber Gott, verlass mich nicht auch noch!

Gott hat meine Gebete erhört. Veronika fand mich, während ich schlief! Trotz des Hungers und der Angst schlief ich tief und fest. Veronika ist die hübsche, junge Frau, die Tochter der Bauern, denen der Hof gehört. Ich sah in ihre Augen und wusste, ich habe nichts zu befürchten! Sie ist keine von DENEN. Sie gab mir weiche, saubere Decken und warme Sachen und, oh Gott, ich danke dir, zu Essen. Ich könnte ununterbrochen essen, weil die Angst vor erneutem Hunger mich nicht satt werden lässt. Veronikas Eltern dürfen nichts von mir wissen. Sie sind anders! Sie sind gefährlich!

Gott behüte und beschütze mich und auch Mutter, Vater, Moses und Joshua.

Ich bin seit drei Tagen in der Scheune und Veronika versorgt mich mit allem. Wir erzählen uns gegenseitig von unserem Leben. Veronika weiß, wie sehr ich mich um meine Eltern sorge! So sehr, dass ich von einer Sekunde zur nächsten vom Schmerz übermannt werde, der mich fast wahnsinnig werden lässt. Ist es die Angst oder das schlechte Gewissen, weil sie sich für mich geopfert haben? Oh Gott, ich weiß nicht, ob ich so selbstlos im umgekehrten Fall gewesen wäre! Vergib mir, denn ich bin feige und egoistisch. Hätte ich mich geopfert, um meine Eltern zu retten? Müssen sie noch mehr leiden unter DENEN, weil sie mich versteckten? Ich bete, dass es nicht so sei. Veronika sagt, dass ihre Eltern so was nicht machen würden. Sie opfern sich nicht für andere und schon gar nicht ihre Mutter. Ich hatte großes Glück, in eine solche Familie hineingeboren zu werden.

Gott, ich danke dir für diese Liebe!

Veronika hat mich geküsst. Es war unbeschreiblich! Wir gehen nachts spazieren, damit uns keiner sieht. Nur die Sterne und der Mond sind Zeuge unserer Küsse. Ihr Mund ist so weich und ihre Haut so zart. Ihre Haare riechen so gut. Ich hätte nie gedacht, dass Küssen so gut tut. Dass Küssen so schön ist! Ich kann kaum atmen während ich hier schreibe. Ist das Liebe? Sie lässt mich vergessen, dass ich in Not bin! Sie lässt mich vergessen, dass ich obdachlos bin! Sie lässt mich den Krieg vergessen! Sie bewirkt, dass ich nicht mehr so oft an meine Eltern denke! Die Qualen haben mir fast den Verstand geraubt. Ich schäme mich nicht dafür. Bin ich meinen Eltern gegenüber undankbar? Gott, bitte gib mir ein Zeichen, dass diese Liebe zu Veronika es wert ist, dann will ich mich ihr bedingungslos hingeben!

Gott, bitte zürne nicht! Ich liebe Veronika!

Es ist Liebe! Nie empfand ich so in meinem Leben. Wir haben uns geliebt, oben im Heu auf Daunen gebettet. Noch nie zuvor liebte ich ein Mädchen! Ich hatte Angst vor dem ersten Mal. Es gibt nichts Vergleichbares! Es ist einzigartig!

Die Liebe ist göttlich! Veronika, du machst mich leicht und kummerlos. Ich vergesse alles um mich herum. Es ist eine Leichtigkeit in mir. Sie lässt mich auf Wolken schweben. Ich möchte ewig so schweben und lieben!

Gott, ich danke dir, du bist gütig!

Wir lieben uns jede Nacht im Heu! Danach gehen wir spazieren, danach lieben wir uns wieder und schlafen zusammen bis zum Morgengrauen. Veronika muss sich vorsehen! Sie lügt um meinetwillen, damit ihre Eltern nichts merken. Sie will mit mir in die Schweiz. Was erwartet uns da draußen? Kann ich ihr ein Leben mit mir zumuten? Was machen SIE mit den Juden in der Schweiz? Werden die Schweizer gnädig sein? So viele verschwanden und kamen nicht wieder. Was machen SIE mit Veronika, wenn SIE erfahren, dass sie einen Juden liebt?

Gott, was sollen wir nur tun? Gib mir ein Zeichen!

Heute zeigte ich Veronika den Schmuck meiner Mutter. Ich erzählte ihr, wie meine Mutter zu jedem einzelnen Schmuckstück kam, denn jeder Ring und jede Kette birgt seine eigene Geschichte in sich. Wenn Mutter sich für das Theater oder für die Oper schick machte, dann suchte mein Vater für den Abend den Schmuck aus. Ich weiß noch, dass er immer zu ihr sagte: ‘Das schönste und wertvollste Schmuckstück bist du!’ Wenn ich den Schmuck ansehe, dann überkommt mich mein schlechtes Gewissen. Wenn Veronika mit mir mitkommt, dann will ich so gut zu ihr sein, wie mein Vater es zu meiner Mutter war.

Ich frage mich, wie es Moses und Joshua geht. Sind sie in Sicherheit? Warum nur musste all das geschehen? Warum ließ man uns nicht in Frieden leben? Was haben wir getan? Gibt es darauf überhaupt eine Antwort?“

Hier brach der Text abrupt ab.

Leonie hatte gar nicht bemerkt, dass sie in Sankt Leonhard angekommen waren, so sehr war sie von der Geschichte gefangen genommen. Durch Toms Stimme wurde David für eine Zeit zum Leben erweckt. Leonie wurde Zeugin seiner letzten Gedanken und Gefühle. Sie hatte ihrerseits das Gefühl, in ein Geheimnis eingeweiht worden zu sein. In das Geheimnis der Liebe von David zu Veronika.

Warum ließ Gott so etwas zu? Sie musste unbedingt mit ihrem Vater darüber reden. Sie brauchte väterlichen und geistigen Beistand, damit sie damit klarkam. So eine Ungerechtigkeit! So eine Grausamkeit! Warum taten Menschen anderen Menschen so etwas an? Tom würde ihr helfen. Sie vertraute ihm. Er war ihr Vater. Sie brauchte ihn mehr denn je. Innerlich sprach sie zu Gott: „Lieber Gott, ich danke dir, dass du mich zu meinen Eltern geführt hast. Ich danke dir, auch wenn du dir lange damit Zeit ließest. Gib uns deinen Segen und eine solche bedingungslose Liebe, so wie bei der Familie von David Rosenbaum."

Sie schien eine Menge Zeit mit Recherchen und Schreiben verbringen zu müssen. Es würde nicht leicht werden, aber Leonie wollte dieses Abenteuer wagen. Morgen fuhr sie nach Berlin zurück, um alle erforderlichen Dinge in die Wege zu leiten, und sie freute sich auf Johanna, Annabelle, Bea und Billi. Sie freuten sich bestimmt auch für sie! Das wusste Leonie ganz sicher. Für sie alle veränderte sich in den letzten Wochen viel und es ging sicherlich noch weiter so. Das Leben hatte noch viel zu bieten.

„Leonie, mein Engel, du sagst ja gar nichts. Hat dich David so beeindruckt?", fragte ihr Vater.

„Er war so jung und musste so viel Leid ertragen! Wer weiß, was er noch alles ertragen musste, ist er vergast worden oder hat er überlebt? Es war immerhin schon 1944. Vielleicht ist er von den Alliierten befreit worden?"

Tom runzelte die Stirn und überlegte: „Ja, das ist eine gute Frage. Theoretisch könnte er überlebt haben, vielleicht lebt er in einem anderen Land? Wenn er nicht gestorben ist, dann wäre er jetzt ungefähr 85 Jahre alt."

Leonie antwortete: „Ja, möglich ist alles, Vater! Die arme Veronika, sie verlor nicht nur ihre Liebe, sondern auch ihr Zuhause, ihre Eltern und ihre Ehre. Die beiden Familien sind so unterschiedlich, wie sie unterschiedlicher gar nicht sein könnten. Die einen opferten sich selbst, damit ihre Kinder lebten. Die anderen zerstörten eine Liebe und ein Leben, damit ihre einzige Tochter nicht glücklich sein konnte. Das Leben geht manchmal eigenartige Wege!“

Als sie in Sankt Leonhard ausstiegen, war es schon dunkel. Anneliese gab Anweisungen für die Zimmer und schaute erst mal nach der Post. Sie ließ Leonie und Thomas in Ruhe ihre Sachen auspacken und sah außerdem im Hotel nach dem Rechten. Als Leonie in ihr Büro kam, erhob sich Anneliese und nahm Leonie bei der Hand: „Ich muss dir was zeigen. Als man David überraschte und abführte, da hatte er wohl jegliche Hoffnung auf ein Weiterleben aufgegeben. Vielleicht saß auch der Schock zu tief. Ich weiß es nicht. Auf jeden Fall ließ er den Schmuck seiner Mutter zurück. Meine Mutter und er hielten den Schmuck im Heu versteckt. Als Veronika ihrerseits auch jegliche Hoffnung aufgegeben hatte, David jemals wiederzusehen, und ihre Eltern sie fortjagten, da schlich sie sich in die Scheune zurück und holte den Schmuck. Sie nahm ihn mit auf die Reise. Nach ihrem Tod übergab mir der Notar diesen Schmuck.“ Anneliese öffnete den Tresor und holte ein hölzernes Kästchen heraus. Es war dieselbe Schatulle, aus der sie vor ein paar Tagen das Tagebuch geholt hatte. Sie hob den Deckel hoch und zeigte Leonie den Schmuck. Es waren Ringe, Ohrringe, Armbänder und Ketten. Leonie verstand nicht viel von Schmuck, denn sie trug außer ihrer Sportuhr keinen, aber sie war sehr aufgewühlt. „Das ist einer der erhebendsten Momente meines Lebens. Mutter, weißt du, wie viel er wert ist?“

„Sehr viel, mein Kind! Ich habe ihn schätzen lassen. Aber für mich ist er weitaus wertvoller als alles Geld dieser Welt.“ Anneliese standen dabei die Tränen in den Augen, so dass Leonie ihre Hand nahm und sie streichelte: „Ich verstehe dich, Mutter! Ich bin David und seiner Familie plötzlich ganz nahe. Ich spüre eine Seelenverwandtschaft zu ihnen. Ich möchte sie so gerne retten!“ Anneliese schaute Leonie liebevoll an und flüsterte: „Ich glaube, du bist dabei, unser aller Seelen zu retten, mein Kind! Seit du den Weg zu mir fandest, singt mein Herz und meine Seele tanzt!

Kapitel 23

Mittwoch im CARPE DIEM.

Leonie parkte ihren Wagen und stellte den Motor ab. Sie hielt einen Augenblick inne und atmete einmal ruhig ein und aus. Sie war aufgeregt. Die anderen waren offensichtlich schon da. Sie sah es an den Autos, die geparkt vor dem CARPE DIEM standen. Leonie war in einer Tour nach Berlin durchgefahren und nun war sie angekommen, im wahrsten Sinne des Wortes. Sie hatte alles erreicht, wovon sie jahrelang geträumt hatte: Sie hatte ihre Eltern gefunden und ihre Eltern liebten sie! Und nur das Jetzt zählte! Das Gestern war vergeben und sie hatte eine Menge dazugelernt. Sie alle trugen ihren Anteil amVerlauf der Geschichte! Warum sich also gegenseitig mit Vorwürfen quälen? Die Eltern litten schon genug.

Nach dem Frühstück hatte Leonie die längst überfälligen SMS an ihre Freundinnen geschrieben, in wenigen Worten das Wesentliche berichtet und sie für alles Weitere auf Mittwoch vertröstet. Mit Anja hatte sie ausgiebig telefoniert und Alberta bekam ihre E-Mail, mit allen Details zu Pater/ Vater Tom. Alberta würde mit den Informationen vertraulich umgehen und sie in ihrem Herzen bewahren. Wer weiß, vielleicht hatte sie damals schon etwas geahnt.

Leonie musste heute den Freundinnen verklickern, dass sie mindestens für ein Jahr nach Sankt Leonhard gehen wollte. Und was danach kam, wusste nur der Allmächtige! Bea ging nach Neuseeland und sie nach Südtirol. Die Gruppe brach auseinander. Sie musste es ihnen sofort sagen. Lieber schockte sie die Freundinnen gleich am Anfang.

Leonie stieg aus und öffnete die Tür zur Kneipe. Ein lautes Stimmengewirr schlug ihr entgegen. Das CARPE DIEM war heute besonders gut besucht. Sie sah die Mädels an dem gewohnten Tisch sitzen. Sie unterhielten sich miteinander, keine von ihnen bemerkte Leonie. Sie näherte sich langsam und lächelte ihnen allen entgegen.

Johanna: „Leonie, da bist du ja! Wir sind schon alle gespannt, was du uns zu erzählen hast! Wir platzen vor Neugierde."

Billi: „Meine Kleene, ich kann die Meute nicht länger im Zaum halten. Du musst gleich loslegen! Wir sind gespannt wie die Flitzebögen."

Die Freundinnen standen auf und umarmten Leonie, eine nach der anderen. Sie strahlten sie an und konnten kaum abwarten, zu erfahren, was es Neues in Leonies Leben gab. Seit Jahren litten sie mit Leonie, und nun war sie am Ziel ihrer Reise. Leonie setzte sich und schaute alle der Reihe nach an. Keine sagte ein Wort. Sie merkten, dass Leonie glücklich war. Man sah es ihr an!

Leonie: „Ich fand nicht nur meine Mutter und meinen Vater, sondern auch meine Vergangenheit, die gleichzeitig meine Zukunft sein wird. Es ist alles so unfassbar, dass ich am besten sofort beginne und berichte! Das wird eine lange Nacht, denn meine Reise ging nicht nur geradeaus. Sie war voller Abzweigungen und an jeder Kreuzung gab es ein neues Abenteuer."

Leonie erzählte von Anfang an. Sie begann mit der Reise ins Kinderheim. Sie erzählte von Schwester Williges und Alberta, und dass damals eine mysteriöse Dame im Kinderheim aufgetaucht sei. Mit den Informationen habe sie im Internet recherchiert und sei fündig geworden. Sie habe sich auf die Reise nach Südtirol begeben und sei ihrer Mutter gegenübergestanden, die genauso wie Leonie so lange auf diesen Moment gewartet habe und sie nun mit offenen Armen empfing.

Leonie erzählte weiter von den intensiven Gesprächen, von der tiefen Schuld, die ihre Mutter empfand und warum sie damals so handeln musste und nicht anders konnte. Dass sie es kurz danach bereute und sich auf die Suche nach Leonie machte, die aber erfolglos war. Was blieb, waren die Hoffnung und der heilige Leonhard, der dafür sorgte, dass Leonies Vater sich viele Jahre lang in ihrer Nähe aufhielt und ihr tatsächlich wie ein Vater zur Seite stand. Sie erzählte, dass das Schicksal es eigentlich gut mit ihr gemeint habe, sie jedoch, von ihrer Sehnsucht getrieben, blind und taub für die Liebe ihres Vaters und die von Schwester Alberta gewesen sei. Dass sie die ganze Zeit über etwas bekommen habe, wonach sie sich sehnte, ohne dass sie es hätte annehmen können.

Leonie erzählte weiter von der Reise nach Passau. Was für ein Gefühl es war, nach so vielen Jahren ihrem Vater wieder zu begegnen, der sie seinerseits herzlich und offen in die Arme geschlossen hatte. Er lebte jahrelang mit seiner Schuld, weil er ihr nie die Wahrheit gesagt hatte. Gelegenheiten dazu gab es genug, aber er war gefangen in seinen Ängsten. Und sie, die erwachsene Leonie, habe ihren Eltern verziehen.

Leonie ließ nichts aus, auch nicht die Fahrt nach Tübingen, und zum Schluss offerierte sie den Freundinnen, dass sie sich für ein Jahr beurlauben lassen wolle, um nach Sankt Leonhard zu gehen und dort das Buch über ihren jüdischen Großvater David Rosenbaum zu schreiben.

Billi: „Det haut mich total um! Das hört sich an wie ein Märchen und endet mit: Und wenn sie nicht gestorben sind, dann leben sie noch heute. Leonie, ich freue mich für dich. Du hast nie aufgehört, an deine Eltern zu glauben! Wir alle können das bestätigen, denn wir haben mit dir gelitten. Das ist so unglaublich, dass es schon wieder wahr ist. Ich denke, das Buch ist genau das Richtige für dich. Du schreibst über deine Ahnen. Du wünschtest dir so sehr eine Familie und nun kannst du sogar darüber berichten! Ich bin mir sicher, dass sich noch sehr viel in deinem Leben ereignen wird. Die Zeit ist reif! Du gingst deiner Sehnsucht nach, hast sie losgelassen und wurdest dadurch erwachsen. Ich gratuliere dir, du hast es geschafft! Deine Eltern lernten beide aus ihren Fehlern und werden in Zukunft zu dir stehen. Meine Kleene, ich bin trotzdem immer für dich da. Das weißt du!“

Leonie: „Ich danke dir, Billi! Du kommst mir nicht abhanden! Du bleibst in meinem Leben! Meine Mutter lädt euch in ihr Hotel ein. Ihr könnt jederzeit kommen und dort Urlaub machen, mit Sack und Pack! Billi, sie möchte dir danken, weil du dich um mich gekümmert hast. Sie möchte euch allen danken für eure Liebe."

Johanna: „Meine Güte, Leonie, vor einer Woche saßest du noch hier und es sah nicht so gut aus. Du warst zerrissen – und nun? Schau dich an! Toll! Über Nacht fandest du deine Eltern und hast deine Vergangenheit verarbeitet und sogar eine Zukunftsvision dadurch. Ich finde das so wunderbar! Ich wünsche dir Glück und ich bin schon jetzt gespannt auf deine Eltern! Wir werden uns schreiben, telefonieren, simsen und mailen. Bea und du, ihr werdet mir fehlen, aber euer Weg geht woandershin. Das hätte mir auch passieren können. Wer weiß, vielleicht führt euch euer Weg wieder hierher zurück? Aber wohin er euch auch führen wird, ich werde für euch beide immer da sein." Johanna ließ ihren Gefühlen freien Lauf und wischte sich ihre Tränen weg. Sie stand zu ihren Gefühlen, und ihre Freundinnen sollten sehen, wie traurig sie war.

Bea: „Ich freue mich für dich, meine liebe Leonie. Das Leben hat uns alle irgendwie überrascht. Nichts ist mehr so, wie es war. Und das ist gut so, denn es ist viel schöner geworden! Es wird noch viel passieren. Alles ist gut!"

Leonie: „Ja, das Leben ist schon toll. Ich glaube, dass man in der ersten Hälfte seines Lebens sät und in der zweiten Hälfte bekommt man die Früchte. Man muss sie nur ernten und darf sie nicht vergammeln lassen!

Annabelle, du bist so still! Du siehst so traurig aus! Ich komme euch so oft es geht besuchen. Und du und deine Familie, ihr seid immer willkommen! Das Hotel ist groß genug für deine Familie." Leonie grinste Annabelle an und zwinkerte ihr aufmunternd zu.

Annabelle: „Ich freue mich für dich, Leonie! Ganz ehrlich. Ich wünschte, ich könnte so etwas auch von mir sagen."

Billi: „Was ist denn, Annabelle? Du warst in den letzten

Wochen so glücklich und machtest dir so viel bewusst! Es ist doch alles okay? Du bist doch nicht etwa krank?“ Alle schauten ängstlich zu Annabelle.

Annabelle: „Doch! Nein! Eigentlich schon, aber nicht so, wie ihr meint.“ Sie druckste herum: „Ich glaube, ich bin wieder schwanger! Nach vier Kindern kenne ich meinen Körper gut. Ich habe einen Schwangerschaftstest gemacht. In meinem Fall war der Test positiv. Liebe Güte, ich kriege Nummer fünf!“ Alle freuten sich für sie und lachten befreit auf.

Billi: „Das ist toll! Ich weiß, dass du das nicht geplant hast. Aber wenn jemand es schafft, fünf Kinder großzuziehen, dann du und Ole!“

Johanna: „Annabelle, Billi hat recht. Das ist wunderbar! Deine Mädchen sind noch nicht so alt. Da passt es doch gut rein, dein Baby!“

Annabelle: „Ihr könnt alle gut reden. Ihr seid ja nicht schwanger! Ich hatte gerade so schön abgenommen und jetzt nehme ich wieder so viel zu! Nach der Schwangerschaft sehe ich bestimmt aus wie eine Elefantenkuh!“

Bea: „Ach, daher weht der Wind. Es geht dir nicht um das Baby, sondern um deine Figur. Weißt du, dass du für mich immer ein Vorbild warst, weil du deine Schwangerschaften wie ein Geschenk angenommen hast? Ich war manchmal neidisch auf dich, weil du Kinder kriegtest. Ich hatte immer die falschen Männer, die selber Kinder waren, und jetzt, wo ich den Richtigen fand, da ist es zu spät für mich: Wechseljahre! Ich war letzte Woche beim Arzt, weil meine Periode schon mehrmals aussetzte. Ich wollte mich vergewissern, ob ich vielleicht noch ein Kind bekommen könnte, jetzt wo ich doch den richtigen Mann gefunden zu haben scheine. Mein Gynäkologe zeigte sich skeptisch. Mit Hormonbehandlungen ginge noch was, aber ich denke, in diesem Fall nehme ich die Zeichen des Körpers als Tatsache hin, dass es halt in diesem Leben nicht sein soll. Kinder meine ich. Was würde ich tun, um mit dir tauschen zu können? Ich bin gerade dabei, diese Tatsache zu verarbeiten und wollte heute mit euch darüber sprechen.“

Leonie: „Annabelle, Bea, ich habe in den letzten Tagen erfahren, dass alles im Leben seinen Sinn hat. Dass die Dinge passieren, weil sie uns guttun, und nicht etwa, weil das Leben uns bestrafen will. Ich hätte mit fünf Jahren zu meiner Mutter kommen können. Vielleicht wäre mein Vater dann aus der Kirche ausgetreten und sie hätten geheiratet. Aber es sollte nicht sein, weil das Leben sich etwas anderes dabei ausdachte. Bitte lasst die Dinge so zu, wie sie kommen! Sie haben schon ihren Sinn. Annabelle, du bekommst mit Sicherheit den Sohn, den du dir immer wünschtest! Du musstest dir allerdings erst ein paar Dinge bewusst machen und sie auflösen, damit der Boden für deinen Sohn geebnet werden konnte. Du wirst nach der Geburt bestimmt wieder schlank werden. Du weißt doch jetzt, woran es lag, dass du ein paar Pfunde zu viel hattest! Du machst einfach weiter so wie bisher! Alles wird gut!

Und du, Bea, wenn du Kinder haben möchtest, dann ist es vielleicht dein Weg, ein Kind zu adoptieren! Wenn es so sein soll, dann wird es deinen Weg kreuzen. Philipp hatte mit seiner ersten Frau auch keine Kinder, genau wie du. Das sollte so sein. Wartet es ab, ihr werdet einen Hinweis bekommen und dann wisst ihr, warum es so ist, wie es ist. Alles, was passiert, ist ein Geschenk von Gott!"

Billi: „Das war sehr emotional, aber Leonie hat recht. Annabelle, ick sage mal, wo Viere satt werden, da werden ooch Fünfe satt. Deine Aufgabe im Leben ist es vielleicht, fünf Kinder zu haben. Nimm die Herausforderung an. Du schaffst das! Du hast einen wunderbaren Mann und vier entzückende Töchter. Wie Leonie schon sagte, alles im Leben hat seinen Sinn!

Hätte ich nicht das CARPE DIEM von meinem damaligen Chef und Vorbesitzer geerbt und mein Psychologiestudium abgebrochen, wäre ich vielleicht heute nicht Wirtin mit meinen ganz speziellen Fähigkeiten, sondern irgendeine Therapeutin von vielen in einer Klinik. Ich sollte während meines Psychologie-Studiums hier jobben, damit die Weichen gestellt werden konnten für mein späteres Leben als 'Therapie-Wirtin'. Wäre ich einen anderen Weg gegangen, dann hätte ich euch nicht kennengelernt und ihr hättet vielleicht niemanden gehabt, der euch über so viele Jahre betreut hätte. Vielleicht hättet ihr euch selber helfen können? Vielleicht aber auch nicht! Auf jeden Fall hätten wir uns nicht! Das wäre furchtbar! Und mir würde im Leben etwas fehlen. Ich bin froh, dass ich hier bin und nicht woanders. Hätte ich nicht die Eltern gehabt, die ich hatte, dann hätte ich mich anders entwickelt und vielleicht niemals den Wunsch verspürt, Psychologie zu studieren. Vielleicht hätte ich geheiratet und Kinder bekommen.

Nimm also, wie gesagt, die Herausforderung an! Das Leben irrt sich nicht. Du kriegst das hin. Was sagt eigentlich Ole zu deiner Schwangerschaft?"

Annabelle: „Genau den gleichen dummen Spruch, den du eben nanntest. Wo vier Kinder satt werden, da reicht es auch für fünf Mäuler. Ich habe ja nichts gegen ein fünftes Kind. Ich bekam nur Angst, dass ich danach noch fetter bin als vorher. Aber ihr habt recht. Eigentlich weiß ich ja jetzt, warum ich unschlank war. Ich werde ein wenig Zeit brauchen, um mich an die neue Situation zu gewöhnen. Ich danke euch, dass ihr mir den Kopf gewaschen habt. Genau das brauchte ich. Gebt mir ein paar Tage. Dann bin ich wieder die alte Annabelle."

Billi: „So gefällst du mir! Kinder, Kinder, ihr raubt mir den letzten Nerv! Bea, du machst jetzt weiter."

Bea: „Wie gesagt, bei mir ist alles wunderbar, bis auf dieses kleine Intermezzo letzte Woche bei meinem Frauenarzt. Aber irgendwie konnte ich mir eine Mutterschaft auch nie vorstellen. Diese Leichtigkeit des Annehmens der Schwangerschaften, wie Annabelle es bisher konnte, überraschte mich immer. Ich beneidete sie darum. Wenn ich schwanger geworden wäre, von einem dieser Chaoten, ich hätte vielleicht abgetrieben. Annabelle, nimm dieses Kind mit deinem ganzen Herzen an, wie du es bisher bei deinen Töchtern tatest! Kinder spüren die Liebe, die ihnen die Mutter in der Schwangerschaft gibt. Heiße dieses Kind willkommen. Ich bin mir sicher, du schaffst das. Wenn nicht du, wer dann?

Philipp und ich fliegen übernächste Woche für einen Monat nach Neuseeland. In dieser Zeit schauen wir uns die Inseln an und sein Haus, unser zukünftiges Heim. Wenn alles gut geht, dann siedeln wir im August um. Ich brauche Neuseeland gar nicht zu sehen, ich weiß jetzt schon, dass ich mit Philipp überall hingehen würde. Er ist toll und er tut mir auf jeder Ebene gut. Wir haben noch den ganzen Sommer für uns und ich besuche dich, Leonie, auf jeden Fall in Sankt Leonhard! Ich möchte deine Mutter kennenlernen und wenn es geht auch deinen Vater, falls er zufällig da sein sollte. Als pensionierter Pastor hat er doch alle Zeit der Welt."

Billi: „Deine Einstellung gefällt mir. Ich weiß, dass du das Richtige tun wirst. Wenn du in Neuseeland bist, wird sich dein Weg vor dir auftun. Ich glaube, da gibt es nichts mehr zu sagen. Das ist uns klar. Viel Glück für alles, meine liebe Bea! Johanna, du bist dran."

Johanna: „Ja, bei mir tat sich auch einiges! Stellt euch vor, ich nahm meiner Schwiegermutter den Haustürschlüssel ab! Sie stand letzte Woche wieder unangemeldet mitten in meinem Wohnzimmer. Ich erschrak so sehr, dass ich laut aufschrie. Außerdem war ich sauer und machte ihr deutlich, dass ich eine solche Frechheit und Grenzüberschreitung in Zukunft nicht mehr dulde! Sie schaute total verdutzt, weil sie mich bisher nicht so erlebt hatte. Diese Schreckminute nutzte ich aus, um ihr den Schlüssel aus der Hand zu nehmen. Ich sagte: ‚So, den Schlüssel möchte ich gerne haben! Du wirst in Zukunft an der Tür klingeln, wie jeder andere auch. Außerdem habe ich jetzt keine Zeit für dich. Ich muss noch einiges erledigen. Komm ein anderes Mal wieder, aber bitte ruf vorher an, dann können wir einen Termin ausmachen. Auf Wiedersehen!' Mit diesen Worten habe ich sie am Arm gepackt und sie unsanft durch die Haustür nach draußen geschoben."

Die Freundinnen klatschten laut in die Hände und lobten Johanna für ihre Courage. Sie standen gemeinsam auf und zollten ihr die Anerkennung, die sie verdiente!

Johanna: „Vielen Dank! Ihr könnt euch vorstellen, wie

mir die Knie dabei zitterten. Aber ich werde wohl niemals das Gesicht meiner Schwiegermutter vergessen. Es verschlug ihr zum ersten Mal in ihrem Leben die Sprache . Toll, was? Aber ich hab noch mehr zu berichten! Das ist nicht alles! Ich ordnete danach im Haushalt meine üblichen Dinge und wollte anschließend für das Mittagessen einkaufen. Als ich die Haustür öffnete, erschrak ich wieder, weil meine Schwiegermutter draußen auf der Treppe saß und bitterlich weinte. Ohne großartig darüber nachzudenken, setzte ich mich zu ihr und nahm sie in den Arm. Ich dachte erst, dass ich sie vielleicht doch zu hart rangenommen hatte, und bekam für einen Moment ein schlechtes Gewissen. Aber sie schaute mich nur traurig an und sagte: ‚Ich weiß, dass ich ein unausstehliches Ekel bin. Eigentlich will ich das ja gar nicht sein, aber ich kann nicht anders, weil ich mich so gegen Verletzungen schütze. Wenn ich gemein bin, können die Menschen nicht ekelhaft zu mir sein! Ich weiß nicht, ob du das verstehen kannst, aber ich sehnte mich so sehr nach der Liebe meiner Mutter. Je mehr ich mich danach verzehrte, desto mehr ließ sie mich allein.

Sie verzieh es mir nie, dass ich mit Anfang neunzehn schwanger wurde. Ja, du hörtest richtig! Ich liebte den Vater des Kindes sehr, doch er war noch mit einer Jüdin verheiratet. Er leitete eine Textilfabrik in Lodsch, die ihrem Vater gehörte. Als Jude hatte er keine Rechte mehr. Die Guggenheimers konnten damals froh sein, dass sie Viktor hatten. Er versprach mir, sich von seiner Frau zu trennen, dennoch war alles sehr kompliziert und ich wusste einige Zeit nicht mehr weiter. Als meine Mutter mich eines Tages weinend vorfand, beichtete ich ihr alles. Sie wurde wütend auf mich, und anstatt mir zu helfen, beschimpfte sie mich und bezeichnete mich als Flittchen. ‚Sieh zu, dass du den Mann heiratest und deine Schande unentdeckt bleibt.' Sie war so widerlich zu mir und schaute mich böse und unverzeihlich an. Mein Vater und mein Bruder waren damals schon fort und bekamen meine Schwangerschaft nicht mit. Meine Mutter sprach nur noch das Nötigste mit mir, und ich fühlte mich nicht nur schmutzig, sondern auch schuldig. In meiner Not ging ich damals zu Viktors Frau und beschimpfte sie. Ich forderte sie auf, sich von ihrem Mann zu trennen. Es war sehr gemein von mir und ich warf ihr Dinge an den Kopf, die man eigentlich nicht zu einem Menschen sagen sollte. Ich tat es, damit meine Mutter zufrieden war und mich wieder liebte. Doch als die Nachricht vom Tod meines Bruders kam, kommunizierte sie überhaupt nicht mehr mit mir. Bei einem Bombenangriff, als wir im Luftschutzkeller saßen, rannte sie von einer Minute auf die andere voller Panik raus und lief schreiend auf die Straße. Wie du weißt, überlebte sie es nicht. Sie wollte sterben, weil sie ohne meinen Bruder nicht leben konnte. Meine Mutter ließ mich einfach allein!' Danach ging ich zu Viktor, dem Mann, von dem ich ein Kind bekam, und lebte einige Zeit in Lodsch. Er hatte sich in der Zwischenzeit von der Jüdin scheiden lassen. Sie hieß Hannah und lebte inzwischen mit ihrer Familie im Ghetto. Mir waren die Guggenheimers egal, ich dachte damals, sie und die anderen Juden hätten es nicht anders verdient. Mein Schicksal betrübte mich weitaus mehr als das der Juden.

Als das Kind auf die Welt kam, es war ein Junge, da verlor Viktor immer mehr das Interesse an mir. Ich bemerkte, dass er eine Liason mit seiner Schwägerin angefangen hatte und nicht im mindesten daran dachte, die Ehe mit mir einzugehen. Ursula war mit dem Bruder seiner Exfrau, Hannah, verheiratet und es war nur noch eine Frage der Zeit, bis auch er ins Konzentrationslager abtransportiert wurde. Nur wegen Viktor und seinem guten Draht zu den Nazis lebte er noch nicht im Ghetto.

Vor Eifersucht war ich so verzweifelt und fühlte mich so machtlos, dass ich mich schließlich auf und davon machte. Kurz bevor die Russen in Polen einmarschierten, floh ich nach Berlin und überlebte. Meinen Sohn ließ ich einfach in seinem Bettchen zurück. Ich wollte ihn nicht, sollte sich Viktor um ihn kümmern. Meine Freiheit war mir wichtiger und ein Kind wäre für mich nur ein Ballast gewesen. Wie ich später erfuhr, starben Viktor und Ursula auf der Flucht, und ich vermute, dass auch Ursulas Mann den Krieg nicht überlebte.'

Ich hielt Grete, während sie redete, wie ein kleines Kind in den Armen und versuchte sie so gut es ging zu trösten. Dann fuhr sie fort: ,Die Menschen in meinem Leben liebten und mochten mich alle nicht! Ich bin eifersüchtig auf dich, weil du lieben kannst und geliebt wirst. Weil du Freunde hast und Kinder, die dich lieben. Weil du Gutes tust und so bist, wie du bist. Deswegen wollte ich dich zerstören, denn ich ertrug es nicht. Es zeigte mir zu sehr meine eigenen Fehler auf. Johanna, ich möchte mich entschuldigen, für alles, was ich dir antat! Es tut mir so leid. Ich will nicht mehr allein sein und endlich geliebt werden. Aber ich weiß nicht, was ich machen soll und ob das noch geht? Aber ich will nicht sterben und wegen meiner Taten in der Hölle schmoren.'

Was sollte ich sagen? Ich nahm ihr Pardon an und kochte uns erst mal einen Tee. Ihr kennt mich ja! Vergebung ist eines meiner leichtesten Dinge und manchmal auch ein Fluch! Na gut. Danach sprachen wir noch lange miteinander und wir einigten uns darauf, dass sie eine Psychotherapie beginnt, und das so bald wie möglich! Sie meinte, dazu sei es schon lange zu spät. Aber ich beruhigte sie und sagte ihr, dass es im Leben nie zu spät für irgendetwas sei.

Ich brachte sie nach Hause und unterhielt mich mit Mark über die Angelegenheit. Er fuhr danach zu seiner Mutter und die beiden sprachen sich aus. Es dauerte sehr lange, Mark kam erst nach mehreren Stunden wieder. Er sieht seine Mutter mit anderen Augen, und vieles macht bei ihm jetzt einen Sinn."

Johanna trank einen Schluck. Dann sprach sie weiter: „Nachdem sich bei mir alles gesetzt hatte, kam mir ein Gedanke, der mich nicht mehr losließ. Konnte es sein, dass meine Mutter auch eine Tragödie in sich verbarg? Ich rief sie an und versuchte, mit ihr zu sprechen. Aber sie blockte ab und beschimpfte mich, dass ich mich in Dinge einmische, die mich nichts angingen. Frustriert und mit schlechtem Gewissen legte ich auf und dachte noch über das Geschehen nach, als das Telefon klingelte. Meine Schwester war dran. Sie erzählte mir, dass unsere Mutter ziemlich aufgebracht war und sich gerade sinnlos betrank. Sandra beichtete mir, dass meine Mutter im Suff oft weinte und sich über ihren Vater beschwerte. Sie sagte mir auch, dass mein Stiefvater sexuelle Bedürfnisse widernatürlicher Art hegte und sie und meine andere Schwester, Barbara, sich oft in ihren Zimmern verbarrikadieren mussten, damit er sie nicht missbrauchen konnte. Unsere Mutter trank danach noch mehr. Sie war unfähig zu helfen! Sie ertrug das nur, indem sie sich vollschüttete.

Ihr seht, bei mir gab es auch Auflösungen beziehungsweise Erklärungen. Stets wurde ich zum Sündenbock gemacht, weil ich nichts zu verbergen hatte, und das löste bei meinen Peinigern Schuldgefühle aus. Traurig ist das, aber ich bin froh, dass diese Scheinheiligkeit endlich ein Ende hat. Ich kenne jetzt die Hintergründe und kann mir die fehlenden Puzzleteile zurechtlegen. Es würde mich nicht wundern, wenn Rita Mackes auch eine gruselige Vergangenheit hat!

Mittlerweile denke ich, dass ich die Frauen anziehe, die etwas Schlimmes erlebt haben. Ich könnte schwören, dass es so ist! Ich habe immer gespürt, dass meine Mutter nicht authentisch ist und bei meiner Schwiegermutter tickte das gleiche Gefühl wieder an. Sie musste in mein Leben kommen, damit ich lerne, meinem Gespür zu vertrauen, und es endlich ernst nehme. Vielleicht werde ich irgendwann einmal mit meiner Mutter vernünftig über alles sprechen können. Vielleicht erfahre ich dann etwas Neues oder meine Vermutungen werden bestätigt. Wenn sie von ihrem Vater missbraucht wurde, dann verstehe ich sie ein bisschen besser und kann ihr vieles verzeihen und meinen Frieden mit ihr machen. Denn sie wird wohl den Alkohol dafür gebraucht haben, um zu verdrängen und sich zu betäuben.

Ich glaube nun an mich und meine Gefühle. Ich bekomme Sicherheit, ich weiß jetzt, dass ich auf dem richtigen Weg bin und eigentlich auch immer war, und ich lasse mich nicht mehr davon abbringen. Einiges wird sich noch ändern in meinem Leben! Ich habe das Gefühl, mein Leben fängt jetzt erst richtig an, nachdem sich die Dinge klärten. Lacht nicht, aber ich überlegte mir, eine Heilpraktiker-Ausbildung zu machen, und ich meldete mich auch schon an einer Schule an. Letzten Montag trafen sich alle, die mit mir anfangen werden. Martha, eine alte Bekannte von mir, war auch da. Wir sahen uns in der Sauna am 11. September 2001 zum ersten Mal. Damals waren wir von dem furchtbaren Unglück in Amerika geplättet. Es kam uns an jenem Tag so vor, als seien wir persönlich davon betroffen. Irgendwie eigenartig! Ja, und danach sahen wir uns ab und zu in der Schule, bei verschiedenen Veranstaltungen oder beim Einkaufen. Wir wollen zusammen lernen und uns gegenseitig helfen. Ich freue mich darauf!

Mark ist übrigens nicht so begeistert, aber das wird schon! Ich möchte nicht mehr nur zu Hause sein und joggen, nur damit mein Mann zufrieden ist. Meine Söhne sind jedenfalls erleichtert, weil sie dachten, ich begehe Selbstmord, wenn ich niemanden mehr habe, den ich betüddeln kann. Ja, das sind meine Neuigkeiten. Ich stelle fest, dass jede von uns in der nächsten Zeit beschäftigt sein wird mit den neuen Aufgaben."

Billi: „Meine Güte, Johanna, du kannst stolz auf dich sein. Du musstest deinerseits auch in das Leben dieser Frauen treten, vielleicht hofften sie unbewusst, dass du ihnen hilfst. Aber gleichzeitig hatten sie auch Angst vor der Aufdeckung durch dich, und daher wurdest du bestraft, weil nicht sein kann, was nicht sein darf. Jede von ihnen entwickelte da ihre eigene Strategie. Du hast nun die Chance, dein Mutterthema aufzulösen. Nimm die Herausforderung an, aber schütze dich. Wenn sie dich angreifen, dann dreh dich um, geh und lass sie stehen.

Okay und nun zu deinen Plänen! Ich finde es großartig, dass du etwas für dich gefunden hast. Du wirst bestimmt Freude während der Ausbildung haben und viel dazulernen. Ich kenne dich. Dein Ding ist es, zu helfen. Du hast erkannt, die Bedürftigkeit der Menschen zu unterscheiden. Du kannst jetzt Nein sagen, wenn du merkst, da saugt dich jemand aus.

Wenn du als Heilpraktikerin helfen kannst, dann ist das eine gute Sache. Schön, Johanna, ich drücke dir von ganzem Herzen die Daumen."

Leonie: „Alles Gute! Mach weiter so! Ich wünsche dir viel Glück, damit du diese traurige Geschichte mit deinen Müttern auflösen kannst. Vor einer Woche noch hätte ich deine Schwiegermutter verflucht, doch ich weiß nun, dass nichts von ungefähr kommt! In diesem Sinne!"

Leonie erhob ihr Glas und die anderen taten es ihr nach. Sie tranken auf eine glückliche Zukunft.

Bea: „Ich wünsche dir auch ganz viel Glück und Durchhaltevermögen. Meine Güte, da lästerten wir alle über deine Schwiegermutter und verfluchten sie, weil sie dich so schlecht behandelte. Nun stellt sich heraus, wie unglücklich sie selbst tief innen ist. Trotzdem finde ich es nach wie vor nicht in Ordnung, dass sie mit ihren Problemen dir welche bereitete. Wir werden sehen, wie sich die Sache weiterentwickelt. Vielleicht ändert sie sich ja um 180 Grad! Schön wäre es!

Da steckten wir alle vor ein paar Wochen noch irgendwie fest – und nun schaut uns an! Jede leistete Großartiges! Wir können richtig stolz auf uns sein. Wir bestiegen einen steilen Berg und nun stehen wir oben und schauen herunter, auf das, was wir erreichten und noch erreichen werden. Zumindest hoffe ich das! Wäre das Leben nicht langweilig, wenn wir stets einen leichten Weg gingen, der nur geradeaus führt? Wir würden uns doch gar nicht weiterentwickeln! Ich für mich möchte nicht die Hände in den Schoß legen und Däumchen drehen. Wer keine Fehler macht, der lernt nichts dazu. Wir machen so lange unsere Erfahrungen, bis wir verstanden haben, was uns das Leben zeigen will. Danach kommen neue Aufgaben auf uns zu. Ich habe keine Angst mehr zu versagen, weil ich weiß, ich kann alles bewältigen, was sich mir in den Weg stellt.

Mein neuer Weg heißt Neuseeland. Ich kann nicht mit Sicherheit sagen, ob es der rechte Weg ist, und auch nicht, ob Philipp der richtige Mann für mich ist. Im Moment ist er es. Doch wenn ich nicht mit ihm nach Neuseeland gehe, werde ich nie erfahren, ob er auch der Mann meines Lebens ist. Und wenn es nicht klappen sollte, dann bin ich um eine Erfahrung reicher! Alles ist gut so, wie es ist. Ich danke Gott für all meine Fehler, denn sie zeigten mir letztendlich den rechten Weg."

Annabelle: „Solche tollen Worte, und das von unserer Bea. Aber sie hat recht! Die Hoffnung lässt uns immer wieder neu anfangen oder weitergehen. Manchmal haben wir nichts außer der Hoffnung, trotz Dunkelheit, Unglück, Armut, Krankheit und so weiter. Hoffnung ist das Licht am Ende des Weges, und zufrieden ist der, der das Gefühl hat, reich zu sein, auch ohne Güter! Wer Licht, Zufriedenheit und Hoffnung hat, der ist ein Glückspilz! Lasst uns darauf trinken. Denn wir werden jetzt nur noch Glück haben! Und wenn nicht, dann haben wir immer noch unsere Billi!

Womit ich beim Thema wäre! Was wird denn jetzt aus unseren Treffen? Leonie schreibt in Südtirol! Bea lebt in Neuseeland! Johanna lernt in der Schule und ich stille Nummer fünf. Billi, wir brauchen uns doch alle! Eine für alle, alle für eine! Wie machen wir weiter?"

Billi: „Erstens, ich bin weiterhin für euch da! Zweitens, mehr als zwanzig Jahre, die löscht man nicht so einfach aus. Das geht nicht! Wir werden immer irgendwie verbunden bleiben. Da bin ich mir sicher! Drittens, ihr seid jetzt erwachsen! Ihr kennt alle euren Weg! Geht ihn und werdet glücklich! Falls ihr dennoch einmal vom Wege abkommen solltet, dann gebe ich euch hiermit als Berliner Göre einen Rat:

Jibt dir det Leben mal nen Buff,
dann weene keene Träne!
Such dir nen Ast und setz dir druff
und baumle mit de Beene!"

Die Wahrheit über die Liebe, die uns glücklich macht

Wahre Liebe lässt frei!

Wie Frau und Mann zu sich selbst und zueinander finden

In der Liebe suchen wir höchste Erfüllung finden aber häufig Enttäuschung, Verletzung und Schmerz. In herzerfrischender Weise lässt uns Robert Betz das große Lebensthema in völlig neuem Licht sehen: Wahre Liebe macht wahrhaft glücklich, weil sie den Menschen gleichermaßen zur Freude an sich selbst wie am anderen führt.

Integral Verlag – 2009 · 353 Seiten · geb. inkl. Live-Vortrag auf CD · € 19,95

Auch als Hörbuch erhältlich:

Robert Betz Verlag – ehemals Verlag Roberto & Philippo
2009 · gelesen von Robert Betz · € 34,90

Neue Meditations-CDs von Robert Betz

Rosenkrieg oder endlich Frieden

Mit deinem Ex-Partner in den Frieden kommen

Mit Menschen, die wir einmal ‚mein Schatz' nannten, und die wir heute als Ex-Partner bezeichnen, sind viele auch nach Jahren noch nicht im Frieden.

Die Meditationen dieser CD sind bestens dazu geeignet, die Beziehung zum Ex-Partner einer Klärung zu unterziehen und dich wie ihn auf diese Weise aus Verstrickung zu befreien.

Robert Betz Verlag – 2013 · € 20,-

Bring frischen Wind in deine Partnerschaft

Innere Begegnungen mit deinem Partner

Viele Ehen und Partnerschaften geraten nach Jahren des Zusammenseins in einen Zustand der Stagnation.

Die Übungen und Meditationen auf dieser CD können dir dazu dienen, deine Beziehung zu deinem derzeitigen Partner zu klären und in eure Beziehung frischen Wind und Bewegung zu bringen, damit die Liebe wieder fließen kann.

Robert Betz Verlag – 2013 · € 20,-